WICKLOW

WICKLOW

WEXFORD

WEXFORD

Kildare

LEINSTER

KILKENNY

KILKENNY

Ballybrophy

Roscrea

Birr

WATERFORD

WATERFORD

TIPPERARY

Cappagh

TIPPERARY

Shannon

Lough Derg

Loughera

MUNSTER

CLARE

LIMERICK

LIMERICK

CORK

CORK

GALWAY

GALWAY

Barna

GALWAY BAY

Aran Islands

KERRY

100 km

Zeichnung von Willy Löffelhardt

D1726481

BLUTSBANDE

EILIS DILLON

Blutsbande

Ein irischer Roman

AUS DEM ENGLISCHEN

VON WULF TEICHMANN

ERSCHIENEN IM

RAINER WUNDERLICH VERLAG

HERMANN LEINS

TÜBINGEN

20. XII, 80

Ich wünsche Dir mit dieser
Lektüre einen erholsamen
und gemütlich-schönen Ski-
Urlaub. Bis bald – bis de

ISBN 3 8052 0301 2

———————

Erste deutsche Ausgabe 1978
© 1977 by Eilis Dillon. Die Originalausgabe erschien 1978 im Verlag Hodder & Stoughton
Ltd., London, unter dem Titel »Blood Relations«. Alle Rechte für die deutsche Sprache beim
Rainer Wunderlich Verlag Hermann Leins GmbH & Co., Tübingen. Printed in Germany.
Satz und Druck: Gulde-Druck, Tübingen. Gebunden bei Heinr. Koch, Tübingen.

Meiner Mutter

Erster Teil

Mai 1916

1

Am ersten Mai 1916 gingen über den meisten Teilen Irlands schwere Regengüsse nieder. Familien, die der strahlende Sonnenschein der letzten Tage zum ersten Picknick des Jahres herausgelockt hatte, kehrten durchnäßt und entmutigt nach Hause zurück. Abends war das Woodbrook-Haus und jeder darin durchfroren, obwohl sich den ganzen Tag niemand vor die Tür gewagt hatte, und immer noch wollte Henry kein Feuer im Salon erlauben. Der erste Mai sei der Anfang des Sommers, sagte er. Er lag faul in einem Sessel am Fenster herum, sein feingeschnittenes Gesicht hatte einen verdrießlichen Ausdruck. Pausenlos prasselte der Regen gegen die hohen Fenster. Es war schon acht Uhr vorbei, aber immer noch recht hell; bei gutem Wetter hätte die Sonne im Westen den Raum durch die Scheiben gewärmt.

Tante Jack saß am leeren Kamin, und vor ihr ausgebreitet auf dem achteckigen Tisch lag ihre Sammlung von Schmetterlingen. Indem sie so tat, als wäre sie in deren Betrachtung versunken, und dann und wann den Kopf hob, als erwöge sie ein Problem ihrer Anordnung, konnte sie heimlich ihren Bruder Henry beobachten, wobei sie die Lippen zu einem Schmollen zusammenpreßte, um den Ausdruck von Konzentration zu erhöhen. Auf der anderen Seite des Kamins saßen Henrys zwei Töchter auf dem Sofa eng beisammen, als wollten sie einander warmhalten.

9

Molly, die ältere, war dunkelhaarig und dunkelhäutig wie ihre Großmutter Gould, von der es hieß, sie habe einen Tropfen französischen Bluts in den Adern. Das zweite Mädchen, Catherine, mit ihrem weichen blonden Haar und graugrünen Augen, schlug nach der unglücklichen Emily, Henrys Frau, doch besaßen beide Mädchen eine gewisse Eleganz, was Tante Jack mit tiefer Befriedigung erfüllte. Ihre Kleider waren einfach, aber sie trugen sie mit solcher Sicherheit, daß der ausgebleichte Baumwollstoff eher nach Wahl als nach Notwendigkeit aussah. Besonders Molly hatte hübsche Handgelenke und Fesseln, und sie hatte Henrys schmalen Kopf und schlanken Hals geerbt, so daß sie mit jeder Bewegung eine Dame war.

Es sah der Familie nicht ähnlich, so eng beieinanderzuhocken. Gewöhnlich lebte jeder für sich. Man aß aus Bequemlichkeit gemeinsam und ging dann so schnell wie möglich wieder auseinander. Aber seit genau einer Woche bekamen sie Nachrichten von der Ostermontag-Rebellion, und das hatte sie in einem gemeinsamen Gefühl der Unsicherheit jeden Abend im Salon zusammengebracht. Das gleiche geschah wahrscheinlich in jeder anderen Gentryfamilie überall in Irland. Nicht daß die Goulds viel zu verlieren hatten, aber man mußte sie trotzdem zur Gentry rechnen. Tante Jack hatte fast den Eindruck, daß Henry sich endlich einmal für etwas interessierte, und wer vermochte zu sagen, was dabei herauskommen würde?

Henry Gould war der gegenwärtige Besitzer des Woodbrook-Hauses mit all seinem Marsch- und Sumpfland und seinen fünf guten Äckern. Er war in einer kleinen Public School im Norden Englands erzogen worden und trug seinen schäbigen Tweed mit der Haltung eines Gentleman. Er sah mit seinen einundfünfzig Jahren noch immer gut aus, mager zwar, aber aufrecht und gerade, mit einer Menge weißer Haare, die er zu einer Frisur zurechtkämmen konnte, wenn er sich die Mühe machte. Die Goulds wären besser zurechtgekommen, wenn sie Katholiken gewesen wären. Weder sie selbst noch irgendwer sonst hätte von ihnen erwartet, daß sie so lange an den Überbleibseln adliger Herkunft festhielten, sie hätten mit der Zeit in jede beliebige

Klasse einheiraten, ihre Kinder in die nächstliegenden Schulen schicken können, statt sie in Einsamkeit und Unwissenheit unter Gouvernanten leiden zu lassen, die ebenso ratlos waren wie sie selber. Vor allem wären sie mit anderen Familien in Berührung gekommen und hätten vielleicht sogar ein paar Freunde gewonnen. Statt dessen warteten sie auf eine Besserung ihrer Lage und waren sich undeutlich bewußt, daß es keine Gesellschaften mehr zu geben schien, wie es sie früher gegeben hatte. Oder vielleicht verhielt es sich so, daß man die Goulds nicht mehr einlud. Warum sollte man auch, wenn Henry sich nicht dafür interessierte?

Woodbrook lag sechs Meilen von der Stadt Galway entfernt, ungefähr eine Meile vor Moycullen, wo die wohlhabenden und unbeweglichen Flahertys lebten. Das Gouldsche Landhaus war ein großer, schlecht durchdachter Bau, den man über einen sandigen, gewundenen Zufahrtsweg erreichte, der von der Straße hügelabwärts führte. Geschützt von den eigenen Bäumen und den kleinen, steinigen Hügeln, die zu beiden Seiten des Zufahrtsweges auftauchten, war das Haus von der Straße her nicht zu sehen. Der Salon mit seiner hohen, schmuckvollen Decke und einem schönen, breiten Kaminsims aus Kalkstein war bei weitem der beste Raum. Den Kalkstein hatte man aus den Ruinen eines viel älteren Hauses gerettet, das dort gestanden hatte, bis Cromwells Truppen es mitsamt seinen Bewohnern niederbrannten. Das jetzige Bauwerk stammte etwa aus dem Jahr 1700 und hatte immer im Schatten der Häuser der D'Arcys und Bates gestanden, deren Herrinnen beide auf die alte Mrs. Gould herabgesehen hatten, weil sie nicht so gut situiert war wie sie selbst.

Obwohl oder eben weil die Goulds zur protestantischen Gentry gehörten, der man zu Cromwells Zeiten das Land als Belohnung für den einen oder andern Dienst geschenkt hatte, wurden sie stets als Emporkömmlinge betrachtet, und nach generationenlangen Bemühungen, sich bei ihresgleichen beliebt zu machen, hatten sie sich zuletzt entschlossen und freiwillig von allen zurückgezogen. Seit fünfzig Jahren hatte man keinen mehr von ihnen in der Kirche gesehen, und wäre nicht der schmerzliche

11

Mangel an Protestanten, ob Kirchgänger oder nicht, gewesen, niemand hätte mit ihnen gesprochen. Doch hatten sie sich besser als viele ihrer stolzen Nachbarn gehalten, indem sie das Land Stück für Stück verkauften und an Woodbrook festhielten, Jahre nachdem die D'Arcys und die Bates nach England gegangen waren und es mit der Macht der Landbesitzer schließlich vorbei war. Nun blieben als einzige Nachbarn ihrer Klasse nur noch die Flahertys und die alte Mrs. Burke, die man niemals sah, und deren unverheiratete Tochter May.

Nach so vielen Generationen der Armut war Mollys Verlobung mit dem jungen Samuel Flaherty ein ungeheurer Glückstreffer gewesen. Henry hatte Jack dafür gelobt, wie sie die Mädchen erzogen habe.

»Du hast eine Dame aus ihr gemacht.« Henry schürzte säuerlich die Lippen. »Das ist eine seltene Mitgift heutzutage. Flaherty sucht das natürlich, dabei war seine Großmutter so ein leichtes Luder. Jetzt brauchen wir nur noch einen Mann für Catherine.«

Und er warf der armen Catherine einen so spöttischen Blick zu, daß sie sich duckte und in sich zusammensank, während Molly einfach fortging, als hätte sie nichts gehört.

Seit sie erfahren hatte, daß Mollys Verlobter Sam nach Dublin gefahren war, um an der Oster-Rebellion teilzunehmen, empfand Tante Jack fast Mitleid mit Henry. Sein ganzer Körper schien geschrumpft, als hätte er einen Schlag erlitten. Er sah Molly kaum an. Statt sie als Dame des Hauses zu behandeln, wie er es bereits getan hatte, begann er sie anzufahren, als hätte sie ihn in irgendeiner Weise betrogen. Das tat er auch jetzt, als sie in ruhigem Ton sagte:

»Es wird spät. Ich fürchte, sie kommen nicht mehr.«

»Was soll das Gejammer?« knurrte Henry. »Weißt du nicht, daß wir das alle schrecklich satt haben? Warum läufst du nicht rüber zum Moycullen-Haus und fragst nach Neuigkeiten?«

»Ich war gestern abend dort«, sagte Molly und sah ihm offen ins Gesicht. »Das weißt du doch ganz genau. Und es gab nichts Neues, außer daß heute die alten Leute zurückerwartet werden.«

»Mit welchem Zug? Welchem Zug?«

»Niemand weiß, ob die Züge fahren oder nicht.«

»Laß sie in Ruhe!« sagte plötzlich Tante Jack und hob den Kopf von ihren Schmetterlingen. »Sie verdient doch nun wirklich etwas Mitgefühl.«

Henry sprang auf, seine Kiefermuskeln zuckten in einer Weise, die früher bedeutet hätte, daß er sie in schrillem Ton anbrüllen würde, jetzt aber nur noch ihm selber weh tat. Sie sah ihm nach, wie er steif aus dem Raum ruderte. Als sie sicher war, daß er das Feld geräumt hatte, stand sie vorsichtig auf, um die Anordnung auf dem Tisch nicht zu zerstören, sah zu den beiden Mädchen hinüber und sagte:

»Ich geh in die Küche – vielleicht wissen die was Neues.«

Catherine rutschte eine Idee näher zu ihrer Schwester, berührte sie nicht, zog aber die Schulter hoch, als wollte sie sich an sie lehnen. Molly umfing sich selbst mit den Armen und schaukelte sachte vor und zurück, den Kopf gesenkt, und ihr weiches dunkles Haar fiel locker zu beiden Seiten ihres Gesichts herab.

»Es ist so kalt«, sagte sie schließlich. »In der Küche haben sie wenigstens immer ein Feuer.«

»Möchtest du runtergehn?«

»Um Himmels willen, nein! Einmal ist Tante Jack gerade runtergegangen, und dann kann ich's nicht ertragen, wie Sarah und Peggy mich ansehen. Ich weiß nicht, was ich zu ihnen sagen soll.«

»Du mußt doch nichts sagen.«

»Nein, aber sie freuen sich so, wenn ich's tue. Ich wollte, sie wären nicht so voller Mitgefühl, besonders Sarah nicht.«

»Es wäre schlimmer, wenn sie's nicht wären. Meinst du, sie wissen mehr, als sie uns erzählt haben?«

»Nein. Es gibt seit zwei Tagen nichts Neues, da bin ich sicher. Und wenn es was Neues gäbe, wär's was Schlechtes. Bevor Sam ging, hat er gesagt, es kann nicht gelingen . . .« Sie hörte die Hysterie in ihrer Stimme, hielt inne und zwang sich, in normalem Ton weiterzusprechen. »Aber wen kümmert das schließlich schon? Ich will nur wissen, ob Sam in Sicherheit ist. Catherine, laß uns Feuer machen!«

13

»Aber das können wir nicht!«

»Mach nicht so ein entsetztes Gesicht. Warum sollten wir nicht?«

»Papa hat gesagt, es ist nicht genug Torf da. Er hat gesagt, er kann den Männern nicht fünf Shilling pro Tag zahlen, und das verlangen sie jetzt, und wir müssen mit dem Torf vom letzten Jahr bis zum nächsten Winter auskommen, das Kochen eingerechnet. Er hat gestern lang und breit darüber geredet, als du im Garten warst. Er sagt, wir können uns nicht leisten zu baden.«

»Papa spürt die Kälte nicht. Nächsten Winter werden wir schon irgendwoher Torf bekommen. Es ist immer genügend Torf da – sogar die Hernons haben immer ein schönes Feuer!« Mollys Stimme bebte, als stünde sie bereits Henry mit diesen Argumenten gegenüber.

Von allen armseligen Familien in der Umgebung waren die Hernons die trostlosesten, mit einem Lehmfußboden und sieben kränkelnden Kindern und einem winzigen Flecken feuchten Landes, auf dem sogar die Kartoffeln kleiner gerieten als sonst überall. Mike Hernon, der Vater, war ein großer, langsamer Mann, der einen verwirrten Eindruck machte und von morgens bis abends zwischen seinen Kartoffeln auf dem Stück Sumpfland und gelegentlich als Tagelöhner schuftete. Seine schlampige Frau taugte nichts als Hausfrau und war der Grund für die Hälfte seiner Sorgen, wie ihm alle seine Nachbarn hätten bestätigen können, aber er betete sie an und versorgte sie stets mit dem, woran ihr wirklich etwas lag, mit einem guten Feuer, an dem sie ihre Schienbeine wärmen konnte, während sie ihre Brut schmutziger Kinder hütete. Molly hatte bei ihren Besorgungen immer wieder bei ihr hineingeschaut und versucht, sie zu einem neuen Anstrich des Hauses zu überreden, hatte ihr saubere Kleidung gebracht, die aber innerhalb von ein oder zwei Tagen grau war. Doch die Hütte war immer warm. Molly sprang auf.

»Ja, laß uns Feuer machen. Wir gehn vorn hinaus.« Sie kicherte bei dem Gedanken an die böse Tat, die sie begehen wollten. »Der Korb ist im Schuppen. Ich hab ihn heute gesehen.«

Sie schlichen aus dem Salon, aber es war niemand in der Halle,

14

die durch ein hohes Fächerfenster über der Tür und vom Treppenabsatz her ein weißes Licht erhielt. Das abgetretene Linoleum glänzte so sauber, daß jede Erhebung, Vertiefung, jedes Loch deutlich zu sehen war. Manche waren schon vor ihrer Geburt dagewesen, aber von anderen kannte Molly die Geschichte. Dort war der Kratzer, wo man den schweren Tisch gezogen anstatt getragen hatte, und Henry hatte den armen Paddy, den Hofarbeiter, der ohnehin an jenem Tag nur aus Gefälligkeit da war, angeschrien, daß er ihn dafür am Ende der Woche hinauswerfen werde. Er hatte das als Vorwand benutzt, um Paddy loszuwerden, und seither hatten sie nie mehr einen richtigen Hofarbeiter gehabt. Vier Löcher waren dort zu sehen, wo das chinesische Schränkchen gestanden hatte, bis Henry herausbekam, daß es siebzig Pfund wert war und es an einen Mann vom County Club in Galway verkaufte. Es waren viele Spuren von vielerlei Absätzen, aber Henry wütete nur wegen der kleinen, weil er sehen konnte, daß sie von den Mädchen waren. In ihren geheimen Gedanken über die Aussichten, Woodbrook verlassen zu können, freute sich Molly am meisten darüber, daß sie nie mehr als erstes jeden Morgen jene elende Landkarte ihres gemeinsamen Lebens würde ansehen müssen. Sie würde mit Sam sprechen, und er würde rasch dafür sorgen, daß man ein neues Stück legte, so daß sie sie auch nicht mehr sehen mußte, wenn sie zu Besuch kämen. Sie brauchte sicher nicht zu erklären, warum ihr das so wichtig war, der Boden sah schließlich schlimm genug aus. Außerdem verlangte Sam niemals Erklärungen dieser Art.

Sobald sie die schwere Tür geöffnet hatten, sahen sie, daß der Regen nur noch ein dichter Nebel war. Er hatte die kräftigen Gräser grau gemacht und zu Boden gedrückt. Links von der Tür, wo die hohen Bäume über den Krocket-Rasen hingen, gurrte einmal versuchsweise eine Waldtaube. Sie sahen den Regen von den langen Fingern der Kastanienblätter tropfen, und der Bach neben dem Anfahrtsweg plätscherte laut. Catherine sagte:

»Es hat fast aufgehört. Vielleicht kommen sie doch noch.«

»Regen würde die beiden nicht aufhalten. Sie sind immer so gut zu mir gewesen.«

Sams Großmutter, die alle immer noch Miss Alice nannten, hatte ihr ein goldenes Ohrgehänge mit einer Perle und einem Amethysten geschenkt, das von ihrem ersten Mann, einem anderen Samuel Flaherty stammte, und hatte gesagt: »Jetzt gehörst du wirklich zu uns.« Bei der Erinnerung daran entfuhr Molly, bevor sie es verhindern konnte, ein tiefer Seufzer, und dann sprang sie ärgerlich die Treppe hinunter und lief den Seitenweg entlang zum Torfschober, wobei sie wußte, daß Catherine ihr folgen würde. Kein Selbstmitleid, keine Klagen, keine Bitten um Mitgefühl, vor allem nicht von Catherine, an diese Regeln würde sie sich halten, koste es, was es wolle. Sonst würde sie ihnen wieder in die Hände fallen. Sam hatte ihr das Versprechen abgenommen, daß sie ihre Freiheit wahren würde, ganz gleich, was ihm zustieße. Sie hatte ihn kaum verstanden, aber versprochen hatte sie es.

Dieses Gespräch war ihr so unwirklich vorgekommen. Einerseits verstand sie alles sehr gut – daß er nach Dublin gehen würde, um an einem vorbereiteten Aufstand teilzunehmen, der wahrscheinlich fehlschlagen und für ihn mit Gefangenschaft, wenn nicht mit dem Tod enden würde. Sie hatte sogar angeboten, mit ihm zu kommen. Andererseits kam ihr alles wie ein Märchen vor. Solche Dinge gab es nicht in der modernen Welt. Da war der Krieg in Frankreich, der war wirklich. Hätte sie Brüder gehabt, wären sie ohne Zweifel eingerückt, wie einige von Sams Vettern. Sams Vater, Thomas Flaherty, war ein Mitglied des Parlaments, natürlich hatten sie ihm nichts von der Erhebung, wie sie es nannten, erzählt. Andere Vettern gingen auch nach Dublin, aber sie sollte nicht gehen, darin war Sam ganz hart gewesen. Als sie immer noch nicht nachgeben wollte, hatte er plötzlich in heftigem Ton erwidert, wenn sie dabei sei, könne er nicht kämpfen. In jenem Augenblick hatte sie zum erstenmal an seinen Tod gedacht.

Der Torfschober war mehr als zur Hälfte leer. Es war wirklich nicht mehr als ein nach vorn offener Schuppen, zwischen wuchernden Taxusbüschen hinter dem Tor versteckt, das in den Stallhof führte. Der Boden des Schobers war von einer dicken

Schicht Torfmull bedeckt, der nie hinausgeschafft wurde und einen köstlichen, warmen, starken Geruch ausströmte. Als sie hineinkamen, liefen gackernd zwei umherstreunende Hühner an ihnen vorbei, die dort vor dem Regen Schutz gesucht hatten. Molly öffnete die Seitentür zum Hof, jagte sie hinein, kam zu Catherine zurück und sagte:

»Die hätte sich der Fuchs geholt, wären wir nicht wegen der Feuerung gekommen. Also du siehst, es war doch eine gute Idee.«

Sie nahmen den Korb, einen hausgemachten, viereckigen Korb aus Haselnußgerten, und füllten ihn bis oben hin mit hartem schwarzem Torf. Dann trugen sie ihn gemeinsam an den Handgriffen den Weg zurück, den sie gekommen waren. Henry war noch nicht da. Sie hörten Stimmengemurmel von der Küche her, machten die schwere Eingangstür vorsichtig zu und gingen leise mit dem Korb in den Salon. Als sie dort sicher angelangt waren, nahmen sie Zeitungsblätter von dem Stapel am Kamin, knüllten sie zu Bällen zusammen, legten sie auf die Feuerstelle, bauten den Torf fachmännisch darum herum, zündeten das Papier mit Streichhölzern aus Henrys Pfeifentasche an und saßen dann auf den Hacken triumphierend beieinander, um den Flammen zuzusehen, die auflodernd um sich griffen und emporkletterten, bis die ganze Masse warm glühte.

Dann sagte Catherine ängstlich:

»Was machen wir, wenn Papa zurückkommt?«

»Ich regle das schon mit ihm«, sagte Molly. »Ich kenne Papa.«

Catherine sagte nichts, rückte aber näher, und sie verfielen in einen zeitlosen Traum, in dem sie das Feuer genossen wie zwei gesunde Katzen.

2

Wieder umfing Molly sich selbst mit den Armen und versuchte sich mit aller Macht daran zu erinnern, wie Sam sie das letzte Mal gehalten hatte, als würde sie nun körperlich von ihm fortgezerrt. Ein Schauer lief ihr durch den Körper wie ein elektrischer Schock, ein Strom von Leben und Energie, dessen Stärke ihr Angst machte. Wenn sie bei Sam war, war es verständlich und natürlich, daß dies geschah. Was, wenn er nicht mehr zurückkäme – würde sie das ertragen müssen, ganz allein, für den Rest ihrer Tage? Würde sie das Verblassen der Erinnerung als schlimmer empfinden? Sie warf Catherine einen Blick zu, um festzustellen, ob sie etwas gemerkt hatte, aber Catherine war in die Betrachtung des unerlaubten Feuers versunken, ihre Augen glänzten, ihre Wangen glühten von der angenehmen Wärme des Torfs, der nun eine wunderschöne Färbung angenommen hatte, eine Mischung aus Schwarz und Orange und Rot mit purpurnen Tupfern und grünen, irrlichternden Blitzen. Sie hatte nichts gemerkt – Catherine merkte so etwas nie. Hätte ihre Mutter etwas gemerkt, wenn sie noch am Leben wäre? Tante Jack konnte sich einen kritischen, um nicht zu sagen verächtlichen Ton nicht verkneifen, wenn sie von Emily sprach. »Eure Mutter meinte es gut, aber sehr feinfühlig war sie nicht«, sagte sie häufig mit kalter Stimme, und oftmals fügte sie hinzu: »Aber was macht das schon.«

Und sie hatte auch gesagt, daß Catherine nach ihrer Mutter schlage.

Catherine war nicht immer so gewesen. Die Dinge hatten besser gestanden, als sie klein waren, und manchmal hatten sie einen vertraulichen Augenblick wie diesen verschwörerhaft benutzt, um einander ihre wirklichen Gefühle und Gedanken mitzuteilen. Dann hatte Catherine, die sich von allen Seiten bedroht fühlte, einen verhängnisvollen Versuch gemacht, mit Henry, dem Feind aller, ein Bündnis einzugehen. Eine Woche lang – länger als bei seinen gewohnten Kampagnen – hatte er sich jeden Tag darüber beschwert, daß er keinen Penny in der Tasche habe, wenn er nach Galway fahre, so daß er im Club keinen Drink bezahlen könne – eine wesentliche Eröffnung eines jeden Gesprächs mit den anderen Mitgliedern. Er versuchte es mit jedem Ton, ärgerlich, weinerlich, verächtlich, gleichgültig, märtyrerhaft, leidend, immer wieder mit einem Auge auf Tante Jack blikkend, ob sie vielleicht einen oder zwei Shilling hätte, um die er sie angehen könnte. Molly und Catherine und Tante Jack wußten alle ganz genau, worauf er aus war, aber es gab – obschon die Kinder erst acht und zehn Jahre alt waren – ein Abkommen zwischen ihnen, daß man sein Verhalten zu ignorieren habe, so wie man das Kratzen des Hofhundes an der Hintertür ignoriert. Henry befand sich immer in diesem Tief zwischen dem Verprassen einer Dividendenauszahlung und dem Eintreffen der nächsten.

Catherine erzählte ihm vom Himbeergeld, lauerte ihm am Zufahrtsweg regelrecht auf, als er aus Galway zurückkam, das Pony mit seinem langsamen Trott mürrisch antreibend. Er blieb mit dem zweirädrigen Wagen nicht einmal stehen, als sie von der Grasböschung herunterkam, sondern ließ sie nebenherlaufen, während sie halb flüsternd, fast gelähmt vor Angst, sagte:

»Ich weiß, daß Tante Jack etwas Geld hat – du könntest sie bitten . . .«

Catherine erzählte Molly am selben Abend davon, tränenüberströmt, und versuchte verzweifelt, ihre Sympathie und Vergebung zu gewinnen, während sie in ihrem dunklen Schlafzimmer lagen, ohne Abendbrot und mit Schmerzen von den Schlägen, die sie von Henry bekommen hatten, der sich damit für sein vergebliches Ringen rächte, denn trotz eines ausgewachsenen Krieges im Parterre hatte er Tante Jack nicht einen einzigen Penny abnehmen können.

»Ich hab ihm nicht sagen wollen, wo sie das Geld her hat – ich weiß selber nicht, wieso ich ihm das gesagt habe – Molly, so antworte doch – lieg nicht so da und sag nichts – er hat es aus mir rausgeholt . . .«

»Warum hast du das getan?« sagte Molly so kalt sie konnte. Die kleine Törin tat ihr ja leid, aber wichtig war, daß so etwas nicht noch einmal geschah. Vielleicht war es so gewesen, wie sie gesagt hatte, weil sie schwach war und zermürbt durch Henrys dauerndes Klagen, aber Molly glaubte das nicht.

»Du dachtest, du bist Papas Liebling«, zischte sie bitter. »Deswegen hast du's getan. Weißt du denn nicht, daß man ihm

19

nicht trauen kann? Selbst wenn er dich eine Weile zu seinem Liebling machte, er würde dich wieder fallen lassen. Er braucht uns nicht – keine von uns. Was er braucht, sind seine Freunde im Club und Mr. Flaherty und Mr. Connolly, weil sie reich sind.«

»Molly, wie kannst du so über Papa sprechen?«

Wie? Weil ich ihn *sehen* kann. Jetzt, wo er von dem Himbeergeld weiß, wird er nicht mehr aufhören, Tante Jack deswegen zu belästigen. Er wird ihr alles abnehmen.« Sie hielt inne und dachte über das Gesagte nach. Das Himbeergeld bekam Tante Jack für die frischen Himbeeren, die sie in das Geschäft schmuggelte, wenn sie die Marmelade brachte – Henry lebte in dem Glauben, daß alle Himbeeren zu Marmelade verarbeitet würden. Die Sache mit dem Schmuggeln machte großen Spaß, man wartete, bis Henry zum Fluß hinunterging, dann wurden die Sitze aus dem Wagen genommen, und der Raum darunter wurde mit Körben voller Himbeeren gefüllt, Tücher kamen darüber, dann kletterte man schnell hinein und saß dort ganz still, für den Fall, daß Heny zurückkäme und etwas merkte, dann die lustige Fahrt nach Galway in der Gewißheit, daß es bei MacDonnel's Semmeln geben würde, bevor man nach Hause kam. Der Gedanke, daß es mit diesen Genüssen ein Ende haben würde, war zuviel für Molly, und es brach aus ihr heraus: »Wir werden nie mehr Spaß haben. Ich hasse Papa, hasse ihn, hasse ihn!«

Darauf wimmerte Catherine so verzweifelt, daß Molly nachgeben und zu ihr ins Bett kommen und ihr sagen mußte, daß es gar nicht so schlimm sei, und so tun mußte, als mache es ihr nicht so viel aus, wie sie gesagt hatte. So fand Tante Jack sie vor, als sie zu ihnen ins Zimmer kam, einander in den Armen liegend, fast eingeschlafen. Sie stand einen Augenblick bei ihnen, und Molly mit ihrem furchtbaren neuen Wissen sah zum erstenmal, wie unglücklich auch sie war. Sie hatte kein Mitleid mit Henry, freute sich nur, daß er keinen einzigen Freund in diesem Hause hatte, als Tante Jack sich aufs Bett setzte und sagte:

»Ich habe euch Kekse mit Butter mitgebracht. Setzt euch jetzt auf und eßt, nun kommt schon, das ist doch kein Weltuntergang.«

Molly wußte sofort, daß dies nicht bedeutete, daß sie auf Henrys Seite stand, fragte aber dennoch:

»Was ist mit Papa?«

Tante Jacks Mund zog sich zusammen, so daß über der Oberlippe eine Reihe von Fältchen erschien und das Kinn hervortrat. Sie sah so wütend aus, daß Molly fast Angst vor ihr bekam, als sie in einem leisen, mahlenden Tonfall sehr langsam sagte:

»Papa wird nie wieder Hand an eine von euch legen. Ich habe ihm gesagt, wenn er das nochmal tut, wird es sein Ende sein.«

Es war solch ein außerordentlicher Satz, daß Molly ihn nie vergaß. Wie würde sie es tun? Wie bei den Hühnern, die in der Aschengrube im Hof getötet wurden, mit einem raschen Beilhieb in den Nacken, Schreie und dann Totenstille? Die Vorstellung befriedigte sie sehr, und sie hatte Tante Jack nicht näher befragt noch ihre Macht über Henry bezweifelt.

Hätte sie die Quelle dieser Macht gekannt, würde sie sich doppelt gefreut haben, aber Tante Jack erzählte ihr natürlich nie davon. Es ging zurück auf den Tag vor achtzehn Jahren, 1898, als Henrys Frau umkam. Sie war Emily Roche, aus einer Galwayer protestantischen Familie. Sie war ein gesundes, tatkräftiges Mädchen, das alle hätte überleben sollen, aber eines schönen Nachmittags fiel sie aus Henrys Boot, ertrank im Fluß unterhalb des Hauses und hinterließ ihm zwei kleine Mädchen zum Aufziehen. So einfach war es geschehen: Emily bat, rudern zu dürfen, und Henry wollte sie nicht lassen. Dann plötzlich, in einem Temperamentsausbruch, wie er ihn sich von Zeit zu Zeit leistete, sagte er:

»Also dann rudere. Rudere dich zur Hölle, was kümmert's mich!«

Das leichte Boot entlangstolpernd, um ihr den Platz an den Rudern zu überlassen, brachte er es so stark ins Schaukeln, daß Emily über Bord glitt. Als es ihm gelang, sie herauszuziehen, war sie tot. Tante Jack, auf Besuch in Woodbrook, hatte alles von der Bank aus gesehen und konnte Henry ganz gut über die Untersuchung hinweghelfen, so daß es zu keinem Skandal kam. Emily hatte sich zu hastig bewegt, das war alles. Es war eine von diesen

Geschichten, die nicht notwendig gewesen waren, und da waren zwei hilflose Kinder, zwei und vier Jahre alt, ohne Mutter. Der amtliche Leichenbeschauer war ein Fremder, wirklich sympathisch, und es hatte sich nicht der geringste Verdacht auf Foul Play ergeben, jenen schönen Ausdruck, den Tante Jack seit dem schrecklichen Unfall bei sich hütete wie einen Schatz.

Danach war sie in Henrys Mietzimmer gegangen, wie er es nannte, obwohl seit Jahren niemand irgendwelche Miete bezahlt oder auch nur daran gedacht hatte, so etwas zu tun. Es war ein kleines, dunkles Zimmer, fast am Ende des Ganges, der zur Küche führte, eingerichtet mit den Stühlen, Tischen und Teppichen, die selbst für das Eßzimmer zu schäbig waren. Das Fenster war klein, und der Efeu vor der Scheibe ließ kaum Licht hinein. Man hätte ihn leicht beschneiden können, aber Henry kümmerte sich nie um derlei Dinge. Henry war da, sah fast genauso aus wie heute, nur jünger natürlich und erst mit einem Anflug von Grau im Haar. Er hatte sie voller Abscheu und Grauen angestarrt, als sie ihren Vorschlag machte; sie sprach langsam, um ihre Gedanken zu ordnen, die durchaus nicht so klar waren wie sie hätten sein sollen, und fragte sich, wo sie die Geschicklichkeit, um nicht zu sagen Dreistigkeit, hernahm, an so etwas überhaupt zu denken.

»Henry, die kleinen Mädchen werden jemanden brauchen, der sich um sie kümmert. Maggie wird nicht genügen – sie ist schließlich nur ein unwissendes Ding.« Sie hatte ihn weiter bedrängt, ihm keine Zeit zur Erholung gelassen, wußte sie doch, daß er erschöpft war von der Plage des Tages und der langen Fahrt in dem alten Einspänner zurück vom Gericht nach der Untersuchung. »Jemand ihrer eigenen Klasse muß sich um sie kümmern. Eine Gouvernante könntest du nie bezahlen oder auch nur verköstigen, das weiß ich, und außerdem bringen Gouvernanten, wie wir ja wissen, immer Ärger.« Da sah er sie prüfend an, denn er hatte etwas in ihrer Stimme gehört, einen Unterton des Triumphes, den sie nicht hatte unterdrücken können oder wollen. »Ich habe keinen Grund, warum ich nicht hier leben sollte. Schließlich ist es ebenso mein altes Zuhause wie deines. Ich bin unbeschäftigt, bin völlig frei, ich kann tun, was ich will. Ich brauche keine neue Wohnung zu suchen.« Langsam, langsam.» Wenn du Maggie mit der Erziehung der Kinder beauftragst, könnten die Leute reden – vielmehr, sie werden bestimmt reden.« Dann, sehr leise: »Ich könnte sogar selber reden.« Eine lange Pause, die sie damit füllte, daß sie zum Fenster hinüberging, als wollte sie einen Blick auf die Rosen im Garten werfen. Sie mußten dringend beschnitten werden, obwohl man, wie Mutter immer sagte, eine Rose nicht umbringen kann. Sie ließen sich jederzeit wieder in Ordnung bringen. Es war Juli, und während Emilys Todestag warm und sonnig gewesen war, war es nun wieder feucht und kalt geworden, wie es zu dieser Jahreszeit oft vorkam. Einen Augenblick lang war Tante Jack am Fenster von Panik gepackt bei dem Gedanken an den ungeheuren Schritt, den sie da unternahm: Sie machte nicht nur den Vorschlag, in dieses Haus zurückzukehren, sondern verlangte außerdem, daß Henry sich in ihre Gewalt begebe. Das war wohl nicht ganz ungefährlich, konnte aber auch lohnend sein. Woodbrook war weiß Gott nicht komfortabel zu nennen, doch fest stand, daß sie damals nirgendwo lieber gelebt hätte.

Sie hätte das Haus nie verlassen, wäre Henry nicht gewesen; er war es, der gesagt hatte, sie solle gehen und sich ihren Lebensunterhalt als Gouvernante verdienen, und er hatte nicht locker gelassen, bis es endlich von Vater und Mutter so beschlossen wurde, von Jack selber bestimmt nicht. Henry hatte sie alle kleingekriegt, sogar Vater, der sie im Grunde gern dabehalten hätte, sich aber nie soweit aufraffen konnte, sie zu verteidigen.

So war sie aus dem schönen Traum der Vornehmheit – das war alles, was sie in Woodbrook hatten – in der entschiedenen Realität der Dienstbarkeit von Castle Gilmore erwacht. Castle! Das war plumpe Übertreibung, auch wenn es mehr Räume gab als in Woodbrook, fünf im Erdgeschoß und sieben oben, wie sie an jenem ersten Abend gezählt hatte, außerdem ihr Kämmerchen im Seitenflügel neben dem Badezimmer. Noch nie hatte sie in einem so kleinen Zimmer geschlafen, und es deprimierte sie schrecklich und machte ihre ungewohnte Einsamkeit um so erdrückender, obwohl Mrs. Gilmore es als gemütlich bezeichnete.

Das Haus – sie weigerte sich, es Castle zu nennen – lag gleich hinter dem Dorf Rathfarnham, kurz vor Dublin, wo sie erst einmal gewesen war. Die Gilmores hatten dort seit siebzig Jahren gewohnt, wie Mrs. Gilmore ihr an jenem ersten Tag erzählt hatte, und Jack – für die anderen Miss Gould – hatte darauf gleich angemerkt, ihre Familie lebe in Woodbrook seit hundertundsiebzig Jahren, wenn nicht länger. Mrs. Gilmore war eine recht freundliche Person, aber sie hatte schon zu viele Gouvernanten in ihren Diensten gehabt, als daß sie noch irgendwelche Sympathien für sie als Klasse bewahrt hätte. Sie sagte weiter, daß ihre älteste Tochter, Margaret, die nun erwachsen sei und gerade geheiratet habe, nie schwierig gewesen sei, doch die zehnjährige Sylvia, die jüngere, sei ein bißchen frühreif und brauche eine feste Hand.

Niemand hatte Jack etwas darüber gesagt, wie eine junge Frau sich zu schützen habe, und immer hatte sie das unbestimmte Gefühl gehabt, daß die Gefahren der Welt nur die Bediensteten bedrohten. Und Mrs. Gilmore hatte ihr nichts von Tom erzählt – wie konnte sie auch? Obwohl er ihr Sohn war, kannte sie ihn selber kaum, denn er war ihr fortgenommen und auf eine Privatschule nach England geschickt worden, als er sieben war, und mit zwölf kam er dann auf eine Public School. Zwischendurch hatte es wohl immer Ferien zu Hause gegeben, doch die wurden immer kürzer, da er mehr und mehr dazu eingeladen wurde, seine Freizeit bei Freunden in England zu verbringen. Einsam, verachtet und hinausgedrängt von ihrem Bruder, der ihr Beschützer hätte sein sollen, war es für Jack einfach und natürlich, daß sie sich in Tom verliebte. Für kurze Zeit war auch er wirklich verliebt in sie gewesen, und törichterweise hatte sie darauf ihren Glauben gebaut.

Es war sehr einfach und schnell geschehen, gleich am Tage ihrer Ankunft, als sie sich die erste Blüte ihrer Unabhängigkeit noch bewahrte. Sie wirkte damals sanft, ganz anders als heute, mit dunklem, glattem Haar, das an den Seiten in einer Weise hochgekämmt war, die langsam unmodern wurde, und dunkelbraunen, vertrauensvollen Augen. Tom hatte sie im Wohnzimmer angetroffen, wo sie wie eine Dame saß und so sehr zu Hause schien, daß er sich verwirrt fragte, welche Stellung sie innehabe. Sofort fragte er sie, ob sie angemeldet worden sei. Bis sie ihm erklärt hatte, sie sei Sylvias neue Gouvernante, die darauf warte, sie zum Zahnarzt zu bringen, war er so angetan von ihrer hinreißenden Unschuld, daß er sich erboten hatte, mit ihnen zu kommen und ihnen den Weg zu zeigen. Warm geworden durch seine Freundlichkeit, hatte sie ihm eine Menge von sich erzählt – daß man sie Jack rufe statt bei ihrem richtigen Namen, Joanna, weil ihr Vater sich einen Sohn gewünscht hatte; als Henry dann geboren wurde, habe ihr Vater das Interesse an ihr verloren und sich nur noch um Henry gekümmert, der sich allerdings nicht sehr zufriedenstellend entwickelt habe und der Hauptgrund dafür sei, daß man sie in Stellung geschickt habe. Scherzend hatte Tom gesagt, er werde dafür sorgen, daß sich ihr neues Leben bis zu seiner Rückkehr nach Oxford erträglicher gestalte.

Er kam sehr oft in das Kämmerchen, das man ihr so großzügig zugeteilt hatte und das etwas abseits lag von den anderen Schlafzimmern des Hauses. Im Oktober fuhr er zurück nach Oxford und schrieb bald darauf, daß er Weihnachten bei seinem Freund Michael Shaw in Rom verbringen werde. Seine Mutter merkte nichts, bis Sylvia, die in der Tat frühreif war, eines Abends Anfang März im Wohnzimmer sagte, daß der Gang von Miss Gould mehr und mehr so werde wie der von Margaret. Da Margaret damals im fünften Monat schwanger war, begriff Mrs. Gilmore schließlich, daß sie einem losen Frauenzimmer Obdach gewährt hatte und warf sie mit Sack und Pack hinaus. Mr. Gilmore, ein in sich gekehrter, selbstsüchtiger Mensch, hatte nichts dagegen einzuwenden.

Als Tante Jack den nächsten Abschnitt ihres Lebens überstanden hatte, war ihre gesamte Persönlichkeit verändert. Der Kutscher der Gilmores, Mike Kelley, nahm sie bei sich auf. Er wohnte in Donnybrook, mehr als zwei Meilen von Rathfarnham entfernt. Ihre Tochter kam im Juni zur Welt und wurde der Familie Kelly eingegliedert. Mrs. Kelly, eine gutherzige Frau, versprach, das Kind mit ihrem eigenen großzuziehen. Das bedeutete, daß man es, wenn die Zeit gekommen wäre, in die Dienste eines großen Dubliner Hauses geben würde.

Worauf Jack bestand, war der Name des Kindes: Margaret Gilmore sollte es heißen.

Durch seinen Bruder hatte der Kutscher Beziehungen zu dem Haus eines Herrn in Donnybrook, und im Herbst 1887 fand Tante Jack dort eine Anstellung als Gouvernante, wobei sie natürlich angab, daß dies ihre erste Stelle sei; andernfalls hätte man sie gar nicht erst genommen. Damals hatte sie begonnen, sich für Wahrsagerei zu interessieren. Die Köchin ihres neuen Brotherren hatte einen Bruder, dessen Frau eine Halbzigeunerin war, von der es hieß, daß sie die Gabe habe. Sie lebte in einem Häuschen unweit der Francis Street und empfing abends ihre Besucher. Sie schämte sich ihrer Torheit, doch Schmerz und Erniedrigung trieben Jack so zur Verzweiflung, daß sie oftmals zu ihr ging und ihr immer wieder dieselben Fragen stellte:

»Wird er zurückkommen? Weiß er, wo ich bin? Weiß er, was mit mir geschehen ist? Bedeute ich ihm überhaupt etwas? Liebt er mich? Wird er mich heiraten?«

»Nein, nein, nein. Deine besten Tage sind vorbei. Du wirst nicht heiraten, obwohl du wahrscheinlich noch mit einem andern Mann schlafen wirst.« Ann saß nahe am Feuer, die nackten Füße in der Asche, die Zehen gingen unruhig auf und ab, so peinlich war ihr das. Sie war eine dicke, kleine Frau mit kräftigem schwarzem Haar und leuchtenden dunkelblauen Augen. Ihre Kleidung war so schmutzig, daß es eine Strafe war, in ihre Nähe zu kommen. Mutter wäre ohnmächtig geworden bei dem Geruch, von der Wahrsagerei ganz zu schweigen, dachte Tante Jack, doch sie rückte näher, als Ann – in der Hoffnung, die Voraussage würde sich ändern – verschiedene Methoden durchprobierte. Die Dame tat ihr leid, aber Teeblätter, Karten und Handlinien sagten alle dasselbe, und daran mußte man glauben.

»Da hast du alles ganz klar vor dir«, sagte sie eines Abends ärgerlich. »Ich kann's nicht ändern. Du bist immer von einem Männernamen umgeben, aber nie wirst du einen eigenen Mann haben.«

Dann brach sie in Tränen aus und verlangte den doppelten Preis, und Tante Jack schlich völlig gebrochen davon. Niemandem außer Tom Gilmore hatte sie je etwas von ihrem lächerlichen, abscheulichen Spitznamen erzählt, jenem Männernamen, von dem sie immer umgeben sein würde. Sie glaubte natürlich nicht wirklich an diesen Unsinn der Wahrsagerei – wie konnte sie auch? Ihre ganze Erziehung stand dagegen. Sie wußte jedoch, daß die Armen, die Hausmädchen und die darbende Landbevölkerung in den Hütten der Umgebung, alle Geschichten erzählen konnten, in denen die Zukunft tatsächlich genau vorhergesagt worden war. Sie wollte nicht glauben, daß ihr Schicksal vorgezeichnet sei, doch im Laufe der Zeit fand sie sich innerlich mit der Gewißheit ab, daß ihre Zukunft unfruchtbar sein würde.

Ihre Eltern starben beide, ohne von ihrer Schmach gehört zu haben – ein kleines Wunder in Irland –, doch Henry mußte die Geschichte natürlich zu Ohren kommen. Unmittelbar nachdem er ihr gesagt hatte, daß er heiraten werde, hatte er ihr das aufgetischt. Das war 1892, kaum sechs Monate nach dem Tod ihres Vaters, der offenbar an derselben Tuberkulose gestorben war, die ihnen kurz davor die Mutter geraubt hatte.

»Du brauchst mich gar nicht so anzugucken«, sagte Henry in häßlichem Ton, ohne ihr Zeit zu lassen, sich zu seinem Vorhaben zu äußern. »Ich sehe keinen Grund, warum ich nicht eine Frau heimführen sollte, die mithilft, hier alles in Ordnung zu halten. Vater hat mir das alles hinterlassen, Grundkapital, Wertpapiere, das Haus und das Land, und damit muß ich nun so gut ich kann zurechtkommen. Du wirst diese Worte selber lesen. Hundert Pfund sind für dich angelegt, die bringen dir im Jahr nicht weniger als fünf Pfund.«

Wie er das sagte, klang es wie ein Gebet. Sie murmelte:

»Denkst du etwa, das hätte ich vergessen?«

»Ich wollte es dir nur noch mal sagen. Und im Urlaub kannst du kommen – du kriegst doch Urlaub, nehm ich an?«

»Ja.«

»Emily wird nichts dagegen haben, falls du im Urlaub kommst, schon gar nicht, wenn du betonst, daß du in der Beerenzeit kommst. Das ist nicht zuviel verlangt. Es wird eine Menge Marmelade zu machen sein. Ich verkaufe die dann in Galway.«

»Ich finde, ich sollte hierher kommen dürfen, wann immer ich Lust habe«, begann sie mit leiser Stimme. »Könnte ja sein, daß ich nicht ewig Gouvernante sein will.«

»Du kommst dann, wenn ich es sage«, sagte Henry. »Du kannst froh sein, daß ich überhaupt bereit bin, dich hier zu dulden – bei deiner Vergangenheit.« Er war schon immer ein hartherziger Kerl gewesen. »Ich hab alles über dich von einem Mann erfahren, der nicht mal wußte, daß du meine Schwester bist – wär' auch ganz schön peinlich gewesen, wenn er's gewußt hätte. Er kannte die Gilmores; er hat gesagt, die hätten da eine wilde Gouvernante aus dem Westen.«

Sie hatte also jeden Juli ihren Urlaub in Woodbrook verbracht, entschlossen, sich von ihrem Bruder nicht das Vaterhaus verbieten zu lassen. Mit Emily war sie gut ausgekommen – womit er nicht gerechnet hatte – und war ihr Trost und Stütze gewesen, wenn Henry seine unausstehlichen Launen hatte. Emily gab ihr stets das Gefühl, willkommen zu sein, und wenn Tante Jack da war, lud sie für einen Abend ein paar von ihren Freunden und Bekannten aus Galway ein, die Jack dann mit ihrem Wahrsagen unterhielt. Sie genoß das, besonders die Überraschung, die sich auf ihren Gesichtern zeigte, wenn sie ihren Trick mit dem Charakterlesen anbrachte, auch wenn sie sich dabei hüten mußte, zuviel zu sagen. Sie fand, daß sie tatsächlich eine Art Einsicht entwickelt habe – zweites Gesicht wollte sie dazu nicht einmal vor sich selbst sagen –, aber des öfteren, wenn sie Emily über die Gäste befragte, wenn sie gegangen waren, stellte sich heraus, daß ihre Vermutungen sich mit der Wirklichkeit deckten.

Das war der Grund, warum sie ihrem Instinkt vertraute, was die Magd Maggie betraf. Das war ein frech dreinblickendes Weibsstück – Mutter hätte sie schon längst hinausgeworfen –, und ihre Stellung im Hause war nicht ganz klar, denn sie war weder Kindermädchen noch ein richtiges Dienstmädchen. An ihrem freien Nachmittag fuhr Henry sie manchmal nach Galway und kam stundenlang nicht zurück; und kam er dann endlich, sah er sonderbar aus; wie ein streunender Hund, mit einer Art Schiefgang und einer hängenden Augenbraue. Tante Jack hätte nichts gesagt, wenn Emily nicht aus dem Boot gefallen und ertrunken wäre. Damals hatte sie gemurmelt:

»Ich könnte sogar selber reden.«

Maggie wurde hinausgesetzt, was zu beweisen schien, daß es nicht Henrys Absicht gewesen war, Emily ein Ende zu machen, und Tante Jack übernahm den Haushalt, zog die zwei Kinder auf, machte jedoch nie den Fehler, sie als ihre eigenen zu betrachten. Das wenigstens hatte sie gelernt.

Nach der Geschichte mit dem Himbeergeld hatte Molly Henry lange Zeit bitterlich gehaßt. Aber es hatte auch bessere Zeiten gegeben, besonders wenn Besuch da war. Dann zeigte er sich von seiner liebenswürdigen Seite, wenn darauf auch oft genug Wutanfälle folgten. Doch er hatte sie nie mehr geschlagen oder auch nur mit Gewaltanwendung gedroht, und im Laufe der Zeit hatten sie eine Stufe erreicht, auf der sie einander tolerierten, die Frauen des Hauses auf der einen Seite und Henry auf der anderen. Das bedeutete, daß sie zuweilen so etwas wie Freundlichkeit füreinander aufbrachten, und Molly war sogar ein wenig gerührt gewesen, als Henry ihre Freundschaft mit Sam und später ihre Verlobung billigte.

Durch Sam wurde ihr zum erstenmal bewußt, daß Flunkereien für sie zur Selbstverständlichkeit geworden waren, zu einer Notwendigkeit; sie brauchte das, um nicht verrückt zu werden, ja, um sich physisch sicher zu fühlen, auch wenn von Henry keine unmittelbare Gefahr mehr drohte. Es war, als könnte sie nur durch einen Schleier von Lügen leben, kleinen, unwichtigen oftmals, hinter denen sie ihr wahres Tun und Trachten verbarg. Wurde sie gefragt, ob sie ihre Pflichten im Haushalt erledigt habe, welches Buch sie gerade lese oder wo sie die letzte Stunde gewesen sei, so sagte sie nicht die Wahrheit. Als kleines Mädchen hatte sie klarsehen wollen, jetzt nicht mehr, denn sie hatte die Entdeckung machen müssen, daß so viele Dinge, die man sieht, unerträglich sind. Es wunderte sie, daß Sam sich überhaupt um sie kümmerte, denn nie im Leben schien ihm der Gedanke gekommen zu sein zu heucheln. Für ihn war es selbstverständlich, daß man einem Menschen dasselbe ins Gesicht sagte, was man auch hinter seinem Rücken sagte, alles andere war unanständig. Er schien Mollys Lage interessant zu finden und lachte über ihre Verlegenheit, als er sie bei einer dummen Lüge ertappte.

So nämlich hatte ihre enge Freundschaft begonnen, obwohl sie einander schon immer oberflächlich kannten. Sie waren einander am Country Club in Galway begegnet, letzten Heiligabend, als sie sich mit einem Korb abschleppte, den sie nach Hause tragen mußte, da Henry im Club trank und unwirsch gesagt hatte, daß er in den nächsten Stunden nicht kommen werde. Pony und Wagen standen im Hof des Clubs. Bei jedem anderen als Henry hätte man den Korb im Wagen lassen können, aber immer wieder hatte Henry bewiesen, daß er sich einen teuflischen Spaß daraus machte, in häuslichen Dingen zu versagen, und so war damit zu rechnen, daß er den Korb absichtlich verlieren würde. Sie machte gar nicht erst den Vorschlag, daß er ihn mitbringen könne. Ihr Geld war bis auf ein paar Pence für Lebensmittel und kleine Weihnachtsdekorationen draufgegangen, also konnte sie keine von den Droschken nehmen, die auf dem Platz warteten. Es blieb ihr nichts übrig, als zu Fuß zu gehen. Der Himmel war klar, es war nicht allzu kalt, und der Korb, wenn auch voll, war nicht so schwer, daß man ihn nicht tragen konnte. In dem Augenblick – sie stand noch auf den Eingangsstufen des Clubs – kam Sam von der Straße heraufgestürmt, wobei er dem Türsteher zurief:

»Ich fahr meinen Wagen gleich hier weg, wenn's recht ist!«

Er sah sie, und obwohl sie sich abwandte für den Fall, daß er nicht mit ihr sprechen wollte, sagte er:

»Molly! Wie schön! Geht's nach Hause? Auch ganz schön bepackt, wie ich sehe.«

»Ja. Ich fahr mit Vater. Er muß jeden Augenblick rauskommen.«

»Ich wollte dir gerade anbieten, dich mitzunehmen.« Er sah ihr lange und tief in die Augen, mit einem Blick, der bis auf den

Grund ihrer Seele zu dringen schien. Sie bekam einen richtigen Schrecken. Er sagte: »Bist du sicher, daß dein Vater gleich kommt? Es macht keinerlei Schwierigkeit, dich mitzunehmen, und ich würde mich freuen über so eine Begleiterin. Ich bin nämlich zufällig ganz allein.«

Sie warf einen Blick in die Richtung der Bar, von wo deutlich lärmende Stimmen zu hören waren, darunter auch Henrys Stimme, und sie betete, daß Sam sie nicht erkennen würde. Sie sagte:

»Danke, er ist bestimmt gleich da. Ich hab gerade mit ihm gesprochen, und er hat gesagt, er käme sofort.«

Einen kurzen Augenblick stand Sam unschlüssig da, dann sagte er:

»Dann kommst du also klar. Frohes Fest euch allen. Gute Nacht.«

Sie wartete, bis er abgefahren war, dann ging sie hinunter auf den Platz und trat den Heimweg an, gute sechs Meilen, die Hauptstraße nicht gerechnet. Sie hatte noch keine zwanzig Schritt zurückgelegt, als plötzlich Sam an ihrer Seite war. Ruhig fragte er:

»Na, wo ist dein Vater?«

Diesmal sagte sie die Wahrheit.

»Der trinkt in der Bar. Das dauert noch ein paar Stunden. Ich muß zu Fuß nach Hause geh'n.«

Er schwieg nachdenklich. Verwirrt fügte sie rasch hinzu:

»Ich wollte bei MacDonnel's auf ihn warten.«

»MacDonnel's hat seit sieben geschlossen«, sagte er gutmütig, »Und du kommst mit mir.«

Er hatte seinen Wagen gleich um die Ecke in der Eglinton Street abgestellt, um sie dort abzupassen. Innerhalb einer Minute hatte er ihren Korb auf dem Rücksitz untergebracht, und sie fuhren über die Moycullen Road hinaus. In gespanntem Schweigen saß sie da, seine warme Gegenwart dicht neben sich fühlend. Sam war so adrett und flott, so groß und knochig, daß man kaum erwartet hätte, ein Gefühl der Geborgenheit bei ihm zu erleben, aber er strahlte eine Freundlichkeit aus, die sie schon immer sehr glücklich gemacht hatte, wenn sie in seiner Nähe war, glücklicher als sie sich sonst je gefühlt hatte. Er schien sich so ehrlich zu freuen, sie zu sehen, daß es nicht in Frage kam, die kalten Taktiken anzuwenden, hinter denen sie sich bei anderen Leuten sofort verschanzte. Sie fühlte jetzt, wie ihr Herz wild zu klopfen begann, und schnell wandte sie sich ihm zu, in der Hoffnung, sein Profil im Mondlicht zu sehen. Sein kantiges Kinn und seine Hände auf dem Lenkrad hatten etwas Aufregendes für sie. Bäume und Mauern flogen an ihnen vorbei. Ihr ganzer Körper geriet in Erregung, als wäre dies ein Ereignis von ganz besonderer Bedeutung. Sogar die Luft war voller Wohlgeruch, so daß sie beglückt die Nase kräuselte. Sam wandte ihr den Kopf zu, obwohl er ihr Gesicht in der Dunkelheit nicht sehen konnte.

»Wolltest du wirklich zu Fuß nach Hause gehn?«

»Ja. Hab ich schon öfter gemacht.«

»Das ist ein langer Weg. Warum willst du so etwas tun, wenn dir Gelegenheit zum Mitfahren geboten wird?«

Sie wußte, daß von der Antwort ihr ganzes Leben abhing. Ihr Herzklopfen wurde fast unerträglich, und lächerlicherweise wurde sie in der Dunkelheit rot. Mit leiser Stimme antwortete sie:

»Ich habe gelernt, unabhängig zu sein. Wenn ich anfangen würde, mich von andern Leute abhängig zu machen – ob es nun Gelegenheiten zum Mitfahren oder sonstige Einladungen sind –, wäre ich bald nicht mehr fähig, ein gewöhnliches Alltagsleben zu führen, wie es mir nun mal beschieden ist.« Das klang etwas weinerlich, also fügte sie schnell hinzu: »So wie es mir zur Zeit geht, komm ich ganz gut zurecht. Ich entbehre überhaupt nichts.«

Ohne ein Wort brachte Sam den Wagen am Straßenrand zum Stehen, schaltete den Motor aus, beugte sich zu ihr hinüber und nahm sie in die Arme. Sie hielt sich steif und war stumm, während er ihr sanft die Schulter streichelte, dann die Seite ihres Gesichts, wobei er ihre Frisur in Unordnung brachte und immer noch wortlos die dummen Tränen unter den Fingern fühlte, bis endlich ihr Kopf auf seiner Schulter ruhte und er ihre Stirn küßte und ihre Wange, bevor er langsam zu ihrem Mund fand. Danach wußte sie kaum noch, ob sie lebendig war oder tot, ob sie noch dieselbe war, die erst vor wenigen Minuten in Galway aufgebrochen war, und alles, was sie bisher für wirklich gehalten hatte, zerrann, und es gab nur noch dieses überwältigende Gefühl der Wärme und Güte und Liebe, von dem sie eingehüllt wurde. Es würde sie bis an ihr Lebensende nicht mehr verlassen. Sie wußte das so sicher wie sie wußte, daß Sam sie wirklich liebte, obwohl sie keine Ahnung hatte, wie diese erstaunliche Sache hatte geschehen können. Er streichelte sie wieder und flüsterte:

»Molly, das wollte ich schon so lange tun. Kannst du mir verzeihen?«

Darüber mußte sie lachen.

»Dir verzeihen? Es ist die wundervollste Sache, die mir je passieren konnte.«

Darauf war sie wieder verlegen, aber Sam gab ein derart frohes kleines Lachen von sich, daß es klang wie das Kichern einer Henne an einem warmen Tag, und da stieg ein Jubeln in ihr auf, und sie kicherte selber, ein spontanes Geräusch, das sie seit Jahren nicht mehr gemacht hatte. Als sie sich wieder an ihn lehnen wollte, hielt er sie sanft von sich ab und sagte:

»Das muß genug sein für jetzt. Morgen werde ich alles mit deinem Vater regeln.«

Die Erwähnung Henrys machte sie nur einen Augenblick bedrückt. Sie fuhren weiter nach Woodbrook, und dort schwebte sie über die Treppen ins Haus, gefolgt von Sam, der den Korb trug. In der Halle nahm er sie wieder in die Arme, einen Moment nur, und sagte dann:

»Schlaf gut. Ich komm morgen früh gleich als erstes.«

Das war erst vier Monate her. Seitdem meinte sie mehrere Leben durchlebt zu haben, ein Gemisch aus Freude, Schrecken und Schmerz. Nur die erste Woche war reines Glück; dann begann sie zu entdecken, daß er der Irisch-Republikanischen Bruderschaft angehörte. Er konnte nicht glauben, daß sie noch nie etwas davon gehört hatte.

»Das ist die alte Organisation, die 1858 von James Stephens

gegründet wurde. Großvater Morgan war da Mitglied. Deswegen ist er so lange im Gefängnis gewesen, als er jung war.«

»Aber das ist über fünfzig Jahre her – 1858! Ein ganzes Leben. Wie kann das noch dasselbe sein?«

»Die Gründe dafür gibt es immer noch. Es hat nie aufgehört. Wir haben jetzt sogar ein paar von diesen alten Fenians bei uns. Wir sind noch genauso organisiert und benutzen denselben Namen, damit die Leute wissen, daß wir dieselbe Tradition fortsetzen.«

»Wir? Wer ist sonst noch mit dabei?«

»Eine Menge Leute, die du kennst, meine Brüder und Schwestern, meine Vettern, Peter Morrow . . .«

»Aber der ist ja ein Freund meines Vaters.«

Sam lachte.

»Du sagst das so, als könne er unmöglich auch mein Freund sein. Eigentlich ist er mit jedem befreundet. Peter versteht es, sich zu allen möglichen Leuten an den Tisch zu setzen, er trifft immer den richtigen Ton.«

»Ich finde ihn reichlich seltsam.«

»Ist er wohl auch. Aber er gehört zu den besten Menschen, die ich kenne. Wo er helfen kann, packt er zu.«

»Ihr nennt euch doch jetzt nicht mehr Fenians?«

»Nein. Das wäre uns zu romantisch, und außerdem gehört dieser Name in Großvater Morgans Zeit. Der Name, den wir beibehalten haben, ist der andere – die Irisch-Republikanische Bruderschft.«

»Mußt du dabei sein? Bist du ein wichtiges Mitglied? Hast du versprochen, bei dieser Rebellion mitzumachen?«

»Ja.« Sie konnte sehen, daß er ihretwegen litt, wenn er darüber sprach, und das schmerzte sie mehr als ihre eigenen Ängste es getan hatten. Er sagte: »Aus dem Grunde habe ich mich von dir ferngehalten, obgleich mich alles zu dir hingezogen hat. Heiligabend hast du aber so verloren und unglücklich ausgesehen, daß ich schwach geworden bin. Das war leichtsinnig von mir. Ich hätte es nicht tun dürfen.«

Das wollte sie nicht akzeptieren.

»Wie konntest du dich nur von mir fernhalten wollen? Es wär falsch gewesen, schlecht, unnatürlich. Außerdem wär es für mich noch viel schlimmer gewesen. Egal was passiert, jetzt werd' ich wenigstens etwas gehabt haben.«

Der Tag kam, an dem er sie verlassen mußte. Niemand durfte wissen, warum er wegging – nur eben, daß er versprochen hatte, Ostern bei seinen Eltern in Dublin zu verbringen, in ihrem Haus in der Lesson Street. Verzweifelt fragte Molly:

»Aber warum muß diese Erhebung überhaupt sein?«

»Schau dich um. Das Volk hungert. Niemand wird etwas für diese Menschen tun, solange wir keine eigene Regierung haben. Der Krieg hat eine neue Entschuldigung für die wirtschaftlichen Verhältnisse geliefert, alles auf unsere Kosten. Es fehlen Schulen und Krankenhäuser und Ärzte, die Hochschulen für Landwirtschaft werden geschlossen – aber am meisten bekümmert mich das, was ich sehen kann. Mein Onkel Fergal hat mich einmal nach Carraroe mitgenommen, als ich ein kleiner Junge war, und zwar in ein Haus, das er nach dem großen Kampf um die Enteignung oft aufgesucht hatte. Na, ich sehe, du hast davon nichts gehört. Die Leute standen auf gegen die gerichtliche Enteignung und Vertreibung einer Witwe, und danach waren die Dinge ein bißchen besser, und das machte ihnen Mut, etwas wie eine Art Kampf weiterzuführen. In diesem Haus, in das mein Onkel mich mitnahm, gab es einen jungen Mann, der Gedichte in zwei Sprachen schrieb, Irisch und Englisch, aber er mußte sich das Haus mit einer Sau und einem Wurf Ferkeln teilen. Ich hab das nie vergessen. Es gibt hier nichts für die Leute. Sobald sie alt genug sind, gehn sie nach Amerika, genau wie dieser Mann es später getan hat. Es wird nie genug für Irland geben, bevor nicht jeder einzelne Engländer bedient worden ist, und das kann unmöglich je geschehen. Aber die Armen in England sind auch schlecht dran; dort könnte es ebenfalls zu einer Rebellion kommen – allein schon wegen dieses Krieges.«

»Dann ist das eine Rebellion der Armen?«

»Natürlich. Niemand entschließt sich zu einer bewaffneten Rebellion, der nicht vorher alle anderen Möglichkeiten ausprobiert hat. Wenn ich nicht mit meinen Leuten ginge, würde ich mich ewig schämen, vor meinen sämtlichen Vorfahren und vor Gott.«

Nachdem er weggefahren war, ging sie mit bleiernen Füßen im Haus und im Garten herum, ausgefüllt von ihrem furchtbaren Geheimnis. Sie haßte ihr ganzes Dasein und fühlte, wie sie sich in eine verbitterte alte Frau verwandelte, während die Stunden vergingen und ihr Kopf dröhnte von den Hammerschlägen der Vorahnung und des Grauens. Er würde nicht mehr zurückkehren – jede Faser ihres Körpers wußte das. Etwas so Gutes wie Sam war ihr nicht beschieden, dafür würde das Schicksal schon sorgen. Aber die Tage vergingen, und es kam keine Nachricht, daß er tot sei. Es wurde von ihr erwartet, diese Tage durchzustehen, als würde nichts Besonderes geschehen, als wäre es möglich, sie wie eine Dame zu ertragen, und dabei wurde sie von einem Schmerz verzehrt, der sie mit Sicherheit umbringen mußte. Aber er brachte sie nicht um, weil diese Art Schmerz das selten tut. Stattdessen wartete sie zusammen mit der Familie auf Nachrichten aus Dublin, als hätte sie nichts weiter zu verlieren als jeder andere auch, als stünde nicht ihr ganzes Leben auf dem Spiel. Es sickerte durch, daß die Rebellen sich in der Hauptpost verbarrikadiert hätten; dann, daß das Gebäude beschossen werde. Danach kam nichts mehr. Die Bahnstrecke war beschädigt, und Züge und Autos kamen nicht mehr durch, aber jeder sagte, nächste Woche gäbe es Nachrichten.

In der Mitte der Woche kam Henry aus Galway zurück, marschierte stracks ins Wohnzimmer und sagte zu Molly:

»Dein teurer Verlobter ist also in diese Sache verwickelt, wie ich höre.«

Sie gab keine Antwort. Mit geballten Fäusten ging er auf sie zu, so daß sie zurückwich. Tante Jack eilte an ihre Seite und starrte ihn zornig an. Er ließ die Fäuste sinken, wandte sich dann ab und sagte:

»Du hast es die ganze Zeit gewußt. Hast du Mellows gekannt, den Mann, der Athenry mit einer Armee von Freiwilligen genommen hat? Bist du in das auch eingeweiht? Du hast uns alle ruiniert, meine Dame. Es war wirklich ein Ohrenschmaus für mich im Club, mir von jedem sagen lassen zu müssen, daß mein künftiger Schwiegersohn ein Verräter und Rebell ist. Die freuen sich jetzt, gegen die Flahertys was in der Hand zu haben; und noch mehr freuen sie sich, daß wir unsere Nasen nicht lange hoch tragen konnten. Wenn er eine Kugel im Leib hat, werden sie sich die Hände reiben.«

»Laß sie in Ruhe!« zische Tante Jack. »Ich warne dich!«

Immer, wenn sie diesen Ton anschlug und dieser Ausdruck auf ihr Gesicht trat, räumte er das Feld. Molly gab einen tiefen, langen Seufzer von sich und setzte sich an den kalten Kamin, wo Tante Jack ihr sogleich eine alte Decke auf die Knie legte und ihr etwas heiße Milch brachte. Sie konnte nicht an Athenry denken und was dort geschehen war. Zum Denken fehlte ihr die Kraft. Sie konnte nichts tun als warten, warten, warten.

3

An dem Morgen, nachdem die Mädchen ihr Feuer im Kamin gemacht hatten, stand Molly so leise auf, daß Catherine im anderen Bett keinen Ton hörte. Sie besaß keine Uhr, aber durch lange Übung wußte sie, daß es nicht viel später als sechs sein konnte. Vor allem durfte sie Henry nicht wecken. Obwohl er normalerweise zu dieser Stunde noch seinen Rausch ausschlief, war er diese Woche nicht oft in den Club gegangen, und wenn sie Pech hatte, war er womöglich schon munterer als sonst. Wenn er, was selten vorkam, einen Abend nicht betrunken war, konnte er ziemlich früh auf den Beinen sein.

Sie blieb vor der Tür seines Schlafzimmers stehen und horchte. Henry schnarchte – das war nützlich, wenn man feststellen wollte, in welchem Zustand er war und wo er sich befand. Manchmal schlief er auf dem Sofa im Wohnzimmer und wurde wütend, wenn man ihn vor seiner normalen Aufstehzeit störte, wie er es nannte. Jetzt war er in seinem Zimmer. Mit den Schuhen in der Hand schlich sie an seiner Tür vorbei. Tante Jacks Zimmer war gefährlicher. Als sie daran vorbeikam, wagte sie kaum zu atmen. Bei Tante Jack war es nicht nur eine Frage des Gehörs, sondern auch irgendeines Instinktes, der immer wach zu sein schien, sogar wenn sie schlief. Molly erinnerte sich, daß sie eines Nachts von einem Alptraum wachgeworden war, als sie Masern gehabt hatte oder die Bronchitis, unter der sie als Kinder jedes Jahr aufs neue litten, und da stand Tante Jack in einem langen, weißen Nachthemd an ihrem Bett, eine brennende Kerze in der Hand, und sagte:

»Ich hatte so ein komischesGefühl. Ich dachte, ich geh lieber mal schaun, wie's ihr geht.«

Molly fühlte sich erst sicher, als sie die Halle hinter sich hatte und in der großen, gekachelten Küche war. Für den nächsten Teil ihres Planes brauchte sie Hilfe. Aus der Küche führten zwei Türen, eine in eine große, kühle Speisekammer, die andere in ein kleines Zimmer mit einem dunklen, vergitterten Fenster, wo Sarah schlief. Sie klopfte nicht an die Tür, sondern ging gleich hinein und trat an das wackelige Eisenbett, wo Sarah zusammengerollt auf der Seite lag, die Decke über die Ohren gezogen. Molly setzte sich auf das Bett, so daß es quietschte, schüttelte Sarah an der Schulter und sagte:

»Wach auf, Sarah, wach auf!«

Sarah drehte sich sofort um und sah sie erstaunt an. Sie war ein Connemara-Mädchen, kam aus der Nähe von Barna, einem winzigen Dorf wenige Meilen westlich von Galway. Tante Jack hatte immer gern Mädchen aus Barna im Haus, denn die waren die intelligentesten und so froh, Essen und Unterkunft zu bekommen, daß sie ohne Lohn arbeiteten und dabei zufrieden waren. Sie waren bienenfleißig und taten alles, vom Kochen bis zum Pferdestriegeln. Was es im Freien zu tun gab, machte Sarah natürlich am liebsten, und als ginge es auf einen vergnüglichen Spaziergang über die Felder, hüpfte sie dann aus der Küche auf den Hof und schnupperte mit erhobener Nase die Luft wie ein Jagdhund. Molly ging gerne mit ihr auf diese Expeditionen, so kurz sie auch waren, einfach um ihr zuzusehen, wie sie eine Gerte abschnitt, um damit Disteln zu köpfen, oder wie sie ein paar

Schritte tanzte oder eine Liedzeile trällerte, selbst wenn sie nur die Hühner füttern gingen, Obst pflückten oder das Pony von der Koppel holten. Sarah war vor acht Jahren zu der Familie gekommen, als sie und Molly vierzehn Jahre alt gewesen waren.

Sie setzte sich im Bett auf und schob ihr langes schwarzes Haar mit beiden Händen zurück.

»Was ist los? Wo brennt's denn?«

»Nein, nein, nichts brennt. Du sollst mir nur helfen, Pony und Wagen rauszuholen.«

Sarah sprang aus dem Bett und hatte sofort den Wecker in der Hand, der neben ihr auf einem Stuhl lautstark tickte. Dann blickte sie Molly mit ihren dunkelblauen Augen entrüstet an.

»Sie haben mich zu Tode erschreckt. Es ist ja erst sechs durch – ich dachte schon, ich hätte verschlafen. Wozu wollen Sie denn so früh das Pony haben? Gibt es Nachricht von Mr. Sam?«

»Nein, aber ich kann einfach nicht länger warten. Immer wieder sagen mir die Leute, ich soll warten, aber worauf warten wir? Ich muß wissen, was los ist – ich muß.«

»Aber Liebes, natürlich helf ich Ihnen. Sie wollen nicht, daß der Chef Sie abfahren hört.« Das war keine Frage. Jede von ihnen wußte, daß es klug war, Henry aus ihren Angelegenheiten herauszuhalten. »Wo wollen Sie denn hin? Weit werden Sie nicht kommen mit diesem alten Pony.«

»Nur bis Galway. Vielleicht weiß Peter Morrow, was los ist. Der weiß so viel – vielleicht hat er was aus Dublin gehört. Er hilft mir bestimmt gerne.«

»Warum sollt er Ihnen auch nicht helfen? Und es ist wahr, der weiß, was überall so los ist.«

»Sarah, ich werde verrückt. Ich kann das keine Minute länger so durchstehn.«

»Glaube, Molly – und Sie werden's durchstehn müssen. Es bleibt Ihnen gar nichts anderes übrig.«

»Das ist genau das, was jeder sagt: abwarten. Was sollen wir abwarten? Die Nachricht, daß Sam erschossen wurde? Ich mache Schluß damit – es geht nicht anders. Welchen Sinn soll es haben zu warten?«

39

»Na, das Pony holen wir jedenfalls raus. Sie werden's durch den Garten rausführen müssen. Wenn Sie's über die Seiteneinfahrt rausbringen, hört der Chef die Hufe auf dem Kies.«

»Daran hab ich auch schon gedacht.«

Sarah hatte im Unterrock geschlafen und zog nun rasch ihren langen, schwarzen Rock darüber. Sie griff nach der Schürze und ihren Strümpfen und wandte sich dann Molly zu, als sie sie beiseite warf und lachend sagte:

»Ich glaube, bei so 'ner Sache ist es besser, ich bin barfuß.« Mit zwei flinken Bewegungen hatte sie ihr Haar zu einem Nakkenknoten gewunden, in den sie dann vier Haarnadeln steckte und einen Schildpattkamm, den oben fünf falsche Diamanten zierten. Dieser Kamm hatte ihrer Großmutter gehört, und Sarahs Mutter hatte ihn ihr geschenkt, als sie ihre erste Arbeitsstelle antrat. Sie trug ihn jeden Tag. »So, jetzt bin ich fertig.«

Ihre Augen funkelten vor Aufregung. Molly packte sie an der Schulter, als wollte sie sie aus dem Zimmer ziehen, dann schlang sie plötzlich die Arme um Sarahs Hals und sagte leise:

»Oh, was soll ich nur machen, wenn er schon tot ist? Was?«

Sarah sagte:

»Er weiß, was er tut. Nichts kann einen Mann aufhalten, wenn er seiner Sache sicher ist. Aber wir wissen noch nichts, noch gar nichts. Ich wünschte, ich könnte mit Ihnen gehn. Martin ist auch in Dublin.«

»Martin Thornton, der bei den Flahertys arbeitet?«

»Ja.«

»Da bin ich aber froh! Wirklich!«

»Warum?«

»Zwei sind besser als einer. Oh, ich weiß nicht, was ich da rede. Wie kann ich froh sein, daß Martin fort ist? Oh, Sarah, es ist schlimm für uns beide.«

Sarah drückte sie fest an sich, so daß Molly den Torfrauch in ihrem Haar roch.

»Vielleicht bringen Sie mir irgendeine Nachricht von ihm mit.«

»Ich werde Peter Morrow fragen.«

»Wenn Sie nach Galway kommen, müssen Sie gleich zu seinem Haus gehen.«

»Ja. Und wenn sie nach mir fragen, sagst du keinem was, auch Catherine nicht und Tante Jack nicht.«

»Ich sage nichts. Ich sage nur, daß Sie das Pony genommen haben, wenn sie fragen. Sie wissen, wo das neue Haus ist?«

»Ich bin noch nicht dort gewesen, aber ich weiß schon, wo ich's finde. Er hat uns alles darüber erzählt.«

Er hatte ihnen tatsächlich davon erzählt, offenbar ohne daran zu denken, daß sie ihm seinen Reichtum verübeln könnten, da sie so arm waren. Er hatte um Rat gebeten wegen der Vorhänge, die er möglichst genauso haben wollte wie die in Woodbrook. Sehr freundlich hatte Tante Jack erklärt, daß man nicht einfach losgehen und schwarze chinesische Vorhänge mit einer Flugkette weißer Kraniche darauf kaufen könne und daß diese von Henrys Großonkel aus dem Osten mitgebracht worden seien und bei richtiger Pflege wohl noch weitere hundert Jahre halten würden. Sie hatte sich angeboten, ihm zu helfen, in Galway einen passenden Stoff auszusuchen, aber er war nie mehr darauf zurückgekommen noch hatte er einen von ihnen in sein Haus eingeladen.

Wie Katzen stahlen sich die zwei Mädchen durch die Hintertür hinaus. Eine Henne gab im Hof ein langes aufgebrachtes Gackern von sich, und Sarah schüttelte stumm die Faust gegen sie. Lautlos öffneten sie das Gatter, das, wenn man nicht aufpaßte, scheußlich knarrte, und flugs waren sie über den Zauntritt in die Koppel gestiegen. Mollys Schuhe waren sofort von dem hohen, nassen Gras durchweicht.

»Sie hätten barfuß gehn sollen«, sagte Sarah, »wie ich.«

Dazu war es jetzt zu spät. Mit hochgerafften Röcken liefen sie auf das Lärchengehölz in der Mitte der Koppel zu, wo das Pony bereits graste. Die Sonne war voll aufgegangen und goß leuchtendes gelbes Licht über die Koppel, ließ das Gras unnatürlich grün erscheinen und sandte von den glatten Lärchenstämmen lange schwarze Schattenfinger. Oben in den Ästen erzeugte der leichte Wind ein schwaches Brausen. Sie hörten auf zu laufen und schritten auf das Pony zu, das mit dem Schwanz schlug und

41

sich ihnen mit wissenden Augen zuwandte. Es entfernte sich ein paar Schritte, wie unabsichtlich, immer noch am Gras knabbernd. Sarah streckte verführerisch die Hand nach ihm aus, leise auf es einredend:

»*Cush, cush, cush! Maith a' chapail! Mo ghrá thú! Cush, cush, cush!*«

Sie redete Tiere immer in einem Gemisch aus Irisch und Babysprache an. Das Pony drehte sich um und kam nach kurzem Zögern langsam, aber entschlossen auf sie zu, bis sie es bei der Mähne fassen konnte.

»Wenn ich es rufe, kommt es nie«, sagte Molly. »Ohne dich wär' ich hier eine halbe Stunde hinter ihm hergelaufen.«

»Sie müssen es nur merken lassen, daß Sie zu ihm passen«, sagte Sarah, als sie es zum Gatter zurückführten. »Halten Sie's jetzt gut fest, wenn ich aufmache.«

Das grobe Haar fühlte sich warm an in ihrer Hand und strömte einen schweren, warmen Geruch aus. Das Pony war nun ruhig, denn es wußte, daß es eingefangen war, und sie führten es zu den zwei großen Torflügeln des Hofes. Keines von den Schlafzimmern ging auf den Hof, sie konnten es also wie sonst im Kutschenhaus anschirren. Dann kletterte Molly auf den Wagen, und Sarah nahm den Trensenring und führte das Pony hinaus über einen schmalen, überwucherten Weg und durch ein altes, rostiges Tor, das den Hof von dem ummauerten Garten trennte. Das Tor wurde nur zwei oder dreimal im Jahr aufgemacht, wenn Dünger für die Gemüsebeete gebracht wurde. Sarah mußte es in seinen großen, alten Angeln hochheben, um es zu öffnen. Als sie es wieder geschlossen hatte, führte sie das Pony weiter auf einem breiten, moosigen Pfad zu einem zweiten Tor, das bis zur Hälfte in Gras und Unkraut steckte. Hinter diesem Tor war wieder ein Weg, der sich durch die Felder der Bates wand, bis er schließlich an der Landstraße nach Galway endete. Während Sarah das Unkraut ausriß, um das Tor freizukriegen, saß Molly unruhig auf dem Wagen. Einmal wollte sie herunterklettern und Sarah helfen, doch die sagte scharf:

»Bleiben Sie, wo Sie sind. Es ist doch Unsinn, mit dreckigen

Händen bei Peter Morrow anzukommen. Leute wie er erwarten, daß die Gentry saubere Hände hat.«

»Peter nicht«, sagte Molly entrüstet, aber Sarah entgegnete: »Ein Mann macht immer mehr für ein Mädchen, wenn es hübsch sauber und adrett ist.« Als sie Molly jedoch davonfahren sah, rief sie ihr unsicher nach: »Na, es wird schon nichts schaden, wenn Sie zu ihm geh'n.«

Das Pony war guter Laune, es fühlte sich wohl in der Morgensonne. Munter trabte es dahin und verfiel kein einziges Mal auf seine alte Marotte, einfach stehenzubleiben und sich so lange nicht von der Stelle zu rühren, bis man ihm erlaubte, sich ein Maul voll Gras vom Straßenrand zu rupfen. Keiner wußte, wer ihm diese Unart angewöhnt hatte, die eher zu einem Esel gepaßt hätte, aber sie war ihm nun zur Natur geworden, und wenn es einmal damit begann, blieb einem nichts übrig, als ihm seinen Willen zu lassen. Danach war es dann vielleicht eine Meile brav, bis es erneut auf diesen Gedanken verfiel. An diesem Morgen knirschte der feine Sand des Weges lieblich unter den Eisenreifen der Räder. Aus den Hecken pfiffen Finken und Drosseln, und hoch oben in den Kiefern krächzten bereits die Dohlen. Normalerweise empfand sie ihr Kreischen als Klagegeschrei, doch jetzt kam es ihr froh und frei vor. Bei Bushy Park, wo der letzte Regen eine große Pfütze hinterlassen hatte, sah sie ein Dutzend von allen möglichen Vögeln gemeinsam trinken, aber schon eine halbe Meile weiter flitzte ein Kaninchen über den Weg, hart verfolgt von einem Wiesel, dessen langer, rattenartiger Körper und fliegender Schwanz gierigen Blutdurst für sie versinnbildlichten. Sie sah in diesem Zwischenfall ein Vorzeichen, wie Tante Jack mit ihren Karten und Teeblättern.

Ärgerlich hatte sich Molly mehrmals in der Woche gefragt, ob Tante Jack ganz für sich allein die Karten wegen Sam zu Rate gezogen habe. Molly wußte nicht mit Sicherheit, ob Tante Jack selber an diese Sitzungen in der Küche glaubte, wenn sie irgendein verzweifeltes Bäuerlein oder dessen Weib empfing, die, getrieben von ihrem Mißgeschick, irgendwo in den grausamen Fügungen des Lebens nach Hoffnung suchten, nach etwas, daß ihnen Kraft geben würde, den Lebenskampf durchzustehen. Sie wußten, daß die katholische Kirche über solche Vorkommnisse die Brauen runzelte, doch wenn sie verzweifelt genug waren, waren sie bereit, so gut wie jede Macht anzurufen, die ihnen Mut geben würde, und Tante Jack hatte einen guten Ruf als Wahrsagerin. Da sie eine Protestantin war, die nicht zur Kirche ging, nahm man an, daß sie mit dem Teufel im Bunde stehe. Molly hatte an einer oder zwei von diesen Sitzungen teilgenommen, als sie jünger war, aber weder die Kunden noch ihre Tante hatten das gerne gesehen, da sie ihre Skepsis spürten. Jetzt war sie ebenso wie die anderen versessen darauf, an die Karten zu glauben. Sie wollte unbedingt Bescheid wissen, selbst wenn es das Schlimmste wäre, was passiert sein konnte, und das war Sams Tod. Diese Aussicht vernichtete sie, erdrückte sie so sehr, daß sie meinte, überhaupt nie gelebt zu haben.

Sie begann sich zu überlegen, wie sie Peter am besten fragen sollte, was sie wissen mußte. Ihr Vater hatte gesagt: »Wenn er eine Kugel im Leib hat, werden sie sich die Hände reiben.« Sam hatte gesagt, daß die Erhebung mißlingen werde und daß die Führer erwarteten, erschossen zu werden. Die erste Frage war also, ob Sam wichtig genug war, um als einer der Führer zu gelten. Wenn Peter ihn dafür hielt, hatte sie einen anderen Plan, mit dessen Verwirklichung sie sofort beginnen mußte, einen Plan, in den sie niemanden einweihen durfte. Sollte Sam jemals argwöhnen, daß sie so etwas auch nur gedacht hatte, so würde er Schluß machen mit ihr. Sie würde ungeheure Kraft brauchen, um ihn durchzuführen, aber sie wußte, daß sie diese Kraft hatte, wenn sie sie brauchte. Dafür hatte das Zusammenleben mit Henry gesorgt.

Sobald feststünde, daß Sam in Todesgefahr schwebte, würde sie zur Polizei in Galway gehen und ihnen im Austausch gegen seine Freiheit Informationen anbieten. Sie hatte sich das in der Nacht überlegt. Sie würde erklären, daß sie gegen die Erhebung sei, und sie müßten schwören, daß sie unter keinen Umständen je verraten würden, woher sie die Informationen hatten. Sie wußte viel, o ja, durch Sam hatte sie eine Menge mitbekommen. Sie würde viele Namen nennen können, überwiegend waren es Leute aus Moycullen und Oughterard, aber einige waren auch aus Galway. Doch zuerst mußte sie die Garantie haben, daß sie Sam freilassen würden.

Nichts regte sich, als sie an den Stadtrand kam, nur eine kleine Frau schritt munter dahin, die zwei riesige Kannen Milch schleppte, die sie an ihre Kunden verteilte. Die Kannen waren so groß, daß sie fast den Boden streiften, und es war ein Wunder, daß sie solch ein Gewicht überhaupt tragen konnte. Auf den Türstufen warteten große Krüge auf sie. An dem Henkel der einen Kanne hing der Meßbecher und klapperte bei ihren Schritten. Mit kräftiger, herzhafter Stimme rief sie:

»Einen wunderschönen guten Morgen, Ma'am!«

Molly erwiderte ihren Gruß und fuhr weiter, vorbei an dem finsteren Armenhaus, an einer Reihe kümmerlicher Häuschen mit Strohdächern, bis sie an die Abzweigung nach Taylor's Hill kam. Dort gab es schöne alte Häuser, nicht schlechter als irgendein Landhaus, sagte Henry, und das war für seine Begriffe ein großes Kompliment. Henry sagte, daß Peter das beste davon gekauft habe, das Stadthaus eines Gutsherren namens Percival aus Gort. Es hatte vier Jahre leergestanden, nachdem die Familie dazu übergegangen war, das ganze Jahr in England zu verbringen, und sie waren froh gewesen, es für die Hälfte des Wertes an Peter zu verkaufen. Peter hat eine gute Hand für Geschäfte, hatte Henry neidisch gesagt, sogar auf Häuserkauf versteht er sich. Die Percivals hatten ihr Landhaus 1890 verlassen und lange Zeit den Sommer über nur das in Galway benutzt, aber das war bis zum Schluß in gutem Zustand erhalten worden.

Sie wußte, daß Peter mit einem Diener allein dort lebte. Um diese Zeit mußten sie beide schon auf den Beinen sein. Was wäre, wenn Peter das Haus bereits verlassen hätte? Henry sagte, er würde sehr fleißig arbeiten. Was wäre, wenn sie nur den Diener anträfe? Sie würde ihren Mut zusammennehmen müssen, wenn es auch nur ein fremder Diener war, den sie zu bitten hätte, nach Galway zu gehen und Peter in seinem Büro zu sagen, daß eine Dame auf ihn warte und er sofort nach Hause kommen müsse.

Sie würde rot werden und dumm dastehen, und der Diener würde sie verachten, aber sie würde es dennoch tun müssen.

Sie fand das Haus ohne Schwierigkeit, auf der rechten Seite, nicht allzuweit den Hügel hinauf, was ihr recht war, denn die Steigung war anstrengend für das Pony, und es begann zu schnaufen. Henry sagte immer, es werde nicht mehr lange dauern, bis das Pony einen Herzanfall bekommen und tot umfallen werde. Sie erkannte das Haus an seinem Namen, Corrib House; auf den zwei alten steinernen Torpfosten waren die zwei Worte schwach unter dem Moos zu sehen. Peter war noch nicht dazu gekommen, die Pfosten zu reinigen. Sie erinnerte sich, daß er davon gesprochen hatte. Sie ließ das Pony mit der Nase vor den Torflügeln halten und stieg aus dem Wagen, behielt die Zügel aber fest in der Hand für den Fall, daß es sich in den Kopf setzen sollte, davonzutrotten, aber es war zu müde für solche Scherze. Die Fahrt von Woodbrook hatte mindestens anderthalb Stunden gedauert, denn das Traben hatte es nur zwei Meilen durchgehalten.

Hinter dem Tor fühlte sie ihren Mut zurückkehren. Sie hatte die Straße unbehelligt hinter sich gebracht, das war die Hauptsache. Jetzt wurde ihr klar, daß sie hätte angehalten werden können, entweder von Soldaten, die wissen wollten, wohin sie so früh am Morgen schon unterwegs sei, oder sogar von den Rebellen. Gut, daß sie erst jetzt daran dachte. Nur eines bewegte sie: Sam, Samuel Flaherty, ihr Sam war in Gefahr, als Verräter und Rebell erschossen zu werden. Das durfte nicht geschehen. Sie würde es nicht zulassen. Sie wollte nichts zu tun haben mit all diesem schwachsinnigen Gerede von einem freien Irland mit eigenem Parlament und losgelöst von England. Diese Leute hatten sich mit Geschichte, Liedern und Gedichten selber etwas vorgemacht. Nichts davon gehörte zu Sams Natur. Seine Großmutter, die alte Alice, war ein armes Mädchen gewesen, die jener andere Samuel Flaherty aufgenommen und geheiratet hatte. Alice hatte damals nichts Rebellisches, aber als Samuel starb, hatte sie einen anderen Bauern geheiratet, Morgan Connolly, und von daher war die ganze Aufsässigkeit in die Familie gekommen. Und Sam hätte Bescheid wissen müssen. Er und die meisten seiner Vettern waren in England zur Schule gegangen, wo sie Achtung vor Gesetz und Ordnung gelernt haben mußten; Henry sagte immer, dies sei der Grundpfeiler der englischen Erziehung.

An der Zufahrt wuchsen wild und üppig Ziersträucher, roter Hagedorn und Spanischer Flieder, der gerade zu blühen begann, dazwischen wucherte hoch und ungepflegt das Gras. Es gab eine Menge zu tun. Weiter einwärts konnte sie mehrere Blutbuchen sehen und die Stümpfe gefällter Bäume, die ausgerodet werden mußten, bevor ein ordentlicher Garten angelegt werden konnte. Peter hatte zu Tante Jack gesagt, daß er das alles in Angriff nehmen werde, wenn er Zeit habe. Molly erinnerte sich, was sie darauf erwidert hatte: daß er damit nicht so lange warten solle, da er sich sonst an die Unordnung gewöhnen und es dann nicht mehr für nötig halten werde, damit aufzuräumen. Molly und Catherine wußten beide, was sie damit meinte. Sie hatten sie oft sagen hören, die Neureichen erkenne man sofort daran, daß sie ihre Gärten nicht pflegten.

Die Oberfläche der Zufahrt war weich, denn der Kies war längst von der Erde geschluckt, so daß die Hufe des Ponys kaum ein Geräusch machten, als steckten sie in Hausschuhen. Im Vergleich mit Woodbrook war die Zufahrt kurz, und sie war überrascht, wie bald sie vor dem Haus anlangten. Dort war eine schön geschwungene Auffahrt, ebenfalls ohne Kies, doch dafür war sie gesäumt von gut behauenen, runden Kalksteinen. Zwei Stufen führten zur Vordertür des Hauses, einer breiten Tür, die frisch mit weißer Farbe gestrichen war, schwere Messingbeschläge hatte, und an jeder Seite stand ein großer Topf für Blumen. Das gab dem Eingang eine elegante Note, die durch besonders breite und hohe Fenster noch verstärkt wurde. Die Mauern waren einst weiß gewesen, hatten jetzt aber grüne Flecken und waren fast vollständig überwuchert von Kletterpflanzen, stellenweise so üppig, daß sie vom Haus wegzustreben schienen. Nur um die Fenster hatte man sie weggeschnitten, so daß über diesen hübsche Stuckbögen zu sehen waren. Das Dach hing weit über, wodurch das Haus kleiner wirkte als es in Wirklichkeit war.

Molly lenkte das Pony an den Rand des Vorplatzes, stieg aus dem Wagen und führte es an die Vordertür. Wenn der Diener auf ihr Läuten käme, würde sie ihm sagen, er solle es zu den Stallungen herumführen und tränken. Sorgfältig band sie die Zügel an das kleine Messinggeländer vorne am Wagen, so daß das Pony sich angebunden fühlen mußte, und ging dann die zwei Stufen zur Tür hinauf. In einem Zustand schrecklicher Ungewißheit hielt sie dort inne und wünschte von ganzem Herzen, daß es eine andere Lösung gäbe, alles wäre ihr jetzt lieber gewesen als Peter Morrow um Hilfe zu bitten. Aber es gab sonst niemanden, der sie so teilnehmend anhören würde wie er, das wußte sie.

Sie hob den riesigen Türklopfer an, einen Löwenkopf, und ließ ihn schwer fallen, zweimal. Er erzeugte einen selbstsicheren, soliden Ton. Dann erblickte sie zwei von runden Messingscheiben umgebene Klingeln an der Seite der Tür. In die eine Scheibe war das Wort »Besucher« eingraviert, in die andere »Dienstboten«. Als sie sich überlegte, ob sie auf die obere Klingel drücken sollte, ging die Tür auf, und da stand Peter, im Morgenmantel und in Hausschuhen, und sah sie erstaunt an.

4

»Molly! Was führt Sie denn hierher? Aber so kommen Sie doch herein, schnell!«

Nervös fragte sie:

»Wo ist denn Ihr Diener? Sie haben doch gesagt, Sie hätten einen Diener namens John.«

»Der ist fort bis nächsten Montag. Sein Vater liegt im Sterben. Ich hab ihm gesagt, er soll bis zum Ende dableiben, er kommt also vielleicht auch Montag noch nicht zurück. Kommen Sie erst mal rein und erzählen Sie, was passiert ist. Nun kommen Sie schon, hier lang. Um das Pony und den Wagen kümmere ich mich gleich.«

Er nahm ihren Arm und führte sie sanft ins Wohnzimmer, rechts von der Halle. Mitten im Zimmer blieb sie stehen und wartete, während er wieder hinausging und das Pony ums Haus führte. Sie hatte einen unbestimmten Eindruck von einem chinesischen Teppich und weichen, geblümten Sesseln. Als er zurückkam, ließ er sie in einem davon Platz nehmen, stand dann vor ihr, größer denn je. Er sah sie so freundlich an, daß sie zu zittern anfing und am liebsten in Tränen ausgebrochen wäre, aber das war genau das, was sie nicht tun durfte. Er fragte:

»Haben Sie schon gefrühstückt?«

Sie brachte kein Wort heraus und schüttelte nur den Kopf. Sie hatte ganz vergessen, etwas zu essen, und jetzt kam es ihr seltsam vor, daß Sarah auch nicht daran gedacht hatte, bevor sie sie gehen ließ. Wenigstens ein Stück Brot hätte sie zu sich nehmen können. Jetzt erinnerte sie sich, daß der Anblick der Milchkannen sie hungrig gemacht hatte. Peter sagte:

»Ich auch noch nicht. Ich wollte grade anfangen. Kommen Sie mit in die Küche, wir werden uns was brutzeln. Ist Ihnen kalt? Ich habe grade den Herd angeheizt. Es ist gemütlich da unten. Wir werden uns schon vertragen. Ich bin kein schlechter Koch, aber ein bißchen Hilfe kann ich gebrauchen. Oder möchten Sie lieber hierbleiben?«

»Nein, natürlich nicht. Ich komme mit Ihnen.«

Es war richtig gewesen von ihr, zu ihm zu kommen. Das war ihr jetzt klar. Wie dumm sie gewesen waren, ihn von oben herab zu behandeln. Tante Jack hatte gesagt, er sei ein Gentleman von Natur, und sie hatte recht damit. Wenn man ihn hier in dieser Umgebung sah, wäre man nie auf den Gedanken gekommen, daß er in einer Bauernhütte an einem Berghang aufgewachsen war. Er besaß eine natürliche Autorität. Sie wußte, daß er eine Zeitlang Sams befehlshabender Offizier gewesen war, bevor es Sam gelang, sich nach Dublin verlegen zu lassen, wo es aufregend zu werden versprach. Wenn sie dazu gezwungen wurde, konnte sie der Polizei sagen, daß Peter Morrow ein wichtiger Rebell sei. Sie mußte sich vor Ekel schütteln bei diesem Gedanken. Unnötig, jetzt daran zu denken. Unnötig, überhaupt an etwas zu denken; vorerst jedenfalls. Auf ihrem Weg zur Küche sagte Peter:

49

»Erst mal frühstücken wir, und dann können Sie mir alles erzählen. Es gibt da ja was – ja, ich weiß, Sie wollen wissen, was mit Sam ist. Wir werden darüber sprechen. Sie müssen eine schlimme Zeit durchmachen – ich hatte nicht daran gedacht...«

Die Küche lag hinter einer mit Stoff bezogenen Tür, die sehr abgegriffen und auf der anderen Seite speckig war von den ungewaschenen Händen der Dienerschaft. Zwischen schmutzigen, gekalkten Wänden hindurch führte ein gekachelter Gang in die hinteren Räumlichkeiten. Peter sagte:

»Zu diesem Teil bin ich noch nicht gekommen, aber es wird schon noch werden. Die Familie ist nie durch diese Stofftür gegangen, hat der Makler mir erzählt. Das war für sie ein Zeichen ihrer Vornehmheit. Hier lang.«

Er führte sie in eine riesige, gekachelte Küche, wo es plötzlich anheimelnd warm war. Ein Kohlenfeuer brannte lustig hinter den Gitterstäben eines großen, gut polierten Herdes.

»Mein Diener John liebt die Küche. Wissen Sie, was er letzte Weihnachten gemacht hat? Er hat diese glänzenden Schilder hier mit den Sprüchen gekauft, ›An Gottes Segen ist alles gelegen‹, ›Eigener Herd ist Goldes wert‹, ›Sich regen bringt Segen‹, und die hat er dann mit Stechpalmen und roten Beeren an der Wand befestigt, damit die Küche natürlich aussieht, hat er gesagt.«

»Ich bin froh, daß er nicht hier ist.« Sie wurde scheußlich rot. »Ich meine, daß ich mit Ihnen alleine reden kann.«

»Ja, ja. Zuerst das Frühstück.«

Er hatte Speck und Eier, die er fachmännisch in einer riesigen, gußeisernen Pfanne briet, während sie damit beauftragt wurde, mit einer langen Messinggabel vor dem Herdgitter Brot zu rösten. Das Röstbrot bestrichen sie mit Butter und hielten es in einer zugedeckten Porzellanschüssel in der Bratröhre warm. Er zeigte ihr, wo das Tischtuch war, in einer Schublade des großen geschrubbten Küchentisches, und an diesen setzten sie sich und aßen Seite an Seite. Das Frühstück in Woodbrook war manchmal ein gekochtes Ei, sofern die Hühner sich dazu bereit fanden, ohne Hafer welche zu legen, aber Speck gab es schon lange nicht mehr. Erwärmt durch das gute Essen, stieg langsam ein wohliges Gefühl in ihr auf. Peter goß Tee aus einer großen, braunen Kanne ein und sagte:

»Wie Sie sehen, komme ich ganz gut zurecht mit dem Haushalt. Die Jahre, die ich mir selber helfen mußte, haben mich eine Menge gelehrt. Jetzt können wir reden. Haben Sie Ihr Zuhause für immer verlassen?«

»Nein! Bis jetzt noch nicht, heißt das.«

»Ich dachte schon. Es ist bestimmt nicht ganz einfach, wo Sam jetzt nach Dublin gegangen ist und Ihr Vater nichts übrig hat für die Bewegung.«

Ihr fiel auf, daß er Tante Jack nicht erwähnte.

»Nein, einfach ist es nicht, aber ich bin noch da. Und warum sind Sie nicht nach Dublin gegangen?«

»Meine Aufgabe war hier. Wir hätten uns erheben sollen, aber im letzten Moment wurde alles abgeblasen, und die Befehle lauteten auf stillhalten. Wir haben gehorcht, aber heute sehe ich, daß es besser gewesen wäre, trotz dieser Befehle rauszukommen. Das nächste Mal wird es nur um so schwieriger sein.«

»Mein Vater hat gesagt, da sei etwas in Athenry gewesen.«

»Ja, ein guter Versuch, aber das ist nun vorbei. Etwas Nennenswertes haben wir hier nicht gemacht.« Sein Ton war bitter. » Alles spielt sich in Dublin ab.«

»Deswegen bin ich gekommen. Oh, Peter, was wird mit Sam geschehen? Mein Vater sagt, sie werden ihn erschießen. Er hat was im Club gehört, aber das kann ich nicht glauben. Sam ist nicht wichtig genug.«

»Das wissen wir vorläufig noch nicht. Es gibt wilde Gerüchte, wonach Hunderte hingerichtet werden sollen. Ausgeschlossen ist das nicht. Molly, Sie haben das doch alles vorher gewußt. Sie gucken so entsetzt, als hätten Sie noch nie daran gedacht.«

»Ja, ich hab es gewußt.«

Aber es war so wenig Zeit gewesen, daß sie nicht dauernd über Politik hatte reden wollen. Sie wußte nur, daß er sie bald verlassen würde; es war, als hätte er ihr mitgeteilt, er habe eine unheilbare Krankheit; es wäre nicht sehr feinfühlend gewesen, viel darüber zu sprechen. Sie betrachtete ihre Hand auf dem Tisch. Warm und tröstend legte Peter die seine darauf.

»Mal seh'n, was ich heute in der Stadt Neues höre. Wir erwarten eine Depesche aus Dublin. Ich weiß nicht, wie der Mann damit durchkommen wird, aber irgendwie wird er's schon schaffen.«

»Und wann wird das sein? Wann?«

»Ich werde warten, bis er da ist, der Mann ist gut. Weiß irgendwer, daß Sie hier sind?«

»Ich hab's niemand gesagt, außer Sarah.«

»Sie wird's keinem weitersagen, wenn Sie ihr das aufgetragen haben.«

Sie war also auch eine von ihnen.

»Mein Vater oder Tante Jack kommen mich vielleicht in Galway suchen, aber wahrscheinlicher ist, daß sie denken, ich bin im Moycullen House. Ich bin gar nicht mal sicher, ob es meinen Vater überhaupt interessiert, wo ich bin.«

»Ohne das Pony können sie sich nicht auf die Suche nach Ihnen machen.«

»Nein.«

Aber sie wußte, daß Tante Jack imstande war, sechs Meilen zu Fuß zu gehen und sie in Galway zu suchen, wenn sie herausfände, daß Molly nicht bei den Flahertys war.

»Dann können Sie den Tag hier verbringen«, sagte Peter. »Ich muß in mein Büro – dort wird der Mann mich nämlich aufsuchen. Wir werden das Wohnzimmer heizen. Es trifft sich ganz gut, daß John nicht da ist. Es wird niemand kommen. Sie werden ganz allein sein. Ich habe niemanden ermutigt, mich zu besuchen, wie Sie sich denken können. Macht es Ihnen etwas aus, allein zu sein?«

»Ich werde es genießen. Es ist nicht leicht, in unserm Haus allein zu sein, obwohl es so groß ist. Ich bin froh, daß ich hier bin.«

Er drückte ihr sanft die Hand, und sie erwiderte den Druck, dankbar für seine Freundschaft und sein Verständnis. Als er aufstand, sagte er:

»Dann fangen wir also an. Zuerst das Feuer, dann werde ich

Ihnen das übrige Haus zeigen, falls Sie eine Weile schlafen wollen.«

Bei dem Gedanken daran mußte sie sofort gähnen. Die vergangene Nacht hatte sie kaum geschlafen, weil sie mit ihren Plänen beschäftigt war. Peter führte sie zurück ins Wohnzimmer, wo er ein Torffeuer entzündete, das bereits geschichtet war. Ein großer Fischkorb voll mit festem schwarzen Torf zum Nachlegen stand neben dem Kamin. Dann zeigte er ihr ein Schlafzimmer und ein Badezimmer, dessen riesige Wanne mit Mahagoni verkleidet war. Er sagte:

»Ich halte das Bett immer für Leute bereit, die auf der Flucht sind. Sie schauen sich meine Möbel an – ich habe sie mit dem Haus gekauft.«

Er mußte ihr Staunen über die Eleganz der Zimmer bemerkt haben, die angefüllt waren mit guten alten Einlegearbeiten in Rosenholz und Mahagoni, und überall bedeckten chinesische und persische Teppiche den Boden. Nur die Vorhänge waren zerschlissen.

»Schließen Sie, wenn ich weg bin, die Haustür ab, und reagieren Sie nicht, wenn irgendwer klopft. Es kann nur ein Bettler oder Zigeuner sein. Jeder, der mich wirklich sprechen will, würde mich in der Stadt suchen. So, und jetzt muß ich mich anziehen.«

Sie döste vor dem Feuer im Wohnzimmer, bis er zurückkam. Er hatte einen guten grauen Anzug an, und seine Schuhe glänzten. Auf den Stufen vor der Haustür blieb er stehen und fragte:

»Sind Sie sicher, daß es Ihnen nichts ausmacht, allein zu sein?«

»Ja, ganz sicher.«

Als Peter fortgefahren war und sie die Haustür mit einem großen Messingschlüssel abgeschlossen hatte, ging sie nicht zurück ins Wohnzimmer, sondern machte einen Rundgang durchs Haus. Sie begann mit der Küche, wo sie den Abwasch machte. Das Wasser nahm sie aus einem riesigen Eisenkessel, der ruhig auf dem Herd summte, und im Küchenschrank fand sie ein sauberes Geschirrtuch. Dann öffnete sie die Hintertür und sah hinaus auf einen kopfsteingepflasterten Hof mit Stallungen, ähnlich dem in Woodbrook, aber kleiner, und über die Halbtür seiner Box sah das Pony sie an, mit Heubündeln im Maul. Sorgfältig schloß sie die Hintertür wieder ab und ging nach oben. Dort waren außer dem Zimmer, das er ihr gezeigt hatte, noch vier andere. In dem größten, das er offensichtlich als sein Schlafzimmer benutzte, verweilte sie lange. Es blickte auf die verflochtenen Kronen der Bäume vor dem Haus, nach Südwesten, doch durch die Bäume kam nur wenig Licht herein. Dieses Zimmer hatte einen seidigen, goldfarbenen Teppich, einen Sessel, der mit gelbgemustertem Baumwollstoff bezogen war, elegante Kleiderschränke und einen Toilettentisch, neben dem ein hoher Spiegel mit Rosenholzrahmen stand. Nie hätte sie sich Peter Morrow in einem solchen Zimmer vorstellen können. Sie setzte sich auf die Kante des Bettes, auf dem eine seidene Steppdecke lag. Das mußte er auch mit dem Haus erworben haben. Sie ließ einen Finger über den Rücken eines gestickten Vogels gleiten. Das Bett war ziemlich hart, was sie an die Prinzessin auf der Erbse denken ließ. Sie kicherte hysterisch, hörte dann abrupt auf und verließ kurz darauf das Zimmer.

Wieder im Wohnzimmer, häufte sie großzügig Torf auf das Feuer und ließ sich davor nieder. Die französische Uhr auf dem Kaminsims gab alle halbe Stunde einen hohen, klaren Ton von sich. Gegen Mittag konnte sie kaum noch die Augen offen halten, aber sie kämpfte gegen den Schlaf an. Sie begann die Leere des Hauses als bedrückend zu empfinden. Obwohl Peter gesagt hatte, daß niemand kommen würde, horchte sie auf Geräusche von Soldaten, die das Haus durchsuchen würden, was sie, wie Henry gesagt hatte, in vielen Häusern von Galway machten. Ängstlich sprang sie auf und ging nach oben, um von dort aus den Fenstern zu schauen. Wegen der Bäume konnte sie die Straße nicht sehen, die vor dem Haus vorbeiführte. Nach hinten hinaus blickte man über ein paar Felder, wo Rinder grasten, sonst gab es kein Anzeichen von Leben. Wären die Fenster offen gewesen, hätte sie die Dohlen krächzen gehört, aber sie machte keine Anstalten, sie zu öffnen. Irgendwo in Dublin saß Sam im Gefängnis, alleine in einer Zelle, vielleicht krank und hungernd und frierend. Sie konnte sich nicht vorstellen, daß Sam zermürbt und verängstigt sein könnte, wie sie es an seiner Stelle gewesen wäre. Männer schienen nie Angst zu haben. Peter war diesen Morgen losgefahren, als wäre nichts geschehen, ganz selbstsicher. Aber Peter saß nicht im Gefängnis. Das mußte schrecklich sein, selbst für einen Mann. Sie war völlig durcheinander, und in ihrer Kopfhaut war jenes singende Gefühl, das sie immer hatte, wenn sie kurz vorm Einschlafen war. Sie würde wieder in das Zimmer gehen, das Peter ihr gezeigt hatte, und sich hinlegen, für ein Stündchen nur. Dann würde sie, lange bevor er zurückkäme, wieder auf den Beinen und munter sein. Sie würde ihn klingeln hören, hinuntergehen und ihm die Tür aufmachen.

Die Schuhe an ihren Füßen waren am Feuer getrocknet, und sie knarrten, als sie sie auszog. Das dünne Leder fühlte sich hart an und steif. Sie legte sich voll angezogen aufs Bett, doch dann wurde ihr kalt, und außerdem dachte sie an das, was Sarah über die Neureichen gesagt hatte, die immer erwarteten, daß die Gentry stets gut gekleidet ist – wie hatte sie sich noch ausgedrückt? »Leute wie er erwarten, daß die Gentry saubere Hände hat.« Schliefe sie in ihren Sachen, würde sie fürchterlich aussehen, wenn sie aufstünde. Ihr Rock und ihre Jacke waren bereits abgetragen, hier und da begannen lose Fäden sich zu zeigen. Das Material war kein so guter Handel gewesen wie es im Geschäft den Anschein gehabt hatte und obwohl es zu Weihnachten neu gewesen war, sah es bereits aus, als hätte sie es ein Jahr getragen. Es war ein weicher, hellbrauner Stoff, der nicht so leicht schmutzte, und sie hatte vorgehabt, die Sachen abzulegen, wenn sie im Sommer fortgehen und Sam heiraten würde.

Sie schlüpfte aus dem Rock und legte ihn sorgfältig über eine Stuhllehne, dann hängte sie ordentlich die Jacke darüber und trat vor den Spiegel des Kleiderschranks. Ihr langes weißes Leinenunterkleid war unten gerüscht und reichte ihr bis an die Fußgelenke. Sie drehte sich langsam um sich selber, betrachtete sich sorgfältig im Spiegel und bemerkte, wie scharf die Schulterblätter und Schlüsselbeine hervortraten, wo der runde Ausschnitt des Kleides den Blick darauf freigab. Kein Wunder, daß sie bei der Kost in Woodbrook dünn war; doch wenn sie angezogen war, wirkte das elegant und recht vorteilhaft. Zudem gab es ihrem Äußeren etwas Hilfloses, was, wie sie wußte, etwas Anziehendes für Peter hatte. Wo er herkam, waren die meisten Frauen dick und selbstsicher. Ihr übriger Körper war nicht allzu dünn, aber sie hatte nur selten Gelegenheit, ihn zu betrachten, da es in Woodbrook nur einen Spiegel gab, und der war in Tante Jacks Schlafzimmer. Fast mußte man eine Verabredung treffen, um sich darin zu sehen, denn gewöhnlich hielt sie das Zimmer verschlossen, und wenn sie jemanden hineinließ, blieb sie, weil sie sehen wollte, was man da machte.

Rasch hakte Molly das Unterkleid an der Seite auf und streifte es sich von den Schultern, so daß es auf den Fußboden glitt. Dann schob sie die langen weißen Baumwollunterhosen am Taillengummi hinunter, ließ sie um die Fußgelenke liegen und besah sich neugierig im Spiegel. Sie machte einen oder zwei Schrittchen, sah sich über die Schulter an und bemerkte, daß ihre Arme und Beine sehr lang und bloß wirkten. Ihre Brüste waren voll und schön geformt. Catherine, die kaum welche hatte, beneidete sie darum wie um so vieles. Ihr Rücken war lang und ebenfalls schmal, mit kleinen, fast knabenhaften Hinterbacken. Sie merkte, daß sie rot wurde, ganz allein in dem leeren Haus, und rasch hob sie ihre Sachen auf und flüchtete sich ins Bett, als hätte sie jemanden kommen gehört. Sie horchte angespannt, aber es war kein Ton zu hören, nicht einmal ein Türknarren. Sie ließ die Sachen neben dem Bett auf den Boden fallen und gab ein leises Stöhnen von sich, die Brüste mit den Händen haltend, wie Sam es getan hatte, und sie fühlte ihn dort im Zimmer bei sich, und wieder durchlief sie jener Lebensschauer. Mußte all dies mit ihm sterben? Benommen vor Müdigkeit stellte sie sich vor, er hielte sie an sich gedrückt, tröstende Worte flüsternd, und seine Wange läge an der ihren, und dann seine Lippen auf ihren Lippen. Sie schloß die Augen vor Schmerz.

Sie wußte, daß sie schlafen mußte. Sie schlug die Bettücher zurück und schlüpfte in das kühle Leinen, mit einem Gefühl großer Lust an dessen Glätte die Beine nach unten stoßend. Sie gähnte, reckte die Arme weit zur Seite und hoch über ihren Kopf, dann entspannte sie sich langsam, während warm der Schlaf sie einzuhüllen begann. Sie hatte die Vorhänge nicht zugezogen, aber sie war es von zu Hause gewöhnt, auch bei Tageslicht zu schlafen. Drei Stunden konnte sie sich gönnen, höchstens. Sie durfte Peters Klingeln nicht überhören.

In der Dämmerung, Stunden später, gelangte sie durch alptraumhafte Zuckungen wieder zu Bewußtsein und fand ihn am Bett stehend, wie er auf sie hinabblickte.

»Molly! Ich hatte schon Angst, Sie wären weg – ich mußte einbrechen – ich habe geklingelt und geklingelt, aber Sie haben nicht aufgemacht – ich hatte Angst . . .«

Er sah tief bestürzt aus. Sie hatte ihn noch nie so gesehen, ja, nicht einmal vermutet, daß er solchen Schmerz empfinden konnte, wie er sich jetzt in seinen Augen und in dem gequälten Zug seines Mundes zeigte. Steif vor Angst, auf dem Rücken liegend, fragte sie leise:

»Und? Ist der Bote gekommen?«

»Ja.«

»Hatte er Nachrichten?«

»Ja. Pearse und Clarke und MacDonagh sind gestern erschossen worden, nachdem ein Kriegsgericht sie zum Tode verurteilt hatte. Er hat gehört, heute morgen sollten Plunkett und Daly erschossen werden, aber er ist gestern abend abgefahren.«

»Und Sam? Was ist mit Sam?«

»Der ist im Gefängnis. Niemand weiß, was geschehen wird. Es heißt, ein riesiges Grab soll ausgehoben werden, für Hunderte.«

»Ein Grab? Für Sam?«

»Für alle, Molly! Wir wissen noch nichts – niemand weiß, was kommen wird – Gott im Himmel, was kann ich nur für Sie tun? Es werden noch andere Boten kommen. Starren Sie nicht so ins Leere – schaun Sie mich an! Können Sie mich sehen?«

»Ja, ich kann Sie sehen.«

»Ich hätte Sie nicht allein lassen sollen. Nun setzen Sie sich auf. Hier, ich schieb Ihnen das Kissen in den Rücken.«

Er streckte die Hände aus, um sie hochzuziehen, ließ sie aber

sinken, als er sah, daß sie nackt war. Sie rührte sich nicht, lag nur
da, schlaff, und starrte ihn an. Dann begann sie zu zittern, ein
schreckliches Schlottern befiel sie, das in den Beinen begann und
allmählich ihren ganzen Körper erfaßte, als liefen Mäuse oder
Spinnen auf ihr herum. Sie hob die Hände und sah sie an, ließ sie
dann auf die Steppdecke sinken und versuchte, sie stillzuhalten,
wobei sie fühlte, daß ihr Gesicht naß wurde von langsamen,
schweren Tränen. Noch vor wenigen Minuten war ihr wohlig
warm gewesen, jetzt meinte sie, ihre Füße seien in Eiswasser ge-
taucht worden. Peter setzte sich aufs Bett, nahm ihre Hände und
hielt sie, nicht allzu fest. Er war warm. Sie wußte seit diesem
Morgen, daß er warme Hände hatte. Durch die Bettücher
konnte sie die Wärme seines ganzen Körpers spüren, doch der
ihre schien dauernd kälter zu werden. Ihre beiden Hände weiter
mit einer Hand haltend, holte er mit der anderen Hand ein sauberes Taschentuch aus der Tasche und trocknete ihr damit das
Gesicht, doch das half nichts, denn es war sogleich wieder naß.
Behutsam nahm er seine Hände weg und stand auf. Mit Entsetzen in den Augen sagte sie:

»Gehn Sie nicht weg – bitte gehn Sie nicht weg!«

»Ich werd etwas heiße Milch holen.«

Innerhalb weniger Minuten war er zurück mit einem Glas heißer Milch in einem silbernen Halter mit Henkel. Er hielt ihr das
Glas, während sie trank, aber es lief ihr trotzdem etwas Milch
auf den Hals. Er sagte:

»Ist Ihnen jetzt warm?«

»Mir wird nie mehr warm sein. Ich werde sterben wie Sam
und in ein kaltes Grab kommen wie Sam. Alles ist kalt. Es gibt
nichts Warmes auf der ganzen Welt.«

»Ich bin warm. Fühlen Sie meine Hände.«

»Ja, Peter. Sie sind warm. Halten Sie meine Hände wieder.
Kommen Sie näher zu mir.«

Er stellte das halbleere Glas weg und setzte sich wieder aufs
Bett und beugte sich über sie, daß sie sein Gesicht nicht mehr
scharf sehen konnte, nur daß seine Augen schmal waren vor
Schmerz. Sie hob eine Hand und streichelte sein Gesicht.

»Armer Peter. Ich hätte nicht zu Ihnen kommen sollen. Das waren alles Ihre Freunde. Es wird dunkel. Wie spät ist es?«

»Ungefähr acht.«

»Das kann nicht sein!«

»Ich bin spät gekommen. Ich mußte auf den Boten warten.«

Sie richtete sich auf, ließ die Bettücher von ihren Brüsten gleiten.

»Tante Jack wird außer sich sein. Ich muß nach Hause. Wie lange werde ich brauchen?«

»Ich habe Bescheid sagen lassen, daß Sie in Sicherheit sind. Heute abend können Sie nicht mehr fahren. Soldaten sind unterwegs und sperren die Straßen ab. Sie würden niemals durchkommen, nicht mal, wenn ich Sie führe.«

Hilflos sank sie zurück in die Kissen.

»Ich werd Angst haben – ich werd Angst haben . . .«

»Nein. Ich kümmer mich ja um Sie.«

»Gehn Sie nicht weg – Sam – Sam . . .«

»Nein, ich geh nicht weg.«

In dem Dämmerlicht sah sie, wie sein Gesicht sich entspannte, als er die Augen schloß. Sie hatte aufgehört zu zittern und lag ganz still. Dann hob sie beide Hände und legte seinen Kopf behutsam auf ihre Brust, und sie hörte, wie er mit gedämpfter Stimme sehr ruhig sagte:

«Molly, Sie wissen, daß ich Sie schon seit langer Zeit liebe.«

»Ja, Peter, ich weiß.«

Sie war froh, daß er dann schwieg, als er sich auszog und danach einen Augenblick zögernd dastand, bevor er die Decken von ihrem nackten Körper zurückschlug. Das Zimmer war jetzt fast dunkel, so daß er ihre Tränen unmöglich sehen konnte, aber sie wußte, daß er sie auf seinem Gesicht fühlte. Sie umschlang ihn wild, gab sich völlig dem neuen Gefühl hin, besessen zu werden, von ihm genommen zu werden und ihr gesamtes verhaßtes Leben hinter sich zu lassen und nur in dieser einen kurzen Zeitspanne aufzugehen, die im Tod enden sollte. Sie war sich kaum bewußt, daß sie murmelte:

»Sam – Sam – Sam . . .«

Danach schliefen sie beide, und als sie bei Tageslicht erwachte, fand sie sich allein im Bett. Erschreckt begriff sie, setzte sich auf und erfaßte mit einem Blick den Zustand des Zimmers. Peters Sachen waren weg. Ihre Unterwäsche lag säuberlich gefaltet auf dem Toilettentisch, obwohl sie sie, wie sie sich beschämt erinnerte, in einem Haufen auf dem Fußboden liegengelassen hatte. Sie sprang aus dem Bett, streckte sich einmal wie eine Feder, von der der Druck genommen ist, und zog sich an: Mit sicheren Griffen hakte sie Unterkleid und Rock zu, entschlossen wurde die Jacke zugeknöpft und strammgezogen, dann zwängte sie die Füße in die Schuhe. Sie ging aus dem Zimmer und lief nach unten in die Halle. Der Geruch von brutzelndem Speck zog sie in die Küche. Sie stieß die stoffbespannte Tür auf, eilte hindurch und blieb in der Küchentür stehen.

Peter schob die Pfanne auf dem Herd etwas zur Seite, kam auf sie zu und sagte:

»Ich wollte dir ein Tablett nach oben bringen, du hast noch so schön geschlafen.«

Sie konnte ihn nicht ansehen. Er nahm eine ihrer Hände, hielt sie, wie er es am Abend zuvor getan hatte, und sagte leise:

»Verzeihst du mir? Wir waren beide ein bißchen verrückt.«

»Ja.«

»Du brauchst Ruhe. Möchtest du hierbleiben? Ich könnte meine Schwägerin kommen lassen.«

»Nein!« Sie hatte das zu heftig gesagt und sah, wie er zusammenzuckte. Sanfter sagte sie: »Ich muß in der Nähe von Moycullen sein, wenn die alten Leutchen aus Dublin zurückkommen. Die bringen bestimmt weitere Nachrichten mit.«

»Natürlich.«

Alles, was sie jetzt wollte, war, so schnell wie möglich aus dem Haus zu kommen und das Schreckliche, das sie getan hatte, hinter sich zu lassen, besonders das Unrecht, das sie Peter zugefügt hatte. Als hätte er ihre Gedanken gelesen, sagte er:

»Ich bin älter als du, Molly. Mir hätte das nicht passieren dürfen. Aber manchmal hilft einem auch das Alter nicht viel. Ich möchte nicht, daß du mich haßt.«

»Aber nein, ich hasse dich doch nicht! Wie könnte ich? Du bist so gut zu mir gewesen.«

»Da bin ich froh. Eins mußt du wissen, meinem Stolz und meiner Selbstachtung zuliebe.« Er lächelte gezwungen. »Ich hätte – dich nicht verführt, wenn ich dich nicht liebte. Das ist einfach nicht meine Art, weiter nichts. Vor allem sollst du wissen, daß ich dich immer lieben werde, was auch geschieht.«

Die letzten Worte waren so leise gesprochen, daß sie sie kaum verstand. Er hatte sich wieder dem Herd zugewandt, als wollte er dort mit dem Braten fortfahren. Sie trat dicht hinter ihn, faßte seinen Arm und lehnte den Kopf hinten an seine Schulter, so daß er ihr Gesicht nicht sehen konnte.

»Peter, ich wünschte, ich hätte dir nicht wehgetan. Ich wollte es wirklich nicht. Alles ist so furchtbar gewesen, ich weiß kaum noch, was ich tue. Wir waren ein bißchen verrückt, wie du gesagt hast, aber bei mir war es noch schlimmer. Ich hasse dich nicht. Ich könnte dich sogar lieben, wenn Sam nicht den Vorrang hätte.«

Da drehte er sich um und nahm sie in die Arme. Er hielt sie sanft und machte keinen Versuch, sie auf den Mund zu küssen, aber er barg sein Gesicht in ihrer Halsgrube. Nach einer Weile löste er sich von ihr und sagte:

»Frühstück also, und dann schirren wir das Pony an. Bei Tageslicht sollten die Straßen sicher genug sein.«

5

Erst am frühen Nachmittag des fünften Mai, einem Freitag, ließ Sams Großmutter in Woodbrook bestellen, daß sie wieder zu Hause seien und daß Molly zum Moycullen House herüberkommen möge. Henry war da, als die Botschaft kam. Sie wurde von einem der gut angezogenen, ruhigen Dienstboten der Connollys überbracht, einem Mann aus Galway namens Joe Heenan, der im Hause alle möglichen Handwerkerarbeiten verrichtete, als Butler fungierte und gelegentlich als Chauffeur. Henry marschierte hinaus in die Halle, wo Joe mit Tante Jack sprach, und fragte in scharfem Ton:

»Nun? Was gibt's Neues? Sind sie zurück? Was ist los?«

»Vor einer Stunde sind sie gekommen«, sagte Joe in seiner langsamen, ruhigen Sprechweise. »Mr. Connolly hat eine Menge gesehen und hat eine Menge zu erzählen. Miss Alice läßt ihn nicht mehr aus den Augen, nach dem, was er hinter sich hat.« Er gab ein unerwartetes Kichern von sich. »Er hat sich in Dublin selbständig gemacht und sich alles angeguckt. Fast die ganze Woche war er verschwunden. Miss Alice hat Todesängste ausgestanden. Aber er ist heil und gesund zurückgekommen.«

»Und was hat er gesehn?«

»Halb Dublin in Trümmern, Sir, brennende und einstürzende Häuser, Hunderte von Toten und Sterbenden.«

»Und Mr. Samuel?«

»Gott steh uns bei, er ist mit all den andern ins Gefängnis gekommen. Mr. Nicholas auch. Der Chef hat beide gesehen. Die Schweinehunde stellen jeden Tag ein paar von ihnen an die Wand, seit Mittwoch zwei oder drei jeden Tag.«

»Sam?«

»Bis jetzt nicht. Molly soll sobald wie möglich rüberkommen. Ich kann sie im Wagen mitnehmen, falls sie zu Hause ist.«

»Sie ist in ihrem Zimmer. Ich geh sie holen.«

Kaum hatte Tante Jack sie verlassen, als Henry aufgeregt flüsterte:

»Meinen Sie, man wird ihn erschießen? Mr. Samuel? Was meinen Sie«?

»Das ist schwer zu sagen, Sir. Sie sind in böser Stimmung, sagt Mr. Connolly. Nach dem, was er gehört hat, soll es eine Menge Hinrichtungen geben.« Er hielt inne und sagte dann leise: »Gott steh uns bei, Sir, Sie müssen ja krank sein vor Mitleid mit Miss Molly.« Henry wandte sich ab, stieß die Hände in seine Jackentaschen als suchte er nach etwas, ging ein paar Schritte durch die Halle und kam zurück zu Joe, der sagte: »Mr. Connolly hat gesagt, mit Mr. Sam lassen sie sich vielleicht Zeit, weil sein Vater Parlamentsabgeordneter ist.«

»Das kann doch die Dinge nur verschlimmern«, stellte Henry klar.

»Allerdings.« Ein kalter Ton in Joes Stimme ließ Henry argwöhnen, daß der Mann gemerkt hatte, wie wenig Mitgefühl er für Molly aufbrachte. Aber dann sagte Joe: »Kämpfen ist nicht Frauensache, denken Sie vielleicht. Aber seh'n Sie sich Miss Alice an! Die war zu ihrer Zeit ein besserer Kämpfer als mancher Mann.«

Henry stieß einen Seufzer aus, der alles bedeuten konnte, als glücklicherweise Molly die Treppe heruntergelaufen kam, so daß er sich wieder ins Wohnzimmer verziehen konnte. Keine großen Neuigkeiten. Durch die hohen Fenster sah er sie mit Joe davoneilen, fast stolperte sie über die eigenen Füße, als sie ins Auto stieg, als würde es etwas ändern, wenn sie ein paar Minuten früher beim Moycullen House ankäme. Was ging bloß vor in ihrem Kopf? Henry wußte wenig von dem, was Frauen dachten, und noch weniger kümmerte es ihn, doch diesmal wäre es nützlich gewesen, wenn er sich wenigstens so etwas wie eine Meinung hätte bilden können. Was hatte sie jetzt vor? Es hing so viel von ihr ab. Es war lächerlich für einen Mann seines Alters, der noch dazu ihr Vater war, so im Dunkeln gelassen zu werden über ihre Pläne. Er steigerte sich in ein Schimpfen und Poltern hinein, das ihm vor anderen wenig geholfen hätte, wie er sehr wohl wußte. Die kleine Aufsässigkeit am Montagabend, als die beiden Mädchen den Kamin angemacht hatten, und die Art, wie sie sich heimlich mit dem Pony davongemacht hatte, bewiesen, daß sie langsam flügge wurden und ihn und seine Rechte beiseite schoben. Zwei Tage hatte er nicht in den Club gehen können, aber der Gedanke, sich dafür bei ihm zu entschuldigen, war keinem gekommen. Das alles hatte natürlich begonnen, seit Molly sich mit den Flahertys eingelassen hatte.

Sie waren nur als die Flahertys bekannt, wahrscheinlich wegen der Mühle. Ein großer Anteil daran gehörte der alten Alice Connolly durch ihren ersten Mann, Samuel Flaherty. Sie hatten drei Kinder gehabt, die alle verheiratet waren. Von ihrem zweiten Mann, Morgan Connolly, dem Fenian, hatte sie nur ein Kind gehabt. Wenn diese ganze Bande und deren Kinder zu ihren Rechten gekommen wären, würde für ein finanzschwaches Mädchen, das nicht einmal in die Familie eingeheiratet hatte und wahrscheinlich ohnehin nicht sehr willkommen war, nicht mehr viel übrig bleiben. Freilich würde man wohl auch Nicholas de Lacy erschießen. Er war der Enkel der alten Alice, das einzige überlebende Kind ihrer Tochter Julia. Damit wäre dann ein ganzer Zweig sehr sauber herausgeschnitten, denn Nicholas war nicht verheiratet.

Das hatte man davon, wenn man seine Hühner zählte, bevor sie ausgebrütet waren – schlimmer noch: wenn man sie verkaufte, bevor die Eier gelegt waren. Er lächelte säuerlich über seinen eigenen Witz, und es war ja auch nichts Spaßiges an einem Witz, den man nie erzählen konnte. Ja, ein schöner Witz war das! Wer hätte auch gedacht, daß der junge Dummkopf losziehen würde, um bei solch einem verrückten Unternehmen wie einer Rebellion mitzumachen – und das mitten im Krieg, wo England jeden Tag Tausende von Männern in Schützengräben verlor! Was konnten sie anderes erwarten als einen kurzen Prozeß? Geschah ihnen auch ganz recht. Aber Sam, bei all diesem Geld und der Macht und gesellschaftlichen Stellung – das war unerträglich. Wenigstens war er nicht tot. Henry hatte im Club gehört, daß sie in der Nacht vor den Erschießungen immer die Familien kommen ließen. Anständig von ihnen, wirklich. Wo noch Leben ist, da gibt es auch Hoffnung.

Noch immer mürrisch am Fenster stehend, sah er Peter Morrows Wagen am Einfahrtstor vorfahren und Peter aussteigen, um es zu öffnen. Von Entsetzen gepackt zuckte Henry zusammen, als hätte sich jemand hinter ihn geschlichen und als hätte er den Schatten eines Knüppels bemerkt, der auf seinen Kopf niedersauste. Er jaulte auf wie ein Hund und stürzte zur Tür, um wegzulaufen und sich zu verstecken, doch er hielt inne, die Hand auf dem Türknauf. Vor langer Zeit hatte er gelernt, daß es unmöglich ist, sich zu verstecken, ohne aufgespürt zu werden. Entschlossen drehte er den Türknauf und ging hinaus in die Halle, um Peter die Haustür aufzumachen, und launig auf Absätzen und Fußballen sich wiegend stand er auf den Eingangsstufen, als Peter hereinfuhr und aus dem Wagen stieg. Es war ein fast neuer Wagen, ein Ansaldo mit Messingbeschlägen, die wie Gold glänzten, und einem riesigen, trompetenförmigen Messinghorn, in das man die Luft mit einem obszönen Gummiding drückte.

Es war lachhaft, Angst zu haben. Wie reich Peter auch wurde, wie elegant er auch gekleidet war mit seinem feinen grauen Anzug, den glänzenden Schuhen und dem Seidenschal, Henry wußte, daß er nie etwas anderes sein würde als ein unwissender Hinterwäldler aus Connemara. Auch mit der besten Erziehung war nichts zu machen bei diesen Leuten; das hatte sein Vater oft gesagt. Bis jetzt hatten sie noch jedem das Herz gebrochen, der versucht hatte, ihnen zu helfen. Schon ihr Kinn verriet ihre Herkunft – morgens glatt wie ein Ei, doch bereits gegen Mittag begannen schwarze Bartstoppeln sich zu zeigen. Starker Haarwuchs war ein sicheres Zeichen für fehlende Bildung. Was Henry am meisten ärgerte, war, daß Peter ein Selbstbewußtsein ausstrahlte, das er während seiner Jahre in England und durch die Erfahrungen als sehr erfolgreicher Geschäftsmann erworben hatte. Da war er nun, mit leichtem, langem Schritt die Stufen heraufkommend, und streckte Henry die Hand entgegen. Es blieb nur eines zu tun. In dem spöttischen Ton, den er bei Peter immer anschlug, sagte Henry:

»Schön, Sie zu sehen – welch angenehme Überraschung!«

Peters unschuldige braune Augen leuchteten freundschaftlich auf, blieben dabei aber ruhig und wachsam. Die wenigen grauen Haare über seinen Ohren verliehen ihm schon jetzt eine gewisse Würde. Er duftete sogar ganz schwach nach Kölnisch Wasser. Henrys Mut schrumpfte gefährlich. Es war Wahnsinn gewesen, sich von diesem Mann Geld zu borgen. Bewußt gab er seinem Mund einen harten Ausdruck und sagte sehr bestimmt:

»Molly ist gerade weggefahren zum Moycullen House.« Es konnte nichts schaden, ihm zu verstehen zu geben, daß die Verbindung noch immer bestand. »Es gibt Nachrichten von Sam, wie's scheint; recht gute Nachrichten.«

Henry hatte Peter seit der Unglücksnachricht, daß Sam tatsächlich wegen der Rebellion nach Dublin gegangen war, nicht mehr gesehen. Seine Sinne waren hellwach, als er ihn in das schäbige Wohnzimmer führte. Man wußte nie, woran man bei so einem Burschen war, den man weder als Gentleman noch als Flegel bezeichnen konnte – es gab nichts, worauf man sich stützen konnte. Diese Emporkömmlinge gab es neuerdings überall, wenn es ihnen bis jetzt auch gelungen war, sie aus dem Club herauszuhalten.

»Nun, so nehmen Sie doch Platz«, sagte er und ärgerte sich, weil er das so nervös und kleinlaut hervorgebracht hatte.

»Nein, danke schön. Ich bleibe nicht. Was gibt es Neues von Sam?«

»Es heißt, viele von den Rebellen seien erschossen worden, aber Sam ist noch am Leben. Ich glaube, der alte Morgan Connolly ist nach Dublin gefahren und hat sich die ganze Sache da angesehen. Es sind also Nachrichten aus erster Hand. Morgan hat gesehn, wie Sam und Nicholas ins Gefängnis abgeführt wurden.« Das klang hartherzig. Er schlug den zurückhaltend mitfühlenden Ton an, in dem er im Club zu den Vätern sprach, deren Söhne im Krieg getötet oder verkrüppelt worden waren. »Ich nehme an, der arme kleine Teufel ist da hineingeraten, ohne zu wissen, worum es eigentlich ging.«

Peters Ausdruck veränderte sich nicht mehr als es der eines Hundes getan hätte. Er richtete sich lediglich zu seiner vollen Größe auf, so daß Henry sich klein vorkommen mußte, und sagte:

»Ich fahr mal rüber und hör, was los ist. Es ist eine sehr schlimme Zeit für die alten Herrschaften.« Henry hätte gern gejammert, tat aber natürlich nichts dergleichen. Da schob Peter wunderbarerweise die Hand in seine Gesäßtasche, zog sein Portemonnaie hervor und gab ihm eine Zehnpfundnote mit den Worten: »Bitte nehmen Sie das. Sie müssen Ausgaben haben. Vielleicht möchte Molly nach Dublin, um Sam zu finden.«

Er war so schnell verschwunden, daß Henry keine Zeit hatte, ihn aus dem Haus zu geleiten, selbst wenn er sich rechtzeitig erholt hätte. Er blieb im Wohnzimmer sitzen, den Geldschein in den Händen haltend; erst als er Tante Jack kommen hörte, ließ er ihn in der Tasche verschwinden. Sie sprach in scharfem Ton, als sie eintrat, eine häßliche Angewohnheit von ihr, die ihm immer Schuldgefühle einflößte.

»Nun? Ist Peter schon weg? Ich hätte gern mit ihm gesprochen.«

»Keif nicht so, Jack, um Gottes willen. Ja, er ist weg, rüber zum Moycullen House, den Flahertys sein Mitgefühl bekunden.«

»Das wird dir vielleicht auch nicht erspart bleiben.«

Er antwortete nichts auf diese Spitze. Er antwortete ihr überhaupt nur, wenn es unbedingt nötig war. Unruhig ging sie im Zimmer umher, was sonst gar nicht ihre Art war. Wie eine Maus, die aus ihrem sicheren Loch die Katze beobachtet, ließ er sie nicht aus den Augen. Es kam so selten vor, sie unsicher zu sehen, daß es eine Sünde gewesen wäre, keinen Vorteil daraus zu ziehen. Er durfte sich seine Ungeduld nicht anmerken lassen. Wenn es ihn am stärksten aus dem Hause trieb, so spürte sie das wie mit einem siebten Sinn und vereitelte seine Pläne. Die Zehnpfundnote in seiner Hosentasche fühlte sich gut an. Liebevoll streichelte er sie. Ganz leise fragte er:

»Was meinst du, soll ich gleich gehn?«

Jack drehte sich zerstreut nach ihm um, fast als hätte sie vergessen, daß er noch da war. Es war wichtig, schlaff im Sessel liegenzubleiben und einen faulen, unnützen Eindruck zu machen. Das konnte er gut, wie sie oft selber gesagt hatte.

»Nein. Überlaß das jetzt erst mal Molly.«

»Ich könnte in die Stadt fahren und sehn, ob es was Neues aus Dublin gibt.«

Eine halbe Sekunde lang tat sie ihm fast leid, so unglücklich sah sie aus, fast als würde sie gleich weinen. Es hatte eine Zeit gegeben, da hatte es ihm Spaß gemacht, sie weinen zu sehen, aber so sehr er sie haßte, das wollte er jetzt nicht. Allein schon, weil es sie noch häßlicher machen würde, ihre Nase spitzer und röter, ihre Augen – nicht auszudenken, was Tränen aus ihren Augen machen würden. Das war etwas, was er Nora ein für allemal klargemacht hatte – sollte sie je vor ihm weinen, so würde er sie auf der Stelle verlassen, und zwar für immer. Sie hatte das tatsächlich geschluckt. Komisch, wie gut er stets mit Nora fertig geworden war, wo er doch vor anderen Frauen immer kuschen mußte. Sein Fehler bei Emily war gewesen, daß er ihr am Anfang zu sehr nachgegeben hatte. Sobald sie das spitzgekriegt hatte, setzte sie alles daran, um aus ihm herauszuholen, was zu holen war. Es war auch gut, daß er nie vorgeschlagen hatte, Nora zu heiraten. Sie war auf ihre Weise ein liebes Ding. Durch diesen Glücksfall konnte er ihr heute ein Geschenk kaufen. Nichts Großes. Ein billiger Schal würde reichen. Sie sollte nicht merken, wie gut er es getroffen hatte. Teure Geschenke war sie nicht gewöhnt. Er freute sich auf sie. Entschlossen stand er auf und sagte:

»Es wird Neuigkeiten zu hören geben im Club. Es gibt da immer die letzten Nachrichten. Also gib mir schon das Geld für einen Drink.«

Hätte er das nicht gesagt, würde sie womöglich Verdacht geschöpft haben. Sie machte ihre Geldbörse auf, die sie jetzt immer mit sich herumtrug, seit er sie einmal in ihrem Versteck hinter dem Fensterladen ihres Schlafzimmers gefunden und geplündert hatte. Damals war sie auch dazu übergegangen, ihre Schlafzimmertür abzuschließen. Sie gab ihm zwei Shilling und noch einen Shilling extra, mit dem er Brot kaufen sollte. Sie sah das Geld kaum an, als sie es ihm gab. Sie ließ nach, kein Zweifel. Völlig geistesabwesend sah sie ihn aus dem Zimmer gehen, mit einem so sonderbaren Blick, daß es sich ihm auf den Magen legte.

Rasch ging er hinten den Weg hinaus, über den mit Kopfsteinen gepflasterten Hof zu der Koppel, wo das alte Pony am Gatter wartete. Er empfand etwas wie Kameradschaft für das Pony, als er es bei der Mähne faßte und in den Hof führte, um es anzuschirren. Dann führte er es wieder hinaus, schloß sorgfältig die hohen Holztore, stieg in den knarrenden Wagen und ließ über dem Rücken des Ponys die Peitsche knallen, so daß es sich wie üblich in seiner langsamen, nervtötenden Art nach Galway in Bewegung setzte.

6

Das Stück Straße zwischen Woodbrook und dem Moycullen House war sehr hübsch, mit alten Bäumen auf beiden Seiten, einem Blick auf den See unten und mit sanften Hügeln, über die sie dahinbrausten, so daß Molly das beängstigende Gefühl bekam, von der Luft getragen zu werden. Sie kam sich ganz atemlos vor, als sie an der Haustür vorfuhren und Joe um den Wagen ging, um ihr herauszuhelfen. Sie füllte sich die Lungen, als wollte sie in tiefes Wasser tauchen, und setzte erst einen Fuß und dann den anderen vorsichtig auf den Kies. Sie fühlte, daß sie mehrmals von kleinen Schaudern durchlaufen wurde, was bedeutete, daß Tränen in ihr aufstiegen, die sie, wenn sie nicht aufpaßte, hemmungslos vergießen würde. Sie stellte sich gerade auf die Füße und faßte die Eingangsstufen ins Auge, die sie, ohne zu stolpern, ohne sich zu blamieren, mit erhobenem Kinn hinaufgehen mußte. Da ging auf einmal die Tür auf, und der alte Morgan Connolly kam heraus und eilte ihr entgegen, die Stufen fast hinunterrennend. Sie lief ihm in die ausgestreckten Arme, legte die Wange an das rauhe Tuch seiner Weste und fühlte, wie er sie an sich drückte, während er leise sagte:

»Molly, mein Liebes, wein nur, wenn dir danach ist.«

Aber sie konnte nicht; noch immer spürte sie den Schatten ihres gräßlichen Vaters, und der zusammengepreßte, leidende Mund von Tante Jack stand ihr noch vor Augen. Sie um die Schulter gefaßt haltend, führte er sie langsam ins Haus, wie eine Kranke. Die alte Alice stand in der Halle, blind nach ihrem Gesicht suchend, und sagte:

»Ist das Molly?«

Molly ergriff ihre Hand, indes Morgan sagte:

»Natürlich ist sie's. Komm rein, hier, ins Eßzimmer. Wir sind allein heute. Hier, setz dich ans Fenster. Du hast kalte Hände. Ein Glas Whisky? Nein, besser nicht. Du bist zu jung für Whisky. Das Sofa, ja, damit Alice neben dir sitzen kann. So, halt ihre Hand. Das hat sie gern.‹ Tee kommt gleich. Wie immer. Jetzt wärm dich erst mal auf. Wir haben Zeit.«

Wie durch ein Wunder wich der Alptraum von ihr. Sie richtete sich auf, immer noch Alices Hand in der ihren, und sie sah, daß Morgan beifällig nickte, weil sie mit ruhiger Stimme sprach:

»Joe hat gesagt, der Kampf sei noch nicht beendet. Was bedeutet das?«

»Nun ja, vorläufig ist erst mal Schluß. Alle haben sich ergeben, sogar die Männer aus Wexford. Er hat gemeint, es wird wieder losgehn. Das ist so gut wie sicher. Aber unser Haufen hat erstmal die Zeche bezahlt.«

»Wer?«

»Pearse, MacDonagh, Plunkett, mein Freund Daly auch, wie es heißt, Connolly – vielleicht dreizehn oder vierzehn – und Clarke natürlich. Den mußten sie schließlich kriegen. Jedenfalls eine Menge mehr als die Unterzeichner der Proklamation – nach dem, was wir gehört haben, werden es Hunderte sein, wenn alles vorbei ist.«

»Weißt du, wo Sam jetzt ist?«

»Nicht mit Sicherheit, aber wir hörten, er sei in Kilmainham.«

»Und Martin Thornton?«

»Der soll auch dort sein. Kennst du Martin?«

»Er geht mit unserer Sarah.«

»Ah, ja. Ich hab sie hier mit ihm gesehn. Du kannst ihr sagen, daß er dort ist.«

»Ich fahr sofort nach Dublin.«

»Das geht auf keinen Fall«, sagte Alice höchst beunruhigt. »Wir konnten kaum nach hier durchkommen, und wir haben zwei Tage dafür gebraucht. Wenn wir dich nicht hätten sehn wollen, wären wir dageblieben.«

»Durften die Männer Briefe schreiben, bevor sie – bevor sie hingerichtet wurden?«

Morgan sagte:

»Soweit wir hörten, haben einige etwas geschrieben, aber wir wissen es nicht. Die Familien der Gefangenen dürfen sich nicht aus dem Haus bewegen, und ihre Wohnungen sind durchsucht worden. Wir hatten auch Besuch von Soldaten, aber Thomas war da und hat mit ihnen geredet, so daß uns eine Durchsuchung erspart blieb. Eine Stunde später, und er wär unterwegs gewesen nach London. Sie verwüsten natürlich alles, wenn sie eine Durchsuchung machen. Nur weil Thomas im Parlament sitzt, bin ich jetzt nicht hinter Gittern.« Er kicherte. »Fast würde mich interessieren, ob sich was geändert hat seit meinem letzten Knastbesuch.«

Alice drückte Mollys Hand, doch sie sagte nur:

»Du hast Glück gehabt, und das weißt du. Molly, du kannst nicht nach Dublin fahren. Es verkehren kaum Züge. Stellenweise sind die Gleise aufgerissen. Wir mußten alle möglichen Fortbewegungsmittel benutzen. Ein britischer Offizier in Dublin hat uns geholfen, weil wir so alt sind. Er war sehr freundlich. Ein Mädchen in deinem Alter hätte es nicht so leicht. Bleib hier bei uns. Du kannst sowieso nichts machen in Dublin.« Sie starrte Molly ins Gesicht, obgleich sie nichts sehen konnte. »Es wär schön, wenn wir dich bei uns haben könnten, wo nun alle andern weg sind, und ich bin sicher, daß dein Vater jetzt nicht gerade bester Stimmung ist.«

»Er ist wütend. Er sagt, Sam habe uns alle ruiniert.«

Wie wunderbar, es geradeheraus sagen zu können. Fast fühlte sie Sams Anwesenheit im Zimmer, einen unbestimmten Duft von seiner Kleidung, so daß sie halb den Kopf wandte, als könnte er in der Tür stehen. Das war Wahnsinn. Morgan beobachtete sie besorgt, er verstand sie nur allzugut. Sie hörte ihre Stimme beben, als sie sagte:

»Ja, ich würde gern bleiben; wenigstens, bis ich eine Möglichkeit finde, nach Dublin zu kommen. Es muß doch einen Weg geben, selbst im Krieg.«

»Wir können versuchen, irgendwas ausfindig zu machen, wenn du unbedingt hin mußt«, sagte Morgan. »Ich werde jetzt erstmal deiner Tante Bescheid sagen lassen.«

Alice schwenkte die Glocke an ihrer Seite, stand dann auf und sagte:

»Ich geh selber und suche Maggie. Sie soll ein Zimmer fertigmachen für dich.«

Molly wollte protestieren, aber Morgan sagte:

»Laß sie nur. Sie hat jetzt so wenig Gelegenheit, sich haushälterisch zu betätigen.«

Kurz darauf hörten sie einen Wagen vorfahren, dann ein kurzes, energisches Klingeln an der Haustür, und dann war Peter im Zimmer, die Hand ausstreckend, um Morgan zu begrüßen, und gleichzeitig in leichtem Ton zu Molly sagend:

»Ich bin gleich gekommen, als ich von Ihrem Vater hörte, daß Sie hier sind.« Er wandte sich wieder Morgan zu. »Sie haben Neuigkeiten mitgebracht? Henry sagte, Sie hätten mit eigenen Augen gesehen, was vorgegangen ist. Er sagte, Sam und Nicholas seien im Gefängnis.«

»Halb Dublin ist im Gefängnis. Sie wissen nicht, was sie mit ihnen anfangen sollen, so viele sind es. Es war ein regelrechter Krieg, nicht bloß ein Aufstand. So ziemlich das letzte, was Sam zu mir gesagt hat, war, daß es sich gelohnt hat und daß von nun an alles ganz anders sein wird.«

»Sie haben Sam gesehen und mit ihm gesprochen? Wann?«

»In der Moore Street, kurz vor der Kapitulation. Wir sind dort in einem Haus untergeschlüpft, wurden aber rausgeschickt, als der Stab das Hauptquartier dorthin verlegte. Sam war einer von den ersten; so konnte ich kurz mit ihm sprechen. Er hat mir das für Molly mitgegeben.« Er zog Sams Uhr an ihrer Kette aus der Tasche, und da er, wie so oft, nicht daran dachte, daß Alice nicht sehen konnte, sagte er: »Schnell, steck sie weg, bevor sie zurückkommt. Sie weiß nicht, daß er sie mir gegeben hat.«

Langsam, benommen vor Schreck, nahm Molly die Uhr in die Hände; irgendwie empfand sie ein Grauen davor und war doch fasziniert davon, wie sie sich anfaßte, als hafte ihr tatsächlich etwas von Sam an. Morgan mußte die Uhr aufgezogen haben. Sie hielt sie ans Ohr und lauschte, dann schloß sie fest die Hand darum, indes Morgan fortfuhr:

»Von den andern hab ich zu der Zeit keinen gesehen, nur Sam, aber später sah ich, wie Nicholas und Martin Thornton die Sackville Street hochmarschierten. Mein Sohn Fergal, sagte man mir, sei in Boland's Mills bei Kommandant de Valéra, aber gesehn hab ich keinen von beiden.«

Ganz plötzlich sah man ihm seine achtundachtzig Jahre an. Er schien sich zusammenzufalten, wie ein kleiner Vogel, der sich zum Schlaf auf einem Ast niederläßt, jeder Muskel geschrumpft, jeder Knochen in den Gelenken angewinkelt. Peter nahm ihn beim Ellbogen, führte ihn zu seinem Sessel und sagte:

»Also setzen wir uns mal. Es gibt so viel zu bereden, wir können das nicht alles im Stehn machen.«

»Natürlich. Setzen Sie sich da auf das Sofa, neben Molly.«

Peter blickte Molly an und setzte sich dann, wie ihm gesagt worden war, zu ihr. Molly verbarg die goldene Uhr zwischen den Falten ihres Rockes, die Kette hielt sie um die Finger geschlungen. Dann wandte sie sich entschlossen an Peter, und die Stimme hebend, sagte sie klar und deutlich:

»Mr. Connolly und ich haben gerade darüber gesprochen, wie ich nach Dublin kommen könnte.«

»Eben hab ich zu Ihrem Vater gesagt, daß Sie vielleicht sehr bald hinfahren möchten. Wenn ich Ihnen dabei behilflich sein kann, werde ich das selbstverständlich tun.«

»Ich wußte, daß Peter uns helfen würde«, sagte Morgan eifrig.

»Mit der Bahn kommt sie nicht sehr weit, daß weiß ich aus eigener Erfahrung.«

In dem Augenblick öffnete das Stubenmädchen die Tür, und Joe kam herein mit dem riesigen silbernen Teetablett. Gleich nach ihnen trat Alice ins Zimmer und fragte besorgt:

»Wer ist es? Peter Morrow? Schön, Sie zu seh'n, Peter.« Es war Molly aufgefallen, daß sie die Leute immer mit diesen Worten begrüßte, fast als hätte sie den perversen Wunsch, ihre Blindheit zu ignorieren. Sie wandte sich an Morgan: »Was sagst du da über die Bahn? Sie könnte ein Stück mit der Bahn fahren und sich dann ein Pferd oder Automobil nehmen, wenn sich eins auftreiben läßt. Die Fahrt über Land geht zwar langsam, aber die Leute werden ihr helfen, wenn sie hören, weswegen sie unterwegs ist. Das ganze Land ist jetzt auf unserer Seite.«

»Meinst du wirklich?«

»Joe hat's gesagt – stimmt's, Joe? Ich habe mit Joe darüber gesprochen.«

»Das ist das, was ich gehört habe, Sir«, sagte Joe, der das Tablett auf dem von dem Stubenmädchen hergerichteten Tisch abgesetzt hatte und zur Tür ging. »Ein Mann auf der Flucht kam letzte Nacht durch Moycullen, und er sagt, man hätte ihm überall geholfen, wegen den Hinrichtungen. Er sagt, die Leute werden wütend, wenn sie das hören, und sagen, die Männer wären ohne richtiges Verfahren erschossen worden. Ich weiß nicht, woher sie das wissen, aber jeder sagt es.« Als er Mollys entsetztes Gesicht sah, sagte er leise zu ihr: »Es tut mir wirklich leid, Miss Molly, und was ich gesagt habe, muß Ihnen noch mehr Kummer machen. Aber es ist bei Gott die Wahrheit, und davor kann man die Augen nicht verschließen.«

Benommen saß Molly da, die Teetasse in der Hand, und Stimmen umsummten sie wie Bienen, aber sie war nicht mehr fähig, die Bedeutung auch nur eines einziges Wortes zu erfassen.

Zweiter Teil

Mai 1916

7

Wie er sich auch legte, Nicholas konnte nicht schlafen. Der Fußboden war nackt, aber dennoch wimmelte er von Läusen, die ihm in die Ohren krochen, sobald er den Kopf hinlegte. Leidenschaftlich sehnte er sich nach Schlaf und beneidete die Männer, die den Gestank und die Nähe ihrer Mitgefangenen ignorieren konnten. Überall um sich herum in der Dunkelheit konnte er ihr Schnarchen hören. Die Wexforder schienen besonders erschöpft, und einer von ihnen hatte ihm erzählt, daß sie zehn Tage nicht geschlafen hätten, bevor sie in der vergangenen Nacht nach Dublin gebracht worden seien. Er schluchzte vor Zorn, als er sagte:

»Wir hätten weitermachen können. Wir hätten uns in die Berge zurückziehen können. Es wär nicht nötig gewesen aufzugeben. Wir hatten sie in die Flucht geschlagen, die Schweinehunde . . .«

»Nu hör schon auf, Mensch!« riefen ein paar von den anderen gutmütig. »Wir hatten Befehl von Kommandant Pearse. Oberste Pflicht eines Soldaten ist der Gehorsam.«

»Oberste Pflicht eines Soldaten ist, den Feind zu erschießen«, sagte der Mann wütend, aber er beruhigte sich und war bald eingeschlafen, den Arm um die Brust seines Nachbarn geschlungen. Um die Zeit kam immer noch Licht durch das kleine Fenster. Sie waren in einem traurigen Zustand, Stiefel und Uniformen verklebt von Dreck, die Gesichter unrasiert, die Augen blutunterlaufen und verquollen von Müdigkeit, aber Nicholas hatte kein einziges Wort der Klage von ihnen gehört, kein Jammern, keine Andeutung, daß sie von ihren Vorgesetzten in irgendeiner Weise irregeführt oder verraten worden seien. Sie hatten ihm erzählt, wie sie sich geweigert hätten aufzugeben, bis schließlich zwei Mann von ihnen nach Dublin eskortiert worden seien, wo sie mit Kommandant Pearse sprechen sollten, der in der Arbour Hill Kaserne in Haft saß und ihnen ausdrücklich gesagt hatte, daß sie sich zu ergeben hätten.

»Wir haben gesagt, dem Militär würden wir uns ergeben«, sagte ein junger rothaariger Offizier. »Sie haben damit gedroht, sie würden die Stadt Enniscorthy unter Beschuß nehmen, wenn wir nicht aufgäben. Sie hatten ihre Geschütze in Stellung gebracht, und sie wußten, daß die Stadt voll war von Zivilisten. Wir konnten sehn, daß sie's ernst meinten. Oberst French versprach, daß die Mannschaften frei ausgehn könnten, wenn die sechs Offiziere sich ergeben würden. Er nahm die Kapitulation entgegen. Gleich danach hat er uns einfach der Polizei übergeben, und als wir nach Wexford kamen, merkten wir, daß er den zweiten Teil seines Versprechens ebenfalls nicht gehalten hatte. Nicht nur meine Männer waren verhaftet, sondern es sah aus, als hätten sie die gesamte männliche Bevölkerung von Enniscorthy eingelocht. Als wir dort ankamen, hatte sich eine schreiende Menge vor der Polizeikaserne versammelt, also müssen sie jedem erzählt haben, daß wir kommen würden. Nicht etwa, daß er sich's anders überlegt hätte, nachdem er dieses Versprechen gegeben hatte. Er hat gar nicht erst vorgehabt, es zu halten.«

Nicholas war ein wenig belustigt über die Verachtung des Mannes für ein derart unmoralisches Verhalten. Er sagte:

»Wir leben in einem Krieg.«

»Das weiß ich«, sagte der Wexforder bitter. »Aber auch im Krieg gibt es bestimmte Spielregeln. Von jetzt an glaube ich denen kein Wort mehr. Als wir in Wexford waren, hat uns ein Polizeiwachtmeister gesagt, am nächsten Morgen würden wir alle erschossen werden. Dann kamen sie rein und veranstalteten ein Kriegsgericht, gleich in der Zelle, und alle wurden wir zum Tode durch Erschießen verurteilt. Wir haben auf dem Stroh gelegen und sie ausgelacht, aber wir haben wirklich gedacht, sie würden es tun. Das Schlimmste war, daß sie den Priester nicht zu uns lassen wollten. Ich kann Ihnen sagen, wir haben gebetet, als sie uns am Morgen rausbrachten. Wir dachten, unser Ende wär gekommen. Dann merkten wir, daß sie sich's anders überlegt hatten. Irgendwie müssen sie das Gefühl gehabt haben, daß sie nicht die Befugnis dazu hatten. Sie steckten uns in den Zug nach Waterford und schickten den Bezirksinspektor mit uns. Er meinte, sobald wir ankämen, müßten wir dran glauben. Er war sehr durcheinander, der arme Mann, und sobald der Zug sich in Bewegung gesetzt hatte, nahm er uns die Handschellen ab. Das war alles, was er für uns tun konnte. Bei der Ankunft in Waterford empfingen uns die sogenannten Irischen Freiwilligen und britische Soldaten mit Hohngelächter. Möchte wissen, ob die uns morgen alle erschießen werden?«

»Vielleicht.«

»Wir müssen wohl damit rechnen. Hoffentlich lassen sie uns vorher nach Hause schreiben. In Wexford hab ich versucht, meine Mutter zu sprechen, aber sie wollten mich nicht lassen.«

»Und was ist mit Ihrem Vater?«

»Der ist gestorben, als ich zehn war. Er war ein Fenian. Schade, daß er diesen Tag nicht erleben kann. Das werd ich ihr schreiben, wenn man mich läßt. Ich werde ihr schreiben, sie soll an die Wexforder von 1798 denken. Gott steh uns bei, sie wird mir nachtrauern.«

Bald darauf wurde es so dunkel in der Zelle, daß Nicholas ihn nicht mehr sehen konnte. Jedes Gespräch erstarb. Nicholas döste ein, immer wieder in nackter Angst aufschreckend.

Gegen Morgen schlief er bleiern, und als er erwachte, hatten die meisten Männer sich bereits aufgesetzt. Der dreckige Eimer, der als Pissoir diente, war randvoll, und sie wanden sich vor Scham darüber, daß sie sich auf den Boden entleeren mußten. Als zwei Soldaten Tee und Brot brachten, beschwerte sich der

Rothaarige bei dem riesigen Oberfeldwebel, der die beiden beaufsichtigte, und verlangte, daß sie in einen sauberen Raum gebracht würden, solange dieser bewohnbar gemacht werde. Der Oberfeldwebel sah ihn mitleidig an und sagte:

»Das wird nicht mehr lange euer Problem sein, Kamerad.«

Wenige Minuten später kam ein englischer Offizier mit einer Eskorte von sechs Gemeinen und stand in der Tür. Er sah sich eine volle Minute um, bevor er seinen Männern ein Zeichen gab, die darauf zielsicher die sechs Wexforder Offiziere herauspickten und abführten. Es entstand eine kurze Pause, derweil der englische Offizier wortlos dastand, den Mund angewidert vor dem Gestank verziehend. Dann zeigte er plötzlich auf Nicholas und sagte:

»Der Mann da hat hier nichts zu suchen. Nehmt den auch mit.«

Auf dem Gang sagte der Rothaarige:

»Das sind meine Männer. Ich verlange anständige Haftbedingungen. Dieser Raum ist dreckig.«

»Gut genug für die Schweine«, sagte der Offizier, sich abwendend. Seine Männer brüllte er an: »Laßt sie antreten! Worauf wartet ihr noch?«

Vor seiner kleinen Marschkolonne marschierte er davon, Nicholas machte hinter den sechs Offizieren aus Wexford den Schlußmann. Als sie sich in Bewegung setzten, sagte der große Oberfeldwebel leise zu Nicholas:

»Wenn Sie dazu kommen, können Sie ihm sagen, ich werd mich drum kümmern.«

Benommen nickte Nicholas ihm zu.

Wie war es geschehen? Hatten sie ihn bis jetzt vergessen? Nach der Kapitulation am Sonntag hatten sie eine schreckliche Nacht im Freien verbracht, bei Regen, nackt, und ihre erschöpften Körper hatten Stöße mit Gewehrkolben aushalten müssen, bis der Lastwagen, der sie nach Richmond in die Kaserne brachte, ihnen schließlich fast als Luxus erschien. Dann wurde ihnen die Kleidung zurückgegeben, und alle mußten sich in der Kaserne auf den Fußboden eines Korridors legen. Er lag neben einem dünnen, drahtigen jungen Mann, der sagte, er sei Bibliothekar, und der so entspannt war, als läge er auf einem grünen Berghang und genösse die Aussicht. Weiter vorn lagen der Generalquartiermeister Michael O'Hanrahan, dann Kommandant Plunkett, der schon immer eine schwache Gesundheit hatte und nun endlich in Ohnmacht lag, und dann kamen Sam und ein lebhafter Mann, der während der Erhebung im Institut für Chirurgie gewesen war. Es war ihm gelungen mit einer Eiderdaunensteppdecke durchzukommen, die er über Plunkett breitete. Es war unmöglich, mehr zu sehen, ohne den Kopf zu heben, und als Nicholas dies versuchte, hatte er einen bedrohlichen Stiefel über sich. Der Bibliothekar sagte leise:

»Bleib ruhig. Es bringt uns nichts, wenn wir jetzt Krach schlagen. Die warten nur auf eine Gelegenheit, uns zu massakrieren.«

Eine Stimme brüllte:

»Schnauze halten da!«

Ein Soldat kam an der Reihe vorbei und schaute sich ihre Gesichter an. Er beugte sich über Plunkett, hob dessen schlaffe Hand hoch und begann ihm einen schweren Goldring vom Finger zu ziehen. Der Bibliothekar sagte in scharfem Ton:

»Finger weg da! Lassen Sie ihn in Ruhe!«

Der Soldat ließ den Ring in seine Tasche gleiten und sagte leichthin:

»Kann ich mir ruhig nehmen. Morgen wird er sowieso erschossen.«

Bald danach kam ein Offizier und inspizierte die ganze Reihe, und eine Stunde später wurden alle weggebracht bis auf Nicholas und den Bibliothekar. Zu erschöpft, um sich zu bewegen, lagen sie nochmals zehn Minuten da, bis ein Soldat in den Korridor blickte, einen erschreckten Ausruf von sich gab und wieder verschwand. Kurz darauf kam er mit drei anderen zurück, die zwei Gefangenen wurden auf die Füße gehievt und weiter ins Innere des Gefängnisses geführt. Nicholas hatte den Bibliothekar seither nicht mehr zu Gesicht bekommen und nur noch gesehen, wie er rasch in einen Raum gestoßen wurde, der an dem sehr breiten Mittelgang lag. Er selber wurde durch einen Korridor geführt und ein paar Stufen hinunter auf einen Hof hinaus und dann in einen Bau, der aus einem einzigen Raum mit Eingangshalle zu bestehen schien. Er war bereits gedrängt voll von Männern. Dort war er die ganze Zeit geblieben, bis der Offizier ihn herausgepickt und zu den anderen Männern gesteckt hatte.

Vor einer Tür am anderen Ende des Hofes mußten sie haltmachen, und der Offizier gab scharfen Befehl, sie zu öffnen. Eine Wache trat vor, um den Befehl auszuführen, und sie wurden in einen großen Raum geschubst, der bereits brechend voll war. Als Nicholas die Gesichter seiner neuen Kameraden sah, wußte er, daß es diesmal kein Irrtum war. Der erste, der ihn grüßte, war Sam.

Sie blickten einander mit leuchtenden Augen an, als hätten sie sich in irgendeinem kleinen Ort auf dem Lande getroffen, in dem sie zufällig beide Urlaub machten. Dann sagte Sam:

»Also bis du endlich doch hier gelandet. Als ich hierherkam, hab ich den Raum zweimal abgesucht, weil ich dachte, ich hätte dich vielleicht übersehen. Wo hast du gesteckt?«

»In einem andern Teil der Kaserne. Bist du die ganze Zeit schon hier?«

»Ja, seit wir aus dem Gang weggebracht wurden. Mr. Clarke und Kommandant Plunkett und O'Hanrahan und Daly und noch ein paar andere haben sie irgendwo anders hingebracht. Wir wissen nicht, wohin.«

»Hast du Onkel Fergal gesehn?«

»Nein. Aber ich hab auch sonst keinen getroffen, der ihn gesehn hat, und das ist erstmal ein gutes Zeichen.«

»Und Denis?«

»Sie waren zusammen.« Denis war Sams jüngerer Bruder, ein stämmiger, vierschrötiger Bursche, äußerlich ganz anders als Sam. »Und Martin Thornton ist hier; nicht in diesem Raum, aber ich hab ihn gesehn, als wir hier ankamen.«

»Wir haben gehört, es wären schon sechzehn erschossen worden.«

»Es gibt so viele Geschichten, wir wissen nicht, was wir glauben sollen. Wahr ist allerdings, daß Kommandant Pearse und

Mr. Clarke und Kommandant MacDonagh gestern morgen hingerichtet worden sind. Das steht in der Zeitung.«

»Wo? Wo?«

»Irgendwer hat sie. Warte, ich werd mal sehn, ob ich sie dir besorgen kann.«

Er entfernte sich in der Menge und kam kurz darauf mit einer zerfetzten Zeitungsseite zurück, die so abgegriffen und zerlesen war, daß sie jeden Augenblick auseinanderzufallen drohte. Da war sie, die offizielle Bekanntmachung, nicht zu übersehen:

»Drei Unterzeichner des Papiers, in dem die Irische Republik ausgerufen wird, P. H. Pearse, T. MacDonagh und T. J. Clarke, sind vor das Feldgericht gestellt und zum Tode verurteilt worden. Das Urteil wurde ordnungsgemäß als rechtskräftig erklärt, und die drei oben genannten Männer wurden heute morgen erschossen.«

Nicholas las die Meldung mehrmals durch und gab die Zeitung dann Sam zurück, der sie sorgsam zusammenfaltete und locker in der Hand behielt.

»Also, wie es aussieht wird's so gehn. Man wird uns nicht als Kriegsgefangene einstufen.«

»Hast du Angst?«

»Das Stadium hab ich hinter mir. Der erste Tag war ganz schön schlimm. Und wie steht's mit dir?«

»Es gibt so vieles, was ich nicht getan habe«, sagte Nicholas unbestimmt. »Ja, ich habe Angst, aber wenn man uns alle hier so zusammengepfercht hält, läßt man sich besser nichts anmerken. Weißt du noch, wie sie uns in Stonyhurst immer erzählt haben, wir sollten jederzeit auf den Tod gefaßt sein? Tja, jetzt ist es soweit; nicht gerade das, womit wir gerechnet haben. Ich wünschte, ich könnte schreiben und ihnen davon erzählen.«

»Seán MacDermott war hier«, sagte Sam. »Sie haben ihn heute morgen weggebracht. Er ist ziemlich sicher, daß dies erst der Anfang ist. Er sagt, wir hätten den alten Geist wieder erweckt – genau das waren seine Worte. Er sagt, wir sollen möglichst viele Männer retten, damit die dann weitermachen können.«

»*Wir* sind's, die weitermachen werden.«

»Nun, so spricht man eben. Er weiß, daß wir vielleicht alle erschossen werden, und er ist ziemlich sicher, daß er selber nicht davonkommen wird. Gestern war er unter einer Menge von Gefangenen, die gerade nach England in Konzentrationslager geschickt wurden, als zwei Agenten der Regierung die Reihe abschritten und ihn erblickten. Diese Burschen kennen jeden, und wenn sie im Zweifel gewesen wären, hätten sie ihn an seinem Humpeln erkannt. Sie haben ihn aus der Reihe geholt und ihn hier zu uns gesteckt. Deswegen glaube ich, daß uns allen dasselbe Ende bevorsteht.«

»Es sieht ganz danach aus.«

»Seán MacDermott hat mir erzählt, daß die Waffenlieferung, die wir aus Deutschland kriegen sollten, nie angekommen ist. Sir Roger Casement ist verhaftet worden. Seán meint, daß wir deswegen fähig waren, gleich am Anfang so gut abzuschneiden, bevor noch irgendwer begriff, daß wir gefährlich waren. Sie haben gedacht, wir könnten ohne diese Waffen nicht weitermachen.«

»Sie haben davon gewußt?«

»Natürlich. Alles haben sie gewußt, nur den Tag nicht, für den wir den Aufstand geplant hatten. Der war absolut geheim.«

»Sam, was wird mit Molly?«

»Sie ist der einzige Mensch, um den ich mir Sorgen mache. Ich bin mir nicht sicher, ob sie stark genug sein wird.«

Er wandte sich ab, um die zusammengefaltete Zeitung einem anderen zu geben, der sie haben wollte, und Nicholas brachte es nicht fertig, noch einmal von Molly zu sprechen.

Gegen Mittag ging die Tür auf, und zwei Soldaten brachten einen riesigen Kübel Suppe herein. Nicholas merkte plötzlich, daß er Hunger hatte und war froh über die Suppe, die hauptsächlich aus Bohnen zu bestehen schien. Dazu gab es für jeden einen Kanten Brot. Ein paar von den Männern witzelten über die traditionelle, luxuriöse Henkersmahlzeit und fingen an, bei dem Oberfeldwebel, der wütend von einem Fuß auf den andern trat, ausgefallene Gerichte zu bestellen. Hummersalat, sagten sie, mit nur einem Hauch Mayonnaise, damit er nicht zu schwer im Magen liegt. Ein Käse-Auflauf würde eine gute Nachspeise abgeben, und türkischer Mokka wäre unter den gegebenen Umständen nicht zuviel verlangt. Der Rothaarige aus Wexford, der im normalen Leben Journalist war, kannte die Namen verschiedener ausländischer Gerichte, oder er erfand sie, und bestand darauf, sie dem Oberfeldwebel ausführlich zu beschreiben, aus dem es schließlich hervorbrach:

»Um Jesu willen, wirst du mich jetzt in Frieden lassen? Es ist schon schlimm genug, denen ihre Dreckarbeit machen zu müssen, auch ohne daß man dafür noch verhöhnt wird. Warum habt ihr nicht ein paar Waffen behalten? Jetzt werden die Schweinehunde kommen und das ganze Land einberufen.«

Strahlend sagte der Rothaarige:

»Aber Sie sind doch schon bei der Armee.«

»Ich ja, aber mein Sohn nicht.«

Dann befahl er schnell seine Männer zu sich und knallte die Tür zu, während drinnen die Gefangenen fröhlich lachten, bis sie ihn außer Hörweite wußten.

Das war der letzte erfreuliche Zwischenfall eines langen, düsteren Tages. Am Spätnachmittag sahen sie von den Fenstern aus, daß im Kasernenhof fünfzig bis sechzig Gefangene antraten. Die großen Tore wurden geöffnet, und sie sahen, wie sie in Marschordnung abgeführt wurden. Die Dunkelheit brach an, und das grelle Licht wurde eingeschaltet, das es ihnen unmöglich machte, draußen noch etwas zu erkennen. Der überfüllte Raum spiegelte sich in dem düsteren Glas der Fenster, und Nicholas hatte den Eindruck, in einem Bild zu sein, preisgegeben dem Willen eines wahnsinnigen Künstlers, der sie jeden Augenblick mit seinem Pinsel auslöschen konnte.

Der Morgen kam als eine Erleichterung. Nicholas und Sam hockten an der Tür, und so waren sie die ersten, die hörten, wie die Schritte der Eskorte näherkamen, die sie wegbringen würde.

8

Elf Mann wurden herausgeholt, einschließlich vier von den Wexfordern, aber der rothaarige Offizier wurde zurückgelassen. Sie konnten ihn protestieren hören, bis scheppernd die Tür ins Schloß fiel. Die andern waren immer noch fröhlich, konnten trotz ihrer schrecklichen Situation lachen und scherzen. Nicholas war froh, daß er nicht wieder von Sam getrennt worden war. Als sie auf den Hof hinauskamen, warteten dort mehrere Gruppen von Gefangenen.

Der heutige britische Offizier war nicht freundlicher als der von gestern, doch bald verschwand er in einem Gebäude nahe dem Tor und ließ die Gefangenen unter Aufsicht von sechs Soldaten mit aufgepflanzten Bajonetten auf dem Kasernenhof stehen. Nach dieser Nacht übler Gerüche war es gut, draußen an frischer Luft zu sein. Nicholas war sicher, die See jetzt riechen zu können, vielleicht sogar einen Hauch von Torfrauch, der ihn an klare, kalte Tage wie diesen erinnerte, die er bei seinen Verwandten in Cappagh westlich von Galway verbracht hatte oder mit Pádraig Pearse in der feuchten, schlecht mit Stroh gedeckten Hütte, die dieser sich an dem Berghang gebaut hatte und von der aus man die birnenförmige Halbinsel Rosmuck überblickte. Von dem Mann, den er für das Dachdecken bezahlt hatte, war er unverschämt betrogen worden, aber mitten in seinem Ärger hatte Pearse gesagt:

»So geht das immer weiter, bis wir ein freies Land haben. Für den seh’ ich eben aus wie ein reicher Krösus.«

Es war traurig zu wissen, daß Pearse tot war. Nicholas hatte das Gefühl, daß dieser von all seinen Freunden derjenige war, den er am schmerzlichsten vermissen würde. Es hatte nie in Frage gestanden, daß er ihr Führer sein würde. Er hatte die Mentalität der Kriegshetzer am besten von ihnen verstanden und war der erste gewesen, der sich deren Sprache zunutze machte. Er hatte damit angefangen, die Rekrutierungs-Plakate mit ihrem Gerede von Blut zu parodieren – von Blutopfer und sein Blut fürs Vaterland hingeben –, indem er in seinen Reden und Artikeln dieselbe Art Worte mit ihrem starken biblischen Beigeschmack verwendete. Wenn *das* das Spiel ist, sagte er, können es auch zwei spielen. Die Leute sprachen leichthin über Blut, wenn sie es nie hatten fließen sehen, und niemand hatte je den brünstigen Geruch des Blutes erwähnt, der Nicholas in der Woche der Erhebung so überrascht hatte.

Sobald der Offizier weg war, sprach Sam den nächsten Soldaten an:

»Und wie geht's jetzt weiter?«

Das Gesicht des Mannes wurde rot, und unsicher murmelte er:

»Woher zum Teufel soll ich das wissen?«

»Du bist doch Ire!«

»Ja. Aber seien Sie um Gottes willen still. Wir sollen nicht mit euch reden.«

»Seid ihr alle Iren?«

Ein kleiner verhutzelter Mann, dessen Gewehr viel zu groß für ihn erschien, kicherte leise und sagte dann:

»Er is empfindlich, das is er.« Er bewegte kaum die Lippen beim Sprechen. Sein Akzent war perfektes Cockney. »Hier findet das Standgericht statt, Sir. Sieht schlecht aus für euern Haufen. Tut mir leid – ich mag so was nich. Hab 'n bißchen was davon in Indien gesehn, bis ich Sonderurlaub aus Familiengründen gekriegt hab. Die Frau in der Klapsmühle, wie ihre Mutter. Sonderurlaub! Hab ich mir nich träumen lassen, daß die mich hierherstecken.«

»Tut mir ebenfalls leid.«

»Sie brauchen sich nicht zu entschuldigen. Ihr habt fair gespielt. Unsere Jungs haben damit gerechnet und Achtung davor gehabt – hab ich sie sagen hören. Drüben in Indien war das anders, wenn wir Wache geschoben haben – Sie wissen ja – stockdunkel am Rande des Lagers –, kriegte man Gänsehaut. Wir haben Hunde gehabt, aber diese Bergstämme kamen runter in Leopardenfell gewickelt, und die Hunde haben den Schwanz eingekniffen und nix wie weg. Und dann haben sie einem das Messer in den Rücken gesteckt. Das ist bei Gott wahr – ist einem Kameraden von mir passiert. Ihr habt kein Leopardenfell getragen – alles war offen und ehrlich.«

Gruppen von Polizisten in Uniform und Zivil standen herum, schienen aber keine Notiz von den Gefangenen zu nehmen.

»Die sind als Zeugen hier«, sagte der erste Soldat, mit dem Kopf in ihre Richtung deutend. Er sagte nichts mehr, als er merkte, daß einer von den anderen ihn anstarrte.

»Worauf warten wir noch?« fragte Sam, aber der Mann blickte himmelwärts und wollte nichts mehr sagen.

Nach einer Weile wurden die Polizei-Zeugen in das kleine Gebäude geführt, vor dessen Tür sie herumgestanden hatten. Einer von den Gefangenen rief ihnen nach:

»Verlangt 'n guten Preis!«

Ein anderer:

»Ihr verdient den besten – habt ihr ihnen nicht eure Seelen verkauft?«

Mit roten Gesichtern drängten sich die letzten durch die Tür, um so schnell wie möglich dem johlenden Hohngelächter zu entkommen, das darauf folgte.

Später wurde den Gefangenen Tee und Brot hinausgebracht, so daß sie ein wenig auflebten, aber das Warten den ganzen langen Nachmittag hindurch wurde zur Tortur. Endlich kam der Offizier zu der Seitentür heraus, durch die er, wie es schien, vor einem halben Jahrhundert verschwunden war. Sie wurden in das Gebäude und eine ausgetretene Holztreppe hinaufgeführt, dann durch einen langen Gang, der grob weißgetüncht war. Es roch sauber. Am anderen Ende stand ein Soldat mit aufgepflanztem Bajonett Wache vor einer geschlossenen Tür. Ihre Stiefel waren laut auf den nackten Holzdielen. Drei von ihren Bewachern waren voneweg gegangen, die andern drei bildeten den Schluß und verrenkten sich nun auf Zehenspitzen die Hälse, um besser sehen zu können, was vorne vorging.

Der Offizier klopfte überraschend zaghaft an, öffnete dann vorsichtig die Tür und glitt durch den Spalt, fast so, als müsse er aufpassen, daß keiner von drinnen entweiche. Einer der Wexforder hatte ihn erkannt und sagte freundlich:

»Hallo, Johnny, wie geht's uns denn so in der Ross Street?«

»Halt die Fresse, du Scheißbankert!« sagte der Soldat mit gebleckten Zähnen.

Schockiert sagte ein anderer von den Wexforder Gefangenen: »Oh, so etwas sagt man doch aber nicht! Ich muß mich sehr wundern über dich, Johnny, und dabei ist deine Mutter so eine nette Frau.«

»Bei Jesus, wenn ich noch ein Wort von euch höre, kriegt ihr das hier in den Bauch!«

Er machte eine drohende Bewegung mit seinem Bajonett, und sein Gesicht war plötzlich dunkelrot. In dem Augenblick ging die Tür auf, und der Offizier kam heraus, so aufgeregt, daß ihm das Grinsen der Gefangenen entging.

»Rein da, der ganze Haufen!« zischte er.

Die drei Soldaten drückten sich an die Wand, um die kleine Kolonne vorbeizulassen. Der Offizier quetschte sich nach ihnen hinein und stand dann nervös zuckend vor Unterwürfigkeit mit dem Rücken an der Tür. Jeder Fuß des kleinen Raumes war besetzt, bis auf die Stelle, wo ein Tisch vor die Hinterwand gestellt worden war, hinter dem kaum drei Stühle Platz hatten. Auf diesen saßen drei Offiziere, und Nicholas fühlte, wie sich bei deren Anblick sein Magen zusammenzog. Es waren drei gewichtige Männer mit rosigen Gesichtern, die wegen ihres passenden Äußeren ausgewählt worden sein mochten, alle in Uniform und hoch dekoriert mit leuchtenden Auszeichnungen aller Farben, was ihr Aussehen noch eindrucksvoller machen sollte. Kein Wunder, daß der rangtiefere Offizier eine Heidenangst vor ihnen hatte. Es waren dies offenbar die Richter, und der mittlere von den dreien schien der wichtigste von ihnen zu sein. Er starrte auf die Gruppe der Gefangenen vor sich, die Augen böse zusammengekniffen, und seine glänzenden Kinnbacken waren hart vor Empörung. Seine Kollegen schienen ihrer Rolle nicht ganz so gewachsen zu sein, was vielleicht der Grund dafür war, daß sie das Reden dem in der Mitte überließen. Er wandte sich einem dünnen, farblos aussehenden Mann zu, ebenfalls in Uniform, der an einem Ende des Tisches stand.

»Also, sind alle anwesend? Dann können Sie die Anklagen verlesen.«

Keinem war jetzt mehr nach Witzen zumute. Mit einem Seitenblick sah Nicholas, daß die Wexforder Offiziere in Erwartung der gegen sie erhobenen Anschuldigungen militärisch stramme Haltung angenommen hatten. Er folgte ihrem Beispiel, langsam und unauffällig den Körper streckend, die Schultern zurücknehmend und die Hände flach an die Nähte seiner Reithose legend; gleichzeitig hob er das Kinn und sah den Richtern gerade in die Augen. Die Richter betrachteten ihre Gefangenen mit Neugier. Es war also die Mühe wert. Es wäre unerträglich gewesen, einen reumütigen oder zerknirschten oder gar ängstlichen Eindruck zu machen. Er hörte einen der Wexforder mit leiser Stimme zu dem Mann neben sich sagen:

»Ich glaube, die denken, sie wären im Recht. Sie sehn so selbstsicher aus.«

»Das tun sie, Gott helfe ihnen«, sagte sein Kamerad. »Sie haben nicht die geringste Ahnung von Irland, und wir werden ihnen wohl kaum viel erzählen können.«

Im Scharren der Füße waren die murmelnden Stimmen untergegangen, doch nun wurde es totenstill, als der Ankläger von einem kleinen, gräulichen Dokument in seiner Hand vorlas:

»›Samuel Thomas Bennet Flaherty und Nicholas Morgan Davitt de Lacy, angeklagt der Kriegsführung gegen die Streitkräfte Seiner Majestät in der Absicht, die Königliche Autorität zu untergraben und in Irland eine unabhängige Republik zu errichten.‹ Diese Männer gehörten beide zu der Truppe, die das Hauptpostamt in der Sackville Street besetzte. Ich dachte, mit ihnen sollten wir uns zuerst beschäftigen.«

»Warum wurden sie nicht nach Kilmainham geschickt?«

»Ein Versehen, Sir. Es kann jetzt richtiggestellt werden.«

»Sehr gut. Lesen Sie die Beweisführung.«

»Es wurde zugegeben. Sie haben mit den andern Anführern die Waffen abgegeben.«

»Ja, verstehe.« Er wandte sich den Gefangenen zu. »Vortreten, die beiden Genannten.«

Es war kein Platz zum Vortreten. Der Offizier an der Tür schubste Sam und Nicholas von hinten nach vorn in die Mitte der ersten Reihe der Gefangenen.

»Wer von Ihnen ist Flaherty?«

»Das bin ich«, sagte Sam leichthin.

»Haben Sie etwas zu sagen?«

»Nur, daß ich's wieder tun würde, wenn ich Gelegenheit dazu hätte. Ich bin stolz, daran teilgenommen zu haben.«

»Bestehen die Anklagen zu Recht?«

»Sehr zu Recht.«

»Mit Frechheit werden Sie nicht weit kommen.«

»Ich bin mir nicht bewußt, frech gewesen zu sein, falls so was zwischen Gleichen überhaupt möglich ist. Ich darf hinzufügen, daß Höflichkeit uns auch nicht sehr weit gebracht hat.«

»Ah, so einer sind Sie also. Schreiben Sie beide Gedichte?«

»Ich ja, fürchte ich«, sagte Nicholas, indes Sam lächelnd den Kopf schüttelte.

»Sie dürfen zur Seite treten.« Sam machte einen symbolischen Schritt zur Seite, und der Richter sagte in scharfem Ton: »Nicholas de Lacy, haben Sie etwas zu sagen?«

In dem Bewußtsein, daß die anderen alle genau zuhörten, und in der Hoffnung, daß er eine Antwort parat haben würde, grub Nicholas aus den Tiefen seines Gedächtnisses einen Bericht aus, den er als Kind über das Verfahren des alten Morgan Connolly gehört hatte, der 1865 als Fenian verurteilt worden war und von der Anklagebank eine Rede gehalten hatte. Morgan hätte sich diese Gelegenheit nicht entgehen lassen. Es war keine Zeit zu verlieren, denn alle drei Richter hatten die Augen auf ihn gerichtet. Eine Sekunde länger noch, und man würde annehmen, er könne vor Angst nicht sprechen. Tastend begann er:

»Ja, ich habe etwas zu sagen, obwohl ich nicht annehme, daß es viel nützen wird oder daß gar jemand außerhalb dieses Raumes je erfahren wird, was ich sagte, noch ob ich überhaupt gesprochen habe. Wir haben gehört, jeden Abend seien Bulletins an die Presse gegeben worden, die besagten, daß jeweils zwei bis drei von unseren befehlshabenden Offizieren hingerichtet worden seien. Die einzige Information besteht darin, daß sie vor ein Feldgericht gestellt und zum Tode verurteilt wurden. Über die Art, wie ihre Verhandlungen geführt wurden, sofern es Verhandlungen überhaupt gegeben hat, ist nichts bekannt. Vor fünfzig Jahren, als die Fenians vor Gericht standen, war wenigstens ein Teil der Öffentlichkeit zugelassen.«

»Es wird eine offizielle Stellungnahme herausgegeben werden«, sagte der Richter gereizt.

»Sie fragten, ob wir Gedichte schreiben«, sagte Nicholas rasch, sich der Bedeutung der richterlichen Bemerkung mit seinem ganzen Körper bewußt. »Ich möchte Ihnen eine Gegenfrage stellen: Was treibt wohl einen gebildeten Mann dazu, eine Uniform anzuziehen, ein Gewehr in die Hand zu nehmen und loszuziehen, um die Macht des britischen Imperiums herauszufordern? Verzweiflung ist die Antwort, Verzweiflung über die Armut und Erniedrigung unserer Landsleute, Verzweiflung darüber, nie mit friedlichen Mitteln von diesem Imperium Gerechtigkeit erlangen zu können. Die Fenians sagten, daß Freiheit nicht von selber kommt; man muß sie sich nehmen, notfalls mit Gewalt. Nachdem die Fenians besiegt waren, haben wir fünfzig Jahre auf Freiheit und Gerechtigkeit gewartet, aber sie sind nicht gekommen. Alles, was wir gekriegt haben, war eine Handvoll zynischer Versprechungen, die nicht gehalten wurden. Wir wissen, welches Urteil dieses Gericht fällen wird, aber wir wissen auch, daß jeder einzelne von uns bereit, wenn nicht froh ist, für sein Land zu sterben, ebenso wie Sie für das Ihre sterben würden.« Der Ankläger senkte den Kopf und blätterte in seinen Papieren, doch niemand unterbrach. »Ich werde es nicht mehr erleben, aber rings um mich herum fühle ich einen neuen Geist sich regen, und sobald dieser Geist einmal voll erwacht ist, wird keine Macht der Erde ihn daran hindern können, sich über die ganze Nation zu verbreiten, sowohl hier in der Heimat als auch unter denen im amerikanischen Exil.« Er wandte sich an die anderen Gefangenen und erhob seine Stimme. »Es ist gut, dem Tod so entgegenzutreten. Wir haben von Anfang an gewußt, daß uns vielleicht dies erwartete . . .«

»Genug jetzt! Ihnen ist nicht erlaubt, zu den andern Gefangenen zu sprechen. Führen Sie die zwei nach draußen«, sagte der mittlere Richter zu der Wache, unruhig auf seinem Stuhl herumrutschend, als hätte er selber gern den Raum verlassen. »Wir haben die Anklagen gehört und die Beweisführung. Die Urteile werden später verkündet werden.«

Als sie eilends hinausgebracht und durch den Gang geführt wurden, sagte Sam leise:

»Gut, Nicholas. Ich hab meine Chance da drin verpaßt, aber du hast es wettgemacht.«

»Ich wollte den Männern nur Mut machen. Es ist Zeitverschwendung, vor diesem kleinen Gerichtshof zu sprechen.«

»Es ist immer noch am besten, kämpfend unterzugehen. Jetzt sind wir wohl dran, Nick. Vielleicht sehn wir uns nicht mehr wieder. Solltest du doch nach Hause kommen, kümmer *du* dich dann um Molly. Und denk daran, diese verrückte Tante von ihr ist nur halb so verrückt wie sie tut. Sie ist zwanzigmal so viel wert wie der Vater.«

»Wir werden zusammen sein.«

»Vielleicht.«

»Wie kommst du darauf, daß ich überleben werde?«

»Ich weiß nicht. Vielleicht bleiben wir zusammen. Wie das Urteil auch ausfallen wird, erstmal scheinen sie entschieden zu haben, daß wir nach Kilmainham kommen.«

»Möchte wissen, ob uns vorher die Eltern noch sehn dürfen.«

»So wie ich deinen Vater kenne, schlägt er jetzt riesigen Krach im Unterhaus. Meiner ist vielleicht auch da. Er hat mir gesagt, er müsse das Vorhaben der Stimmenthaltung aufgeben, wenn es so aussähe, daß wir zum Tode verurteilt werden. Ich konnte nur sagen, er solle sein Urteilsvermögen walten lassen.«

»Meine Mutter – und deine . . .«

»Wir können fragen, ob wir sie sehn dürfen.«

Es war ihnen nicht vergönnt, zusammen zu fahren, nicht einmal die Hände durften sie einander schütteln. Unten an der Treppe warteten zwei verschiedene bewaffnete Eskorten darauf, sie in unterschiedliche Wagen zu schubsen, die dann vor das große Einfahrtstor fuhren. Es öffnete sich, aber sie fuhren nicht zusammen hinaus. Sams Wagen fuhr zuerst, und nach zwei bis drei Minuten folgte der Wagen von Nicholas. Er spähte hinaus in die hereinbrechende Dunkelheit, die hier und da von trüben Gaslaternen erhellt war, aber von dem anderen Wagen war keine Spur zu sehen, obwohl er in Fahrtrichtung saß. Die zwei schweigenden Offiziere, die ihn mit gezogenen Revolvern begleiteten, ignorierte er.

Die Fahrt war sehr kurz. Innerhalb weniger Minuten hatten sie den großen, häßlichen Gebäudeklotz von Kilmainham erreicht. Die Wachtposten draußen schienen sie zu erwarten. Einer von ihnen lief sofort los, um durch das Gitter zu sprechen, und eine Sekunde später gingen die gewaltigen Tore nach innen auf. Sonst war niemand zu sehen. Als sie hindurchfuhren, hatte Nicholas das eisige Gefühl, bei lebendigem Leibe in seine Totengruft geleitet zu werden. Im Hof stand leer der andere Wagen, aber von Sam war nichts zu sehen.

9

Über dem Torbogen im Hof konnte er mühsam ein Motto ausmachen, das in das schwarze Mauerwerk gemeißelt war: »Laß fahren das Böse, lern üben das Gute.« Nicholas fühlte eine Laus sein rechtes Bein hinaufmarschieren. Er hoffte, daß etwas von dieser Gesellschaft während der Fahrt auf seine Wächter übergewechselt war. Als er aus dem Wagen stieg, sah er den zwei Männern zum erstenmal ins Gesicht. Einer erwiderte seinen Blick unsicher und sah dann weg. Der andere ignorierte ihn, als wäre er ein ordnungsgemäß abgeliefertes Paket. Ein Feldwebel und zwei Soldaten kamen auf ihn zu und brachten ihn in das Gebäude, durch mehrere dunkle Gänge und zwei Treppen hinauf, dann in eine Zelle, in der es außer einem dreckigen Eimer in einer Ecke keinerlei Einrichtung gab. Dennoch lag etwas Wohltuendes darin, allein zu sein, doch das währte nur kurze Zeit.

Angst und Sorge um Sam und die anderen, die er in der Richmond-Kaserne zurückgelassen hatte, machten die nächsten Stunden zu Qual. Die Zelle wurde von Gaslicht erhellt, von einer einzigen Flamme an der Tür. Hoch oben an einer Wand war ein abgeschrägter Luftschacht im Mauerwerk, aber es war ein Ding der Unmöglichkeit, da hinauszuschauen. Wieder mußte er an seinen Großvater Morgan denken, diesmal wie er sich darüber verbreitete, welchen Erfindungsgeist der Mensch an den Tag lege, wenn es gelte, die eigene Gattung einzusperren: Der moderne Mensch sei nicht so schlimm, sagte Morgan, wie die alten Römer, die Vercingetorix und wahrscheinlich auch Paulus in unterirdischen Verliesen am Forum gefangen hielten, bis sie verhungert waren. Primitive Stämme halten ihre Gefangenen in Erdgruben, um vor Freunden damit angeben zu können. Besser nicht an so etwas denken – besser überhaupt nicht an Morgan denken.

Von Zeit zu Zeit wurde das Guckloch in der Tür rasch geöffnet, und jemand sah zu ihm herein. Beim vierten Mal hatte er darauf gewartet. Das Gruftgefühl hielt an, aber hier war der sichere Beweis, daß es sich nur um einen Alptraum handelte. In einer Gruft wird man nicht beäugt. Als der Schieber klickte, rief er:

»Hallo! Warten Sie doch mal!«

»Was wollen Sie?«

Die Stimme war nicht drohend und eindeutig eine irische Stimme. Nicholas sagte:

»Sagen Sie, wer ist denn sonst noch hier? Sind die andern von der Richmond-Kaserne gekommen?«

»Still, um Gottes willen. Ich komme kurz vor Dienstschluß noch mal vorbei.«

Der Schieber klappte zu. In einem Zustand zappeliger Erregung ging Nicholas in der Zelle auf und ab, dann setzte er sich gegenüber der Tür auf den Fußboden, dann stand er auf und lief wieder herum, zwei Schritte hierhin, drei Schritte dahin, regellos, bis er schließlich mitten in der Zelle stehenblieb, um vorsichtig die ekelerregende Luft einzuatmen und sich zu sagen, daß es besser sei, sich zu beruhigen und Geduld zu haben. Eine Menge

Geduld würde vonnöten sein, ganz gleich, was ihm bevorstand. Die Stille war gräßlich, unheimlich. Früher hatte er Bewegungen gehört, die er nicht deuten konnte, scharrende Füße, rennende Füße, keine einzige Stimme, bis auf diese sonderbar nervöse durch das Guckloch.

Er hatte die schwarzen, schweinsledernen Stiefelschäfte seiner Freiwilligen-Uniform abgeschnallt und die Strümpfe heruntergerollt, um die quälenden Läuse besser fangen zu können, als sich endlich ohne Vorwarnung die Tür öffnete und ein Soldat in der Uniform des Königlich-Irischen Regiments leise hereinschlüpfte und die Tür sorgfältig hinter sich schloß. Er war nicht jung, vielleicht Mitte vierzig, und wo das Haar an den Seiten unter seiner breiten Militärmütze zu sehen war, zeigte es Ansätze von Grau. Er sprach halb flüsternd, mit vor Angst bebender Stimme.

»Sie sind doch nicht etwa auch aus Wexford, oder?«

»Nein. Ich bin eine Mischung aus Galway und Dublin. Warum?«

»Ich bin selber Wexforder, und mir scheint, der Bau hier ist voll davon.«

»Dann sind sie also gekommen!«

»Das sind sie, Gott helfe ihnen. Sind Sie vielleicht Nicholas de Lacy?«

»Ja. Kennen Sie nicht mal die Namen Ihrer Gefangenen?«

»Ach, nun machen Sie sich nicht auch noch lustig über mich. Die Schweinehunde da oben wissen eine Menge, aber wenn Sie mich fragen, dann herrscht in dem Laden hier ein heilloses Durcheinander. Die Wexforder haben mich gebeten, rauszufinden, wo Sie stecken und Ihnen Bescheid zu sagen. Bis jetzt sind sie alle ganz gut beieinander. Ich bin unten gewesen und habe mit ein paar von ihnen gesprochen, fast die ganze letzte Stunde, mal drin, mal von draußen, wie eine Maus vor der Katze. Bei Gott, ich wünschte, ich könnte was tun für euch. Wie alt sind Sie?«

»Fünfundzwanzig. Ist mein Vetter Samuel Flaherty hier?«

»Ein großer, dünner Bursche mit bräunlichem Haar? Mit englischem Akzent? In der Art, wie er spricht, ein bißchen wie Sie?

Der Offizier wär fast durchgedreht, als er ihn sah.«

»Wir waren in England auf der Schule.«

»Ja, der ist hier. Drei Türen weiter den Gang runter. Er ist Ihr Vetter, nicht? Und wie alt ist er?«

»Genauso alt wie ich. Warum fragen Sie das? Hat unser Alter was mit unsern Chancen zu tun?«

»Gott helfe euch, nein. Da war ein ganz junger Kerl hier, Heuston, sah aus wie zwanzig, und er ist hin – andere auch. Was soll ich sagen? Es ist nur, weil ich selber einen Sohn habe, fast so alt wie Sie, dreiundzwanzig ist er. Sie wissen, wo Sie sind?«

»Ich denke, daß dies hier die Todeszellen sind.«

Der Soldat sah so unglücklich aus, daß Nicholas schnell hinzufügte:

»Hören Sie, wir haben nichts anderes erwartet. Die andern müssen Ihnen das doch gesagt haben.«

»Alle haben's gesagt. Wie Könige sind sie gestorben. Ich werde noch verrückt. Was kann ich jetzt für Sie tun? Möchten Sie sich waschen?«

»Ja.«

»Vorhin hab ich einen Eimer Wasser besorgen können, aber ich muß erst sehn, ob da einer von diesen englischen Schweinehunden rumhängt. Die haben nämlich auch hinten Augen.«

Er ging hinaus, schloß und verriegelte die Tür sehr leise, und Nicholas konnte hören, wie er sich über den Korridor entfernte. Dann traf ihn, was er gehört hatte, mit Macht. Wie Könige sind sie gestorben. Wer waren sie? Der Offizier wär fast durchgedreht, als er ihn sah. Warum? Er würde den Soldaten nach diesen Dingen fragen müssen, wenn er mit dem Wasser zurückkäme; und ob die Hingerichteten vorher einen Priester sprechen durften. Jetzt war das Ende gekommen, das letzte, und Gott war plötzlich zur einzig wichtigen Frage geworden. Er war nicht neugierig auf den Tod, auch auf Gott nicht, aber er wußte, daß er immer vorgehabt hatte, in seinen letzten Stunden an Gott zu denken. Vielleicht gehörte es zur Angst, so kühl zu sein. Doch Angst im gewöhnlichen Sinn hatte er eigentlich nicht; um Angst zu haben, brauchte man wenigstens etwas Hoffnung. Es würde leichter sein, wenn er bei Sam sein könnte. Dann käme alles ins Lot. Woran dachte Sam jetzt? Bestimmt an Molly. Hier in dieser stinkenden Zelle erinnerte Nicholas sich an den Duft, der von einem Mädchen bei einem Picknick im Sommer ausgegangen war, ein Duft, der zu ihrem leichten, blumigen Kleid zu passen schien und zu ihrem weichen, lieblichen Gesicht und dem honigsüßen Geruch des Ginsters, der rings um sie blühte. Sie war überhaupt nicht sein Typ gewesen; selbst wenn er sie gemocht hätte – diese blumigen, lieblichen Mädchen schienen ihm immer aus dem Weg zu gehen, als trauten sie ihm nicht. Eine von ihnen hatte einmal zu ihm gesagt, er habe so einen bohrenden Blick, ein Mädchen habe überhaupt keine Chance bei ihm. Nein, er habe keinen bohrenden Blick, hatte er protestiert, aber seine dunkelbraunen Augen und die starken Brauen gäben ihm ein drohendes Aussehen. Sie hatte ihm nicht geglaubt. Bei jenem Mädchen im Sommer hatte er die kokette Kälte in ihren Augen gesehen und war davon abgestoßen worden, aber jetzt hätte er sie gern in den Armen gehalten, eine Minute nur, und ihr weiches Fleisch durch ihr weiches Kleid gefühlt und diesen Duft noch einmal gerochen.

Dieser ganze Wahnsinn hatte ihm all das für immer genommen, und er hatte es vorher gewußt. Besser, man ist logisch und stoisch, aber wer konnte das jetzt noch sein? Dieser Soldat, der eine englische Uniform trug und dennoch so haßerfüllt und verächtlich von den Engländern sprach, hatte der in seinem Leben schon einmal logisch gedacht? Dachte überhaupt jemand logisch? Die Engländer waren logisch. Natürlich war der Offizier wütend auf Sam mit seinem englischen Akzent, der auf der falschen Seite kämpfte und England mitten im Krieg in den Rücken fiel. Es mußte ihnen völlig richtig vorkommen, ihren ganzen Haufen an die Wand zu stellen, auch wenn es allen Spielregeln des Krieges ins Gesicht schlug. Ein schönes Spiel war das! Man holte sich Gassenjungen und Burschen vom Lande, wie diesen Wärter, und erwartete von ihnen, sie würden sich auf dem Schlachtfeld wie Gentlemen benehmen, wie Gentlemen sterben, die Gefolgschaftstreue und den ganzen Moralkodex einer anderen Klasse haben. Dieser Soldat mit seinen über vierzig Jahren würde nie verstehen, was schiefgelaufen war mit der Welt, aber er wußte, wem er die Schuld zu geben hatte – der Nation, der er für den Rest seines Lebens den Treueid geschworen hatte. Besser, nicht an solche Dinge zu denken, selbst wenn er sich auf sie konzentrieren konnte. Er war so müde. All diese Streitpunkte waren schon längst durchgekaut, und sein Leben wie sein Tod waren danach angelegt worden, welche Schlüsse man daraus gezogen hatte.

Die anderen in ihren einzelnen Zellen, sehnten die sich auch nach dem weichen Körper eines Mädchens? Er hatte immer gewußt, daß er nicht so stark war wie er sein sollte. Jetzt war der Zwang, stark zu sein, gnädig von ihm gewichen – nur daß er sterben mußte wie ein König. Es würde ihnen nicht einmal nahegelegt werden zu widerrufen; bei der Inquisition hatte es dieses gesegnete Vorrecht noch gegeben, man konnte, schon von Flammen umzüngelt, seinen Irrtümern entsagen und im letzten Moment freikommen. Aber man kam nicht frei; man wurde irgendwo in.den Bergen in ein schmutziges Kloster gesteckt, wo man reichlich Muße hatte, für die Rettung seiner Seele zu beten und Zerknirschung zu zeigen bei Besuchen von heiligen Männern, die einem Predigten hielten, bis sie sicher waren, daß man gerettet war. Wo blieb nur dieser Soldat?

Er kam mit einem halben Eimer kaltem Wasser und einem feuchten Handtuch.

»Mehr konnte ich nicht tun«, sagte er leise. »Ich hol das wieder ab. Verstecken Sie's, falls irgendwer kommt.«

Der Schwachsinn seines Vorschlags, in dieser nackten Zelle, schien ihm überhaupt nicht aufzugehen, und mit den Gedanken schon irgendwo anders, verschwand er wieder. Nicholas zog alle seine Sachen aus und schüttelte sich kräftig, um das Ungeziefer loszuwerden. Dann machte er eine Ecke des Handtuchs naß und tupfte sich damit jeden Zoll seines Körpers ab, danach wiederholte er den Vorgang mit dem weniger nassen Ende. Zu seinem Erstaunen fühlte er sich wieder sauber, sogar erfrischt. Als er sich angezogen hatte, kam der Soldat zurück, um den Eimer zu holen. Er zog ein Stück Papier aus seiner Brusttasche.

»Den andern hab ich auch was gebracht. Hier ist ein Bleistift. Sie können die Adresse oben hinschreiben, und ich besorg dann einen Umschlag und werf es ein, wenn ich kann. Es kann ein paar Tage dauern.«

Er eilte hinaus, so schnell, daß Nicholas keine Zeit hatte, ihm Fragen zu stellen. Es spielte jetzt keine Rolle mehr. Er hockte sich auf den Fußboden und legte das Papier hin, sah aber sofort, daß der Stein so rauh war, daß der Bleistift keine leserliche Spur hinterlassen würde. Er stand auf, hielt das Papier gegen die Wand und begann den Namen seiner Mutter zu schreiben. Augenblicklich fühlte er sich schwach werden, und er mußte ein paar Schritte machen, die Schultern schütteln und mit den Füßen aufstampfen, seltsame Übungen, die der Instinkt ihm einzugeben schien und die den Zustand der Ruhe herbeiführten, den er brauchte. Er schrieb:

»Liebe Mutter, dies ist mein letzter Brief an Dich. Wir sind alle in Kilmainham, wo jeden Morgen ein paar von den Männern erschossen werden. Ich rechne damit, daß man mich morgen holt. Gott segne Dich, Mutter. Grüße mir den Vater. Sag ihm, daß ich froh bin, jetzt zu sterben, für eine gute Sache. Ich wünschte, wir hätten uns noch einmal sehen können, dann wüßtet ihr, daß dies wahr ist, aber sie scheinen uns das nicht erlauben zu wollen. Bitte helft einander und denkt daran, daß ich vor diesem Tod nicht zurückschrecke noch deswegen irgendwelche bitteren Gefühle gegen unseren Feind hege. Dein Dich liebender Sohn Nicholas.«

Benommen las er das durch, sich durchaus bewußt, wie dumm und ungenügend seine Zeilen waren, doch er sah nicht, wie er sie verbessern könnte. Er hatte nicht einmal das ganze Papier vollgeschrieben, hatte jetzt aber nicht die Kraft, noch etwas hinzuzufügen. Er wagte nicht, darüber nachzudenken, ob das, was er geschrieben hatte, wahr war, ob er vor seinem nahenden Tod zurückschreckte oder nicht, aber seine Mutter würde das alles wissen, wie sie immer so vieles wußte, selbst wenn keine Worte benutzt wurden. Er hielt das Papier noch in den Händen, als der Schieber aufklappte und die Stimme des Soldaten heiser sagte:

»Geben Sie her, schnell!«

Er steckte das Papier durch das Gitter, hinter dem der Schieber sofort wieder zuging, ohne daß ein weiteres Wort gesprochen wurde. Nicholas wandte sich ab, verloren, als hätte er die letzte Tat seines Lebens vollbracht. Er kniete sich auf den Fußboden, legte sich dann hin und sank kurz darauf in einen tiefen Schlaf.

Steif und frierend erwachte er im trüben Licht des Morgens. Seine Zellenbeleuchtung war ausgemacht worden. Durch den Luftschacht oben an der Wand konnte er vom Hof rhythmischen Marschtritt hören. Er stand langsam auf. Der Marschtritt machte halt, irgendwo unter seinem Zellenfenster. Gespannt horchte er, während eine hohe, scharfe Stimme einen kurzen Befehl gab. Er hörte das metallische Klicken von Gewehren, die geladen werden, dann einen weiteren Befehl, dann einen dritten und sofort darauf eine Salve. Er merkte, daß er schwitzend an der Wand lehnte. Nach einer, wie ihm schien, sehr langen Zeit hörte er den Marschtritt sich entfernen. Dann folgte eine lange Pause, und das Ganze wiederholte sich. Was waren das für Menschen, die die Verurteilten die Gewehrsalven hören ließen, durch die deren Kameraden getötet wurden? Die Antwort bestand darin, daß jetzt nicht die Zeit war für Nettigkeiten. Bei der zweiten Salve hatte irgend etwas nicht geklappt: Die Gewehre waren nicht gleichzeitig abgefeuert worden. Drei Pistolenschüsse verhallten, einer nach dem andern, in kurzen Abständen. Das war – armer Teufel – die Aufgabe des diensthabenden Offiziers, wenn das Opfer nicht schnell genug starb.

Nicholas schluchzte jetzt, die Hände vors Gesicht haltend. Ein feiner Soldat, wirklich, der Verfasser jenes Briefes von vergangener Nacht. Bedächtig richtete er sich auf, stand steif an die Wand gelehnt und trat dann vor in die Mitte der Zelle. Er hörte Schritte kommen. Der Schieber klappte auf, und eine Stimme sagte:

»Lassen Sie Ihr Klappbrett runter!«

Es war das Frühstück, ein Becher Tee und etwas Brot, das jetzt schmeckte wie die Speise der Götter. Er war so überrascht, daß es keine Militäreskorte war, die ihn abholen kam, daß er gar nicht daran dachte, den Wärter nach Neuigkeiten zu fragen. Sein ganzes Denken schien langsamer zu gehen. Er durfte es nicht vergessen, wenn dieser freundliche Soldat später am Tag wieder vorbeikommen würde.

Aber der Soldat erschien nicht. Vielleicht war entdeckt worden, daß er sich mit den Gefangenen einließ. Es mußte die Engländer wütend machen, daß so viele von ihren Untergebenen mit dem Feind unter einer Decke steckten. Nicholas merkte, daß er die Gesellschaft des Soldaten vermißte, und erst viel später kam ihm der Gedanke, daß der Mann vielleicht als Spitzel auf sie angesetzt war. Das versetzte ihm einen leichten Schock, doch bald entschied er, daß dieses runde, unschuldige Gesicht eine solche Arglist unmöglich hätte verbergen können.

Zur Mittagszeit fragte er den Wärter, der das Essen brachte:
»Wer ist heute morgen hingerichtet worden?«

Die säuerliche Stimme antwortete gereizt:
»Wie zum Teufel soll ich das wissen?«

Spät am Nachmittag wurde ganz unerwartet die Tür aufgerissen, und eine Stimme sagte:
»Raus mit Ihnen!«

Draußen standen zwei Wärter und zwei Soldaten mit Gewehren. Nicholas trat hinaus, wartete, indes die Wärter einen Blick in die Zelle warfen, und wurde dann schnell ein Stockwerk tiefer geführt, wo er in eine Zelle gesperrt wurde, die derjenigen, die er gerade verlassen hatte, genau glich. Als er an der Tür stand, die der Wärter gerade zumachen wollte, sah er Sam die Treppe herunterkommen. Er stieß einen Freudenschrei aus:
»Sam!«

Aber in der nächsten Sekunde war er in der Zelle und hatte die Tür vor der Nase. In seiner Freude darüber, daß Sam noch am Leben war, dauerte es ein paar Minuten, bis er begriff, daß er jetzt den Platz von einem der Männer eingenommen hatte, die am Morgen erschossen worden waren.

Irgendwann im Laufe des restlichen Tages wurde Nicholas klar, wie sinnlos es war, sich an sein Leben zu klammern. Es war eine notwendige Lektion, um heil durch die Stunden zu kommen, die noch vor ihm lagen. Als er an die Dinge dachte, die er verloren hatte, genügte die Erinnerung an das duftende, weiche

Mädchen nicht mehr, um sein Interesse wachzuhalten. Bald würde er tot sein, und ebensogut hätte auch sie tot sein können. Irgendwie war er froh, daß er Sam noch einmal gesehen hatte, aber selbst das war nicht mehr wichtig. Alles hatte sich verschoben, und das einzige, was jetzt noch eine Rolle spielte, waren die kindlichen Gebete, die er in Abständen wiederholte, bis er erneut auf dem nackten Fußboden einschlief.

Am nächsten Morgen erwachte er beim ersten Tageslicht, aber es war kein Marschtritt zu hören, kein Patronenklicken, keine Salve. Das Frühstück kam, und er schlang es dumpf hinunter, dann das Mittagessen. Die Wärter sagten nichts. Sie sahen verängstigt aus, selbst ihr bulliges Gehabe wirkte irgendwie unsicher. Das Abendbrot kam, dann die Dunkelheit und die lange Nacht, gefolgt von einem ganzen neuen Tag, der dasselbe brachte. Durch die karge Kost war er müde, und die meiste Zeit lag er auf dem Fußboden wie ein Tier im Zoo. Es kümmerte ihn kaum noch, was mit ihm geschah, denn alles, was er tun konnte, hatte er getan, aber dennoch wollte irgendwo in seinem Innersten ein winziger Funke Hoffnung nicht erlöschen. Hin und wieder hatte er den Wunsch nach Gesellschaft, aber er rief den Wärter nicht, wie er es mit seiner Klingel hätte tun können.

Am dritten Tag legte er sich nach dem Frühstück wie gewöhnlich hin und döste vielleicht eine Weile, dann wachte er wieder auf und blieb reglos liegen bis zum Mittagessen. Er nahm sich vor, diesmal den Wärter für einen Augenblick aufzuhalten, falls es der ruhigere sein würde, der keine Befehle brüllte. Er wollte ihn fragen, ob er wisse, was man mit ihnen vorhabe und wie lange man sie noch warten lassen wolle. Dem Mann gefiel das nicht. Die Kerle hier unten waren anders, anscheinend hatten sie Anweisung, auf Fragen nicht zu antworten. Wenn nur der Soldat wiederkommen würde – aber der schien für immer verschwunden zu sein.

Es gab keine Möglichkeit, die Stunden zu zählen. Seine Uhr war ihm in der Richmond-Kaserne von einem Soldaten abgenommen worden, der einfach gesagt hatte, das sei jetzt so üblich, die Uhren brauchten ja nicht verlorenzugehen, auf den Schlachtfeldern Europas täten sie das dauernd. Es war eine so ehrliche Aussage, daß Nicholas ihn fast dafür bewundert hätte. Jetzt wünschte er, er hätte irgendeine Art Kampf aufgenommen, um die Uhr behalten zu können, denn es war unmöglich, während der langen Stunden des Tages oder der Nacht die Zeit festzustellen. Tagsüber konnte man sich nur nach den Mahlzeiten richten, und so sonderbar es auch war, die Zeit spielte noch immer eine Rolle. Das Mittagessen kam nicht. Waren die Wärter alle weggegangen? Waren sie vergessen worden wie die Gefangenen in dieser schrecklichen Geschichte von Verga, wo die Revolutionäre es versäumt hatten, die eigenen Leute aus dem Gefängnis zu holen, und als es ihnen dann einfiel, lange nachdem die Revolution gesiegt hatte, waren sie alle verhungert? War es wirklich Verga? Scheußlich genug war es, und es hatte auch seinen Stil, aber er war sich nicht sicher. Vielleicht war es Maupassant.

Ein Geräusch von irgendwoher wäre schon hilfreich, aber es war vollkommen still. Wo waren all die andern? Waren sie alle lautlos fortgebracht worden? War er als einziger zurückgeblieben? Wenn sie da waren, warum protestierten sie dann nicht, schlugen Krach und klingelten? Er begann aufzustehen, sank aber wieder zurück auf den Boden, entkräftet von der Sinnlosigkeit, überhaupt etwas tun zu wollen. Er war hilflos wie ein Baum im Wald, der darauf wartet, gefällt zu werden. Er begann an Bäume zu denken, kühle grüne Bäume im Schwarzwald, an der Landstraße, die nach Freiburg hinunterführt, wo in einer Lichtung Herbstzeitlosen im weichen, kühlen Gras wachsen. Er erinnerte sich an die zwei Reihen von Buchen, die flüsternd zu dem Haus seines Großonkels in Kildare führten, und wie im Frühling die kalten, feinen Narzissen das kurze Gras zwischen ihnen zierten, bevor irgend etwas anderes zu blühen begonnen hatte. Später gab es Glockenblumen, direkt unter den Bäumen, erschreckend blau, mit einem schweren Duft, der noch nicht der Duft des Sommers war, denn die Luft war noch zu kalt. Sie wuchsen am ganzen Ufer des Baches entlang, der durch das Anwesen lief und sich zu einem lächerlich kleinen See erweiterte, um den ringsherum Glockenblumen blühten. Manchmal blühten die gelben

Schwertlinien zur selben Zeit, und dann leuchteten beide Farben zusammen. Er konnte sich nicht erinnern, ob das jemals wirklich geschehen war oder ob er sich das nur eingebildet hatte. Und wie willkommen er in diesem Haus immer gewesen war! Eines Tages sollte es ihm gehören, hatte sein Großonkel gesagt, aber nun würde er jemand andern dafür finden müssen. Die Jersey-Rinder sollten ihm ebenfalls gehören. Bis jetzt hatte er sich nicht viel für sie interessiert, da er die meiste Zeit entweder in Dublin auf der Universität verbracht hatte oder bei der Familie seiner Mutter in Galway. Sie waren zu sanft, diese Jersey-Rinder, zu zivilisiert, und trotzdem dachte er jetzt gern an sie.

Der Tag neigte sich dem Ende zu. Das konnte nicht ewig so weitergehen. Er erhob sich vom Fußboden, ging zur Tür, lehnte sich dagegen und wartete horchend. Panik packte ihn, und er hob die Fäuste und hämmerte gegen die Tür, bis sie schmerzten. Sofort begannen im ganzen Gang die Klingeln zu schrillen, ein wilder, irrer Lärm, erschreckend nach der langen Stille. Er hörte auch Fäuste hämmern. Niemand kam. Die Klingeln lärmten noch eine Weile weiter und waren dann still. Wenigstens waren die anderen noch da.

Er legte sich nicht wieder hin, sondern setzte sich mit dem Rücken an die Tür, denn so aufgerichtet fühlte er sich weniger hilflos. Er döste wieder ein, doch bald weckte ihn der Hunger. Er hob die Faust, um gegen die Tür zu schlagen, ließ sie aber vorher wieder sinken.

Es war später Nachmittag, als er endlich eilige Schritte hörte, Türengeschepper, aufgeregtes Stimmengewirr. Dann wurde seine Tür aufgemacht, und man führte ihn hinaus in die reinere Luft des Ganges. Vor allen Zellentüren standen Männer. Manche von ihnen riefen ihm freudig etwas zu, und er empfand Bewunderung und Erstaunen für ihre Haltung und hoffte, sie würden nicht merken, daß er unfähig war, seine Rolle ebensogut zu spielen. Sie verlangten ihr Essen, lautstark und beharrlich, als wäre nichts Unheimliches bei dem, was da geschah. Schließlich brüllte der diensthabende Feldwebel ihrer Eskorte:

»Ruhe jetzt, der Sauhaufen! Der nächste, der's Maul auf-

macht, riskiert 'ne dicke Lippe. Los, ran, Leute!« Die Wärter verteilten sich, ihre Schlagstöcke fester fassend. Die Gefangenen
verstummten, indes der Feldwebel die Reihe musterte. »So, ab
nach draußen, eins, zwei, eins, zwei!«

Zuerst schlurften die Gefangenen absichtlich, doch dann, auf
irgendein Signal des führenden Wexforders, marschierten sie
plötzlich im Gleichschritt, mit schwingenden Armen und erhobenem Kinn. Kurz vor dem Ende der Kolonne gelang es Nicholas
irgendwie, dasselbe zu tun. Sie hatten es nicht weit, nur durch
den Gang und dann in eine riesige Halle, die aussah, als wäre sie
seit Jahren nicht saubergemacht worden. Hier formierten sie
sich zu Viererreihen. Ihre Stiefel wirbelten Staub auf. Der Wexforder rief:

»Abteilung – halt!«

Zackig blieb die Kolonne stehen. Der Feldwebel lief die Reihe
entlang und brüllte:

»Schluß jetzt damit, du . . .!«

Aber da ging an einem Ende des Saales eine Tür auf, und ein
schmucker kleiner Offizier kam auf sie zu, in makelloser Uniform und in einer Hand einen Stoß Papiere haltend. Die Reihe
der Wärter nahm unter Aufsicht des Feldwebels Aufstellung an
Kopf und Ende der Kolonne. Es waren vielleicht fünfzig Gefangene, und für jeden davon schien der Offizier ein Dokument zu
haben. Diese begann er zu verlesen. Nicholas war zu weit weg,
um die Worte verstehen zu können. Die Gefangenen antworteten einer nach dem anderen, und mit leichtem, unpersönlichem
Tonfall sprach der Offizier kurz zu jedem einzelnen, sich dem-
entsprechend an der Kolonne hin- und herbewegend. Er mußte
Nicholas zweimal aufrufen:

»Nicholas Morgan Davitt de Lacy! Wo ist dieser Mann? Antworten Sie gefälligst auf Ihren Namen!«

»Hier«, sagte Nicholas, vom festen Ton seiner Stimme überrascht. »Tut mir leid, ich habe Sie das erste Mal nicht verstanden.«

»Ist der da de Lacy?«

Der Offizier schien zu zweifeln und sah Nicholas scharf an.

»Ja, Sir«, sagte der Feldwebel, und der Offizier fuhr fort:
»›Angeklagt der Kriegführung gegen die Streitkräfte Seiner
Majestät in der Absicht, die Königliche Autorität zu untergraben
und eine unabhängige Republik zu errichten. Das Kriegsgericht
hat Sie für schuldig befunden, und Sie sind verurteilt worden
zum Tode durch Erschießen. Der befehlshabende General hat
das Beweismaterial überprüft und stimmt dem Richterspruch
zu. Er bestätigt das Urteil, das ohne Verzug zu vollstrecken ist.‹«
Er schob das oberste Blatt des Bündels unter die übrigen und verlas den nächsten Namen. »Samuel Thomas Bennet Flaherty.«

Drei Reihen weiter vorn antwortete Sam. Dumpf hörte Nicholas den Offizier dieselben Worte wiederholen und sah, wie Sam
sich kurz nach ihm umdrehte und winkte. Der Offizier runzelte
die Brauen, sagte aber nichts dazu. Sam schien fast froh zu sein
oder wenigstens heiter, und Nicholas begann zu begreifen, daß
seine eigenen Gefühle jetzt nicht viel anders waren als vorher, so
sicher war er gewesen, daß dies die Verurteilung sein würde. Die
Formalitäten waren ermüdend. Vielleicht war es klug oder gar
freundlich, sie vor der Urteilsverkündung lange hungern zu lassen. Zu sterben sei dann viel süßer, wie es in dem Lied hieß, das
er in der Osterwoche so oft gehört hatte, aber sich in die grüne
Fahne zu wickeln, würde ihnen nicht vergönnt sein. Bis zum
Ende Würde zu bewahren – das war von nun an das Hauptproblem; zu sterben wie ein König. Hatten sie wirklich vor, alle
diese Menschen zu erschießen? Wie lange würde das dauern? Sie
waren allesamt Offiziere der Freiwilligen-Armee, was ja möglicherweise bedeuten konnte, daß die Mannschaften nicht hingerichtet würden. Seine eigenen Männer hatte er nicht mehr gesehen, seit sie hinter ihm die Sackville Street hinaufmarschiert waren – wieviel Tage war das her? Das war schwer zu errechnen.
Sie waren damals guten Muts gewesen und ohne jeden Zweifel,
daß sie richtig gehandelt hatten, obwohl sie erschöpft waren von
der Woche des Kampfes. Der Plan war gut gewesen, zum erstenmal in der Geschichte Irlands war das Zentrum von Dublin
besetzt worden. Vielleicht würden sie es das nächste Mal wieder
versuchen – aber das wäre dann nicht mehr seine Sache. Der Tod

sollte im Alter kommen, wenn man ihn so lange erwartet hat, daß seine Unergründlichkeit einen nicht mehr quält. Aber kommt dieser Tag je? Weder Morgan noch Alice sprachen über den Tod, aber das hieß nicht, daß sie nicht an ihn dachten. Sein Großvater de Lacy tat es, in belustigtem Ton, als glaube er nicht besonders an ihn. Man wußte nie genau, wo man dran war bei alten Leuten. Auf dem Land bereitete man oft die eigene Beerdigung vor. Vielleicht war es die Unausweichlichkeit, die ihm schließlich den Schrecken nahm, wenngleich Nicholas sich nicht ganz sicher war, ob das ausreichen würde, um ihn morgen nicht die Haltung verlieren zu lassen. Würde es morgen sein? Wie bald war »ohne Verzug«?

Der Offizier kam zurück, rief seinen Namen noch einmal auf und schickte sich an, von einem wieder anderen Blatt Papier vorzulesen. Was konnten sie ihm noch antun? Sardonisch sah er den Offizier an, als er antwortete:

»Hier.«

»›Nicholas Morgan Davitt de Lacy, nachdem Sie nun mit unverzüglicher Vollstreckbarkeit zum Tode durch Erschießen verurteilt worden sind, hat es dem befehlshabenden General gefallen, Ihr Strafmaß herabzusetzen auf zehn Jahre Zuchthaus, zu verbringen in einem der Gefängnisse Seiner Majestät.‹«

Er bewegte sich weiter zu Sam, während Nicholas plötzlich ganz klar wußte, daß die Dinge, die er an seine Mutter geschrieben hatte, die reine Wahrheit gewesen waren.

Später erinnerte er sich undeutlich, daß sie alle, wie sie gekommen waren, im Gleichschritt zu den Zellen zurückmarschierten, und daß die Wexforder ein paar Takte von »The Boys of Wexford« gesungen hatten, bevor sie mit Drohungen zum Schweigen gebracht worden waren. Irgendwer gab ihm ein kleines Stück Brot, und als er es gegessen hatte, legte er sich ein weiteres Mal auf den nackten Fußboden und schlief sofort ein.

10

Bevor Peter Morrow das Moycullen House verließ, hatte er versprochen, daß Molly irgendwie nach Dublin begleitet werden würde. Um das zu arrangieren, fuhr er zurück nach Woodbrook und sprach mit Tante Jack. Er fand sie, wie er vermutet hatte, in dem ummauerten Garten, aus dem sie einen beträchtlichen Teil des Familieneinkommens herauszuwirtschaften verstand. Sie trug einen alten Rock und Stiefel, dazu Baumwollhandschuhe, denn schließlich war sie eine Dame, und eine sehr altmodische weiße Spitzenhaube, die ihre Frisur vor dem Wind schützte. Er wußte, daß sie sich im Frühling und Herbst einen Mann kommen ließ, der ihr bei dem schweren Umgraben half, aber diesen Nachmittag brach sie die Selleriebeete selber um, wobei sie den kurzstieligen Spaten energisch und rhythmisch handhabte. Hinter dem Sellerie kam ein ordentliches, gut gedeihendes Salatbeet, dann ein paar Reihen sorgfältig verpflanzten Rosenkohls. Überall blühten Apfel- und Pflaumenbäume. Die schmalen Wege waren mit Buchsbaum eingefaßt, und die Sonne des späten Nachmittags brachte dessen starken Geruch zur Geltung und ließ das bleiche Stroh glänzen, das um die Erdbeerpflanzen lag.

Es gefiel Peter, mit welcher Akkuratesse sie den Garten bestellte, diese so ehrwürdige Kunst der Frauen. Seine eigenen Erfahrungen als Junge vom Lande beschränkten sich auf so wenig exotische Dinge wie Kartoffeln und Kohl. Er wußte, daß Tante Jack Molly und Catherine die komplizierte Führung eines großen Haushalts beigebracht hatte, ungeachtet der schäbigen Möbel, der ausgebesserten Tischtücher, der angeschlagenen Crown Derby-Obstteller und gesprungenen Vasen, deren Schäden in kluger Weise dadurch kaschiert wurden, daß man ein Marmeladenglas in sie hineinstellte und die Blumen überhängen ließ. Bei den seltenen Gelegenheiten, wo er zum Essen eingeladen war, war Peter nichts davon entgangen, und er hatte bemerkt, daß die Walnuß- und Rosenholzmöbel stets sauber abgestaubt und poliert waren und daß das alte Silber immer glänzte. Es hatte etwas Großartiges, wie Tante Jack jedesmal darauf hinwies, daß alles, was sie aßen, zu Hause produziert worden sei, die Hühner oder Enten, das Gemüse, die Eier in der Nachspeise, das Obst, sogar der schwache, süßliche Apfelmost, den sie zum Essen tranken. Sie hätte sich nie zu Löwenzahn- oder Holunderbeerwein herabgelassen wie manche von der verarmten Gentry und ihm, wenn er sie geschäftlich besuchte, etwas Dickes und Braunes angeboten, das wie Hustensirup schmeckte.

Schnell blickte sie auf, als er auf sie zukam. Haarsträhnen flatterten ihr um die Stirn, und ihr Gesicht war gerötet. Er sah, wie hübsch sie als junges Mädchen gewesen sein mußte. Er hatte ihre Lebensgeschichte nie gehört und nahm an, daß sie eben auch so ein Opfer des Männermangels war, der so viele irische viktorianische Mädchen ihrer Klasse unverheiratet bleiben ließ. Doch es ging eine Wärme und Güte von ihr aus, als wäre sie – undenkbar! – keine Jungfrau; als wäre sie die Mutter und nicht die Tante von Henrys zwei Töchtern.

Er sah sich kurz im Garten um, ob auch niemand da war. Mit einem wuchtigen Stoß, beinahe verzweifelt, stieß Tante Jack den Spaten in die Erde, richtete sich auf und strich sich das Haar aus der Stirn, die sie sich dabei ein wenig mit Erde beschmutzte. Dann sah sie ihm in die Augen und sagte:

»Nun? Was ist geschehen? Haben Sie mit den alten Leutchen gesprochen?«

»Ja, sie waren alle beide da. Sie haben Molly aufgenommen wie die eigene Tochter.«

Mit zufriedenem Ausdruck stülpte sie die Lippen vor.

»Ich wußte, daß sie das tun würden. Man kann sich darauf verlassen, daß sie immer das Richtige tun. Was für Neuigkeiten haben sie mitgebracht?«

»Nichts, was wir nicht bereits gehört haben. Wenn sie in Dublin geblieben wären, hätten sie vielleicht mehr erfahren, aber sicher ist das auch nicht. Es weiß noch niemand, wieviel man hinrichten wird.«

»Sie stecken natürlich auch da drin.«

Obwohl das mehr eine Feststellung als eine Frage war, sagte er:

»Ja.« Nach kurzem Überlegen fügte er hinzu: »Wir werden bald von jedem Hilfe brauchen. Wären Sie bereit dazu?«

»Selbstverständlich. Das haben Sie doch vorher gewußt, sonst hätten Sie nicht gefragt. Welche Art Hilfe?«

»Man könnte sich ganz gut verstecken hier, es ist so ruhig, und niemand würde damit rechnen.«

»Auch nicht, wenn sie von Mollys Verlobung mit Sam wissen?«

»So schnell stellen die da keinen Zusammenhang her.«

»Geben Sie mir Bescheid, wenn's soweit ist.«

»Vielleicht kommt es gar nicht dazu. Nach allem, was wir wissen, ist dies jetzt das Ende.«

»Na, mir sieht das eher nach Anfang aus«, sagte sie ruhig. »Und Sie wissen ja, daß es in Irland nie ein Ende gibt. Und was haben sie nun wegen Molly beschlossen?«

»Wie ich mir schon dachte, will sie sofort nach Dublin. Ich habe versprochen, das zu arrangieren, aber ich kann nicht gut mit ihr alleine fahren. Ich bin gekommen, um Sie zu fragen, ob Sie mit uns fahren würden.«

»Mit euch? Sie würden auch mitkommen?«

»Das wär das beste. Sie könnten mit ihr allein fahren, aber da könnten Sie Schwierigkeiten kriegen.«

»Ist Molly mit Ihnen zurückgekommen?«

»Nein. Sie möchte im Moycullen House bleiben, bis wir nach Dublin fahren. Ich habe ihr nicht gesagt, daß ich Sie bitten würde mitzufahren.«

»Sie hat nicht gefragt?«

»Nein. Sie sagte nur immer wieder, daß sie Sam sehen muß.«

»Sie sind sehr gütig, Peter.« Ihre warmherzige Stimme war völlig aufrichtig, ohne jede Spur von Herablassung.

»Dann geh ich mal und werde sehn, was sich machen läßt«, sagte er. »Joe sagt, das ganze Land steht jetzt auf unserer Seite seit der Nachricht von den Hinrichtungen in Dublin.«

»Wie bald können wir aufbrechen?«

»Vielleicht morgen schon. Ja, bis morgen müßte alles geklärt sein.«

Das Gartentor ging auf, und Catherine kam auf sie zu. Sie war mindestens ebenso hübsch wie ihre Schwester, aber auf Peter wirkte sie etwas blaß und verhungert, wie eine welkende Rose, was durch die matten Farben ihres alten Leinenkleides noch betont wurde. Atemlos fragte sie, als fürchtete sie die Antwort:

»Nun? Was gibt's Neues?«

»Ich habe Molly im Moycullen House zurückgelassen«, sagte Peter. »Wir reden gerade darüber, wie wir sie am besten nach Dublin bringen können.«

»Nachricht von Sam?«

Tante Jack sagte:

»Nein, nichts. Keiner weiß was Genaues.«

Catherine seufzte kurz und sagte dann:

»Ich will sechs Köpfe Salat für die Burkes holen. Biddy wartet im Hof, an der Hintertür.«

»Sechs Köpfe! Das ist bestimmt ein Festessen. Also nur die allergrößten. Es ist noch zu früh für Kopfsalat, das müßten sie eigentlich wissen. Sie sollten sich selber welchen anbauen, aber die denken ja immer nur an Pferde. Paß auf, daß du die kleinen Pflanzen nicht störst, wenn du sie rausziehst«, rief Tante Jack besorgt, als Catherine zum Salatbeet ging. Immer noch nach dem Mädchen blickend, sagte sie zu Peter: »Sie werden also bald wiederkommen. Wann?«

»Später heute abend oder morgen früh. Wollen Sie, daß Catherine auch mitkommt?«

»Himmel, nein! Henry kann man nicht alleine lassen. Und dann der Garten. Einer muß sich ja um die Dinge kümmern. Die Vorstellung, daß *ich* wegfahre, fällt mir schon schwer genug.«

Peter bezweifelte, daß Catherine so wortgewaltig war, daß sie Henry in vernünftigem Zustand oder früher als er wollte von Galway nach Hause bringen konnte. Es war bemerkenswert, wie er es immer wieder schaffte, genügend zu trinken zu kriegen. Sein eigener Beitrag war gewöhnlich ein Bier für den ersten Mann, den er traf, worauf er sich wie eine in Gang gebrachte Pumpe an die Arbeit machte und bis zur Sperrstunde von einem Bekannten nach dem andern freigehalten wurde. Peter hatte ihm schon oft eins ausgegeben, da er dem flehenden Blick von Henrys Hundeaugen nicht widerstehen konnte oder weil er einfach froh war, für kurze Zeit in der Gesellschaft von Mollys Vater zu sein.

Auf dem Weg nach Galway, fast schon in der Stadt, begegnete ihm Henry auf der staubigen Straße, aber er hielt nicht an. Das betagte Pony zog den schäbigen, alten Wagen, als wöge er eine Tonne, und die ganze Equipage kam nicht schneller voran als ein Eselskarren.

Als er selber zu Hause war, ging Peter direkt nach oben und blieb mitten in dem Zimmer stehen, in dem Molly vergangene Nacht mit ihm geschlafen hatte. Wäre das zerwühlte Bettzeug nicht gewesen und ein leiser Hauch von Duft, hätte er kaum glauben können, daß es überhaupt je passiert war. Aber es war passiert: Peter, der ehrliche, schwer arbeitende Geschäftsmann, der aufrechte Soldat für Irland, hatte die goldene Gelegenheit beim Schopfe gepackt und ein unschuldiges junges Mädchen verführt, das seine Hilfe so dringend brauchte, daß es bereit war, sich ihm dafür hinzugeben. Aber das war nicht wahr. Es war ein Moment des Verstehens gewesen, als für sie beide die Welt in Trümmern lag und sie instinktiv aneinander Halt und Trost gefunden hatten. Dieser Gedanke war freundlicher und traf für Molly sicherlich zu, aber von sich selber wußte er, daß tief in seinem Innern ein primitiver Mann sich den Augenblick ihrer Schwäche zunutze gemacht hatte, um sie sich zu nehmen, wie er es schon so lange hatte tun wollen.

Sonderbar war nur, daß er trotz rasender Eifersucht auf Sam Molly tatsächlich immer noch helfen wollte, ihn zu finden und wieder bei ihm zu sein. Den Nachrichten aus Dublin zufolge hatte Sam kaum eine Überlebenschance, besonders seit dem Bericht von dem ungeheuren Grab, das der Bote in der Nähe der Arbour Hill-Kaserne mit eigenen Augen gesehen hatte. Es schien, daß es für keinen der Führer mehr eine Hoffnung gab, auch für solche wie Sam nicht, die nur eine geringere Stellung innegehabt hatten.

»Ich bin mit dem Fleischwagen reingefahren«, sagte der Mann, »genau wie wir's geplant hatten. Das Arbeitskommando kam gerade an, in völlig verdreckten Klamotten, alles Iren, bis auf den Feldwebel. Neben dem Wagen sind sie abgetreten, und einer von ihnen erzählte mir, was sie gemacht hatten. Sie waren fuchsteufelswild, als sie rauskriegten, wozu man sie benutzt hatte, aber kein einziger war da, der den Mumm hatte, eine Meuterei anzufangen. Das wär das Richtige gewesen, Herr Hauptmann, und ich hab's ihm auch gleich gesagt. Er hat geweint, als ich wegfuhr.«

Peter setzte sich auf die Bettkante, nahm dann langsam das Kissen in die Hände, auf dem ihr Kopf gelegen hatte, und drückte es an die Brust. Er meinte ihr Herz an dem seinen klopfen zu fühlen, erlebte noch einmal, wie in der Dunkelheit der vergangenen Nacht ihre kleinen Hände die seinen gefunden hatten. Sanft legte er das Kissen wieder hin und stand so sachte auf, als läge sie noch dort im Schlaf. Eine volle Minute blieb er am Bett stehen, dann verließ er das Zimmer und ging in sein eigenes Schlafzimmer in derselben Etage, wo er seinen grauen Anzug und die feinen Stiefel auszog und schnell in eine alte schwärzliche Hose stieg und einen Pullover überstreifte. Er nahm eine Tweedmütze von der eleganten, hohen Kommode, die dem früheren Besitzer des Hauses gehört hatte, und ein paar schwere, eingefettete Stiefel aus dem Schuhschrank, dann betrachtete er sich prüfend im Spiegel des Kleiderschranks. Etwas Sonderbares geschah mit seinem Gesicht, wenn er diese Sachen trug: Sein Ausdruck verwandelte sich wieder zu dem, den er gehabt hatte, als er noch nicht feine Anzüge getragen hatte, und wurde wachsam und drohend, das Kinn vorgestreckt. Er hatte zwei Gründe, sich umzuziehen, bevor er seinen Bruder besuchte; der eine war, daß er leichter unbemerkt an einer Militärstreife vorbeikommen würde, und der andere, daß seine alten Freunde, wie er entdeckt hatte, freier sprachen, wenn er angezogen war wie sie; wie zu der Zeit, da er arm gewesen war.

Aus denselben Gründen fuhr er auch nie mit seinem Wagen dorthin. Er verließ das Haus durch die Hintertür, schloß sie sorgfältig ab und öffnete den Stall. Die kleine Stute freute sich, ihn zu sehen, und kam von selber in den Hof, wo sie die Mähne schüttelte und ungeduldig mit den Hufen stampfte. Er warf ihr das Geschirr über den Rücken und schnallte das Kummet an, dann ließ er sie rückwärts zwischen die Deichseln des zweirädrigen Wagens treten, wobei er wie immer den Geruch sauberen Leders genoß und die Hände liebevoll über glänzendes Holz und Messing gleiten ließ.

Er machte die großen Hoftore auf und führte das Pony hinaus, ohne sich die Mühe zu machen, es anzubinden, bevor er die Tore wieder schloß. Als er in den Wagen stieg, zog die Stute sofort an, froh über die Aussicht auf Bewegung, und ließ die Muskeln unter der Haut zucken, als sie locker wurde. Ein paar Schritte vor dem Haupttor machte er halt und stieg aus, um links und rechts die Straße hinunterzuschauen, bevor er sie vorsichtig hinausführte. Es war niemand zu sehen. Schnell schloß er das Tor und wandte sich bergauf in Richtung Meer, erst ruhig werdend, als er sich hundert Schritte von seinem Haus entfernt hatte. Die Stute versuchte trotz des steilen Anstiegs zu traben, mußte aber in normalen Gang zurückfallen, als sie an der hohen Steinmauer von Lenaboy Castle vorbeikamen, dem Haus eines Gutsherren, das jetzt leerstand. Danach kamen andere große Häuser, dann das Dominikanerkloster, und dann waren sie endlich oben auf dem Berg mit einem weiten Ausblick aufs Meer. Es war ein schöner Abend mit nur wenigen langgestreckten Wolken, die unten von der sinkenden Sonne rosa gefärbt waren. Dazwischen hatte der Himmel ein seidiges Blaugrau, das sich am anderen Ende der Bucht zu dem tieferen Blau der Berge verdunkelte. Deutlich konnte er die Aran Inseln sehen, dunkler als die Berge, mit einem Streifen hellen Wassers davor.

Bald ging die Straße bergab und führte näher ans Meer, und er merkte, daß er mit weit geöffneten Nasenflügeln den Duft des Seetangs schnupperte. Das Pony war nun in einen gleichmäßigen Trab gefallen und warf von Zeit zu Zeit den Kopf hoch, als hätte es gern gelacht. Das rhythmische Klappern der Hufe war beruhigend für seine Nerven. Er spürte, daß er hungrig wurde und freute sich darüber, da er wußte, daß die Frau seines Bruders ihm gleich nach seiner Ankunft etwas zu essen auftischen würde.

Für Peter war diese Fahrt nach Westen hinaus immer wie eine Reise rückwärts in die Zeit. Noch immer sprachen die Leute von Cromwells Armee, als wäre es erst gestern gewesen, daß der jämmerliche Haufen elender, verhungernder Iren hier an den Rand des Meeres gedrängt worden war. Es schien möglich, daß weder Land noch Leute sich in den letzten dreihundert Jahren viel verändert hatten. Noch immer lebten sie in Hütten ohne Fußboden oder Schornstein, ihre kostbaren Tiere bei sich, die Kleidung in Lumpen, all die einfachen Annehmlichkeiten des Lebens entbehrend. Der Versuch, sie aus diesem Sumpf herauszuziehen, war eine Aufgabe, die man ohne viel nachzudenken anpacken mußte, genauso wie man über schwankenden Moorboden kriechen würde, um einen Ertrinkenden zu retten. Durch Hunderte von Jahren hatte dieser Versuch oft mit dem Tode geendet.

Sobald man die Stadt und die wenigen großen Häuser an deren Rand hinter sich hatte, verengte sich die Straße zu einem mit feinem Kies bedeckten Weg, der zu beiden Seiten von Mauern aus lose geschichteten Steinen gesäumt war. Links war das Meer und ein hügeliger Streifen Land, an dessen Hänge sich vereinzelte Hütten klammerten. Durch die Organisation der Freiwilligen wußte Peter, wer in jeder davon wohnte, und er wußte, welche Männer im kampffähigen Alter enthielten und welche von diesen den Kampf notfalls weiterführen würden. Aber das war vor den Enttäuschungen des letzten Monats, als alle ihre Vorbereitungen sich als sinnlos erwiesen hatten, da ihr eigener Oberbefehlshaber ihnen gesagt hatte, alles zu unterlassen. Diese Männer gab es jedoch noch, immer noch so unglücklich, arm und verzweifelt wie je und wahrscheinlich auch noch ebenso wütend.

Zur Rechten war das Land ein wenig besser, aber etwas anderes als Kartoffeln war auch da nicht herauszuholen. Hier und da konnte er in dem schwarzen, sauren Boden ein paar grüne Halme sprießen sehen, wo jemand versucht hatte, etwas Korn anzubauen. Seetang war der einzige Dünger, den man kriegen konnte, aber sie mußten ihn dem Gutsherren noch bezahlen, obwohl sie ihn selber einsammelten und ihn entweder in Körben auf dem Rücken trugen oder mit Eselskarren transportierten. Ein Mann, der eine Kuh besaß, war ein König. Die Leute, die über ihre Halbtüren schauten, als er vorbeifuhr, waren hohlwangig. Viele von den Männern waren sehr groß, wodurch sie noch ausgehungerter wirkten. Die jungen Frauen und die Kinder sahen besser aus.

Kurz vor Barna kam er an der Kirche vorbei, neben der das Haus des Lehrers und die Jungenschule standen. Irgendwer hatte dort eine Kegelbahn angelegt, und an diesem schönen Abend war sie voll ausgelastet. Vier junge Männer spielten, und fünfundzwanzig bis dreißig andere sahen zu, entweder an den Seitenwänden sitzend oder nahebei im Gras liegend. Die Kugel donnerte mit schöner Regelmäßigkeit gegen die Wände, von denen es in der stillen Luft widerhallte, und die Männer hopsten herum wie Tänzer. Peter führte das Pony an ihnen vorbei und ließ sich Zeit, ihre Geschicklichkeit zu bewundern. Einer oder zwei von ihnen riefen ihm zu:

»Ahoi, Pitter! Auf Kurs nach Westen? Schöner Abend dafür.«

Einer der Zuschauer löste sich aus der Gruppe, kam zu dem Pony und ging neben ihm her, wobei er es an der Trense hielt, um dessen Schritt auf sein Tempo zu verlangsamen. Ruhig sagte Peter auf irisch:

»Ned, du bist in Ordnung. Immer bist du da, wo man dich braucht.«

Ned grinste, fröhlich die wettergegerbte Stirn hochziehend. Sein gebleichtes rotes Haar sah keck unter dem Schirm seiner Mütze hervor, die so abgerissen war, daß es an ein Wunder grenzte, sie nicht herunterfallen zu sehen. Er trug eine selbstgeschneiderte Hose aus grobem, ungefärbtem Wollstoff, die Überreste eines blauen Leinenhemdes und eine uralte weiße Weste, die auch selbstgemacht war. Das Oberleder seiner Stiefel war an mehreren Stellen geflickt.

»Ich hab mir schon gedacht, daß Sie bald hier vorbeikommen würden, Herr Hauptmann. Hab eben mit den Jungs geredet. Sie sind ganz schön sauer, nach dem, was wir so gehört haben. So gegen zwei ist ein Mann aus Carraroe mit einem Eselskarren vorbeigekommen, und der hat uns erzählt, in Dublin würden alle unsere Führer einer nach dem andern erschossen, so mit Kriegsgericht und allem drum und dran. Was meinen Sie, ist das wahr?«

»Ja, das ist wahr. Ich hab die Nachricht davon direkt aus Dublin.«

»Fahren Sie selber da hin?«

»Morgen. Wenn ich nicht zurückkomme, müßt ihr hier und den ganzen Westen runter den Kampf weiterführen.«

»Besteht Gefahr, daß Sie nicht wiederkommen?«

»Wenn ich nicht eingesperrt werde und am Leben bleibe, werd ich schon kommen.«

»Und jetzt fahren Sie zum Bruder raus?«

»Ja.«

»Dann komm ich mit Ihnen.«

Mit einem Klaps munterte er das Pony zum Weitergehen auf, und im Nu war er hinter dem Wagen, öffnete die Tür und stieg ein. Der Wagen senkte sich unter seinem Gewicht, aber sofort nahm das Pony Tempo auf, und laut knirschten die Räder im Sand. Sie trabten durch das Dorf Barna auf eine Kreuzung zu. Dort führte die eine Straße zum Meer, die andere bergan ins Moor. Das Dorf war nur eine unregelmäßige Ansammlung ärmlicher Hütten mit zwei Kneipen, die einander schräg gegenüberstanden. Eine Hütte war besser als die übrigen und hatte tatsächlich eine Hecke und einen winzigen Vorgarten. Dort hatte einst ein Gärtner gewohnt, den ein einheimischer Gutsherr aus Schottland herübergebracht hatte, und jetzt lebte darin noch immer die Tochter, eine alte vertrocknete Jungfer, die man selten außer Hause sah. Nach dem Dorf kam flaches Land, erbärmlich unfruchtbar, entweder von Riedgras bewachsen oder bedeckt mit Steinen, bis die Straße bergan abbog, wo solide Steinhäuser mit Blick aufs Meer standen. Sie gehörten zwei Gutsherren und blieben jetzt die Hälfte des Jahres unbewohnt.

Der Abend wurde kühl, und die Männer schwiegen, als sie die letzte Meile auf der Straße fuhren und dann nach rechts auf eine kurze, steinige Spur abbogen, die hinaufführte zu einer Hütte unter zwei Apfelbäumen. Der Platz davor war sorgfältig mit flachen Steinen gepflastert, und die Wände des Häuschens waren weiß getüncht. Die Fenstersimse waren mit runden grünen und farblosen Glaskugeln geschmückt, die man nach verschiedenen Stürmen am Strand aufgelesen hatte. Es waren die Schwimmer von französischen Fischnetzen, die durch Seetang heilgeblieben waren. Wer sicher wie ein Ei im Nest auf dem Trockenen saß, konnte sie mit ein bißchen Glück entdecken. Die Hütte gehörte jetzt Peters Bruder James, dessen Frau Bridget in der Mädchenschule Lehrerin war.

Sie hatten den Wagen kommen hören, und James erschien sofort in der Tür. Da seine Frau ein Jahresgehalt von sechzig Pfund hatte, konnte er sich besser kleiden als alle seine Nachbarn und sich ein Fahrrad leisten, das jetzt an der Vorderwand des Hauses lehnte. Bridget flatterte bereits in der Küche herum, goß Wasser in den Kessel, schickte die zwei kleinen Jungen vom Feuer weg, um für die Besucher Platz zu machen, und wischte die Kaminleisten neben der Feuerstelle mit der Schürze ab. Peter sagte lächelnd:

»Laß man gut sein, Bridget, sonst denkt man noch, ich wär ein Fremder.«

Sie errötete und sagte mit ihrer sanften Stimme:

»Es ist bloß, weil ich mich freue, dich zu seh'n, Peter. James sagt immer, ich liefe rum wie ein Huhn. Es ist zu heiß am Feuer. Setzt euch da an den Tisch, ihr drei, ich kann euch dann anschaun, derweil ich Tee mache.«

Die ganze Zeit, während sie sich am Feuer zu schaffen machte – eine glühende Kohle herausnahm und einen kleinen Topf Wasser für die Eier daraufsetzte; die Aufhängung niedriger stellte, um den Kessel näher an die Hitze zu bringen; die Teekanne ausspülte und den Tee aufgoß –, warf sie immer wieder Blicke zu Peter und James und Ned hinüber, die am Tisch saßen und redeten. Peter hatte Bridget sehr gern und fühlte sich jedesmal innerlich erwärmt, wenn er ihr Haus betrat. Sie war eine Schönheit, mit großen dunkelblauen Augen und pechschwarzem Haar. Sie kam aus der entlegendsten Ecke von Connemara, aus Mweenish, direkt am Meer. Mit vierzehn war sie vom Lehrer ihrer eigenen Schule in die Lehre genommen worden, weil sie das klügste Kind dort war, und die kleinsten Mädchen durfte sie unterrichten. Als sie heiratete und mehr in die Nähe von Galway zog, hatte sie das Glück, eine ähnliche Stelle zu finden. Ihr dunkelroter Faltenrock unterschied sie von den Frauen der Umgegend, die alle groben roten Flanell trugen, und sie konnte sich einen feinen, schwarzen Kaschmirschal leisten, während die der anderen aus weißer, selbstgesponnener Wolle waren. Die selbstgemachten Regale voller Bücher, die die Rückwand der Küche einnahmen, und die frische, saubere Farbe und Tünche machten diese Hütte zu etwas Besonderem weit und breit. Sie hatte das gleiche offene Torffeuer, über dem gekocht wurde, die gleiche geschwärzte Aufhängung für den Kessel, die gleichen zwei gekalkten Kaminabsätze, auf denen man dicht beim Feuer sitzen konnte, aber das Geld, um die Dachsparren mit Kiefernbrettern zu verkleiden und um Stoff und Haken und Schnüre für die Vorhänge zu kaufen, hatten sie nur zögernd von Peter angenommen. Jetzt ließen ihre Fenster sich auf- und zuziehen und waren nicht wie bei allen andern starr und unbeweglich. Ein paar geblümte Kissen lagen auf den Stühlen, die stabiler waren als die meisten.

James war ebenso groß wie Peter, hatte dasselbe energische Kinn, aber sonst gab es keine Ähnlichkeit zwischen ihnen. Peters Leben bot mehr Annehmlichkeiten, was seiner Erscheinung etwas Weiches gab, und das konnte auch seine grobe Kleidung nicht ganz verbergen. Während sie auf die Eier warteten, sagte Ned auf irisch:

»Pitter ist unterwegs nach Dublin. Er wird mit Neuigkeiten zurückkommen, falls er überhaupt zurückkommt.«

Irisch war für sie alle am bequemsten, und auch Peter sprach irisch, als er seine Pläne erklärte.

»Ich muß hin und rauskriegen, was wir als nächstes tun sollen. Das kann jetzt nicht das Ende sein. Im ganzen Land werden Leute, die mal was mit den Freiwilligen zu tun hatten, verhaftet und nach Dublin gebracht. Ich weiß nicht, warum sie mich noch nicht geholt haben. Wahrscheinlich wissen sie nicht, wo ich wohne, seit ich dieses große Haus gekauft habe. Manchmal sieht es so aus, als könnten sie den Leuten nicht auf der Spur bleiben. Bis jetzt sind sie weder auf den Lagerhof noch in mein Büro in der Stadt gekommen. Vielleicht, weil ein paar von meinen Geschäftsfreunden Loyalisten sind. Ich werde versuchen, euch Nachrichten aus Dublin zukommen zu lassen, aber ich habe noch keine Ahnung, wie ich das anstellen soll oder ob ich da überhaupt was Neues höre. Zuerst geh ich zu Thomas Flaherty, selbst wenn ich zu ihm nach Hause muß.«

»Das sind gute Leute, die Flahertys.«

»Der junge Sam ist im Gefängnis – habt ihr gewußt, daß er in Dublin mitgekämpft hat? Ich fürchte, man wird auch ihn erschießen, aber solange er lebt, ist jeden Tag noch Hoffnung. Sie reden von Kriegsrecht, und dann halten sie sich selber nicht dran. Für sie ist das kein Krieg zwischen Irland und England. Sie nennen's Verrat, Krieg ist das für die noch lange nicht. Ich bringe Sams Mädchen nach Dublin. Wir hoffen, daß er noch am Leben ist, bis wir ankommen. Im Sommer sollte die Hochzeit sein.«

»Gott helfe ihr«, sagte Bridget. »Das Herz muß ihr gebrochen sein. Ist sie ein starkes, tapferes Mädchen?«

»Könnte sie vielleicht sein, aber sie zeigt es nicht. Sie ist eine Dame, und da weiß man nie so genau.«

»Das stimmt. Gut, daß sie dich dabei hat, als moralische Stütze. Ist es nicht gefährlich, sie zu dieser Zeit durch das Land zu bringen?«

»Sie muß hin, und alleine kann sie nicht. Wir werden versuchen, über Tipperary zu fahren, damit ich rauskriege, wie die Stimmung da ist und wer verhaftet wurde und wann's wieder losgehn kann.«

»Das ist keine schlechte Sache. Tipperary ist ja berühmt für seine Kämpfer.«

»Vielleicht gibt es auch keinen Kampf mehr«, sagte Ned eifrig. »Vielleicht wird jetzt mehr verhandelt als vorher, und alles kommt so in Ordnung.«

»Vielleicht werden auch Kühe fliegen.«

Bridget fragte leise:

»Peter, wie heißt das Mädchen?«

»Molly – Molly Gould. Ich kenne die Familie gut. Ich besuche sie oft.«

»Ich werde beten für euch beide auf dieser Reise. Du mußt gut auf sie aufpassen.«

11

Die Reise nach Dublin war ein Alptraum. Sobald sie mit Peters Freunden zusammen waren, schien es Molly, daß niemand mehr über etwas anderes sprach als über die letzten Kämpfe und die Hinrichtungen und wie sie weitermachen würden, ganz gleich, was geschähe. Manchmal senkten sie aus Mitleid mit ihr die Stimmen, denn alle schienen sie ihre Geschichte zu kennen, aber die meisten von ihnen nahmen es als selbstverständlich, daß sie eine der ihren sei und bereit wäre, bei ihren schrecklichen Vorhaben mitzuwirken, wenn man sie fragte. Glücklicherweise fragte man sie nicht. Weiß Gott, was sie geantwortet hätte.

Aus Galway hinauszukommen, war relativ einfach gewesen, vielleicht weil Tante Jack so achtbar aussah, was sie sehr gut konnte, wenn sie es für nützlich hielt. Sie trug ihr schwarzes Häubchen mit Gagatperlen und schwarzen Federn – Krähenfedern? –, das unter dem Kinn mit Samtbändern festgebunden war, und ihren kurzen Dolman mit schwarzen Pelzbesätzen. Sie hatte diese Sachen jahrelang nicht angehabt, aber sie kamen aus ihrem Kleiderschrank wie neu aus dem Geschäft. Molly und Catherine waren dabei gewesen, als sie sie bei Taafe's in Galway gekauft hatte. Ihre letzten Ersparnisse waren dafür draufgegangen. Es war ein glücklicher Tag gewesen, voller Sonnenschein und Törtchen und Freundlichkeit. Henry war seit drei Tagen nicht mehr aufgetaucht, und es sah schon ganz so aus, als wäre er vielleicht im See ertrunken. Aber er kam dann doch wieder, aussehend wie eine durch den Dreck gezogene Katze, denn sein Boot war abgetrieben, und er war auf einer Insel im See hängengeblieben und hatte so lange auf seine Rettung warten müssen, bis ein paar illegale Whiskybrenner kamen, um nach ihrer Destille zu schauen. Tante Jack hatte nicht gesagt, daß sie feierten, aber so war es den Mädchen vorgekommen. Sie trug die Sachen ein paar Tage triumphierend vor Henrys Nase, und obwohl sie nichts anderes sein konnten als Trauerkleidung, stellte er nie eine Frage danach.

Der höfliche englische Offizier auf dem Bahnhof war offensichtlich beeindruckt und geleitete sie persönlich zu einem Wagen der ersten Klasse, wo Tante Jack sich auf eine distanzierte, altmodische Weise vor ihm verneigte, was genau zu ihrer absurden Kleidung paßte. Aber der Zug brachte sie nur bis Loughrea, einer kleinen Stadt etwa zwanzig Meilen von Galway entfernt, mit einer grauen Kalksteinkirche und einem grauen See, nach dem sie benannt war. Alle mußten aussteigen, und sie sahen, wie ihr Zug auf ein Abstellgleis rangiert wurde. Niemand wußte, ob dies geschah, weil die Schienen aufgerissen waren oder weil man die Leute daran hindern wollte, nach Dublin zu fahren. Peter brachte Molly und Tante Jack in den Warteraum erster Klasse und ging dann weg, um, wie er sagte, etwas zu arrangieren, und er schien recht zuversichtlich, daß er etwas erreichen würde.

Der kleine Raum war leer und wirkte mit seinem schwarzen Roßhaarsofa und drei steifen Stühlen trostlos. Wortlos setzten sie sich auf das Sofa, bedrückt durch den unvermeidlichen Eisenbahngeruch nach nasser Asche, der den Raum erfüllte. Irgendwer hatte ein Exemplar der *Daily News* auf dem Tisch liegenlassen, und nach einem Moment des Zögerns beugte Tante Jack sich vor und nahm die Zeitung zur Hand. Fast sofort rief sie aus:

»Das sieht ja schon besser aus! Vielleicht hören sie auf mit den Hinrichtungen – jedenfalls wird der Premierminister sich im Parlament einige Fragen gefallen lassen müssen.«

»Was – was?«

»Hier steht's: Er wurde nach der Anzahl der Hingerichteten, Deportierten oder Gefangenen gefragt. Vierzehn wurden hingerichtet, siebenhundert deportiert. Wohin, möcht ich wissen? Hört sich an wie ein höfliches Wort für Gefängnis. John Dillon sagt, es handele sich bei den Hingerichteten nicht um Mörder, sondern um Rebellen, die sauber und tapfer gekämpft hätten, und Asquith hat ihm da zugestimmt. Er sagte, sie hätten sehr tapfer gekämpft und sich nicht zu Greueltaten hinreißen lassen. Das will ich aber auch meinen! Und hier ist ein langer Brief zu ihrer Verteidigung, von George Bernhard Shaw.« Sie hob die Stimme etwas und las vor: »›Meiner Ansicht nach sind die Männer, die nach ihrer Gefangennahme oder Kapitulation kaltblütig erschossen wurden, Kriegsgefangene gewesen, und es war völlig inkorrekt, sie niederzumetzeln. Das Verhältnis von Irland zu Dublin Castle entspricht in dieser Hinsicht genau dem der Balkanstaaten zur Türkei, dem Belgiens oder der Stadt Lille zum deutschen Kaiser, oder dem der Vereinigten Staaten zu Großbritannien.‹ Ein guter Ire ist er ja schließlich doch. Molly, hörst du zu?«

»Steht in der Zeitung, daß Schluß ist mit den Hinrichtungen?«

»Nein, das nicht gerade.«

Molly schloß die Augen und lehnte sich im Sofa zurück. Sie fühlte sich so erschöpft, als wären sie bereits eine Woche unterwegs, und hinter ihrer Stirn fühlte sie ein Prickeln, welches Kopfschmerzen ankündigte. Tante Jack sympathisierte eindeutig mit den Rebellen. Das zeigte sich an jedem Wort, das sie sagte. Die Zeitung raschelte.

»Molly!« sagte Tante Jack in scharfem Ton. »Ist dir nicht wohl? Oh, ich hätte dir dieses Zeug nicht vorlesen sollen. Aber es *sind* gute Nachrichten. Schau mich an!« Molly setzte sich auf und sah ihrer Tante mit leerem Blick ins Gesicht. »Du bist mir zu blaß. Du bist ja immer blaß, aber das ist jetzt was anderes. Du mußt Mut haben, um Sams willen. Nun komm mal, wir versuchen, einen Schluck Tee zu kriegen. Peter wird uns schon finden, wenn er kommt.«

Sie schob Molly hinaus auf den Bahnsteig und im nächsten Moment rief sie laut:

»Gepäckträger! Gepäckträger! Können Sie uns einen Tee-Korb besorgen? Der Dame hier ist nicht wohl.«

Der Gepäckträger war hilfsbereit und freundlich, ein Tee-

Korb erschien, und damit zogen sie sich wieder zurück in den Warteraum. Molly war froh über den Tee und fühlte sich ein wenig besser. Dann kam Peter mit der Nachricht, daß er jemanden mit einem Automobil gefunden habe, der sie alle nach Birr fahren würde, an die Grenze der Grafschaft Tipperary, und dort würden sie übernachten können.

Glücklicherweise war der Abend schön, denn es stellte sich heraus, daß der Wagen offen war für alle vier Winde, so daß Tante Jacks Häubchen mehrere Federn verlor, als sie dahintukkerten. Peter hatte sie in Decken gewickelt, so daß sie die Kälte nicht empfanden, und die Luft duftete angenehm nach Weißdorn und Mädesüß und Geißblatt von den Hecken. Sie fuhren durch schönes, glattes Land, auf dem Schafe und Pferde weideten, und wo gelegentlich – zurückgesetzt zwischen Bäumen – große Häuser standen. Molly ließ die Augen auf ihnen ruhen, sie waren so wohltuend nach der bitteren Armut von Connemara. Sie begann sich vorzustellen, wie sie wohl innen aussehen mochten, mit polierten Möbeln und Schalen voller Blumen, und kein einziger angeschlagener Teller war in Gebrauch, außer vielleicht in den Zimmern der Dienstboten.

Der Fahrer des Wagens war ein Arzt namens William O'Gara, und er und Peter schienen einander sehr gut zu kennen. Vom Rücksitz aus war nicht viel von ihrer Unterhaltung zu hören, aber an einzelnen aufgeschnappten Worten erriet Molly, daß sie Pläne schmiedeten. Wenn sie nur still und ruhig wären, nicht dauernd davon redeten, was sie als nächstes tun würden, vielleicht würden sich dann auch die aufgebrachten Engländer beruhigen. Bis jetzt war alles nur eine riesige Verschwörung, um Sam ein Ende zu machen. Sie würden erst aufhören, wenn sichergestellt wäre, daß er zu jenen anderen kommen würde, die bereits in diesem Grab verwesten, diesem großen, breiten Grab, diesem ungeheuren, offenen Grab, das der Bote bei der Arbour Hill-Kaserne gesehen hatte.

Tante Jack nahm ihre Hand unter der Decke und hielt sie. Das war gut, aber sie durfte nicht wankend werden in ihrem Entschluß, unabhängig zu sein von jeder Wärme und jedem Trost, der ihr angeboten wurde. Das letztemal, als sie weich geworden war, hatte sie es teuer bezahlt. Selbst jetzt noch, als ihr Blick auf Peters Nacken ruhte, durchlief sie ein Schauder des Abscheus und Ekels vor sich selbst. Peter Morrow! Er war nicht einmal ein Gentleman, trotz seines ganzen großen Hauses mit den feinen Möbeln – von denen er kein Stück selber ausgewählt hatte –, obgleich sie zugeben mußte, daß er weitaus sauberer war als viele von den Gentlemen, die sie in Galway und Umgebung angetroffen hatte. Wie hatte sie das nur tun können? Wie? Alles war aus Verzweiflung geschehen, aus Schmerz, als sie Wärme und die Nähe eines anderen Menschen genauso nötig gehabt hatte wie das Atmen. Aber warum hatte es dieser Mann sein müssen, den sie nie geachtet oder gar gern gehabt hatte, obwohl sie sehr gut gewußt hatte, daß er sie liebte? Sie erinnerte sich ihres Stolzes zu Weihnachten, als Sam ihr einen Heiratsantrag gemacht und sie angenommen hatte, in dem vollen Bewußtsein, daß sie Peter an der Nase herumgeführt hatte und daß er sicherlich grausam verletzt war. Sie hatte frohlockt über diese Verletzung, als Rache für seine Vermessenheit, und jetzt zahlte sie dafür, gedemütigt und beschämt.

In Birr fanden sie Unterkunft bei der Schwester des Arztes, die Lehrerin war. Als sie ankamen, war es schon dunkel, und Molly hatte einen Eindruck von ländlicher Gemütlichkeit, heißem Tee und Sardinen und einer freundlichen jüngeren Frau namens Mary. Kaum im Bett, war Molly eingeschlafen, bevor Tante Jack sich auch nur ausgezogen hatte, und als es am frühen Morgen weitergehen sollte, wäre sie gern noch liegengeblieben.

Peter hatte im Haus des Arztes übernachtet und kam zum Frühstück. In ihrer Aufregung schien keiner von ihnen zu merken, welche Ängste und Qualen Molly ausstand, während sie ihrem Gespräch zuhörte.

»Sie haben James Connolly auf einer Tragbahre aus dem Roten Kreuz-Krankenhaus in die Burg geschafft und ihn sitzend an einen Stuhl gebunden und erschossen«, sagte Peter. »Seán MacDermott wurde auch erschossen. Das ist in England zum Skandal geworden. Leute aus allen Schichten, einfache Menschen, sa-

gen, daß die Männer diese Behandlung nicht verdient haben.
Von überall her kommen Proteste. Der Premierminister kommt
selber nach Irland, um die Sache zu untersuchen. Die Iren in
Amerika toben, sie sagen, ihr Land solle sich jetzt weigern, den
Engländern im Krieg beizustehen. Im Central Park in New York
soll ein Gedenkgottesdienst für alle diejenigen abgehalten werden, die bei der Erhebung für Irland ihr Leben ließen. Ein Dichter
namens Joyce Kilmer organisiert das zur Erinnerung an die irischen Dichter. Jetzt fangen sie an, die Gefangenen nach England
rüberzuschicken.«

»Wo haben Sie das alles her?« fragte Mary begierig.

»Ich habe heute früh eine druckfrische *Irish Times* gekriegt.
Da stand einiges drin, und den Rest hab ich von einem Mann, der
gestern noch spät zu William kam. Wir wissen nicht, ob all diese
Geschichten wahr sind. Soweit ich weiß, fangen sie mit Hinrichtungen jetzt womöglich auch auf dem Land an. Unser Besucher
gestern abend hat gesagt, daß die Polizei in der Grafschaft Cork
mitten in der Nacht ein Haus überfallen hat, und ein Polizist ist
dabei tödlich getroffen worden. Dann haben sie sich den Sohn
des Hauses genommen und im Gefängnis von Cork hingerichtet,
genau wie in alten Zeiten. Wir werden schon rauskriegen, was
daran wahr oder unwahr ist, wenn wir nach Dublin kommen.«

Molly hatte schon angefangen, sich zu fragen, ob Peter sich
nach alledem nun gegen eine Fortsetzung der Reise nach Dublin
entscheiden würde, aber er war in seinem Entschluß nur bestärkt
worden. Ein leichter zweirädriger Wagen sollte sie nach Roscrea
bringen, von wo sie vielleicht mit der Eisenbahn weiterkommen
würden. Endlich wandte er sich Molly zu und fragte, ob sie
habe schlafen können. Da alle Augen sich auf sie richteten, antwortete sie errötend, ja, sie habe schlafen können, und dann begann sie wieder zu zittern. Peter sah sie besorgt an:

»Fühlen Sie sich dem Rest dieser Reise auch wirklich gewachsen? Sie könnten hier bei Mary bleiben, wenn Sie wollen.«

»Nein, nein! Ich muß weiter, ich muß!«

»Na gut, wie Sie wollen. Dann können wir ja aufbrechen,
wenn Sie mit dem Frühstück fertig sind.«

Er nahm ihren Arm, als sie das Haus verließen, und sie duldete das wortlos, ihren Groll und Ärger mit der Haltung einer Dame überspielend. Auf der Straße wartete ein guter, neuer Kübelwagen mit einem kräftigen Pferd, und der Kutscher auf dem Bock hielt die Zügel bereits in der Hand. Sein Name war Mike Ryan, wie Peter beim Einsteigen sagte. Er war ein stämmiger, schwarzhaariger junger Mann mit einem borstigen Schnurrbart und den behaartesten Händen, die sie je gesehen hatte. Er war der Stallbursche und Kutscher zweier protestantischer Damen namens Beecher, und er sollte zwölf Meilen zum Bahnhof von Roscrea fahren, um dort deren Kusine abzuholen, die aus Dublin floh, bis sich die Dinge wieder beruhigt hätten.

In Roscrea erfuhren sie, daß der letzte Zug des Tages vor einer Stunde abgefahren war, so daß ihnen nichts übrig blieb, als nach Ballybrophy weiterzufahren. Mikes Fahrgast war nicht angekommen, und so war es für ihn nur vernünftig, in Ballybrophy nach der Dame zu suchen. Wäre sie in Roscrea gewesen, sagte er, so hätte er ihretwegen Molly und Peter und Tante Jack im Stich lassen müssen.

Die Schwester des Arztes hatte Peter eine Tüte Bath-Gebäck mitgegeben, und das aßen sie nun, als sie dahinfuhren, wobei Mike bescheiden den Kopf beiseite wandte, da er in Gegenwart der Herrschaften kaute. Inzwischen war es Mittag, und Molly merkte, daß sie Hunger hatte. Der Geschmack des weichen, duftenden Gebäcks, das schwach gelb und dünn übergossen war mit einer weißen, klebrigen Zuckerschicht, war wirklich ein Genuß. Sie wischte sich die Hände am Taschentuch ab und fühlte sich plötzlich warm und sogar optimistisch. Tante Jack sagte:

»Jetzt siehst du schon besser aus. Üb ein Lächeln für die Wache am Bahnhof, damit sie uns in den Zug läßt.«

»Meinst du, die werden uns anhalten?«

»Jetzt ist das nicht mehr so schwer«, sagte Peter, »aber wir werden abwarten müssen, wie sie gelaunt sind. Wir werfen Sie nur im Notfall den Wölfen vor.«

Er war tatsächlich fähig, mit ihr zu scherzen! Und das mit einer Anzüglichkeit, die nur zwischen ihnen beiden verstanden wurde! Sie brachte ein gezwungenes Lächeln zustande, wütend auf sich selber wegen des flammenden Rots, das sie über ihren ganzen Körper sich ausbreiten fühlte.

In Ballybrophy mischten sie sich auf dem Bahnsteig unter etwa dreißig Menschen, die alle auf den Zug nach Dublin warteten. Ein Dutzend britische Soldaten und deren Offiziere beobachteten sie, und alle wandten die Köpfe, als die neue Gruppe auf den Bahnsteig kam. Einer der Offiziere kam auf sie zu. Tante Jack ergriff früh genug das Wort, um ihn daran zu hindern, Peter anzusprechen, und sagte mit hoher, flötender Stimme:

»Ich bringe meine Nichte zu einem Arzt in Dublin. Ich muß heute noch durchkommen. Sie seh'n ja selber, daß sie nicht gut aussieht.« Der Offizier starrte Molly an, so daß sie wieder errötete und die Augen niederschlug. Er sah weg. »Dieser Herr hier fährt mit als unser Begleitschutz«, fuhr Tante Jack rasch fort, bevor der Offizier fragen konnte, was Peter bei der Gesellschaft zu tun habe. »Wir haben ja schreckliche Geschichten über diese Aufstände in Dublin gehört. Kein Gedanke daran, allein zu fahren, aber der Arzt in Galway hat darauf bestanden, daß keine Zeit zu verlieren sei, und so hat Mr. Morrow alles stehn und liegen lassen, um uns zu begleiten. Zwei Damen können ja nicht gut allein reisen, wenn ich auch sagen muß, daß die Armee wunderbar gewesen ist, so freundlich und zuvorkommend und mit solch glänzenden Manieren – Manieren, junger Mann, die mich an den Ausdruck denken lassen ›Ein Offizier und ein Gentleman‹. Meine Mutter sagte immer zu uns Mädchen: ›Einem britischen Offizier kann man trauen.‹ Wenn sie heute noch lebte, würde sie sich freuen, daß das noch immer gilt.«

Einschmeichelnd sah sie ihn an, und sein argwöhnischer Blick legte sich. Es war eine unerhörte schauspielerische Leistung, vorgebracht mit unerschütterlicher Bestimmtheit, sogar die Stelle über »uns Mädchen«, obwohl Tante Jack nie eine Schwester gehabt hatte, von der Molly etwas zu Ohren gekommen war. Die Wirkung war erstaunlich, denn als der Zug wenige Minuten später einlief, durften alle anderen erst einsteigen, als

Molly und Tante Jack und Peter sicher in einem Erster-Klasse-Wagen saßen und die Tür hinter ihnen abgeschlossen war. Peter lachte in sich hinein und sagte:

»Das war sehr schön. An einer Stelle dachte ich, Sie würden gleich drei kräftige britische Hurrahrufe ausstoßen.«

»Notfalls hätt ich das auch gemacht.«

Zurückgelehnt in ihre Ecke, hörte Molly den beiden zu, die wie ein Paar kampferprobter Verschwörer ein langes, gedämpftes Gespräch führten. Schließlich schwiegen sie, während der Zug Meile um Meile durch eine sanfte, grüne Landschaft zockelte, gelegentlich an verschlafenen Dörfern haltmachte, wo keine Zivilisten zu sehen waren, wenn es auch auf den Bahnhöfen von Soldaten nur so wimmelte. Am Spätnachmittag kamen sie in die Außenbezirke von Dublin, und bald verlangsamte der Zug seine Fahrt, um in den trüben Bahnhof einzulaufen. Zuerst sah es so aus, als gäbe es auch dort nichts als Soldaten, aber als sie auf den Bahnsteig hinunterstiegen, kam Sams Vater, Thomas Flaherty, auf sie zugeeilt.

12

Thomas war mit seinem größeren Automobil gekommen, mit Chauffeur, was hilfreich war. Denn jeder, der versuchen sollte, sie anzuhalten, wurde dadurch beeindruckt. Molly wußte, daß ihm als irischem Parlamentsabgeordneten und Mitglied der mächtigen Irischen Partei eine respektvolle Behandlung sicher war. Einhundert Iren waren nach Westminster delegiert, aber Sam hatte ihr erzählt, daß sie bis auf wenige Ausnahmen allesamt Mietlinge seien, die durch die einen oder anderen Interessen in die politische Szene Englands verwickelt seien. Thomas sei anders, hatte Sam gesagt. Seit letztem Jahr war er überhaupt nicht mehr nach Westminster gegangen, als Protest gegen die fortgesetzte Verschleppung der Ratifizierung des Gesetzes zur irischen Selbstregierung. Er hatte aber trotzdem einen Passierschein erhalten, den er jedesmal vorzeigen mußte, wenn er in die

128

Stadt wollte. Immer noch standen an allen Kanal- und Fluß-
brücken Wachen, die jeden verhörten, der durch wollte.

»Fast alle meine Kinder sind im Gefängnis, aber bis jetzt hat
mir noch keiner angeboten, mich zu verhaften«, sagte er, einen
fröhlichen Ton anschlagend, obwohl Molly den gequälten Ausdruck der Sorge sehen konnte, der ihn keinen Augenblick verließ. »Denis und Fergal Connolly waren mit de Valéra in Boland's Mills; Anna war mit Ned Daly in den Four Courts – man
wollte sie nicht geh'n lassen, als die andern Mädchen freikamen.
Sam ist in Kilmainham und ebenso Nicholas de Lacy. Gott weiß,
wo Letty und George sind. Zuerst hörte ich, sie seien in der
Richmond-Kaserne, aber dann hat jemand gesagt, daß dort
keine Frauen sind. Es ist sehr schwer, etwas Genaues zu erfahren.«

»Und was ist mit Klein-Alice?«

Das war die jüngste Tochter von Thomas, die immer
Klein-Alice genannt wurde, um sie von ihrer Großmutter zu unterscheiden, obwohl sie inzwischen achtzehn Jahre alt sein mußte.

»Die war gottlob bei uns zu Hause«, sagte Thomas. »Anscheinend haben sie unter sich ausgemacht, daß sie für uns da
sein sollte. Irgendwer mußte sich ja um die Alten kümmern. Jetzt
ist sie nach Moycullen runtergefahren zu Onkel Morgan und
meiner Mutter.«

Thomas war nicht viel über sechzig und hielt sich wie alle Flahertys trotz seiner Größe gerade, aber heute sah er wirklich alt
aus. Noch immer in diesem gespielt fröhlichen Ton fuhr er fort:

»Die letzten Nachrichten sind besser. Die Gefangenen werden
jetzt schubweise nach England gebracht.«

»Nach England!«

Obwohl Molly sie schon in Birr davon hatte sprechen hören,
war es, als hätte sie plötzlich einen Schlag zwischen die Schulterblätter bekommen, und Angst verschlug ihr den Atem. Sie fühlte,
daß Thomas ihre Hand nahm und sie drückte, als er sagte:

»Das ist wirklich eine bessere Nachricht. Sie haben aufgehört
mit den Hinrichtungen. Connolly und Dermott waren die letz-

ten. Vielleicht hätten sie auch das unterlassen, wenn die Leute im Castle nicht darauf bestanden hätten. Der dumme Leitartikel im *Irish Independent* hat alles herabgespielt. Es ist schon sehr seltsam, wenn man sieht, wie die Briten weiterhin dem Rat derselben Kolonialtypen folgen, durch die sie im Grunde nur in Schwierigkeiten gekommen sind.« Aber sie konnte sehen, daß dieser akademische Ton ihm schwerfiel. Noch immer ihre Hand haltend, führte er sie zum Wagen, gefolgt von Peter und Tante Jack. »Wir sind hier ganz in der Nähe von Kilmainham. Wir fahren da mal gleich hin. Eine offizielle Besuchserlaubnis konnte ich nicht kriegen, aber ich werd's eben ohne versuchen.« Er wandte sich an Peter. »Sie sollten besser nicht dabei sein. Kilmainham ist für Sie die Höhle des Löwen. Haben Sie was, wo Sie unterkommen?«

»Ich habe ein paar Adressen. Ich komm dann morgen vormittag bei Ihnen vorbei, wenn ich darf.«

»Selbstverständlich. Bis dahin werden wir mehr wissen.«

Selbst zwischen diesen beiden schien es ein geheimes Einverständnis zu geben. Molly fühlte sich schrecklich isoliert. Sie merkte, wie ihre Selbstbeherrschung schwand und zwang sich bewußt wieder zur Ruhe, wie ein verängstigtes Kaninchen, das keine Aufmerksamkeit auf sich ziehen will. Sie stiegen in den Wagen und nahmen alle drei auf dem Rücksitz Platz. Sie bemerkte, daß Peter kurz mit dem Chauffeur sprach, bevor er am Uferdamm entlang davonging, aber sie wandte nicht den Kopf nach ihm, bis Tante Jack mit leiser Stimme sagte:

»Wink ihm wenigstens mal. Peter ist sehr nett zu uns gewesen.«

Sie winkte, einmal, und sah, daß er auf irgendein Zeichen von ihr gehofft hatte. Sie fuhren an, und schnell war der Bahnhof außer Sicht.

Die gewaltigen, düsteren Tore von Kilmainham machten ihr Angst. Thomas sah das und sagte freundlich:

»Bist du sicher, daß das nicht zuviel wird für dich?«

»Ja, ja«, flüsterte sie. »Ich muß Sam sehn – ich muß ihn sehn.«

Thomas stieg zuerst aus und hielt ihr die Tür auf, immer noch mit ihrer Hand in der seinen, als wäre sie blind, und führte sie zu dem äußeren Tor. Die Wache trat einen Schritt vor, und Thomas sagte sofort:

»Ich komme, um einen der Gefangenen zu besuchen.«

Die Wache ließ sie in den Vorhof. Der kleine Schieber in dem schmalen inneren Tor ging auf, und ein Gesicht schaute heraus. Thomas sagte:

»Ich bin Parlamentsabgeordneter, Thomas Flaherty.«

»Haben Sie einen Paß?«

»Ja.«

Daraufhin öffnete sich das Tor, und sie eilten in den düsteren Hof. Molly las: »Laß fahren das Böse, lern üben das Gute.« Sie wurden in einen winzigen Raum geführt, der direkt am Hof lag. Die Einrichtung bestand aus einem Tisch und ein paar Bänken, und man ließ sie lange warten. Von überall her waren Schritte zu hören, nur über den Hof kam keiner. Einmal stand Thomas auf und ging hinaus, um mit der Wache zu sprechen, die sie hereingelassen hatte, doch als er zurückkam, sagte er nur:

»Wir können nichts machen als warten. Wenigstens sind wir erst mal drin.«

Tante Jack hatte kaum etwas gesagt, seit sie in Dublin angekommen waren. Anscheinend hatte sie beschlossen, alles Thomas zu überlassen. Molly hatte den Eindruck, daß sie weniger selbstbewußt wirkte, vielleicht, weil sie so weit fort war von zu Hause. Ihre Kleider sahen an diesem fremden, toten Ort ausländischer aus als je. Reglos saß sie auf einer Bank an der Wand, den Rücken kerzengerade, die Hände im Schoß gefaltet und den Blick auf ihre kurzen Knopfstiefel geheftet. Schließlich sagte Thomas:

»Es ist sieben Uhr. Langsam wird das ja unerträglich. Ihr müßt euch ziemlich schwach fühlen. Wann habt ihr gegessen?«

Molly sagte:

»Wir haben ein bißchen Gebäck gegessen, bevor wir nach Ballybrophy kamen, und einen Tee-Korb hatten wir.«

Aber dann fiel ihr ein, daß der Tee-Korb gestern gewesen war.

»Vielleicht hätt ich euch erst nach Hause bringen sollen. Wenn ich gewußt hätte, daß das hier so läuft – ich hatte Angst, Zeit zu verlieren, weil wir doch hörten, die Gefangenen sollen verlegt werden; und da hielt ich es für besser, sofort herzukommen. Irgendwas tut sich jetzt, ich weiß nicht, was. Ich kann eine Menge Leute rumlaufen hören. Ich geh nochmal mit der Wache reden, obwohl der vorhin auch nicht viel wußte.«

Aber an der Tür merkte er, daß sie nicht aufging. Er drückte mehrmals auf die Klinke, rüttelte daran, drückte mit dem Knie gegen die Tür und versuchte, sie ein wenig anzuheben, da er dachte, der Schnapper habe sich vielleicht verklemmt. Schließlich schlug er mit den Fäusten an die Tür und rief:

»Aufmachen! Ihr, da draußen! Wir sind eingeschlossen! Aufmachen!«

Sie hörten das Geräusch von Stiefeln auf Steinplatten, dann sagte eine Stimme mit englischem Akzent:

»Ruhe da drin! Sie werden da noch 'ne Weile festsitzen. Bißchen weniger Radau, wenn ich bitten darf!«

»Sie Lump!« schimpfte Thomas wütend. »Ist Ihnen klar, daß ich Parlamentsabgeordneter bin? Machen Sie sofort diese Tür auf!«

»O Gott, ich wußte nicht, daß Sie das sind. Wir haben unsere Befehle. Tut mir leid, Sir, ich kann erst aufmachen, wenn der Offizier zurück ist.«

»Wo ist er? Gehn Sie ihn sofort suchen oder schicken Sie jemanden.« Thomas hob die Stimme. »Ich warne Sie, es wird noch Ärger geben wegen dieser Sache. Es ist eine Unverschämtheit. Ich werd euch allen noch Dampf machen.«

Aber das hatte nicht die gewünschte Wirkung. Frech sagte die Stimme:

»Sie reden genauso wie einer von den Wirrköpfen. Wie ich höre, sind Sie der Vater von einem, was so ziemlich dasselbe ist. Sie können ihn gleich sehn, wenn Sie zum Fenster rausgucken.«

Seine schweren Stiefel hallten auf dem Steinboden, als er sich mit schnellen Schritten entfernte. Aufgeschreckt sahen sie einander an. Molly sprang auf und ging zum Fenster. Es war klein und eng vergittert, und die Scheibe war schmierig verdreckt. Sie leckte sich über den Handballen und rieb damit über die Scheibe, als sie Thomas an ihrem Ellbogen fühlte, der aus der Brusttasche ein Taschentuch zog und darauf spuckte. Er wischte die Scheibe kräftig ab, aber sie mußten feststellen, daß eine Menge des Schmutzes auf der Außenseite war. Tante Jack drängte sich hinter sie, und sie machten ihr Platz, so daß die drei Köpfe den Raum füllten. Es war nichts da draußen, nur der große leere Hof. Molly sagte leise:

»Wir werden ihn sehn? Was kann das bedeuten?«

»Vielleicht bringen sie ihn zu uns runter.«

»Wir werden ihn sehn, wenn wir aus dem Fenster gucken. Molly, halt meine Hand. Miss Gould, nehmen Sie meine Hand«, sagte Thomas. »So, nun wollen wir einander beistehen. Das kann nur bedeuten, daß sie ihn – daß sie alle fortschaffen. Komm Molly, hab keine Angst. Lehn dich an mich. So ist's besser.«

Sie lehnte sich an ihn, fühlte sein Herz heftig und schnell klopfen, und dieses Leben, dem ihren so nahe, und die Wärme seiner Hand schenkten ihr Trost. Sie mußte lebendige Wärme fühlen, sonst würde sie an Kälte sterben. Eine Minute verging, nicht mehr, bis sie einen festen Marschtritt hörten. Thomas drückte ihre Hand stärker, die schwach und schlaff geworden war. Die Fensterscheibe war durch ihr Reiben schließlich doch etwas sauberer geworden. Sie konnte etwa die Hälfte des Hofes sehen, ziemlich klar. Ein Stockwerk höher wäre die Sicht besser gewesen. Da kamen die Gefangenen, schmutzige, zerlumpte Männer, unrasiert, einige mit ländlichen Mützen, andere barhäuptig, alle mit verdreckten Stiefeln, alle hungrig aussehend und ein bißchen wild und sehr müde. Sie gingen paarweise. Thomas stieß einen leisen Schrei aus.

»Sie haben Handschellen an!«

Jedes Händepaar hing dicht beieinander, so daß der Gang der Männer schwerfällig war, aber dennoch marschierten sie im Gleichschritt wie Soldaten. Wie konnten sie das nur in diesem Stadium?

Dann sah sie Sam. Am Ende einer Reihe von acht Mann war er

durch Handschellen mit Nicholas verbunden. Er sah größer und dünner aus als je, und die gebeugten Schultern waren ihr neu. Eine Sekunde zögerte sie, dann schlug sie mit beiden Fäusten gegen die Scheibe, zog einen Schuh aus und hämmerte mit dem Absatz dagegen, bis das Glas sprang und splitterte. Sie hörte nicht auf damit, bis sie ein Loch freigeschlagen hatte, und durch dieses rief sie, so laut sie konnte:

»Sam! Sam! Wir sind hier!«

Ein Soldat kam über den Hof gerannt und gestikulierte mit dem Lauf seines Gewehrs vor den Gitterstäben, aber jetzt hatten alle Gefangenen sich umgedreht und blickten zu dem Fenster, grinsten und winkten mit gefesselten Händen, das Gebrüll mißachtend, das ihnen befahl, geradeaus zu blicken. Einige erwiderten Mollys Ruf, obwohl sie nur undeutlich sehen konnten, wer da war:

»Willkommen im Club, Jungs!«

»Haltet uns den Platz warm, bis wir wieder da sind!«

»Sagt Oma, wir hätten nach ihr gefragt!«

Molly packte die Gitterstäbe und riß daran, als wollte sie sie aus ihren Verankerungen reißen. Unter Tränen schrie sie:

»Sam! Oh, Sam!«

Sie spürte, daß die anderen sie an den Schultern faßten und schüttelte sie wütend ab, denn sie dachte, sie wollten sie zurückreißen, aber sofort merkte sie, daß sie sie in Wirklichkeit stützten. Und Sam hatte sie gesehen. Mit Nicholas an seiner Seite stürzte er auf das Fenster los. Eine Sekunde lang sah sie sein Gesicht nahe vor sich, rasend vor Schmerz, die Augen starr, der Mund hart und verzerrt, wie sie es in ihrem ganzen Leben noch nicht gesehen hatte. Zum Sprechen kam er nicht. Zwei von den Soldaten waren ihnen nachgerannt, und während sie über sie herfielen und sie wegzerrten, kamen zwei weitere Soldaten, die sich mit dem Rücken vor das Fenster stellten, um die Sicht zu versperren.

Dann fühlte sie, wie ihre Knie nachgaben, aber Thomas und Tante Jack hielten sie und führten sie zu der Bank, wo sie dann saß, den Kopf zwischen den Knien, bis sie sich zu erholen begann. Sie standen neben ihr und schauten sie nur an, unfähig, ein Wort zu sagen. Thomas hatte Tränen auf den Backen, sie hingen da in Furchen, die sich plötzlich gebildet zu haben schienen. Sie nahm seine Hand und drückte sie an ihre Wange, zog ihn näher und näher zu sich, bis er sich neben sie setzte. Durch das zerbrochene Fenster konnten sie das Scharren von Füßen hören, dann Befehlsrufe, dann gleichmäßigen Marschtritt und das Scheppern des Tores, das für die Männer geöffnet wurde, und schließlich hörten sie es wieder zuschlagen.

Plötzlich war es still im Hof. Anscheinend hatte die ganze Eskorte die Männer nach draußen begleitet. Ein paar Minuten vergingen, dann kamen schnelle Schritte durch den Korridor, ein Schlüssel drehte sich im Türschloß, und eine ungeduldige Hand rüttelte an der schweren, alten Klinke. Kurz darauf wurden sie von einem höflichen jungen Offizier hinausgeführt, der mit englischem Akzent immer wieder sagte:

»Es tut mir sehr leid, Sir. Das hätte nicht passieren dürfen. Es tut mir wirklich leid, Sir.«

Thomas sagte müde:

»Ist schon gut. So was kommt eben vor im Krieg.«

»Danke, Sir. Sehr gütig von Ihnen, daß Sie das so nehmen. Man hätte mir sagen sollen, wer hier ist. Die Männer nahmen es auf ihre eigene Kappe, als sie das unterließen. Ich gab Befehl, daß Besucher einzusperren seien, aber natürlich meinte ich nicht Sie.«

»Ich weiß, ich weiß. Die Dinge gleiten einem aus der Hand. Vielleicht war es gar nicht so schlimm. Ich habe gerade gesehn, wie mein ältester Sohn nach England abmarschierte.«

Molly wollte ihm die Hand auf den Mund legen und ihn hindern, so gefährliche Dinge zu sagen, aber der Offizier sagte nur:

»So tapfere Männer hab ich mein ganzes Leben noch nicht gesehn. Sie sind singend zu den Schiffen gegangen. Was ist es, was sie so selbstsicher macht?«

»Die Geschichte«, sagte Thomas. »Die Geschichte und die Lieder. Sie haben beides von klein auf in den Knochen. Ich muß nun diese Damen nach Hause bringen.«

Der Wagen wartete am Tor. Der Fahrer war in einem Zustand wilder Aufregung, die er aber zügeln konnte, bis sie ein gutes Stück weit weg waren. Dann drehte er sich halb um und sprach zu Thomas:

»Ich hab Mr. Sam gesehn, Sir. Ich hab mit eigenen Augen gesehn, wie er an der Seite von Mr. Nicholas davonmarschierte. Sie sind zu den Kais gegangen, zum North Wall, hat mir einer von den Pimpfen erzählt. Ich hab ihn gesehn, Sir. Und ich hab gehört, wie sie den ›Soldier's Song‹ angestimmt haben.«

»Ich hab ihn auch gesehn«, sagte Thomas. »Alle haben wir ihn gesehen. Miss Molly hat die Fensterscheiben mit dem Schuhabsatz eingeschlagen, und er ist gleich rübergekommen an das Fenster des Zimmers, in dem wir waren, und hat hereingeschaut, aber das war auch alles.«

»Sie hat die Fensterscheibe eingeschlagen!« Er ließ ein kurzes, krähendes Lachen hören. »Bravo, Miss!«

Während der ganzen Heimfahrt kicherte er immer wieder in sich hinein, wenn er sich diese Tat des Aufbegehrens vorstellte, an die Molly sich jetzt kaum noch erinnern konnte. Sie versuchte, sie innerlich noch einmal zu durchleben, sich zu vergegenwärtigen, welche unerwartete Kraft sie dazu getrieben hatte, aber es hatte keinen Zweck. Alles, was sie sehen konnte, war Sams verzerrtes Gesicht wie ein Nachtgespenst an einem dunklen Fenster, das Einlaß heischte in ein Haus, in dem es einst Folterqualen erlitten hatte, und nun erschreckte es Generationen von Menschen, die es überhaupt nicht kannten. Genauso würde Sam das Gefängnis von Kilmainham heimsuchen, denn bald würde er tot sein. Sie wußte das so genau, als wäre es bereits geschehen, so sicher wie Tante Jack, wenn sie wahrsagte. Es war ein heißer Blitz der Eingebung, im ersten Augenblick wußte man nichts, und im nächsten Augenblick war es, als hätte man es schon immer gewußt. So verfuhr Tante Jack, indem sie die Tatsachen deutete, die sie vor sich sah.

Molly war noch nie bei Thomas zu Hause gewesen, obwohl sie seine Frau Letty von deren Besuchen in Moycullen kannte, und seit ihrer Verlobung mit Sam war ein längerer Besuch in Dublin geplant gewesen, um gemeinsam Hochzeitseinkäufe zu machen. Sie hatte Angst vor Letty, obwohl alles an ihr sanft und weich war – das hellbraune Haar mit den grauen Strähnen, das nie richtig lag; ihr rundlicher Leib, an den kleine Kinder sich gerne kuschelten; ihre Hände, die immer wie Seetang herumwedelten und nie eine richtige Arbeit hatten tun müssen; sogar ihre Kleidung, die stets zartfarbig geblümt und aus weich fließendem Stoff zu sein schien. Dennoch hatte Molly den Verdacht, daß Lettys haselnußbraune Augen kalt blickten und daß in ihrer hellen, sanften Stimme ein spöttisches Lachen mitschwang, das oft gegen Leute gerichtet schien, die, wie sie sagte, die Schliche nicht kannten. Molly hatte sich, was nur natürlich war, taxiert gefühlt, und obwohl sie wußte, daß sie dank Tante Jacks gründlichem Unterricht die Probe bestanden hatte, fühlte sie sich in Lettys Gegenwart immer irgendwie unsicher. Fast war ihr, als warte Letty darauf, sie bei dem einen unvermeidlichen Fehler zu ertappen, der das ganze Ausmaß ihrer Unwissenheit enthüllen würde. Dann würde Letty bestimmt ihr kleines hämisches Lächeln zeigen, das immer zu sagen schien:

»Ah, hab ich's mir doch gedacht. Darauf hab ich gewartet.«

Sie merkte bald, daß sie sich in all dem vollkommen geirrt hatte. Die erste angenehme Überraschung war das Haus. Es lag in einer georgischen Straße an einem riesigen Platz mit hohen Eisengeländern. Bis auf Soldaten, die überall herumgingen oder in Gruppen beieinander standen, war niemand auf den Straßen, um die Abendsonne zu genießen. Die zerschossenen Gebäude und die von Kratern aufgerissenen Fahrdämme sahen bedrohlich aus. Bei einem Haus, an dem sie vorbeikamen, waren alle Scheiben zerbrochen, und in den Wänden fehlten große Stücke Mauerwerk. Flüchtig sah sie Plakate vorbeigleiten, die mit großen Buchstaben das Kriegsrecht verkündeten, und auf einem hieß es »Bekanntmachung«, und unten stand der Name »Wimborne«. Alles begann sich zu drehen in ihrem Kopf, und sie hoffte, daß ihr nicht noch im Wagen schlecht werden würde. Eine Toilette hatten sie seit dem Warteraum erster Klasse in Birr nicht mehr zu Gesicht bekommen – oder war es in Ballybrophy gewesen? Diese Namen hatten keine Bedeutung für sie. Sie wollte sich hinlegen, allein, und an Sam denken, sich ihren letzten Blick auf ihn wieder vor Augen führen, sich dieses Bild unverlierbar einprägen, und seine Stimme wollte sie hören. Sie konnte sich jetzt nicht erinnern, ob er durch das Fenster gesprochen hatte, ob er ihren Namen gesagt hatte und daß er sie liebe und immer da sein werde, um für sie zu sorgen, und daß sie nie wieder Angst zu haben brauche – all diese Dinge, die er ihr immer sagte, wenn sie allein waren. Natürlich konnte er das an dem Fenster nicht gesagt haben. Sie hatten keine Zeit gehabt, und in Gegenwart seines Vaters und Tante Jacks hätte er es ohnehin nicht gesagt. Nicht für ein einziges Wort hatten sie Zeit gehabt, gleich war er fortgeschleppt worden, und er hatte ausgesehen, als hätte er seit Tagen nichts mehr gegessen – und so dreckig. Sam war immer sauber und adrett gewesen, schon als kleiner Junge. Was war dies für ein Irrsinn, der sie alle so kaputtgemacht hatte? Warum mußten sie solche dummen Dinge tun? Wie konnte es sinnvoll sein, alles wegzuwerfen, was wichtig ist?

Sie halfen ihr die Treppe hinauf und ins Haus. Letty war da, viel freundlicher als Molly sie in Erinnerung hatte, und führte sie in ein himmlisches Schlafzimmer auf der Rückseite des Hauses, das auf einen langen, schmalen Garten blickte. Ein hohes Bett war darin, mit einer geblümten Steppdecke, und im Kamin brannte wahrhaftig ein Feuer. Letty half ihr in eines von ihren eigenen Nachthemden und dann sofort ins Bett. Ein Dienstmädchen brachte auf einem Tablett etwas zu essen, aber sie konnte nur daliegen und sie anschauen, während sie sich im Zimmer zu schaffen machten. Endlich gingen sie, auch Tante Jack, und Molly war froh, als das letzte der freundlichen Gesichter verschwand und das Flüstern auf dem Weg die Treppe hinunter erstarb. Tante Jack kam bald zurück und brachte ihr eine Tablette; zum Einschlafen, sagte sie, und blickte genauso besorgt zu ihr herab wie in ihrer Kindheit, wenn sie krank gewesen war. Molly war gerührt von ihrem hilflosen Blick und wollte sie fragen, ob sie nicht selber etwas einnehmen wolle, oder ihr irgendein Zeichen der Zuneigung oder des Dankes geben, aber nicht einmal das vermochte sie. Noch später kam ein Arzt, und sie hörte ihn zu Thomas sagen:

»So etwas ist nicht selten bei Schock. Sie ist jung und gesund – Ruhe und Zeit werden ihr übriges tun. Lassen Sie sie so lange im Bett wie möglich.«

Bei diesen Worten und vielleicht auch wegen der Tablette spürte sie, wie eine schwere Mattigkeit sie überfiel. Das Bett war köstlich weich und warm, und in der Dämmerung tanzte das Licht der Kaminflammen faszinierend an der Decke. Der Schmerz in ihrem Kopf hatte nachgelassen. Sie schlief, und als sie sehr früh erwachte, sah sie, daß Tante Jack die Nacht auf der Chaiselongue verbracht hatte, wo man ihr ein Bett hergerichtet hatte.

Die nächste Woche verging in einer Mischung von Schlafen und Wachen, immer zu den falschen Zeiten, und stets war Tante Jack bei ihr, manchmal lag sie auf dem Sofa, manchmal las oder nähte sie am Fenster. Sie wußte, daß sie oft weinte und aufzustehen versuchte, wobei sie sagte, sie wolle jetzt zu Sam, und dann sah sie mit klarem Bewußtsein, daß dies falsch war und nur ihre Tante zum Weinen brachte. Sie hatte Alpträume, in denen sie in eine dunkle Zelle ohne Fenster oder Tür gesperrt wurde; dabei wußte sie, daß er draußen war und nicht zu ihr hineinkonnte. Das Schlimmste war, daß jemand anders mit ihr da drinnen war, der auf die Gelegenheit wartete, ihr etwas schrecklich Böses anzutun. Die klaren Zwischenzeiten wurden häufiger, und dann, ganz langsam – um die Alpträume zu vermeiden –, begann sie sich wieder ins Leben zurückzutasten.

Bald konnte sie sich im Bett aufsetzen und sogar jeden Tag ein paar Minuten mit Letty sprechen, wenn sie sie besuchen kam. Von Sam hatte man nichts Neues gehört, obwohl Thomas und die anderen Abgeordneten nach London gefahren waren und im Parlament so oft sie konnten Fragen stellten. Molly nannte nie Sams Namen, wartete aber jeden Tag darauf, daß Tante Jack die kleinen Gerüchtefetzen kolportierte, die sie aufgeschnappt hatte. Die Gefangenen waren in verschiedenen Gefängnissen, in Lewes, Dartmoor, Pankhurst und Reading. Es war auch von einem Lager die Rede, das man in Wales für sie errichte. Dann sagten sie, daß Sam krank gewesen sei und daß es ihm jetzt besser gehe.

Eines Nachmittags schließlich durfte Molly aufstehen und am Fenster sitzen. Sie vermochte kaum zu gehen, sie hatte ein Gefühl in den Beinen, als würden sie bei jedem Schritt unter ihr zusammenklappen, so daß Tante Jack sie fast zu dem Sessel trug, den sie vorsorglich an den Teetisch geschoben hatte. Es hatte geregnet, und durch das offene Fenster wehten Gartendüfte herein. Ein Magnolienbaum stand da unten, dessen schwere, cremefarbene Blütenblätter ins Gras zu trudeln begannen. Einige waren aufs Fenster geweht worden, und sie langte hinaus und nahm sie in die Hände. Tante Jack saß ihr gegenüber, goß Tee ein und warf ihr zufriedene Blicke zu.

»Endlich fängst du an, ein bißchen Farbe zu bekommen«, sagte sie munter.

Die Augen auf die Blütenblätter der Magnolie geheftet, fragte Molly:

»Wie lange sind wir jetzt hier?«

»Über drei Wochen. Sie sind sehr lieb zu uns gewesen.«

Dann, sehr langsam und sorgfältig sprechend und dabei die Blütenblätter in den Fingern drehend, sagte Molly:

»Tante Jack, ich bin jetzt sicher, daß ich ein Kind bekomme.«

Sie beobachtete, wie ihre Tante die Tasse mit strenger Hand absetzte und hörte sie mit heiserer, unnatürlicher Stimme sagen:

»Nein – nein – nein. Was sagst du da? Du weißt doch gar nichts von solchen Dingen. Was sagst du? Wer? Wann? Was soll das? Wer?«

Aber Molly rollte die Blütenblätter nur zu einem Ball und wollte kein Wort mehr sagen.

13

Tante Jack ging mit der Nachricht zu Letty. Es blieb ihr nichts
anderes übrig, und sie ging das Problem von vorne an.

»Doch, es ist ganz sicher«, sagte sie. »Ich habe sie genau aus-
gefragt. Sie kann nicht zurück nach Woodbrook, jedenfalls
nicht, solange mein Bruder da ist. Sowie er sie in seiner Gewalt
hätte, würde er sie quälen. Ich kenne ihn von früher. Schon bevor
wir nach Dublin losfuhren, mußte sie im Moycullen House Zuflucht vor ihm suchen.« Sie sprach weiter, um Letty Zeit zu geben, über den Schock hinwegzukommen. »Wir hätten mit so was
rechnen können. Die armen Dinger müssen völlig verrückt gewesen sein. Da kann man keinem die Schuld geben. Wir können
den Leuten immer noch zu verstehn geben, daß sie heimlich geheiratet haben, bevor Sam wegging – das werden sie glauben,
wenn man's durchblicken läßt. Das ganze Land ist voller Sympathie für die Männer, die im Gefängnis sind. Das haben wir überall unterwegs nach Dublin gehört.«

Letty wischte sich die Augen und setzte sich gerade hin.

»Vielleicht haben sie ja wirklich heimlich geheiratet?«

»Gesagt hat sie mir nichts davon.«

»Wir müssen Sam verständigen«, sagte Letty, und Tante Jack,
froh über jeden praktischen Vorschlag, antwortete schnell:

»Ja, sofort. Ich werde mit Peter Morrow sprechen und ihn bitten, das in die Hand zu nehmen. Er hat mir erzählt, daß sie dabei
sind, Möglichkeiten für private Mitteilungen zu schaffen. Molly
kann Sam selber schreiben, aber es ist nicht sicher, daß Briefe ihn
überhaupt erreichen.«

»Ist sie denn schon so weit, daß sie schreiben kann?«

»Ich weiß nicht. Sie sitzt bloß da. Sie weint jetzt nicht einmal
mehr. Ich wünschte, sie würde etwas sagen. Es ist so schrecklich,
wenn sie den ganzen Tag schweigt. Man kann unmöglich wissen, was sie braucht.«

»War sie immer so?«

»Nein!« Zeigte Letty ihre Krallen? Tante Jack war sich da
nicht sicher, aber sie fühlte den Instinkt eines Tieres in sich erwa-

chen, der Molly vor jedem beschützen wollte, sie um jeden Preis vor Schaden bewahren wollte. Alleine würde sie das nicht schaffen. Sam mußte sofort verständigt werden, wie Letty selber gesagt hatte. Wenn er Bescheid wüßte, würde Molly in Sicherheit sein.

Tief in Tante Jacks Seele und Körper wurden längst verschüttete Erinnerungen wach, Erinnerungen und Gefühle, von denen sie gedacht hatte, sie seien längst zur ewigen Ruhe gebettet worden. Obwohl eine der Entschädigungen für das Älterwerden darin besteht, daß zuviel Leid und Erfahrung die Sinne abstumpfen, als könnten sie dieselbe Wunde nicht zweimal empfangen, wußte sie doch, wie Molly litt und welche Vorwürfe sie sich machen mußte, solch eine Törin gewesen zu sein. Aber sie war nicht halb so töricht gewesen wie einst Tante Jack, noch brauchte sie dieselben Demütigungen zu fürchten. Sam war ja in der Tat öffentlich mit ihr verlobt – das war ein Triumph, wenn sie bereits mit ihm geschlafen hatte. Tante Jack wußte Bescheid über anständig aussehende junge Männer – die meisten von ihnen heiraten nur, wenn sie das Mädchen auf andere Weise nicht kriegen können. Es sah nun also doch so aus, daß Sam ein Mann von Ehre war.

Wann hatten sie eine Gelegenheit gehabt? Das war wirklich ein Rätsel, denn nie hatte sie ihre Pflicht als Anstandsdame vernachlässigt. Aber junge Menschen finden immer einen Weg, auch der strengsten Beaufsichtigung ein Schnippchen zu schlagen, und ihnen – das stand nun fest – war es offenbar ebenfalls gelungen. Sie zürnte Molly, war wütend auf sie, daß sie in diese Falle gegangen war, vor der sie wiederholt und besonders eindringlich gewarnt worden war. Mehrmals hatte Tante Jack den beiden Mädchen den traurigen Fall von der unschuldigen Gouvernante erzählt, die von dem Sohn ihres Brotherren verführt und dann, wie nicht anders zu erwarten, sitzengelassen worden war, so daß sie selber zusehen mußte, wie sie mit ihren Schwierigkeiten fertig wurde – ja, und es war eine entfernte Verwandte von ihnen, deren Namen sie aus naheliegenden Gründen nicht nennen konnte. Sie sollten die Warnung beherzigen, daß selbst

Mädchen der Oberschicht sich nicht über die Gebote des Verzichts hinwegsetzen können und daß junge Männer, auch wenn sie aus den besten Familien kommen, Wölfe im Schafspelz sind. An Warnungen hatte es also wirklich nicht gemangelt, und so war es nicht ihr Versagen, daß Molly dies hatte mit sich geschehen lassen. Aber ihr Zorn löste sich wieder in Mitleid auf, als sie sich vor Augen hielt, wie Molly die letzten Monate gelitten hatte, seit sie wußte, daß Sam fortgehen würde, um an der Rebellion teilzunehmen.

»Gott helfe ihnen«, sagte sie zu Letty, Sam bewußt mit einbezogen, wie sie es gleich anfangs gemacht hatte. »Sie sind schließlich noch Kinder. Wir müssen versuchen, in Sams Sinn zu handeln, wenn wir nicht von ihm direkt hören. Es kommen nur sehr wenig Briefe durch.«

Letty wand sich auf ihrem Stuhl, als litte sie körperliche Schmerzen.

»Ich weiß, nach Woodbrook darf sie nicht zurück, aber ich sehe auch nicht, wie sie hierbleiben kann. Unser Haus haben sie noch nicht durchsucht, aber Thomas sagt, sie hätten schon bei andern wichtigen Leuten Hausdurchsuchungen gemacht. Ganze Familien sind verhaftet worden. Jeden Tag können sie hier sein. Es wär furchtbar, wenn sie jetzt kämen und sie erschreckten.« Gut, sehr gut – sie begann zu begreifen, daß sie sich auf Mollys Seite stellen mußte. »Wo kann sie nur hin? Das Moycullen House wär für sie jetzt genauso gefährlich, eher noch schlimmer. Und meine Mutter in Galway kann ich nicht bitten, sie aufzunehmen – sie ist wütend wegen des Aufstands und sagt, wir hätten Schande über uns gebracht. Sie würde es wahrscheinlich ablehnen, sie auch nur zu empfangen. Vielleicht kommt Julia in Frage.«

»Julia?«

»Thomas' Schwester. Hugh, ihr Mann, hat einen Onkel mit einem großen Haus auf dem Land. Oh, Miss Gould, was um Himmels willen können wir nur tun?«

»Würden sie sie aufnehmen in dieses Haus auf dem Land?«

»Ich weiß nicht. Thomas kann Julia fragen, denk ich, und Julia kann mit Hugh darüber sprechen. Ich weiß, daß sie sich mit seinem Onkel gut stehn.«

Letty stand auf und begann zerstreut im Zimmer herumzulaufen, gefolgt von den flatternden Säumen ihres Seidenrocks. Sie nahm diesen und jenen Gegenstand in die Hand und stellte ihn wieder hin, starrte mit leerem Blick aus dem Fenster, kam zurück, stellte einen Fuß auf das Kamingeländer und sah den brennenden Holzscheiten zu. Stets brannte im Wohnzimmer ein großzügiges Feuer, das seinen schönen Widerschein auf glänzendes Messing und poliertes Rosenholz warf. An warmen Tagen wurden die Fenster geöffnet, und eine leichte, frische Brise kühlte den Raum. Er war lang und breit, mit einer feinen Stuckdecke – Girlanden und kleine Vögel in Basrelief – und einem Waterford-Kristalleuchter. Immer waren Blumen in den Porzellan- und Silbervasen, und mehrmals täglich kam der Butler, um sich zu vergewissern, daß nirgendwo Staub lag. Obwohl das Zimmer auf die Straße ging, wirkte es hell und luftig. Wie eine Katze in der Sonne hatte Tante Jack jeden Augenblick darin genossen – auch wenn deren nicht viele waren, da sie Molly zu pflegen hatte –, einfach indem sie die Dekoration betrachtete, die Tiefe des chinesischen Teppichs fühlte und sich von der Behaglichkeit des Luxus umschmeicheln ließ.

»Gehn wir zum nächsten über«, sagte sie leise. »Molly ist in Gefahr in diesem Haus, das ist auch meine Meinung. Wann wird Mr. Flaherty aus London zurücksein?«

Letty sagte:

»Weiß der Himmel. Als er das letztemal hier war, sagte er, er würde mindestens eine Woche dort bleiben und dann für ein paar Tage nach Hause zurückkehren und wieder hinfahren. Das Dumme ist, daß Mr. Redmond jetzt überhaupt nicht mehr nach London will. Er hat im Parlament gegen die Hinrichtungen protestiert, aber da sein eigener Sohn in der Armee ist, konnte er nicht viel sagen. Komisch, daß er es früher immer abgelehnt hat, dem Parlament fernzubleiben, und jetzt kriegen ihn keine zehn Pferde da hin. Thomas sagt, er habe privat mit wichtigen Leuten gesprochen. Aber jetzt hat er sich schmollend nach Aughavanna verkrochen, wo er Trübsal bläst oder etwas ebenso Albernes macht, so daß die Partei ohne ihn auskommen muß. Miss Gould, was halten *Sie* von dieser Rebellion?«

Die Frage überrumpelte Tante Jack. Sie antwortete sofort, ohne nachzudenken:

»Ich bin für alles, was mit Leuten wie meinem Bruder kurzen Prozeß macht.«

»Sie meinen, mit den alten Gutsherren? Glauben Sie denn, daß es da irgend etwas gibt?«

Tante Jack konterte:

»Manche Leute meinen, man sollte sie einfach alle erschießen. Und wo liegen Ihre Sympathien?«

»Schwer zu sagen. Bei meinen Kindern und bei Thomas, nehm ich an. Und bei Molly jetzt. Ich weiß, Sie denken, ich bin verwöhnt und albern, aber in dieser Familie konnte ich mir das gar nicht leisten. Sie haben mir gesagt, worauf es ankommt. Doch, ich weiß, das haben Sie gedacht – eben stand es auf Ihrem Gesicht geschrieben. Ich weiß sehr wohl, wo meine Sympathien liegen: bei Ruhe und Frieden und daß es keinen Streit gibt; und bei Kindern und Enkelkindern.« Sie hielt plötzlich inne, und Tante Jack wußte, daß sie gerade dachte, daß Mollys Kind ihr erstes Enkelkind sein würde. »Ob Molly mir wohl vertrauen wird?« fragte Letty besorgt. »Manchmal beobachtet sie mich heimlich, und dann kommen mir Zweifel.«

»Sie wird Ihnen vertrauen müssen«, sagte Tante Jack fest.

Sie war froh, aus dem Wohnzimmer zu kommen und wieder zu Molly zu gehen, die noch immer teilnahmslos in dem Sessel am offenen Fenster saß.

»Ich habe immer den Fehler gemacht zu denken, Letty sei ein Dummkopf«, sagte sie munter. »Man hat sie dazu erziehen wollen, aber es hat nicht geklappt. Eben fragte sie mich, ob ich meinte, daß du ihr trauen würdest. Sie gibt sich große Mühe, jetzt das Richtige zu tun.«

»Und was ist das?«

»Sie schlug vor, du könntest zu Verwandten aufs Land gehn, bis das Baby geboren ist.«

»Wo?«

»Zu einem Onkel oder Großonkel von Nicholas de Lacy. Es ist in der Nähe von Dublin. Du kannst natürlich unmöglich nach Hause, wo dein Vater da ist. Ich hab Letty das erzählt. Sie wird Sam verständigen – beide tun wir das –, und zwar über Peter Morrow. Aus irgendeinem Grund ist er bis jetzt noch nicht verhaftet, aber das dauert vielleicht nicht mehr lange. Ich werde heut zu ihm gehn.«

»Nein, nein!« Molly starrte sie entsetzt an, plötzlich voller Energie. »Das darf sie nicht – du auch nicht . . .« Ihre Hände krampften sich um die Armlehnen des Sessels, und sie erhob sich halb. »Wenn ihr das tut, geh ich irgendwohin weg, ich verschwinde, so daß keiner mich mehr finden wird.«

»Unsinn! Es besteht keinerlei Notwendigkeit, so zu reden. Sam muß Bescheid wissen. Man muß es ihm sagen. Er hat ein Recht darauf.«

Molly zischte sie an:

»Du weißt ja nicht, wie das ist. So was hast du nie durchgemacht. Du kannst dir das gar nicht vorstellen. Du weißt nicht, wovon du redest.«

»Was willst du dann also tun?« fragte Tante Jack ruhig.

»Warten, weiter nichts.«

»Und was soll ich Letty sagen?«

»Daß ich nicht will, daß Sam sich aufregt. Er hat es schon schwer genug ohne das.«

»Ist das dein Grund?«

Molly gab keine Antwort, und Tante Jack ließ sie in Ruhe, nun, da das unglückselige Mädchen sich wieder beruhigt hatte.

Am Spätnachmittag machte sie sich jedoch auf den Weg, um Peter Morrow aufzusuchen, völlig sicher, daß dies das Richtige war und daß Molly ihr hinterher dankbar dafür sein würde. Es war wohltuend, von ihnen allen wegzukommen und draußen in der warmen Abendluft zu sein. Als sie eifrig ausschreitend an St. Stephen's Green vorbeikam, sehnte sie sich plötzlich nach ihrem ummauerten Garten, ihrer sicheren Zuflucht. Auch Peter mußte sich danach sehnen, wieder nach Hause zu kommen, aber Woche für Woche war er in Dublin hängengeblieben. Sie wußte, daß es politische Geschäfte waren, die ihn festhielten, denn er teilte ein Zimmer mit einem anderen Mann aus Galway, einem Arbeiter, in einer ärmlichen Straße nördlich des Flusses. Oft trug er Arbeiterkleidung und hatte als Alibi eine Segeltuchtasche mit Handwerkszeug bei sich. Bei einem seiner vielen Besuche, um sich nach Molly zu erkundigen, hatte er ihr für den Bedarfsfall die Adresse und eine Wegbeschreibung gegeben. Sie fand das Haus ohne Schwierigkeit. Auf ihr Klopfen öffnete die Vermieterin.

»Er ist nicht da«, sagte sie und trat in die Dunkelheit des Flurs, um sie hereinzulassen. »Sie können hier warten, wenn Sie wollen.« Es war eine winzige Frau, die stark nach Seife roch von ihrem Tagewerk als Reinemachefrau in den großen Häusern am Mountjoy Square. Sie trug einen verschossenen schwarzen Mantel, der eng um ihren rundlichen Leib zugeknöpft war, und einen schwarzen Filzhut, dessen schmaler Rand dicht über ihren Augen saß. »Ich muß irgendwo ein bißchen Brot auftreiben. Wie sieht's aus in der Stadt?«

»Ruhig heute abend. Ich hab nur einige Lastwagen mit Soldaten gesehen. Ich bin ohne Schwierigkeiten zu Fuß durchgekommen.«

»Heute morgen war eine große Versammlung in der protestantischen Kathedrale zur Totenmesse. Sie sind nicht zufällig dagewesen?«

»Nein.«

»Ich auch nicht. Ich mußte zur Arbeit. Aber mein anderer Mieter, Tommy Murphy, hat mir davon erzählt. Die Kirche gerammelt voll, und hinterher waren sie alle auf der Straße und haben Rebellenlieder gesungen. Die Toten werden davon ja nicht wieder lebendig, aber es ist großartig, wenn das Volk nach allem, was geschehen ist, noch einen Funken Aufsässigkeit zeigt. Wie geht's Ihrer Nichte?«

»Danke, viel besser.«

»Na, das hört man gerne. Mr. Morrow hat mir von ihr erzählt, daß sie nach Kilmainham gegangen ist, um ihren Freund noch mal zu sehen, bevor er ins Gefängnis abtransportiert wurde. Sehr traurig, oh, sehr traurig. Na, ich muß mein Glück versuchen mit dem Brot. Fühlen Sie sich wie zu Hause.«

Ein Geruch nach Verwesung hing in dem kleinen Haus, aber Tante Jack war zu müde, um sich für dessen Ursache zu interessieren. Als Peter zurückkam, saß sie auf dem einzigen Stuhl im Flur. Seine ersten Worte waren:

»Geht's ihr gut?«

»Ja.« Etwas spitz setzte sie hinzu: »Ihre Wirtin weiß ja eine ganze Menge über sie.«

Peter schien außerordentlich aufgeregt. Er führte sie in ein Zimmer, das vom Flur abging und mit zwei Eisenbetten und einem kurzen Streifen Linoleum ausgestattet war. Ein Vorhang vor einer Ecke verbarg teilweise einen blauen Anzug auf einem Kleiderbügel, und auf dem Fußboden, unter dem Anzug, konnte sie die Spitzen von einem Paar brauner Stiefel sehen – offenbar die Sonntagskleidung des anderen Mieters.

Peter zog eine Aktentasche unter einem Bett hervor und begann die Papiere darin durchzugehen, wobei er abgehackt sprach:

»Ich mußte ihr was von Ihnen erzählen, für den Fall, daß Sie kommen, und die Wahrheit war das Einfachste. Sie ist eine gute Seele, vollkommen verläßlich.« Ihr kam vor, daß er in den letzten paar Wochen gealtert war. Er wirkte jetzt gebeugt, als wäre er dauernd dabei, sich auf die nächste Aufgabe zu stürzen. Froh, daß er ihr den Rücken zukehrte, sagte sie rasch:

»Peter, wir brauchen Ihre Hilfe schon wieder. Können Sie Sam eine Nachricht zukommen lassen? Molly wird ein Kind bekommen – sein Kind. . .«

Er fuhr herum und starrte sie an.

»Das hat sie Ihnen gesagt?«

»Ja. Irgendwem mußte sie's ja sagen. Sie wird Hilfe nötig haben. Und Sam sollte Bescheid wissen. Ich habe mit Letty darüber gesprochen – das ist Sams Mutter, Mrs. Thomas Flaherty . . .«

»Ich weiß, wer Letty ist.«

»Und sie ist mit mir der Meinung, daß als erstes Sam verständigt werden muß.«

»Und was sagt Molly dazu?«

»Sie will nicht, daß er's erfährt. Sie sagt, er hat es so schon schwer genug. Sie hat sich ziemlich aufgeregt deswegen. Es ist nicht ganz einfach, mit ihr zu reden.«

»Wie geht es ihr gesundheitlich?«

»Viel besser. Peter, was um Himmels willen soll ich tun? Wir dachten, das beste wäre, Sam zu verständigen und dann zu versuchen, sie irgendwo auf dem Land unterzubringen, bis das Baby geboren ist. Letty schlug das Haus der de Lacy in Kildare vor. Außer dem alten Herrn wohnt dort niemand. Er wird uns möglicherweise entgegenkommen, denn sein Großneffe Nicholas ist wahrscheinlich zusammen mit Sam in Dartmoor. Wir haben sie damals mit Handschellen aneinandergefesselt gesehen.«

»Ist de Lacy bereit, sie aufzunehmen?«

»Das wissen wir nicht. Letty sagte, Julia würde für sie fragen. Peter, ich bin sicher, daß man Sam informieren sollte. Sie können sagen, daß ihre Schwester aus Woodbrook kommen würde, um ihr Gesellschaft zu leisten.«

»Hat Catherine das angeboten?«

»Sie weiß noch nicht mal was davon. Molly hat es mir selber erst vor ein paar Stunden gesagt. Werden Sie diese Nachricht durchkriegen können?« Plötzlich wurde sie von Angst gepackt, Peter sah so seltsam und hoffnungslos aus. Sie hatte ihn noch nie so gesehen. Er stand am Bett, mit hängenden Armen, offenbar verwirrt und erschöpft. Sie machte einen Schritt auf ihn zu und wiederholte: »Peter, haben Sie eine Möglichkeit, eine Nachricht durchzukriegen oder nicht? Wir müssen das sofort machen.«

»Waren Sam und Molly verheiratet?«

»Nicht daß ich wüßte. Warum fragen Sie das? Warum stellen Sie dauernd Fragen? Nie beantworten Sie was. Sie hätte es gesagt, wenn sie verheiratet wären.«

»Ja, sie hätte es gesagt.« Mit offensichtlicher Mühe richtete er sich auf und sagte ruhig: »Miss Gould, Sam ist tot. Es steht in den Abendzeitungen. Wenn Sie zu Hause gewesen wären, hätten Sie es inzwischen erfahren. Ich an Ihrer Stelle würde sofort zu ihr zurückgehn.«

Er mußte es noch einmal sagen, ehe sie begriff.

»Sam ist tot, tot, seit heute morgen.«

»Was ist passiert? Was steht in der Zeitung?«

Ihre Stimme kam ihr sonderbar vor, und sie hatte das verrückte Gefühl, daß sie versuchte, ihren Verstand zu zwingen, etwas zu glauben, von dem sie wußte, daß es nicht wahr war. Durch ein Dröhnen in ihren Ohren hörte sie Peter sagen:

»In der Zeitung steht, es sei schlechte Behandlung gewesen und dann Vernachlässigung, als er schwer erkrankte. Es wird eine Untersuchung geben. Ein Skandal wird das werden – der Sohn eines Parlamentsabgeordneten. Sie werden nicht ohnmächtig, oder?«

»Nein.«

Aber sie fühlte sich sehr schwach und alt und krank und hilflos. Dafür war jetzt keine Zeit. Sie mußte nach Hause, bevor Molly die Nachricht erfuhr. Wie hatte sie nur fortgehen können, in dieser Situation? Womöglich würde sie jetzt schon zu spät kommen. Peter sagte:

»So ist's schon besser. Gleich geht's wieder gut. Ich muß hier verschwinden – wir haben einen Tip bekommen, daß sie uns holen wollen.«

»Wir?«

»Tommy.« Er deutete mit dem Kopf auf das andere Bett. »Ich hab ihn verständigen können, und er ist schon weg, aber ich mußte noch mal herkommen wegen der Papiere.« Er klappte die Aktentasche zu. »Wir gehn besser nicht zusammen raus. Gut, daß die alte Dame nicht da ist. Wenn sie mich schnappen, brauchen Sie ja nicht auch noch geschnappt zu werden. Ich bleib in Verbindung mit Ihnen.«

»Und wie?«

»Wie's eben gerade geht. Ich werd schon wissen, wo ich Sie finde. Ganz bestimmt seh ich Sie wieder in Woodbrook – Sie erinnern sich doch noch an Ihr Versprechen?«

»Ja.«

»Also dann schnell zurück zu ihr.«

»Und wo gehn Sie hin?«

»Vielleicht erst mal nach Tipperary, falls ich aus Dublin rauskomme, dann nach Cork und Kerry. Ich hab da überall viel zu tun.« Er suchte in seiner Tasche herum. »Hier – nehmen Sie sich am Mountjoy Square eine Droschke. Es ist ein Stand da. Ich verschwinde hinten raus.« Er drückte ihr ein goldenes Zwanzigschillingstück in die Hand, öffnete hinten im Flur eine Tür, so daß ihr Blick kurz in eine schmierige Küche fiel, und dann war er verschwunden.

Dritter Teil

Juni 1916

14

Im Juni brachten sie Molly nach Kildare in das Haus des alten Mr. de Lacy, das nach dem Dorf in Limerick, wo die de Lacys im zwölften Jahrhundert gesiedelt hatten, Rathangan hieß. Es war nicht viel mehr als zwanzig Meilen von Dublin entfernt. Sie fuhren in Thomas' Wagen, mit demselben Chauffeur, der mit ihnen in Kilmainham gewesen war. Molly konnte nicht umhin zu bemerken, daß er sie wie eine Fürstin behandelte. Thomas kam auch mit, um zu gewährleisten, daß sie sicher durch die Straßensperren kämen, und Tante Jack kümmerte sich um das Gepäck. Sie tat es mit einem solchen Eifer, daß ihre Aufregung nicht zu verkennen war. Das Haus war lang und breit, und die Buchen des Zufahrtsweges führten bis an die Haustür. In einem riesigen Freipark lenkten verstreut stehende Bäume den Blick hügelan zu einer Art Sommerhaus, das sie, wie Thomas sagte, »Die Torheit« nannten. Es war während der schrecklichen Hungerjahre gebaut worden, um den darbenden Leuten ein bißchen Arbeit zu geben, damit sie überleben konnten, bis sie fortgingen nach Amerika.

Mr. de Lacy machte am ersten Abend mit ihr einen Spaziergang dorthin, als Thomas wieder abgefahren war und Tante Jack gesagt hatte, sie habe mit dem Auspacken zu tun. Er war ein feiner, kleiner Mann von so leichtem Wuchs, daß sie sich gut vorstellen konnte, wie bemerkenswert er zu seiner Zeit als Herrenreiter gewesen sein mußte. Er plauderte munter, während sie sich den Hügel hinaufmühten, und machte sie auf den langen, grasbewachsenen Reitweg aufmerksam, der hinter dem Haus vorbeiführte, den Hügel hinauf bis zur Kuppe, die eine halbe Meile entfernt lag.

»Es war ein herrlicher Ort, um mit den Pferden zu üben. Von April bis September bin ich um sechs aufgestanden, im Winter ein bißchen später, und habe vor dem Frühstück eine Stunde Galopp geritten. Ich hatte da oben meine Hindernisse, um sie für's Jagdrennen zu trainieren. Das hat mir Spaß gemacht, nicht die Jägerei. Aus irgendeinem Grund hat mich ein Sport, bei dem es blutig zugeht, nie gereizt, obwohl ich der Jagdgesellschaft immer erlaubte, sich hier zu treffen. Es wär sonst unmöglich gewesen, in Frieden mit meinen Nachbarn zu leben. Von denen schwärmen die meisten immer noch für die Jagd. Ich weiß nicht, was daran so zauberhaft sein soll. Sie kennen meinen Großneffen Nicholas, nicht wahr?«

»Ja, wir sind einander im Moycullen House begegnet.«

»Er liebt den Westen, am liebsten wär er immer da. Für unser geruhsames Leben hier hat er keine Zeit. Er hat versucht, mich zu bekehren, aber ich bin zu alt. Ich verstehe natürlich seinen Standpunkt. Man muß immer anhören, was die Jugend zu sagen hat. Man braucht ja nicht derselben Meinung zu sein.«

Von der »Torheit« aus hatte man in allen Richtungen einen Blick über weithin sich erstreckende grüne Felder mit einem einzigen Hügel in der Ferne und noch weiter weg den Bergen von Wicklow. Ganz still standen sie da, und dann hörte sie das leise Krak-krak eines Wiesenknarrers, leicht und frei in der Abendluft, ein schmerzlich mit ihrer Kindheit verflochtener Laut. Der alte Mann stand still neben ihr, die Hände in den Taschen seiner abgetragenen Tweedjacke, den Jägerhut auf dem Hinterkopf, so jenseits von Leidenschaft und Angst, daß sie sich ebenso zu ihm hingezogen fühlte wie vordem zu Morgan. Welch ein Segen mußte es sein, alt zu sein, nicht verwirrt zu werden durch die Düfte des Abends, durch das Lied des Wiesenknarrers, durch das Leuchten der sich neigenden Sonne, durch die Gruppen der hop-

pelnden Hasen, die herausgekommen waren, um sich nur wenige Schritte von ihnen entfernt neben der »Torheit« im Gras zu
tummeln. All das hauchte sie in einen unvollendeten Satz:
»Wär ich alt, dann würde Frieden sein und . . .«
»Es ist eine schöne Zeit im Leben, aber es braucht seine Weile
bis dahin. Sie sind voller Lebenskraft. Sie haben noch eine
Menge zu tun. Wünschen Sie sich Ihr Leben nicht weg.« Er
drehte sich um und sah den Hügel hinab, wo im Haus die Lichter
brannten. »Es wird kühl. Wir geh'n besser zurück.«
Als sie sich heimwärts wandten, fragte sie:
»Klang das schlimm?«
»Ganz und gar nicht. Lassen Sie der Zeit ihren Lauf und tref-
fen Sie eine Entscheidung nach der andern. Ich bin froh, Sie hier-
zuhaben. Würde es Ihnen Spaß machen, manchmal so mit mir
spazieren zu geh'n?«
»Ja, sehr.«
Tante Jack hatte zwei Gästezimmer auf der Vorderseite des
Hauses für sie eingerichtet.
»Es sind die besten Zimmer, aber Mr. de Lacy sagte, wir sollen
sie haben«, sagte sie voller Zufriedenheit. »Sein eigenes Zimmer
ist am Korridor hinten zum Garten hinaus. Ich habe mich be-
stens mit der Haushälterin angefreundet. Sie wird dir jeden
Handgriff abnehmen und immer für dich da sein.«
»Und was ist mit dir? Wirst du denn nicht hier sein?«
»Nun mach mal nicht so'n entsetztes Gesicht, Mädchen. Ich
muß nach Hause. Dein Vater wird Woodbrook in Grund und
Boden gesoffen haben, wenn ich nicht bald zurückkomme. Ca-
therine kann später kommen, für eine Weile, und zur Geburt
komm ich selber.«
»Ich will Catherine nicht.«
»Ja, aber warum denn nicht? Du mußt jemanden haben. Mrs.
Moloney ist eine gute Seele, aber sie hat ihre eigene Arbeit zu tun.
Sie haben eine Herde von Jersey-Kühen, und die meiste Milch
verkaufen sie in Dublin, aber trotzdem haben sie hier eine
Milchwirtschaft, und ihre Butter macht sie selber. Sie hat Lege-
hühner und Enten und ein paar Perlhühner für den Tisch, und sie

155

weiß, wie man ein Schwein gesund macht. Du solltest mal die Küche sehn, da hängt der Räucherschinken von der Decke und Perlzwiebeln in Zöpfen, und wenn die großen Zwiebeln im Herbst trocken sind, hängt sie sie auch auf, und sie macht Marmelade ein und Obst.«

Auf diese Litanei gab es nichts zu erwidern. Nach einer Weile sagte Tante Jack zerstreut:

»Was bleibt uns sonst übrig? Wir können von Glück reden, daß wir so eine Bleibe gefunden haben für dich, wo du sogar dein Kind auf die Welt bringen kannst. Das ist nicht einfach, kann ich dir sagen. Besser hätt's nicht gehen können. Henry ist zu allem fähig, wenn ich nicht da bin und aufpasse. Die Erdbeeren hat er bestimmt von den Schnecken fressen lassen. Und ich bin sicher, daß er keine Netze gegen die Vögel drübergespannt hat. Und wenn ich nicht sofort nach Hause komme, wird's auch keine Himbeeren geben. Der Juni ist fast vorbei – die Himbeeren . . .«

Sie ließ sich in einen Sessel fallen, verzweifelt wegen der Himbeeren, dann sprang sie auf und ging zum Fenster.

»Mrs. Moloneys Mann ist der Butler, und ihr Sohn ist der Verwalter des Hofs. Sie haben dich alle sehr gern. Sie haben mir erzählt, daß es bereits eine Ballade über dich gibt. Heulen ist da zwecklos – wir hätten uns denken können, daß das passieren würde. Hast du nichts zu sagen? Ich hätt es dir nie erzählen sollen. Ich dachte, es könnte ein Trost sein für dich, vielleicht gerade das, was du jetzt brauchst, moralische Unterstützung. Molly! Was kann ich noch mehr für dich tun, was?«

»Nichts. Du hat alles getan.«

»Also werd ich Catherine schicken, nicht gleich, aber später, und sie kann dann immer ein paar Wochen bleiben, wieder nach Hause fahren zwischendurch und dann wiederkommen.«

»Vielleicht will sie ja gar nicht kommen.«

»Aber natürlich wird sie kommen wollen.«

Nachdem Tante Jack abgefahren war, hatte Molly eine Woche ganz für sich allein. Das Wetter war warm und klar, in der Frühe weckten sie die Vögel, sie döste wieder ein, wurde erneut wach und fand ihr Frühstückstablett am Bett, dort abgestellt von

Mrs. Moloney persönlich, die diese Aufgabe keinem anderen anvertrauen wollte. Später stand sie dann auf und zog sich langsam an, den Duft des sonnenerwärmten Grases und der frühsommerlichen Blätter genießend, der durch das Fenster hereinwehte. Gegen Mittag schlenderte sie hinaus in den Garten und stand dabei, während Mrs. Moloney Himbeeren oder Johannisbeeren in riesige Eimer pflückte, oder sie folgte ihr in die kühle Molkerei, die im Schatten der dunklen Zypressen lag, deren Zweige fast die Fenster berührten. Dort standen in Regalen flache Schüsseln mit Milch, welche die Haushälterin gekonnt in ihr kleines, trommelförmiges Butterfaß abschäumte. Dann drehte sie die Kurbel, bis mit klatschendem Geräusch Butter entstand, die herausgekratzt, gesalzen und dann mit schweren, hölzernen Butterschlegeln zu einem Rechteck geschlagen und gehämmert wuide.

Konzentriert auf ihre Arbeit, hatte die alte Frau Mollys Gesellschaft offenbar gern, sagte aber nichts, wenn sie nach einer Weile davonbummelte und für sich allein den langen Reitweg hinaufwanderte oder die Auffahrt bis zu den Toren hinunterging. Oft wurde das Gras zu beiden Seiten der Auffahrt von einem Jungen geschnitten, der auf einer Maschine saß, die ein kleiner grauer Esel zog. Das lenkte sie ab, da sie es noch nie gesehen hatte, und sie fand es schön, wie sich das Surren der Messer mit dem Zwitschern der Vögel in den hohen Buchen mischte. Wie ein Kind erkundete sie die entfernteren Baumgruppen und überraschte ein Eichhörnchen, das scharf zu ihr hinäugte, innehielt, einen Meter einen Baumstamm hinaufhuschte, wieder innehielt und dann in seinem Bau verschwand.

Eines Nachmittags kam dann Catherine, und mit ihrer schönen Einsamkeit war es aus. Molly brachte sie selber nach oben, und während sie vor ihr herging, war ihr klar, wie schockiert Catherine über ihr verändertes Aussehen war. Sie saßen am offenen Fenster und sprachen ein wenig von zu Hause, und wie die Erdbeeren auch ohne Tante Jacks Verteidigung gereift waren. Henry hatte wirklich über die Stränge geschlagen, und es war höchste Zeit gewesen, ihn wieder zurechtzustutzen.

»Ich konnte nichts gegen ihn ausrichten«, sagte Catherine mit ihrer leisen, zögernden Stimme. »Papa ist wirklich ein Biest. Eines Abends war er tatsächlich so bedrohlich, daß ich mich in meinem Zimmer eingeschlossen habe, aber ich glaube, er hat es nicht so ernst gemeint. Ich hab es Tante Jack erzählt, als sie kam, und sie sagte, notfalls würde sie das als Zeugenaussage benutzen. Molly, was hätten wir bloß getan ohne sie?«

»Weiß der Himmel.«

»Und dann gibt es noch was zu berichten. Ich weiß nicht, wie ich's dir sagen soll, Molly. Sam hat ein Testament gemacht, bevor er von Moycullen nach Dublin ging. Mr. Connolly ist gestern selber zu uns rübergefahren, um es uns mitzuteilen – das heißt, er hat sich fahren lassen. Er sagte, er wird dir noch schreiben. Sam hat dir seinen ganzen Besitz vermacht, seine Anteile an der Mühle und noch ein paar andere Sachen. Ich hab nicht alles behalten, aber Mr. Connolly sagte, das sei nicht nötig, nur daß du erst mal Bescheid wüßtest, daß Sam alles getan habe – an alles gedacht habe, damit du versorgt bist. Es ist eine ganze Menge, alles, was Sam überschrieben wurde, als er einundzwanzig war. Molly, hörst du zu? Molly! Warum sagst du nichts? Freut dich das nicht? Ist das nicht gut?«

Molly saß ganz still da, den Rücken an der geraden Stuhllehne, die Hände um die Armstützen. Sie hatte sich zurückgezogen in das schreckliche Schweigen, das ihr neuerdings zur Gewohnheit geworden war und das ebenso undurchdringlich war wie eine Steinmauer.

15

In der nächsten Woche, besonders nachdem Morgans Brief gekommen war und nach einem Besuch von Thomas, begann Molly bewußt zu werden, daß Sams Testament für jedermann, der daran etwa gezweifelt hatte, der endgültige Beweis seiner Vaterschaft war. Catherine schien zu nervös, um sie auszufragen. Sie war dazu übergegangen, Mrs. Moloney beim Obst und Federvieh zu helfen und sagte zu Molly:

»Ich hoffe, es macht dir nichts aus. Es scheint mir kaum anständig, keinen Handschlag für unsere Lebenskosten hier zu tun. Bei dir ist das was anderes – du hast eine Entschuldigung.«

Das war so unangenehm, daß Molly froh war, allein gelassen zu werden. Sie hatte eine Menge zu lernen, und das mußte rasch geschehen, und sie mußte es allein tun. Sam hatte sie gelehrt, die Wahrheit zu sagen. Jetzt mußte sie wieder lernen zu lügen, zurückzugreifen auf die Gewohnheiten ihrer Kindheit, als die einzige Überlebenschance darin bestanden hatte, ständig überzeugend zu lügen. Sie würde damit beginnen, dieses Kind als das Kind Sams zu sehen. Sie wußte so wenig über Kinder, daß es schwer war, sich vorzustellen, was sie später tun würde, aber das lag alles noch in weiter Ferne. Es war ihr wirklich eine Chance gegeben worden, obwohl sie immer geglaubt hatte, daß man nie eine zweite Chance bekommt. Das war einer von Tante Jacks Grundsätzen.

Die einzige Erlösung von ihren quälenden Gedanken kam dann, wenn sie abends hin und wieder mit Mr. de Lacy spazieren ging, aber im Laufe der Zeit wurde selbst er allzu besorgt, um noch ein angenehmer Begleiter zu sein. Er fing an, von Politik zu sprechen und nahm natürlich an, daß sie das interessierte. Die Erhängung von Sir Roger Casement Anfang August regte ihn furchtbar auf, und tagelang konnte er von nichts anderem sprechen.

»Natürlich haben sie einen Verräter in ihm gesehn – davon kann niemand sie abbringen. Schließlich war er einer von ihren Diplomaten. Nie ist ihnen der Gedanke gekommen, daß es gefährlich ist, einen Iren zum Repräsentanten des Imperialismus zu machen, obwohl sie genügend Beispiele dafür gehabt haben, was passiert. Früher oder später zieht er nämlich Parallelen zwischen seinem eigenen Land und den niedergetretenen Eingeborenen des schwärzesten Afrika oder Südamerika. Das Ungeheuerliche an der Sache ist, daß sie nur ihn zum Galgen verurteilten, einen Sonderfall aus ihm machten und dieses ganze Zeug über sein Privatleben ans Licht zerrten. Mir ist es egal, ob die Geschichten wahr sind oder nicht – das ist nicht das Entscheidende. Sind sie wahr, dann macht ihn das nur noch mehr zu einem Opfer. Was war denn anderes zu erwarten, wenn sie ihn jahrelang im Dschungel lassen und er nichts hat, was ihn geistig beschäftigt? Er hat mir selber erzählt, daß er immer wieder darum gebeten hat, in die Zivilisation zurückgerufen zu werden, aber keiner wollte, daß er ankommt und zum besten gibt, was in den Vorposten des Imperiums vorgeht, das Gemauschel mit den Belgiern und alles übrige. Ich verstehe jetzt langsam, was Nicholas meint. Leute, die ein großes Imperium verwalten, müssen ein skrupelloser Haufen sein. Nicholas Vater wurde schon vor langem zum Nationalismus bekehrt. Meine Frau war denselben Weg gegangen, bevor sie starb. Es waren die Angriffe gegen Parnell, die sie davon überzeugten, daß wir englischen Politikern nie würden vertrauen können, daß es besser ist, wenn wir unsere eigenen heranziehen und sie dorthin stellen, wo sie ein Auge auf sie haben können. Damals konnte sie mich nicht bekehren, aber jetzt fange ich an, den ganzen Imperialismus zu hassen. Ich dachte, ich sei darüber hinaus, noch irgendwas zu hassen. Wissen Sie noch, wie Sie mich an Ihrem ersten Abend hier darum beneideten, die Ruhe des Alters erreicht zu haben?«

»Ja, ich weiß noch.«

»Nun, es gibt keine Ruhe, jedenfalls nicht, solange man lebt. Hin und wieder mag es so aussehn, aber das trügt. Ich sollte nicht so zu Ihnen sprechen bei Ihrem Zustand.«

Aber er tat es, wieder und wieder. Bei anderer Gelegenheit sagte er:

»Ein Hilfsfonds für die Familien der Freiwilligen, die im Gefängnis sind, ist gegründet worden. Morgan Connolly hat mir gerade davon geschrieben. Er sagt, alle würden spenden, im ganzen Land, sämtliche politischen Schattierungen, weil die meisten der Gefangenen so arm sind. Selbst wenn sie zu Hause sind und Arbeit haben, besitzen sie nichts. Je weniger man hat, um so mehr hat man zu verlieren. Es sollte andersrum sein, aber an meinen eigenen Pächtern hab ich immer gesehn, daß sie um so mehr an dem hängen, was sie haben, je ärmer sie sind; wie ein Mann, der an einem Fels hängt und Angst hat, daß er in den Tod stürzt, wenn seine Schuhspitze den Halt verliert. Wenn man drei Seile hat, die einen halten, ist es nicht so schlimm, wenn eins reißt. Ich schicke heute noch Geld weg. Morgan wird sich freuen. Er hatte schon ziemlich aufgegeben bei mir, obgleich er's immer wieder versucht hat. Er ist so ein richtiger alter Aufwiegler. Ja, das ist ein Mann, der nie den Glauben an die Sache verloren hat – das ist das Wort, das sie gebrauchen, die Sache Irlands. Er wird Sie bald besuchen kommen.«

Es gelang ihr, einen Verzweiflungsschrei über diese Aussicht zu unterdrücken. Sie fühlte sich völlig außerstande, Morgan jetzt gegenüberzutreten. Was wäre, wenn er erraten würde, was in ihrem Kopf vorging? Er war immer so freundlich, aber seine munteren blauen Augen schienen manchmal Gedanken lesen zu können. Mr. de Lacy sagte:

»Er weiß nicht genau, wann er wird kommen können, aber er wird es bestimmt versuchen, bevor's kalt wird.«

Er kam Anfang September, bald nachdem Catherine heimgefahren war und gesagt hatte, sie würde in zwei bis drei Wochen wiederkommen. Morgan war auf dem Weg zu einem Treffen in Phoenix Park, um gegen den letzten Plan von Lloyd George zu protestieren, der die Teilung des Landes vorsah. Beim Essen sagte er:

»Er macht einen Fehler, wenn er denkt, daß das die Protestanten beruhigen wird. Damit hält er sie nicht davon ab, die Katholiken zu morden. Gewöhnlich benehmen sie sich um so schlimmer, je stärker sie sich fühlen. Wer zum Teufel ist er, daß er ein Land teilen will, das Tausende von Jahren durch dick und dünn zusammengehalten hat? Sonderbar, daß ein Waliser an so eine Lösung denkt – oder vielleicht will er beweisen, daß die Waliser glücklich erobert sind.«

»Manchmal sieht's aus, als wären sie's«, sagte Mr. de Lacy.

»Kelten sollten zusammenhalten«, sagte Morgan. »Man meint fast, er weiß nicht, daß es eine walisische nationalistische Bewegung gibt, aber dann sind die Dinge in Wales ja auch nie ganz so schlimm wie in Irland. Dieser neue Plan ist ein Versuch, das ganze Problem unter den Teppich zu kehren. In fünfzig Jah-

161

ren haben wir's dann wieder. Wir erleben's nicht mehr, aber Molly wird es erleben und ihre Kinder. Das Verbrechen ist vor dreihundert Jahren begangen worden, als die Einheimischen vertrieben und die Pflanzer hereingebracht wurden. Die ganze Zeit seitdem hat man ihnen eingetrichtert und sie ermutigt, die Leute genau des Landes zu hassen, in dem sie leben – es ist ein fortgesetztes Verbrechen.«

»Das ist jeder Imperialismus.«

Staunend hörte Molly zu, wie die zwei alten Männer einander etwas vorknurrten und über Dinge sprachen, die ihnen selbst verständlich, ihr aber noch nie zu Ohren gekommen waren, obwohl sie offenbar im ganzen Land allgemein bekannt zu sein schienen. Sie sprachen von Pogromen in Belfast. Da sie sich schämte zu fragen, was das Wort bedeute, hörte sie weiter zu, bis ihr klar war, daß sie von den vielen Gelegenheiten sprachen, bei denen die katholische Bevölkerung, die in gewissen für sie bestimmten Stadtbezirken wohnte, von protestantischem Mob überfallen und ermordet wurde. Schließlich faßte sie sich ein Herz und fragte:

»Wär es nicht besser, sie unter sich zu lassen, wenn sie mit dem übrigen Land nicht in Frieden leben wollen?«

Sofort wandten beide sich ihr zu, so erfreut wie Eltern, deren Kind endlich das Laufen gelernt hat. Mr. de Lacy sagte:

»Warum sollte eine kleine Gruppe von Fremden das Leben einer ganzen Nation zerstören? Wir Normannen waren intelligenter – wir haben uns so schnell wie möglich integriert. Es ist gut für ein Land, wenn hin und wieder fremdes Blut hereinkommt, besonders wenn das Land wie bei uns eine Insel ist. Die Rassen und Kulturen befruchten einander, und die Einheimischen werden dadurch gestärkt. Das Verbrechen der Protestanten im Norden ist der Versuch, ihren Gastgebern diesen Tribut zu verweigern, und der Wunsch, separat zu bleiben. Säßen sie nicht alle so konzentriert beisammen, würden sie wissen, daß sie damit nicht weit kommen. Die ganze Idee rassischer Überlegenheit ist ein Märchen. Am Ende führt das immer zu Schwierigkeiten. Ich glaube heute, daß die normannischen Familien einen großen

Fehler machten, als sie den englischen Königen in die reformierte Kirche folgten. Im Grunde schworen sie damit einer Fremdherrschaft die Treue.«

»Damals war von Fremdherrschaft noch keine Rede«, sagte Morgan. »Es war vor allem eine Geldfrage.«

»Ja, das ist allerdings wahr, wie ich sehr wohl weiß. Hätten meine Vorfahren 1560 die Autorität des Papstes nicht geleugnet, würde ich jetzt hier ganz bestimmt nicht so komfortabel leben. Für die Flahertys war es völlig richtig, bei der römischen Kirche zu bleiben; unten im Westen waren sie außer Reichweite, und da geht sowieso alles langsamer voran; ihr Land war ohnehin zu arm, als daß es die Mühe gelohnt hätte, es ihnen wegzunehmen. Außerdem hatten sie die Mühle. Vielleicht hätten sie die nicht mal behalten, wenn sie nicht in die englische Gentry eingeheiratet hätten. Aber hier, mitten drin, hätten wir unser Land nie halten können. Man hätte uns durch Geldbußen um unsere Existenz gebracht. Wußtest du, Morgan, daß meine Nachbarn seit der Rebellion recht kühl zu mir sind?«

»Wegen Nicholas?«

»Ja. Hugh war angesehen, weil er Parlamentsabgeordneter ist, aber Nicholas ist ein echter Außenseiter. Sie wissen, daß Molly hier ist, wie sie ja alles wissen, und sie wissen auch von ihrer heimlichen Hochzeit mit Sam. Mach nicht so ein unglückliches Gesicht, Molly. Du mußt wissen, wie es auf dem Land so zugeht. Sie leben für's Geschwätz. Bei euch ist das doch bestimmt auch so. Letzten Sonntag hat die alte Maude Roche in der Kirche ihre Röcke beiseite gerafft und die Nase gerümpft, als sie an mir vorbeiging. Sehr laut sagte sie etwas über den katholischen Tropfen Blut, der in der Familie herauskäme, womit sie natürlich Nicholas' Mutter meinte. Sie konnten sich nie an sie gewöhnen. Wär ich zwanzig Jahre jünger gewesen, hätt ich ihr meinen Stock zwischen die Beine gehalten, und sie wär hingefallen.«

»Das hättest du aber nicht gut machen können bei einer Dame«, sagte Morgan belustigt.

»Wohl nicht. Aber sie hätte sich's zweimal überlegt, bevor sie's gewagt hätte.«

163

»Wenn sie dich ächten, dann heißt das, daß sie dich auch nicht besuchen.«

»So ist es.«

»Das heißt, wir können dir ab und zu mal einen Flüchtling schicken.«

»Ja, aber nicht, solange Molly hier ist. Ich will hier keine Hausdurchsuchungen durch Soldaten. Was weißt du denn in deinem Alter von Flüchtlingen? Morgan, wir sind zu alt für so was.«

»Ich meine ja nicht für lange – nur bis die jungen Männer aus dem Gefängnis heimkommen. Ich weiß, daß ich zu alt bin, aber anscheinend wird immer noch was von mir erwartet. Morgen auf der Versammlung werd ich zum Beispiel erst mal eine Rede halten, obgleich ich bezweifle, daß man meine Stimme in meinem Alter überhaupt hört. Es gab mal eine Zeit, da konnte ich brüllen, aber das ist vorbei. Alice hat Angst, ich mach mich lächerlich, also hab ich versprochen, daß das jetzt das allerletzte Mal ist. Sie hätte mich sonst nie weggelassen. Echte Fenians sind heute kaum noch welche übrig. Wußtest du, daß die Bruderschaft dieselbe ist, die wir '58 gründeten? Ich bin fast durchs ganze Land gefahren, um sie aufzubauen. Hätte nie gedacht, daß sie so lange überdauern wird. Stephens' Plan funktioniert immer noch: ein Kreis von zehn Männern, Zentren und Hauptzentren – dieselben Ausdrücke, die wir damals gebrauchten. Wir dachten, das sei alles vorbei. Ich bin achtundachtzig. Ich werde die Freiheit in Irland nicht mehr heraufdämmern sehn, aber ich weiß, sie wird kommen. Ich weiß das heute.«

Er war plötzlich müde, sprach abgehackt, mit halb geschlossenen Augen, und das Weinglas in seiner Hand zitterte. Molly sah den beiden alten Männern zu, wie sie sich auf die Beine halfen und davonwackelten ins Bett, gestützt von Moloney und dem Bediensteten Paddy, der sich immer um Morgan kümmerte, wenn dieser auf Besuch weilte. Sie schienen sie erst einmal vergessen zu haben, aber sie wußte, daß sie für sie ein Symbol war – ein falsches Symbol, denn vieles von dem, was ihnen teuer war, widerte sie nur an. Sie machten die Last des Jammers, der sie seit

164

Sams Tod niederdrückte, nur immer schwerer. Warum taten sie ihr das an? Hatten sie kein Taktgefühl? Ja, sie waren alt, aber das war keine Entschuldigung dafür, daß sie meinten, sie als Fahne benutzen zu können. Was würde Sam dazu gesagt haben? Was würde passieren, wenn sie plötzlich allen die Wahrheit ins Gesicht schrie?

Sie konnte nicht mehr klar denken. Ohne Sam war sie nichts. Er war ihr Gehirn gewesen, ihr Nervenzentrum, ihr Blutstrom. Wie hatte er sie so verlassen können? Was hätte er getan, wenn er zurückgekommen wäre und sie in ihrem jetzigen Zustand vorgefunden hätte?

Auf einem Regal in den Ställen stand etwas Rattengift. Sie hatte es gesehen, als sie an einem feuchten Tag einmal dort drinnen herumgeschlendert war. Es war bestimmt noch da. Sie konnte gleich hingehen und sich vergewissern. Vor dem Schmerz hatte sie keine Angst, obwohl er für eine Weile furchtbar sein würde. Dann würde er aufhören, und es würde Frieden sein und Schlaf, und mit den Alpträumen hätte es für alle Zeit ein Ende. Tante Jack konnte das Geld haben, das Sam ihr hinterlassen hatte; sie und Catherine konnten alles haben und endlich von Papa wegkommen. Niemand würde sie vermissen, überhaupt niemand.

Es war dunkel hinter den Fensterscheiben, aber es brannte ein großes Holzfeuer im Wohnzimmer, ganz allein für sie. Es war ein schönes Zimmer, mit geblümten Chintzdecken auf einigen Sesseln und Häkeldeckchen auf anderen; Mrs. de Lacy hatte sie gemacht, Nicholas' Großtante, die vor fünfzehn Jahren gestorben war. Molly saß dort immer abends, eine Stunde vielleicht, bis eines der Hausmädchen oder Mrs. Moloney selber ihr ein Glas heiße Milch und ein paar Biskuits brachte. Bei dem Gedanken an die Biskuits lief ihr das Wasser im Munde zusammen, aber dennoch ging sie zu der Schublade des Damenschreibtisches an dem Marmorkamin und nahm die Streichhölzer heraus, die dort zum Anzünden von Kerzen aufbewahrt wurden. Die drei Petroleumlampen wurden immer in der Küche angemacht und heraufgebracht, wenn sie aufgehört hatten zu rußen, aber es gab auch Kerzen, die angezündet wurden, wenn helleres Licht zum Lesen nötig war. Molly hatte sie nicht mehr angemacht, seit sie gekommen war, aber sie wußte, wo die Streichhölzer lagen.

Sie steckte die Schachtel in ihre Rocktasche und stand dann vor dem hohen Wandspiegel neben dem Schreibtisch. Ihr Spiegelbild sah sie an wie eine Fremde. Tante Jack hatte ihr ein dunkelblaues Wollkleid geschickt, hochtailliert, weit fallend und über den Boden schleppend, sehr züchtig. Darüber schimmerte ihr dunkles, gesundes Haar im Feuerschein, und ihre Wangen glühten. Was für große Augen sie hatte – Tante Jack hatte ihr immer gesagt, sie seien schön. Sie hatte ihr und Catherine einmal die Karten gelegt, ein einziges Mal nur, obwohl sie sie oft darum gebeten hatten, es wieder zu tun, und für Molly hatte sie absurd viel Glück aus ihnen gelesen, Wohlsein, Wohlstand und Wonne, wie sie sich ausdrückte, in den Jargon verfallend, den sie in der Küche bei ihren Sitzungen sprach. Nun, ihre Prophezeiung würde nicht in Erfüllung gehen.

Molly wandte sich ab vom Spiegel, nicht länger fähig, ihren eigenen Anblick zu ertragen. Es gab nichts im Leben, wofür man dankbar sein konnte – das war die ganze Geschichte. Es gab jetzt nichts als Angst und Lügen, Dinge, die ihr schon immer bekannt waren, Dinge, die einen zerstörten und das Leben wertlos machten. Damit wieder anzufangen, war Wahnsinn. Für jeden würde ihr Tod von Vorteil sein, auch für Peter Morrow, da er ja wissen mußte, daß dieses Kind von ihm war. Es war sehr offensichtlich gewesen, daß sie noch keinen Liebhaber vor ihm gehabt hatte. Verzweifelt schluchzte sie auf, überwältigt von Erinnerungen, dann wurde sie einen Moment von Angst gepackt, es könne jemand hereinkommen.

Warum es nicht gleich heute abend tun? Aber nicht im Haus. Wie dann? Sie konnte sich leise in den Wald verziehen, wie Tiere es tun, wenn sie sich zum Sterben legen. Natürlich, das war es, was sie tun mußte. Erregung erfaßte sie, so daß ihr die Hände flatterten und sie kaum den Fußboden zu berühren schien, als sie aus dem Zimmer eilte. Die große Vordertür war abgeschlossen, wie immer bei der Dunkelheit. Das hieß, daß sie durch die Küche mußte. Die Hintertür war nie abgesperrt, denn sie ging auf den Kutschenhof, dessen riesige Doppeltore verriegelt wurden, sobald die letzten Pferde drinnen waren. Die kleine Pforte würde sie von innen öffnen können.

In die Küche fiel schwaches Licht von dem Aufenthaltsraum dahinter, in dem abends oft noch Mrs. Moloney und ihr Mann und ein paar von den anderen Dienstboten saßen. Sie hatten ein Torffeuer da drinnen und ein paar Korbstühle, die von den Zigeunern gekauft worden waren, und für die Mrs. Moloney Kissen gemacht hatte. Sie waren so fröhlich – alle schienen sie heute abend dort versammelt zu sein. Sie konnte jemanden singen hören. Es klang nach Dan, einem der Hofknechte, der eine schöne helle Tenorstimme hatte. Sie hatte ihn singen gehört, wenn er die Ställe ausmistete, und Mrs. Moloney hatte ihr erzählt, daß er alle Balladen kenne. Sie blieb stehen, um zu horchen, um sich zu vergewissern, daß sie alle sicher da drinnen waren. Dan beendete das Lied, und mehrere Stimmen sagten:

»Das neue, Dan! Sing uns das neue!«

Dan sagte:

»Ich weiß nicht, ob ich die Worte noch zusammenkriege. Ich hab's nur einmal gehört.«

Neugierig geworden, verweilte sie in dem Gang, ganz sicher jetzt, daß keiner diese Gesellschaft verlassen würde. Dazu fühlten sie sich viel zu wohl. Es war schmerzlich, ihren Zusammenhalt und ihre Freundlichkeit zu fühlen und davon ausgeschlossen zu sein. Aus Erfahrung wußte sie, daß Stimmen verstummten und Verlegenheit sich in der Runde breitmachte, wenn eine Dame hereinkam; es sei denn, es war Tante Jack.

»Ja, Dan, das neue«, sagte Mrs. Moloney. »Der Text fällt dir dann schon ein, mußt nur erst anfangen. Es könnte ja über unsere Mrs. Molly sein.«

So nannten sie sie immer. Ihre Haut kribbelte von einem plötzlichen Schweißausbruch. Jetzt konnte sie sich nicht mehr von der Stelle rühren, aber sie lauschte begierig, als Dan die Ballade sang, langsam und klagend, jedes Wort klar und deutlich:

»Ich hatt einen treuen Liebsten, wie keine sonst so bald;
Ich hatt einen treuen Liebsten, ein tapfrer Bursch er war.
Zu Ostern in der Früh zog er stolz ins Feld,
Um Irland zu befrein mit seiner Kämpferschar.
Mit Patronengurt und spitzem Bajonett
Auf seinem Schießgewehr ein schmucker Bursch er war.
Froh strahlten seine Augen, obwohl er mich verließ,
Um Irland zu befrein mit seiner Kämpferschar.«

Molly lehnte sich an die Wand, ihr war leicht übel, und sie hatte jetzt Angst, sich durch ein Geräusch zu verraten. Dan sang weiter:

»Als die Schlacht geschlagen, hört ich die Geschichte,
Mir überbracht, sein letztes Flüsterwort, das war:
›Treu hab ich für mein Land gekämpft und dessen Ruhm,
Für Irlands Freiheit bring ich nun mein Leben dar.‹«

Nach jeder Strophe kam ein Refrain, den sie als Parodie einer älteren Ballade erkannte:

»Ich trag um meinen Hut das Trikolorenband,
Um den Hut ich trag's, bis in den Tod ich geh,
Und fragt man mich, warum ich's trag, das bunte Band,
So ist's für den Liebsten mein, den ich nimmermehr seh.«

Sie lehnte noch immer an der Wand, wollte nicht mehr hinaus, um das Gift zu holen, doch es kümmerte sie auch nicht, was aus ihr werden sollte. Schließlich drehte sie sich langsam um und schlich fort, zurück in die Halle, die breite, teppichbelegte Treppe hinauf, den Korridor entlang zu ihrem Zimmer, und im ganzen Körper hatte sie ein Ziehen, als hätte sie einen Tag ungewohnt auf einem Pferderücken verbracht. Im Bett ließ der Schmerz nach, und sie lag ganz still und fühlte, wie das warme Glühen vom Kaminfeuer langsam in ihren Körper einzog. Wieder würde ein Morgen dämmern, und sie wußte, daß sie bereit sein würde dafür.

16

Peter war unbehelligt aus Dublin herausgekommen und machte sich sofort auf den Weg zu Mike Ryan, dem Mann in Tipperary, der ihnen mit Miss Beechers Ponywagen geholfen hatte, den Zug nach Dublin zu kriegen. Durch ihn lernte er in der ganzen Grafschaft kleine Gruppen Freiwilliger kennen. Eines Abends Ende August wurde er zu einem kleinen Haus gebracht, das wenige Meilen außerhalb von Birr lag. Auf einem Pfad ging es durch buschbestandenes Gelände lange bergauf, bis sie schließlich auf wackeliger Holzbrücke einen Bach überquerten, und dann endete der Weg vor der Haustür, von der aus man auf den Berg weiter oben blicken konnte.

»Es ist ein ruhiges Plätzchen«, sagte Mike, als sie bergan kraxelten, »und wenn jemand kommt, kann man ihn fast eine Meile vorher sehn. Wir denken daran, unsere Munitionsfabrik im Nebengebäude einzurichten. Natürlich muß einer Wache stehn. Wir haben zwei Steinbrucharbeiter, die nützlich sein können, sie können Sprengpulver für Handgranaten besorgen, und einen Schmied, der uns die Formen für die Bombenhülsen macht.«

»Ihr seid gut organisiert.«

»Von wegen, sind wir überhaupt nicht. Uns fehlt Schulung und Bildung. Wer außer uns würde uns denn zuhören? Wir brauchen große Leute wie Sie, die ab und zu vorbeikommen und uns sagen, was wir als nächstes tun sollen. Dann tun wir das auch, und nicht etwa halbherzig.«

»Wer wohnt in dem Haus?«

»Andy Ryan, ein Vetter von mir, und die Brüder, die noch nicht nach Amerika gegangen sind – Barty und Packy. Sie sind natürlich alle in der Bewegung. Barty hat gesagt, er will jetzt nicht gehn, bis er sieht, wie die Dinge sich hier entwickeln. Falls es gilt zu kämpfen, meint er.«

»Oh, und ob es zu kämpfen gilt! Andy wird auch bleiben?«

»Warum sollte er nicht, wo er außerdem noch für Frau und Familie sorgen muß. Die Überfahrtskosten für alle könnte er nie zusammenkriegen.«

»Leben Kinder im Haus?«

»Vier Jungen und zwei Mädchen, alle Altersstufen, aber unsere Bomben werden wir nur draußen basteln. Kommen Sie mal erst rein, dann reden wir mit den Männern.«

Ein großer, kräftiger Mann mit einem gewaltigen schwarzen Schnauzbart war herausgekommen auf die Schwelle der Haustür, und Mike stellte ihn als Andy vor. Drinnen fand Peter sieben oder acht andere vor, in den Altersstufen zwischen zwanzig und vierzig, alle mit dem gleichen Ausdruck von Entschlossenheit und der gleichen Art zu sprechen. Drei von Andys halbwüchsigen Söhnen waren da, sie sagten nichts, folgten aber der Unterhaltung mit gespitzten Ohren. Die anderen Kinder schliefen im Hinterzimmer, sagten sie. Andys Frau wirkte humorvoll und robust. Ihr dunkles, starkes Haar hatte sie mit einem Zierkamm hochgesteckt. Sie trat Peter den besten Stuhl ab, den sie, wie sie sagte, für ihn angewärmt habe, und nahm selber auf der Kaminbank Platz. Jeder in Connemara hätte die Hütte als Palast empfunden. Auf einer Kommode standen glasierte Krüge, auf dem Bord über dem Kamin zwei weiße Porzellanhunde mit großen Augen und eine große Uhr, die ging und sogar alle halbe Stunde schlug, und neben der Tür nach hinten hinaus gab es ein selbstgezimmertes Bücherregal mit vier Reihen rauchgeschwärzter Bücher. Die Feuerstelle hatte einen eingebauten Blasebalg und ein Rad, damit man das Feuer je nach Bedarf glühen oder aufflammen lassen konnte.

Einer der älteren Männer sagte:

»Ich hab die Zwangsräumungen gesehn, da war ich noch klein, und das werd ich mein Lebtag nicht vergessen. Einem Nachbarn von mir haben sie die Bude ausgeräumt, als er die Miete nicht zahlen konnte, und da stand er mitten im Winter auf der Straße, ein alter Mann, und wußte nicht, wie er leben oder sterben sollte. Furchtbare Zeiten waren das. Als das Landgesetz kam und uns freistand, unser Pachtland aufzukaufen, dachten wir, jetzt wär alle Not zu Ende – aber das war dann auch wieder nur so'n Trick. Einem armen Mann zuzumuten, zwei oder drei Pfund für einen Morgen Land wie unseres hinzublättern! Wo soll er die denn hernehmen? Von den drei Pence, die wir für die Gallone Milch von der Molkerei kriegen? Ich werd keine Ruhe geben, eh die Schweinehunde nicht mit ihrer ganzen Brut aus dem Land verschwunden sind und wir unsere eigenen Gesetze machen können. Das sag ich euch.«

»Sie haben uns früher betrogen, und sie werden's wieder tun«, sagte ein anderer. »Man kann ihnen nicht trauen. Was ist unsereins denn für die? Sie wissen nichts von uns und wollen auch nichts von uns wissen, nur daß wir immer schön den Finger an die Mütze legen und ›Sir‹ sagen bis zum Jüngsten Tag. Und so wird das ewig weitergehn, es sei denn, wir schlagen zu, wenn wir können.«

»Ja, das hätten wir gern gewußt, Sir«, sagte eifrig ein anderer. »Wann können wir wieder zuschlagen? Ist es wahr, daß es bald wieder losgeht oder ist alles vorbei?«

Mike sagte schnell:

»Wie könnte alles vorbei sein? Sitzen wir hier nicht und schmieden Pläne, um ein bißchen was beizusteuern, damit die Sache wieder in Schwung kommt? Wenn das jeder Kirchensprengel in Irland täte, könnten wir sie mit unsern Mützen schlagen.«

»Das schaffen wir wohl nie«, sagte Peter. »Wenn wir wieder anfangen, dann müssen wir uns darüber klar sein, daß es ein langer und schmutziger Kampf sein wird. Haltet Eure Kompanie zusammen und macht weiter mit der Ausbildung. Wer kümmert sich darum?«

»Ich, Sir«, sagte Mike. »Am Anfang hatten wir Armeereservisten, die uns ausbildeten, aber die sind jetzt alle einberufen, und so können wir nur nach dem Gedächtnis machen, was sie uns erzählt haben, und uns daran halten. Manchmal können wir ein paar Revolver und Patronen von den Soldaten kriegen, unsern eigenen Leuten, die in der regulären Armee sind. Damit machen wir ein paar Zielübungen, aber der meiste Drill geht mit Attrappen statt mit Gewehren. Gewehre sind furchtbar knapp. Nun sagen Sie mal, sind da welche übrig in Dublin?«

»Ich werde sehn, ob ich ein paar loseisen kann. Ihr müßt wis-

171

sen, die meisten Howth-Waffen sind an die Dubliner Brigaden gegangen, weil die am nächsten waren und es der schnellste Weg war, sie außer Sicht zu kriegen. Habt ihr gehört, daß in Irland von Einberufung die Rede ist?«

»Ja, hab ich gehört, aber es wär doch glatter Wahnsinn, unsereins einzuberufen. Wollen die denn nicht nur loyale Leute haben?«

»Du wirst schon loyal sein, wenn du weißt, daß du für Befehlsverweigerung an die Wand gestellt wirst«, sagte einer der Männer mit einem kurzen Lachen. »Ein Schwager von mir ist zu dem Haufen gegangen, mal so zum Spaß, hat er gesagt, obwohl ich glaube, daß er's getan hat, weil ihm der Magen knurrte. Und er sagt, wenn man erst mal in der Uniform steckt, hat man zu kämpfen, ob man will oder nicht.«

»Wie ist Ihr Name?« fragte Peter schnell.

»Jim Daly, Sir.«

»Haben Sie schon mal eine Rede gehalten?«

»Jede Menge hab ich gehalten, in dieser Küche, wie Ihnen die Jungens hier bestätigen können.«

»Das stimmt«, sagten einige von den anderen. »Er ist ein Schwätzer.«

»Na, fein. Wenn es soweit ist, Reden gegen die Einberufung zu halten, dann könnten Sie das tun.«

»Ja, nicht schlechter als jeder andere auch.«

»Was wir hier in dieser Gegend wollen«, sagte Mike, »ist, daß die Dinge nicht so lange auf sich beruhen bleiben. Überall laufen die Polypen rum, verhaften die Leute nach Lust und Laune, und jeder ist eingeschüchtert. Sie sind nervös wie 'ne aufgescheuchte Hühnerschar. Ich möchte ihnen was einbrocken, das sie mal richtig tanzen läßt.«

»Aber noch nicht gleich«, sagte Peter. »Ihr dürft nicht vergessen, daß Entscheidungen gemeinsam durchgeführt werden müssen, durchgängig von oben nach unten, wobei jeder als Teil einer arbeitenden Maschine funktioniert. Nur so erreichen wir was. Nur so hat die Erhebung funktionieren können – soweit sie überhaupt funktioniert hat. Unternehmt nichts, ohne vorher euer Hauptquartier zu fragen. Wenn ihr auf eigene Faust handelt, vermasselt ihr womöglich einen größeren Plan, von dem ihr nichts wißt. Und Scharmützel wollen wir nicht. Das war ein Leitgedanke der Führer, die jetzt tot sind. Dies muß ein richtiger Krieg sein, nicht bloß Knallerei aus dem Straßengraben. Wir stehen jetzt erst am Anfang.«

»Knallereien aus dem Straßengraben sind vielleicht gar nicht so schlecht«, sagte Mike. »Mir würd es nichts ausmachen, mal so'n komischen Polypen hochzunehmen und ihn schmecken zu lassen, wie das Leben im Gefängnis ist, nur wär das dann ein Gefängnis irgendwo in den Bergen und nicht eins mit hohen Mauern drumrum.«

»So zu reden, ist sehr gefährlich«, sagte Peter. »Wenn solche Aktionen erst mal anfangen, werden sie uns Terroristen nennen.«

»Lieber Gott, was wär denn schon dabei, wenn sie uns so nennen?« sagte lachend einer von den älteren Männern. »Die haben uns doch lange genug terrorisiert. Wird Zeit, daß wir mal an die Reihe kommen.«

»Aber vergeßt nicht, daß die Organisation wie ein Mann funktionieren muß«, sagte Peter.

Er war sich nicht sicher, ob sie ihm wirklich zuhörten. Schweigend beobachtete er sie eine Weile, während sie untereinander sprachen. Im flackernden Licht des Feuers leuchteten flüchtig ihre dunklen Gesichter auf, und ihre lebhaften Gebärden zeugten von starkem Selbstbewußtsein. Sie waren völlig anders als die sanftmütigen, stets sich rechtfertigenden Menschen des Westens, obwohl sie gesagt hatten, daß sie auf Führer warteten. In den gebirgigen Teilen ihrer Grafschaft hatte die Rebellion eine lange Tradition. Auf seinen Reisen war er auf Hütten aufmerksam gemacht worden, die hoch in den Galtee-Bergen, in Slieve Bloom und in der Schlucht von Aherlow lagen und wo sich seit über zweihundert Jahren immer wieder Rebellen versteckt und Verschwörungen ausgeheckt hatten. Manche Erinnerung reichte noch viel weiter zurück, so an Sarsfield, der 1690 bei Ballyneety den Munitionstransport in die Luft gesprengt hatte, und noch weiter zurück zu der Festung der Fitzgeralds in der Schlucht von Aherlow während des Feldzugs der Lords Grey und Carew zur Zeit der Königin Elizabeth. Peter hatte den Eindruck, daß nichts davon vergessen war. Es würde nicht einfach sein, sie davon zu überzeugen, daß sie diesmal Geduld haben mußten. Als er es versuchte, brummten sie:

»Geduld ist genau das, was uns kaputt gemacht hat. Daniel O'Connell hat gesagt, wir sollen Geduld haben, und John Redmond hat es gesagt. Parnell hat es nicht gesagt. Er war ein Mann, der zugleich Kämpfer und Wortführer sein konnte. Und er hat auch seine Zeit im Gefängnis abgesessen. Wenn er jetzt da wär, würd er sagen, wir sollten weiterkämpfen und uns nicht hinlegen und verlieren, was wir so mühsam und schwer erreicht haben.«

Später am Abend wurde natürlich gesungen, und das erste Lied war eines über Parnell, »Die Amsel von Avondale«. Ein paar von den Männern hatten Parnell gesehen – ihre Väter hatten sie mitgenommen nach Kilkenny oder Tipperary zu einer großen Versammlung, um ihnen den großen Mann zu zeigen. Der Sänger war ein Fremder aus Cappoquin, der bei der Eisenbahn arbeitete und deshalb kostenlos herumfahren konnte. Er kannte die Wexforder Balladen »Boulavogue« und »Kelly aus Killann« und »Der Junge mit dem Stoppelschnitt«:

»*Im frühen Frühling war's, dem holden,*
Die Vögel zwitscherten und sangen,
Von Baum zu Baum die Töne klangen:
›*Irlands Freiheit leuchte golden!*‹«

Er hatte auch Liebeslieder auf irisch, »Die dunkle Frau aus der Schlucht« und »Máirín de Barry«, aber es fiel Peter auf, daß die einzigen Emigrantenlieder hier von jungen Männern handelten, die in die Armee gingen und dies als Torheit erkannten, als sie einen Arm oder ein Bein verloren hatten.

Um Mitternacht machte Andys Frau eine dünne Hafersuppe, mit Milch und heimlich gebranntem Whisky, die sie den Besuchern in Bechern vorsetzte. Bald danach gingen sie nach Hause. Feierlich wurden Hände geschüttelt, und Peter wurde eingeladen, wiederzukommen, um ihnen ab und zu den Mut aufzufrischen.

174

»Wir werden Sie brauchen, Sir«, sagten sie. »Bleiben Sie nicht so lange weg.«

Andys Frau sagte, sie würde ihm ein Bett auf der Kaminbank machen.

»Da liegen Sie warm und gemütlich. Die Nächte werden langsam kalt. Nun vergessen Sie mal alles und schlafen Sie, solang Sie können. Wo geht's morgen hin?«

»Ich könnte zurück nach Dublin, aber ich bleib da besser erst mal weg, bis ich weiß, ob die da immer noch hinter mir her sind.«

»Es ist wie in alten Zeiten«, sagte sie. »Mein Vater war ein Fenian, und die Hälfte meiner Kindheit war er auf der Flucht. Oft hat er gesagt, wir würden die Freiheit noch erleben, aber am Ende hat sogar er den Mut verloren. Sagen Sie, Sir, macht's Ihnen was aus, wenn wir den Rosenkranz beten? Andy möchte nicht fragen – vielleicht sind Sie nicht katholisch – falls Sie's nicht sind, möchten wir Ihnen nicht lästig fallen damit.«

»Aber ganz im Gegenteil«, sagte Peter, unfähig, mehr zu sagen. Als sich alle zusammen niederknieten, fragte er sich traurig, ob er sich schon so sehr verändert habe, daß er von nun an für sein eigenes Volk ein Fremder sein würde.

Der Rosenkranz wurde auf irisch gesprochen, mit Rücksicht auf den Mann aus Cappoquin, der darin mehr zu Hause war als im Englischen. Er blieb ebenfalls über Nacht. Als sie fertig waren, nahm er Peter beim Arm und sagte auf irisch:

»Sie sprechen das beste und gewählteste Irisch, Gott segne Sie. Wo haben Sie diesen ausländischen Akzent her? Wenn Sie irisch sprechen, ist er überhaupt nicht da. Ich hoffe, ich bin nicht unverschämt, aber schon den ganzen Abend frage ich mich, aus welchem Teil der Welt Sie wohl kommen.«

»Den Akzent hab ich mir wahrscheinlich in England geholt«, sagte Peter. »Ich bin da ein paar Jahre gewesen, als ich jung war. Jetzt hab ich mit allen möglichen Leuten geschäftlich zu tun, und da ist es vorteilhaft, wenn man mit ihnen auf ihre Weise reden kann.«

»Mir gefällt's, wie Sie englisch sprechen, und solange Sie sich so gut irisch ausdrücken, tut das nichts zur Sache.«

175

»Parnell sprach nicht irisch und muß ebenfalls einen ausländischen Akzent gehabt haben«, sagte Peter.

»Ah, aber Parnell stammt aus vornehmem Haus.«

Das war ganz unschuldig gesagt, ohne jede Spitze. Als Peter sich auf der Kaminbank zur Ruhe legte, sagte er sich, daß er keine Angst zu haben brauche, von diesen Leuten nicht als das genommen zu werden, was er war, nämlich einer der ihren. Wenn sie ihn mit ›Sir‹ anredeten, so war das lediglich die einem Fremden gebührende Höflichkeit – so wie sie den Schulmeister oder den Arzt auch anredeten. Diese Höflichkeit war auch der Grund, warum er das Ehrenbett bekam, während Mike und der Mann aus Cappoquin auf Strohsäcken abseits vom Feuer schliefen.

Am Morgen weckte ihn früh ein gelber Strahl herbstlichen Sonnenlichts, das durch die offene Tür hereinfiel. Er sah, daß Andy sich anschickte, zur Arbeit auf einem drei Meilen entfernten Gut zu gehen, unten in der Ebene, wo er sich um das Rindvieh kümmerte. Seine Frau besorgte während seiner Abwesenheit die Arbeit zu Hause, wobei die Kinder ihr halfen, wenn sie aus der Schule zurück waren. Andy erklärte, seit die Jungen größer seien, sei es ihm möglich, eine solche Arbeit anzunehmen, wenn er sie kriegen könne, um regelmäßig zehn Shilling die Woche heimzubringen.

»Aber der Hin- und Rückweg macht die Schuhsohlen dünn«, sagte er. »Ich glaube kaum, daß das am Ende gut gewirtschaftet ist. Nächstes Jahr wird Paddy vierzehn, und vielleicht kriegt er dann auch Arbeit. Wenn ja, sind wir aus dem Gröbsten raus.«

»Paddy ist ein feiner, großer Junge.«

»Ja. Nächste Woche geht er mit den Männern zur Gefechtsausbildung. Ich kann ihn nicht halten. Was soll ich sagen? Jede Rede Parnells kann er Wort für Wort auswendig, außerdem alles, was die Fenians '65 vor Gericht gesagt haben, und die Rede, die Pearce am Grab von O'Donovan Rossa gehalten hat. Er war schon ein Fenian, bevor er geboren war. Aber Gott helfe mir, es ist schrecklich, wenn ein Vater sehn muß, wie sein Sohn einen Weg geht, der mit Sicherheit in den Tod führt.«

176

»Diesmal wird es nicht so sein.«

»Nein? Ich krieg's manchmal mit der Angst zu tun, wenn ich diese Kinder ansehe, und ich frage mich, ob ich's packen werde, weiterhin genug Brot für sie ranzuschaffen. Haben Sie Kinder?«

»Ich bin nicht verheiratet.«

»Genauso wie die meisten Männer hier in der Gegend auch. Sie heiraten nicht, eh sie vierzig sind und reif und ruhig, wie sie sagen. Oder erst, wenn die Einsamkeit über sie kommt mit den langen Winterabenden, wo man keinen hat, mit dem man ein Wort wechseln kann, und wo einem nichts übrig bleibt, als von einem Haus zum andern zu gehn und am Feuer irgendeines Nachbarn ein bißchen zu schwatzen und ein Glas zu trinken. Mein Vater hat zu mir gesagt: ›Das ist ein feines Mädchen, das du da hast, führ sie heim und nimm sie in dein Bett. Gott wird sorgen für euch zwei.‹ Es tut mir nicht leid, wenn uns das so beschieden war. Mein Vater hat aus Erfahrung gesprochen. Zwischen ihm und meiner Mutter lagen dreißig Jahre, und als er starb, war sie noch eine junge Frau, gerade fünfunddreißig, mit einem Haus voller Kinder. Es hat alles keinen Sinn, wenn man nicht auf Gott vertraut.«

Mike war gegen Ende des Gesprächs vom Hof hereingekommen und sagte jetzt:

»Gott und Dynamit, das ist es, was wir brauchen. Auf jetzt nach Cork, solange das Wetter anhält. Sie sind dick und sorgenfrei da und sie zeugen gute Kämpfer.«

»Ja, eine Woche gutes Wetter haben wir vor uns, aber das ist auch so ungefähr alles«, sagte der Mann aus Cappoquin. »Ich werd Ihnen den Namen eines Mannes geben, der euch im Zug mitschleust. Besser als mit 'nem alten Klepper.«

Erst Ende Oktober kam Peter zurück nach Dublin. Das trockene Wetter hatte angehalten, und in weiten Teilen von Cork und Kerry war er von einer Freiwilligen-Einheit zur nächsten weitergereicht worden. In jeder traf er auf ein paar Männer, die standfest geblieben waren und die in ihren eigenen Bezirken zu Führern wurden. In Clonakilty erzählte ihm ein Mann namens Jerry Hurley folgendes:

177

» Wir warnen alle, daß von Einberufung gemunkelt wird und daß sie ebenso für Irland sterben können wie für England. Jetzt meldet sich keiner mehr für die britische Armee, obwohl sie vor ein paar Monaten noch ganz wild darauf waren – alles war ihnen recht, um von zu Hause wegzukommen. Momentan ist hier nicht das geringste bißchen Arbeit zu kriegen. Die Väter und Mütter fangen an, ihren Jungens zu sagen, daß sie auf uns hören sollen statt auf den Rekrutierungs-Offizier. Das wird uns einige zuführen, die bis vor kurzem noch zu feige gewesen wären. Die werden zwar nicht wissen, wofür sie kämpfen, aber wir können ihnen die Geschichte Irlands erzählen, damit sie ein bißchen Mumm in die Knochen kriegen.«

Überall in den dunklen Küchen fand er zerlesene Exemplare von A. M. Sullivans *Geschichte Irlands,* die bei Kerzenlicht studiert und tagsüber unter Dachsparren versteckt wurden, für den Fall, daß Polizei oder Militär eine Hausdurchsuchung machten. Der Besitz des Buches war eine Majestätsbeleidigung. Viele Polizisten hätten langsam den Wunsch, aus dem Dienst auszuscheiden, sagte Jerry. Sie hätten damit angefangen, wie sie jede andere Arbeit angenommen haben würden, ohne damit zu rechnen, daß man sie zum Kampf gegen die eigenen Leute einsetzen würde.

In Arbeitshosen, die er sich von einem der Eisenbahner ausgeliehen hatte, und mit einem Eisenbahner-Ausweis auf den Namen Joseph Scott brach Peter nach Dublin auf. Er hatte Anweisung, den Ausweis dem letzten Fahrkartenkontrolleur vor Dublin zu geben, der dafür sorgen würde, daß er wieder in die Hände seines Besitzers gelangte.

Spätnachmittags kam er in Dublin an und ging sofort zum Adjutanten der Dubliner Brigade, um Bericht zu erstatten. Als er an den Kais entlang vom Bahnhof in Richtung Innenstadt ging, sah er mehrere Konvois von Lastwagen mit Soldaten, aber niemand hielt ihn an oder verhörte ihn. Er fand den Adjutanten oben in einem Zimmer des Hauptquartiers der Gälischen Liga am Rutland Square. Er war gerade aus seinem Büro gekommen, wo er im Zivildienst arbeitete, und sah müde und krank aus, ein Eindruck, der durch seine blasse Haut und sein mausgraues Haar noch verstärkt wurde. Peter kannte ihn schon lange, und nachdem sie einander begrüßt hatten, sprach er von seinen Reisen:

»Also ich habe den starken Eindruck gewonnen, daß wir vor allem Führer brauchen. Die Männer sind aktionsbereit, aber sie haben keine Ahnung, was sie tun sollen. Ich habe allen gesagt, sie sollen Befehle abwarten und daß wir ihnen Leute aus Dublin schicken, die ihnen dabei helfen werden, die Ausbildung weiterauszubauen und zu warten und nichts auf eigene Faust zu unternehmen.«

»Und haben sie das akzeptiert?«

»Ja, aber die Männer in Tipperary und Cork sind ungeduldig und riskieren es womöglich, selber was zu unternehmen.«

»Wann können Sie wieder weg?«

»Sobald ich gebraucht werde.«

»Sie werden in Galway gebraucht, sofort. Wie steht's dort mit Ihren eigenen Angelegenheiten?«

»Von meinem Geschäftsführer höre ich, daß er bis jetzt mit allem klargekommen ist. Die Büros sind noch nicht durchsucht worden, die Lagerhäuser auch nicht. Ich weiß nicht, warum. Nicht mal mein Haus ist angerührt worden.«

»Können Sie sofort los?«

»Ja, ohne weiteres.«

»Wir möchten, daß Sie unterwegs bei Mr. de Lacy haltmachen, das Haus heißt Rathangan, außerhalb von Kildare. Bleiben Sie nicht länger als eine Nacht. Wir wollen nicht unnötig Aufmerksamkeit auf das Haus lenken. Nicholas de Lacy ist dort.«

»Ich dachte, er sei in Dartmoor.«

»War er auch, aber der Tod Sam Flahertys hat sie nervös gemacht. Sie wollten nicht noch ein Mitglied der Familie dabehalten, ebenfalls Sohn eines Parlamentsabgeordneten – es hätte ihm ja was passieren können. Wußten Sie, daß Sam und Nicholas Vettern waren?«

»Natürlich.«

»Ich hab ihn nicht gesehn. Niemand hat ihn gesehn. Thomas Flaherty hat ihn direkt vom Schiff da runtergebracht. Sein Vater ist noch in London. Rathangan wird ein regelrechtes Flüchtlingszentrum. Möchte wissen, wie dem alten Onkel das gefällt. Ich hab ihn mal kennengelernt, ein trockener kleiner Bursche. Sams Witwe ist ebenfalls dort und erwartet ihr Baby.«

»Dann ist sie also gut hingekommen.«

»Ja, Gott helfe ihr. Sie werden andere Kleidung brauchen. Ich glaube nicht, daß sie in Rathangan was in Ihrer Größe da haben. Mr. de Lacy ist winzig.«

»Ich hab einen Anzug hiergelassen, bei Joe Keeffe in der York Street. Den hol ich und fahr dann gleich ab. Wie ist's mit den Zügen?«

Auf der Strecke nach Galway verkehrten sie. Er sollte mit Nicholas sprechen und mit ihm überlegen, was sie in Galway tun könnten. Nicholas sei dort bekannt, sagte der Adjutant, und sie müßten gut miteinander auskommen.

Peter ging bergab zur Sackville Street, bog ab in Richtung Fluß, gelangte dann durch eine Reihe von Nebenstraßen zur Aungier Street und überquerte den Fluß an der Capel Street. Vor einer Bäckerei blieb er stehen, ging dann hinein, kaufte einen Krapfen und biß, während er noch auf das Wechselgeld wartete, eine tiefe Bucht heraus. Der Bäcker selber stand hinter dem Ladentisch, das Gesicht ungesund weiß und müde. Als er die Münzen hinüberreichte, sagte er leise:

»Sie sind aber hungrig, Sir.«

Peter sagte kurz:

»Ja.«

»So wie Sie aussehn, sind Sie schon eine ganze Weile unterwegs.«

»Was meinen Sie?«

»Schon gut. Ich weiß, wer Sie sind, Peter Morrow. Ich hab Sie letztes Jahr bei einem Treffen der Freiwilligen gesehn. Sind Sie auf der Flucht?«

»Vielleicht. Ich bin eine Weile nicht in der Stadt gewesen. Ich weiß noch nicht, ob sie immer noch hinter mir her sind.«

»Wenn Sie erst mal auf der Liste stehn, dann ist das für immer. Sie können sicher sein, daß man Sie nicht vergessen hat, obwohl sie die letzten paar Wochen Ruhe gegeben haben. Wenn Sie mal 'n Platz zum Schlafen brauchen, können Sie zu mir kommen. Ich wohne oben, über dem Laden. Ich bin ganz allein. Es ist todsicher.«

»Danke.«

Als er den Laden verließ, merkte er sich den Namen über der Tür: Thomas Daly, Feinbäckerei. Er würde nachprüfen lassen, ob der Mann ein Spitzel oder ein Nationalist war. Es kam nicht in Frage, dort zu schlafen, ehe er einen Bericht hatte. Selbst jetzt ging er ein Stück auf seiner Spur zurück, um sich zu überzeugen, daß ihm keiner folgte. Es konnte ein nützliches Versteck sein. Wenn er keinen Abendzug mehr kriegte, würde er die Nacht in Dublin verbringen müssen. Aber es gefiel ihm nicht, daß der Bäcker ihn erkannt hatte, obwohl er – falls er ihn wirklich auf einem Freiwilligentreffen gesehen hatte – wahrscheinlich auf der richtigen Seite stand. Er hatte freundlich ausgesehen. Aber wer konnte das Innere eines Menschen an seinem Gesicht ablesen? Peter beherrschte diese Kunst schon ganz gut, aber er wußte, daß er immer noch einige Fehler machte. Man zählte Punkte zusammen – jede Einzelheit, die ein Mensch sagte und tat, war wichtig –, und was man entdecken konnte, waren Niedrigkeit, Gerissenheit, Arroganz, Ungeduld, Ängstlichkeit und der genaue Grad von Intelligenz, bis man sich ein Bild davon machen konnte, ob er ein Risiko war oder nicht. Ein guter Schauspieler konnte einen immer eine Zeitlang an der Nase herumführen. Das gehörte zu den Dingen, die man den Offizieren einprägen mußte – nicht jedem zu trauen, der mit einer guten Geschichte daherkam. Die Menschen auf dem Land verstanden sich besser darauf als die in der Stadt, denn sie hatten über Hunderte von Jahren eine natürliche, schützende Schläue entwickelt.

Von der Aungier Street wechselte er hinüber zur York Street, die neben dem Anatomischen Institut auf St. Stephen's Green mündete. Hier hatten heftige Straßenkämpfe getobt, und mehrere Gebäude hatten Pockennarben von Einschüssen. Dunkelheit fiel herein. Er hatte vergessen zu fragen, ob immer noch Ausgehsperre war. Die Bäume im Green hatten die Blätter verloren, seit er das letzte Mal hier gewesen war. Die York Street war eine getünchte Grabstätte, eine Straße mit großen georgischen Häusern, die Bogenfenster über den Türen hatten und im übrigen die kleinscheibigen Fenster in den traditionellen, eleganten Proportionen, aber jedes Haus war ein Mietshaus geworden, bewohnt von zahllosen Familien, schmutzig innen und außen, dunkel und übelriechend. Waren es Mäuse oder Katzen? Er konnte nicht entscheiden, welcher Geruch vorherrschte, meinte aber, daß der Mäusegestank überwog.

Mit angehaltenem Atem blieb er im Flur eines Hauses auf der linken Straßenseite stehen, dann tastete er sich in der Dunkelheit zur Treppe vor. Kurz darauf begann er deutlicher zu sehen und ging vorsichtig nach oben, wobei er sich an die Wandseite hielt, für den Fall, daß das Geländer hier und da fehlte. Auf dem ersten Treppenabsatz stand eine Tür offen, und er konnte in ein Zimmer sehen, in dem eine Frau eine Kerze anzündete, den Kopf abgewandt, um zu jemandem hinter ihr zu sprechen. Sie fuhr herum, sah, wie er sie beobachtete, eilte an die Tür und schlug sie zu, das verängstigte Gesicht im Strahlenkranz der Kerze. Er ging weiter hinauf zur ersten Etage und wünschte, so geistesgegenwärtig gewesen zu sein, sie nach Keeffes Nummer zu fragen. Es tat ihm leid, sie erschreckt zu haben. Aber jetzt erinnerte er sich – eine Treppe hoch und dann die erste Tür. Er klopfte an, und Keeffe selber machte ihm auf.

Keeffe war Schneider. Er hatte ein großes Zimmer, das auf die York Street ging, eine Wohltat, wie er einmal dazu gesagt hatte, denn das bedeutete, daß sie viel frische Luft haben konnten. Er und seine Frau, ihre drei Söhne und ihre Tochter, alle wohnten und schliefen sie in diesem Zimmer. Außerdem war es sein Arbeitsraum, und gleich beim Eintreten roch Peter den typischen Geruch neuen Stoffes. Die Nähmaschine stand in einer Ecke am Fenster, um möglichst das Tageslicht auszunutzen. Die Familie setzte sich gerade zum Abendessen, das aus Schmalzbroten und Tee bestand, mit einem Räucherhering für den Vater, den dieser mit Peter teilte. Das Angebot abzulehnen, wäre eine große Beleidigung gewesen, wie Peter aus seiner Kindheit wußte, und so setzte er sich mit ihnen zu Tisch. Die Tochter kränkelte und konnte überhaupt nichts arbeiten. Der älteste Sohn war Laufbursche für einen Fleischer, da er sich geweigert hatte, das Schneiderhandwerk zu erlernen, aber die anderen zwei arbeiteten bereits mit dem Vater. Seine Frau half ebenfalls, aber so wie die Preise waren, reichten all ihre Anstrengungen nicht aus, um satt zu werden.

»Eier, neun Pence das Stück – es ist eine Schande. Ein Stück Speck, um für diese Familie ein Essen zu machen, würde zehn Shilling kosten, die Hälfte von dem, was ich für einen Anzug kriege. Kartoffeln, Brot, Haferflocken – unerschwinglich; und der Grund dafür liegt auf der Hand. Unsere gesamten Nahrungsmittel werden nach England verschifft, ob uns das recht ist oder nicht. Schlimmer war's zur Zeit der Hungersnot auch nicht. Jeden Tag, wenn man jetzt zum North Wall runtergeht, kann man sehen, wie die schönsten Rinder und Schweine auf die Schiffe verladen werden, und in Irland ist kein anständiger Bissen Speck zu kriegen, nicht mal, wenn man das Geld hätte. Und das haben sie schon immer so gemacht mit uns. Räucherheringe sind ja ganz schön, aber die kommen von Grimsby, auch wenn der hier meines Wissens einen irischen Akzent hat.« Er hielt ein Stück auf seiner Gabel hoch und starrte es an. »Ich habe zwei Freunde, die sind Fleischer – die, für die Thomas hier arbeitet, und wir haben vor, uns an einem der nächsten Tage einen kleinen Spaß zu erlauben. Wir kriegen ein paar Kompanien Freiwillige, die sie und ein paar Freunde von ihnen schützen werden, wenn sie die Schweine vom North Wall treiben und schlachten. Der Kommandant ist auf die Idee gekommen – gute Propaganda, damit die Leute mal erfahren, was um sie herum so vorgeht. Die Hälfte weiß überhaupt nicht, warum die Nahrung so knapp ist. Alles, was sie sehn können, ist, daß die aufgeblasenen Großhändler immer fetter werden und daß die Frauen und Töchter von ihnen sich dauernd neue Kleider kaufen, in denen sie dann mit den Soldaten herumpromenieren.«

»Und was wollt ihr mit dem Fleisch machen?«

»Das kommt rüber in die Speckfabrik. Uns kommt es nur dar-

183

auf an, daß es im Land bleibt. Vielleicht schlägt den Leuten das Herz ein bißchen höher, wenn sie mal wieder ein kleines Gefecht sehn.«

Peter schlug das Herz schon höher, als er die näselnde Dubliner Mundart des Schneiders und seine kräftigen Lachsalven hörte.

»Ihren Anzug hab ich sicher aufbewahrt«, fuhr Keeffe fort. »Ich nehme an, das ist es, was Sie hergeführt hat. Ihre Arbeitshose können Sie hierlassen, sie wird noch da sein, wenn Sie wiederkommen. Ein großer Mann wie Sie findet nicht so leicht was Passendes, also ist es ganz gut zu wissen, wo Sie eine Verkleidung finden, wenn Sie eine brauchen.«

Sie zogen einen Wandschirm hervor, hinter dem er sich umziehen konnte. Während er das tat, putzte Mrs. Keeffe seine Schuhe. Als Peter fertig war, sagte Keeffe:

»Ich würde Sie ja zum Zug bringen, nur daß zwei mehr auffallen als einer. Auf eigenen Füßen sind Sie sicherer.«

»Gibt's denn immer noch eine Sperrstunde?«

»Nein, aber sie gehn rum und picken sich trotzdem immer wieder jemanden raus. Alleine kommen Sie besser durch.«

17

Endlich war er im Zug. Es war keine weite Reise, nur fünfundzwanzig Meilen. In wenigen Stunden würde er sie wiedersehen. Er war allein im Wagen, der langsam losratterte, als die Lokomotive schwer ächzend Dampf gab, als ob sie verzweifelt um Atem ringen müsse. Sobald der Zug aus dem Bahnhof heraus war, verwandelte die Dunkelheit die Wagenfenster in eine Reihe von Spiegeln, in denen er sein Bild mehrfach erblickte wie eine Parodie auf den Wust wirrer Gedanken, die sich in seinem Kopf tummelten. Während all der Wochen seiner Reisen waren sie dagewesen, aber tagsüber hatte er zuviel zu tun gehabt, und zum Ausruhen war er wenig gekommen, auch war er kaum einmal allein gewesen, nicht einmal in der Nacht.

Was würde sie zu ihm sagen? Wie würde sie ihn empfangen? Würde sie sich überhaupt bereitfinden, mit ihm zu sprechen? Er hatte absolut keine Ahnung, keinen Anhaltspunkt, vorauszusagen, was geschehen würde. Hätte er mehr Vernunft haben sollen als sie? Als er ein Junge war, hatte es oft traurige Hochzeiten gegeben, beide Familien waren beschämt und unglücklich, die Braut war schwanger und der Bräutigam unwillig oder dreist, je nachdem, ob er noch liebte oder nicht. Andere Eltern nutzten die Situation, um ihre Kinder zu warnen, indem sie ihnen die grausamen, giftigen und verächtlichen Bemerkungen wiederholten, die in der ganzen Stadt gemacht wurden. Oft siedelte das junge Paar um, entweder es ging nach Amerika oder es zog in einen andern Teil Irlands. Wenn sie zu Hause blieben, wurden sie nie mit ihrer Schande fertig, sie nicht und ihre Kinder auch nicht. Als Kind war es Peter natürlich erschienen, daß ihnen diese Strafe zuteil wurde, damit sie für ihre Schlechtigkeit oder Dummheit zahlten, so wie man in der Schule Prügel bekam, wenn man in Arithmetik eine schwierige Aufgabe nicht verstand oder in Englisch einen grammatikalischen Fehler machte. Sie hätten schlau genug sein sollen, nicht in diese Falle zu gehen. Einmal drinnen, waren sie leichte Beute für jedermanns Blattschuß.

Vor langer Zeit hatte er gelernt, Mitleid mit ihnen zu haben, zu sehen, daß sie zur Verzweiflung getrieben wurden durch ihre Armut und durch die Tatsache, daß es in Connemara für einen Mann immer Wahnsinn war, zu heiraten und eine Familie zu gründen. Geld war eine Rarität, fast immer ein Geschenk aus Amerika. Backpulver, Mehl, Tee, Zucker und Salz, all diese Dinge wurden durch Tauschhandel erstanden – für ein paar Eier, einen Schlag Butter auf einem Salatblatt, ein Huhn oder einen jungen Hahn. In diesen Ehen war das Mädchen bald eine verhärmte, alternde Mutter, und der Mann war verbittert, ständig müde und gefangen in einer Reihe von Verantwortlichkeiten, aus denen kein Entkommen war. Wegen dieses Mitleids war Peter in der nationalistischen Bewegung. Die durchsichtigen, hungrigen Gesichter der Kinder verfolgten ihn, so daß er sich getrieben fühlte, für sie zu kämpfen. Die Fenians hatten stets gesagt, daß die Auswirkungen des irischen Protests immer weitere Kreise in der Welt ziehen würden, bis man sie allerorten zu spüren bekäme, und wenn es fünfhundert Jahre dauern sollte. Ein Teil davon zu sein, war ein schreckliches Los, ein großes Vorrecht.

Und doch hatte er, Peter Morrow, der Mann mit Zukunftsvision, sich als erbärmlicher Schwächling gezeigt, war weich geworden unter dem Druck der Erschütterung und Hoffnungslosigkeit und hatte das Leben eines Mädchens zerstört, das nun von ihm schwanger war. Darüber gab es bei ihm nicht den geringsten Zweifel, noch daß sie eine Jungfrau gewesen war, bis sie ihn besucht hatte. Jede Sekunde jener Nacht, in der er mit ihr geschlafen hatte, war ihm noch gegenwärtig, die Verzweiflung, mit der sie sich aneinandergeklammert hatten wie Kinder in einem Unwetter, ihr Aufstöhnen im Schmerz, als er in ihren Leib eingedrungen war, ihre zaghaften, unerfahrenen Umarmungen und endlich die ekstatische, überwältigende Wonne ihrer Erfüllung. Diese unschuldige Wonne hatte ihm geholfen, die Trostlosigkeit und das Gefühl des Verlustes zu ertragen, das er bei der schrecklichen Nachricht von den Hinrichtungen in Dublin empfunden hatte.

Regentropfen begannen die Fenster zu streifen, dann rannen sie an den Scheiben herunter. In Straffan hörte es auf zu regnen, und er konnte einen heulenden Oktoberwind hören. Als er in Kildare ankam, war ein richtiges Unwetter heraufgezogen, und er war froh, vor dem Bahnhof eine vierrädrige Droschke zu finden. Der Fahrer war nicht da, aber der Stationsvorsteher fand einen Jungen, den er losschickte, um ihn zu holen. Er kam, und Regen tropfte ihm von Augenbrauen und Schnurrbart. Auf den Bahnhofsstufen sah Peter, daß eine regelrechte Sintflut niederging. Der Fahrer sagte:

»Zu dieser nachtschlafenen Zeit wollen Sie noch raus nach Rathangan? Na, dann werden Sie wohl müssen. Werden Sie denn erwartet? Die hätten doch einen von den Knechten mit einem Wagen schicken können.«

»Sie haben nicht gewußt, welchen Zug ich nehme.«

»Zu dumm. Hätten Sie Bescheid gesagt, würden Sie bequemer reisen können, keiner weiß das besser als ich und die alte Stute. Hüa, wach mal auf, du!« Er schob sie rückwärts so nahe wie möglich an den Eingang. »Und Sie haben nicht mal 'n Mantel gegen die Nässe. Ist das alles Gepäck, das Sie haben, der kleine Koffer da? Steigen Sie ein, schnell, sonst ertrinken Sie mir noch.«

Er tat wie ihm geheißen und verfluchte die Vorsicht, die ihn davon abgehalten hatte, vor seiner Abfahrt von Dublin aus zu telefonieren. Aber der Droschkenkutscher sah freundlich aus, und die meisten von ihnen standen auf der richtigen Seite, in Dublin wenigstens. Sie galten dort als sehr diskret und nützlich bei der Überbringung von Nachrichten. Dieser Mann hatte so viel Aufhebens gemacht, daß die Neuigkeit von seiner Ankunft sich sofort in der Stadt herumgesprochen haben würde, wenn jemand zugeschaut hätte.

Peter roch die nasse Erde und vermoderndes Laub, dann Fichten und den Duft sauberen, geschnittenen Grases. Sobald sie die Stadt hinter sich hatten, war es stockfinster in der Droschke. Sie schien keine Federn zu haben, oder vielleicht waren sie ausgeleiert. Er wurde von einer Seite zur andern geworfen, manchmal, wenn sie über einen Stein oder eine Wurzel fuhren, flog er fast von der Bank. Dann wurden in der Ferne die Lichter eines Hauses sichtbar, und bald waren sie unter dem Schutz eines Torwegs. Obwohl der Kutscher bezahlt worden war, kletterte er erst wieder in seinen Verschlag, als die Haustür von einem Diener geöffnet wurde. Peter nahm kaum noch Notiz von ihm. Sofort, als die Tür aufging, erblickte er sie. Die Tür zum Wohnzimmer stand offen. Mit dem Gesicht zur Tür saß sie auf einem Stuhl mit hoher Rückenlehne am Kamin, im Schoß eine Handarbeit. Vielleicht war der Diener bei ihr gewesen, als es an der Haustür geklingelt hatte. Sie hatte den Kopf gehoben, so daß das Lampenlicht ihr Gesicht im Schatten ließ, was ihren feinen Hals um so liebreizender machte. Dann stand sie auf und kam nach vorn. Sie trug ein dunkles Kleid mit etwas Weißem um den Hals. Ihre Bewegungen hatten trotz der Wölbung ihres Leibes nichts Schwerfälliges. Bevor sie die Tür erreichte, rief sie:

»Bist du's, Nicholas?«

Dann erblickte sie Peter und blieb stehen. Der Diener sagte: »Es ist Mr. Morrow, Ma'am. Wir wußten, daß er kommen würde, aber nicht den genauen Tag. Sein Zimmer ist schon hergerichtet. Möchten Sie am Feuer sitzen, Sir, und sich aufwärmen? Ich bring Ihnen gleich einen heißen Whisky. Haben Sie schon gegessen? Hier ist man gerade fertig mit dem Abendbrot, und Mr. de Lacy ist zu Bett, aber ich kann Ihnen sofort etwas servieren.«

In diesem ganzen Durcheinander blieb ihr Rückzug zum Lehnstuhl unbemerkt. Eine Flucht nach oben wäre unmöglich gewesen, da der Diener von ihr erwartete, als Gastgeberin zu fungieren. Peter sagte:

»Schönen Dank. Ja, den Whisky hätt ich ganz gern und auch etwas zu essen. Aber ich kann dazu ins Eßzimmer gehn.«

»Hier werden Sie sich wohler fühlen«, sagte der Mann und schob ihn fast ins Zimmer. »Im Eßzimmer ist das Feuer runtergebrannt, und die Nacht ist kalt. Mr. Nicholas sagte, wenn Sie kämen, möchten Sie doch bitte aufbleiben, bis er zurück ist. Er wußte nicht, wann das sein würde. Er mußte zu einem Kompanietreffen. Das sollte um halb zehn sein und ist eine ganze Ecke weg, in Abbeyleix.«

Da waren sie also beide, und die Tür war zu. Sie starrten einander an. Endlich sagte sie mit hoher, unnatürlicher Stimme:

»Ich dachte, es sei Nicholas und er hätte irgendwas vergessen. Er ist erst vor einer halben Stunde fort. Wir haben hier selten Besuch.«

»Haben sie dir denn nicht gesagt, daß ich komme?«

»Nein.«

»Das tut mir leid.«

»Warum denn? Ich habe nicht zu bestimmen, wer hierherkommt. Sie haben mich hier aus Freundlichkeit und Nächstenliebe aufgenommen. Ich bin seit Juni hier.«

Sie nahm ihre Handarbeit wieder auf, die irgendeine Art Leinenstickerei zu sein schien, hielt das Tuch dann aber untätig in der Hand. Mehrere Minuten vergingen. Alles hatte er erwartet, aber nicht das. Wie konnte sie da so stumm sitzen und ihn so auf die Folter spannen? Sie bat ihn nicht einmal, Platz zu nehmen oder fortzugehen. Sie war also doch eine starke Frau, und dieser Gedanke machte ihn froh.

Da er ein Geräusch an der Tür hörte, ging er zum Sofa vor dem Feuer und setzte sich. Es war ein großes Holzfeuer aus dicken Scheiten, tief zurückgesetzt in einer geräumigen Esse, die auf Messing montiert war, so daß die Funken, die fortwährend aus dem feuchten Holz sprangen, sicher auf dem Steinabsatz landeten. Die ausstrahlende Wärme erfüllte ihn mit reiner Freude. Der Diener kam mit einem Tablett herein und sagte:

»So ist's richtig, Kommandant. Die Wärme wird Ihnen guttun. Sie sind ja schon eine ganze Weile durch kalte Gegenden gereist, wie ich hörte.«

»Ja.« Er mußte Nicholas über die Leute im Haus befragen. Als hätte der Diener seine Gedanken gelesen, sagte er:

»Wir sind hier alle in der Bewegung, Sir. Das heißt, alle außer Mr. de Lacy, aber was könnte der schon noch tun in seinem Alter?« Er plazierte die Teller fachmännisch auf einem kleinen Tisch, den er dicht an das Sofa heranzog. »Ich habe auch etwas Wein gebracht und ein zweites Glas für Mrs. Molly. Trinken Sie den Whisky zuerst. Sie können klingeln, wenn Sie noch etwas brauchen.«

»Schönen Dank. Das ging ja schnell«, sagte Peter lächelnd.

»Es war schon fertig, brauchte es nur aufzuschneiden.«

An seinem warmen Glas nippend, beobachtete Peter heimlich Molly, während er so tat, als starrte er ins Feuer. Ihr Schweigen machte ihn nervös. Das durfte nicht so weitergehen. Er hob den Kopf, sah sie offen an und sagte leise:

»Wenn du möchtest, geh ich hinaus. Man hat mich hierhergeschickt, damit ich mit Nicholas rede.«

»Warum solltest du gehn?« Sie sah ihn jetzt an, aber in dem milden Licht der Lampen waren ihre Augen opak. »Ich sagte doch schon, ich hab hier nicht zu bestimmen.«

»Und wenn du etwas zu bestimmen hättest, würdest du mich dann bitten zu gehn?«

Eine Weile gab sie keine Antwort, und er dachte schon, er hätte sie wieder zum Verstummen gebracht. Dann sagte sie:

»Nein. Außerdem hast du hier zu arbeiten, wie Moloney zu wissen scheint.«

»Ist Moloney der Butler?«

»Ja. Er ist sehr freundlich.« Sie machte ihren Mund hart und nahm die Schultern zurück an die hohe Rückenlehne des Stuhls. »Alle scheinen zu denken, daß Sam und ich heimlich verheiratet waren, bevor er nach Dublin ging. Wenn du je ein Wort verlierst über unser – unser –, bring ich dich mit bloßen Händen um!«

Es gelang ihr, den Mund zu einem bitteren Strich zu verhärten, aber ihre Augen waren voller Angst, als sie diese lächerliche Drohung aussprach. Er stellte sein Glas auf den Tisch und stand schnell auf, ging dann zu ihr und kniete sich auf den Teppich an der Armstütze ihres Stuhls, denn instinktiv wußte er, daß sie ihn nicht zurückstoßen würde. Er nahm ihre Hände gefaltet in die seinen, so daß sie vollständig bedeckt waren, und sagte dann leise:

»Molly, wir sollten zusammen sein. Ich kann jetzt für dich sorgen.«

Sie schloß die Augen, und er konnte sehen, daß die Lider die Tränen nicht mehr halten konnten, als sie gepreßt sagte:

»Ich hab solche Angst.« Sie zog ihre Hände aus den seinen, stand rasch auf und ging dann durchs Zimmer, während er sich hinhockte und sie beobachtete. »Ich hätte gleich nach oben gehn sollen, als du kamst, aber das wäre unmögliches Benehmen gewesen.«

Er ging zu ihr, nahm sie bei den Schultern und zog sie an sich.

»Du brauchst keine Angst zu haben, Molly. Ich liebe dich nun schon lange Zeit. Als du zu mir nach Hause kamst, wußte ich, daß wir zusammengehören, aber ich hätte nichts gesagt oder getan, wenn du nicht zuerst deine Arme nach mir ausgestreckt hättest.« Er fühlte, wie sie sich versteifte, und fuhr schnell fort: »Nichts ist mehr so wie vorher, seit jener Nacht. Jede Sekunde davon habe ich in Gedanken immer wieder durchlebt.« Er sprach jetzt schnell, fast wie zu sich selbst, und führte sie zum

190

Sofa, wo er sich dicht neben sie setzte, und halb unbewußt merkte er, daß ihr Körper sich entspannte und sie sich an ihn lehnte, während er sprach. »Es war nicht nur, daß du schön warst oder daß wir miteinander geschlafen haben oder daß du hinterher so lieb zu mir warst und mir nie Vorwürfe gemacht hast. Es war etwas anderes, eine Art Verstehen, das nichts mit Worten und Erklärungen zu tun hat, etwas, das aus dem innersten Herzen kommt und zwei Menschen zusammenbringt, oft gegen den eigenen Willen. Ich liebe nicht das erste Mal – in meinem Alter ist das unausbleiblich. Ich glaubte, ich wüßte alles darüber. Aber dies ist etwas Neues für mich. Ich will nichts für mich selbst. Ich will dich nicht von etwas fortnehmen, ehe du nicht dazu bereit bist. Ich werde auf dich warten, bis du angefangen hast, dich selber wieder lebendig zu fühlen. Ich weiß, daß du jetzt in einer Art Traum befangen bist, aber das wird vergehn, und das Leben wird wieder beginnen, und dann können wir zusammen sein. Ich möchte die Gewißheit haben, daß du nicht mehr leidest. Ich möchte dich glücklich machen. Wenn all dies vorbei ist, werden die Dinge sich beruhigen, und wir können so sein wie wir früher waren. Was meinst du? Ob wir dann heiraten können?«

Voller Angst wartete er auf ihre Antwort. Nach einer langen Pause sagte sie müde:

»Ja, Peter. Ich heirate dich dann.«

Er drehte ihr Gesicht zu sich und küßte sie zart auf den Mund. In ihren Lippen regte sich nichts, aber er war zu glücklich, um darauf zu achten. Ihr Ruhe und Hoffnung gegeben zu haben, sie davon überzeugt zu haben, daß er immer zu ihrem Schutz da sein würde, das waren die wichtigen Dinge. Mehr konnte er jetzt nicht von ihr verlangen.

»Ich wollte zu dir kommen, als ich hörte, daß Sam tot ist«, sagte er, »aber genau an dem Tag mußte ich flüchten. Davor, die ganze Zeit, als du krank warst, hab ich immer deine Tante besucht und gewußt, wie es dir geht. Ich glaube, sie wird sich freuen, wenn ich ihr von unsern Plänen erzähle.«

Mit einem Ruck saß sie gerade und machte sich von ihm los.

»Sie darf es nicht erfahren. Niemand darf es erfahren, jedenfalls noch lange Zeit nicht, erst wenn es kurz davor ist, daß wir – daß wir . . .«

»Daß wir heiraten?«

»Ja, ja. Verstehst du denn nicht? Sie denken, ich sei Sams Witwe. Sollen sie's denken. Du hast gehört, wie Moloney mich anredet. Das ist ein Segen für uns alle. Ich würde doch sehr schlecht dastehen, wenn ich jetzt eine neue Verlobung verkündete, so schnell, und vor der Geburt des Babys. Verstehst du nicht? Wir dürfen nichts sagen, zu keinem. Versprich mir das, Peter, versprich es. Oh, warum hab ich nur ja gesagt?«

Zart strich er ihr mit den Fingerspitzen übers Haar, entzückt davon, wie weich es war. Ein leichter Duft stieg davon auf, stärker an diesem Abend als er ihn in Erinnerung hatte.

»Natürlich versprech ich dir das. Außer uns beiden braucht niemand etwas davon zu wissen. Ich werde nichts tun, was du nicht willst. Da, das ist besser. Ein Glas Wein. Und ich muß etwas von diesen wundervollen Sachen essen, sonst denkt Moloney noch, ich wüßte seine Mühe nicht zu würdigen.«

Sie lehnte sich im Sofa zurück, das Glas in der Hand, und dann nippte sie daran mit kleinen, zustoßenden Bewegungen wie ein Vogel. Er schenkte ihr neu ein und sah, wie ihre Augen einen träumerischen Ausdruck annahmen, als sie sich beruhigte. Wenn er sie jetzt nur nehmen könnte, wie er es bei sich zu Hause in jener verrückten Nacht getan hatte, als sie das erste Mal zu ihm gekommen war. Sie war noch dasselbe wilde, unberechenbare Mädchen, und sie hatte gesagt, daß sie seine Frau sein wolle. Das genügte, es mußte genügen – vorerst. Während der kommenden Monate würde er, wo immer er auch sein mochte, diesen stillen Moment durchleben müssen, dieses Kaminfeuer, den in den Gläsern glühenden Wein, das Gefühl tiefen Friedens, das sein ganzes Sein durchströmte. Lange nachdem sie ihn verlassen hatte, saß er noch da, wartete auf Nicholas und versuchte zu begreifen, daß sein Leben endlich doch noch eine Wendung zum Guten genommen hatte. Alles, was er bis jetzt getan hatte, schien so belanglos, ihrer unwürdig, so unschuldig und gut war sie. Viele, viele Male wiederholte er für sich die Worte, die ihn zutiefst befriedigten, als ginge ihm deren Bedeutung jedesmal aufs neue auf:

»Ich liebe sie mehr als alles in der Welt. Ich werde sie lieben, bis ich sterbe.«

Es war nach Mitternacht, als Nicholas zurückkam. Das Feuer schien schon erloschen, aber sie fachten es wieder an und saßen noch mehrere Stunden zusammen, so daß Peter am Ende so gut wie nichts von dem Bett sah, das so lange auf ihn gewartet hatte. Kurz vor zehn am nächsten Morgen war er abgefahren, ohne Molly noch einmal gesehen zu haben.

18

Während die Monate vergingen und er selber wieder zu Kräften kam, sah Nicholas mit Staunen und Freude, wie Mollys Gesundheitszustand sich besserte. Irgendeine Macht schien Gewalt über sie gewonnen zu haben und sie auf eine neue Weise zu formen. Es war offenbar die instinktive Mutterschaft, von der sie beherrscht wurde, so sehr sie sich auch dagegen sträubte. Auf einem der Spaziergänge mit Nicholas sprach sie mit ihm darüber. Der Arzt hatte gesagt, sie müßten viel Bewegung an frischer Luft haben, wobei er sie beide wie zwei ungehorsame Kinder mit strengem Blick ansah:

»Es ist mir völlig wurscht, ob ihr gerne lauft oder nicht, oder ob es regnet oder schneit. Ihr könnt euch ja wohl was anziehn, nicht? Und ihr seid beide nicht aus Zucker, oder? Als ich jung war, war ich oft zwölf Stunden in einer Tour von zu Hause weg, zu Pferde unterwegs meine Kranken besuchen, in Tälern und auf Bergen. Sie wollen doch Arzt werden, sagten Sie.« Nicholas nickte und bereute, bekannt zu haben, daß er vier Semester studiert hatte. »Nun, je früher Sie die richtige Einstellung zur Medizin bekommen, um so sicherer werden die Menschen sein, die dann unter Ihnen zu leiden haben. Andernfalls ist es besser, Sie steigen aus, bevor Sie Schaden anrichten.«

All dies, weil sie drei Tage nicht aus dem Haus gegangen waren, denn mit dem Beginn des Novembers war das Wetter kalt und naß geworden. Als der Arzt davongestampft war, sahen sie einander an und lachten unsicher. Dann sagte Molly:

»Na, dann gehn wir mal lieber. Wenigstens der Regen hat aufgehört.«

Sie gingen die Auffahrt hinunter. Aus den kahlen Buchen tropfte es noch. Nebel trieb so niedrig, daß die »Torheit« oben auf dem Hügel kaum zu sehen war. Dies war der erste Tag, an dem er zu ihr von Sam sprach. Molly hatte darauf bestanden.

»Erzähl mir von ihm. Wie hat er ausgesehn, als du ihn das allerletzte Mal gesehn hast? Hatte er Angst?«

»Kein bißchen. Er war heiter, auch noch, als er krank war. Er sprach von dir – willst du wirklich, daß ich darüber rede? Ich kann warten, bis du bereit bist, wenn du willst jahrelang, denn ich werde nichts davon vergessen.«

»Nein. Bitte erzähl mir. Ich muß alles über ihn wissen, und alles über das Gefängnis und die Fahrt dorthin, alles, alles.«

»Als man uns von dem Fenster in Kilmainham weggezerrt hatte, wurden wir zu den Kais abgeführt. Sam konnte sich kaum auf den Beinen halten; dann haben ein paar von den Männern den ›Soldier's Song‹ angestimmt, und dazu sind wir marschiert. Als wir ans Schiff kamen, sah er besser aus. Sie haben uns auf ein Rinderschiff verfrachtet, wo wir auf dem Boden saßen oder auf Rettungsringen. Einige von uns hatten einen Mantelsack, und ich habe Sam einen besorgt, damit er sich drauflegen konnte. Viel konnte man nicht sehn, es war zu dunkel. Die Männer sangen ›God Save Ireland‹ und ›Who Fears to Speak of '98‹, aber sie hörten auf, als das Schiff zu rollen begann. Die meisten von uns waren anfangs seekrank, aber wir sind darüber weggekommen, nur einigen ging's verdammt dreckig. Es ist schwer zu glauben, daß man sich an den Gestank gewöhnen kann, aber nach einer Weile geht's tatsächlich. Es war eine lange, rauhe Fahrt, und dann kamen wir in einen Zug, in Liverpool, glaub ich, aber wir konnten nichts sehn, weil es Nacht war. Wir waren die ganze Nacht unterwegs und teilweise noch den nächsten Tag, und in Plymouth haben sie uns rausgeholt und auf Lastwagen verladen, die uns dann nach Dartmoor gebracht haben. Das war, wo sie früher die Fenians eingesperrt hatten, weißt du, und Michael Davitt. Vielleicht waren wir sogar in genau demselben Bau, denn wir sahen, daß der alt war, mindestens seit zwanzig Jahren nicht mehr benutzt. Und ich erinnerte mich an die Beschreibung, die mein Großvater Morgan mir von Dartmoor gegeben hatte – die große Halle und die Reihen von Zellen, eine über der andern, und wie die Gefangenen bei der Ankunft alle durchsucht und in Sträflingskleidung gesteckt wurden.«

»Hat Sam Sträflingskleidung getragen?«

»Wir alle. Wir haben protestiert, aber dann haben wir sie doch angezogen; und auch Mützen mit Nummern. Zuerst wurden wir in unsern Zellen gehalten, mit einer Stunde Rundgang täglich, und sprechen durften wir nicht dabei. Im Zug hatten wir beschlossen, die Gefängnisvorschriften zu ignorieren und die Behandlung von politischen Gefangenen zu verlangen. Also haben Sam und ich sofort ein Gespräch angefangen, als wir einander sahen. Wir hatten kaum den Mund aufgemacht, als auch schon vier Wärter über uns herfielen und uns zum Direktor abführten. Drei Tage Einzelhaft haben wir bekommen. Das war furchtbar – eine Zelle ohne Fenster, zu essen nichts als trockenes Brot und Wasser, keine Möglichkeit, den Tag von der Nacht zu unterscheiden, keine Bewegung. Als wir rauskamen, sah Sam aus wie ein Gespenst. Molly, ich sollte nicht so zu dir reden – was bin ich bloß für ein Trottel? Lassen wir das bis ein andermal.«

Aber sie sagte:

»Wenn man erst etwas durch und durch kennt, kann man anfangen, sich ein Bild davon zu machen. Ich werde das mit Sam nie verstehn, wenn ich nicht all diese Dinge weiß. Ich muß es wissen. Wie ging es dann weiter, als er aus der Zelle kam?«

»Sie legten uns zurück in den Hauptblock, und am nächsten Tag wurden wir mit den andern zum Rundgang rausgelassen. Sam und ich begannen sofort wieder zu sprechen, als ob nichts geschehen wär. Natürlich wurden wir wieder weggeschleppt, aber diesmal rief Sam den andern zu, sie sollten reden, alle Vorschriften ignorieren, bis man uns wie politische Gefangene behandeln würde. Nochmal drei Tage Dunkelhaft bei Brot und Wasser war das Ergebnis davon, und uns wurde angedroht, daß man uns völlig von den andern absondern würde. Aber es war kein Platz mehr in dem Gefängnis, und sie wußten nicht, wo sie uns sonst unterbringen sollten. Sam sah da schon schlechter aus als je. Gleich am nächsten Morgen – wir warteten in der großen Halle auf die Inspektion, die Wärter schlichen mit ihren Knüppeln vor uns auf und ab –, wer kommt da? Kein anderer als General Eoin MacNeill. Wir wußten gar nicht, daß er auch da war. Er mußte erst ein oder zwei Tage vorher angekommen sein. Wie du weißt, waren nicht wenige Freiwillige wütend auf ihn, weil er die Erhebung im letzten Moment abgeblasen hatte, und einige hatten behauptet, das Unternehmen hätte viel eindrucksvoller ausfallen können, wenn er nicht gewesen wäre, hätte vielleicht sogar ein Erfolg sein können, obwohl ich das nicht glaube. Na, jedenfalls waren alle plötzlich sehr nervös, aber bevor wir uns darüber klarwurden, was wir gegenüber MacNeill empfanden, trat Kommandant de Valéra vor, drehte sich zu uns um und sagte: ›Irische Freiwillige! Achtung! Augen links!‹ Alle sprangen wir in Hab-Acht-Stellung, um dem General zu salutieren, und dann sagte Dev: ›Augen gerade-aus!‹ und trat einfach wieder zurück in die Reihe. Die Wärter packten ihn und schleppten ihn weg, und um sicherzugehn, nahmen sie Sam auch gleich mit. Ebensogut hätten sie mich mitnehmen können, aber das haben sie nicht gemacht. Ich falle irgendwie nicht so auf wie Sam. Er wirkte so selbstsicher, so wichtig, daß er nicht zu übersehen war. Außerdem hatte er auch in der Einzelhaft Schwierigkeiten gemacht.

Das nächste Mal sah ich ihn dann in der Krankenabteilung. Er hatte Magenbluten, und sie konnten nicht damit fertig werden. Anscheinend wußte keiner, was man ihm zu essen geben sollte. Sie verloren einfach den Kopf. Schließlich ließ mich der Gefängnisdirektor holen und bat mich tatsächlich, zu Sam zu gehn und mit ihm zu reden, ihn zu fragen, ob es irgend etwas gebe, was er gern haben würde. Wie ein Verrückter bin ich diese Treppe hochgerannt. Am Gesicht des Direktors war gleich abzulesen, was mir bevorstand. Auf den ersten Blick war zu erkennen, daß er geprügelt worden war. Ich sagte zur Ordonnanz: ›Ihr habt ihn umgebracht, schön habt ihr das hingekriegt. Hoffentlich seid ihr stolz auf euch. Das wird sich hübsch machen in den Zeitungen.‹ Und noch eine ganze Menge mehr. Ich wußte, wovon ich redete. Selbst in den wenigen Semestern als Medizinstudent hatte ich einige Magendurchbrüche gesehn, und dann war er ja nach der Brot-und-Wasser-Kost stark geschwächt.

Sie waren schon nervös genug, und das reichte ihnen, um nach Onkel Thomas zu schicken. Ich wurde mit einem Tritt wieder dorthin befördert, wo ich hingehörte. Als nächstes hörten wir dann, daß Sam tot war. Inzwischen hatten wir in einer großen Gemeinschaftswerkstatt mit der Herstellung von Postsäcken angefangen, aber reden durften wir immer noch nicht. Wir fanden heraus, was vorging, indem wir redeten, ohne die Lippen zu bewegen. Das ging ganz gut beim Weiterreichen von Material für unsere Arbeit, oder wenn wir aneinander vorbeikamen, oder in der Kapelle beim Singen. Einer der Wärter besorgte uns Zeitungen, und da lasen wir dann von Sams Tod und von der Beerdigung, und wie sie die Überführung der Leiche verhindern wollten.«

»Haben sie dich noch einmal mit Sam sprechen lassen?«

»Einmal, bevor Thomas kam. Ein Wärter war dabei, damit wir keine Verschwörung anzetteln. Sam war das egal – von ihm aus hätte der Mann ein Vogel auf einem Ast sein können. Er wußte, daß er sterben würde. Ich versuchte ihn zu beruhigen, gab es aber auf, als er sagte, ihm sei es lieber, wenn man ihm die Wahrheit sage. Der Tod mache ihm keine Angst, sagte er, er finde ihn nur interessant.«

Sie hatten jetzt das Einfahrtstor erreicht und drehten um. Der Regen hatte noch immer nicht wieder eingesetzt, aber das Pförtnerhäuschen und die niedrigen Büsche drumherum schienen im Nebel zu versinken. Bald würde es dunkel sein. Schon waren in dem fernen Haus die Lichter zu sehen. Nicholas war froh, daß Molly nicht viel von seinem Gesicht erkennen konnte, als er fortfuhr:

»Das einzige, was Sam bedauerte, war, dich zurückzulassen. Der Gedanke an all die Dinge, die ihr nie zusammen getan habt, quälte ihn. Er sagte: ›Wie gern hätte ich die Hochzeitsfeierlichkeiten erlebt. Wie gern hätte ich gesagt: Ich, Samuel, nehme dich, Mary, zu meiner angetrauten Frau, dich hinfort zu halten und zu ehren alle Tage.‹ Molly, nimm meine Hand, lehn dich an mich. Ich bin froh, bei dir zu sein.«

»Thomas hat mir eine Nachricht von ihm überbracht«, sagte sie nach einer Weile.

»Er hat mich gebeten, mich um dich zu kümmern«, sagte Nicholas. »Von dem Kind hat er nicht gesprochen. Wenn ich davon etwas gewußt hätte, hätte ich anders mit ihm reden können.«

»Er hat auch nichts davon gewußt. Alle denken, wir wären heimlich verheiratet gewesen. Alle freuen sich darüber, nur ich nicht«, sagte sie bitter. »Was mich betrifft, so ist es ein Unglück. Kannst du das verstehn?«

»Irgendwie schon. Erzähl mir.«

»Es ist eine Falle. Eine Frau in meinem Zustand ist lächerlich, hilflos und jedermanns Gnade ausgeliefert. Man hat mich hier als Gast in ein Haus geschickt, in dem ich noch vor einem Jahr keine Seele kannte.«

Nicholas wandte ein:

»Aber mich kennst du doch schon lange. Mein Großonkel freut sich, dich hierzuhaben. Und allen von uns ist so viel Schreckliches widerfahren – vielleicht ist das dein Anteil.«

»Das mag sein, aber *ich* hab mir das nicht ausgesucht. Mir kommt es ungeheuerlich vor, jetzt ein Kind in die Welt zu setzen, wo jeden Tag Tausende von Menschen sterben. Sam würde das verstehn, wenn er hier wär.«

»Ja, er würde es verstehn. Er sagte, du sollst nicht zurückgehn, um bei deinem Vater zu leben, eh du nicht unabhängig bist von ihm. Er hat mir erzählt, daß er sein Testament zu deinen Gunsten aufgesetzt hat, um dich von ihm freizumachen. Er hat deine Tante bewundert. Er sagte, Peter Morrow sei verläßlich, auch der würde dir helfen.«

»Dieser Kerl ist mir zuwider«, sagte sie giftig.

Nicholas war erstaunt.

»Wie kannst du so was sagen? Jeder liebt Peter. Für jeden tut er etwas. Wenn er unterwegs ist, um auf dem Land die Organisation aufzubauen, ist er jedermanns Augapfel. Sie verstecken ihn in Scheunen und Schuppen und schicken ihn mit Führern zu Pferde über die Berge. Sein Name ist bereits in die Folklore von Cork und Kerry eingegangen.«

»Er ist einer der ihren, natürlich«, sagte sie mit leiser Stimme und fragte dann: »Woher weißt du das alles?«

»Ich treff ihn immer in Dublin, wenn er zurückkommt. Das ist der Grund, warum ich alle paar Wochen nach Dublin fahre.«

»Du meinst, er ist womöglich verhaftet?«

»Gott bewahre! So viele haben wir nicht von seiner Sorte. Molly!« Er blieb stehen und drehte sie zu sich herum, wobei er ihren festen Arm fühlte, der keinen Widerstand leistete. »Du mußt lernen, wem du trauen kannst. Ich habe mit ihm über dich gesprochen. Er erkundigt sich immer nach dir.«

»Dazu hattest du kein Recht!«

Ihre Augen schienen etwas Schreckliches in der Ferne zu sehen, und offenbar war ihr überhaupt nicht bewußt, daß sie vielleicht etwas wirklich Beleidigendes gesagt hatte. Ihre Stimme hatte einen hysterischen Oberton.

»Ich komme mir reichlich albern vor. Und es ist mir schrecklich unangenehm, in anderer Leute Obhut zu sein. Hast du gewußt – hast du gewußt . . .«

Als sie nicht weiterkonnte, sagte Nicholas sanft:

»Was hast du denn gegen ihn? Weißt du nicht, daß er dich sehr gern mag?«

»Doch«, sagte sie unduldsam, fast verächtlich. »Was ich gegen ihn habe? Nun, erstmal ist er ein Freund meines Vaters.«

»Aber nicht wirklich, das weißt du doch. Er hat sich für ihn interessiert, und dann hat er dich in Woodbrook kennengelernt. Weiter nichts.«

»Ich weiß, daß er ihm Geld geliehen hat.«

»Daraus kann man ihm kaum einen Vorwurf machen. Wie hätte er's ihm abschlagen können? Peter ist großzügig.«

»Es gibt noch andere Dinge«, sagte sie halb zu sich selbst.

Nicholas brachte nichts mehr aus ihr heraus. Sie wiederholte nur noch einmal, daß sie Peter Morrow nicht zu sehen wünsche.

Das war der Grund, warum Nicholas, als er ein oder zwei Wochen später, Anfang Dezember, nach Rathangan zurückfuhr, Peter nicht mitnehmen wollte.

»Ich weiß, wie dir zumute ist«, sagte er. »Es ist schon ziemlich lange für jeden offensichtlich. Aber verzeih mir, wenn ich dir sage, daß es keinen Sinn hat, einem Mädchen in ihren Umständen den Hof zu machen. Du wirst warten müssen.«

Sie waren in den Büros der Gälischen Liga am Rutland Square, und die Sitzung, die sie eben beendet hatten, war langwierig und kompliziert gewesen. Peter ging zum Fenster und sah hinunter auf die Straße, als wollte er, bevor sie hinausgingen, nachsehen, ob das Gebäude beobachtet wurde. Nicholas fühlte, wie unglücklich er war, und sagte:

»Schau Peter, du mußt halt warten. Sie wird dir schon nicht weglaufen. Bevor das Kind nicht da ist, kann sie sowieso nichts machen. Du mußt Geduld haben. Sie will niemanden sehn.«

»Hat sie das gesagt?«

»Ja.«

»Hat sie speziell mich genannt? Würde sie nicht eine Ausnahme machen?«

»Sie könnte, aber sie will nicht. Ich hab ihr von deinen Reisen erzählt. Zuerst war ich nicht sicher, ob Irland ihr überhaupt am Herzen liegt, aber in letzter Zeit kann ich sehen, daß dies der Fall ist. Das muß vorerst einmal genügen. Mehr kann man nicht erwarten. Sie steht· Qualen aus und hat ein wenig Frieden verdient.«

Peter schien noch etwas dazu sagen zu wollen, doch als er sich vom Fenster abwandte, sprach er über die kommende Vorwahl und welche Chancen Sinn Féin dabei haben mochte. Nicholas sagte:

»Sicher, ich weiß, wir müssen zusehn, daß unsere Kandidaten gewählt werden, aber nur als Symbol, um zu zeigen, daß wir das Volk hinter uns haben. Sie haben versprochen, nicht nach

Westminster zu gehn, und damit wird klar, daß wir wissen, daß wir unsere Unabhängigkeit niemals kampflos kriegen werden. Meiner Ansicht nach weiß das britische Kabinett genau, daß sie Carson und Smith und Bonar Law zu viel Macht gegeben haben, als sie sie bestachen. Jetzt sagen die Belfaster Arbeiter, es muß ein Parlament fürs ganze Land geben, mit Sitz in Dublin. Sie wissen, daß das blödsinnige Gesetz zur Selbstregierung Mumpitz ist, aber ihre Arbeitgeber sind da anderer Meinung. Wie kommst du nur auf den Gedanken, daß die Wahlen irgendeine Lösung bringen werden? Ich rechne damit, daß der Kampf jeden Tag wieder losgehn kann!«

»Wenn wir kämpfen, kämpfen wir uns zum Verhandlungstisch durch. Warum nicht erst mal versuchen, so an den Verhandlungstisch zu kommen?«

»Ein Versuch kann wohl nichts schaden. Lloyd George sagte neulich, in Irland wird es so lange keinen Frieden geben, wie es kein Parlament für das ganze Land gibt, mit Sitz in Dublin. Das sieht er jetzt so, weil er grade gewählt worden ist. In ein paar Wochen verschwindet das alles wieder im Nebel. Es ist immer dasselbe. Es sitzen zu viele konservative Sturköpfe in Westminster. Was auch geschieht, wir dürfen nie müde werden zu kämpfen.«

»Ich kann das Wort bald nicht mehr hören.«

»Ich auch nicht, weiß Gott, aber ich finde, wir sollten zusehn, daß wir wieder zu Atem kommen.«

»Die Männer in Tipperary sagen, je früher wir was anfangen, um so besser«, sagte Peter. »Sie argumentieren genauso wie du. Ich warne sie immer wieder, nichts ohne Befehl zu unternehmen, aber ich weiß nicht, ob sie auf mich hören.«

»Wer sind die Männer?«

»Seán Treacy, Dan Breen, eine ganze Sippe von Ryans. Sie haben eine gute, kleine Kompanie und den Mut von Löwen. Wenn ich ihnen zuhöre, weiß ich, daß die einfachen Leute auf Versprechungen nichts mehr geben. Sie haben nichts zu verlieren. Sie basteln Bomben, und ihre Gewehre sind sicher versteckt. Wenn mein Eindruck richtig ist, fangen sie früher oder später an. Sie haben keine Geduld mit Sinn Féin. Mich tolerieren sie, weil ich ihnen geholfen habe, Offiziere zu finden, und ein paarmal selber runtergefahren bin, um sie zu besuchen und bei ihrer Organisation mitzuwirken.«

»Wie stehn die Dinge in Galway?«

»Sehr ruhig, da tut sich kaum was. Ich war in Woodbrook. Du kannst Molly sagen, daß ihre Schwester Weihnachten nicht kommen kann. Sie ist wieder krank gewesen.«

»Das tut mir leid. Das wird kein besonders frohes Fest werden, wo all unsere Freunde im Gefängnis sind. Ich wünschte, ich könnte dich bitten zu kommen. Was wirst du tun?«

»Ich fahr zu meinem Bruder James, draußen hinter Barna. Ich hab ihm versprochen, wiederzukommen, um die Männer da zu besuchen und ihnen ein paar Ratschläge zu geben.«

19

Drei Tage vor Weihnachten wurden all die Untersuchungshäftlinge in englischen Gefängnissen plötzlich entlassen. Moloney brachte die Nachricht aus Kildare mit, und er hatte sogar herausgefunden, wann das Schiff am Noth Wall erwartet wurde. Am Heiligabend fuhr Nicholas nach Dublin, in der Hoffnung, vielleicht seinen Onkel Fergal zu erspähen und Sams Bruder Denis, die zusammen in Frongoch gewesen waren. Ganz Dublin schien herausgekommen zu sein, um zu schauen. Nicholas mußte sich seinen Weg durch eine jubelnde, sich drängelnde Menschenmenge bahnen, um etwas von den Lastwagen mit den lächelnden, winkenden Gefangenen zu sehen, die allen Grund hatten, über diesen Empfang erstaunte Gesichter zu machen. War dies die Stadt, die unfreundlich oder spöttisch zugesehen hatte, als diese selben Männer die Sackville Street hinaufmarschiert waren, um ihre Gewehre vor dem Parnell-Denkmal niederzulegen? Das war erst wenige Monate her. Nicholas war einer von diesen Männern gewesen, und er erinnerte sich noch gut, welchen Zorn und welche Verachtung er damals für die Dubliner empfunden hatte. Es war ungerecht gewesen, denn es hatte den Anschein, daß man in der Zwischenzeit etwas gelernt hatte. Man kann keine bewaffnete Rebellion in eine Stadt tragen und erwarten, daß das Volk auf die Barrikaden steigt. Das tut es nie. Robert Emmet hatte das vor mehr als hundert Jahren am eigenen Leib erfahren. Pearse hatte es gewußt und nichts erwartet. In seiner letzten Botschaft an das Volk von Irland hatte er klargemacht, daß die Verantwortung des Volkes in der Zukunft liege, im Gedenken an jene, die ihr Leben für es hingegeben hätten, und er hatte gesagt, daß die wenigen Tage der Erhebung große Schande von Irland genommen hätten. Nun, nach dieser Menschenmenge zu urteilen, war die Botschaft schneller angekommen, als man hätte hoffen können.

Die Menge hatte neue Lieder, die der größte Teil zu kennen schien und von denen einige Parodien auf ältere waren. In der Nähe des Zollhauses, wo Nicholas an einen riesigen Pfeiler gedrückt stand, stimmte ein kleiner Mann in zerschlissener Arbeitskleidung mit rauher Stimme an:

»Wer spricht nicht gern von der Osterwoche?
Wer wagt ihren Namen zu beklagen?«

Nicholas schob sich näher, um den Sänger besser sehen zu können, und erkannte in ihm einen von James Connollys Arbeiterführern. Er hieß Kelly und war ein Dockarbeiter, den er vor drei Jahren während der großen Aussperrung hier sprechen gehört hatte, fast an der gleichen Stelle. Er war sich seiner Macht durchaus bewußt und hielt seine Zuhörer gekonnt mit Blicken in Bann, während er schloß:

»Die Tapferen, die hart getreten
Vom schweren Stiefel des Tyrannen,
Wir wissen, daß sie weiterbeten
Mit Stahl- und Eisenklang,
Und aus den Zellen tönt mit Gellen
Ihr lautes Rufen ohne Ruhn
Nach dem, was noch zu tun.

Diese ungefügen Reime, die keineswegs künstlerisch gemeint waren, wurden mit lautem Jubel aufgenommen.

Der Nachmittag wurde kalt, und bald würde es dunkel sein. Die Kolonne der Lastwagen war verschwunden. Eigentlich sollte er jetzt zu Thomas' und Lettys Haus gehen, wo er Fergal und Denis mit Sicherheit finden würde. Er hatte sie mit der Gräfin Markievicz in einem der Lastwagen gesehen. Die Männer hatten sie hochgehoben, und ausgelassen hatte sie mit beiden Armen gewinkt und lachend den Kopf zurückgeworfen. Aber Thomas und Letty würden über Sam sprechen, und Nicholas wußte, daß er jetzt nicht imstande war, da mitzumachen. Man würde von ihm erwarten, daß er Fergal und Denis von jenen letzten Tagen erzählte. Das war nur natürlich. Bei dem Gedanken an diese schwere Prüfung zog sich ihm der Hals zusammen, und er fühlte Tränen aufsteigen. Es war schon schlimm genug gewesen, mit Molly darüber zu sprechen. Es würde noch schlimmer sein mit Sams Mutter, der armen Letty, wie jeder sie nannte, die so tapfer und erschöpft war und die um so mehr gelitten haben mußte, als sie nicht wußte, warum Sam so verrückt gewesen sein konnte, sich in all dies hineinziehen zu lassen.

Vor allem ging es über seine Kraft, über Molly zu sprechen, und das würden sie bestimmt tun. Er konnte sich genau die mitfühlenden Stimmen vorstellen, das echte Mitleid mit ihr, und die Fragen. Letty war einmal in Rathangan gewesen, um sie zu besuchen, aber keine von beiden hatte sich natürlich verhalten können. Letty war so unglücklich gewesen, daß sie auf konventionelle Höflichkeit zurückgegriffen hatte, und das sei schwerer zu ertragen gewesen, sagte Molly, als wenn sie primitiv mit ihr herumgeschimpft hätte.

Nicholas wußte jetzt ohne jeden Zweifel, daß er Molly liebte, und zwar so bewußt, wie es nur jemand vermag, der mit dem Verlust des Lebens selber bedroht worden ist. Erst nach seinem letzten, hochtrabenden Gespräch mit Peter Morrow war ihm das klargeworden. Während er vorher nur Verzweiflung und Verwirrung empfunden hatte, war er jetzt erfüllt von Lebensfreude, einem hüpfenden, pulsierenden Gefühl, das ihn ganz durchdrang und ihn bei jedem Gedanken an sie überkam, an jedem Ort, an dem er sie gewöhnlich sah. Jeden Morgen erwachte er mit Plänen, wie er ihr eine Freude machen könnte. Dann gab er acht, ob er bei ihr Erfolg gehabt hatte. Viel konnte er nicht tun – ein paar Buchenblätter in einer Vase; ein sorgfältig ausgesuchtes Konzert auf dem Grammophon; eine besondere Flasche Wein zum Essen; vor allem das Versprechen, für sie da zu sein, wenn sie ihn brauchte. Mit Beginn der kalten Jahreszeit schien sein Großonkel geschrumpft zu sein. Er kam jetzt nur noch selten ins Eßzimmer. Moloney brachte ihm die Mahlzeiten in sein Studierzimmer, wo er am Kamin aß, was bedeutete, daß Molly und Nicholas gewöhnlich miteinander allein waren.

Anfang Februar kam Tante Jack von Galway hoch, und eine Woche später wurde Mollys Sohn geboren. Am Morgen war der Arzt gekommen und hatte seine übliche Anweisung wiederholt, daß sie jeden Tag spazieren gehen müsse, bis zuletzt, ja bis zu der Sekunde unmittelbar vor der Geburt.

»Was ist schon dabei, wenn Sie's auf dem Zufahrtsweg kriegen?« donnerte er sie an. »Ihr Weiber seid doch alle gleich – aus jeder Kleinigkeit macht ihr Mysterien und geheimnisvollen Dunst. Eine Zigeunerin würde ihr Kind am Straßenrand kriegen und dann mit ihm auf dem Arm rennen, um den Wohnwagen einzuholen. Was soll das ganze Theater?«

Mit Tränen der Wut in den Augen mußte Molly lachen.

»Nur daß ich keine Zigeunerin bin.«

»So ist's schon besser. Übertreiben Sie nichts, und es wird Ihnen gutgehn. Für Ihre Größe sind Sie gesund wie nur eine.«

Als er an jenem Tag aus dem Haus stampfte, lief er in der Halle Nicholas über den Weg und fragte ihn:

»Wo ist der Mann von diesem Mädchen? Der sollte hier sein. Warum ist er nicht hier?«

»Er ist im Gefängnis gestorben.«

»Oh. Na, dann haben Sie ein Auge auf sie. Sie ist zuviel allein. Sie muß spazieren gehn. Tut Ihnen auch gut. Sie haben sich ja ganz schön erholt.«

Er musterte Nicholas, als wäre der ein Pferd, dann marschierte er hinaus und knallte die Tür hinter sich zu.

Nicholas fand Molly aufgelöst in Tränen im Wohnzimmer.
»Ich kann nicht – ich kann heute einfach nicht rausgehn. Ich fühl mich hundsmiserabel. Er ist ein Vieh. Ich wünschte – ich wünschte . . .«

Er wußte, daß sie wünschte, Sam wäre da, aber er empfand keine Eifersucht. Erst als sie von Peter zu sprechen begann, fühlte er, daß kochende, irrationale, böse Wut ihn durchlief wie ein elektrischer Schlag, obwohl sie lediglich sagte:

»Hast du Peter Morrow gesehn? Wo ist er jetzt?«

»In Galway, nehm ich an. Ich hab ihn lange nicht mehr gesehn.«

»Warum sagst du das so komisch.«

»Wie meinst du das?«

»So gleichgültig. Als würd es dich überhaupt nicht interessieren. Ich dachte, du und Peter, ihr seid dicke Freunde. Ich dachte, du würdest ihn öfter in Dublin sehn.«

»Er kommt jetzt nicht mehr nach Dublin. Wenn ich an jemanden denke, dann bist du's und nicht Peter.«

»Nicholas, ich hab Angst. Ich hab schon lange keine mehr gehabt, aber jetzt hab ich plötzlich schreckliche Angst. Wovor? Ich weiß nicht – vor allen möglichen unbestimmten Dingen, die vielleicht nie eintreten werden, aber am meisten davor, allein zu sein. Nicholas, geh nicht weg. Wir brauchen doch nicht rauszugehn – sag, daß wir's nicht brauchen.«

»Natürlich nicht. Komm, setz dich und ruh dich aus. Soll ich Tante Jack rufen?«

»Nein. Sie ist in der Butterei. Sie ist so gern da. Stör sie nicht. Bleib nur bei mir. Halt meine Hände. Mir geht's dann immer gleich besser. Das ist lächerlich. Ich hab wirklich Zeit genug gehabt, mich an den Gedanken zu gewöhnen, aber noch nicht mal jetzt bin ich darüber weg. Nicholas, was meinst du – ob dieses Baby sterben könnte? Ob es vielleicht tot geboren wird?«

»Nein, natürlich nicht. Warum denn? Du bist vollkommen gesund. Denk nicht solche Sachen.«

»Ich denke, es stirbt vielleicht, und das wär das beste für alle, am meisten für das Baby selber. Hast du gewußt, daß Tante Jack bei allen Frauen in den Häuschen im Umkreis von Woodbrook die Babys holt? Sie sagen, sie hat eine glückliche Hand dabei. Hoffentlich hat sie bei mir kein Glück.«

»Bitte, sag so was nicht.«

»Aber so ist mir zumute. Nicholas, kannst du bei mir bleiben?«

»Natürlich. Ich rühr mich nicht von der Stelle.«

»Ich meine, für immer. Kannst du immer mit mir zusammenbleiben? Ich hab Angst. Kannst du mich bewahren vor – vor Peter Morrow?«

»Vor Peter Morrow!«

»Ja, ja.« Sie klammerte sich an seine Schulter und vergrub das Gesicht in der Beuge seines Arms, während er sie festhielt, verwirrt, voller Zweifel, daß er richtig gehört hatte. »Ich hab Angst vor ihm. Er wird mir irgendwas antun. Ich weiß nicht, was. Ich hab einfach Angst. Er hat mich und Tante Jack nach Dublin gebracht. Er war sehr gut zu uns. Dann ist er hierhergekommen, weil er mit dir sprechen wollte, und gleich an dem Abend, bevor du wieder zurück warst, hat er mich gebeten, ihn zu heiraten. Ich hab ja gesagt, und jetzt will ich's nicht mehr. Er jagt mir Angst ein. Ich kann ihn unmöglich heiraten. Ich hab dir erzählt, es gibt Dinge bei mir, von denen du nichts weißt. Ich hab ihn schwören lassen, daß er keinem was davon erzählt, und er war einverstanden, nicht vor einem Jahr oder noch länger, weil es schlecht aussehn würde. Jetzt weiß ich es – Nicholas, kannst du mir helfen? Kannst du mich wegbringen, irgendwohin, wo er mich nie mehr finden kann?«

»Laß mir Zeit zum Nachdenken.« Überlegend schwieg er und fragte dann: »Warum hast du deinen Entschluß geändert?«

»Weil ich ihn nicht liebe. Ich hab es nie getan. Ich finde ihn abstoßend.«

»Warum hast du ihm dann die Ehe versprochen?«

»Weil ich Angst hatte. Jetzt wirst du dein Urteil über mich fällen und dich von mir abwenden. Du wirst jetzt sagen, ich soll zu meinem Versprechen stehen und es einlösen – ich sag dir, ich kann's nicht. Es würde mein Tod sein – lieber würd ich mich umbringen als ihn heiraten. Ich hab schon daran gedacht, mich umzubringen.«

»Sag so was nicht. Einmal mußt du anders empfunden haben.«

»Nein, hab ich nicht. Er hat mich so bedrängt. Ich wünschte, dies Kind würde sterben – aber dann wünsch ich's auch wieder nicht – wie kann ich denn?«

Schnell legte sie die Hände auf ihren Bauch, die Finger gespreizt, als wollte sie dem Kind versichern, daß sie ihm kein Leid zufügen würde.

»Das Kind hat nichts damit zu tun. Lehn dich an mich. Weine nicht. Das ist nicht gut für dich. Sei ganz ruhig. Ich werde dich nie verlassen. Du mußt wissen, daß ich dich liebe. Nun atme langsam, tief. Wir werden uns beide Mühe geben, es für Peter so leicht wie möglich zu machen. Nun hör mal auf zu weinen, sonst macht mir Tante Jack noch Vorwürfe. So ist's schon besser. Wenn du schön ruhig bist, wird man dir nichts mehr ansehn, wenn sie zurückkommt. Wir gehn erst später raus, wenn du dich danach fühlst; oder vielleicht gar nicht heute.«

Indem er sie streichelte und ihr liebevoll zuredete, beruhigte er sie allmählich, so daß Tante Jack, als sie eine halbe Stunde später kam, nichts mehr von dem Sturm sah, der über sie hinweggegangen war. Kurz darauf ging sie nach oben, um Bettruhe zu halten, wie sie es jeden Tag ein bis zwei Stunden tat. Sie sagte, zum Essen werde sie ihn dann sehen.

Nicholas ging hinaus, die Auffahrt entlang. Er mußte allein sein, um das Wunderbare, was ihm geschehen war, ganz auszukosten. Sie war sein; sie hatte seine Liebe gesehen und gefühlt und sich ihm dargeboten. Er hatte nicht zu hoffen gewagt, daß sie ihn lieben würde, und nun war es geschehen. Alles andere war unbedeutend. Peter würde natürlich leiden, aber er hätte instinktiv wissen müssen, daß seine Pläne nicht zu verwirklichen waren. Das war es wohl auch gewesen, was Peter ihm erzählen wollte, an jenem Tag im Konferenzraum, als er dann über Politik sprach. Peter hatte sich ganz und gar nicht angehört wie ein Mann, der sich des Mädchens, das er liebt, sicher ist. Das war jetzt ganz klar. Wenn Peter sie nicht bekommen würde, warum dann nicht er? Und beide hatten sie Sam geliebt, was bei all dem das stärkste Band sein konnte.

Nicholas lief den langen Wiesenhang zur »Torheit« hinauf, durchs nasse Gras springend wie ein junger Hund. Die Sonne schien; zu beiden Seiten der Auffahrt, den ganzen geschwungenen Weg bis zu den Eingangstoren, konnte er die dünnen Narzissen vibrieren sehen. Sie waren früh dieses Jahr. Weiter in der Ferne weideten die Jersey-Kühe, ihre feine, fahle Farbe hob sich zart vor dem bleichen Wintergras ab. Er stieg bis hinauf zur »Torheit« und saß da, ringsum weit das Land überblickend. Das nächste große Haus war zu sehen, das der Armstrongs, mit seiner geschwungenen, weißgetünchten Vorderseite und dem weißen Zaun um den Park. Er konnte deren Pferde im Park sehen, und plötzlich hatte er Lust zum Reiten. In den Rathangan-Ställen gab es drei Pferde, aber niemand ritt sie jetzt mehr. Zwei davon waren alt, aber das dritte mochte angehen. Er würde Dan danach fragen. Der schien am meisten von den Pferden zu verstehen.

Er saß dort eine halbe Stunde, die Sonne warm auf dem Rükken, bis die erste Andeutung einer Wolke ihn daran erinnerte, daß es erst Februar war. Ein frostiger Wind sprang ihn an. Steif stand er auf und warf noch einmal bedachtsam einen Blick über das Land, das bald ihm gehören würde. Sein Großonkel hatte mehrmals davon gesprochen, während er leichtfüßig neben ihm herging, als er ihm das Gut und die Stallungen zeigte. Es war schwer zu glauben, daß der Arzt ihm gesagt hatte, sein Herz könne jeden Moment versagen.

»Er hat's mir nicht sagen wollen«, sagte sein Großonkel mit trockener, fast tonloser Stimme, »aber ich hab ihn darauf hingewiesen, daß ich's wissen muß, um rechtzeitig alle meine Angelegenheiten zu regeln. Vielleicht schlägt's noch jahrelang weiter, hat er gesagt, aber es kann auch jeden Moment aufhören. Darin liegt für den Spieler in mir natürlich ein gewisser Reiz. Erinnert mich an meine Renntage, obwohl ich damals nie viel gespielt habe. War dir auch so zumute, als ihr gekämpft habt? Daß man nie weiß, ob oder wann man von einer Kugel getroffen wird?«

»Ein bißchen schon vielleicht, obwohl man nie denkt, daß die Kugeln für einen selber bestimmt sind.«

»Du bist ein kluger Kerl. Genauso geht's mir auch. Ich treffe also vernünftige Vorkehrungen und genieße das alles, so lange es noch geht; ungefähr wie man einen Feiertag genießt. Jetzt geb ich dir den Rat, die Jersey- Herde zu behalten, und zwar aus mehreren Gründen. Sie ist über viele, viele Jahre hinweg aufgebaut worden, und jedes Tier ist tuberkulosefrei. In Irland muß man darauf besonders achten, denn das ganze Land wimmelt von Tb-Erregern, und das wird sich so lange nicht ändern wie sich niemand darum kümmert. Wenn ihr mal am Ruder seid, werdet ihr alle möglichen Kontrollen einführen müssen – reines Futter, gesunde Tiere, qualifizierte Tierärzte –, das ist ja wohl das, worum's euch geht, nehm ich an.«

»Unter anderm auch das, ja.«

»Hast du ernsthaft vor, dein Medizinstudium fortzusetzen?«

»Das scheint mir das Nützlichste, was ich tun kann, aber es liegt noch in weiter Ferne, wenn ich nicht irre. Ich weiß nicht, wann ich wieder auf die Universität zurück kann.«

»Du könntest im Oktober wieder anfangen – es sei denn, ihr plant weitere Kämpfe.« Als Nicholas darauf nichts erwiderte, sagte er mit einem Seufzer: »Nun, irgendwann wirst du wieder studieren. Aber du solltest fähig sein, das Gut trotzdem zu leiten. Die Leute hier im Umkreis sähen das gern, besonders meine Pächter. Versuch auch, alle Bediensteten zu behalten, die ich jetzt habe. Sie kennen sich hier aus, und sie sind ehrlich, etwas, was man in einem irischen Herrenhaus selten genug findet. Sie haben nichts gegen mich, weder als Gutsherrn noch als Arbeitgeber. Ich weiß das deswegen, weil sie mich andernfalls bei jeder kleinsten Gelegenheit nach Strich und Faden bestehlen und übers Ohr hauen würden. Mach dir keine Illusionen über die Arbeiter, junger Mann. Mit der Zeit werden sie vielleicht besser, aber bis jetzt fehlt ihnen noch die Erziehung, die man braucht, um Herr seiner selbst zu sein. Ich merke schon, wie dir der Kamm schwillt – aber es ist das Vorrecht meines Alters, so zu reden. In der ganzen Welt gibt es Anzeichen für eine neue Arbeiterrevolution, und ich bin froh, daß ich nicht mehr erleben muß, wie sie anfangs leiden werden. – Das Korn gedeiht gut hier in Kildare, und du bist nahe genug an Dublin, um ein einträgliches Geschäft mit Handelsgärtnereien zu betreiben, wenn du's gut organisierst und nur an die Großmärkte verkaufst. Faulheit war einer der Hauptgründe, der die großen Gutsbesitzer hier ruiniert hat, Faulheit und Großmannssucht. Wenn sie gearbeitet hätten, hätten sie nach Herzenslust alles haben können. Die Obsterträge sollten auch einiges einbringen. Ich wünschte, du würdest Landwirtschaft studieren statt Medizin.«

Als Nicholas schnell bergab ging, sah er den Arzt vorfahren und ins Haus marschieren. Als Nicholas dort ankam, war Moloney in fieberhafter Erregung.

»Ich hab den Jungen losgeschickt, den Doktor holen. Miss Gould sagt, das Baby kann jeden Augenblick kommen. Gott, Sir, wenn man sich das vorstellt – dies arme Mädchen – mit ihrem Baby – was wird sie nur machen? Ich könnte zum Mörder werden, wenn ich daran denke – Mr. Sam – schon als kleinen Jungen hab ich ihn gekannt – das Salz der Erde war er – und erst noch ein Bub – was soll nur aus ihr werden . . .?«

Es war ein qualvoller Tag; Nicholas wanderte im Haus umher, ging hinaus in den Hof, um nach den Pferden zu sehen, in den Garten, der zu dieser Jahreszeit fast kahl war, wieder zurück ins Wohnzimmer, wo er saß und wartete und sich fragte, ob ihre Gefühle für ihn nach der Geburt des Kindes noch dieselben sein würden oder ob sie nur aus Verzweiflung oder aus Angst zu ihm geflüchtet war. Er konnte das nicht glauben, aber dennoch quälte ihn der Gedanke. Es war lächerlich, ein Liebender zu sein, der keinerlei Rechte hatte.

Es begann zu dämmern, und Moloney hatte eben die ersten Lampen hereingebracht, als Tante Jack im Wohnzimmer erschien, wie aus dem Ei gepellt und mit einem Ausdruck reiner Zufriedenheit auf dem Gesicht. Sie ging stracks auf Nicholas zu, der vom Sofa aufgesprungen war, auf dem er hoffnungslos vor sich hingebrütet hatte, und indem sie ihm die Arme entgegenstreckte, sagte sie:

»Sie hat einen Sohn. Sie möchte dich sehn. Sie hat mir von dir erzählt. Oh, Nicholas, danken wir Gott, daß sich nun doch einmal etwas zum Guten gewendet hat.«

Vierter Teil

1917–1918

20

Als Peter fortgegangen war, wie es schien für immer, hatte Henry das Gefühl, auf dem Trockenen zurückgelassen worden zu sein. Viele Male fuhr er nach Galway und fragte nach ihm in dem Büro, wo er ihn sonst angetroffen hatte, bis der Geschäftsführer dort, ein mürrischer Mensch namens Griffin, ziemlich kurz und grob gegen ihn zu werden begann.

»Ich stehe in Verbindung mit Mr. Morrow«, sagte er eines Tages Anfang Oktober ärgerlich, als Henry besonders aufdringlich gewesen war. »Er wird vorläufig erst mal nicht zurückkommen. Er weiß, daß Sie sich nach ihm erkundigt haben und sagt, er werde sich bei Ihnen melden, sobald er wieder da ist.«

Das war nicht von Pappe, und Henry mußte sich damit zufrieden geben. Für den Bruchteil einer Sekunde erwog er, ob er versuchen solle, Griffin anzupumpen, aber er ließ den Gedanken sofort wieder fallen. Ein Gentleman konnte unmöglich von dem Angestellten eines seiner Freunde etwas borgen. Statt dessen sagte er mit wissender Miene:

»Er ist ja schon eine ganze Weile weg. Die üblichen Geschäfte, nehm ich an?«

Griffin sah ihn nur an und erwiderte nichts. Henry fuhr fort:

»Ich weiß alles darüber. Mr. Morrow ist einer von den besten, die wir haben.«

Es war ein Schuß ins Dunkle, aber er traf. Griffin legte sofort seinen Panzer ab und sagte leutseliger als je:

»O ja, auf Mr. Morrow ist Verlaß. Was er anfaßt, das macht er mit ganzem Herzen.«

Henry getraute sich nicht, gleich am ersten Tag in dieser Richtung weiterzumachen, aber von diesem Moment an begann in ihm ein Gedanke zu keimen. Er machte einen Abstecher nach Nun's Island, um Nora einen Besuch abzustatten, die sich immer freute, ihn zu sehen. Es war ein frischer Tag, der erste mit einer Andeutung von Frost, und sein alter Mantel wärmte ihn nicht sonderlich. Sie führte ihn sogleich in die winzige Küche, wo sie am Kohleherd Krapfen machte. Ihre Wangen waren gerötet von der Hitze, und ihr rötliches Haar umrahmte mit Kringeln ihr Gesicht, so daß sie bezaubernd entspannt und zugänglich aussah. Die Ärmel ihres alten blauen Kleides waren aufgekrempelt und ließen schlanke Unterarme sehen. Sie war fast so groß wie Henry – er hätte es nicht ertragen, wenn sie größer gewesen wäre –, und ihr Körper bewegte sich mit einer gelösten, schwingenden Anmut, was ihn immer wieder entzückte und staunen machte. Wie gelang es ihr nur, diese Wirkung in der engen Diele zu erzielen, die sie durchschritt, als käme sie mit einem um die Schultern geworfenen Schal auf einer Landstraße einen Berg herunter? Sie war die Summe all der lebendigen, sich in den Hüften wiegenden Mädchen, die er auf den Straßen sah, manche seiner Nachbarinnen, manche Zigeunerinnen, andere Fremde auf dem Weg zum Markt in Galway, und alle unerreichbar, denn hätte er eine von ihnen auch nur mit einem Finger berührt, würde es einen Skandal und eine Aufregung gegeben haben, die in der ganzen Grafschaft nicht zu überhören gewesen wäre. Nora war immer zu haben, und jedesmal begrüßte sie ihn, als hätte sie den ganzen Tag auf ihn gewartet, obgleich er ihr nie die Freude machte, ihr zu sagen, wann er wiederkommen würde. Nicht gut, wenn Frauen zu viel wissen – besser, man läßt sie im Unklaren. Das hatte er von seinem Vater gelernt, eine der wenigen Weisheiten, die er von diesem im übrigen unnützen Menschen übernommen hatte: »Schnapp sie dir jung, faß sie hart an und erzähl ihnen nichts.« Bei Nora hatte Henry diesen Rat befolgt, bei Emily war er aber nicht ganz fest genug gewesen.

Er folgte Nora in die Küche und setzte sich an den Tisch, während sie mit den Krapfen weitermachte. Sie besaß dafür das übliche Gerät: einen großen, rundbauchigen Topf voll von dampfendem Schmalz, die Siebkelle, mit der sie die Krapfen heraushob, wenn sie gar waren, und einen Stapel Zeitungen, auf denen sie trockneten. Sie tat den nächsten Schub in das heiße Fett und holte die große Schüssel aus der Herdröhre, wo sie warmgehalten wurden, und reichte sie Henry. Er nahm sich zwei und wartete, daß sie ihm einen Teller gäbe. Die Teller waren auf einem Bord über seinem Kopf, aber er machte keine Anstalten, sich selber einen zu nehmen. In diesen Dingen lag Henrys Stärke. Sie stellte die Schüssel ab und schob ihm einen Teller unter seine Krapfen, indes er sagte:

»Es wär besser gewesen, erst den Teller hinzustellen. Ich hätte mir fast die Finger verbrannt.«

»Ich vergeß immer, daß du'n Teller willst. Jeder andere benutzt den Tisch.«

Er sagte nichts darauf, sah sie aber von Kopf bis Fuß bewundernd an, während er in den ersten Krapfen biß. Dann sagte er schmatzend.:

»Du siehst toll aus, Nora. Wo sind denn alle?«

Es war eine unnötige Frage. Die Atmosphäre im Haus sagte ihm, daß die Mieter nicht da waren. Sie waren Ladengehilfen und arbeiteten an den ersten drei Wochentagen alle von acht Uhr morgens bis sieben Uhr abends und sonst bis zehn. Heute war Dienstag, also würden sie früh nach Hause kommen. Sie bekamen zwischen acht und zehn Shilling Wochenlohn, und Nora gab ihnen Kost und Logis für sieben. Die jetzigen Mieter waren Mickey, Johnny und Packy, im Alter zwischen zweiundzwanzig und vierzig. Packy war der älteste und das größte Risiko, da er zuweilen von Asthmaanfällen heimgesucht wurde und der Arbeit fernbleiben mußte. War er jedoch einmal zur Arbeit unterwegs, hielt er immer durch. Es bestand also keine Gefahr, daß er unvermutet nach Hause kommen würde.

215

»Die Krapfen sind für sie zum Tee«, sagte sie. »Aber du kannst haben, soviel du willst. Ich kann noch welche machen.«

In stiller Zuneigung sah sie auf ihn herab, als würde es ihr Freude machen, ihre Krapfen in seinem dünnen Körper verschwinden zu sehen. Sie waren hervorragend, warm und knusprig und zuckrig, und sie füllten das schreckliche Loch, welches das karge Mahl aus Kartoffeln und einem Spiegelei hinterlassen hatte. Mehr hatte Jack nicht auftreiben können. Er wußte, daß sie jetzt weitaus großzügiger wirtschaften konnte, da Molly all das Geld geerbt hatte, aber immer wieder sagte sie, daß es nicht ihnen gehöre, daß sie nichts davon erwarten könnten und daß Molly ihr bis jetzt noch nichts angeboten habe. Später werde sie das zweifellos tun, aber momentan sei sie durch das Baby und Sams schrecklichen Tod noch zu sehr durcheinander. Alles richtig, aber Jack hätte wenigstens einen Versuch machen können, von einer Bank in Galway etwas zu borgen. Sie wußte verdammt gut, daß kein Bankleiter auf der Welt Henry einen Kredit geben würde, und damit hatte sie ihn an der Kandare. Sie genoß das, die Hure, und er wagte es nicht, ihr die Meinung zu sagen. Er war in ihrer Gewalt, solange sie lebte, und das wußten sie beide, und außerdem wußten sie, daß er nie versuchen würde, seine Knechtschaft dadurch abzukürzen, daß er ihr Leben verkürzte. Er hatte einmal daran gedacht, vor langer Zeit, eine halbe Minute lang etwa, aber er wußte, daß auch sie daran gedacht hatte und wahrscheinlich Vorkehrungen getroffen hatte, die ihn an den Galgen liefern würden, sofern er etwas dergleichen versuchte. Was für ein Glück, daß er diesen Zufluchtsort hatte!

»Nora«, sagte er in dem leisen, intimen Ton, der, wie er wußte, die Botschaft immer am schnellsten übermittelte, »mach hin mit diesen Krapfen, 's wird spät.«

Sie streifte ihn mit einem verführerischen Seitenblick, so daß er sich fast den Finger abbiß, als er den nächsten Krapfen, den vierten, anbiß. Herrlich, sich mit zweiundfünfzig noch so stark zu fühlen. Sie war wirklich ein tolles Weib, das stand fest. Eine überraschende Welle des Ärgers stieg in ihm auf bei dem Gedanken, daß er sie nicht bei sich zu Hause haben konnte. Er probierte ein paar Argumente der Entrüstung durch – ein Mann hat das Recht auf ein persönliches Leben; ein Mann braucht eine Frau; eine Frau braucht einen Mann –, aber damit blieb er sofort stecken.

Wenn er sie bei sich zu Hause hätte, gäbe es keine Mieter, folglich keine Krapfen, kein großes Kohlefeuer, nichts, wo man in Galway würde hingehen können, keine nachmittäglichen Rammeleien auf dem Bett oben, und wo in Gottes Namen sollte er mit Jack hin? Es war unmöglich, sie loszuwerden, daran ließ sie keinen Zweifel, und ein Blick auf Nora würde die ganze Geschichte mit Emily, gar nicht zu reden von Maggie, wieder aufrühren. Da sollte Gras drüber wachsen, das war das beste. So mancher Mann würde ihn um seine derzeitige Unabhängigkeit beneiden. Was war denn seine Manneskraft wert ohne die?

Die letzten Krapfen waren fertig, und sie ging voran die Treppe hinauf zu dem Zimmer in der Zwischenetage. Das gehörte ihr, und die zwei anderen Zimmer, eine halbe Treppe höher, teilten sich die Mieter. Sie hielt ihr Zimmer hübsch in Ordnung, mit einem roten Tuch auf dem Toilettentisch, einem sauberen weißen Bettüberwurf und stets frischen Laken und Bezügen. Sie kannte sich aus in diesen Dingen, denn sie war in dem großen Haus der ffrenches unweit von Craughwell unter einer englischen Haushälterin Zimmermädchen gewesen, bis sie von ihren Großeltern das Häuschen in Nun's Island geerbt hatte und Mieter aufnahm.

Henry war nicht im geringsten eifersüchtig auf die Mieter. Wenn sie sich einem davon hin und wieder entgegenkommend zeigte, war das nur um so besser. Er hatte Frauen gegenüber keine Besitzansprüche, da er auf keine bestimmte Vertreterin dieser Gattung gesteigerten Wert legte, und außerdem war ihm klar, daß er, sollte Nora einmal schwanger werden, froh sein würde, einem der Mieter den schwarzen Peter zuschieben zu können. Henry war kein Narr, war immer gut versorgt mit Gummis, die er von einem Mann im Club bekam, aber bei diesen Dingern konnte man nie sicher sein. Er hatte nicht vor, wie ein Blödian aus Connemara in die Falle zu gehen und sich zur Ehe mit einer Frau zwingen zu lassen, die gesellschaftlich unter ihm stand, mochte sie auch noch so hübsch sein. In ihrem Fall gab es niemanden, der einem die Pistole auf die Brust gesetzt hätte, doch irgendwelcher Druck war nie ausgeschlossen. Für diesen Fall hatte er seine Antwort parat: Eine Scheibe von einem angeschnittenen Brot wird nie vermißt werden. Das würde er sagen, wenn irgendwer ihn anschuldigen sollte. Aber wer sollte ihn anschuldigen? Höchstens Nora, und sollte es dazu kommen, würde sie sich das vorher noch mal überlegen. Er biß sie ins Ohr, ein wenig zu fest, nur um ihr zu zeigen, wer der Stärkere war. Sie war wunderbar, sie war himmlisch, sie war tausendmal besser als jede Dame es je sein konnte. Fast schwanden ihm die Sinne vor Anspannung und Erregung und als er sich erholte, war sie da, um ihn zu hätscheln und zu streicheln. Dann stand sie auf, zog sich an und fütterte ihn mit weiteren Krapfen und Tee, bis sie ihn schließlich auf die kalte Straße entließ und er zum Club wankte, wo er das Pony vom Hof holte.

Zu seiner eigenen Verwunderung fand Henry es in diesen Tagen recht einsam in Woodbrook. Catherine hatte ein paar Wochen in Kildare verbracht und bei ihrer Schwester das Wohlleben in dem großen Haus der de Lacys genossen, dann war Jack losgefahren und hatte es ihr nachgetan, Catherine aber bei ihm gelassen, damit sie ein Auge auf ihn habe. Er wußte sehr wohl, worauf sie scharf waren – sich an den Fleischtöpfen zu laben, ihn im tiefen Connacht hungern zu lassen und dafür zu sorgen, daß er nicht mehr bekam als das Übliche, obwohl sie jedesmal dicker zurückkamen. Und er hatte niemanden, mit dem er sich streiten konnte. Er vermißte Molly. Die hatte Lebensgeist, anders als Catherine, die herumschlich, als hätte sie Angst vor ihrem Schatten – oder vielmehr vor seinem Schatten. Mehrmals hatte er bemerkt, daß sie sich, wenn er ins Zimmer kam, verdrückte, um nicht mit ihm sprechen zu müssen. Sofort rief er sie zurück.

»Wo geht's denn hin, Fräulein? Hast du kein Wort mehr für deinen Vater übrig? Was sind das denn für Manieren, die du da in der Gesellschaft deiner feinen, neuen Freunde lernst?«

Sie kam zurück und setzte sich still in einen Sessel. Sie sah ihn nicht an, tat aber auch nicht das geringste, weswegen er sie hätte anschnauzen können. Hätte er gesprochen, so hätte sie geantwortet, das wußte er, und so sagte er nichts, sondern verließ kurz darauf, die Tür hinter sich zuschlagend, das Zimmer. Unmittelbar danach streckte er den Kopf wieder herein, um nachzusehen, ob sie in sich hineingrinste, aber sie saß noch immer einfach so da. Weiber! Wie lächerlich, daß ausgerechnet er immer so abhängig von ihnen war. Mit Emily hatte es angefangen – besser nicht zuviel an Emily denken. Das Haus war fast gemütlich gewesen, als sie noch lebte, denn sie pflegte den Garten gut und erwirtschaftete daraus Geld. Er hatte sich nicht vergriffen in ihr. Schade, daß sie nicht mehr am Leben war.

Weihnachten war ein Jammertal, nur er und Jack und zwischen ihnen ein Brathuhn auf dem Tisch. Dann bekam Molly das Baby, und alles hätte besser werden sollen. Es war Henrys erster Enkelsohn, gut für viele Runden Drinks im Club, aber er hatte Angst, es dort bekanntzugeben, weil man ihm dann viele Fragen gestellt hätte. Wo war ihr Mann? War er draußen an der Front? Oder schlimmer noch – hatte sie je einen Mann gehabt? Selbst der Name des Kindes war ein Ärgernis – Samuel Flaherty. Was für ein Name! Die ganze gräßliche Geschichte des Hauses Moycullen und seiner Bewohner steckte darin. Es würde sich nicht verheimlichen lassen, wer dieses Kind war. Wahrscheinlich spielte es jetzt schon mit einer Kanone. Immer brachten sie ihn in Verlegenheit, diese Mädchen, etwas anderes konnten sie nicht. Er hätte sich denken können, daß so etwas dabei herauskommen würde, wenn Molly mit einem Flaherty anbändelte, obwohl er damals bereit gewesen war, das beste daraus zu machen. Auf einen Flaherty konnte man nicht herabsehen, auch wenn die alte Alice ein Bauernmädchen gewesen war. Ihr erster Mann war ein halber Engländer gewesen, und das zählte eine ganze Menge.

Von Rechts wegen hätten die jungen Flahertys draußen in Frankreich sein sollen wie die übrige Gentry ihres Alters. Das einzige bißchen Glück in Henrys Leben war, daß er zu alt sein würde, um eingezogen zu werden. So wie es aussah, würde es in Irland bald die allgemeine Wehrpflicht geben. Der Krieg

schleppte sich hin und verschlang eine erstaunliche Anzahl von
Männern, in manchen Schlachten hunderttausend täglich, sagte
im Club Hauptmann Emory eines Nachmittags im Mai. Da
Henry den Whisky des Hauptmanns trank, wollte er nicht widersprechen, aber die Zahl schien unmöglich. Doch man wußte
ja nie – und was bedeuteten schließlich schon Zahlen? Es sei jetzt
fast schon die Regel, daß jeder, der in den Krieg ziehe, nicht mehr
heimkehre; ausgenommen die Generäle. Die Wehrpflicht werde
kommen, sagte Hauptmann Emory, und wenn die Iren erst einmal eingezogen seien, gebe es für alle Zeiten kein irisches Problem mehr. Das war einigermaßen einleuchtend. Junge Männer
würden keine mehr übrig sein, nur noch ängstliche, alte Versager
wie er selber, und Babys wie das von Molly. Aber Henry wußte,
daß diese Babys größer wurden, und wenn sie sechzehn Jahre alt
wären, würden ihre Mütter ihnen so viel über Irlands Nöte erzählt haben, daß sie bereit wären, mit der Sache wieder ganz von
vorn zu beginnen.

»Ich glaube, es wär ein Fehler, die Iren einzuberufen«, sagte er
vorsichtig zu dem Hauptmann. »Ich weiß ja nicht viel über die
Situation hier, aber ich kann doch mit halbem Auge sehn, daß es
besser wär, gar nicht erst davon zu sprechen. Im Nu hat man
doch sonst im ganzen Land eine riesige Verschwörung. Ich glaube, sie sind bereits soweit, jedenfalls sagen sie, wenn man schon
sterben muß, kann man genausogut für das eigene Land sterben.
Ich nenne das Verrat, aber so ist es nun mal. So reden die Leute,
selbst wenn ich's hören kann, und dabei wissen sie, daß ich kein
Sympathisant bin.«

Es waren nur wenige Leute in der Bar des Clubs, denn es war
erst vier Uhr. Der Hauptmann drehte sich langsam nach ihnen
um, dann wandte er dem Raum den Rücken zu und sagte leise:

»Vielleicht wissen sie das nicht. Wenn sie frei vor Ihnen sprechen, könnten Sie uns vielleicht manchmal nützlich sein.«

Blitzartig sah Henry einen neuen Mantel, neue Schuhe, eine
ganze Flasche Whisky und einen Teller Rostbraten vor sich. Er
konnte nichts dagegen machen – diese Dinge tauchten einfach
vor ihm auf und verschwanden dann wieder, ziemlich langsam

sogar. Er ließ sich seine Erregung nicht anmerken, zog lediglich die Augenbrauen in die Höhe, so daß der Hauptmann wahrscheinlich dachte, er sei ein tiefgründiger Mensch. In sein Glas blickend, sagte Emory leise:

»Es ist nichts Schlimmes, auf der Seite des Gewinners zu stehen. Das Spiel ist gelaufen in Irland, soviel kann ich Ihnen ja sagen. Es muß jetzt mal Schluß sein damit. Sie sind uns im schwächsten Augenblick in den Rücken gefallen, und sie würden es jederzeit wieder tun, wenn man ihnen die kleinste Chance gibt. Sie könnten ihnen was Gutes tun, wenn Sie helfen, die Sache schnell zu erledigen.«

»Ihnen?«

»Na, den Leuten, die Verschwörungen anzetteln. Am Ende kriegen wir sie ja doch. Beschleunigen Sie den Prozeß, wenn Sie können. Ich gucke hier immer mal rein, das wissen Sie ja, aber man hört nicht viel in diesem Club. Alle sind hier so verdammt loyal, daß es schon peinlich wird, ihnen zuzuhören. Sie haben aber andere Möglichkeiten und Sie verkehren schon lange im Club. Bei keinem wird der leiseste Verdacht aufkommen, wenn Sie das weiter so machen. Einen heiklen Punkt hat die Sache allerdings – Sie werden nicht beleidigt sein, wenn ich davon spreche. Wir bekommen bestimmte Geldsummen, die wir für so etwas ausgeben können. Darüber wird natürlich nicht Buch geführt, nur daß eben jedes Vierteljahr eine vereinbarte Summe auf mein Bankkonto eingezahlt wird. Ich könnte jeden Penny davon für mich behalten, ohne daß irgendwelche Fragen gestellt würden, aber dann könnte ich keine Informationen weitergeben, und das würde sich ja nicht auszahlen.«

»Dann werden also doch Fragen gestellt?«

»Nicht darüber, was ich mit dem Geld mache oder wer es bekommt oder wo ich meine Information her habe. Könnten Sie jetzt fünfundzwanzig Guineen gebrauchen? Ich hab sie hier bei mir in der Tasche für einen Fall wie diesen. Täte mir leid, wenn ich Sie beleidigt habe, alter Junge. Ich weiß, Sie haben eine höhere Schulbildung und so weiter, aber außerdem weiß ich auch, daß Sie Ihr Herz auf dem rechten Fleck haben. Wir müssen ja alle irgendwie über die Runden kommen. Nicht beleidigt, hoff ich?«

»Nein.«

Der widerliche Kerl zeigte mit wissendem Lächeln die Zähne, schob still die Hand in seine Tasche und zog sie um eine Rolle goldener Zwanzigshillingstücke geschlossen wieder hervor. Die gedrungene, kurze, zylinderförmige Packung sagte alles. Es war grünliches Papier, frisch von der Bank. Ein bißchen von dem Papier schaute aus der Faust hervor. Henry gab ein winziges Stöhnen von sich und sah kläglich auf seine schäbigen Stiefel hinab, dann schob er die Hand an der Theke entlang, bis der Hauptmann ihm die Rolle zustecken konnte. So sauber wie eine Forelle eine Fliege fängt, ließ Henry sie in seiner Tasche verschwinden, dann hob er sein Glas und nahm einen langen Zug. Der Hauptmann, ein alter Hase, machte nicht den Fehler, sofort zwei neue Drinks zu bestellen. Durch einen Nebel plötzlicher Angst bewunderte Henry diese geübte Zurückhaltung. Immer noch mit gesenkter Stimme, aber in beiläufigem Ton, damit niemand etwas Ungewöhnliches aufschnappen konnte, sagte der Hauptmann:

»Lassen Sie sich Zeit mit dem Glas da und zahlen Sie das nächste nicht gleich mit einem Zwanzigshillingstück, sobald ich raus bin. Ich trinke jetzt noch eins mit Ihnen und dann fahren Sie besser wie sonst nach Hause. Sie fühlen sich doch nicht schwach, oder?«

»Nein.«

»Gut. Mancher kriegt nämlich weiche Knie. Anfangs ist es eine ganz schöne Überraschung, aber Sie werden sich bald dran gewöhnt haben. Die Leute machen die Feststellung, daß sie sich ziemlich schnell damit abfinden. Ich wollte Sie deswegen schon lange mal sprechen. Wie ich hörte, sind Sie mit einem Mann namens Morrow befreundet. Wir haben absolut nichts, was gegen ihn spräche. Er scheint ganz offen und ehrlich zu sein, aber ich würde doch ganz gern bestätigen können, daß er keinen Dolch im Ärmel hat. Bei so einem Mann weiß man nie. Seine Vorgeschichte ist nicht ganz astrein – ging mit jungen Jahren nach England, dort hat ihn sich dann eine Dame der oberen Gesellschaft

222

gegriffen, mit der er ein paar Jahre lebte, bis er plötzlich nach Hause kam und nie mehr zurückfuhr. Ist das hier allgemein bekannt?«

»Mein Gott, nein!«

Henry war sofort gefesselt von dieser unerhörten Neuigkeit. Das also war Peters Geschichte! Kein Wunder, daß er nie von seiner Zeit in England sprechen wollte. Da er spürte, daß der Hauptmann wahrscheinlich nicht noch einmal auf die Sache zurückkommen würde, fragte er:

»Und wo ist das gewesen?«

»Irgendwo in Yorkshire. Wär es in London gewesen, hätt es einen Skandal gegeben. Es war so schon skandalös genug, aber die Familie hat es nicht an die Öffentlichkeit dringen lassen. Komisch, daß sich das nicht bis hier rumgesprochen hat, gewöhnlich fliegt doch so eine Geschichte wie die Taubenpost bis in das Heimatdorf des Betreffenden.«

Henry hätte gern nach dem Namen der Dame gefragt, aber ihm war klar, daß das auf taube Ohren stoßen würde. Bald danach bestellte und bezahlte der Hauptmann wie versprochen weitere Drinks und schloß dann einige Neuankömmlinge ganz natürlich in ihr Gespräch mit ein. Wie Henry ihn beneidete! Wie glatt ihm alles von der Hand ging, und so ein interessantes Leben.

Als er dann später in den Hof hinausging, klingelten die Goldstücke in seiner Tasche. Selbst das Pony roch eine Veränderung in der Atmosphäre und trabte fast eine Viertelmeile, bis es wieder in seinen langsamen Trott zurückfiel. Henry haßte das, besonders wenn sie an der Universität vorbeikamen, wo immer einer von diesen neunmalklugen Professoren herauskommen konnte, entweder in einem flotten Einspänner oder in einem Automobil, die Augenbrauen ekelhaft hochgezogen beim Anblick von Henrys bescheidenem, schäbigen Fortbewegungsmittel und seinem sandfarbenen Anzug. Tweed war ja völlig in Ordnung und auch vornehm, aber nicht, wenn er so fadenscheinig wurde wie der seine.

Heute begegnete er niemandem. Der Mai ist ein schöner Mo-

nat in Irland, die Luft voller Blumenduft, der Weißdorn blüht
wie Wolken in den hohen Hecken, an den Landstraßen stehen
dicht die Butterblumen, auf den üppigen Feldern die Primeln, die
Rinder waten bis zu den Knien in warmem, glänzendem, safti-
gem Gras, die ersten leuchtend grünen Blätter sind noch krump-
lig von ihrer langen Gefangenschaft in den Knospen, und allerorten zwitschern fröhlich die Vögel. Henry sah und hörte nichts
von alledem. Sobald er sicher draußen auf der Landstraße nach
Moycullen war, ließ er die Zügel hängen, holte die Geldrolle aus
der Tasche und machte sie auf. Die Münzen glänzten, als hielte
sich die Bank extra einen Jungen, der nur damit beschäftigt war,
sie zu polieren. Er ließ ein paar davon in seine Hand gleiten und
drehte sie um – auf vier von ihnen war der Kopf der alten Königin Victoria, auf den anderen König George. Er hatte den
Wunsch, sie zu schmecken wie er es immer im Klassenzimmer
mit seinen neuen Bleistiften gemacht hatte, als er klein war, aber
obwohl er ganz allein war, schämte er sich, das jetzt zu tun. Wie
köstlich schwer sie in seiner Tasche lagen! Und er konnte sogar
sofort anfangen, sie auszugeben. Für Henry gab es keines der üblichen Denunziantenprobleme, da inzwischen jedermann wußte,
daß seine Tochter Molly reich geworden war, und vielleicht
fragte man sich sogar schon, warum er noch nicht angefangen
hatte, ein bißchen mehr aus sich zu machen. Der häßliche Name
seiner neuen Nebenbeschäftigung blieb ihm ein paar Minuten im
Hals stecken, bis er ihn herunterschluckte, wie er schon so viele
häßliche Dinge in seinem Leben geschluckt hatte.

21

Molly kam monatelang nicht nach Hause. Sie sei besser dort
aufgehoben, wo sie sei, sagte Jack kurz und bündig zu Henry,
und sie werde kommen, wenn sie wieder bei Kräften sei. Nicht,
daß ihr irgend etwas fehle, nur daß sie sich in Kildare halt wohler
fühle. Nach dem, was Jack erzählte, hatte sie dort ein feines Leben, mit einer sich tummelnden Schar von Bediensteten, einer

Schwester aus Wexford für das Baby, und dann, Mitte Juni, kam sie mit der Enthüllung, daß Molly und der junge Nicholas de Lacy vorhätten zu heiraten. Henry sagte säuerlich:

»Na, viel Zeit hat sie ja nicht verloren, muß ich sagen.«

»Nichts davon, wenn's recht ist«, sagte Jack in scharfem Ton. »Das ist genau die Art Bemerkung, die wir nicht zu hören wünschen.«

»Das ist die Art Bemerkung, die man machen wird, selbst wenn du sie nicht hörst«, sagte Henry. »Und de Lacy ist ein Katholik. Das heißt, daß alle unsere Nachbarn uns schneiden werden.«

»Ich dachte, das tun sie schon seit Jahren.«

»Und – das steht ja wohl fest – ihre Kinder, falls sie welche kriegen, werden katholisch sein. Vater und Mutter werden sich im Grab rumdrehn.« Als sie darauf nichts erwiderte, fragte er in ruhigerem Ton: »Wann soll's denn sein?«

»Ungefähr Anfang Oktober, kurz bevor Nicholas sein Medizinstudium in Galway aufnimmt. Er hat vorher in Dublin studiert, aber er sagt, er kann es auf die hiesige Universität verlegen. Zum Leben haben sie zusammen genug. Sie können sich sogar ein Auto leisten, so daß er jeden Tag nach Galway fahren kann.«

»Oh, dann haben sie wohl vor, hier zu leben, in meinem Haus, ja?«

Aber er verkniff sich den bösen, wütenden Satz, den er auf der Zunge hatte, als ihm bewußt wurde, daß er wie die Made im Speck leben würde, wenn sie nach Woodbrook kämen. Vorhanglose Fenster, die leeren Feuerstellen, ganz zu schweigen von den leeren Vorratsschränken würde Nicholas nicht dulden. Besser jedenfalls, sich seine Zufriedenheit nicht anmerken zu lassen, und so sagte er mit geübtem Knurren:

»Deine Idee natürlich. Für dich gibt's ja nichts Schöneres als die zwei Küken hierzuhaben, damit du sie nach Herzenslust rumkommandieren kannst. Vermutlich macht auch Catherine keine Anstalten fortzugehn.«

Damit traf er sie immer, aber diesmal sagte sie nur mit einem Seufzer, der sie älter erscheinen ließ als sie war:

»Ach, Henry, warum kannst du nicht manchmal ein bißchen Freude am Leben haben? Warum bist du immer so griesgrämig?«

Dann entfernte sie sich schnell aus dem Zimmer, um seiner Antwort zu entgehen. Aber bei ihr standen die Dinge auch nicht so rosig, wie er herausfand. An einem kalten, stürmischen Abend gegen Ende September stand ohne Vorwarnung Peter Morrow vor der Tür. In einer Woche sollte in Kildare die Hochzeit sein, ganz ruhig, was natürlich hieß, daß man Henry zu Hause lassen würde. Eine schöne Hochzeit ohne Anwesenheit des Brautvaters, aber Jack sagte begütigend, niemand erwarte von einem Mann in seinem Alter, daß er in diesen unsicheren Zeiten eine Reise unternehme. Als ob er neunzig wäre, statt zweiundfünfzig. Jack war zwei Jahre älter, vierundfünfzig, und eine Frau. Wenn schon jemand das Haus hüten sollte, dann sie und nicht er.

Sie hatte an dem Abend im Wohnzimmer den Kamin angemacht. Die Gauner, die den Torf brachten, hatten wahrscheinlich ihren Preis von ihr gekriegt, denn Henry war fest entschlossen gewesen, ihn nicht zu zahlen. Es war guter schwarzer Torf, der ein helles, klares Feuer machte. Der Wind heulte gemütlich im Kamin. Beide hatten sie eine Lampe, er mit seinen Patiencekarten und sie mit ihren ewigen Schmetterlingen. Sie hätten ein altes Ehepaar sein können. Das Abendessen war gehaltvoller gewesen als sonst – Rührei mit Speck und etwas von Jacks selbstgbrautem Bier, das gar nicht so schlecht war. Sie fing an, lockerer zu werden, gar keine Frage, und sie hatte sich ein paar neue Sachen gekauft, in denen sie recht hübsch aussah, dachte Henry grollend, als er von seiner Seite des Feuers einen verstohlenen Blick zu ihr hinüberwarf. Bei ihrer guten Figur stand ihr das lange schwarze Kleid, es saß perfekt, und sie hatte irgendeine neue Art gefunden, sich zu frisieren. Zuweilen sah sie fast elegant aus, was etwas mit ihrer Kopfhaltung zu tun hatte, aber das konnte man erst sehen, wenn sie sich schick gemacht hatte. Außerdem war sie dazu übergegangen, ihm ab und zu einen Zehnshillingschein zu geben, und obwohl er noch immer ein paar von seinen Goldstücken hatte, tat er bewußt so dankbar, als wäre er auf eine Schatzkiste gestoßen. All das hieß, daß Molly jetzt über das Geld verfügen konnte, nahm er an.

Die Zusammenkünfte mit Hauptmann Emory waren peinlich, da er ihm wenig oder nichts zu erzählen hatte, aber der Hauptmann schien sich nicht daran zu stören. Hat keine Eile, sagte er. Es werde sich schließlich schon etwas ergeben. Aber Henry fühlte sich jetzt immer unsicher, und das war der Grund, warum er eine Gänsehaut bekam, als er Peter Morrows Stimme in der Halle hörte. Er sprach mit Sarah, die in der Küche das Klingeln an der Haustür gehört haben mußte.

Henry stand auf und ging zur Wohnzimmertür, um ihn zu begrüßen.

»Peter! Sie haben sich aber lange nicht sehn lassen. Kommen Sie rein, kommen Sie rein. Setzen Sie sich hier ans Feuer. Ihnen muß kalt sein nach dieser Fahrt. Ich hab Ihren Motor gar nicht gehört – der Wind wahrscheinlich. Jack, schau nur, wer da ist.«

Überflüssige Worte, denn Jack war ebenfalls aufgestanden und sah Peter sprachlos an, als hätte sie einen Geist erblickt. Finster erwiderte er ihren Blick. Er war dünner und gebräunter als Henry ihn zuletzt gesehen hatte, in jeder Hinsicht wettergegerbter. Schweigend sahen sie einander eine halbe Minute an, und dann sagte Jack:

»Sie haben den Brief bekommen.«

»Ja. Ich sehe, Sie wissen Bescheid. Kann ich mit Ihnen sprechen?«

»Natürlich.«

Sie entfernten sich tatsächlich, ohne die geringste Notiz von ihm zu nehmen, zur Tür, als Henry laut sagte:

»Bleibt nur ruhig hier. Ich geh raus und seh nach dem Pony – es hat gehustet heute abend.«

Nur an der Art wie sie zum Feuer und zu den Stühlen zurückkehrten – schlafwandlerisch –, war zu erkennen, daß sie ihn gehört hatten. Henry ging hinaus, und noch immer hatten sie kein Wort miteinander gesprochen. Was um alles auf der Welt ging da vor? Nun, er hatte seine Methoden. Das mußte er in diesem

Haus, selbst wenn es nie einen Hauptmann Emory gegeben hätte. Sein Schlafzimmer lag direkt über dem Wohnzimmer, und für alle Eventualitäten hatte er sich ein Horchloch hergerichtet. Zu dem ging er jetzt hin, fiebernd vor Ungeduld. Es dauerte jedesmal eine Weile, um es zu öffnen, und wenn er, wie jetzt, ganz geräuschlos vorgehen mußte, dauerte es noch länger. Zuerst mußte er die Schlafzimmertür abschließen, dann den abgetretenen Teppich zurückrollen, der die Mitte des Fußbodens bedeckte, dann die kurzgesägten Stücke des Bodenbrettes herausnehmen und sie leise, eines nach dem andern und Seite an Seite hinlegen, so daß sie nicht umfallen oder herumrutschen konnten. Dann mußte er sich bäuchlings auf dem Fußboden ausstrecken und die Seite des Kopfes in die Höhlung bringen, die er gemacht hatte, und das Ohr an das kleine Loch pressen, das genau in der Mitte der Wohnzimmerdecke herauskam, dort wo der Kronleuchter aufgehängt war.

Was hatte es ihn für Mühe gekostet, dieses Horchloch zu machen und geheimzuhalten! Er hatte es kurz nach Mollys Verlobung mit Sam Flaherty gemacht, über ein Jahr war das her. Er hatte warten müssen, bis das ganze Weibergezücht zu irgendeiner Exkursion aus dem Haus war, schlechten Gewissens wahrscheinlich, denn sie verdrückten sich schnell und ohne allzu besorgt danach zu fragen, wie er sich in ihrer Abwesenheit beschäftigen würde. Den eigenen Fußboden aufzubrechen, war nicht sonderlich nervenaufreibend gewesen, da er ja die Tür abschließen konnte, wie er es eben getan hatte. Dann hatte er den Gips neben der Halterung herausgekratzt, an welcher der Kronleuchter hing. Er fiel krümelnd nach unten auf den Fußboden des Wohnzimmers und mußte weggekehrt werden, bevor Sarah den Dreck entdeckte, und damit war er tatsächlich noch beschäftigt, als sie hereinkam, um zu fragen, ob er Tee wünsche. Er hatte ihr das mit viel Mühe beigebracht, konnte sie folglich nicht schimpfend hinausschicken, und so sagte er nur, er werde den Tee trinken, wenn er damit fertig sei, die Aufhängung des Kronleuchters zu richten. Mit der Wichtigtuerei der Weiber mußte sie Jack etwas davon erzählt haben, denn bereits am nächsten Tag machte

Jack den Vorschlag, den Kronleuchter zu verkaufen. Er sei ein Vermögen wert, sagte sie, und würde einen großen Teil der Kosten für Mollys Hochzeit decken – das war in der kurzen Zeit zwischen Weihnachten und Ostern, als sie gedacht hatten, es werde eine Hochzeit geben.

»Den Kronleuchter *verkaufen!* Wie kannst du so was nur denken?«

Er war so ruhig in seinem Zorn, daß sie zuerst gar nicht merkte, was los war.

»Aber er ist sehr wertvoll. Waterford-Glas. Er würde dreihundert Pfund bringen, hab ich mir sagen lassen.«

Er trat dicht vor sie hin und starrte ihr wütend in die Augen.

»Wer hat dir das gesagt? Du hast ihn also schon schätzen lassen? Wenn du diesen Kronleuchter auch nur mit einem Finger anrührst oder ein Auge auf ihn wirfst, laß ich die Polizei kommen, hast du mich verstanden? Er gehört mir, das ganze Haus gehört mir, die Möbel, die gesamte Einrichtung, alles Zubehör gehört mir – verstanden?« Plötzlich brüllte er sie dermaßen an, daß sie vor ihm zurücksprang: »Wag es ja nicht, diesen Kronleuchter zu verkaufen!«

Vielleicht hatte sie sich auf die Zunge gebissen; jedenfalls gab sie keine Antwort, sondern huschte einfach fort, und seither hatte sie kaum noch einmal die Augen zu dem Kronleuchter erhoben. Er war wirklich eine schöne Arbeit mit seinen kleinen Kerzenhaltern und den Tropfen aus rosafarbenem Glas, jeder an einem winzigen Haken, so daß man das ganze Ding auseinandernehmen und saubermachen konnte. Seit Jahren hatte das niemand mehr getan, aber immer noch glitzerte er, wenn die Lampen an waren. Seine eigenen Kerzen hatten nicht mehr gebrannt, seit Henry ein Bub gewesen war. Henry liebte ihn wirklich, und nicht einmal die Aussicht auf dreihundert Pfund, was tatsächlich ein Vermögen war, erweckte in ihm den leisesten Wunsch, ihn zu verkaufen. Solange er dort hing, war er ein Gentleman und Grundbesitzer. Er hatte gesehen, was aus einigen seiner Nachbarn geworden war, als sie angefangen hatten, Stück für Stück zu verkaufen. Bald wirkten sie in ihren kargen Zimmern wie gestrandete Wale, wenn sie Küchenstühle an den Wohnzimmerkamin rückten und so taten, als wäre der Zinnkessel aus Silber. Es war nicht unpassend, daß der Kronleuchter ihm jetzt so gute Dienste leisten sollte.

Die einzige Unvollkommenheit an seinem Horchloch war, daß er außer einem Quadratzoll Teppich nichts dadurch sehen konnte. Das wenige, was er sah, nützte ihm nichts, da die Gespräche immer am Kamin stattfanden. Aber hören konnte er – oh, er konnte alles hören. Es war ein Wunder, nicht zu fassen. Das Zimmer hatte genau die richtigen Proportionen, als hätte der Architekt daran gedacht, daß ein künftiger, verzweifelter Besitzer es auf diese Weise benutzen würde. Jeder Laut verhallte bis fast zu einem Flüstern, aber die einzelnen Silben blieben deutlich. Sie hatten die Stimmen gesenkt, aber er konnte alles verstehen. Er gab ein kurzes, zorniges Wimmern von sich, das in einer Art Knurren darüber endete, daß er schon so viel versäumt hatte. Jack sagte gerade:

»Ich hätte mich gefreut, aber Sie haben so lange nichts von sich hören lassen. Warum waren Sie so lange weg?«

»Es ging nicht anders«, sagte Peter. »Sie hat mich gebeten fortzubleiben und nichts zu erzählen. Das hab ich bis jetzt auch nicht getan. Bitte behalten Sie's für sich, vor allem auch Henry gegenüber. Ich werde nie wieder davon sprechen. Ich bin froh, daß sie's Ihnen selber gesagt hat.«

Den eigenen Namen zu hören, war für Henry die erlesenste, köstlichste Folter. Dafür würde er den ganzen Tag auf dem Fußboden gelegen haben. Es kam kaum einmal vor; ja, manchmal fragte er sich, ob es im Hause überhaupt jemanden gäbe, dem es nicht egal war, ob er lebendig oder tot war, so selten sprachen sie von ihm in seiner Abwesenheit. Peter fuhr fort:

»Henry macht ja doch den falschen Gebrauch von so einer Information. Er würde es ihr immer wieder vorhalten.«

Die treulose Jack erwiderte:

»Von mir erfährt er's nicht, da können Sie sicher sein.«

Was nur, oh, was? Würde er es wirklich nie erfahren? Jack fragte:

»Wo haben Sie denn gesteckt? Warum haben Sie sie nicht besucht in Kildare? Sie hätte sich doch nicht weigern können, Sie reinzulassen, wenn Sie vor der Tür gestanden hätten.«

»Mir waren ihre Wünsche zu heilig.« Es klang bitter, ein Ton, den Henry ihm nie zugetraut hätte. »Ich war ja auch auf der Flucht, schon als ich zu Ihnen hierherkam. Und dann gab es so viel Arbeit mit den Wahlen. Den ganzen Februar über war ich dafür in Roscommon. Da hab ich mir auch kaum Sorgen um sie gemacht, so fest glaubte ich an ihr Versprechen. Ich bin lange Zeit nicht nach Dublin zurückgekommen. Als die Wahl vorbei war, hat das Castle ungefähr fünfundzwanzig von unsern Männern verhaftet, obwohl sie uns nichts tun konnten, was uns zu der Zeit aufgehalten hätte. Es ist alles Wahnsinn. Sie hätten sehn sollen, wie begeistert die Einwohner von Roscommon waren. Ehrenwachen haben sie gebildet. Sie sind aufmarschiert und wieder geschlossen zurückmarschiert. Die ›Osterwoche‹ haben sie gesungen und gerufen ›Hoch Sinn Féin‹ und ›Hoch die Republik‹! Die Polizei stand herum und machte sich Notizen, und kaum war die Wahl vorbei, fing sie mit den Verhaftungen an. Ich habe rechtzeitig einen Tip gekriegt und konnte noch abhauen, aber früher oder später werden sie mich fassen.«

»Aber wie konnte es legal sein, sie zu verhaften?«

»Das Notstandsgesetz. Jeder Verdächtige kann verhaftet werden. Die Iren in Amerika trommeln Unterstützung für uns zusammen und stellen unangenehme Fragen – ob England für die Freiheit kleiner Völker kämpfe, warum es Irland gegen den Willen der Iren zum Krieg pressen will und so weiter. Präsident Wilson hat sie gewarnt, daß dies passieren würde. Haben Sie die Reden von Lloyd George gelesen? Er versucht, irgendwie durchzukommen – was ihm gar nicht so schlecht gelingt. Er kann die Leute um den Finger wickeln.«

»Ja, ich lese sie immer, wenn ich die Zeitung mal in die Hand kriege. Ich glaube, Henry versteckt sie. Lloyd George ist so ausgefuchst, daß es schwer sein wird, mit ihm zu verhandeln.«

Jack hatte das gesagt! Was verstand denn die von Politik? Wovon verstand sie überhaupt etwas? Peter sagte gerade:

»Wie ist denn hier jetzt die Stimmung?«

»Man verdient Geld am Krieg. Die jüngeren Leute sagen, sie wollen nicht riskieren, es zu verlieren. Die älteren Männer sind besser; die erinnern sich noch an gute Zeiten, aber auch an sehr schlechte, und sie wissen, daß dies jetzt nur ein Tropfen auf den heißen Stein ist. Sobald der Krieg vorbei ist, nagen wir alle wieder am Hungertuch – ich hab sie das immer wieder sagen hören.«

»Wir müssen die jungen Männer zu den Freiwilligen kriegen«, sagte Peter. »Wenn wir erst mal ein paar haben, die von allen geachtet werden, dann kommen die andern nach. Und wenn wirklich die allgemeine Wehrpflicht eingeführt wird, dann kriegen wir scharenweise Zulauf. Nun, wen würden Sie vorschlagen? Ich habe natürlich an Joe Heenan gedacht und an Martin Thornton – die wären ein guter Anfang, zumal sie bei den Flahertys arbeiten. Jeder hat sie gern. Was ist mit den Condons, in dem Geschäft?«

»Ich werde mit ihnen sprechen, wenn ich die Eier hinbringe. Sie kennen jeden. Wie sieht's aus mit Gewehren zum Üben?«

Henry wurde so reglos wie ein Toter. Sein Kopf schien festzufrieren. Peter sagte:

»Wir werden ihnen Gewehre besorgen. Vorläufig sollen sie noch mit Attrappen üben, sagt Michael Collins, Gewehre besorgen wir ihnen dann später.«

»Haben Sie schon mit Heenan gesprochen?«

»Nein. Ich hab sie alle gebeten, hierherzukommen. Sie sagten doch, wir könnten uns hier ab und zu treffen.«

»Natürlich, aber wir müssen eine Zeit abpassen, wo Henry nicht da ist. Freitagabends fährt er immer in den Club, manchmal auch samstagnachmittags und abends. Das wär eine gute Zeit für die Männer.«

»Ja. Das läßt uns etwas Spielraum. Molly sagte in ihrem Brief, daß sie und Nicholas bald hier sein werden.«

»Peter, es tut mir leid.«

Jack klang sehr unglücklich, fast als wäre sie den Tränen nahe.

»So geht's nun mal im Krieg«, sagte Peter sanft. »Ich muß dauernd mit Nicholas arbeiten.«

»Wird es dadurch schwerer?«

»Nein, leichter. Ich bewundere ihn so sehr, er ist ein guter Kämpfer.« Peter schob seinen Stuhl lautstark zurück und begann im Zimmer auf und ab zu gehen. Henry konnte genau seine Schritte verfolgen. Dann blieb er stehen und sagte: »Martin Thornton war mit Nicholas in Dartmoor. Ich habe gehört, daß er womöglich wieder festgenommen wird. Können Sie ihn notfalls eine Weile hier verstecken?«

»Natürlich. Besser wär eine kleine Nachricht vorher, wenn's geht, aber er kann jederzeit kommen.«

Mehr konnte Henry nicht ertragen. Noch eine Minute weiter so, und er würde bestimmt ein Geräusch machen, das ihn verriete. Als gehöre er jemand anderem, zog er vorsichtig seinen Kopf von diesem quälenden Loch zurück und wälzte sich auf den Rücken, wobei er den Kopf liebevoll zwischen beiden Händen hielt, wie eine Melone. Warum hatte er dieses verfluchte Horchloch überhaupt gemacht? Warum war er nicht so gescheit gewesen zu wissen, daß alles, was er erfuhr, sein Ende sein, ihn vernichten würde? Er lebte auf einem Vulkan der Aufwiegelung – Jack, seine idiotische Schwester, steckte bis zum Hals da mit drin, und Peter Morrow und anscheinend auch Molly samt ihrem Galgenvogel von künftigem Mann. Es war nicht schwer, sich zusammenzureimen, daß Peter sich Hoffnungen gemacht hatte, sie zur Frau zu gewinnen, und daß sie ihn für Nicholas fallengelassen hatte. Konnte er sie denn alle hinter Gitter bringen? Ein herrlicher Gedanke, aber nur für zwanzig Sekunden, dann meldete sich wieder die Vernunft zu Wort. Was sollte er machen ohne sie? Wer würde kochen und sich um den Garten kümmern? Wer würde den Feinkosthändler und den Fleischer bezahlen, wo sie doch jetzt endlich wieder bessere Kunden geworden waren? Wie an das Gesicht einer Geliebten erinnerte er sich an die langen Brote in ihrem weichen, zimtfarbenen Seidenpapier, an die appetitlichen Butterstücke aus Limerick, auf deren Verpackung Medaillen, auf verschiedenen Ausstellungen gewonnen, abgebildet waren, an das Aroma von Kaffee, das noch eine Stunde nach seiner Ankunft einen Hauch von Luxus in der Luft verbreitete. Mit

233

all dem würde Schluß sein, wenn diese Bande ins Gefängnis wanderte.

Aber was war mit Hauptmann Emory? Henry stöhnte in sich hinein wie ein krankes Tier. Er würde sich das langsam zurechtlegen müssen. Niemand konnte einen solchen Knoten auf der Stelle lösen. Am klarsten lag auf der Hand, daß, sollte irgendwer außer ihm selber in oder um Woodbrook herum verhaftet werden, einige dieser von Peter genannten Desperados sich ihren Reim machen und kommen würden, um ihn in einer Racheaktion zu erschießen. Das war der Brauch bei den Fenians, und mochten sie sich noch so viele ausgefallene Namen zulegen, Henry konnte ganz klar sehen, daß sie Fenians waren.

Halb vor Kälte zitternd und halb vor Angst, richtete er sich auf den Knien auf, legte die Dielenstücke leise wieder an ihre Stelle, rollte den Teppich darüber und stand dann eine Minute mit erhobener Kerze da, um das Zimmer zu inspizieren. Sollte entdeckt werden, daß er dieses Horchloch hatte, würde ihm kein noch so lautes Brüllen mehr helfen. Sorgfältig setzte er seine beste defensive Maske auf, einen leicht verkniffenen Mund und schmale Augen, was andeutete, daß ein Wutausbruch nicht unmöglich war. Unsinnig fummelte er an der Tür herum, bis ihm einfiel, daß sie abgeschlossen war, und dieses Anzeichen seiner Aufregung entnervte ihn dermaßen, daß er auf dem Treppenabsatz stehenbleiben und ein paarmal tief durchatmen mußte, bevor er ins Wohnzimmer hinuntergehen konnte. Er rüttelte kurz am Türgriff, bevor er eintrat, um niemanden während eines schuldbewußten Zusammenzuckens zu erschrecken, und sah, daß es funktioniert hatte. Beide saßen sie schweigend da, und nie würde er den Grund dafür erfahren haben, wenn er ihren kleinen Schwatz nicht belauscht hätte. Dann sagte Peter:

»Na, wie geht's ihm?«

»Dem Pony? Alt und steif ist es, wie ich. Die Kälte macht ihm zu schaffen.«

»Ich werde Tee machen«, sagte Jack, aber Peter lehnte ab, er könne nicht länger bleiben. Henry führte ihn schweigend hinaus und sah ihm von der Haustürtreppe aus nach, die Sturmlaterne, die stets in der Halle ihren Platz hatte, in der Hand, bis die gelben Lichter des Autos auf dem Zufahrtsweg verschwunden waren. Als er ins Wohnzimmer zurückkam, war es leer. Er saß noch lange am Feuer, aber sie kam nicht zurück.

22

Hauptmann Emory war sehr verständnisvoll. Sie trafen sich am nächsten Freitagabend im Club. Der Hauptmann war gekommen, weil er mit ihm rechnete, und Henry konnte nicht von seinen Gewohnheiten lassen, obwohl er wußte, daß genau um diese Zeit unter seinem eigenen Dach eine Verschwörung stattfand. Das erzählte er dem Hauptmann natürlich nicht. Er sagte lediglich:

»Ich glaube, ich hab da endlich was für Sie, aber es braucht noch Zeit.«

Emorys scharfer Blick gefiel ihm gar nicht, aber dann sah er, daß kein Argwohn darin lag, und der Beweis dafür war eine weitere kleine Rolle Goldstücke, die ihm zugeschoben wurde und die er in seine Tasche plumpsen ließ.

Nun da er wußte, was von ihm erwartet wurde und er sich ein klares Bild davon machen konnte, begann er endlich einen Weg durch den Nebel zu sehen. Als Hauptpunkt durfte nicht vergessen werden, daß er ziemlich sicher fuhr, wenn er einen ganzen Sack voll Informationen mit so viel Namen wie möglich sammelte, denn das brauchte er ja nur im Notfall preiszugeben. Es wäre dumm, keinerlei Information parat zu haben, wenn man dann plötzlich eine von ihm verlangte. Es bestand sogar die Chance, daß sein Gewissen ihm sagen würde, daß er ja Recht und Ordnung unterstütze, aber schon dieser Gedanke brachte seinen Verstand zum Stottern: Nicht das Gewissen, sondern Verzweiflung würde es sein, was ihn zum Handeln getrieben hätte; dessen war er sich ganz sicher.

Whisky war für eine Weile ein Trost, aber danach fühlte er

sich dann niedergeschlagen und hatte Kopfschmerzen. Etwas Kluges aber tat er. Mit seiner zweiten Geldrolle fuhr er bei Nora vorbei, als Jack und Catherine zur Hochzeit nach Dublin gefahren waren und ihn mit Sarah allein gelassen hatten. Durch das Horchloch hatte er mitgehört, wie sie besprachen, ob es sicher sei, ihn allein zu lassen, und da hatten sie entschieden, daß es bald Winter sei und er keinen großen Schaden anrichten könne. Der Garten war bis auf den Weißkohl und Rosenkohl und Sellerie abgeerntet. Die Zwiebeln und Schalotten hingen aufgereiht im Vorratsraum, auch die Äpfel und ein paar Birnen lagerten dort, und Sarah hatte den Schlüssel – das sei einfacher, hatten sie vor, ihm zu sagen, für den Fall, daß irgendwer etwas kaufen wolle, wenn er gerade nicht zu Hause wäre. Jack gab ihm drei ganze Pfund, bevor sie abfuhr, und sagte fast freundlich:

»Ich hoffe, du wirst damit auskommen, bis ich wieder da bin.«

»Auskommen?« sagte er mit bösem Knurren. »Inzwischen bin ich's gewohnt zu hungern. Wiedersehn!«

Und damit machte er eine scharfe Kehrtwendung, verdarb sich die Wirkung aber dadurch, daß er sich noch einmal umdrehen mußte, um sie zu fragen, an welchem Tag sie zurückkommen würden.

»Donnerstag sind sie wieder hier«, erzählte er Nora. »Hochzeitsreise fällt aus wegen Krieg, und für Nicholas fängt nächste Woche das Semester an. Es sieht so aus, als kriegte ich jetzt ab und zu etwas Taschengeld, da meine Tochter und ihr Mann ein ganz gutes Auskommen haben. Diese Goldstücke hatte ich für einen Notfall versteckt gehabt, aber jetzt kriegen wir die Maler und Maurer ins Haus, und da ist keine Ecke mehr vor ihnen sicher. Kannst du die für mich aufbewahren?«

»Hier?«

»Ja, erst mal. Später bring ich vielleicht mehr und dann bitt ich dich, sie auf die Bank zu tragen, aber vorerst sind sie im Haus am besten aufgehoben. Hast du einen sicheren Platz?«

Den hatte sie, eine verschließbare Schublade in ihrem Zimmer, in das sich nie jemand hineinwagte. Sie konnte die Tür, eine halbe Treppe hoch, von der Küche aus sehen, fast ohne sich vom

Herd fortbewegen zu müssen. Sie legten die Rolle gemeinsam in die Schublade und schlossen sie ab. Als er merkte, daß sie ihn staunend ansah, sagte er:

»Ich weiß nie, wann ich mich werde verdrücken müssen. Es war ein schwerer Kampf, das alles zusammenzukratzen, aber es hat sich gelohnt.«

»Und ich dachte, du pfeifst aus dem letzten Loch und dein Name wär keinen roten Heller mehr wert. Wirklich, du bist immer hier reingekommen wie 'ne verhungernde Katze. Das war eigentlich der Hauptgrund, weswegen ich einen Narren an dir gefressen hatte.« Sie fing an zu lachen, hörte aber sofort damit auf, als er sie zornig ansah. »Es ist doch bloß, daß ich überrascht bin, weiter nichts. Ich erzähl's keinem, brauchst keine Angst zu haben.«

Er packte sie fest bei den Armen.

»Wehe, du sagst ein Wort. Ich vertraue dir, hörst du? Nora, wenn ich fortgehn sollte, würdest du mit mir kommen?«

»Vielleicht. Aber ich würde wissen wollen, wo du hingehst.«

Sie wand sich, und er packte sie fester.

»Warum? Warum würdest du das wissen wollen?«

»Ich finde, ein Mensch sollte so was immer wissen. Du tust meinen Armen weh.«

Er lockerte seinen Griff, ließ sie aber nicht los.

»Alle ziehn sie in mein Haus, diese zwei jungen Leute und das Kind. Ich weiß nicht, ob ich damit fertigwerden kann.« Eine wunderbare, bürgerliche Idee, eine Inspiration. »Wenn ich's nicht aushalte, würdest du dann mit mir kommen?«

»Nach Amerika, meinst du?«

Gott helfe ihr, das war der einzige Ort, wo man ihres Wissens hingehen konnte.

»Ja, nach Amerika. Wir könnten weit in den Westen gehn. Würdest du mitkommen?«

»Aber toll, sofort! Ich wär schon längst weg, wenn ich nicht fürchten tät, allein zu gehn. Oh, Henry, um Gottes willen, bring mich nach Amerika!«

»Wenn ich nicht fürchtete, Nora, nicht fürchtete.«

Schlechte Grammatik oder Aussprache ärgerten ihn immer.

»Wenn ich nicht fürchtete«, sagte sie folgsam. »Ich würd überall mit dir hingehn, Henry, aber Amerika wär am besten. Obwohl sie sagen, jeder ist da reich. Vielleicht würden sie da auf so eine wie mich herabsehn.«

»Nein, Nora, das würden sie nicht, schon gar nicht, wenn ich bei dir bin. Würdest du dies Haus verkaufen können?«

»Leicht. Die alte Janie Molloy spitzt schon seit Jahren drauf. Sie ist wahnsinnig eifersüchtig, daß ich die Bude habe.«

»Wieviel würdest du denn dafür kriegen?«

»Das hängt davon ab, wieviel sie in ihrem alten Sparstrumpf unterm Bett hat. Vielleicht drei- oder vierhundert Pfund.«

»Dann hätten wir zusammen eine ganze Menge, wovon wir eine Weile leben könnten, bis wir unser Glück machen.« Die Ideen sprudelten jetzt nur so. Dies war wirklich ein Tag der Inspiration. »Wir würden ins Goldgräberland gehn.«

»Gold! Sie sagen, es liegt dort auf der Erde und wartet darauf, daß man's aufhebt.«

Gott helfe ihr, sie tat ihm fast leid. Aber wenn man den heißen Atem des Drachens im Genick hat, ist wenig Raum für Mitleid. Und vielleicht würde es gar nicht dazu kommen. Woodbrook war sein gesetzmäßiges Eigentum. Er konnte die ganze Bande vor die Tür setzen, wenn er wollte. Komisch, wie selbstverständlich sie angenommen hatten, daß er sie aufnehmen würde. Das war natürlich wieder Jack mit ihren Erpressertricks, als ob sich heute noch irgendwer um Emily kümmern würde. Jack hatte betont, es werde nur eine vorübergehende Regelung sein, solange Nicholas studierte. Sie hatte richtig vermutet, daß Henry wußte, auf welche Seite seines Brotes die Butter kam.

Sie trudelten ein, samt der Kinderschwester aus Wexford. Das Kind war ein hübscher, pausbäckiger kleiner Junge, der keine Spur Ähnlichkeit mit dem knochigen Flaherty hatte. Ob er wollte oder nicht, Henry war bezaubert von dem Jungen, war aber so klug, es sich nicht anmerken zu lassen, da er wußte, daß sie das sofort als schwachen Punkt von ihm ausnutzen würden. Nicholas war natürlich ein Gentleman, aber wirklich Zeit für

Henry hatte niemand von ihnen. Er wollte auf keinen Fall herumschleichen, nicht in seinem eigenen Haus, aber er merkte, daß er sich jetzt öfter draußen aufhielt, unten am Fluß, um trotz des Winters nach seinen fast verwaisten Booten zu sehen, oder er wählte die langsame Straße nach Galway. Alles war ihm recht, um von all diesen Weibern wegzukommen.

Theoretisch war Nicholas Student an der Universität, aber er ließ sich nur selten dort blicken. Eine Menge Zeit verbrachte er entweder in Dublin oder er fuhr mit seinem neuen Automobil zu irgendwelchen Zusammenkünften im Lande herum. Es war offensichtlich Aufruhr, aber irgendwie entging er einer Verhaftung. In seiner Abwesenheit füllten Molly und die andern zwei das Haus mit Handwerkern und schnatterten den ganzen Tag über Farben und Muster. Eine Köchin, eine Frau aus Galway namens Chrissie Molloy, tauchte in der Küche auf, und das Essen wurde trotz der kriegsbedingten Knappheit reichhaltig und gut.

Dann, zu Weihnachten, kauften sie ihm ein neues Pferd samt Wagen. Im Wohnzimmer gab es einen Weihnachtsbaum mit bunten Glaskugeln, Lametta und angemalten Tannenzapfen. Darunter verteilten Molly, Jack und Catherine Spielzeug für das Kind und verschiedene Geschenke. Für Henry gab es einen Umschlag, in dem er einen Geldschein vermutete, stattdessen enthielt er aber eine Karte, auf der stand: »Schau ins Kutschenhaus.«

Alle standen sie grinsend da und gingen dann mit ihm hinaus, und da war er, der schönste zweirädrige Kübelwagen, den er je gesehen hatte, das Holz anscheinend Mahagoni und die Deichseln mit eingelegten Messingleisten. Vorne hatte er eine schlanke Reling aus Messing, und die Türklinken waren ebenfalls aus Messing. Das Pferdchen war fertig angeschirrt, Schulterhöhe vierzehn Handbreit, ein hübsches Tier, seinem Aussehen nach nicht älter als zwei Jahre, glänzendes, kastanienbraunes Fell und kluge Augen, breite, starke Schultern, kräftige, runde Hufe. Luke, der neue Hofknecht, hielt es an der Trense und grinste ebenfalls über beide Backen, als hätte er selbst das Tier erschaffen.

Glücklicherweise wurde von Henry nicht erwartet, daß er etwas sagte, es genügte, ein erfreutes Gesicht zu machen, und das war gut so, denn die Worte, die ihm in den Sinn kamen, waren schrecklich: »Ein Wink mit dem Zaunpfahl, mich zu entfernen, verstehe.« Er sagte diese Worte nicht. Er trat vor und tätschelte dem Pferd die Nüstern, und es rieb die Nase an seinem Mantel. Nicholas sagte:

»Es mag Zucker. Hier, gib ihm das.«

Und er reichte Henry zwei Brocken aus seiner Tasche, die dieser dem Pony hinhielt, das sofort nach mehr schnupperte. Nicholas sagte:

»Wie gefällt er dir? Wir hatten ihn drüben im Moycullen-Haus untergebracht, um dich zu überraschen. Luke hat ihn heute früh geholt. Ist er nicht eine Schönheit?«

Er war eine Schönheit, und Henry liebte ihn sofort aus ganzer Seele. Er mußte einfach die Hand ausstrecken und das glänzende Holz des Wagens streicheln. Nicholas sagte:

»Drehn wir doch mal 'ne kurze Runde. So kalt ist es noch nicht. Ihr Mädchen geht rein und facht das Feuer an. Wir bleiben nicht länger als 'ne Stunde oder so weg, und hoffentlich ist es dann schön warm, wenn wir zurückkommen.«

Das winterliche Sonnenlicht war schwach und weiß. Nicholas wendete das Pony und öffnete die Tür, so daß Henry einsteigen konnte. Sein Gesicht hatte keinen zynischen Ausdruck, nichts sprach dafür, daß er irgendeinen verborgenen Grund haben könnte, Henry aus dem Haus zu entführen, etwa daß diese Weiber das Wohnzimmer zum Schwatzen für sich haben könnten. Einen Moment schien es fast, als hätte Nicholas ihn gern, obwohl dies, sollte es zutreffen, sicherlich ein Fall von »Liebe mich, liebe meinen Hund« sein würde. Und selbst dann war es noch zweifelhaft, ob irgendwer es für möglich halten konnte, daß Henry Mollys Hund war.

»Die Zügel nimmst du«, sagte Nicholas. »Er muß sich gleich an dich gewöhnen.«

Und er warf Henry einen frohen Blick zu, unschuldig und wohlmeinend und gütig, so daß Henry zum erstenmal sagte:

»Ich hab dir noch gar nicht gedankt, Nicholas. Deine Großzügigkeit ist überwältigend. Noch nie hab ich ein so fürstliches Weihnachtsgeschenk bekommen.«

Nicholas lachte und sagte:

»Das alte Pony wär ja in den nächsten Tagen auf der Straße tot umgefallen.«

Henry schlug leicht mit den Zügeln, schnalzte mit der Zunge, und das Pony setzte sich in Bewegung, aus dem Hof hinaus, um die Seite des Hauses herum, freudig ziehend, als wollte es möglichst schnell fort. Und dann, oh, dann trabten sie die Auffahrt entlang und hinaus auf den Landweg, und es legte einen flotten Schritt zu, stetig wie ein Fels, weich mahlten die Räder durch den Sand, und es war ein so vollkommenes Zusammenspiel von Klang und Gleichmaß, daß Henry mit den Lungen darauf reagierte und im Takt mit diesem herrlichen Rhythmus ein- und ausatmete. Die Beine hatten reichlich Platz in dem Wagen. Das Polster war echtes Leder. Eine zusammengelegte Decke wartete darauf, über die Knie gebreitet zu werden. Henry seufzte tief und sagte:

»Das ist für mich das Leben. Nichts von euern Automobilen, diesen stinkenden, lauten Dingern. Da drin gibt's ja keine frische Luft. Und ich glaube noch nicht mal, daß sie schneller sind. Dies Kerlchen hier bringt mich in einer halben Stunde zum Club, wenn es immer so läuft wie heute.« Plötzlich ängstlich, fragte er:

»Kann ich das alte Pony auch behalten?«

Und Nicholas sagte:

»Aber natürlich.«

Es war ein schöner Ausflug, und als sie zurückkamen, gab es heißen Punsch und einen Truthahn und Plumpudding und mehrere Flaschen Wein. Das frisch gestrichene Wohnzimmer sah freundlich aus und ebenso Jack, die mit glücklichem Lächeln am Kopf des Tisches saß, wieder in einem neuen Kleid, bedruckte Seide diesmal, mit einem großzügigen Schal. Ja, die Zeiten hatten sich geändert. Er trank zurückhaltend und merkte dennoch, wie seine Zunge sich löste, und so flüchtete er ins Bett, während die anderen noch am Kamin blieben.

Henry glaubte an Nicholas Unschuld. Es war kein Falsch an ihm, nichts als purer, simpler Romantizismus und Menschenliebe. Das stand ganz außer Frage. Nie würde er versucht haben, Henry mit einem neuen Pferd und Wagen zu bestechen. So etwas war ihm völlig fremd. Und dennoch, eines Morgens am Ende der Feiertage, als die Atmosphäre noch immer überglänzt war von Frieden und weihnachtlicher Freude, nahm er Henry beiseite und sagte:

»Kannst du mit raus auf einen kurzen Spaziergang?«

Es hatte ein wenig gefroren, und die Luft war kalt und klar. Jedes Blatt war gefallen, so daß man von der Auffahrt aus einen guten Blick auf den Fluß hatte. An Tagen wie diesem schien der Wasserlauf entlang der Auffahrt lauter über die Steine seines Bettes zu rauschen. Geräusche wurden weit getragen – ein Huhn, das auf einem fernen Hof triumphierend über sein Morgenei gackerte, ein Hund, der einen anderen mit hohem, freudigem Bellen grüßte wie das nächtliche Bellen eines Fuchses. Ein leichter Wind erzeugte in den Wipfeln der Pinien ein leises Brausen. Nicholas hatte sich völlig erholt von seiner Krankheit des vergangenen Jahres und ging mit der gesunden Leichtigkeit eines jungen Mannes. Henry mußte sich eingestehen, daß er sich freute, einen anderen Mann im Hause zu haben – das Kind zählte nicht, obwohl es gut war, daß es wenigstens männlich war.

Als sie hundert Schritt zurückgelegt hatten, sagte Nicholas:

»Ich nehme an, du hast unsern Gesprächen entnommen, daß wir demnächst wieder ernsthaft anfangen.«

Henry wurde still wie eine Schlange im Gras. Kein überraschtes Auffahren, kein Ausruf verriet ihn. In diesen Dingen ging doch nichts über lange häusliche Übung. Nach kurzer Pause sagte er ruhig.:

»Ja.«

»Die drohende allgemeine Wehrpflicht ist ein Gottesgeschenk gewesen für uns«, fuhr Nicholas fort, noch immer in diesem entspannten, vertraulichen Ton. »Die Freiwilligen haben sich so gut neu organisiert, daß es unsere gewagtesten Hoffnungen übertrifft. Wir haben Waffen, von überall her eingesammelt . . .«

242

»Von woher?« wagte Henry zu fragen.

»Schiffswracks, Überfälle auf Häuser, Waffenschmuggel – alles mögliche – und alles ist so gut durchgeplant, daß diesmal kein Zusammenbruch möglich ist. Der Kopf in Dublin ist Michael Collins, dem einfach alles gelingt. Sein Nachrichtensystem entwickelt sich sehr schön. Er hat Leute in jedem Amt des Landes, auch in London. Wir haben jetzt die Sympathie der ganzen Nation, und das nimmt jeden Tag noch zu. Richtig losgegangen ist es mit dem Tod von Thomas Ashe im September. Er wußte ebenfalls, welche Wirkung das haben würde, der arme Kerl.«

Und viel mehr würde man auch über Henry nicht sagen, wenn er sich in diese Bande hineinziehen ließe: »Der arme Kerl, er starb für eine gute Sache.« Er wußte, was da heraufdämmerte, o ja. Und Erbarmen gab es nicht für sie. Dieser junge Mann, Ashe, war Lehrer in einem Vorort von Dublin gewesen, ein ehemaliger Rebell, der hätte dankbar sein sollen, daß man ihn aus dem Gefängnis ließ. Bei einer Versammlung im August hielt er eine Rede, von der er gewußt haben mußte, daß sie die Spitzel vom Castle auf die Palme bringen würde, denn er zitierte Präsident Wilson, der gesagt hatte, kein Volk solle gezwungen sein, unter einer Obrigkeit zu leben, die es nicht akzeptiere. Natürlich wurde er verhaftet und ins Gefängnis gesteckt, aber nicht einmal dann war er so vernünftig, den Mund zu halten. Er und einige andere fingen an, Sonderbehandlung als politische Gefangene zu verlangen und nicht mit gewöhnlichen Kriminellen in einen Topf geworfen zu werden. Daraufhin wurde er, wie man allgemein zugab, wirklich brutal behandelt, seine Sachen und sogar sein Bettzeug wurden ihm weggenommen, und als er in den Hungerstreik trat, trichterte man ihm das Essen gewaltsam ein, wobei Prügel nachhalfen, bis sie ihn so kaputt hatten, daß er starb. Die Leute sagten jetzt, daß es Sam Flaherty nicht viel anders ergangen sei. Ja, es war ein Skandal, aber wie man im Club sagte, wollten diese Leute es ja nicht anders.

Das Schlimmste an Ashes Tod war, daß die Behörden sich durch die Demonstration reinzuwaschen suchten, die mit der

Beerdigung einherging. Sie kleideten die Leiche in die Uniform der Freiwilligen, und solange sie in aller Feierlichkeit im Rathaus aufgebahrt lag, stellten sie eine Ehrenwache in Uniform; das war das Werk des Bürgermeisters von Dublin – übelste Verhetzung. Er hatte diesen Kerl Ashe, bevor er starb, sogar im Gefängnis besucht, und er war derjenige, der die Sache mit dem Zustand der Leiche verpfiff. Daraufhin sind Tausende von Menschen dem Sarg gefolgt, und bei der Grablegung gab es einen Vortrupp der Freiwilligen, der ganz offen Gewehre trug, dann zweihundert Priester, dann Hunderte und Aberhunderte von Mitgliedern all dieser kleinen, nationalistischen Organisationen, die so irrwitzige Namen hatten – Sinn Féin, Cumann na mBan, Inghinidhe na hÉireann –, zudem dann noch die Bürgerarmee, die von James Connolly, dem Rebellen, angeführt worden war. Sogar die Irische Partei schickte Vertreter, unter ihnen natürlich Thomas Connolly. Dann folgten etwa dreißigtausend Menschen aus dem ganzen Land, in Marschordnung und das dreifarbige Band tragend, das sie am laufenden Meter kriegen konnten, da es die Farben des Bandes aus dem Burenkrieg waren, und davon lag noch immer jede Menge herum. Vielleicht war Nicholas selber dabeigewesen, denn all dies war geschehen, kurz bevor er mit Molly nach Woodbrook gekommen war. Die ganze Sache war eine Schande. Henry wagte eine weitere Frage:

»Vielleicht kannst du mir eine Antwort auf etwas geben, was mir schon lange ein Rätsel ist. Warum sind diesmal die Priester auf der irischen Seite? Sind sie nicht sonst immer auf der Seite der Herrschenden zu finden?«

Das war gefährlich ausgedrückt, aber Nicholas faßte es als Ironie auf. Er lachte.

»Das ist wahr, und es ist für uns eine der besten Sachen, die seit langem passiert ist. Es gibt immer gute Priester in Irland, aber man setzt ihnen schon in jungen Jahren Scheuklappen auf, und manche lernen es nie, sich umzusehen. Sie kümmern sich um die Menschen und um die katholische Kirche, in dieser Reihenfolge. Ich habe zu viele von ihnen kennengelernt, um da irgendwelche Zweifel zu hegen. Politik kümmert sie nicht. In den ländlichen

Gegenden sind sie wütend über die ständigen Verhaftungen unschuldiger Leute, und sie haben die ganze Zeit dagegen protestiert. Jetzt stehen endlich einige von ihren Bischöfen hinter ihnen, denn wenn die Wehrpflicht kommt, werden alle Studenten in den Priesterseminaren einberufen werden. Das hat Männern den Boden unter den Füßen weggezogen, die nicht das kleinste Fünkchen von Gefühl für die Sache zu haben schienen. Jetzt sehen sie, daß wir recht hatten, diesen speziellen Herrschenden nicht zu trauen.« Dann sagte er, worauf Henry die letzten zehn Minuten ängstlich gewartet hatte: »Wir wissen, daß du auf unserer Seite stehst, Herr Gould, auch wenn du nie aktiv teilgenommen hast. Alle unsere Leute haben sich aus dem County Club zurückgezogen, weil sie die Papphelden, die da schnarchend rumsitzen, nicht ertragen konnten. Du hast dich nicht zurückgezogen, und jetzt kannst du uns nützlich sein. Kann ich sagen, daß du uns jede Information weitergibst, die du vielleicht zufällig hörst? Es ist nicht nötig, ein interessiertes Gesicht zu machen – inzwischen müssen sie sich an dich gewöhnt haben. Sie werden schon mal ein Wort fallen lassen. Was wir besonders wissen müssen, ist, was die Offiziere aus der Kaserne so reden. Die halten das fast für ihren eigenen Club, sagt Onkel Thomas. Es ist schon eine ganze Menge an Informationen für uns da abgefallen.«

»Dann habt ihr in der Bar bereits eine Informationsquelle?«

»Ja, aber wir wissen nicht, wie lange der noch weitermachen kann. Wir vermuten, daß er jemandem auffällig geworden ist. Es ist Paddy Walsh, der Barmann. Du kennst ihn ja bestimmt.«

»Natürlich.«

»Nun, was meinst du?«

Henry fragte:

»Weiß Peter Morrow, daß du vorhattest, mit mir über diese Sache zu sprechen?«

»Nein. Ich arbeite direkt unter Collins.«

»Sehr gut. Ich werde tun, was ich kann.«

Der Rückweg war ein Alptraum. Wieder zu Hause, wollte Henry nur noch so schnell wie möglich auf sein Zimmer, aber er mußte warten, da Nicholas ihm einen Drink anbot. Henry lehnte ihn mit einem Schaudern ab. Man erwartete nicht von ihm, daß er sich normal benahm, und er wußte, daß Nicholas nicht die geringste Ahnung vom wahren Grund seiner Unsicherheit hatte. Unten an der Treppe sagte er, eine Hand auf Henrys Ärmel:

»Du brauchst nie zu irgendwem außer mir davon zu sprechen. Halt einfach nur die Ohren offen; vielleicht kriegst du ja nie irgendwas Nützliches zu hören, aber wenn, dann sieh zu, daß du's mir sofort erzählst.«

»Natürlich.«

Jetzt war er also ein Doppelagent. Der einzige Unterschied war der, daß der Britische Geheimdienst davon ausging, seine Agenten zu bezahlen, während der irische voraussetzte, daß die Agenten bezahlten, gewöhnlich mit ihrer Haut. Henry saß auf dem Rand seines riesigen Vierpfostenbettes, in dem sein Vater und seine Mutter geschlafen hatten und in dem er geboren worden war. Er hatte den Kopf in den Händen vergraben und zitterte vor dem, was ihm da widerfuhr.

Vier Tage später, im Club, sagte er zu dem Hauptmann:

»Ich hab einen Namen für Sie – Michael Collins.«

Der Hauptmann kicherte.

»Den pfeift man doch von jedem Dach. Wir wissen alles über ihn. Da müssen Sie sich schon ein bißchen mehr anstrengen.«

»Dann einen andern. Paddy-Boy.«

»Wie nochmal?«

»So nennen wir ihn hier alle. Er hat Ihnen grade Ihren Drink gebracht. Walsh heißt er mit Nachnamen. Er hat Informationen rausgebracht, die er hier aufgeschnappt hatte.«

Der Hauptmann machte große Augen, stellte aber keine Fragen mehr. Henry bekam eine weitere Rolle Goldstücke, die er Nora zum Aufbewahren geben konnte, und fühlte sich ein bißchen entschädigt für seine Schreckensnacht. Als Paddy von der Bildfläche verschwand, fühlte er sich besser – da Nicholas ihn einmal genannt hatte, wäre es auch Wahnsinn gewesen, ihn frei herumlaufen zu lassen.

23

Peter Morrow kam nie mehr nach Woodbrook, und Molly war froh darüber. Nicholas sprach oft von ihm, da sie während des ganzen Herbstes gemeinsam von Dorf zu Dorf fuhren, um Reden zu halten und die Freiwilligen neu zu organisieren. Er wußte, daß Molly noch immer Angst vor Peter hatte, aber er hatte kein Verständnis für moralische Feigheit, wie er es nannte. Sie hatte alles in der richtigen Reihenfolge gemacht und in Ordnung gebracht, folglich hatte sie nichts zu fürchten. Wenn er so sprach, kroch sie in sich selbst zurück und schwieg, gequält von der gewaltigen Lüge, die sie wie einen Sack Steine mit sich herumschleppte.

Doch die kopflose Angst von früher hatte sie jetzt nicht mehr. Die Verantwortung für das Kind hatte sie viel gelehrt, unter anderem, daß sie mehr Durchhaltevermögen besaß als sie gedacht hatte. Wie sonst hätte sie bei Henry ohne Schaden ihre Kindheit überstehen und daraus noch mit einem beträchtlichen Quantum Lebensgeist hervorgehen können? Andere Töchter, die sie kannte – die unglücklichen Walton-Mädchen etwa –, drehten sich dauernd ängstlich um, weil sie einen Angriff von hinten erwarteten. Ihr Vater war bekannt für seine Gewalttätigkeit, und sie hatten keine beschützende Tante Jack, nur ihre dämliche Mutter, die von dem Alten genauso in Angst und Schrecken gehalten wurde wie ein weiteres Kind. Catherine hatte manchmal denselben gehetzten Gesichtsausdruck, aber Molly hatte bewußt an sich gearbeitet und alles Geduckte abgelegt.

In den Monaten vor Weihnachten ging sie ganz in der Arbeit auf, Woodbrook gründlich aufzuräumen. Sie hatte Rathangan als Vorbild, brauchte nicht auf jeden Penny zu achten, und so bekamen das ganze Haus und der Garten allmählich ein neues Gesicht. Sarah war überglücklich und wurde es nicht müde, bewundernd durch die frisch renovierten Zimmer zu wandeln, ganz so, als machte sie einen Spaziergang durch die Felder. Selbst

Henry schien erfreut, obwohl er natürlich nie ein einziges Wort der Ermutigung oder Anerkennung äußerte. Bedingt durch den Krieg, beschränkte sich die meiste Arbeit im Haus auf einen neuen Anstrich und Reinemachen, und im Garten war es hauptsächlich Beschneiden und Jäten. Tante Jack kaufte zwei Jersey-Kühe, die ebensogut waren wie die in Rathangan, und sie liebte sie wie vielleicht eine andere Frau Katzen liebte – sie streichelte und tätschelte sie, sprach mit ihnen und brachte ihnen eigenhändig das Futter. Sie stellte zwei Brüder ein, Mike und Andy Folan, und oft half ihnen Martin Thornton, der, wenn er da war, über der Remise wohnte. Er hatte mit Sarah abgemacht, daß sie eines Tages heiraten würden. Die Abende verbrachte er bei ihr in der Küche. Tagsüber kümmerte er sich um die Obstbäume wie er es im Moycullen-Haus gelernt hatte. Aber es fiel Molly auf, daß er stets darauf achtete, daß Henry nicht in der Nähe war, wenn er sich an ihnen zu schaffen machte. Henry hatte keine Ahnung, daß er überhaupt da war.

»Es ist nicht, daß ich Mr. Gould nicht traue«, sagte Martin entschuldigend zu Molly, »aber er ist die Bewegung einfach nicht gewöhnt – im Unterschied zu den Flahertys. Er könnte es vielleicht nicht verkraften.«

Später sagte Molly zu Nicholas:

»Sieh mal, wie der so Leute wie Papa durchschaut. Er weiß auf den ersten Blick, daß man ihm nicht trauen kann.«

Aber Nicholas sagte:

»Mir will scheinen, daß dein Vater langsam auf unsere Denkweise umschwenkt, auch wenn's ihm vielleicht schwerfällt.«

Sie hielt das kaum für möglich, doch es traf zu, daß Henrys Meckerei nicht mehr so bissig war. Er hatte endlich doch begonnen, Interesse zu zeigen – ein Witz, der immer zwischen ihr und Catherine gängig gewesen war. Denn Tante Jacks ständiger Ausruf war: »Wenn euer Vater doch nur Interesse zeigen würde!« Ein Interesse zeigender Henry war womöglich viel schlimmer als ein gleichgültiger, aber es gab nichts Nennenswertes, was über seinen gierigen Gesichtsausdruck hinausging, wenn er in die Küche spähte, um zu erkunden, was Chrissie da in ihren Töpfen hatte. Das war schließlich kein Wunder, nachdem er dauernd halb am Verhungern gewesen war. Chrissie war bei Tante Jack selbst in die Schule gegangen, und sie kam, wie sie sagte, gut voran. Bis jetzt war Henry noch dermaßen beeindruckt von dem Gedanken, überhaupt eine Köchin zu haben, daß er sich über das Essen nicht beklagt hatte.

Eine Woche nach Weihnachten sagte Nicholas zu Molly:

»Nächsten Sonntag geht's wieder mit öffentlichen Versammlungen los. Die erste ist in einem Dorf wenige Meilen von Roscommon – Scottstown. Hättest du Lust, mitzukommen?«

Überrascht fragte sie:

»Möchtest du's denn?«

»Ja. Du würdest dann besser verstehn, wie wir so was anfassen. Als die Fenians im Gefängnis waren, mußten die Frauen die Sache weiterführen und ebenso während der Zeit der Landliga.«

»Gehn Letty und Klein Alice hin?«

»Natürlich. Klein Alice könnte mit uns fahren. Letty und George arbeiten oft zusammen. Es ist wirklich komisch – schon als Kinder haben sie immer am selben Strick gezogen. Die beiden sind ein gutes Gespann.«

»Na, wenn sie alle mitmachen, tu ich's natürlich auch. Bis jetzt muß es ausgesehn haben, als versuchte ich, mich da rauszuhalten.«

Sie konnte sehen, daß dies ihn freute. Aber es war im Grunde nicht die Wahrheit, die einfach war, daß sie immer bei ihm sein wollte. Wenn er das Haus verließ, war sie verzweifelt; selbst wenn er aus dem Zimmer ging, erstarb plötzlich etwas in der Atmosphäre. Solange er bei ihr war, war Sam noch am Leben, sein Gesicht, seine Stimme, seine Bewegungen überlagerten Nicholas so sehr, daß sie diesen eigentlich kaum zu sehen vermochte. Sie wußte, das war alles verrückt, und manchmal erkannte sie blitzartig, daß sie den Wunsch hatte, sich davon befreien zu können. Wenn sie nur aus diesem Traum heraustreten und ihn verlassen könnte, wie man aus einem Zimmer geht und die Tür hinter sich zumacht. Dann wäre sie frei von diesem ständigen Schmerz und auch von dieser Gier nach Nicholas. Wenn er mit ihr schlief, wußte sie kaum, wo ihr Körper aufhörte und wo der seine begann. Sie waren eine Person, eine Persönlichkeit, wenn sie einander umklammerten, während sie jeden Tropfen Energie aus ihm heraussaugte, um die ausgedörrten Stellen ihrer eigenen Seele damit zu netzen. Hinterher fragte sie sich, wie er so zufrieden entspannt neben ihr liegen konnte, wo er sich doch eigentlich schwach und blutleer hätte fühlen müssen, als ob Dracula ihn ausgesaugt hätte. Warúm wußte er nicht, daß er Sam war und nicht Nicholas? Es war etwas Schreckliches, ihn so leicht betrügen zu können.

Die Tage vor der Versammlung verbrachte sie damit, ihn bei jeder Gelegenheit auszufragen. Je mehr sie von ihm erfuhr, um so größer wurde ihre Angst, so daß sie oft allein fortgehen mußte, bis sie sich wieder erholt hatte. Ihr wurde klar, daß sie in einem Scheinparadies gelebt hatte. Welch ein Glück, Nicholas für eine Woche oder auch nur für einen Tag zu haben, denn jede Stunde, die verging, steckte voller Gefahr. Jeden Augenblick konnte eine Abordnung von Polizisten oder Soldaten die Zufahrt heraufmarschiert kommen, um ihn in Galway, Dublin oder gar in England ins Gefängnis zu stecken, und vielleicht würde sie ihn nie wiedersehen. Die meisten der Männer traten im Gefängnis in den Hungerstreik – die meisten der Führer wenigstens, um eine anständige Behandlung für ihre Leute zu erwirken. Ashe war daran gestorben, deswegen gab es vielleicht keine Zwangsernährung mehr, aber wer vermochte zu sagen, ob ein Mann überleben würde? Sie nannten es das Katz-und-Maus-Spiel. Es bestand darin, den Gefangenen ruhig hungern zu lassen, und zwar bis er sich dem Tode näherte, ihn dann auf freien Fuß zu setzen, um ihn nicht im Gefängnis sterben zu lassen, und ihn dann, wenn er wieder etwas zu Kräften gekommen war, erneut zu verhaften.

»Es ist sinnlos geworden, noch in den Hungerstreik zu treten«, sagte sie, aber Nicholas sagte:

»Wir können es uns nicht leisten, wählerisch zu sein. Er hat viel von seiner Wirksamkeit verloren, ist aber immer noch eine nützliche Waffe.«

Einmal sagte er zu ihr:

»Mir ist das Kämpfen zuwider. Ich würde es nie tun, wenn ich nicht so klar sähe, daß wir ohne Kämpfen niemals etwas erreichen werden. Es ist nicht etwa so, daß England nicht wüßte, was Irland will. Wäre das der Fall, hätten wir unsere Differenzen längst bereinigt. Zur Zeit der Erhebung hat man uns gesagt, es sei Wahnsinn, gegen das gesamte britische Imperium kämpfen zu wollen, aber das ist genau das, was wir tun. Wenn all dies vorbei ist, ist auch Schluß mit dem Kolonialismus. Wir haben eine Menge gelernt, unter anderm, daß der Kampf nicht allein auf dem Schlachtfeld stattfindet.«

Am Samstag kam Klein Alice von Moycullen herüber, um bei ihnen zu nächtigen, damit sie am nächsten Morgen früh aufbrechen konnten. Ihre Ankunft gab dem Ausflug etwas Festliches, ein Gefühl, das alle Flahertys verbreiten konnten. Sie hatte das helle Wuschelhaar ihrer Mutter, aber ein energisches Kinn, das sie von ihrem Vater geerbt hatte oder vielleicht von der alten Alice, nach der sie benannt war. Mit ihren achtzehn Jahren war sie ganz nur Kurven und Geschmeidigkeit, wie ein junges Kätzchen. Molly brachte sie nach oben in das frisch gestrichene Gastzimmer.

»Ich bin *gewachsen*«, sagte Alice verzweifelt, als sie allein waren. »Seit ich fünfzehn war, bin ich nicht mehr gewachsen. Dies war das einzige Kleid, das mir noch passen wollte; alles andere, was ich anprobierte, ging mir nur noch bis zu den Waden, und mit so was wollten sie mich nicht vor die Tür lassen. Sie haben gesagt, wenn ich ausseh wie ein loses Frauenzimmer, würde ich unsere Sache in den Schmutz ziehn.« Sie kicherte. »Geht das denn so?« Sie wirbelte herum, um sich sehen zu lassen. »Ich komm mir schrecklich albern vor darin.«

»Warum denn? Es ist doch wirklich hübsch. Wo hast du's her? Durch den Krieg hat jetzt keiner mehr anständige Sachen«, sagte Molly.

»Es stammt von Schwester Letty. Findest du's ehrlich hübsch?«

Das Kleid war aus schöner, feiner Wolle, dunkelblau mit einem persischen Muster in Grün und Braun, in der Taille gerafft und mit einem engsitzenden Leibchen, das ihre gerundeten Brüste zur Geltung brachte. Um Hals und Handgelenke hatte es feine Rüschen aus demselben Material. »Ich komm mir fürchterlich darin vor«, sagte Alice. »Ungefähr wie neunzig. Es ist so altmodisch. Bald wird's keine langen Kleider mehr geben. Vater sagt, in London zeigen die Frauen die Knie!«

»Nein!«

»Doch, sagt er. Und viele von ihnen haben komische Beine, wie die Beine von einem Konzertflügel, und manche haben große Löcher in den Strümpfen, weil man bis jetzt nicht sehen konnte, was für Strümpfe sie anhaben, und nun vergessen sie, daß man's sieht. Und am schlimmsten ist es, wenn sie Halbseidene tragen, von den Schienbeinen dann hoch das Leinen. Ist das nicht schrecklich? Er sagt, eines Tages werden die Frauen Hosen tragen, wie die Männer, und sich darin richtig wohlfühlen.«

»Das hat er gesagt!«

Molly war schockiert, aber Alice sagte ruhig:

»Er sagt, wenn sie erst mal gezeigt haben, daß sie wirklich Beine haben und nicht auf Rollen laufen wie die Wohnzimmermöbel, sei das nur logisch. In Amerika tragen sie zum Fahrradfahren schon seit fünfzig Jahren Schlüpfer. Ich wünschte, der Tag würde bald kommen. Stell dir nur vor – kein Ausbürsten der Saumborte mehr nach jedem Spaziergang, kein Stolpern mehr auf fremden Treppen, keine Skandale mehr wegen des unzüchtigen Mädchens, das ein Fußgelenk gezeigt hat. Na, das gibt's ja nun schon bald nicht mehr. Ich hab meine lange, graue Pelerine mitgebracht, die häng ich mir morgen um. Ich will doch nicht aussehn wie eine *Dame*.« Sie zog ihrem Spiegelbild ein Gesicht. »Jetzt zeig mir, was du mit dem Haus angestellt hast. Dies Zimmer ist schön. Ich habe gehört, alles sei wundervoll. Oh, Molly, Nicholas sieht so glücklich aus! Es tut so gut, euch zusammenzusehn und dich endlich mit in der Familie zu haben.«

Trotz des Wütens der politischen Umtriebe rings um sie her, trotz des Zwecks ihres derzeitigen Besuches war sie fähig, so etwas zu sagen. Molly fragte sich, ob sie je das alte Wissen der Flahertys erlangen würde. Sie bezweifelte es; selbst jetzt fuhr es ihr durch die Glieder, als sie Nicholas Namen hörte, und sie hatte den Wunsch, ihn sofort suchen zu gehen. Aber Alice wollte das Baby sehen und mußte vor dem Essen ins Kinderzimmer hinaufgeführt werden, weil der Bub später wahrscheinlich schlafen würde.

Bridget, die Kinderschwester, war ein großes, rothaariges Mädchen mit schmalen grünen Augen, die ihr etwas Wildes gaben. Das kleine Kerlchen liebte sie und folgte ihr mit fröhlichen Augen, wenn sie im Zimmer herumging. Es war warm und gemütlich da oben, mit einem großen Feuer, das mit Torf aus einem Fischkorb neben dem Kamin nachgelegt wurde. Molly hatte immer Angst, der Abzug könnte Feuer fangen, denn er war diese üppige Hitze nicht gewohnt, deshalb hatte sie ihn mehrmals fegen lassen. Catherine war da und spielte mit dem Baby, bis es vor dem Kamin sein abendliches Bad bekam. Sie hatte ein paar Stofftierchen, die sie ihm zeigte und dann für einen Moment versteckte, so daß es juchzend lachte, ein entzückendes Geräusch, an dem es selber Freude zu haben schien.

Es dauerte nicht lange, und Alice lag ebenfalls auf dem Teppich und spielte mit. Nach einer Weile fragte sie:

»Kommst du morgen mit uns, Catherine?«

»Ich hab's nicht vorgehabt. Ich muß einen Besuch machen.«

»Kann das nicht warten?«

»Nein. Es sind die Reardons. Sie scheinen sehr krank zu sein, der Vater, die Mutter und mehrere von den Kindern. Der älteste Junge, Johnny, ist am schlimmsten dran.«

»Welche Reardons?«

»Die von Tom Reardon, auf dem Berg.« Der Berg war jenes Stück Land, das sich hinter dem See an der Landstraße nach Galway nach oben erstreckte. Eigentlich war es kaum Land, denn es war von Riedgras und großen Steinen bedeckt und hatte nur gelegentlich winzige Stückchen Erde, wo Kartoffeln angebaut werden konnten. Diese Flecken waren nicht natürlich, sondern sorgsam angelegt worden, indem man Hunderte, ja Tausende von Körben mit Mutterboden von anderswo herangeschleppt und an einer Stelle verteilt hatte, wo die Felsen ein wenig Halt gaben. Manchmal dauerte es mehrere Generationen, bis ein Feld angelegt war, aber die Leute sagten, es sei die Mühe wert, denn sie hatten sonst nichts zu tun. Die Reardons wohnten in einer Lehmhütte am Rande eines dieser Felder. Molly sagte:

»Aber das Land gehört den Burkes. *Die* sollten sich um ihre Leute kümmern.«

»May würde das nie tun«, sagte Catherine, »und ich habe Grace versprochen, nach dem Rechten zu sehn, solange sie in Dublin ist. Irgendwer muß sich doch um sie kümmern.«

»Was haben sie denn?« fragte Alice etwas spitz.

»Es scheint eine Art Grippe zu sein. Sie liegen nur da und sagen, sie haben Schmerzen. Gestern hab ich ihnen Brot und Suppe gebracht, aber die Mutter konnte nichts zu sich nehmen. Der Onkel, der, den sie Peteen nennen, hat's auch, aber er sagt, er kann sich damit nicht hinlegen. Er sitzt am Kamin und hütet das Feuer. Das ist ja was – aber er wirkt so schwach. Tom sah schrecklich aus gestern. Und alle haben sie so eine komisch bläuliche Haut.«

Alice sagte:

»Vater sagt, in England wüte eine schlimme Grippe. Wenigstens nennen sie's Grippe, aber sie wissen nicht, was es ist. Es wird vermutet, daß die Soldaten es von Frankreich mit zurückbringen. Die Leute sterben daran, sagt Vater.«

»Dann versuch lieber mal, einen Arzt für die Reardons zu besorgen«, sagte Molly. »Papa könnte nach Galway fahren und dir das abnehmen. Der freut sich, wenn er einen Vorwand hat zu verschwinden.«

»Und sei vorsichtig mit dir selbst«, sagte Alice. »Wasch dir sofort die Hände, wenn du nach Hause kommst. Großmama achtet immer darauf, daß wir das tun. Sie sagt, deswegen habe sie nie das Hungerfieber bekommen.«

Beim Abendessen sprachen sie wieder von den Reardons, und Henry erklärte sich bereit, am nächsten Morgen nach Galway zu fahren und einen Arzt für sie zu besorgen. Tante Jack sagte Molly ins Ohr:

»Auf die Art bin ich ihn hübsch los, solange ihr weg seid. Sonst würde er mir doch nur den ganzen Tag was vormeckern. Das macht er immer, wenn er mich alleine hat.«

»Jetzt immer noch?«

»Ja, jetzt immer noch.«

24

Die Januarmorgen sind dunkel in Irland. Bei einem gewaltigen Frühstück kurz nach acht Uhr sahen sie das Spiegelbild des ganzen Tisches mit dem hinter ihnen glühenden großen Torffeuer in den glänzenden, schwarzen Fensterscheiben. Bei dem Gedanken an die bevorstehende Kälte überlief Molly ein Schaudern, und sie sagte:

»Wir werden einander warmhalten im Wagen. Ob es wohl friert draußen?«

»Nein«, sagte Tante Jack, »ich hab schon rausgeschaut. Ein Picknickkorb ist fertig mit einer Thermosflasche Tee und ein paar belegten Broten. Die könnt ihr dann auf dem Rückweg essen.«

»Aber wir essen doch beim Gemeindepriester.«

»Na, wenn ihr sie nicht eßt, dann kriegen sie die Hühner. Weißt du nicht mehr, wie wir nach Dublin gefahren sind und den ganzen Tag von dem Tee leben mußten, den es auf der Bahn gab? Nach dieser Erfahrung würde ich sogar noch ins Tal Jehoshaphat meine eigene Thermosflasche mitnehmen. Hat jeder noch eine zweite Jacke mit?«

»Ja, ja, ja«, sagte Klein Alice, »und Martin hat Fußwärmer in den Wagen getan.«

»Martin? Wer ist Martin?«

Dies war Henry, der unglücklicherweise aufgestanden war, um sie zu verabschieden, und der ihnen einfach durch seine Anwesenheit die ganze Freude verdarb, wie er es immer tat. Nicholas sagte:

»Martin Thornton fährt uns. Er bringt Andy Folan das Fahren bei, aber das dauert noch eine Weile. Martin wird auch eine

Rede halten auf der Versammlung. Ich hoffe nur, daß niemand ihn erkennt, sonst wird er noch verhaftet. Es ist ein bißchen gewagt, ihn sprechen zu lassen, da er auf der Fahndungsliste steht, aber er macht immer großen Eindruck und hat selber den Wunsch zu sprechen.«

»Wo genau fahrt ihr hin?«

»Scottstown. Das ist in der Nähe von Roscommon.«

Henrys Gesicht war so ausdruckslos wie das einer Eidechse, aber Molly, die ihn genau beobachtete, meinte zu sehen, daß seine Gesichtshaut sich spannte. Martin hatte den Wagen aus dem Hof nach vorn gefahren, und sie konnte den Motor, der warmlief, tuckern hören. Alice und Nicholas standen schon draußen auf der Treppe. Sie sah, wie Henry sie anschaute, und eilte nach draußen. Warum traute ihm überhaupt noch jemand? Sie konnte das nicht verstehen, doch als sie Nicholas warnen wollte, hatte er gesagt:

»Ich glaube, er ist harmlos. Gib ihm eine Chance.«

Bis es langsam und allmählich richtig hell wurde, hatten sie schon ein gutes Stück Weg zurückgelegt. Als sie durch Galway fuhren, war es noch dunkel, und hier und da eilten kleine Gruppen von Menschen zur Messe. Sie beneidete sie um ihren Eifer und um ihre Gewißheit, die sie an einem solchen Morgen aus den Betten riß und zu ihrem Gott hasten ließ. Für viele war es der einzige Trost ihres schrecklichen Lebens, doch sie selbst hatte nicht einmal in ihren schlimmsten Stunden in der Kirche Trost gesucht. Vielleicht war dies eines von den Dingen, die sie unvermeidlicherweise von Henry geerbt hatte, der sich nie genug daran tun konnte, das Scheitern der protestantischen Kirche zu verhöhnen, nicht nur in Irland, sondern auf der ganzen Welt. Sie hätten keinen Kampfgeist, sagte er, sonst wären sie wegen des »Ne Temere«-Dekrets gegen die Papisten aufgestanden. Einmal, als die Mädchen noch ganz klein waren und das Dekret gerade erlassen worden war, hatte er mit seiner gehässigen Stimme gesagt:

»Wenn eine von euch beiden einen Katholiken heiratet, kommt sie mir hier nicht mehr über die Schwelle des Hauses, und ich rede kein Wort mehr mit euch.«

Damals hatten sie gezittert, wenn auch völlig unsinnigerweise, denn es wäre ein Segen gewesen, wenn Henry nicht mehr mit ihnen gesprochen hätte, doch später, als Molly dann mit Sam verlobt war, hatte er nicht das geringste dagegen gehabt. Offenbar war ein reicher Katholik etwas anderes.

Während es in ihrem Kopf durch diese Gedanken an Henry noch drunter und drüber ging, fühlte sie, daß Nicholas ihre Hand nahm und sie unter der Decke hielt, die über sie alle drei hinten im Wagen ausgebreitet war. Regen peitschte gegen die Windschutzscheibe und sickerte und rann durch die Ritzen der seitlichen Scheiben herein. Das Leinwandverdeck über ihren Köpfen wurde bitter kalt und sandte einen eisigen Luftzug herunter. Martin saß mit gekrümmtem Rücken hinter dem Lenkrad und fuhr so verbissen, als hielte er die Zügel von vier rasenden Pferden. Der Wagen schwankte und rüttelte mit dem schrecklichen Schaukeln einer Kutsche über die holprigen und matschigen Landstraßen, gewährte jedoch den Trost, daß die Reise nicht so lange dauern würde wie mit einem Gespann. In Mountbellew und Ballygar schienen die erbärmlich strohgedeckten Hütten vom Wetter niedergedrückt, und die baufälligeren und dürftigeren schiefergedeckten Häuser, die vereinzelt und weit auseinander lagen, wirkten häßlicher denn je. Aber in jedem Dorf gab es eine Kirche mit einem gepflegten Hof und gewöhnlich ein großes und ziemlich neues Haus für den Gemeindepriester. Diese Häuser waren von dem Geld erbaut worden, das man zu diesem Zweck aus Amerika geschickt hatte. Die Leute schienen überzeugt davon, daß es richtig und angemessen für den Priester war, in solchem Komfort zu leben, während sie selber mit ihren Tieren in ihren Bruchbuden zusammengepfercht waren.

»Aber er ist doch ein Mann von Bildung», sagte Sarah schokkiert, als Molly es wagte, auf diesen Unterschied hinzuweisen. »Wie könnte er denn so leben wie das Volk?«

Das Städtchen Roscommon sah recht wohlhabend aus, und Nicholas sagte:

»Hier war man noch nie so arm wie in Connemara. Und jetzt

verdienen sie durch ihre Schafe und Schweine Geld am Krieg.«

Sie ließen die breite, leere Hauptstraße hinter sich und gelangten auf eine schmalere Landstraße, die zwischen hohen Hecken hindurch den Blick auf Weidegelände freigab. Das Land war fast so gut wie in Kildare, aber die Häuser waren erbärmlich. Um diese Stunde stand jede Tür offen, um die Luft herein- und den Rauch hinauszulassen, der manchmal so dicht war, daß es aussah, als würden die kleinen Hütten brennen. An einer der besseren, mit zwei Fenstern und einer Halbtür, machten sie halt, und Martin drehte sich um und sagte:

»Hier wohnt Kommandant Regan. Wir sollten ruhig mal nachsehn, ob er schon weg ist. Es ist so ein Dreckwetter, daß wir ihn mitnehmen könnten.«

»Natürlich.«

Martin verschwand in der Hütte und kam kurz darauf in Begleitung eines großen, dünnen Mannes mit schmalem Kopf und dichtem schwarzem Haar wieder heraus. Dies war der Kommandant, der den dreien auf dem Rücksitz bald vorgestellt war, auf den Platz neben Martin kletterte und sich dann umdrehte, um mit ihnen zu sprechen, wobei sein einer Arm auf der Rückenlehne ruhte. Seine Augen hatten dasselbe dunkle Blau wie die Martins, etwas Seltenes bei einem Mann. Er sah Molly offen an und sagte:

»Sie sind also die Molly aus dem Lied. Ich freue mich, Ihre Bekanntschaft zu machen. Sie sind eine feine Frau, da bin ich sicher.«

Das war so geradeheraus und ehrlich gesagt, daß es ihr den Atem nahm, aber es machte sie nicht verlegen. Nicholas drückte ihr die Hand, um ihr Sicherheit zu geben. Regan sagte:

»Ich denke, die Versammlung wird gut werden. Der Regen hört bestimmt bald auf. Vater Murray erwartet Sie zuerst bei sich zu Hause. Die Polizei weiß Bescheid. Weiß der Himmel, wie die das immer rauskriegt. Vor einer kleinen Weile kam ein Mann auf einem Fahrrad vorbei und verständigte uns, daß sie von Roscommon rüberkommt, um unsere eigene Polizei hier zu verstärken. Meinen Sie wirklich, daß man Martin hier sprechen lassen sollte? Wär er im Haus des Priesters nicht besser aufgehoben? Das überfallen sie nie.«

»Kommt gar nicht in Frage«, sagte Martin entrüstet. »Vielleicht soll ich auch noch mit der Haushälterin Tee trinken, was?«

Nicholas fragte:

»Wann hat die Polizei von Roscommon diese Instruktionen bekommen?«

»Heute morgen«, sagte Regan. »Der Mann, der mir das erzählt hat, hat einen Bruder in der Kaserne, der selber bei der Polizei ist, Gott helfe ihm, und der sagte, sie hätten vor einer Stunde ein Telegramm aus Galway gekriegt. Er hat das Telegramm nicht gesehn, weil es an den Wachtmeister gerichtet war, und der gibt so was nicht aus der Hand. Vielleicht hat's ja auch gar nichts zu bedeuten. Es ist nur wegen Martin, daß ich mir Sorgen mache.«

»Kennen Sie jemand bei der Polizei in Roscommon?«

»Die meisten.«

»Merken Sie sich sofort diejenigen, die Sie erkennen. Wir müssen die Versammlung durchziehn. Wir dürfen uns nicht davon abschrecken lassen, Versammlungen abzuhalten. Das können wir uns einfach nicht leisten.«

Scottstown war eine angenehme Überraschung, ein Musterdorf, das ein Gutsherr namens Scott während der großen Hungersnot zwischen 1847 und 1855 hatte erbauen lassen, als der Tageslohn vier Pence betrug und es Nächstenliebe war, überhaupt Arbeit zu geben, selbst um diesen Lohn. Es waren zwei Reihen sauberer Steinhäuser, die sich auf den Seiten einer breiten Straße gegenüberstanden, und jedes Haus hatte einen kleinen, von zwei Pfeilern begrenzten Türeingang, eine Wiederholung des Torwegs des großen Hauses, das Scottstown Hall hieß. Die Arbeiter, welche die Häuser erbauten, haben jedoch nie in ihnen gelebt; bewohnt wurden diese vielmehr von dem importierten englischen und schottischen Dienstpersonal, das in dem großen Haus arbeitete. Ihre Nachkommen lebten noch immer hier, mit so ausländischen Namen wie Briggs und Adams und Stubbs, wodurch sie sich von ihren irischen Nachbarn noch stärker unterschieden als durch ihre andere Religion. Anfangs waren sie alle Protestanten, aber nach einer Weile schlugen die meisten von ihnen Wurzeln und heirateten katholische Mädchen, wodurch sie unvermeidlich zu Nationalisten wurden. Regan, von dem sie all dies erfuhren, sagte:

»Gott helfe ihnen, wie hätten sie so leben können, weder Fisch noch Fleisch? Sie mußten zu einem Teil des Landes werden, in dem sie leben, und wir sind wirklich froh, daß wir sie bei uns haben.«

»Und wer ist jetzt in dem großen Haus?«

»Ein Major Scott mit seiner Frau. Sie ist ein stilles, armes Ding, aber der Alte geht rum und wirbt unter den Jungens Rekruten für die britische Armee: ›Na, mein Junge, wann machst du mit und leistest dein Schärflein fürs Empire?‹ So in der Art etwa. Unsere Burschen wollen ihm zur Warnung 'ne Schrotladung in den Hintern verpassen, aber ich hab ihnen gesagt, dazu müssen sie erst den Befehl abwarten. Bitte um Verzeihung, die Damen.«

»Das dürfen Sie nicht zulassen. Sind Waffen im großen Haus?«

»Ein oder zwei Schrotflinten, vielleicht drei, und zwei Pistolen und reichlich Munition. Einer von unsern Jungs weiß, wo sie aufbewahrt werden – er hat da ab und zu mal im Garten gearbeitet. Guter Gott, Sir, es ist doch ein Verbrechen, diese Waffen da nicht rauszuholen. Wir haben gehört, in Cork und Limerick würden sie Waffen rauben.«

»Ja, aber ihr müßt auf Befehle warten. Jeder einzelne muß begreifen, daß wir gemeinsam handeln müssen, von jetzt an immer.«

»Na gut.« Regan schien enttäuscht. »Dann werden die Waffen wohl da bleiben.«

Der Gemeindepriester war ein großer, sehniger, weißhaariger Mann mit wettergegerbtem Gesicht. Er sah aus wie ein Bauer, der in seiner Freizeit Freude an Pferderennen hat. Seine Augen funkelten vor Aufregung, und jeden Augenblick schien er in Lachen ausbrechen zu wollen. Die Haushälterin öffnete die Tür, als er schon aus seinem Arbeitszimmer in die Halle kam, und sagte: »Da seid ihr ja, und schön früh. Ein scheußlicher Morgen, aber es wird bald aufklaren. Mary, bring die Damen nach oben, zeig ihnen das Bad und wo sie ihre Sachen ablegen können. Dann kannst du Tee machen, falls ihr nicht zur Messe geht. Ich kann nicht mit euch Tee trinken, weil ich in die Kirche muß. Wann seid ihr losgefahren? Ihr habt es schnell geschafft, trotz des Regens. Es ist ein langer, unbequemer Weg. Eine große Sache, daß ihr kommt. Wir brauchen einen wortgewaltigen Fremden, der dem Major mal sagt, daß er falsch liegt mit seinem Gerede von Pflichterfüllung gegenüber Empire und König.«

Immer noch weitersprechend, führte er Regan, Nicholas und Martin in sein Arbeitszimmer, während die Haushälterin die zwei Mädchen nach oben brachte. Sie führte sie in ein Schlafzimmer, das kalt war wie eine Gruft. Nackter Bretterfußboden und ein hohes Messingbett mit einer Flickendecke.

»Hier bringen wir den Bischof unter, wenn er zur Firmung kommt«, sagte sie. »Ich hätte ja den Kamin angemacht, aber ihr seid ja nicht lange hier. Wärmt euch unten an Vater Murrays Feuer auf, wenn ihr fertig seid.«

Alice kicherte, als sie mit Molly allein im Schlafzimmer war.

»Wer möchte da Bischof sein? Wenigstens hat er Blumen auf seiner Waschschüssel.«

Sie wuschen sich in der geblümten Schüssel und gingen schnell nach unten, wo sie die anderen um ein Torffeuer versammelt fanden. Vater Murray sagte gerade:

»Ja, wir haben natürlich einen Sinn Féin Club. Die Jungens haben vor ein paar Monaten damit angefangen und überreden jeden einzutreten. Sie haben Mr. Griffith in Dublin geschrieben, er soll Exemplare der Verfassung schicken, aber bis jetzt sind sie noch nicht da. Wenn Sie wieder nach Dublin kommen, können Sie Mr. Griffith vielleicht mal fragen, warum er uns das Zeug nicht schickt.«

»Ich glaube, ihm gefällt die neue Art nicht, wie die Leute reden«, sagte Nicholas. »Die alte Sinn Féin Idee war, für Irland einen König zu haben und ein Haus der Lords und Commons.

Jetzt reden alle von einer Republik. Er hält nicht mehr Schritt mit der Zeit, das Volk hat seine Meinung geändert.«

»Das schluckt hier jetzt keiner mehr«, sagte Vater Murray bekümmert. »Alle Lieder handeln jetzt vom Sprengen der Fesseln und Ketten, von Freiheit und Republiken – so in der Art etwa. Man findet nicht mehr viele, die noch einen König wollen, obwohl sie vor der Erhebung kein Wort gesagt hätten.«

»Manche Leute in Dublin sagen, wir könnten einen König anwerben, den englischen brauchten wir gar nicht. Wir könnten einen von Deutschland oder irgendeinem andern europäischen Land kriegen – diese Könige sind ja sowieso alle Vettern.«

»Das käme vielleicht besser an«, sagte Vater Murray skeptisch, »aber ich finde, diese Insel hat genug von Königen. Wollen Sie den Leuten das auf der Versammlung erzählen?«

»Nur wenn ich direkt gefragt werde. Sollen sie uns doch Sinn Féin nennen, wenn sie wollen, oder sonstwie. Das Etikett spielt keine Rolle. Hauptsache ist, daß wir zusammenhalten und gegen den Kriegsdienst aufstehn.«

»So ist's recht. Niemand will nach Frankreich gehn und sich auf dem Schlachtfeld zu Hackfleisch machen lassen. Ich muß euch jetzt verlassen – muß vor der Messe noch einige Gebete sprechen. Kommt ihr in die Kirche?«

»Natürlich.«

»Am Schluß der Messe weise ich nochmal auf die Versammlung hin, aber die meisten sind schon informiert.«

Als er an der Tür war, drehte er sich noch einmal um und sagte beiläufig:

»Es kommt übrigens noch ein extra Sprecher, aber der wird erst hier sein, wenn die Messe vorbei ist. Er hält eine Rede in Tulsk nach der zehn-Uhr-Messe dort. Peter Morrow – ihr kennt ihn natürlich gut.«

Dann war er verschwunden, und die Haushälterin trug das Tablett mit dem Tee herein.

25

Molly fühlte sich sehr unsicher, da sie Angst hatte, während der Messe etwas falsch zu machen und dadurch nicht nur Ärger zu erregen, sondern zudem noch zu zeigen, daß sie früher nicht oft beim Gottesdienst gewesen war. Wie bei ihrer Trauung sagte Nicholas:

»Tu einfach genau dasselbe wie ich, dann geht schon alles in Ordnung. Die Leute stören sich in der Messe nicht daran, solange du nur betest.«

Die Männer saßen auf der linken, die Frauen und Kinder auf der rechten Seite, aber sie rückten zusammen, so daß die Gruppe der Fremden gemeinsam auf einer hinteren Bank Platz fand. Ein Mann versuchte sie ganz nach vorn zu führen, aber Nicholas wollte das nicht zulassen. Die Leute waren nicht still während der Messe. Die alten Frauen ächzten und beteten laut auf irisch, und die Männer murmelten, wiegten sich hin und her und neigten sich tief zur Erde nieder, wenn die Glöckchen klingelten, wobei sie sich laut gegen die Brust schlugen. Nur der Lehrer und der Arzt, die mit ihren Frauen und Kindern vorne saßen, verhielten sich wie eine protestantische Gemeinde, still und fast reglos.

Gleich nach Beendigung der Messe ging Nicholas voran nach draußen, wo man einen Lastwagen längsseits an die niedrige Kirchhofsmauer gefahren hatte. Für die Sprecher war eine Bank auf die Ladefläche gestellt worden. In ihre warmen Mäntel gehüllt, kletterten Molly und Alice hinauf und setzten sich zu Regan, Thornton und Nicholas, so daß sie die Menge vor sich hatten. Die Leute schauten zu ihnen hinauf und musterten sie neugierig. Der Regen hatte aufgehört, aber ein heftiger Wind fegte über den offenen Platz, so daß sich die Frauen ihre Schals eng um den Hals schlangen. Einige Männer waren barhäuptig, mit wild wehendem Haar, und andere hatten Schirmmützen aus Tweed oder breitkrempige schwarze Hüte wie die, die aus Spanien nach Galway kamen. Ihre Krempen flatterten, aber sie waren so tief in die Stirn gezogen, daß sie nicht weggeweht werden konnten. Nicholas sagte:

»Die Polizei ist ja wirklich stark vertreten.«

Sie waren überall, paarweise verteilt in der Menge und auffällig durch ihre engsitzende, dunkle Uniform mit Metallknöpfen, ihre abgeflachten Uniformmützen und besonders durch ihre körperliche Größe. Als Molly sie entdeckte, sagte er:

»Und da kommen die von Roscommon.«

Als die Menge sie ebenfalls sah, stieg ein Ächzen und Stöhnen auf, das im Klagen des Windes fortgetragen wurde. Sie rauschten auf Fahrrädern die Straße herunter, immer zwei nebeneinander, ungefähr zwanzig Mann. Jeder hatte einen Karabiner auf dem Rücken und am Koppel einen Schlagstock. Im Unterschied zu den einheimischen Polizisten trugen sie Pickelhauben, durch die sie bedrohlich und mächtig wirkten. Kurz bevor sie bei der Menschenmenge angelangt waren, stiegen sie von ihren Rädern, die sie ziemlich dicht an den Lastwagen schoben und dann in ordentlicher Reihe an der Mauer abstellten. Danach standen sie eine halbe Minute da und faßten bedächtig die Szene ins Auge, worauf sie sich, ohne ein Wort miteinander zu wechseln, paarweise unter die Menge mischten. Acht von ihnen stellten sich direkt vor den Sprechern auf. Es waren gute, stämmige Landbewohner, alle über sechs Fuß groß, mit kräftigen, robusten Gesichtern, die sich, abgesehen von ihrem wachsamen, überheblichen Blick, in nichts von denen der anderen anwesenden Männer unterschieden. Molly erkannte unter ihnen einen Wachtmeister namens Hogan aus dem Dorf Moycullen. Sie bemerkte, daß ein kleiner Raum um sie herum frei blieb, der sie absonderte, so daß sie fast wirkten wie eine Ehrenwache.

Vater Murray kam um die Ecke der Kirche geeilt, die Soutane flatterte um die Fußgelenke. Ohne auf die ihm hilfreich entgegengestreckten Hände zu achten, schwang er sich auf den Lastwagen und sagte:

»Wir werden keine Zeit verlieren. Schon gar nicht bei diesem schlechten Wetter. Ich sehe, die Jungens sind da.« Mit einem Ruck des Kopfes deutete er auf die Polizisten. »Wollen wir angesichts dieser Tatsache weitermachen? Natürlich wollen wir das. Ich mache den Anfang.«

Und ohne weiteres Getue drehte er sich zur Vorderseite der Plattform um und rief mit lauter Stimme:

»Freunde und Nachbarn, rückt nun alle dicht zusammen und hört zu!«

Die Menge schloß dichter auf, ließ aber immer noch einen freien Raum um die acht Polizisten ganz vorne, als hätten diese eine ansteckende Krankheit. Mehrere von ihnen traten unruhig von einem Fuß auf den andern und sahen einander aus den Augenwinkeln an, doch dann faßten sie sich wieder. Mit der geübten Stimme des Kanzelredners fuhr Vater Murray fort, wobei er mit einer Handbewegung auf die Fremden hinter sich deutete:

»Wir alle wissen, warum diese Leute uns eine Botschaft bringen wollen, und diejenigen, die es bis heute morgen noch nicht wußten, sollten es nach dem, was ich in der Kirche sagte, nun auch wissen. Sie sind hier mit dem Segen des Bischofs. Denkt daran. Einige von den Bischöfen stehen jetzt endlich mal hinter uns, darum betrachtet alles, was jetzt zu euch gesagt wird, so, als wäre es das Wort Gottes. Als erster spricht zu euch Nicholas de Lacy. Ihr kennt ihn wahrscheinlich gut, und wer ihn von euch nicht kennt, hat bestimmt schon von ihm gehört oder von seinem Vater. Sein Vater ist Parlamentsabgeordneter für Kildare, ein guter Ire, der hier und im Unterhaus schon manche Schlacht für Irland geschlagen hat und auch in den Tagen der Land-Liga geholfen hat, als so etwas gefährlich war. Er hat zu Parnell gehalten, als fast jeder in Irland gegen ihn gehetzt hat. Der Sohn ist aus demselben Holz. Er hat sich geschlagen für Irland, wie ihr wißt, und hat dafür gelitten. Die kleine Dame neben ihm ist seine Frau, die in diesem Augenblick mit Samuel Flaherty verheiratet wäre, wenn er sein Leben nicht in einem englischen Gefängnis gelassen hätte.« Ein langer Klagelaut des Mitgefühls stieg bei diesen Worten auf. Molly saß reglos da wie ein Stein. Vater Murray fuhr fort: »Dies sind die Leute, die uns Führer und Ratgeber sein können, die uns sagen können, was zu tun ist für unser leidendes Land, und wie wir uns zusammentun müssen, um den neuesten, schurkischen Plan zur endgültigen Vernichtung Irlands zu vereiteln.«

Als Nicholas aufstand, um zu sprechen, war alles an ihm – seine Stimme, sein Äußeres, seine ruhige, fast kontemplative Art – ganz anders als der Geist, mit dem der Priester ihn vorgestellt hatte, und sehr verschieden von der Menge unten. Besorgt blickten die Menschen zu ihm auf, als bezweifelten sie, daß er der Überbringer der Botschaft sein könne, die sie brauchten. Bevor er anfangen konnte, rief eine Stimme laut hinten aus der Menge:

»Lange sollst du leben, de Lacy! Nun sprich du zu uns, und wir werden dir alle zuhören!«

Und er sprach zu ihnen, und Molly merkte sofort, daß er gut ausgewählt war für seine Aufgabe. Dies war eine Seite von ihm, die sie noch nicht kannte. Zuerst sprach er von Parnell, den er nie gesehen habe, der aber im Gedächtnis aller guten Iren fortlebe. Parnell hatte Mut, Parnell war nie zu täuschen gewesen. Parnell wußte, daß das Volk geeint werden und festhalten mußte an allem, was es hatte, und daß die Errungenschaften einer Generation der nächsten nicht weggenommen werden durften. Aber Parnell war nach mehreren vergeblichen Versuchen durch die Gaunerei der Politiker vernichtet worden. Dann ging er dazu über, vom Wehrpflichtgesetz zu sprechen:

»Vielleicht wären wir bereit, für England zu kämpfen, wenn England jemals etwas für uns getan hätte. Dann wäre das eine faire und anständige Sache. Doch was haben wir je von England gehabt, daß wir solch ein Opfer bringen sollten? Haben wir Gerechtigkeit erfahren? Eine faire Behandlung? Haben wir Aufrichtigkeit erfahren oder Ehrlichkeit oder auch nur den kleinsten Beweis christlicher Nächstenliebe? Nichts von alledem haben wir erfahren, meine Freunde, nur Auspressung und Lügen und Zynismus und Ungerechtigkeit und Betrug. Das alles werden wir weiter erfahren bis ans Ende der Zeiten, wenn wir jetzt nicht durchsetzen, daß wir eine eigenständige Nation sind mit unseren eigenen Rechten und unseren eigenen Plänen für die Regierung und Verwaltung unseres eigenen Landes. Vor noch nicht allzu langer Zeit, als klar war, daß die Welt etwas von diesem Unrecht

sah und es mißbilligte, wurde uns schnell ein Gesetz zur Selbstregierung angeboten, das Gesetz, das man uns 1914 hingewor-
fen hatte und das wir das Gas-und-Wasser-Gesetz nennen. Aber
das ist nicht alles. Es gibt eine neue Klausel in diesem Gesetz.
Eine Klausel, die Schande über unsere Generation bringen wird,
wenn wir sie dulden. Eine Klausel, die weitere und grausamere
Kriege zur Folge haben wird, wenn wir sie durchgehn lassen.
Eine Klausel, die sich in all den Jahren verfehlter Regierung bis
jetzt noch niemand hat einfallen lassen. Es ist die Aufspaltung
unseres Landes in zwei getrennte Teile, die Abtrennung der sechs
nördlichen Grafschaften Irlands durch eine Grenze, so daß diese
Provinzen dann ein Teil Englands bleiben würden. Wir sind
freundlich aufgefordert, unserem eigenen Land den Dolch in den
Rücken zu stoßen und dafür ein gewisses Ausmaß an Freiheit in
die eigene Tasche zu stecken – und weiß Gott, es ist keine große
Bestechungssumme, obwohl es einige gibt, die denken, es sei besser als gar nichts –, und wenn wir dieser Wohltat, so erbärmlich
sie auch ist, teilhaftig geworden sind, sollen wir unsere Landsleute in Ulster den Hunden vorwerfen. Als Gegenleistung für
dieses Gesetz zur sogenannten Selbstregierung sollen wir alle unsere vergangenen Leiden vergessen und alle unsere jungen Männer auf die Schlachtfelder von Flandern in den Tod schicken.

Wir wissen aus Erfahrung, wie es ist mit unseren Eroberern:
Kein Stückchen dieses Landes werden sie hergeben, solange wir
es ihnen nicht gewaltsam abringen. Wir sind ein friedliches Volk.
Wir möchten in Frieden mit unsern Nachbarn leben, wie gute
Christen das sollen – solange wir frei sind. Die Fenians wußten,
daß die Freiheit nie von alleine kommt. Man muß sie sich nehmen. Wir wünschen aus ganzem Herzen, daß dies nicht so wäre,
aber neue Unterdrückungen zwingen uns dazu, wieder zu den alten Methoden zu greifen. Kann irgendeiner von den Anwesenden hier ein einziges Beispiel nennen, wo ihm gesagt wurde, daß
es etwas Gutes und Ehrenhaftes sei, ein Ire zu sein? Kann irgendeiner ein einziges Beispiel nennen, wo er ermuntert wurde, fleißig
zu sein oder für die Verbesserung der Zustände in Irland zu arbeiten? Einige von euch haben in letzter Zeit ein bißchen Geld

verdient, aber was könnt ihr euch dafür kaufen? Nichts als das Land eurer bankrotten Nachbarn. Unsere Geschichte ist immer eine Geschichte der Ausbeutung, Enttäuschung und Erniedrigung gewesen, und der neue Plan, uns in den Krieg zu schicken, wird uns den Rest geben, wenn wir nicht bis an die Grenzen unserer Kraft Widerstand leisten. Es ist die neue Version einer alten Geschichte. Sollen wir uns wie die Schafe ins Schlachthaus führen lassen? Sollen wir so sanftmütig und schicksalsergeben wie unsere Vorfahren oder wie die jungen Leute heute auf die Emigrantenschiffe gehen? Sollen wir uns aus unserm eigenen Land vertreiben lassen, um auf fremden Schlachtfeldern in einem Krieg zu sterben, der nichts mit uns zu tun hat? Wenn ihr arbeitet, werden die Früchte eurer Arbeit nach England geschickt, wie wir es jetzt jeden Tag sehen können. Es gibt Nahrung genug in Irland, aber das Volk von Irland hungert, weil der englische Nahrungsmittelkontrolleur verfügt hat, daß unser gesamter Ertrag nach England zu schicken ist. Genau das ist im schwarzen Jahr '47 geschehen, als die Hälfte unseres Volkes mitten im Überfluß am Hunger gestorben ist; als unser Weizen auf dem Weg zu den Häfen von Soldaten bewacht wurde, für den Fall, daß unser verhungerndes Volk davon Besitz ergreifen und ihn essen würde. Ich sage euch, wenn wir uns einziehn lassen in die Armee unseres uralten Feindes, desselben, der vor weniger als zwei Jahren Pearse und MacDonagh und Plunkett und Connolly und all die andern niedergeschossen hat, dann verdienen wir das Schicksal von Schafen.«

Hier wurden von verschiedenen Stellen in der Menge Rufe laut. Eine alte Frau rief:

»Gott segne dich, Junge! Da hast du aber mal Grips und klaren Kopf!«

Molly sah, daß die Polizisten hinter der Menge vorrückten und jetzt eine geschlossene Reihe bildeten, aber die Leute waren nun zu aufgeregt, um darauf zu achten. Als Nicholas fortfuhr, sprach er leiser, fast im Gesprächston:

»Zwei Dinge sind in diesem Paket verschnürt, und es geht nicht an, das eine über dem andern zu vergessen. Am unmittelbarsten sind wir zunächst von dem geplanten Wehrpflichtgesetz betroffen, aber wir dürfen deswegen nicht den andern Plan vergessen, der in dem ersten versteckt ist, in der Hoffnung, daß wir ihn erst bemerken, wenn es zu spät ist. Und das ist der Plan, unser Land aufzuspalten, sechsundzwanzig Grafschaften für uns, und sechs, die ständig zum britischen Imperium gehören sollen. In Paragraph vierzehn dieses Gesetzes zur Selbstregierung ist vorgesehen, daß die Grenze nur eine vorübergehende Maßnahme sein soll und daß die ganze Frage nach Kriegsende auf den Verhandlungstisch zu bringen ist, um sie dort auszufechten. Aber es heißt dann weiter in Paragraph vierzehn, daß, sofern das Parlament bis dahin keinen weiteren Beschluß zur Regierung Irlands gefaßt habe« – er hatte ein Dokument aus der Tasche gezogen, aus dem er nun, die Stimme etwas hebend, vorlas –, »›die Zeitspanne, für welche das Gesetz rechtskräftig ist, durch Kabinettsbeschluß entsprechend zu verlängern ist, um es dem Parlament zu ermöglichen, einen solchen Beschluß zu fassen.‹ Und das, meine Freunde, wird so lange dauern, bis Schweine fliegen können.«

Das Murren, das auf diese kleine Information folgte, machte deutlich, daß die Leute sehr gut verstanden hatten, was Nicholas gesagt hatte. Wieder blickten die Polizisten vor der Plattform einander an und traten von einem Fuß auf den andern. Molly fühlte, wie zitternde Angst sie durchlief. Nicholas hatte ihr nicht gesagt, daß etwas Gefährliches bei dem sei, was er tat, aber langsam hatte sie das Gefühl, daß sie in einer Falle saßen. Alice neben ihr war ganz ruhig, und Regan und der Priester sahen begeistert zu Nicholas hin, der alle ihre Erwartungen offensichtlich erfüllt hatte. Martin Thorntons Gesicht konnte sie nicht sehen, weil er am Ende der Reihe saß. Nicholas sprach jetzt schneller:

»Ich habe hier noch ein anderes Dokument, und darüber kann ich nur sagen, daß Irland Freunde an vielen seltsamen Orten hat, sonst wäre ich gar nicht in der Lage, euch zu erzählen, was es enthält. Es ist ein Privatbrief vom Premierminister, Herrn David Lloyd George, an Sir Edward Carson mit Vorschlägen für den Entwurf des Gesetzes. Darin teilt er diesem mit: ›Wir müssen klarmachen, daß Ulster, ob es will oder nicht, am Ende der provisorischen Zeitspanne nicht mehr mit dem übrigen Irland verschmelzen wird.‹ Versteht ihr alle den Verrat, der da drinsteckt? Natürlich versteht ihr ihn, denn ihr studiert den Verrat Englands, seit ihr geboren seid. Es bedeutet, daß der Teil unseres Landes, der am meisten gelitten hat, in dem die Iren am meisten unterdrückt worden sind, der seit Hunderten von Jahren so viele gute Iren hervorgebracht hat, die Provinz von Wolfe Tone, John Mitchel, Henry Joy MacCracken, William Orr, Isaac Butt und in unserer Zeit die Heimat der besten Freiwilligen – daß dieser Teil, ›ob er will oder nicht‹, für immer an eine Fremdherrschaft verkauft werden soll. Ihr müßt euch fragen, ob eure Pflicht hier in euerm eigenen Land liegt, bei euern eigenen Leuten oder ob ihr in fernen Ländern unter dem Befehl fremder Herren Söldnerdienste leisten wollt. Fünfzigtausend Rekruten werden auf einen Schlag verlangt, und in Irland haben wir derzeit ein stehendes Heer von vierzigtausend Mann. Ergibt das einen Sinn? Warum sind die nicht in Frankreich? Es ist öffentlich gesagt worden, es bedürfe zwar dreier Armee-Corps, um ein einziges aus Irland herauszukriegen, aber es würde sich immer noch lohnen. Der Krieg dauert jetzt dreieinhalb Jahre. Die Männer an der Spitze haben alle Blut geschmeckt. Sie sind jetzt nicht zimperlich. Sie glauben inzwischen an Aderlaß. Sie sprechen dauernd davon. Erwartet euch von denen keine Zartheiten. Und nun haben wir seit fünfzig Jahren nicht mehr so viele tüchtige junge Männer in Irland gehabt, zweihunderttausend im wehrfähigen Alter. Allein am Krieg liegt es, wie ihr sehr wohl wißt, daß inzwischen nicht mindestens die Hälfte von ihnen nach Amerika ausgewandert ist. John Dillon hat öffentlich gesagt, was er entdeckt hat – daß geplant ist, die Führer dieser jungen Männer zu ergreifen, sie unter die englischen Regimenter zu verteilen, sie nach Frankreich zu schicken und darauf zu warten, daß sie sich weigern zu kämpfen, um sie dann wegen Feigheit vor dem Feind erschießen zu können. Das wird völlig legal sein, und die Leute, die es tun, wird man auf der Stelle dafür preisen. Was künftige Historiker über sie sagen werden, ist eine andere Geschichte.

Mehr habe ich nicht zu sagen. Ihr älteren Männer, habt ein Auge auf eure Söhne. Ihr wart Fenians oder eure Väter und Onkel waren Fenians. Wie wollt ihr ihnen am Tage des Jüngsten Gerichts gegenübertreten, wenn ihr zugeben müßt, daß ihr diese feinen jungen Männer, die ich hier vor mir sehe, für die Freiheit kleiner Nationen habt ins Feld ziehen lassen, während unsere eigene Nation unter dem Stiefel des Tyrannen stöhnt? Wenn sie sterben müssen, so laßt sie für Irland sterben!«

Während des Jubels, der folgte, sprang Vater Murray vor und begann gegen die Menge anzuschreien:

»Halt! Wartet! Haltet ein! Ich kann sehn, ihr habt begriffen, was Mr. de Lacy gesagt hat, und sehr gut hat er's gesagt, auch wenn er viele Worte gebraucht hat. Jetzt habe ich euch einen andern Mann vorzustellen, der einige Worte zu sagen hat, und ich kann euch garantieren, seine werden kürzer sein.« Er gab Martin Thornton ein Zeichen, stellte ihn jedoch nicht namentlich vor, sondern zog ihn nur nach vorn, setzte sich dann schnell wieder und beobachtete ihn mit besorgtem Blick. Martin sprach laut und deutlich, aber sehr schnell:

»Ihr wißt jetzt, wie die Dinge stehn. Jeder Mann hier sollte in seinem örtlichen Sinn Féin Club sein. Wir brauchen diese Clubs, damit wir, wenn wieder eine Wahl ist, den Apparat für die Wahlkampagne haben, um unsern Mann durchzukriegen. Aber heute bin ich hier, um euch den Beginn einer neuen Kampagne ganz anderer Art anzukündigen. Man spricht heute von der großen Hungersnot, als hätte es nur im schwarzen Jahr '47 eine Hungersnot gegeben und seither nicht mehr. Wir wissen es besser, jeder Anwesende hier. Wir wissen, daß dies ein reiches Land ist, auf dem man das allerbeste Korn und Gemüse und Vieh ziehen kann, aber es gibt keinen einzigen hier, der noch keinen Hunger kennengelernt hat. Wenn wir nicht aufpassen, wird dieser Hunger zum Verhungern werden. Wir werden das nicht noch einmal geschehen lasen. Sehr bald werdet ihr in den Zeitungen Bekanntmachungen finden, die einen neuen Plan ankündigen. Es ist ein friedliches Unternehmen – Schußwaffen oder Spieße werden wir nicht tragen. Es wird Land für alle diejenigen geben, die fähig und willens sind, es zu bestellen. Jeder mit zehn Morgen Land oder weniger kann so viel mehr haben, wie er brauchen kann, und zwar für vier Pfund pro Morgen. Euer jeweiliger Sinn Féin Club hat Vereinbarungen mit Landbesitzern über solches Land getroffen, das nicht bestellt wird. Es sind alte Hinterlassenschaften an verschiedenen Orten, wo die Gutsherren sich entweder einen Dreck um Irland gekümmert haben oder schon seit vielen Jahren in England leben, so daß ihre Söhne und Töchter mit englischem Akzent sprechen und die Hälfte von ihnen den Weg zurück zum Vaterhaus überhaupt nicht mehr finden würde. Nun, sie leihen uns das Land, und jeder, der am richtigen Tag mit dem Spaten in der Hand kommt, kriegt eine Parzelle im Namen der Irischen Republik . . .«

Plötzlich, auf ein Zeichen von Hogan, dem Mann aus Moycullen, stürzten sich die acht Polizisten in der ersten Reihe auf den Lastwagen, während ihre Kollegen hinter der Menge und die in ihr verstreuten mit ihren Schlagstöcken loszudreschen begannen. Im Nu war die ordentliche Szene eine wirbelnde Masse schreiender, um sich schlagender Leiber geworden. Dicht vor Molly waren die Gesichter der Polizisten wild, wütend, tierisch vor Anstrengung und Konzentration. Einer von ihnen stieß sie grob mit dem Ellbogen und dann mit der Hüfte beiseite, packte Martin mit beiden Händen bei den Schultern, drehte ihn zu Boden und hielt ihn dort fest, während ein anderer ihm zweimal gezielt auf den Hinterkopf schlug. Sie hörte sich selber vor Angst und Empörung schreien. Andere Polizisten sprangen hinzu und begannen Martin vom Lastwagen zu hieven. Als sie ihn aufstellten, schrie er aus Leibeskräften: »Gott erlöse Irland!« Dann ging er wieder zu Boden. Jetzt griffen Hände nach ihr und auch nach Alice. Vater Murray brüllte:

»Das ist eine friedliche Versammlung! Laßt diesen Mann in Ruhe! Tom Finnegan, lassen Sie ihn los. Was, zum Teufel, glaubt ihr denn vor euch zu haben. Das ist eine friedliche Versammlung.«

Einer der Polizisten drehte sich um und brüllte atemlos:

»Ich kann ihn nicht loslassen, Vater. Er wird gesucht. Wir sind informiert worden und haben unsere Befehle. Passen Sie auf Ihre Freunde auf, oder wir nehmen noch mehr von ihnen mit.«

»Gesucht!«

»Martin Thornton, Vater. Was sollen wir machen? Wir haben seit heute morgen Befehl, ihn nach Roscommon zu bringen.«

Molly hörte nichts mehr, weil sie und Alice vom Lastwagen gestoßen und gehoben wurden, und sie mußten aufpassen, nicht der Länge nach auf den Kies zu fallen. Dann war plötzlich Peter Morrow da, der sie beide am Ellbogen nahm und mit ihnen um die Seite der Kirche rannte, wobei er leise und eindringlich auf sie einredete, geradeso, als wäre er jeden Tag des Jahres mit ihnen zusammen gewesen:

»Lauft in die Küche und bleibt dort bei der Haushälterin. Ich lasse euch bald eine Nachricht zukommen, was auch geschieht.«

»Nicholas – Nicholas . . .«

»Los, geht da rein«, sagte Peter. »Macht schnell.«

Es war die Haushälterin, die ihr eine halbe Stunde später sagte, daß sie auch Nicholas mitgenommen hatten.

26

Als Henry sah, was er angerichtet hatte, war er drei Tage lang verzweifelt. Da er sich nicht getraute, sein Zimmer zu verlassen, gab er vor, bei ihm sei die Grippe im Anzug. Er war so schlau, dies seinem Ausflug nach Galway zuzuschreiben, den er unternommen hatte, um den unglückseligen Reardons einen Arzt zu besorgen. Dadurch gewann er Abstand von diesen jammernden Weibern und Zeit zum Nachdenken. Catherine und Jack waren am schlimmsten, Molly jammerte nicht, war sogar weit davon entfernt, wie er sehen konnte, wenn sie ihm täglich einen Besuch abstattete, sondern war gefaßt und schweigsam, was ihn beunruhigte. Wegen Sam Flaherty hatte sie sich aufgeführt wie ein nasses Huhn, aber das war etwas ganz anderes gewesen. Damals war sie jünger und schwanger – alles mögliche hatte da anders gewirkt als jetzt. Er hatte schon immer gewußt, daß sie von beiden die zähere war. Catherine war ein Schwächling, obgleich sie durch Jacks Schule gegangen war.

Der schlimmste Teil von Henrys schwerer Prüfung waren die leichten Mahlzeiten, die Sarah ihm brachte, Hühnerbrühe und verlorene Eier und Graupensuppe und Toast – Weiberfraß. Er hatte angefangen, von Noras Krapfen zu träumen. Am vierten Tag, als er vorsichtig nach unten kam, stand das Mittagessen bereits auf dem Tisch, eine Lammkeule – junges Hammelfleisch eher –, zubereitet mit Minze, und als Beilage gab es Johannisbeermarmelade; dazu Bratkartoffeln und etwas, das nach Sellerie roch, aber er war nicht sicher, da der Deckel noch auf der Schüssel lag. Sie waren alle da, Jack, Catherine und Molly, und mit seinem Erscheinen verstummte ihr Gespräch abrupt. Jack sagte rundheraus:

»Oh. Du bist auf. Ich wollte dir später was auf einem Tablett raufschicken.«

Er funkelte sie auf eine Weise zornig an, die sie, wie er wußte, verstehen würde.

»Ja, ich bin auf«, sagte er bedächtig. »Meinst du, ich gehöre ewig ins Bett? Ich hab die Nase voll von Tabletts. Ich würde glatt verhungern, wenn ich noch länger da oben bliebe.«

»Aber wir dachten, du bist krank«, sagte Catherine leise. »Wenn du die Grippe hast, ist es gefährlich aufzustehn und herumzulaufen. Die Reardons leiden furchtbar darunter, und Dr. Joyce hat gesagt, sie müssen sich unter allen Umständen warmhalten. Er hat gesagt, manche Ärzte gehen herum und zerschlagen die Fensterscheiben, damit Luft in die Hütten kommt, aber er meint, Zugluft sei noch schlimmer. Er hat sie angewiesen, Fenster und Türen geschlossen zu halten. Der Geruch ist schrecklich.«

Sie gingen auf den Tisch zu, während sie sprach – eine lange Rede für Catherine. Erst als sie sich gesetzt hatten, sah Henry sie an und knurrte:

»So sehr sorgst du dich um meine Gesundheit, Fräulein? Ist der wahre Grund nicht der, daß du machen kannst, was du willst, solange ich aus dem Wege bin?«

274

Catherine duckte sich zusammen, als hätte er sie geschlagen, und senkte den Kopf, wie sie es als kleines Mädchen getan hatte, aber Henry sah sofort, daß er einen schweren Fehler gemacht hatte. Jack sah ihn unheilvoll an, und ihr Blick war mindestens ebenso drohend wie der seine kurz zuvor, doch es war Molly, deren Gesichtsausdruck ihn alarmierte. Er war so kalt und leidenschaftslos, als untersuchte sie den Hals eines Huhns nach der besten Stelle zum Köpfen, und ihre Bemerkung war ruhig und emotionslos:

»Wenn Nicholas hier wär, würdest du nicht so reden. Vergiß nicht, daß er zurückkommen wird.«

Ein kurzes Schweigen entstand. Ganz kühl, als hätte Henry sich verflüchtigt wie ein Darmwind, wandte sie sich Jack zu und sagte:

»Dann meinst du, ich könnte nach Sligo fahren und ihn besuchen? Lassen die mich denn da rein?«

»Sie müssen dich reinlassen«, sagte Jack. »Das war jedenfalls Peters Nachricht, daß du so bald als möglich hinfahren sollst. Die Ehefrauen fahren immer hin, hat er gesagt. Sonst kann niemand hin, er würde auf der Stelle verhaftet.«

»Hast du selber mit Peter gesprochen?«

»Ja. Ich bat ihn zu bleiben, aber er wollte nicht. Er sagte, er habe keine Zeit. Wenn ich nicht zufällig gerade aus der Butterei gekommen wäre, hätte ich ihn gar nicht gesehn. Er hat diese Nachricht für dich bei Sarah hinterlassen, mit der er hinten in der Halle stand.«

Schweigend nahm Henry den Teller, den Jack ihm reichte. Während sie mit Molly sprach, hatte sie begonnen, das Fleisch aufzuschneiden. Sie hatte keinen Blick für ihn übrig, reichte ihm lediglich den Teller, als stellte sie ihn in einem leeren Zimmer auf einem Tisch ab. Er machte sich über sein Essen her, himmlisches Lamm, herrliche Bratkartoffeln, und richtig, es war Sellerie. Catherine sagte mit sanfter Stimme:

»Ein Glas Rotwein würde Papa guttun.«

Gesegnet sei ihr kleines Herz, sie verdiente all die Tritte, die sie bekam. Nie würde sie fähig sein, sich zu verteidigen.

Molly sagte:

»Hol's ihm doch, wenn du magst.«

Und sie tat es. Sonst hatte niemand Wein. Sie tranken zu Mittag nie welchen, es mache sie schläfrig, sagten sie. Er wälzte den Wein im Mund herum, einen Burgunder, nicht mehr jung und langsam schon sauer werdend wie er selber. Würde Nicholas wie Sam im Gefängnis umkommen? Es war besser, sich auf die Gegenwart zu konzentrieren. Molly sagte gerade:

»Hat Peter gesagt, wie ich nach Sligo kommen soll?«

»Er meinte, am besten und einfachsten sei die Bahn. In Athenry steigst du um. Er war ganz schön mitgenommen, der arme Peter, schrecklich unglücklich wegen Nicholas, aber noch mehr wegen Martin Thornton. Martins Kopfverletzung sei sehr schlimm, sagt er.«

Henry fragte:

»Und was ist mit Nicholas? Haben sie den auch geschlagen?«

»Ich hab nicht gesehn, wie sie Nicholas verhaftet haben«, sagte Molly, indem sie sich ihm zuwandte und ihn ansah. »Ich hab nur gesehn, wie sie Martin schlugen, dann wurde ich weggezerrt.«

Jack sagte:

»Nicholas kann verurteilt werden wegen Haltens einer aufrührerischen Rede. Dafür gibt es viele Zeugen. Martin hat nichts Aufrührerisches gesagt, aber es wird schon so lange nach ihm gefahndet, daß er keine Chance hat. Peter sagt, sie kriegen beide wahrscheinlich ein paar Monate.«

Henry duckte sich ängstlich über seinen Teller. Wie ruhig sie davon sprach, »ein paar Monate« zu kriegen, als könne das jedem passieren.

Er trank seinen Wein und aß die letzten Brocken auf seinem Teller auf. Sehr schwer zu entscheiden, ob er sich den Wein oder das Fleisch als Nachgeschmack bewahren sollte. Er hatte Hefe gerochen, als er an der Küche vorbeikam. Es wurde Brot da drinnen gebacken, ein wunderbarer Geruch, ganz anders als der einer Bäckerei. Wären die Flahertys nicht und ihre Mühle, würde es kein Mehl geben. Die hatten mit Sicherheit immer genug, ganz gleich, wie knapp es auch sonst war. Kriegten sie natürlich von der Mühle. Was für einen Sinn sollte es auch haben, eine Mühle zu besitzen, wenn man nicht genug Mehl haben konnte? Jetzt gab es Kuchen, eine Apfeltorte. Er hob sein Stück hoch, um sich zu vergewissern, daß keine Gewürznelken darin waren. Jack ließ sie manchmal in seinem Stück, obwohl sie wußte, wie sie ihm zuwider waren. Er hatte ihr oft gesagt, daß er den Geschmack möge, es aber nicht ertragen könne, sie zu sehen. Er konnte nichts machen gegen seine Empfindlichkeit. Dann gab es Kaffee, und er brachte es fertig zu sagen:

»Ich nehme meinen mit nach oben. Mir ist ein bißchen flau.«

Niemand drängte ihn zu bleiben. Sobald er aus dem Zimmer wäre, würden sie die Köpfe zusammenstecken. Gingen sie erst einmal ins Wohnzimmer, würde er sie durch sein Horchloch belauschen können, aber danach war ihm jetzt nicht mehr zumute.

Nach einer gewissen Zeit würde er es nicht mehr so schwer nehmen. Nur eine Frage der Gewöhnung. Das war immer so. Wenn er nur ruhig sitzen könnte, ohne sich Sorgen zu machen, würde sich schon alles zurechtrücken. Aber was war das für eine neue, furchtbare Empfindung, etwas, von dem er nie gedacht hatte, es einmal zu fühlen, etwas, das ihn an der Gurgel packte und ihm den Atem benahm, sich ihm wie eine Schlange um das Fußgelenk wand, auf jeder Stufe der Treppe vor ihm stand wie ein Mordbube – Angst, nackte, wahnsinnige, primitive Angst um die eigene liebe Haut. Gott, wie sollte er die Nacht überstehen können? Da kamen sie womöglich ins Zimmer geschlichen wie die bösen Eltern in der Ballade, bewaffnet mit Messern, um ihm den Hals aufzuschlitzen. Ja, das waren sie – ein Haufen von Halsabschneidern und Schurken, blutrünstig, unbarmherzig, gnadenlos, bereit, ihr Heimatland in die Luft zu sprengen, wenn es ihnen zufällig nicht paßte, wie die Dinge gehandhabt wurden. Sinnlos, sie um Mitleid anzuflehen, sinnlos zu hoffen, daß sie ihn einfach laufen lassen würden, wenn sie je die Wahrheit über ihn herausfänden. Die Iren waren Denunzianten um die ganze Welt gefolgt und hatten sie in Australien, in Spanien, in Amerika erschossen, *pour encourager les autres.*

Er konnte nach Amerika gehen, wie er es Nora versprochen hatte. Wenn er jetzt ginge, würde er dann in Sicherheit sein? Würde es als ein Zeichen der Schuld oder als ein Zeichen der Feigheit angesehen werden? Es war ihm egal, ob sie ihn einfach für einen Feigling hielten, aber damit war die Sache vielleicht nicht abgetan. Vielleicht war das ein Hinweis. Vielleicht verriet er sich dadurch.

Er saß auf dem Rand seines Bettes und stöhnte gequält. Was er auch tat, alles konnte mehrfach ausgelegt werden. Vielleicht sollte er versuchen, mit Hauptmann Emory darüber zu sprechen, aber er konnte sich die Antwort, die er bekommen würde, schon denken. Aus seiner ganzen Lektüre als Schuljunge wußte er, daß man, war man erst einmal im Geheimdienst, auf sich selbst gestellt war. Sie würden einen nicht mehr kennen, sie würden keinen Finger krumm machen, um einem zu helfen, wenn man aufgeflogen war. Das gehörte zum Vertrag, zu einer alten Tradition: »Und denken Sie dran, Carruthers, wenn Sie erwischt werden, ist der Ofen aus.« Dieses verdammte Buch – er blickte hinüber zu dem Regal, wo die Lieblingsbücher seiner Knabenzeit noch immer ordentlich aufgereiht standen.

Er machte den Rücken gerade und dachte:

»Sie haben nicht den geringsten Beweis gegen mich. Sie wissen, daß ich jedesmal in den Club gehe, wenn ich in Galway bin. Wenn ich am Sonntag, nachdem ich den Arzt aufgetrieben hatte, nicht gegangen wäre, hätten sie Verdacht schöpfen können. Ändere nie deine persönlichen Gewohnheiten – jeder Spion weiß das. Nicholas vertraut mir. Ich mach mich unnötig verrückt. Was geschehen ist, ist gar nicht so schlecht. Selbst für eine aufrührerische Rede können sie Nicholas nicht viel anhaben. Ein Mann aus Cork hat neulich sechs Monate deswegen gekriegt. Vielleicht hab ich Nicholas sogar einen Dienst erwiesen – falls die Wehrpflicht kommt, sitzt er sicher im Gefängnis und kann nicht eingezogen werden. Immer heißt es, die Polizei weiß, was vorgeht. Sie haben mich gar nicht nötig gehabt, um ihnen das zu sagen. Wahrscheinlich haben sie's schon gewußt. Und Martin ist schließlich ein Dummkopf, wenn er weiß, daß er auf der Fahndungsliste steht und trotzdem öffentlich auftritt. Er mußte doch damit rechnen, erkannt und verhaftet zu werden.«

Unfähig, noch länger zu widerstehen, schloß er die Tür ab und deckte sein Horchloch auf, aber nach all seiner Mühe war das Wohnzimmer leer. Er wartete lange, bis er Angst bekam, es könnte jemand kommen, um sich nach seiner Gesundheit zu erkundigen oder ihm eine Tasse Tee zu bringen, nachdem er sich so beschwert hatte, daß man ihn vernachlässige. Er räumte alles wieder an Ort und Stelle zurück und legte sich ins Bett, die Federdecke hochgezogen bis zum Kinn. Das Feuer war ein Trost. Es war reichlich Torf da, und er würde dafür sorgen, daß der Vorrat im Korb für die Nacht reichte. Ein Torffeuer im Schlafzimmer war ebenso gut wie eine Nachtlampe, um die Geister fernzuhalten. Warum hatte er daran gedacht? Es gebe einen Geist, hieß es bei den Leuten auf dem Lande, den Geist des irischen Anführers, der mit seiner Frau und sieben Kindern in dem alten Haus von Cromwells Truppen verbrannt worden war. Es hieß, er werde kommen und traurig in allen Zimmern nach ihnen suchen, so daß man aufwache und sehe, wie er auf einen im Bett herabstarre; dann wende er sich enttäuscht ab, weil er einen nicht erkannt habe. Wenn er heute nacht käme, würde er in Henrys Seele blicken und einen Denunzianten erkennen. Oh, warum hatte er nur daran gedacht? Er glaubte nicht an diese alten Geschichten. Doch als der Nachmittag dunkelte, sah er Schatten in den Ecken seines Zimmers sich bewegen und hörte es hier und da leise knarren, Geräusche, die ihm ganz unbekannt waren. In der letzten Zeit hatte es im Haus angefangen zu knarren, denn durch die ungewohnten Feuer trocknete es langsam aus. Um die Dinge noch schlimmer zu machen, war ein melancholischer Wind aufgekommen, der mit einem trockenen Ton – wie Knochen auf einem Dachboden – an der Kletterpflanze draußen rüttelte.

Es bedurfte einigen Mutes, aufzustehen und ihnen allen wieder zum Abendessen gegenüberzutreten, aber er wußte, daß er es würde tun müssen. Die Halle war hell erleuchtet, so daß er sich mit jedem Schritt die Treppe hinunter besser fühlte. Sie waren im Wohnzimmer, denn Nicholas hatte automatisch einen wunderbaren Brauch eingeführt, demzufolge es vor dem Abendessen einen Aperitif gab, gewöhnlich Sherry oder Gin und Wermut. Das war für Jack, die einmal gesagt hatte, Gin passe zu ihr. Nicholas kümmerte sich sehr um sie, bewunderte ihre neuen Kleider, was ja auch verständlich war, da er sie bezahlte, und ermutigte sie, sich die Nase zu pudern und sich Locken in die Haare zu machen.

Er bekam ein Glas Sherry von Patsy, dem Boy, der für die Vorräte zuständig war und es lernte, ein passabler Butler zu werden. Damit setzte er sich ans Feuer und trank es in kleinen Schlucken. Das Zimmer war jetzt sehr freundlich, mit neuen Chintzbezügen auf den Sesseln und Sofas, die deren niedrige, elegante Form zur Geltung brachten. Mit ihren graubraunen alten Bezügen hatten sie nach nichts ausgesehen. Die kleinen Tische und Schränke waren wieder aufpoliert worden, so daß die schönen alten Porzellanvasen, die Nicholas aus seinem Vaterhaus mitgebracht hatte, vorteilhaft wirkten und sich in dem glänzenden Holz spiegelten. Er hatte auch einen riesigen Perserteppich geholt, der den abgetretenen Teil des alten Teppichs überdeckte. Sie hatten vor, sich nach dem Krieg einen neuen anzuschaffen. Henry merkte, wie seine Seele sich jetzt in diesem Zimmer weitete, und ganz unerwartet gab es ihm einen Stich bei dem Gedanken, das alles zu verlassen. Hatte er wirklich vor fortzugehen? Er war sich nicht sicher. Aber was für einen Sinn hatte es zu bleiben, um sich von irgendeinem rechtschaffenen Krieger aus Rache für Martin erschlagen zu lassen? Das war die Krux, die er jetzt ganz klar sah: Sollten Martin und Nicholas leicht davonkommen, würde es niemanden allzu sehr kümmern, wie es zu ihrer Verhaftung gekommen war. Sollten sie aber irgendwelchen Blödsinn anfangen und gefoltert oder mißhandelt werden – oder in Hungerstreik treten, diese neueste Marotte von ihnen –, dann war es nicht ausgeschlossen, daß sie plötzlich anfingen, nach einem Spitzel zu suchen, um Vergeltung üben zu können. Wer einigermaßen bei Verstand war, würde verschwunden sein, bevor die Situation so weit heranreifte.

27

Jack war bereits im Wohnzimmer, mit besorgtem Gesicht ein Glas Gin in der Hand. Sie sprach leise mit Molly, etwas, was er vor noch nicht allzu langer Zeit nicht gestattet hätte. Jetzt wagte er es nicht, dazwischenzufahren, sie abzukanzeln wegen heimlicher Flüstereien oder sie sarkastisch zu fragen, ob andere das große Geheimnis auch erfahren dürften. Aber vielleicht nahmen sie an, daß er das tun werde, denn sie hoben die Stimme, als Jack sagte:

»Morgen früh also.«

»Ich muß zeitig aufbrechen. Der Zug geht um zwölf.«

Sie fuhr also nach Sligo. Einem plötzlichen, verrückten Impuls folgend, sagte Henry:

»Vielleicht sollte ich mit dir fahren. Eine junge Frau allein – ich würde gern mit dir kommen, wenn du's für nützlich hältst.«

Seine Stimme erstarb. Sie sahen ihn an, als wären ihm plötzlich Hörner gewachsen, mit Augen, die starr waren vor ehrlichem Staunen. Dann sagte Molly:

»Papa, wie nett von dir. Aber du fühlst dich doch nicht wohl.« Machte sie sich über ihn lustig? Er glaubte es nicht. »Meinst du wirklich, du könntest schon rausgehn?«

»Na, grade so. Wenn das Wetter gut ist, müßte es gehn. Ich kriege wohl doch nicht die Grippe. Vielleicht hab ich sie dadurch abgewehrt, daß ich so vorsichtig war.«

Unverschämtheit war manchmal das beste, um aus Schwierigkeiten herauszukommen. Skeptisch sagte sie:

»Na, wenn's nicht regnet, könntest du mich ja vielleicht zum Bahnhof fahren. Da Martin nicht da ist, kann keiner das Automobil fahren. Die andern scheinen dazu nicht fähig zu sein. Ich wollte Andy fragen, ob er mich mit dem alten Ponywagen hinbringt. Nicholas wird froh sein, wenn er hört, daß du mich – Nicholas . . .«

Dann brach sie in Tränen aus, wie sehr sie auch dagegen ankämpfte, so daß mit dem Essen gewartet werden mußte, während sie ging, um sich wieder herzurichten. Aber es lohnte das Warten – nach einer guten Rindfleischsuppe gab es Rinderbraten mit Rosenkohl und als Nachtisch Schokoladenpudding. Während er sich durch all das hindurcharbeitete, hütete Henry seine Zunge, um nicht irgendwie ins Fettnäpfchen zu treten, erfüllt von Selbstvertrauen und unerschrocken, wie er nun war. Je weniger er sagte, um so besser. Ihre Augen lauerten begierig auf Anzeichen – für was, wußte Gott allein, aber er spürte, daß sie ihn beobachteten.

Er blieb am Feuer im Wohnzimmer, solange er das nach dem Abendessen schicklicherweise tun konnte, legte seine Patiencen, sagte kein Wort, nahm aber jedes Wort auf, das gesagt wurde. Viele Worte waren nicht zu hören. Jack war mit ihren Schmetterlingen beschäftigt, Molly ging früh zu Bett und Catherine saß nur müßig da, hielt die Augen aber auf die Tür geheftet, als wartete sie darauf, daß jemand hereinkäme. Es kam niemand, und gegen elf war er allein.

Am nächsten Morgen bestand sein Alibi darin, seine Tochter nach Galway zum Zug nach Sligo zu bringen, so daß jeder Mörder, der ihn womöglich verdächtigte, ihn sehen konnte, und nachdem er sich auf dem Bahnhof zärtlich von ihr verabschiedet hatte, ging er über den Platz zum Club, wie er es sonst auch getan hätte. Er mußte lange auf den Hauptmann warten, so lange, daß er gezwungen war, zu Mittag zu essen, und danach machte er einen Verdauungsbummel um den Platz. Der Matsch war zolltief nach dem Regen, halb angetrocknet in breiten, breiigen Wagenspuren, wo die Karren und Fuhrwerke aus Fair Hill und Bohermore den Boden aufgewühlt hatten. Ein Militärlastwagen, der von den Kasernen herunterkam, sprühte einen hellgrauen Dreckfächer hoch in die Luft und sechs Fuß weit nach beiden Seiten. Es war widerlich – wenn man zufällig auf der Hauptstraße ging, war man dieser Schmutzdusche ausgeliefert. Die Leute mußten sich in Türeingänge flüchten, als würde die Straße von Maschinengewehrfeuer bestrichen.

Er kehrte zurück in den Club und bestellte einen Whisky bei

dem neuen Barmann, einem großen, mageren Ex-Soldaten, der mit einer Hand weniger aus Frankreich heimgeschickt worden war, seine Arbeit aber dennoch zu schaffen schien. Konnte froh sein, daß er den Kopf nicht eingebüßt hatte, der arme Kerl. Henry hatte Angst, sich nach Paddy zu erkundigen, obwohl er ziemlich sicher war, daß die Club-Angestellten wußten, was aus ihm geworden war. Es begann wieder nach Regen auszusehen. Wo blieb dieser verdammte Hauptmann?

Ein weiterer Whisky wärmte ihn auf, und als er eben damit fertig war, kam endlich Hauptmann Emory herein, beschwingten Schritts, beiläufig sich umsehend, als gäbe es für ihn keine Sorgen. Nachdem er Henry kurz zugewinkt hatte, wandte er ihm den Rücken zu und plauderte mit dem alten Major Bass, der kurz zuvor hereingekommen war und an der Bar seinen gewohnten doppelten Brandy zu sich nahm. Emory lachte lauthals, mit zurückgeworfenem Kopf, und schlug sich auf den Schenkel vor Vergnügen über etwas, was der alte Knacker gesagt hatte. Wie vulgär er doch war! Sie sprachen über Billard, und der alte Mann fragte den Hauptmann, ob er eine Runde mit ihm spielen wolle. Emory sagte:

»Später ja. Lassen Sie mir Zeit, meinen Drink in Ruhe zu genießen. Sie wollen, daß man den ganzen Tag arbeitet. Später, später.«

Und damit trug er sein Glas leutselig dorthin, wo Henry in seinem Sessel hing, und indem er sich ihm näherte, rief er laut:

»Noch was von dem, womit Mr. Gould sich vergiftet, Paddy!«

Dann, ohne zu merken, daß er den Barmann beim falschen Namen gerufen hatte – dieser Fehler gab Henry einen Stich ins Innerste –, ließ er sich in den Sessel gegenüber fallen und sagte fröhlich:

»Na, Gould, was macht die Kunst?«

Sein Stichwort aufnehmend, sagte Henry laut:

»Bestens, alles bestens. Wenn's auch 'ne Drecknacht werden wird. Ich hab mich schon gefragt, ob ich heute nacht nicht lieber in Galway bleiben soll.«

Emory sagte leise:

»Ich habe zweihundert Pfund auf ein neues Konto auf Ihren Namen bei der Ulster Bank eingezahlt. Das ist von jetzt an sicherer. Sie können jederzeit postalisch mit denen verkehren.«

Nach dem ersten Schreck fühlte sich Henry mächtig stolz. Es war eine ungeheure Summe, die bewies, wie hoch man ihn schätzte. Das war jetzt ein anderes Kaliber von Fisch im Netz als die kleine Rolle Goldstücke, die man ihm zugesteckt hatte, so sauber und glänzend die auch immer gewesen waren. Er sagte:

»Ah, ja. Das ist vielleicht keine schlechte Idee. Na, ich mach mich wohl besser mal auf den Weg. In ein bis zwei Tagen bin ich wieder hier, es sei denn, das Wetter wird wirklich miserabel.«

Bald würde es Frühling sein, mit längeren Abenden, aber jetzt war die Dunkelheit pechschwarz. Im Licht der Wandlampen im Hof schimmerten die Messingteile des neuen Wagens, und wieder durchfuhr ihn die Freude über den Luxus des schnelleren Pferdchens. Einer der Hofknechte geleitete ihn hinaus, öffnete die Doppeltore, und ein anderer stopfte ihm die Decke um die Knie. So etwas hatten sie nie getan, als er noch mit dem alten Pony gefahren war. Der Mann sagte sogar »Euer Ehren« zu ihm und winkte, als er davontrabte. Süßer, süßer Wohlstand! Was für einen Unterschied im Leben das doch in jeder Hinsicht machte! Ein voller Magen und ein munteres Pferd – das war nicht viel verlangt von der Welt. Sachte, sachte, sonst würde der Whisky ihm noch zu Kopf steigen.

Es regnete nicht geradezu, auch wenn dicke Tropfen ihn hin und wieder ins Gesicht trafen. Das Pony trabte wacker dahin, den Kopf vorgebeugt im Widerwillen gegen die Kälte, wie Henry im schwachen Licht seiner Lampen sehen konnte, der hübschen, in Messinghalterungen sitzenden Lampen, auf jeder Seite des Wagens eine. Das Gras am Straßenrand glänzte und schimmerte in ihrem Licht, und weiter weg waren die Formen von Bäumen gräulich vor der Schwärze. Die Lichter des Dorfes Newcastle leuchteten froh aus offenen Ladentüren und aus Hüttenfenstern. Dann war alles wieder Dunkelheit, mit niedrigen Steinmauern zuerst, dann mit den höheren Mauern von ein oder zwei Grundstücken, dann kam in Bushy Park die kleine Kirche mit der Schule daneben und einer Reihe ärmlicher Hütten gegenüber, die so tief gebaut waren, daß sie aussahen wie halb in die Erde versunken. Es brannten Lichter in ihnen, aber so schwach, daß sie nur von Kerzen stammen konnten oder gar nur vom Kamin. Diese Leute sind zu arm, um Lampen zu besitzen, dachte er mit distanziertem Mitleid.

Als er an das Ende der Reihe kam, schien plötzlich ein Mann aus dem Boden zu wachsen und dem Gespann den Weg zu versperren. Das Pony scheute nicht, blieb aber stehen und ließ sich von dem Mann an der Trense nehmen und sich im Schrittempo weiterführen. Halb erstickt vor Schreck, brachte Henry kein Wort hervor. Das war es nun also, lautlose Füße, kundige Hände, Gesicht nicht zu sehen, weil der Rahmen der Wagenlampen das Licht an der Brust des Mannes abschnitt. Er war groß und drahtig. Henry konnte zerrissenen Jersey und Cord sehen, ein armer Mann, aber diese Leute dünkten sich alle die Könige des Landes. Was sollte er tun? Er fühlte seine Unterlippe zittern und verhärtete den Mund, genau wie in der Schule, wenn er Angst hatte, Prügel zu bekommen. Weiß Gott, er hatte Übung darin, nicht zu schreien. Ein langes Ächzen entfuhr ihm, und da sagte der Mann leise:

»Ich fürchte, ich hab Ihnen einen Schreck eingejagt, Mr. Gould, so lautlos über Sie herzufallen. Ist alles in Ordnung, Sir?«

Der respektvolle Ton war beruhigend, und Henry sagte gereizt:

»Und ob Sie mir einen eingejagt haben! Ich konnte Sie nicht sehn im Dunkeln, und wir haben schlimme Zeiten. Wer sind Sie?«

»Bartley Duffy, Sir, aus Menloe. Peter Morrow schickt mich mit einer Nachricht für Sie, aber ich konnte damit nicht zu Ihnen ins Haus kommen, weil ich Angst hatte, ich könnte beobachtet und entdeckt werden.«

»Sie meinen, jemand in Woodbrook könnte Sie entdecken?«

»Ja, allerdings, Sir. Die Polizei hat überall Denunzianten, sagt man uns. Das wissen wir natürlich schon lange, aber jetzt, wo wir am Aufbauen sind, müssen wir lernen, doppelt vorsichtig zu sein.« Die ganze Zeit über führte er das Pony weiter und hielt den Kopf so, daß Henry ihn verstehen konnte. Er hatte diesen schleppenden Menloer Tonfall, der verriet, daß eher Irisch als Englisch seine gewohnte Sprache war. »Ich warte schon ganz schön lange, daß Sie kommen, Sir. Ich bin da für eine Weile in Jimmy Hanleys Haus gegangen, um mich am Feuer aufzuwärmen, aber die ganze Zeit hab ich durch die Tür aufgepaßt. Ich kann Ihnen sagen, viele waren nicht unterwegs in dieser Drecksnacht.« Er lachte gemütlich und nahm es offenbar für selbstverständlich, daß ihm diese Drecksnacht nichts anhaben konnte. Henry hatte automatisch den Namen Hanley registriert und meinte den Mann vom Sehen zu kennen, der jetzt fortfuhr: »Für all mein Warten ist es keine große Nachricht, sie besagt lediglich, daß Peter selber mit dem kleinen Mädchen nach Sligo gefahren ist und daß er sich um sie kümmert und aufpaßt, daß sie heil und gesund wieder nach Hause kommt.«

»Das kleine Mädchen?«

»Mrs. Molly, Sir. Es ist eine schwere Zeit für sie und eine üble Sache, daß sie diesen Kummer nochmal durchmachen muß. Aber wir wissen ja alle, daß sie ein Löwenherz hat, Gott segne sie, und daß sie mit der Zeit über all ihr Leid hinwegkommen wird.«

Sie war also tatsächlich eine Art Nationalheldin, ja? Das hätte er eigentlich wissen müssen. Durchaus nützlich, das jetzt auf diese Weise zu erfahren. Er sagte:

»Das ist sehr gütig von Peter. Es nimmt mir eine große Last vom Herzen, brauch ich Ihnen ja nicht erst zu sagen. Sie wollte nicht, daß ich mit ihr nach Sligo fahre, und in diesen Zeiten hielt ich es gar nicht für gut, sie allein reisen zu lassen.« Eine ungezwungene Pause und dann: »Ich habe Peter in Galway gar nicht auf dem Bahnhof gesehen.«

»Er ist ein bißchen schlauer. Er ist nach Athenry hochgefahren und dort zu ihr gestoßen, als sie auf den Zug nach Sligo wartete. Wenn er sich jetzt in Galway blicken ließe, hätten sie ihn im Handumdrehn aus dem Land.«

»Aus dem Land?«

»Ja, das ist jetzt ihr Ziel. Sie nach England abzuschieben und sie damit loszusein. Sie machen einiges mit in den englischen Gefängnissen.«

»Sie werden meinen Schwiegersohn also nach England schikken?«

»Das war der andere Teil der Nachricht, Sir. Ich soll Ihnen von Peter bestellen, daß sie den Namen eines Polizisten aus dem Dorf Moycullen haben, Hogan heißt der Mann. Das ist derjenige, der vermutlich zur Identifikation herangezogen wird. Aber genau in dieser Nacht hat er die Nachricht bekommen, daß man ihm sein Haus hier in Moycullen abbrennen wird, wenn er in Sligo vor Gericht den Mund aufmacht. Es hängt da noch ein kleiner Laden mit dran, wie Sie ja wissen – Hogans Laden kennt jeder –, also wird er erst mal sein Denkerkäppchen aufsetzen, ehe er vor diesem Gericht Mr. Nicholas erkennt.« Der Mann lachte krächzend. »Peter läßt also Miss Gould bestellen, sie braucht sich keine Sorgen mehr zu machen. Wenn ich ins Haus hätte gehn können, würd ich's ihr selber gesagt haben, aber ich kann's genausogut auch Ihnen sagen, und Sie können's ihr dann ausrichten.«

Er ließ die Trense los, trat beiseite und fragte dann besorgt: »Haben Sie nach dem Schreck, den ich Ihnen eingejagt habe, jetzt noch immer Angst, Sir? Ich wußte nicht, wie ich's sonst machen sollte. Bis nach Hause wird Ihnen niemand mehr in die Quere kommen. Na, dann viel Glück und ein sicheres Heim.«

Er verschwand in der Dunkelheit. Henry hatte vergessen, ihm zu danken und tat es auch jetzt nicht. Hatte er so erschreckt gewirkt? Er fühlte jetzt einen Druck auf der Brust, und er kam sich ganz schwach vor von Kälte und Angst. Das Pony hatte den Stall gerochen und zu traben begonnen. Es waren nur noch drei Meilen. Bald würde er zu Hause sein. Dieser Mann war kein Dummkopf – wie hieß er? Bartley Duffy –, es würde nichts schaden, sich den Namen zu merken.

Als Henry in Woodbrook ankam, hatte er genug vom aufregenden Leben. Er fuhr über die seitliche Zufahrt herein und sah durch das Küchenfenster, daß Luke da drinnen bei den andern war, so daß er die Pforte mit zitternden Fingern selber aufmachen mußte, um in den Hof zu kommen. Er ließ das Pony da stehen, platzte zu ihnen in die Küche hinein – sie feierten eine Art kleines Fest – und herrschte Luke an, er solle das Pony in den Stall bringen. Dann stampfte er ins Wohnzimmer und verlangte einen heißen Whisky, den Catherine in fliegender Eile vorbereitete, indem sie über der Kaminglut auf dem kleinen Dreifuß dort Wasser heißmachte.

Jack betrachtete ihn kalt. Fast wäre ihm lieber gewesen, sie hätte gekeift, aber das tat sie jetzt nicht mehr.

»Ich dachte, du würdest früher zurück sein«, sagte sie schließlich. »Wir haben uns schon Sorgen gemacht. Ist alles gutgegangen?«

»Ja. Ich hab sie in den Zug gesetzt, und gerade eben erhielt ich die Nachricht, daß Peter Morrow in Athenry zu ihr gestoßen ist und mit ihr nach Sligo fährt.«

Jack sagte immer noch kalt:

»Du erhieltest eine Nachricht?«

Henry sagte beiläufig:

»In Bushy Park hat mich ein Mann mit einer Nachricht von Peter angehalten, und dann hat er noch gesagt, sie hätten vor, den Polizisten einzuschüchtern, der wahrscheinlich aussagen soll, so daß Nicholas wohl straffrei davonkommt.«

»Gott sei Dank. Oh, Gott sei Dank!«

Das war natürlich Catherine. Sie goß den Whisky ins Glas, genau die Menge, die er mochte, gab Zucker und eine Gewürznelke dazu, die sie parat hatte, dann füllte sie das Glas mit kochendem Wasser auf und fischte die Gewürznelke zuletzt mit einem Löffel wieder heraus. Sie stellte das Glas in einen silbernen Halter mit Henkel und setzte es auf dem Tisch am Feuer ab, indem sie sagte, wie er es ihr beigebracht hatte:

»Dann wohl bekomm's, Papa.«

Tante Jack sagte:

»Und das alles hat dir der Mann erzählt?«

»Natürlich. Woher soll ich's denn sonst wissen?«·

Sie wandte sich ab, aber er wußte, daß sie nicht befriedigt war. Er hockte sich in seinen Sessel, hätschelte seinen Whisky, vorsichtig hin und wieder ein Schlückchen nippend. Er genoß es, wie das himmlische Glühen ihm in alle Glieder strömte, bis in die Zehenspitzen und Finger hinein, wie er ihm in den Kopf stieg und seinem ganzen Kreislauf jenen Aufschwung verlieh, den nur heißer Whisky bewirken konnte, während in seinem Bewußtsein die Überzeugung immer fester wurde, daß er all dies bald verlassen und nach Amerika gehen würde, ob nun mit oder ohne Nora. Jetzt, da er das Geld hatte, konnte er sie zurücklassen, wenn er wollte. Aber fort mußte er, fort von dieser ganzen Bande. Der Fluß, sein Haus, sein neues Pony, Lamm- und Rinderbraten – all das reichte nicht aus, um ihn für das zu entschädigen, was er in den letzten zwölf Stunden durchgemacht hatte. Gott allein wußte, was noch alles auf ihn wartete. Jack saß da und sagte kein Wort. Wenn sie nur sprechen würde, könnte er besser beurteilen, was in ihrem Spatzengehirn vorginge. Aber da er Angst hatte, sie könnte ihn irgendwie überführen, brachte er es nicht fertig, ein Gespräch zu beginnen.

Eine Viertelstunde dieser Qual war genug. Das Abendessen kam und machte ihr ein Ende, und danach verzog er sich, sobald er konnte, ins Bett.

Fünfter Teil

1918

28

Peter wartete auf Molly am Ende des Bahnsteigs, nicht in dem kleinen Warteraum. Als er sie aus dem Zug aus Galway steigen sah, war er froh, diese Vorsichtsmaßnahme getroffen zu haben, denn dadurch gewann er Zeit, sich innerlich zu sammeln. Ein kalter Wind fegte über den Bahnsteig, und sie huschte flink hinüber in den Warteraum, wo es ein gutes Torffeuer gab. Ihre Bewegungen waren quicklebendig, und sie wirkte gesund und munter. Abgesehen von jenem Augenblick in Scottstown, als er sie flugs ins Pfarrhaus zurückbugsiert hatte, war er ihr seit dem Abend in Rathangan, als sie ihm die Ehe versprochen hatte, nicht mehr begegnet. Jetzt war sie ihm zu einer Besessenheit geworden. Das war das einzige Wort, mit dem man die tagtägliche und allnächtliche Qual bezeichnen konnte, die seine Seele erfüllte. Es lag keine Freude darin, kein Träumen und Phantasieren, was ihn für das entschädigen könnte, was er litt, wie es vielleicht der Fall gewesen wäre, wenn er nie mit ihr geschlafen hätte. Es wäre leichter gewesen, wenn er alles dadurch hätte schlecht machen können, daß er sich Schwächen, Enttäuschungen oder Unverträglichkeiten vorstellte, all die möglichen und unbekannten Übel, die zwischen sie hätten treten können. Da er aber die Wahrheit kannte, wurde er durch sie niedergeschmettert. Sie war alles, was er sich je von einer Frau erhofft oder gewünscht hatte. Als sie wie ein Vogel über den Bahnsteig huschte, durchzuckte seinen Körper eine wilde Wonne.

Das Wetter war bissig. Er würde auffallen, wenn er draußen im Freien bliebe, und obwohl er gewöhnlich zu unduldsam war, um sich aus Vorsicht zu verkriechen, wäre es doch auch unsinnig gewesen, den Tollkühnen zu spielen. Er überquerte die Geleise über die kleine Eisenbahnbrücke und ging in das Büro des Stationsvorstehers, das auch der Fahrkartenschalter war. Der Stationsvorsteher war da, ein Mann aus Galway namens Conroy und ein Mitglied der Bruderschaft. Während er auf den Zug nach Sligo wartete, sortierte er Fahrkarten. Als Peter hereinkam, blickte er scharf auf und sagte leise:

»Na, auf Reisen, Kommandant?«

»Nach Sligo. Begleite die Frau eines Gefangenen zum Gefängnis.«

»Gehn Sie lieber nicht zu nah ran ans Gefängnis.«

»Nein, nein. Ich hab was anderes zu tun, derweil sie da drin ist, obwohl sie nicht so überragend sind in Sligo. Alles Oranier.«

»Wer ist sie denn?«

»Mrs. de Lacy.«

»Samuel Flahertys Witwe?«

»Ja.«

»Ist die jetzt hier? Ich würd ja viel drum geben, ihr mal die Hand zu drücken.«

»Sie ist drüben im Warteraum. Lassen Sie sie mal in Ruhe, bis der Zug abgeht. Können wir einen Erster-Klasse-Wagen haben?«

»Können Sie, und wenn's noch einen besseren gäbe, könnten Sie den auch haben. Haben Sie gehört, daß wir hier an dem Tag, wo sie die Gefangenen transportierten, 'ne Meuterei hatten?«

»Ja, hab ich gehört. Hat sie was getaugt?«

»Na ja, was kann sie schon getaugt haben in so 'nem kleinen Nest und dann noch außerhalb der Stadt. Aber der Lokführer und der Heizer haben sich geweigert, den Zug weiterzufahren, solange die Gefangenen drauf sind. Sie mußten sie schließlich per

Straße nach Sligo bringen. Ich hab hier noch 'ne kleine Sache, wegen der ich Sie fragen wollte, aber wenn Sie nach Sligo fahren, dann nehmen Sie das besser auf dem Rückweg mit.«

»Wieviel ist es?«

»Ungefähr vierhundert Schuß. 303. Ein Soldat der Kaserne in Galway hat die vor ein paar Tagen meinem Bahnwärter gegeben.«

»Nehmen Sie sie mit zu sich nach Hause und verstecken Sie sie irgendwo sicher. Ihr werdet sie selber noch brauchen.«

»Es wird eine neue Erhebung geben?«

»Natürlich, und wenn die scheitert, wird es wieder eine geben und dann wieder eine, bis das Himmelreich kommt. Wie ist die Kompanie in Athenry?«

»Im Augenblick bestens. Wenn der Kampf bald losgeht, sind sie zu allem bereit.«

Peter erwiderte nichts. Mehrere Leute waren gekommen, um Fahrkarten für den Zug zu kaufen, der jeden Moment erwartet wurde. Eine alte Frau mit Schal stand am Schalter und äugte neugierig herein. Wahrscheinlich war sie harmlos, aber Peter verbarg sein Gesicht automatisch hinter dem Kragen seines Mantels. Es war dumm gewesen, hier hereinzukommen, wo er den Blicken wie ein Goldfisch im Glas preisgegeben war. Eine andere Tür führte hinten aus dem Gebäude, und kurz darauf erhob er sich ruhig und ging durch sie hinaus. Er schlenderte den Bahnsteig entlang und warf ab und zu einen Blick zu der Tür des Warteraumes hinüber, die durch die Wärme innen beschlagen war. Da drinnen war sie nun, wärmte sich vielleicht die Hände am Kamin oder saß still in dessen Nähe, das Gesicht im weichen Licht der Glut, die Augen geweitet in der bangen Erwartung, Nicholas wiederzusehen. Und draußen lauerte Peter, das Ungeheuer, aber das wußte sie nicht. Das alles war Wahnsinn, aber von dem Augenblick an, als er am frühen Morgen Bartley Duffy in Galway angehalten und ihm gesagt hatte, was er Henry, wenn er vorbeikäme, ausrichten solle, hatte es ihn stetig vorangetrieben.

Es schien eine Ewigkeit zu dauern, bis der Zug angesagt wurde und dann in den kleinen Bahnhof einlief. Immer noch auf der falschen Seite des Bahnsteigs, wartete Peter, bis er durch die Scheiben sehen konnte, daß sie herausgekommen war und von Conroy nach vorne geführt wurde, wo die Erster-Klasse-Wagen waren. Alle anderen Fahrgäste stiegen weiter hinten ein, und die Frauen setzten sich auf die eine Seite, die Männer auf die andere, wie in der Kirche. Große Weidenkörbe standen an ihren Füßen, tiefe, ovale Körbe mit Klappdeckeln, die benutzt wurden, um Hühner und Eier zum Markt zu bringen. Ihm kam der Gedanke, daß diese Körbe gut geeignet wären, um Munition von Galway in die entlegenen Teile Mayos zu transportieren. Wirklich, einige von diesen massigen Frauen konnten unter ihren riesigen Schals ein Bündel Gewehre mit sich führen, ohne aufzufallen. Das war eine interessante Idee, eine Armee friedlich dreinblickender Frauen, die durchs Land zogen und an jedermann Waffen verteilten. Er würde mit einigen Eisenbahnern darüber sprechen, vielleicht in Sligo.

Es gab keine Gänge in diesen Zügen, nur separate Abteile mit einer Tür auf jeder Seite. Sobald sie sich auf ihrem Platz niedergelassen hatte, alleine im Abteil, sprang er auf die Geleise hinunter, überquerte sie und versuchte den Türgriff auf seiner Seite. Conroy hatte die Tür für ihn aufgelassen, und im nächsten Augenblick stand er vor ihr und sah auf sie hinunter. Sie schreckte auf, faßte sich aber sofort wieder und sagte leise:

»Peter! Bist du auf der Flucht?«

Kein Haß, keine Angst, nur Sorge um seine Sicherheit. Conroy kam den Bahnsteig hochgelaufen, machte die Tür auf, streckte den Kopf herein und sagte:

»In Claremorris kriegt ihr einen Korb mit Tee. Gute Reise, euch beiden. Gott mit euch!«

Er schlug die Tür zu und schloß sie ab, winkte dem Lokomotivführer und blies kräftig in seine Pfeife. Mit einem antwortenden Pfeifen und schwerem, langsamem Puffen fuhr der Zug aus dem Bahnhof und in die Felder, die dunkelgrün waren, stellenweise mit vergilbtem Riedgras, und kreuz und quer durchzogen von Abzugsgräben, die den vielen Winterregen nicht fassen konnten. Über das Gras breiteten sich große Wasserlachen aus, in denen manchmal langbeinige Reiher fischten oder, in der Nähe baufälliger Hütten, Hausenten. Das weiße Winterlicht durchbrach schwere Wolken, so daß die Wasserflächen wie poliertes Zinn glänzten. Es schien auf Mollys Gesicht, zeichnete ihre feine Stirn, wo weiche Haarkringel unter dem Hut hervorlugten. Er streckte seine Hand aus, vielleicht weil er ihr Gesicht berühren wollte, aber sie nahm sie in ihre Hand und sagte:

»Von Nicholas wußte ich immer, wo du bist und was du machst. Schön, dich zu sehn.«

Sie sagte das so schlicht, daß er an ihrer Aufrichtigkeit nicht zweifeln konnte. Er hielt ihre Hand einen Moment, selig deren weiche Haut genießend und kaum fähig, es sich zu versagen, sie an seine Wange zu legen, damit sie dort die langen Monate wegtaue, die er ohne sie gelebt hatte. Aber was für einen Sinn sollte das haben? Es hatte sich nichts geändert. Sie fuhr ihren Mann im Gefängnis besuchen, und er fuhr mit ihr und stahl sich eine winzige Dosis von eben jener Droge, die ihm so viel Schmerz verursacht hatte. Sie konnte das alles sehen, wie er an ihrem Blick erkannte, der eine Mischung aus Besorgnis und Gereiztheit war. Sie entzog ihm ihre Hand und legte sie züchtig zu der anderen in ihren Schoß, wobei sie sagte, als nähme sie ein kaum unterbrochenes Gespräch wieder auf:

»Es hat mir leid getan, Peter, aber es ging nicht anders. Es wäre nicht recht gewesen, dich zu heiraten, ohne daß ich dich liebte, trotz – trotz . . .«

»Trotz des Kindes?« Ihre Augen füllten sich mit Tränen, und schnell sagte er: »Ich wollte dir nicht wehtun.« Von allen Dingen wünschte er am wenigsten, sie jetzt zu vergraulen, denn dies war wahrscheinlich seine letzte Chance, Frieden mit ihr zu machen. Wenn er jetzt mit ihr stritt, würde er nie mehr den Mut haben, sich ihr noch einmal zu nähern. Er lehnte sich vor und sagte: »Molly, du darfst nicht denken, daß ich immer nur in deinen schwächsten Momenten da bin. Heute bin ich gekommen, um dir zu sagen, daß wir einen Plan haben, um Nicholas bald freizukriegen.«

»Was ist es? Was für einen Plan?«

Jetzt hatte sie alles außer Nicholas vergessen. Hatte er denn die heimliche Hoffnung gehabt, sie immer noch für sich gewinnen zu können? Der Gedanke schockierte ihn, aber er war da, saß fest in seiner Seele, ließ sich nicht ignorieren. Nachdenklich lehnte er sich an das Polster zurück und sagte:

»Man rechnet damit, daß der Polizist aus Moycullen vor Gericht aussagen wird, derjenige, der in Scottstown war. Hast du ihn dort bemerkt?«

»Ja, natürlich. Gleich in der vordersten Reihe. Ich wußte, daß er irgendwo in Roscommon stationiert war, wußte aber nicht, wo.«

»Nun, den haben wir davor gewarnt, Nicholas zu identifizieren. Das heißt, daß sie ihn freilassen müssen.«

»Gott sei Dank! Seit ich Hogan da gesehn habe, hielt ich es für sicher, daß Nicholas verurteilt werden würde. Und worin bestand die Warnung?«

»Daß wir seiner Frau das Geschäft und das Haus anzünden würden. Vielleicht ist er ganz froh darüber. Eine ganze Menge Polizisten haben die Nase voll und möchten den Dienst quittieren. Und gar nicht so wenige haben's auch schon getan. In den nächsten paar Wochen werden wir sie massiv boykottieren, und wenn das ein Erfolg wird, ist damit zu rechnen, daß viele die Uniform ausziehn werden.«

»Boykottieren? Macht denn die Bevölkerung da mit?«

»Die wird langsam wütend, weil sie kapiert, daß wir in einem so kleinen Land keine zwölftausend Mann in befestigten Kasernen brauchen, um die Ordnung aufrechtzuerhalten. Das ist eine stehende Armee von Spitzeln, die jeden Tag Informationen an das Castle in Dublin durchgeben und allzeit bereit sind für Operationen, wie du sie in Scottstown erlebt hast. Ein bißchen Druck auf sie könnte sie so unsicher machen, daß sie ihren Job hinschmeißen. Es sind schließlich alles Jungs vom Lande.«

In Claremorris brachte ein Gepäckträger ihnen einen Korb mit Tee, Brot und Butter und kleinen, flachen Scheiben trockenen Sandkuchens. Es war herrlich, das mit ihr zu teilen und dabei zu wissen, daß die Bitterkeit zwischen ihnen langsam verschwand. Ihre kurze Begegnung in Scottstown mußte der Grund dafür gewesen sein, daß jetzt keine langen Erklärungen und Entschuldigungen nötig waren. Sie war gereift; sie war nicht mehr das verängstigte Mädchen, das ihm in aller Unschuld und Unwissenheit die Arme geöffnet hatte. Er hatte ihr eine schreckliche Kränkung angetan, und sie hatte es ihm mit einer ebenso schrecklichen Kränkung vergolten. Ob sie sich nun als Freunde finden würden? Der Gedanke war nicht gerade erhebend, aber mehr konnte er nicht erhoffen. Und er kannte sie inzwischen kaum mehr. Sie war ein anderer Mensch geworden, mit neuen Verhaltensweisen und Erfahrungen, die nichts mehr mit jenen Tagen zu tun hatten, an denen er den alten Henry zu besuchen pflegte, in der Hoffnung, einen flüchtigen Blick auf sie werfen zu können.

»Ich habe deinem Vater bestellen lassen«, sagte er, als er an Henry dachte, »daß ich mit dir nach Sligo fahre, und daß wir meinen, Nicholas freizukriegen.«

»Hoffentlich erzählt er's Tante Jack. Eigentlich gehört er kaum noch zur Familie, und trotzdem hat er mich heute morgen zum Bahnhof kutschiert.«

Stampfend und rüttelnd kroch der Zug dahin und machte etwa alle zehn Meilen bei kleinen Dörfern und Städten halt. Niemand warf auch nur einen einzigen Blick auf den Erster-Klasse-Wagen, in dem sie sich befanden. Die Fußwärmer wurden in Swinford gewechselt. Regen prasselte an die Scheiben, und danach erschien zwischen sich türmenden weißen Wolken ein Flecken Blau. Als sie durch Tubbercurry kamen, sagte Molly:

»Das Land scheint hier ein bißchen besser zu sein. Warum bist du aus England in eine solche Gegend zurückgekehrt?«

»Ich weigerte mich zu akzeptieren, in meinem eigenen Land nicht leben zu können. In gewisser Weise wollte ich auch in der Nähe des Geschehens sein, wenn der Tag der Abrechnung käme. Das hab ich schon immer gewollt. Ich verließ Irland, weil es für mich hier nichts gab, es sei denn, ich hätte wie mein Vetter Lehrer werden oder für vierzig Pfund im Jahr im Finanzamt arbeiten wollen. Der Lehrer in meiner Schule wollte, daß ich Prüfungen für etwas dergleichen ablege, aber ich war nicht dazu zu bringen, in einem Amt zu arbeiten, das das Empire stützte, nicht mal im Londoner Postamt, das von allen am besten bezahlte. Heute ist das voll von Iren, und die sind uns verdammt nützlich. Ich ging nach Yorkshire, aus einem sehr komischen Grund, wie ich heute finde. Draußen in Connemara hatten wir nur eins zu verkaufen, und das war Wolle. Wir verkauften sie an einen Händler in Galway, und der schickte sie nach England, und in unsern Geographiebüchern lernten wir, daß die größten wolleverarbeitenden Städte in Yorkshire liegen. Ich kannte sie alle mit Namen – Leeds, Bradford, Halifax, Huddersfield, Dewsbury und Wakefield –, und ich fragte mich, schon mit elf Jahren, was um Himmels willen das mit mir zu tun habe, und die Antwort war, daß wir unfähig seien, unsere eigene Wolle zu Hause zu verarbeiten und daß wir zu zurückgeblieben und unwissend seien und man uns ordentliche Arbeit nicht zutrauen könne. Aber wie kam es dann, daß wir die besten Jobs im Londoner Postamt kriegten, gegen alle andern Anwärter? Das war der Fall, seit Stellen im Zivildienst nach Maßgabe der offenen Konkurrenz besetzt wurden.

Zuerst ging ich nach Belfast, wo die große irische Leinenindustrie ist – das stand auch in unsern Büchern. Damen der besten englischen Gesellschaft trugen Stickereien und Spitzen aus Belfast, erzählte man uns, und die bestickten Taschentücher und die Tisch- und Bettwäsche, die sie benutzten, kam auch aus Belfast. Wir haben die wohlhabenden Arbeiter von Belfast immer beneidet, aber bald fand ich heraus, daß ihnen für ihre Arbeit so gut wie nichts gezahlt wurde – ein Penny für jedes bestickte Taschentuch, acht Pence für eine großes, besticktes Leinentischtuch, ein Penny für das Hohlsäumen von zwölf Leinentaschentüchern, so ungefähr. Sie waren sicher, daß sie ihre Pennies kriegten, das war aber auch alles. Im übrigen waren sie nicht besser dran als wir. Im Laufe der Zeit wurde ich immer wütender. Als ich nach Yorkshire kam, fand ich Arbeit in einer Fabrik, zettelte dann einen Streik an und wurde gefeuert, aber erst, nachdem ich eine zündende Rede gehalten hatte, wodurch die Frau des Fabrikbesitzers auf mich aufmerksam wurde.«

»Erzähl weiter. Das ist ja toll. Ich hatte keine Ahnung, daß du solche Sachen gemacht hast. Du bist uns immer ein Geheimnis gewesen, du wußtest so viel, hattest über alles so klare Vorstellungen und hast uns nie erzählt, wo du das her hast.«

»Aus Bradford. Na, warum soll ich's dir nicht erzählen? Sie war eine feine Frau, die sich in ihrem Leben dort zu Tode langweilte und den ganzen Tag nichts anderes zu tun hatte, als die Dame zu spielen, während ihr Mann sich um die Fabrik kümmerte. Er war kein übler Kerl, aber allein hätte er nichts für die Arbeiter machen können, selbst wenn er gewollt hätte, was er nicht tat. Die andern Unternehmer hätten jedem die Haut über die Ohren gezogen, der für irgend etwas einen Penny mehr gezahlt hätte als den alten Preis. Aber er hatte nichts gegen die Mildtätigkeiten seiner Frau, das machte sich gut bei einer Dame – sie war ihm eine Nummer über, und er hatte ein bißchen Angst vor ihr. Den Arbeitsunfähigen brachte sie Suppe und den Verhungernden das Abendbrot. Auf diese Weise sind wir uns begegnet, in einer Armenküche, wo ich herausragte wie ein wunder Daumen, jeden finster anblickte und doppelt so gesund aussah wie die andern, die ihr Leben lang in Fabriken gearbeitet hatten. Sie hatte von mir und meiner Rede gehört, und so sprach sie mich an. Sie begann sich für mich zu interessieren, nahm mich mit zu sich nach Hause und gab mir einen Job in ihrem Garten. Ziemlich bald hatte sie heraus, daß ich ein bißchen Grundschulbildung hatte und nicht ganz dumm war, und dann begann sie mich selber in die Schule zu nehmen. Sie sagte, ich würde mit den Bossen besser zurechtkommen, wenn ich bedeutend weicher vorginge, und sie brachte mir besseres Sprechen bei und hat mir ganz allgemein ein bißchen Schliff gegeben. Dann hat sie sich in mich verliebt. Bist du schockiert?«

»Nein. Mach bitte weiter.«

»Es war passiert, bevor ich's merkte, und als mir dann klar wurde, wie sehr sie an mir hing, wär es barbarisch gewesen, sie abzuweisen. Ich glaube, ich hoffte, sie würde drüber wegkommen. Ich war auch einsam und weit weg von zu Hause, und sie war eine bezaubernde Frau.«

»War? Warum sagst du, sie war?«

»Sie ist tot, Molly. Sie hat sich umgebracht, nachdem ich wegging. Ich hab ihr einen Brief dagelassen, weil ich dachte, so würde es leichter für sie sein. Wir hatten oft über mein Weggehn gesprochen, aber sie konnte es nie akzeptieren, und da bin ich dann schließlich einfach gegangen. So was wie einen sauberen Bruch gibt es nicht. Es ist eine unschöne kleine Geschichte. Durch sie weiß ich, was es bedeutet, jemanden zu lieben; und sogar, solche Worte zu gebrauchen, um es auszudrücken. Was hatten wir Diskussionen und Streitgespräche! Ich mußte ihr alles über Irland und die irischen Nöte erzählen, und sie schrieb dann Artikel darüber in der *Yorkshire Post* – daß wir unsere Parlamentsabgeordneten nie sehen, außer vor den Wahlen; daß wir gezwungen sind, englische Namen zu benutzen; daß in unsern Schulbüchern alles über England steht und nichts über Irland; daß uns beigebracht wird, unser eigenes Land zu verachten; daß ein Armer bestraft werden kann, wenn er seinen Namen auf irisch auf seinem Karren stehen hat; und daß die Leute vor Gericht hilflos sind, weil die Amtssprache englisch ist und ihnen keine Dolmetscher gestellt werden – das waren so die Sachen, über die sie schrieb, in einer Artikelserie unter dem Titel *Irische Übelstände – Ist das Kolonialismus?* Sie wies darauf hin, daß man in Irland zwar einen irischen Stallburschen oder Gärtner haben kann, die Hausbediensteten aber englisch sein müssen; und daß man seine Ferien angenehm in Irland verbringen und sich darüber amüsieren kann, wenn die Einheimischen ›Faix‹ und ›Bgorra‹ sagen und jeden mit einem sauberen Hemd mit ›Euer Ehren‹ anreden, daß man aber keine Verwendung für Iren hat, wenn sie aufhören, komisch zu sein. Die Artikel wurden veröffentlicht, weil sie aus einer mächtigen Familie kam, aber am Ende hat sich die Zeitung dann doch geweigert, noch welche anzunehmen. Ihr Mann und ihre Bekannten haben getobt und sie beschuldigt, eine Liebesaffäre mit mir zu haben, was inzwischen wahr war. Ich ging weg, weil ich sehen konnte, daß ich sie und auch ihre Kinder kaputt machte, aber es war zu spät. Noch bevor ich in London angekommen war, hatte sie schon Gift genommen. Ich las es in der Zeitung. Ich fand Arbeit auf einem Bauhof und kam nach einem Jahr oder so mit meinen Ersparnissen nach Irland zurück und baute dieses Geschäft in Galway auf. Ich arbeitete Tag und Nacht, mehr als je zuvor, und ich hatte auch Glück, der Krieg half. Ich denke jeden Tag an sie.«

»Wie war ihr Name?«

»Edith.«

»Arme Edith. Ich bin froh, daß du mir von ihr erzählt hast.«

Auch er war froh und fühlte eine neue Wärme des Verstehens zwischen ihnen aufkeimen. Den Rest der Reise verbrachten sie in geselligem Schweigen, und mit zunehmender Traurigkeit beobachtete er, wie sie immer aufgeregter wurde, je mehr der Zug sich Sligo näherte. Als sie auf den Bahnsteig hinuntergestiegen waren, nahm sie seine Hand, wie ein Kind. Er hatte vorgehabt, eine Droschke für sie heranzuholen, aber jetzt änderte er seinen Entschluß. Wenn er diese weiche, warme kleine Hand losließ, würde er sie vielleicht nie wieder in der seinen fühlen. Er geleitete sie aus dem Bahnhof, fand draußen eine Reihe wartender Droschken, half ihr in eine hinein und stand dann da und sah ihr nach, wie sie zum Gefängnis davonfuhr.

29

Mitte April, nicht früher, war Nicholas wieder zu Hause, aber Martin war zu zwölf Monaten verurteilt worden und saß im Gefängnis von Cork. Es war nicht möglich, ihn zu besuchen, und Sarah wandelte im Haus herum wie ein Geist. Sie machte ihre Arbeit so gut wie immer, bewegte sich aber so sachte und lautlos, daß Henry sich eines Abends, als sie ihm seinen Whisky gebracht hatte, im Wohnzimmer beschwerte:

»Dieses Mädchen macht mich kribbelig. Was ist los mit ihr? Meinst du, sie hat die Schwindsucht? Mutter hat sie immer schnell verabschiedet, wenn sie damit anfingen. Deswegen hat's keiner von uns beiden gekriegt, obwohl sie rings um uns herum gestorben sind wie die Fliegen.«

»Sie ist nicht krank«, sagte Tante Jack säuerlich. »Ihr Freund sitzt im Gefängnis. Da läßt jedes Mädchen den Kopf hängen.«

»Ihr Freund?«

»Martin Thornton. Sie gehn schon seit Jahren zusammen, wußtest du das nicht?«

»Nein, wußte ich nicht.«

Er leerte schnell sein Glas, verzog sich und ging ihnen nicht länger auf die Nerven, aber Molly sagte:

»Was Papa nicht weiß, ist genauso schlimm wie das, was er weiß, um Ärger zu machen.«

»Von diesen Dingen versteht er nichts«, sagte Nicholas nachsichtig wie immer.

Aber er versprach Molly, daß er Henry nicht erzählen werde, was sie machten, ganz gleich, wie unbedeutend es auch erscheinen mochte. Aus diesem Grunde sorgten sie dafür, daß er ihnen nicht über den Weg laufen konnte, als sie ein paar Tage später zum Moycullen Haus hinüberfuhren. Luke war zur Mittagszeit mit der Nachricht gekommen, daß Thomas aus Westminster zurück sei. Er war noch in Dublin, aber sein Halbbruder Fergal hatte mit ihm und den anderen Parlamentsmitgliedern gesprochen und war mit der Instruktion nach Galway gekommen, daß überall Protestversammlungen gegen das Wehrpflichtgesetz abgehalten werden sollten.

Es war ein strahlender Tag mit einem kalten, harten Wind, der aber dennoch den Frühling ahnen ließ, da er den Duft von jungem Gras und frischen Blättern mit sich trug. Die Dohlen krächzten rauh, als sie auf die Treppe hinauskamen und in das Automobil stiegen, das Luke endlich fahren gelernt hatte. Kleine Vögel zwitscherten in der Hecke gegenüber der Tür, und die Kletterpflanze an der Hauswand wimmelte von ihnen, obgleich sie immer wieder zurückfielen, wenn sie versuchten, sich an die blattlosen Triebe zu klammern. Bald würde alles wieder grün sein. Unter den Bäumen begannen enggerollte Farne nach oben zu drängen. An der Zufahrt und den Rändern des geschwungenen Kiesweges vor der Haustür standen die Narzissen in Blüte. Nicholas hielt Molly an sich gedrückt, und sie verweilten einen Augenblick, um zu lauschen. Der Wasserlauf klang plötzlich unnatürlich laut. Nicholas sagte:

»In Sligo hab ich immer an dies gedacht. Bevor ich einschlief, hab ich genau hier gestanden, wo wir jetzt stehen, und hab versucht, mich an all die Dinge zu erinnern, die man von der Treppe aus zu all den verschiedenen Jahreszeiten sehen kann, und dann bin ich ums Haus gegangen und hab einen Blick auf die Glyzinien geworfen und auf die Steingewächse und das Moos auf dem Gatter zur Koppel und auf die Eibe, die alles um ihre Wurzeln herum auffrißt, so daß der Boden ganz nackt ist. Dann bin ich die Kühe anschaun gegangen und das Pony und die Hunde und Katzen.«

»War es dadurch nicht noch viel schwerer zu ertragen?«

»Nein. Es war gut, sich daran zu erinnern, daß es außerhalb des Gefängnisses noch eine andere Welt gab.«

Luke war sehr aufgeregt und rutschte beim Fahren auf seinem Sitz herum, behielt die Straße aber scharf im Auge.

»Joe hat im Thornton's eine Nachricht hinterlassen und ist jetzt auf dem Rückweg«, sagte er. »Mein Gott, ob nach all dem, was letztes Jahr passiert ist, noch einer, der bei Verstand ist, wirklich denkt, er kann unsereins in britisches Khaki stecken und uns da rausschicken, damit wir fürs Empire kämpfen? Ist doch Wahnsinn. Was sollen wir dagegen machen? Das möcht ich mal wissen. Irgendwas muß geschehn, und zwar schnell, oder sie brechen uns die Tür ein.«

»Ja, es muß wirklich irgendwas geschehn. Welcher Kompanie gehören Sie an, Moycullen oder Oughterard?«

»Ich gehör zu der von Moycullen, Sir. Wird es zum Kampf kommen, was meinen Sie?«

»Es sieht langsam so aus.«

»Wir werden's bald hören, schätz ich?«

»Sehr bald.«

Fergal saß mit Morgan und Alice im Eßzimmer, die beiden alten Leutchen in großen Sesseln, die man dicht an den Kamin herangezogen hatte. Morgan erhob sich steif, als sie hereinkamen, nahm Nicholas besorgt in Augenschein und sagte:

»Willkommen daheim. Na, so schlecht siehst du ja gar nicht aus, muß ich sagen.«

»Nein. Ich war ja schließlich auch nicht sehr lange da, und wir wurden gut behandelt. Irgendwer hat mir jeden Tag ein Abendessen hereingeschickt. Ich konnte nicht mit Sicherheit rauskriegen, wer, aber ich glaube, es waren die Nonnen in dem Kloster in der Nähe.«

»Guter Junge, guter Junge«, sagte Morgan eifrig und führte sie durchs Zimmer. »Nun setz dich hin und hör Fergal zu. Er hat uns etwas ganz Außerordentliches erzählt – all diese verschiedenen Meinungen kommen schließlich zusammen. Wenn sie das nur schon vor zehn Jahren gekonnt hätten, wär vielleicht alles anders geworden. Alice, es sind Molly und Nicholas. Setzt euch hier neben sie. Fergal, du fängst besser noch mal von vorne an. Erzähl's ihnen.«

»Ist das Gesetz wirklich schon durch?« fragte Nicholas. »Luke hat so was gesagt.«

»Ja, vor drei Tagen ist es verabschiedet worden, dreihundertundeine zu hundertunddrei Stimmen. Die Irische Partei hat geschlossen dagegen gestimmt und gesagt, es sei eine Kriegserklärung gegen England, aber sie haben halt nicht mehr Einfluß als sie Stimmen haben. William O'Brien aus Cork hat gesagt, sie würden sich die Iren für immer zu Feinden machen, aber keiner wollte auf ihn hören. John Dillon hat die ganze Partei aus dem Haus geführt. Jetzt sind sie alle wieder zurück in Dublin und organisieren den Widerstand. Gott helfe ihnen, wir halten ja nichts von der armen, alten Irischen Partei, aber endlich zeigt sie doch etwas Kampfgeist. Der Oberbürgermeister hat eine Sitzung im Rathaus anberaumt, und alle waren sie da. Ich war mit Thomas da, obwohl er nicht zum Ausschuß gehört. Viele waren als Beobachter da. Es war wunderbar. De Valéra hat die ganze Sache geleitet. Er und Arthur Griffith haben Sinn Féin repräsentiert, Dillon und Devlin die Irische Partei, und drei von der Labour waren da, Egan, Johnson und O'Brien. William O'Brien war auch dabei und Tim Healy. Wer hätte das geglaubt? Healy war sanft wie ein Lämmchen. Er hat diesmal seine Zunge gehütet, hätte nie gedacht, daß ich das noch mal erlebe. Ich hab mich gefragt, ob er alt wird. Es hat uns alle ziemlich beunruhigt.

De Valéra hat ein Gelöbnis verfaßt. Und eine Erklärung haben sie abgegeben. Dann ist eine Delegation runtergefahren nach Maynooth, um mit den Bischöfen zu sprechen. Die haben da zur Zeit ihre Jahreskonferenz. Und endlich haben sie mal auf den Tisch gehaun. Wir wußten alle nicht, was wir zu erwarten hatten, aber man kann nicht klagen über ihr Manifest. Es nennt das Gesetz erpresserisch und unmenschlich und sagt, das irische Volk habe das Recht, ihm mit allen Mitteln Widerstand zu leisten, die im Einklang sind mit den zehn Geboten. Jetzt schicken wir den Oberbürgermeister von Dublin nach Washington, wo er dem Präsidenten und dem amerikanischen Kongreß erklären soll, warum wir nie mit dem Gesetz einverstanden sein werden. Dienstag wird Generalstreik sein – alle Geschäfte geschlossen, Züge und Straßenbahnen stehn still, keine Zeitungen und dafür Aufmärsche in Dublin und wo wir's sonst organisieren können.«

»Viel Zeit haben wir nicht – heute ist schon Freitag«, sagte Nicholas.

»Ich glaube nicht, daß viel Organisation nötig ist. Es ist schon so lange von der Wehrpflicht die Rede, und die Leute sind wütend. Alle Sinn Féin Clubs sind informiert und die werden am Sonntag dafür sorgen, daß das Gelöbnis erfüllt wird.«

Sie sprachen lange und versuchten sich vorzustellen, was als nächstes geschehen würde, aber das wollte keinem so recht gelingen. Auf dem Heimweg sagte Nicholas:

»Die interessanteste kleine Neuigkeit – falls es wahr ist – ist die, daß Lloyd George will, daß die Iren den *ersten* Schuß abgeben. Das klingt, als hätte er die Hoffnung aufgegeben, daß es Frieden geben kann ohne weiteren Kampf.«

»Wenn er Glaube will und Kampf, dann wird er jetzt jede Menge davon kriegen«, sagte Luke vom Fahrersitz aus.

»Aber kein Schießen.«

»In Ordnung, Hauptmann, vorläufig kein Schießen. Hat ja

auch keinen Zweck, die paar Kugeln, die wir haben, zu verschwenden, bevor die Zeit reif ist. Die Männer sind gut auf Vordermann, wie Sie sich am Sankt Patricks Tag in Athenry überzeugen konnten.«

»Ja, sie haben wirklich gut ausgesehn, eine Ehre für uns alle.«

Später sagte er zu Molly:

»Was hätt ich sonst sagen sollen? Weiß der Himmel, wie's ihnen ergehen wird, wenn es zum Kampf kommt. Sie können laufen. Und ein paar gute Schützen sind dabei. Sie haben unerhörten Mut und wissen, wofür sie kämpfen. Abends singen sie oder spielen Geige und tanzen. Sie kennen die Geschichte Irlands zurück bis Sankt Patrick und noch weit vor ihm. Aber wir haben nur wenig Munition oder Waffen, um sie abzufeuern, und außer Pferden und Fahrrädern kaum Transportmittel. Es wird ein Partisanenkampf sein müssen, wenn's losgeht.«

»Und wann wird das sein?«

»Vielleicht, wenn sie versuchen, die Leute gewaltsam zum Kriegsdienst zu pressen. Das wär so ungefähr das einfachste, ein sauberer Schnitt, ein Kampf ums Überleben, denn die Männer wissen ja alle, daß sie auf den Schlachtfeldern von Flandern nur drei Tage zu leben haben. Das wird das Motiv für die Schwächeren sein, für die Untentschiedenen, aber die meisten brauchen jetzt nur die Idee der Freiheit. Hinter der Teilung stehn sie nicht, und eine fremde Oberherrschaft wollen sie auch nicht. Es ist so, wie Morgan sagte, unter einer Republik machen sie's nicht mehr in diesem Stadium. Wir haben einen langen Weg hinter uns.«

Am Sonntag fuhren Nicholas und Molly nach Galway, um zuzusehen, wie die Leute nach der Messe in der Franziskanerkirche das Gelöbnis unterschrieben. Sie standen in der Säulenhalle vor dem Portal und warteten, daß die Leute herauskämen. Draußen waren Tische aufgestellt worden, und mehrere von den Freiwilligen Galways waren mit ihrem Kommandanten da. Als erste kamen die Polizisten aus der Kirche, die immer hinten saßen. Acht waren es, und sie setzten die Mützen auf ihre kurzgeschorenen Köpfe, als sie kamen. Molly überlief ein Schauder der Angst bei ihrem Anblick, da sie an die Versammlung in Scottstown dachte. Sie standen einen Augenblick auf dem Gehsteig und streckten sich, als hätten sie sich in der Kirche eingesperrt gefühlt. Dann zogen sie in Richtung Stadtmitte ab. Der Kommandant kam zu Nicholas herüber und sagte:

»Auf dem Eyre Square soll jetzt eine Rekrutierungsversammlung stattfinden, und da haben sie Dienst.«

Nicholas fragte:

»Gehn Sie hin?«

»Ja. Und Sie?«

Er schloß die ganze Gruppe in die Frage mit ein, und Tante Jack sagte:

»Natürlich gehn wir hin.«

Jetzt strömten die Menschen aus der Kirche, unterschrieben einer nach dem andern das Gelöbnis, wobei die Armen lachten und scherzten und so taten, als drängelten sie sich vor, um als erste ihre Namen auf die Listen zu setzen. Tante Jack sagte:

»Was ist mit uns? Wollen wir nicht unterschreiben?«

Erfreut führte der Kommandant sie zu dem Tisch hinüber. Tante Jack schrieb ihren Namen hin, und als sie sich mit zufriedenem Blick aufrichtete, sagte ein alter in der Nähe stehender Mann laut:

»Die Kühe werden fliegen, wenn die Gentry auf unserer Seite ist.«

Sie wirbelte herum, starrte ihn an und sagte dann:

»Paddy Keally, ich kenn dich. Du hast oft angeklopft und um eine Tasse Tee und ein Stück Brot gebeten, und ich hab's dir nie abgeschlagen. Wie kommst du dazu, dich jetzt gegen mich zu stellen, kannst du mir das sagen?«

Verblüfft starrte er sie an, ergriff dann plötzlich ihre Hand, schüttelte sie kräftig und sagte:

»Miss Gould! Wirklich, ich hab Sie nicht erkannt, glauben Sie mir, Sie sehn so prächtig aus, Gott segne Sie. Was ist denn mit Ihnen geschehn? Wahrhaftig, Sie sehn zwanzig Jahre jünger aus. Wenn ich gewußt hätte, daß Sie das sind, hätt ich nie so was Abfälliges zu Ihnen gesagt.«

»Auch wenn du's nicht gewußt hast, hattest du kein Recht, es

zu sagen, da du ja gesehn hast, daß ich unterschrieb«, sagte
Tante Jack in scharfem Ton. »Mit solchen Reden wirst du nicht
weit kommen. Mach dir so viel Freunde als möglich und sei's zufrieden.«

»Ja, da haben Sie recht, da haben Sie recht.«

Er hielt immer noch ihre Hand, und sie ließ sie ihm, obwohl
deutlich zu sehen war, daß ihr das nicht leichtfiel. Der Kommandant sagte:

»Der nächste zur Unterschrift, bitte. Also nun weiter, einer
nach dem andern.«

Er schob Tante Jack sanft von der Stelle, so daß der alte Mann
sie loslassen mußte, aber er folgte ihr mit den Augen, als sie die
Säulenhalle verließen und über die Eglinton Street in Richtung
Eyre Square gingen. Nicholas sagte:

»Du hast dem armen Kerl aber einen höllischen Schreck eingejagt.«

»Solchen muß man immer gleich eins auf die Nase geben«,
sagte Tante Jack gereizt.

30

Der Platz war bereits voll von kleinen Menschengruppen im
besten Sonntagsstaat, dicke schwarze Wollmäntel und flache
schwarze Hüte oder Tweedmützen, und jeder schien einen
Eschenknüppel bei sich zu haben, den er entweder als Spazier-
stock benutzte oder lässig unterm Arm trug. Molly war überrascht, daß so viele Frauen da waren. Ruhig standen sie bei den
Männern, und viele von ihnen hatten Körbe an den Armen, obgleich Sonntag war. Vor Mack's Royal Hotel hatte man einen
Lastwagen gefahren, mit einer Bank für die Sprecher und einem
kleinen Stufentritt zum Hinaufsteigen. Ein Union Jack war über
die Seite drapiert. Die Sonne schien warm für April, aber der un-
gepflasterte Boden war nach dem letzten Regen glücklicherweise
noch nicht ganz ausgetrocknet und konnte unter den Füßen nun
plattgetreten werden. Neben dem Lastwagen war dicht an der

Vorderwand des Hotels auf einem hölzernen Pfahl ein riesiges Ziffernblatt errichtet worden. Ein einziger Zeiger deutete auf die Ziffer 180 000, die Anzahl der Iren, die freiwillig Dienst in der Armee machten. Nicholas führte sie auf dem Gehweg hinter dem Lastwagen vorbei, dann auf die Fahrbahn, so daß sie eine gute Sicht hatten, als die Sprecher aus dem Hotel kamen. Er sagte:

»Wir können gut durch die Seitenstraße entkommen, falls es Ärger gibt. Hier kann man uns keine Falle stellen.«

Ein kleiner, stämmiger Mann kam in Begleitung eines großen, dünnen, rothaarigen jüngeren Mannes zu ihnen herüber. Der große sagte:

»Schön, daß Sie wieder da sind, Herr Hauptmann. Sie achten hoffentlich auf Ihre Gesundheit?«

»Ja, jetzt grade mal, Tom«, sagte Nicholas. »Und wie steht's bei Ihnen?«

»Gar nicht so übel. Das hier ist unser neuer Kompaniechef, Pat Flanagan. Wir wollten Sie fragen, ob Sie uns jemand schikken können, der zu den Studenten der Universität spricht. Wir haben da nur eine kleine Kompanie, nicht mal halb so groß wie sie sein sollte.«

»Ich werde mit dem Kommandanten darüber sprechen.«

Pat sagte:

»Tun Sie's bald. Wußten Sie, daß wir die Versammlung hier· sprengen werden?«

»Ich hab mir schon so was gedacht. Stehn wir hier an der richtigen Stelle oder werden wir im Weg sein?«

»Besser könnten Sie gar nicht stehn. Die Aktion wird vor dem Lastwagen stattfinden, wirklich nichts Großes – die Bischöfe würden so was passiven Widerstand nennen. Tom hat gestern abend die Stromzufuhr ins Rathaus unterbrochen, als sie versuchten, dort eine Versammlung abzuhalten.« Pat kicherte. »Haben Sie Michael Collins gesehn, als Sie in Sligo waren?«

»Für ein paar Minuten nur, kurz bevor ich rauskam. Als Untersuchungshäftlinge waren wir gesondert untergebracht, aber wir waren nur drei oder vier.«

»Glauben Sie, daß man ihn verurteilen wird?«

»Sehr wahrscheinlich. Er kämpft wie verrückt – sie müssen den Burschen wie ein wildes Tier im Käfig halten. Nicht, daß er da gewalttätig wäre. Er sitzt einfach da und liest den ganzen Tag lang, alles, was er kriegen kann. Er sagt, wir alle müßten lesen *Der Mann, der Donnerstag war;* dann würden wir wissen, wie Spione ans Werk gehn. Sein eigenes Exemplar besteht fast nur noch aus Fetzen, so oft hat er es gelesen.«

Überall waren Gruppen von Polizisten, in einer Reihe hinter der Menge und an deren Rändern, und in kleinerer Anzahl oder paarweise in ihr verstreut, genauso, wie es in Scottstown gewesen war. Der Platz war an einer Seite durch eine Spielwiese begrenzt; dort spielten ein paar halbwüchsige Jungen Ball. Einer von ihnen nahm plötzlich den Ball auf und kam auf den Platz zugelaufen, seine Spielkameraden in einer Reihe hinter ihm her. Danach sah man sie hier und da in der Menge auf- und wieder untertauchen, bis sie in unmittelbarer Nähe des Lastwagens angelangt waren, als hätte irgendein Instinkt ihnen gesagt, daß dort der Spaß beginnen werde. Die Menge drängte nach vorn, als die Glastüren des Hotels aufgingen und vier Männer herauskamen, drei von ihnen in Khaki. Einer war ein großer, gelehrt aussehender Mann mit einem gepflegten Bart, der zu der Uniform etwas sonderbar wirkte. Nicholas sagte:

»Den kenn ich. Der ist überhaupt nicht in der Armee. Die haben die Uniformen nur an, um die andern zum Beitritt zu bewegen, aber sie sind gar keine Soldaten.«

Die vier Sprecher stiegen den Stufentritt hinauf und standen dann mit den Gesichtern zur Menge. Der Bärtige sah sich bedächtig um, als schätze er die Anzahl der Versammelten. Ein kleiner, rotgesichtiger Mann kam aus dem Hotel gelaufen und reichte ein Sprachrohr hinauf, doch der Bärtige schüttelte den Kopf und winkte mit der linken Hand ab. Er trat vor, legte beide Hände auf die Fahne, derweil seine Kameraden sich auf die Bank hinter ihm setzten, die Köpfe zum Zuhören auf die Seite neigten und so den Eindruck erweckten, als wären sie darauf gefaßt, längere Zeit dort oben zu sitzen.

Der Redner hatte eine angenehme, kräftige Stimme, die gut in

Übung war. Er sprach mit einem kultivierten, englischen Akzent.

»Wenn ich hier so die prächtigen Männer von Galway vor mir sehe«, begann er, »sage ich mir, daß meine Aufgabe heute nicht schwer sein kann. Selten sah ich solche Gesundheit und Kraft, solche Stärke und Unerschrockenheit wie hier auf diesem Platz. Die Männer von Galway sind schon von alters her bekannt für ihren Mut ...«

»Quatsch mit Soße, sind wir nicht!« rief eine Stimme dazwischen. »Westlich des Shannon sind wir nichts als Schafe!«

»Da muß ich widersprechen«, sagte der Redner kühl. »Die Ranger von Connacht sind ein ehrenvolles Regiment, und in andern Regimentern haben wir auch tapfere Männer, die ebenso bereit sind, ihr Leben für König und Land hinzugeben. Ich bin selber in Galway geboren, und ich kenne meine Leute gut. Ich weiß, daß sie nicht zurückstehen, wenn sie erst einmal sehen, wo ihre Pflicht liegt.«

»Alles Geschwätz!« rief eine andere Stimme.

»Für Irland werden wir kämpfen!«

»Gott schütze Irland!«

»Hoch die Republik!«

Die Zwischenrufe verstummten, und der Sprecher, jetzt etwas rot im Gesicht, fuhr mit seiner Rede fort:

»Manche von euch scheinen nicht meiner Meinung zu sein, dennoch kann ich nicht genug betonen, daß unser großes und ruhmreiches Empire euch zu keiner Zeit dringender gebraucht hat als heute. Wir stehn mit dem Rücken an der Wand, aber wir werden weiterkämpfen. Wir brauchen sofort fünfzigtausend Rekruten ...«

»Holt eure Regimenter nach Hause, dann habt ihr Truppen die Menge!«

»Hoch der Kaiser!«

»Hoch de Valéra!«

»Hoch Sinn Féin!«

»Diese Uhr da hinter mir«, hob der Redner wieder an, »diese Uhr zeigt die Tapferkeit unserer irischen Truppen an, die Opferbereitschaft tapferer junger Männer, die ihr Leben ...«

»Nieder mit der Uhr! Sie ist eine Schande für Galway!«

Das schien ein vereinbartes Zeichen zu sein. Pötzlich schlugen überall auf dem Platz die Frauen die Schals zurück, um Armfreiheit zu haben, öffneten ihre Körbe und begannen, mit Eiern nach den wehrlosen Männern auf der Plattform zu werfen. Sie trafen nicht schlecht, und der Redner und seine Begleiter wischten sich das eklige Zeug vom Gesicht und drehten sich zur Seite, um den nächsten Geschossen auszuweichen. Dann war plötzlich Pat Flanagan auf der Kühlerhaube des Lastwagens und rief:

»Los, Leute, reißt sie nieder! Verbrennt sie! Wir haben schon viel zu lange gewartet!«

Eine Trillerpfeife ertönte, und im nächsten Augenblick verwandelte sich die Menge in ein Gequirl wirbelnder Knüppel. Die Polizei drosch mit ihren Schlagstöcken wahllos auf Köpfe ein, und die Männer mit ihren Eschenstöcken prügelten ebenso entschlossen auf die Polizei ein. Tante Jack, mit dem Rücken an die Wand gedrückt, sagte zu Nicholas:

»Wird's nicht Zeit für uns zu verschwinden? Da du grade erst aus dem Gefängnis kommst, ist es vielleicht besser, wenn wir uns hier raushalten.«

»Ach, für'n Augenblick geht das noch. Ich will mir das mal ansehn.«

Zwei Polizisten rannten vorbei wie Hunde bei der Jagd, schnaufend und die Knüppel schlagbereit in der Hand. Nach ihnen kam mit langsamem Schritt der Kreisinspektor, er wirkte aber dennoch sehr aufgeregt. Er blieb bei ihnen stehen und sagte mit gedämpfter Stimme:

»Sehn Sie lieber zu, daß Sie wegkommen, Mr. de Lacy. Es wird noch rundgehn hier. Wir werden einige Verhaftungen vornehmen.«

»Ja, natürlich. Mr. Hildebrand – er ist schon lange hier. Ich traf ihn immer im Club, als ich da noch verkehrte. Ein anständiger Kerl.«

Molly faßte Nicholas am Arm und versuchte ihn fortzuziehen, aber sie brachte ihn nicht von der Stelle. Sie ließ ihn nicht los, lockerte aber ihren Griff und sah zu, wie die Männer auf der Plattform sich darein fügten, sich kein Gehör verschaffen zu können, und über den Stufentritt vom Lastwagen stiegen. Niemand griff sie an, obgleich das, als sie den Gehweg zum Hotel überquerten, ein leichtes gewesen wäre. Sobald sie drinnen waren, wurden die schweren äußeren Türen zugeschlagen. Kurz darauf erschien Pat Flanagan, begleitet von Tom, auf einem Fenstersims im zweiten Stock des Hotels, auf gleicher Höhe mit dem Ziffernblatt der Uhr. Tom richtete sich auf, hoch über der Menge, und Pat hielt ihn an den Knien fest. Alle Augen waren jetzt auf sie gerichtet. Ein staunendes Seufzen ging durch die Menge wie ein leichter Wind. Tom beugte sich vor und riß mit einer gewaltigen Anstrengung eine Latte aus dem Holzkasten, der den Rahmen für die Uhr abgab. Dann reichte ihm Pat nacheinander ein paar zusammengeknüllte Zeitungen, die er in die entstandene Öffnung des Kastens fallen ließ. Als nächstes richtete Tom sich wieder auf und zündete ein Streichholz an, wobei er so sehr wie ein Zirkusartist wirkte, daß mehrere Zuschauer in begeisterte Zurufe ausbrachen. Er schützte die Flamme in den Handtellern und warf das Streichholz dann behutsam in die Öffnung. Eine orangefarbene Flamme schoß auf und erfaßte sofort das Ziffernblatt. Tom ging in die Hocke und brachte sich durch das Fenster wieder in Sicherheit. Tante Jack sagte:

»Das Papier muß mit Öl getränkt gewesen sein. Hoffentlich verschwindet er durch den Hintereingang. Ich schätze, daß er da drin ein paar Freunde hat, die ihm helfen.«

Polizisten hämmerten an die Hoteltüren, die sogleich aufgemacht wurden, und ein Dutzend von ihnen stürmten hinein. Inzwischen stand das gesamte Holzgerüst der Uhr in Flammen, die so viel Hitze abgaben, daß die nächstliegenden Fensterscheiben zersprangen. Die Menge lichtete sich. Männer und Frauen mit blutigen Köpfen begannen durch enge Seitenstraßen zu laufen, die in noch engere Straßen führten, wo sie sich sicher genug fühlten, um zu verschnaufen. Mr. Hildebrand kam durch die Menge gerudert und sagte eindringlich zu Nicholas:

»Ich hab Ihnen doch gesagt, verschwinden Sie. Schnell.«

312

Nun endlich sagte Nicholas, als wäre es seine eigene Idee:
»Kommt mit. Es ist besser, wir gehn.«

Hier und da wurden Leute verhaftet, bekamen Handschellen angelegt oder wurden durch jeweils zwei Polizisten abgeführt. Über die Schulter sah Molly mit einem einzigen entsetzten Blick, daß zwei Polizisten auf sie zukamen, dann aber auf ein Zeichen von Mr. Hildebrand stehenblieben. Gleichzeitig nahm sie wahr, daß mehrere Polizisten Pat Flanagan über den Gehweg am Hotel mehr trugen als führten. Sein Kopf hing auf die Brust, und er taumelte und hielt sich eine Schulter mit der Hand.

Sie gingen rasch die kurze Kurve der Straße hinunter, dann über den großen Kartoffelmarkt und am Kanalufer entlang, bis sie auf dem kleinen Platz vor dem Gerichtsgebäude anlangten. Schnell fuhren sie von dem Platz herunter, über die Brücke, um das Gefängnis herum, am Jacht Club und der Universität vorbei, und dann waren sie auf der Landstraße nach Moycullen. Endlich fühlte Molly sich sicher. Die andern zwei schienen gänzlich unberührt. Wie machten sie das nur? Beide zeigten sie keinerlei Erregung, als wären solche Dinge das Alltäglichste von der Welt. Sie holte Luft und begann:

»Aber seid ihr nicht – habt ihr nicht das Gefühl . . .«

Sie ließen ihr Zeit, diese Frage in Worte zu fassen, doch es hätte lächerlich geklungen. Nach einer Weile sagte Tante Jack:

»Gott sei Dank sind wir heil davongekommen. Nicholas, der Mann hatte recht. Du hättest da gar nicht erst hingehn dürfen.«

Dann lachte sie leise, als wäre das alles ein großartiger Witz. Nicholas sagte:

»Es war herrlich, zu sehen, was für ein Kampfgeist in diesen Menschen steckt; und wie sie lachen können.«

»Aber wird das was nützen? Eier sind keine sehr wirksame Waffe.«

»Wenn dasselbe anderswo auch passiert, und wenn jeder das Gelöbnis unterschreibt, und wenn am Dienstag der Streik durchgehalten wird, dann wird das sehr wohl etwas nützen, davon bin ich überzeugt.«

Wenige Tage später kam Nicholas aus Galway mit der Nachricht zurück, daß das Inkrafttreten der allgemeinen Wehrpflicht verschoben worden sei, wenn auch nur für einen Monat. Die Amerikaner habe man behutsam anfassen müssen, und die neue deutsche Offensive bringe die Engländer in die Zwangslage, so viele Männer wie möglich einzuberufen.

»Warum denken die bloß, daß sie die aus Irland kriegen können?« sagte Nicholas. »Die scheinen nie zu begreifen, daß Irland ihnen einfach nicht gehört.«

»Und was wird jetzt geschehn?«

»Die Rekrutierungsversammlungen gehen weiter, aber die Jungens, die vielleicht aus Spaß an der Sache mitgemacht hätten oder weil sie gedacht haben, sie müßten, haben jetzt Angst davor. Die Sinn Féin Clubs haben sich die Burschen vorgeknöpft und ihnen erzählt, wie es da drüben in Frankreich ist. Ich habe Pat seit dem Tag der Versammlung nicht mehr gesehn. Möchte wissen, was ihm passiert ist.«

Molly sagte:

»Ich hab vergessen, es dir zu sagen – ich wollt es gleich tun, als wir nach Hause kamen. Ich hab gesehn, wie er verhaftet wurde.«

»Du hast es gesehn und mir nichts gesagt?«

»Ich hab's vergessen – wahrscheinlich wollt ich es vergessen – es war so ein furchtbarer Tag – all diese Menschen, die geschlagen wurden, der Ton der Knüppel auf den Köpfen und die schrecklichen Gesichter der Frauen, als sie mit den Eiern warfen, obwohl sie kurz davor noch so ruhig waren.«

»Ich muß versuchen herauszufinden, wo er ist. Viele von den Gefangenen sind nach Cork gebracht worden, obwohl ich nicht weiß, warum. Überfüllte Gefängnisse wahrscheinlich. Martin Thornton wird sich freun über solche Gesellschaft.«

»Wie konnt ich das nur vergessen? Es ist ungeheuerlich.«

»Hast du Angst gehabt bei der Versammlung?«

»Vielleicht hätt ich welche haben sollen, aber es war so aufregend, daß ich erst hinterher Zeit hatte, darüber nachzudenken.«

»Die Männer erleben das auch alle so, sagen sie.«

»Und wie ist es bei dir?«

»Ich kann jetzt keine Angst mehr empfinden. Ob Tante Jack Angst hatte?«

»Die hat vor gar nichts Angst«, sagte Molly überzeugt. »Ich dachte, daß es ihr Spaß gemacht hat. Ich kann sie mir ängstlich gar nicht vorstellen. Nicht mal Papa gegenüber.«

»Wo steckt der denn heute abend?«

»Ich hab keine Ahnung. Ist mir auch egal. Hauptsache, er ist aus dem Haus. Er hat das Pony und den Wagen genommen, also ist er wahrscheinlich in Galway. Du kannst sicher sein, daß er zum Abendessen wieder da ist. Er sagt, das Essen zu Hause sei in letzter Zeit viel besser als im Club.«

»Ich mach mir Sorgen um ihn. Irgendwie hat er sich verändert. Er sieht kleiner aus oder schwächer. Ich kann's nicht genau benennen.«

»Für mich sieht er einfach nur noch niederträchtiger aus.«

»Es tut mir immer weh, wenn du so über ihn sprichst, so lieblos. Ich glaube, es bedrückt ihn irgendwas.«

»Ich weiß nicht, wie wir rauskriegen sollen, was mit ihm los ist«, sagte Molly und verkniff sich die bitteren Worte, die sich ihr auf die Lippen drängten. »Tante Jack vertraut er sich auch nicht an. Vielleicht spricht er mal mit dir. Dich kann er wirklich immer noch am besten leiden.«

Henry kam nicht zum Abendessen nach Hause, aber sie hörte, wie er das Pony sehr spät in den Stall brachte, sie waren alle schon zu Bett gegangen. Auch mehrere Tage danach war er tagsüber nicht da und gab nicht einmal andeutungsweise eine Erklärung dafür. Dann vergaßen sie ihn alle über den aufregenden Nachrichten, die Luke eines Abends mitbrachte. Molly und Nicholas saßen gerade im Wohnzimmer, als Tante Jack ihn fast zu ihnen hineinstieß. Er stand neben der Tür, die Tweedmütze in den Händen, nervös mit dem Knopf spielend, während er mit seiner hohen Singsangstimme sprach:

»Ein deutscher Angriffsplan, Sir – so nennen sie's. Ich hab's eben grade von meinem Vetter in Moycullen gehört.«

»Von dem, der in der Kaserne arbeitet?«

»Ja, Joe Dolan, der Sohn meiner Tante. Es wär der Befehl aus-

315

gegeben worden, eine Menge Verhaftungen vorzunehmen. Sie stehn auf der Liste, Sir, und ich auch, und da wollt ich mal fragen, was wir machen sollen. Fliehen?«

»Was für ein deutscher Angriffsplan soll das sein?«

»Erinnern Sie sich an diesen Burschen namens Dowling, der auf einer Insel oben in Connemara angespült wurde und von der Polizei mitgenommen werden mußte? Jetzt heißt es, er wäre rübergeschickt worden mit der Nachricht, daß eine gewaltige deutsche Armee im Anmarsch wäre, und sie sagen, er wär in Casements Brigade gewesen. Das stimmt auch, aber die Deutschen haben in diesem Augenblick ganz sicher keine gewaltige Armee übrig, die sie irgendwo hinschicken können.«

»Wir haben ihn doch aber gar nicht erwartet. Kein Mensch wußte irgendwas von ihm.«

»Na ja, aber wen kümmert das schon? Joe sagt, das Castle wär am Durchdrehn, weil im ganzen Land alle Rekrutierungsversammlungen gesprengt werden. Jeder, der in letzter Zeit eine Rede gegen die Einberufung gehalten hat, soll verhaftet werden. Er meint, wir hätten keine Chance.«

»Wann soll es losgehn mit den Verhaftungen?«

»Sie sollen noch weitere Befehle abwarten. Es kann noch ein paar Tage dauern, vielleicht sogar eine Woche. Es ist Blödsinn, wenn wir uns beide verhaften lassen, Sir. Wer soll denn hier den Laden schmeißen? Und so verrückt bin ich auch nicht aufs Gefängnis – ich bin da schon mal gewesen. Wenn wir beide uns verdünnisieren, kann ich mich hier in der Nähe verstecken und abends kommen und nach dem Rechten sehn. Ich werd alles machen, was Sie wollen, Sir.«

»Hast du einen sicheren Platz, wo du hin kannst?«

»Den hab ich, Sir, aber ich sag ihn lieber nicht, nicht mal Ihnen.«

»Siehst du Joe noch mal?«

»Ganz bestimmt, und er wird mich rechtzeitig warnen.«

Als er hinausgegangen war, sagte Molly:

»Was wirst du tun? Wo wirst du hingehn?«

»Wir haben mit so etwas gerechnet. Unser Befehl lautet, uns

das nächstemal verhaften zu lassen. Wir haben alle einen Stellvertreter, der für uns einspringt, wenn wir weg sind.«

»Könntest du nicht mit Luke auf die Flucht gehn?«

Sie wollte ihn genau beobachten, ohne daß er es merkte, und so lehnte sie sich in ihrem Sessel zurück und tat so, als bewege sie gedankenverloren ihr Handgelenk, damit das Licht vom Feuer mit den kleinen Diamanten ihres Armbandes spiele, das er ihr geschenkt hatte und das sie, wie er wußte, so liebte. Seine Augen folgten den ihren zu dem Armband, und er nahm ihre Hand und hielt sie, drehte sie dann langsam um, während sein Daumen die Polster ihrer Handfläche streichelte. Es kostete ihn eine enorme Überwindung, diese warme, tröstliche Hand nicht zu drücken, sondern sie still in der seinen liegenzulassen, während sie mit jeder Fiber bewußt seine Liebkosung erfuhr. Dann verriet sie ein leichtes Beben, und im nächsten Augenblick kniete er neben ihr, schloß sie in die Arme und sagte leise:

»Ich bin das auch alles leid. Ich wünschte, ich könnte hierbleiben und brauchte dich nie mehr zu verlassen. Als ich heute nachmittag draußen war, bin ich in den Garten gegangen und hab gesehn, daß die Apfelbäume plötzlich alle erblüht sind und daß die Birnenblüten alle zu Boden fallen. Die Narzissen sind verwelkt, aber die Hyazinthen stehn noch immer in duftender Pracht. Ich möchte mich an all das erinnern können, wenn ich im Gefängnis bin, genau wie das letzte Mal, und wie die zwei großen Pappeln jetzt grade anfangen, das erste bißchen Grün zu zeigen, so daß ihre Gestalt wunderbar zu sehen ist. Man vergißt diese Dinge, Kleinigkeiten, die ich zu normalen Zeiten kaum bemerke. Wenn sie uns bald verhaften, werden sie uns vielleicht nicht lange festhalten. Gut möglich, daß ich wieder zu Hause bin, bevor das Baby geboren wird.«

»Woher weißt du das? Ich wollt's dir nicht sagen – um es nicht noch schlimmer . . .«

»Jetzt hab ich dich erschreckt. Das wollt ich nicht. Du brauchtest es mir nicht zu sagen. Dein Gesicht hat sich verändert. Freust du dich?«

»Natürlich freu ich mich. Ich wünschte, man könnte die Zeit

irgendwie zurückdrehn, damit wir noch mal von vorn beginnen und Frieden haben könnten. Alle sprecht ihr vom nächsten Teil des Kampfes, aber keiner spricht vom Frieden.«

»So weit ist es noch nicht. Mr. Hildebrand hat mir erzählt, es käme noch schlimmer, wir sollten aufpassen, wenn er aus Galway versetzt werde. Es liegt mir wirklich fern, dir mit so was Angst machen zu wollen, aber es gibt ein paar Dinge, die du wissen mußt, um für deine eigene Sicherheit und die Kinder sorgen zu können.«

»Wird Peter Morrow auch verhaftet werden?«

»Ich weiß nicht, was er für Befehle hat; nicht mal, ob er auch auf dieser Liste steht. Lukes Vetter hat nur was über die Leute aus Oughterard und Moycullen gehört. Peter steht vielleicht auf der Liste für Galway.«

Sie hatten noch eine Woche zusammen, bis es geschah. Das Wetter hatte wieder gewechselt, und es war kalt und naß, so daß im Wohnzimmer jeden Abend der Kamin angemacht wurde. Es war so ruhig und warm dort drinnen, daß keiner das Zimmer verlassen wollte. Leiser Regen tröpfelte an die Fensterscheiben. Henry war um zehn zu Bett gegangen, was bei den anderen ein Gefühl der Erleichterung hinterlassen hatte, so daß sie ihre Beschäftigungen wieder aufgenommen hatten, als würde der Abend erst beginnen, statt seinem Ende zuzugehen. Tante Jack hörte den Wagen zuerst. Mit gedämpfter Stimme sagte sie:

»Da draußen ist wer.«

»Macht keine Bewegung«, sagte Nicholas. »Laßt sie die Führung übernehmen. Erwidert nichts auf alles, was sie sagen.«

»Du meinst, wir sollen sie einfach reinkommen lassen und zusehn, wie sie dich abführen?«

»Diesmal ja. So lautet unser Befehl. Das nächste Mal ist es vielleicht anders.«

»Das nächste Mal!«

Stimmen in der Halle näherten sich. Molly und Catherine saßen regungslos da, während die Tür aufging und der Wachtmeister von Moycullen und zwei weitere Polizisten schüchtern hereinblickten. Der Wachtmeister trat vor und sagte:

»Mr. de Lacy, Sir, ich habe Befehl, Sie zu verhaften und nach Galway zu bringen, wo wir Sie im Gefängnis einquartieren werden, bis wir Sie nach Dublin überführen können.«

»Kann ich ein paar Kleidungsstücke mitnehmen?«

»Sicher können Sie das, aber die muß Ihre Frau für Sie holen. Wir haben Befehl, Sie nicht aus den Augen zu lassen.«

»Molly, würdest du das bitte tun?«

Sie ging aus dem Zimmer, langsam, aber sobald sie in der Halle war, fing sie an zu laufen. Dann verlangsamte sie ihren Schritt wieder, ganz bewußt, und setzte ihren Weg fort, als mache sie eine alltägliche Besorgung. In ihrem Schlafzimmer stellte sie etwas Wäsche zum Wechseln zusammen und legte sie sorgfältig in den kleinen Koffer, den Nicholas immer nahm, wenn er allein für ein oder zwei Nächte nach Dublin fuhr. Als sie ins Wohnzimmer zurückkam, schien nichts sich von der Stelle gerührt zu haben. Nicholas stand noch genauso da, wie sie ihn verlassen hatte. Selbst Tante Jack hatte sich an das gehalten, was ihr gesagt worden war, obgleich es ihr schwergefallen sein mußte, den Wachtmeister nicht anzufrotzeln. Nicholas nahm den Koffer und sagte:

»Danke, Molly.« Er küßte sie zart, dann wandte er sich den Männern zu. »Jetzt können wir gehn.«

Ruhig gingen sie alle nacheinander aus dem Zimmer. Vom Wohnzimmer aus hörten die drei Frauen, wie die Haustür auf- und wieder zuging. Dann sprang das Auto an, brummte einen Augenblick und entfernte sich über die Zufahrt, wobei das Geräusch des Motors mit jeder Sekunde leiser wurde, bis es endlich ganz erstarb.

31

Über eine Woche hatte Tante Jack fast dauernd bei Catherine im Zimmer gesessen. Das Haus schien plötzlich totenstill geworden zu sein. Sie vermißte Sarah, die nach Barna gefahren war, um sich um ihre Mutter zu kümmern, die an derselben Grippe darniederlag, die Catherine hatte und die jetzt im ganzen

Land wütete. Sie sehnte sich nach einem Besuch von Peter Morrow. Er war nicht verhaftet worden, war aber aus dem Umkreis von Galway verschwunden und angeblich in Cork. Luke war auch von der Bildfläche verschwunden, kam aber jeden Tag aus seinem Versteck und machte sich auf dem Hof zu schaffen. Eines Nachts schaffte er es, nach Barna zu kommen, um dort James Morrow zu treffen, der im Zuge der Massenverhaftungen gesucht worden war, aber untertauchen konnte und im Schutze der Nacht immer wieder einmal seine Familie besuchte. Luke wartete, bis er Tante Jack an der Hintertür sah, wo sie manchmal vor dem Abendessen ein bißchen Luft schnappte, wenn die Sonne dort herumkam. Rasch ging er über den Hof und sagte:

»Können Sie mit mir zum Stall rüberkommen? Ich hab Angst, im Haus zu sprechen.«

Wortlos folgte sie ihm zum Kutschenstall, wo sie zusammen im Schatten stehen und durch die offene Tür sehen konnten, ob sich jemand näherte. Er sagte ihr, daß er früh an diesem Morgen Sarah gesehen habe.

»Sie sind alle tot, alle drei. Ihr Bruder Paddy war ja noch nie sehr viel, wie Sie wissen, aber der Onkel war ein tüchtiger, kräftiger Mann, der gut für die Landarbeit taugte. Aber da die Mutter auch dahin ist, spielt das jetzt keine Rolle mehr. Ich soll von Sarah ausrichten, daß sie Ende der Woche zurück sein wird. Sie ist dabei, das Haus für ihren Vater herzurichten, falls der je wieder heimkehrt. Es ist ein Jammer, aber es sieht in jeder zweiten Familie genauso aus. Wie geht's Miss Catherine?«

»Ich weiß nicht«, sagte Tante Jack. »Manchmal sieht sie ein bißchen besser aus, aber dann fängt sie wieder an zu phantasieren, und ich weiß nicht, was ich davon halten soll. Der Arzt kann nicht viel für sie tun.«

»Es ist eine verfluchte Krankheit. Sonst sind alle gesund im Haus?«

»Bis jetzt ja. Ich laß keinen zu ihr ins Zimmer, nur ich selber geh rein.«

»Geb Gott, daß ihr's nicht kriegt. Irgendeine Nachricht vom Chef?«

»Seit drei Wochen jetzt nichts mehr. Was hast du sonst Neues gehört?«

»James hat mir erzählt, daß nach einem Spitzel gesucht wird. Über einige Leute ist zuviel bekannt.«

»Haben sie irgendeine Ahnung, wer's sein könnte?«

»Das wollte er nicht sagen, aber es ist jemand, der 'ne ganz schöne Stellung hat und an Orte kommen kann, wo sonst keiner hinkommt.«

»Sei um Gottes willen vorsichtig. Du solltest nicht so offen zu den Feldern runtergehn. Jeder kann dich sehn.«

»Ach, momentan ist alles ziemlich ruhig. Ich wollte Ihnen nur von der armen Sarah erzählen, und daß sie bald zurückkommt. Sie hat ja jetzt nichts, wo sie unterkommen kann, nur bei Ihnen.«

»Sie weiß, daß sie willkommen ist.«

Der Heuschober war voll nach dem herrlichen Sommer, zwei Buchten dicht vollgepackt, das reichte den größten Teil des Jahres für die Kühe. Seit fünfzig Jahren hatte Woodbrook nicht so viel produziert. Der Hafer war auch eingebracht, und ein Feld Steckrüben hatte trotz der langen Dürre einen unerwartet guten Ertrag gebracht. Bald war es Zeit, die Kartoffeln aus der Erde zu holen. Luke sagte zufrieden:

»Wenn der Chef heimkommt, wird er sich nicht beklagen können.«

Nachdem sie die Nachricht über Sarah erhalten hatte, ging Tante Jack zum Haus zurück, wobei sie sich wegen der Dienerschaft bewußt aufrecht hielt. Sie wußte ganz genau, daß sie sie vom Küchenfenster aus beobachteten und auf Anzeichen von Schwäche warteten, um sich selber gehen lassen und in einen Schlendrian verfallen zu können – die dicke Chrissie und dieser kleine Dummkopf Peggy, die bereits angefangen hatte, Winnie Frank Albernheiten in den Kopf zu setzen, was nicht weiter schwer war, da Winnie viel Platz in ihrem Kopf hatte. Als sie die Küche durchschritt, wo das Abendessen fast tischfertig war, sagte Tante Jack unvermittelt:

»Sarah wird nicht vor Ende der Woche zurück sein. Ihre Mutter ist gestorben und ihr Bruder und Onkel auch.« Peggy schrie theatralisch auf. Tante Jack sah ihr streng in die Augen: »Willst du nach Hause gehn?«

»Nein, Ma'am.«

»Dann mach weiter mit deiner Arbeit. Wenn irgendwer sich krank fühlt, muß er's mir sofort sagen. Wascht euch die Hände vor dem Essen, immer. Nehmt nichts mit, wenn ihr zu Besuch nach Hause geht. Peggy, wie geht's deiner Mutter?«

»Der geht's recht gut, Ma'am.«

»Sag ›Gott sei Dank‹.«

»Gott sei Dank.«

Das war Chrissie, die ihren Ton von Tante Jack übernommen hatte und sofort anfing, die anderen herumzukommandieren, so daß Jack die Küche verlassen und nach oben gehen konnte. Oben auf dem breiten Flur begegnete sie Henry. Er war in letzter Zeit ganz und gar nicht mehr der alte Brüllaffe, sondern er schlich gedrückt herum und sah schwach aus. Sie konnte sich nicht erklären, was mit ihm los war. Sein Leben hatte keinerlei Verlust erlitten; nach wie vor machte er seine Ausflüge nach Galway und bekam das Essen, das er so liebte, vorgesetzt, wie es sich für einen Gentleman gehörte, und nicht zu knapp. Nicholas war ihm nicht im Wege, und so hätte er sich eigentlich wie ein König fühlen müssen. Vielleicht hatte er Angst vor der Grippe. Sie traute ihren Ohren nicht, als er sagte:

»Was macht unsere kleine Catherine heute?«

Was, um alles auf der Welt, war das? Eine innere Wandlung vor dem Tod? Unsere kleine Catherine! Und sein Ton war fast sanft. Hoffte er darauf, ihr Schlafzimmer zu kriegen, falls sie stürbe? Hatte er vor, jemanden im Club mit seinem überaus beklagenswerten Zustand zu rühren? Sie sagte spitz:

»Es geht ihr nicht schlechter. Wird aber auch Zeit, daß du mal fragst.«

»Molly hat mich auf dem laufenden gehalten. Ich wollte dich nicht belästigen.«

Auch nicht, wenn er vor ihren Augen verendete, würde sie das leiseste Mitleid mit Henry empfinden. Um ihn auf die Probe zu stellen, sagte sie:

»Ich hab grade erfahren, daß Sarahs Mutter und Bruder und Onkel alle in Barna gestorben sind.«

Blitzschnell kam seine Antwort:

»Dann kann sie nicht wieder hierher zurückkommen – wahrscheinlich hat sie's selber.«

Tante Jack maß ihn von Kopf bis Fuß. Ja, er hatte sich verändert, aber nicht zum Besseren, ganz gleich, was in ihm vorging. Mit gespielter Sanftmut sagte sie:

»Ende der Woche wird sie zurück sein. Es ist schwer, ohne sie zurechtzukommen. Catherine hat kaum ein richtig gedecktes Tablett bekommen, seit sie weg ist. Ich zeig es Winnie immer wieder und lege oft selber mit Hand an, aber sie hat einfach keine Ahnung, wie man so was macht.« Dann kam der Dolchstoß: »Vielleicht könntest du mir ein paar Tage helfen, ihr das Bett zu machen?«

Damit hatte sie ihn in die Flucht geschlagen. Er quasselte etwas davon, daß er vielleicht nicht immer da sei, wenn er benötigt werde, daß sie lieber Winnie bitten solle, daß es Catherine wahrscheinlich gar nicht recht sei, daß ein Mann ihr Bett mache, selbst wenn es der eigene Vater wäre. Dann war er verschwunden, flugs den Korridor entlang und in sein Zimmer hinein, damit sie nur nicht mit noch so einer Idee an ihn herantrete. In wesentlich besserer Stimmung als sie gedacht hatte, ging sie zurück in Catherines Zimmer, verfiel aber sogleich wieder in ihren alten Ernst.

Catherine lag auf dem Rücken, scheinbar die Decke anstarrend, aber Tante Jack wußte inzwischen, daß sie nichts sah als ihre eigenen, sonderbaren Visionen. Als sie dem Arzt davon erzählt hatte, hatte er gesagt, sie sei jung und werde wohl in ein paar Tagen über den Berg sein, und bei Fieber neige nun einmal jeder zum Phantasieren. Nachdem sie sich eine Woche lang Catherines ungereimtes Zeug angehört hatte, bekam Tante Jack das Gefühl, selbst den Verstand zu verlieren. Was wäre, wenn Molly darauf bestünde, ihre Schwester zu besuchen, was ja ihr gutes Recht war; oder auch nur, weil sie dachte, die Belastung könnte zuviel werden für Tante Jack? Das traf tatsächlich zu, und sie gab sich große Mühe, es zu verbergen, indem sie laut und entschieden sprach, grinste wie ein Idiot, als ob nichts auf der Welt sie bekümmerte, und stets ihren Teller leer aß, obwohl ihr das Essen manchmal im Halse stecken blieb. Unter keinen Umständen durfte jemand außer ihr Catherines Zimmer betreten, solange sie in diesem Zustand war. Bis jetzt war Tante Jack das mit dem Vorwand gelungen, es genüge, daß einer der Ansteckungsgefahr ausgesetzt sei. In ihrem Alter, sagte sie, sei sie wahrscheinlich immun, und falls sie sich dennoch anstecke, könne sie immer noch abgelöst werden.

Niemand, der länger als eine Minute bei Catherine saß, konnte mißverstehen, was die klare, kindliche Stimme mit gelegentlichen Variationen wieder und wieder sagte:

»Nicholas, Liebster, mein Schatz, mein Geliebter, ich liebe dich. Nicholas, halt mich fest . . .«

Es gab noch viel mehr, aber in der Hauptsache ging es darum. War das alles Einbildung, oder hatte Nicholas ihr Avancen gemacht? Dies war der Gedanke, der Tante Jack zum Wahnsinn trieb und der sicherlich auch jedem anderen im Hause gekommen wäre, der Catherines Worte gehört hätte. Sie lebten alle unter einem Dach, sahen einander zu jeder Tageszeit. Es war einfach unmöglich, daß das falsche Paar sich vor aller Augen absonderte, ohne daß es aufgefallen wäre. Molly hätte das auf keinen Fall entgehen können.

Aber ihr selber und Tom Gilmore war es einst gelungen. Das war eine andere Geschichte, unter ganz anderen Umständen. Ihre Tochter war jetzt vierunddreißig Jahre alt. Mrs. Kelly, die Frau des Kutschers, schrieb einmal im Jahr, zu Weihnachten. Das Mädchen hatte sich gut gemacht. Sie war Haushälterin in einem großen Haus unweit von Bray, fast gleichgestellt mit einer Gouvernante, und hatte ein eigenes, kleines Wohnzimmer, in dem sie Mrs. Kelly zum Tee empfangen konnte. Wie sonderbar das alles war. Tom war irgendwo in Indien Richter, wahrscheinlich seit langem verheiratet und innerlich bestimmt nicht weniger darüber erstaunt als sie, daß er je zu solchen gefährlichen, verbotenen Dingen fähig gewesen war. Sie wußte immer noch nicht, ob er wußte, was für Folgen das für sie gehabt hatte.

Jack merkte, daß sie an jenen schrecklichen Abschnitt ihres Lebens immer dann dachte, wenn sie gezwungen war, sich mit jüngeren Menschen auseinanderzusetzen. Es gibt eine Zeit in ihrem Leben, in der sie verrückt sind, dachte sie; in der sie voller Leben und Energie sind, sich paaren wollen und von der Natur zu Dingen getrieben werden, die mit Vernunft nicht das geringste zu tun haben. Das ist die Zeit, in der sie am meisten gefährdet sind; kommen sie über die hinweg, ist alles gut. Molly hatte Glück gehabt – bis jetzt. Sie waren zu isoliert. Jeder wußte, daß es falsch war, junge Mädchen so aufzuziehen, draußen auf dem Land, abgeschnitten von menschlicher Gesellschaft und ohne Kontakt zu Leuten der eigenen Klasse. Wenn Catherine sich von dieser Grippe erholte, sollte sie bei erster Gelegenheit nach England geschickt werden. Das würde das beste für sie sein – sie aus dieser Sackgasse herauszuholen, wo Träume blühen und gedeihen konnten, wo Äußerungen ihrer schrecklichen Gedanken schließlich die Dämme des Anstands durchbrechen würden.

Jack konnte nicht stillsitzen. Sie sprang auf und ging zum Fenster, gequält die Hände ringend. Durch eine Lücke in den Bäumen konnte sie den Weg zum Fluß sehen, und da ging Henry mit zwei Rudern auf der Schulter. Merkwürdig, daß er um diese Zeit zum Fluß ging. Vielleicht wollte er die Ruder nur ins Bootshaus bringen und dann gleich zum Abendessen zurückkommen. Seit das Wetter warm und freundlich war, verbrachte er jetzt wieder mehr Zeit auf dem Fluß. Der September war oft noch einmal schön. Sie würde Molly suchen und ihr von Sarah erzählen müssen. Molly war in der letzten Zeit wie ein Stein und zeigte keine Gefühlsregung für irgend etwas oder irgendwen. Jack getraute sich nicht, mit ihr über das neue Baby zu sprechen. Damit würde sie warten müssen. Wenn Nicholas nur vor der Geburt zu Hause sein könnte – aber die Grippe herrschte jetzt auch in den Gefängnissen. Das wußte jeder. Was, wenn Nicholas stürbe? Würde sie dann statt einem zwei verstörte Mädchen in ihrer Obhut haben?

Warum war sie hiergeblieben und hatte das Schicksal dieser Familie geteilt? Warum war sie nicht fortgegangen nach Amerika wie die armen Leute in den Hütten der Umgebung? Sie würde fliegen, vom Boden hochspringen würde sie wie ein Vogel und sich in die Luft erheben, wenn sie sie alle zurücklassen und für lange, lange Zeit allein sein könnte. Das wäre Glück, Befreiung. Sie wußte, daß sie das tun konnte, wenn sie wirklich wollte. War ihr denn wirklich etwas an ihnen gelegen? War es Sorge um die Familie oder um die Armen, was sie hier hielt? Sie wußte sehr gut, daß sie von den darbenden Katholiken ringsum niemals um Rat angegangen worden wäre, wenn sie selber zur Kirche ginge. In die Kirche zu gehen, galt zwar als tugendhaft, wäre aber auch als ein Zeichen ihrer Solidarität mit ihrer eigenen Klasse aufgefaßt worden, als Beleg dafür, daß man ihr letztlich doch nicht ganz trauen konnte. Ihre Unabhängigkeit wurde durch die Tatsache bewiesen, daß der Priester es seit langem aufgegeben hatte, irgendein Mitglied der Familie zum Gottesdienst zu bewegen. In politischer Hinsicht war sie ebenfalls ungebunden wie die Luft. Ihre Eltern hatten es stets verstanden, die irische Politik zu ignorieren, indem sie sagten, sie stelle überhaupt kein Problem dar: Irland sei ein Teil von England, sei es immer gewesen. Die Iren seien unverbesserlich rückständig und würden es für immer bleiben. Aber obwohl Jack wußte, daß sie unwissend waren, sah sie doch auch, daß ihre Rückständigkeit nicht ihre eigene Schuld war. Manchmal erzählten die Bauern ihr widerstrebend haarsträubende Geschichten von den alten Gutsherren, als diese noch ihre Glanzzeit hatten; von Auspeitschungen und Erhängungen, von Vertreibungen und Verhaftungen, alles Dinge, die eine noch lebende Generation erfahren hatte. Ihre Familien haßten diese Geschichten und versuchten die Großeltern am Erzählen zu hindern, denn es war ihnen peinlich, daß Jack hörte, wie ihre eigene Klasse dadurch verdammt wurde, aber sie war dankbar für diese Geschichten, denn sie vermittelten ihr Wissen und Einsicht in ihren Standpunkt. Manche kannte sie aus eigener Erfahrung, brutale Vertreibungen und Verfolgungen unschuldiger Menschen, aber die älteren Geschichten hatte man ihr natürlich vorenthalten. Mittlerweile vertrauten ihr die Leute, und das war der wahre Grund, warum sie sich verpflichtet fühlte, bei ihnen zu bleiben. Wenn sie jetzt fortginge, würde es überhaupt niemanden mehr geben, der etwas für sie tat. Von Henry war jedenfalls nicht viel zu erwarten.

In Wahrheit war sie also überhaupt nicht frei. Zwischen dieser und der nächsten Woche wurden vier Babys erwartet – der September war immer der große Monat für Babys –, und wenn es Jack nicht gäbe, würden diese Mütter niemanden haben, der sich um sie kümmerte, denn in jedem Haus war die Grippe, und alle hatten genug mit sich selber zu tun. Die Gemeindeschwester hatte seit Wochen niemand mehr gesehen. In allen möglichen persönlichen Dingen war Tante Jack der Ratgeber der ganzen Nachbarschaft geworden, zum Teil auch wegen ihres dummen Spiels mit der Wahrsagerei vor langer Zeit. Sie war allzu gut darin gewesen und hatte die zweimal wöchentlichen Sitzungen allmählich in Beratungsstunden zu Fragen der Gesundheit, des Berufs und der Landwirtschaft umgewandelt. Es wurde ihr der Platz eingeräumt, den die Frau eines gütigen Gutsherren eingenommen hätte und den die alte Alice Connolly in ihren jüngeren Jahren innegehabt hatte – eine Art weiblicher Dorfhäuptling. In Schulnähe machten der Schulmeister und seine Frau dasselbe, und Vater Morrissey und sein Vikar waren ewig dabei, Briefe und Empfehlungsschreiben zu verfassen und Streitigkeiten zu schlichten.

Winnies Ankunft mit einer Tasse Kraftbrühe für Catherine zwang Tante Jack, sich wieder ins Zimmer zurückzuwenden. Winnie hatte die gräßliche Angewohnheit, mit einer Ecke des Tabletts an die Tür zu bumsen, statt anzuklopfen. Tante Jack nahm ihr das Tablett ab und zischte sie so an, daß Winnie jammernd durch den Gang davonrannte. Catherine war jetzt still, den Mund zusammengekniffen wie eine alte Frau, und ihre Gesichtsknochen traten hervor, so daß sie aussah wie Mutter während ihrer letzten Krankheit. Jack hatte damals eine Woche freibekommen, um an Mutters Sterbebett zu sitzen. Mrs. Hardwicke, ihre Arbeitgeberin zu der Zeit, hatte gesagt:

»Nanny kann die Kinder für eine Woche nehmen, Miss Gould, aber länger geht's wirklich nicht. Sie müssen's in einer Woche hinter sich gebracht haben.«

Mutter war vor Ablauf jener Woche gestorben, also ging das in Ordnung. Sie erinnerte sich, daß Henry sich geweigert hatte, ihr irgendwie zur Hand zu gehen; das sei Frauenarbeit, hatte er gesagt, nichts für Männer. Warum erinnerte sie sich an so viele dieser häßlichen Kleinigkeiten? Es würde bestimmt besser sein, sie zu vergessen.

Sie richtete Catherine auf, stopfte ihr ein Kissen in den Rükken, kniete sich neben dem Bett auf den Boden und fütterte sie langsam und vorsichtig, froh, daß sie schließlich jeden Löffelvoll schluckte. Bei dem bevorstehenden Winter würde es lange dauern, bis Catherines Gesundheit wiederhergestellt wäre. Man sagte, der Krieg werde bald zu Ende sein, und das hieß vielleicht, daß man die Männer aus dem Gefängnis entlassen würde. Dann würden sie den Kampf aufs neue beginnen. Das war ihr Plan, und sie wußte, daß sie sich daran halten würden. Luke hatte ihr erst gestern gesagt, daß sie jede Waffe im Land sammeln würden und nicht eher aufhören wollten, als bis jede Spur britischer Herrschaft hinweggefegt sei. Nun, wenn sie es schafften, hatte sie bestimmt nichts dagegen. Sie hatte nur Angst, daß ihr noch einmal die Aufgabe zufallen könnte, Molly zu sagen, daß ihr Mann tot sei. Wie sollte sie das fertigbringen? Sie seufzte auf vor Schmerz, so laut, daß Catherine die Augen öffnete und sie mit diesem furchtbaren, leeren, fragenden Blick ansah. Der einzige Mann, den sie als Stütze hatte, mußte sich im Heu verstekken und konnte jeden Tag entdeckt und fortgeschleppt werden. Henry war schlimmer als unnütz. Der Rest ihres Haushalts bestand aus dummen Frauen, von denen jetzt, da Sarah fort war, keine eine zuverlässige Hilfe darstellte. Wie lange konnte das alles noch weitergehn? Was würde sie machen, sollte Catherine sterben? In diesem Augenblick schien sie ihr so schlecht auszusehen wie noch nie.

Ein Welle bitterer Auflehnung stieg in ihr hoch, und sie erhob sich steif und ging zum Fenster. Henry kam zurück, na sicher. Er hatte die Ruder nicht mehr auf der Schulter. Er ging irgendwie komisch, mit zurückgeworfenem Kopf um sich äugend wie ein Wiesel, ruckartig, sehr sonderbar. Was hatte er getrieben?

Ganz plötzlich wußte sie es. Weder Karten noch Teeblätter waren nötig für Henry. Es war so klar, daß sie sich nicht erklären konnte, warum es ihr bis jetzt entgangen war. Vielleicht waren es Lukes Worte von einem Spitzel mit Zugang zu höheren Orten, die während der letzten ein oder zwei Stunden still in ihrem Gehirn gearbeitet hatten. Was auch immer der Grund sein mochte, sie war sich jetzt über Henry ziemlich im klaren. Sie beobachtete, wie er den Weg heraufkam, dann den Kies zur Treppe hin überquerte, wo er innehielt, um zum Fluß zurückzublicken. Dann drehte er sich rasch um und verschwand unter dem vorspringenden Dach, so daß sie ihn nicht mehr sehen konnte.

32

Catherine erholte sich sehr langsam. Es wurde Weihnachten, und sie war immer noch nicht fähig, vor Mittag herunterzukommen, und ziemlich bald nach dem Essen ging sie wieder in ihr Zimmer. In einem verzweifelten Versuch, sie aufzumuntern, begann Molly Weihnachtsgeschenke für Samuel zu machen. Alte Stoffreste stopfte sie mit Sägemehl aus und bat Catherine, ihr dabei zu helfen, aber bald sah sie den verächtlichen Zug um den Mund ihrer Schwester und gab auf. Zu Sylvester kam Catherine überhaupt nicht herunter, und Molly sagte zu Tante Jack:

»Was hat sie nur? Das möcht ich mal wissen. Ist sie mir böse, weil ich sie nicht besucht habe, als sie krank war?«

»Ich hab ihr gesagt, daß das an mir lag.«

»Was kann denn dann sonst in sie gefahren sein? Ist das bei andern auch so, daß sie sich durch diese Grippe so sehr verändern?«

»Ich hab den Arzt gefragt. Er sagt, daß viele Leute danach niedergedrückt sind und daß wir sie beobachten und aufpassen sollen, daß es nicht zu schlimm wird. Ich weiß nicht, was er damit meint, denn er sagt, außer ihr ein Stärkungsmittel zu geben, könne er nichts tun. Er hofft, daß davon auch ihr Husten weggeht, aber davon ist noch nicht viel zu sehn. Sie ist an allem so uninteressiert. Sie will nichts von den Familien wissen, die sie immer besucht hat. Kein einziges Mal hat sie sich nach den Hernons oder den Joyces oder den Maddens erkundigt, obgleich die fast jeden Tag wen vorbeischicken, der fragt, wie's ihr geht.«

»Und was käme sonst in Frage? Hast du irgendeine Ahnung, was ihr fehlen könnte?«

»Nein, nein, nein. Hör auf, mich zu löchern. Wie soll ich denn das wissen? Ich bin schon froh, daß du wieder vernünftig reden kannst. Ich hab schon Angst gehabt, ich würde von euch beiden kein sinnvolles Wort mehr hören.«

»Kein Wunder.«

Ihr Ton war gereizt, und sie sah, daß Tante Jack ihr einen sonderbaren Blick zuwarf, dessen tiefere Bedeutung ihr rätselhaft blieb.

Molly hängte sich eine lange, wollene Pelerine um, so daß sie gegen den heftigen Wind geschützt war, und machte sich zu Fuß auf den Weg zu den Hernons. Darüber würden sie alle sich freuen, denn sie waren einst die liebsten Sorgenkinder Catherines gewesen. Zumindest würde es etwas Gesprächsstoff liefern, sofern Catherine sich aufrappeln würde, um zum Essen herunterzukommen. Ihr Weihnachtsfest war gräßlich gewesen, obwohl es hoffnungsfroh hätte sein sollen, da der Krieg nun endlich aus war. Aber die Stimmung war vergiftet – Henry machte gehässige Witze über die Zeit des guten Willens, die arme Sarah war natürlich oft in Tränen aufgelöst, Bridget verkündete, sie wolle nach Amerika gehen, Catherine starrte düster vor sich hin, Chrissie murrte über die vielen Armen, die an die Hintertür kamen und etwas zu futtern haben wollten, Tante Jack fummelte mit ihren Schmetterlingen herum, was immer ein schlechtes Zeichen war, und Henry klapperte mit den Kugeln seines Brettspiels, bewußt die andern damit ärgernd, wann immer eine Gesprächspause entstand. Man fühlte sich wie in einer Falle in diesem Haus. Molly war froh, hinauszukommen in die saubere, beißende Luft, die so kalt war, daß sie sofort ein Prickeln auf ihrer Gesichtshaut spürte. Sie schlang die Pelerine eng um sich, und darunter hing an ihrem Arm der Brotkorb für die Hernons. Als sie am Hoftor vorbeiging, kam Luke mit dem alten Pony heraus, das er an den kleinen Karren gespannt hatte, um Torf für die Kaminfeuer zu holen. Über einem blauen Seemannspullover und einer dicken selbstgemachten Hose trug er eine abgerissene, selbstgemachte Jacke, die, wie in letzter Zeit alle seine Sachen, voller Heu war. Fröhlich rief er:

»Ein herrlicher, frischer Tag, Ma'am! Bald haben wir wieder Frühling.«

Er ließ das Pony stehen und kam, um ihr das Gatter zur Koppel aufzumachen, so daß sie den Abkürzungsweg zur Landstraße nehmen konnte. Als sie hindurchging, fragte er mit gedämpfter Stimme:

»Was Neues vom Chef?«

»Schon seit drei Wochen nichts mehr.«

Er äußerte sich nicht dazu und sagte nur:

»Halten Sie sich an die Mauer, wenn Sie durch die Koppel gehn, Ma'am. In der Mitte ist alles naß vom Regen.«

Nicholas hatte gesagt, im nächsten Sommer würde er die Koppel ordentlich entwässern. Das würde ein ganz schönes Stück Arbeit sein. Von der Mitte aus mußte bis zum anderen Ende ein Durchstich angelegt werden und dann ein Abzugsgraben zum Weg hinunter, von wo das Wasser in den Bach geleitet werden konnte, der dem Haus den Namen gab. Sie kletterte schwerfällig über den Mauertritt, ging an der Koppelmauer entlang, folgte dann dem Weg, der neben dem Bach herlief, und gelangte so auf die Landstraße. Die überquerte sie und kam auf eine schmalere Straße, die den Berg hinaufführte. Im Winter war Woodbrook mit seinen alten gelben, vom Netz der Kletterpflanzen überzogenen Mauern von dort oben durch die kahlen Äste der Bäume zu sehen. Der kalte, graue Himmel filterte das letzte Tageslicht, so daß es schon jetzt fast dunkel war. Sie würde die lange Zufahrt zurückkommen müssen, wenn sie zu lange bliebe, ein guter Grund, um die Sachen bei den Hernons nur abzugeben und gleich wieder zu verschwinden.

Mike Hernon sah sie den Berg heraufkommen und ging in die

Hütte, um seine Frau zu warnen, was bedeutete, daß eine Schar Hühner herausgescheucht wurde, hinter denen krachend die Halbtür zuschlug, als Molly kurz davor stand. Dann erschien Mike wieder, um sie hineinzugeleiten, während seine Frau mit der Schürze einen Stuhl abwischte und ihn auf den Ehrenplatz stellte, ans Feuer, ein wenig seitlich und schräg zur Tür, so daß der Besucher das Vergnügen hatte, hinausschauen zu können. In jeder Ecke der Küche lauerten Kinder, aber Molly dankte Gott, daß kein Schwein da war. Mrs. Hernon saß an ihrem gewohnten Platz auf der Kaminleiste, die bloßen Füße in der warmen Asche.

»Wolltest du ihr nich 'ne Tasse Tee machen, Mary?« sagte Mike leise.

»Ach, was will die mit Tee? Hat sie davon nich genug zu Hause?«

Mike senkte verlegen den Kopf bei dieser Grobheit und bückte sich, um den Kessel mit dem Wasser tiefer zu hängen, das sogleich sanft zu summen begann. Molly beeilte sich zu sagen:

»Ich hab nicht so viel Zeit, um auf den Tee zu warten, es wird schon so dunkel. Ich wollte mich bloß vergewissern, daß ihr alle wohlauf seid.«

»Wohlauf? Ach, du meine Güte!« sagte Mrs. Hernon laut. »Zwei von den Kindern liegen drin im Zimmer und geben keinen Mucks von sich, und keiner weiß, ob sie durchkommen, und grade eben hat Packy gesagt, daß er Kopfschmerzen hat und sich zu den andern legen will. Wenn die Krankheit erst mal im Haus ist, hört sie erst auf, wenn sie's leergefegt hat.«

Plötzlich brach sie in lautes Wehgeschrei aus, wie ein Baby, warf mit offenem Mund den Kopf zurück, und dicke Tränen liefen ihr über die runden Backen. Ihr Mann legte ihr den Arm um die Schultern und sagte leise, wieder und wieder:

»Nu beruhig dich doch, komm, sei lieb und beruhig dich.« Sie nahm keine Notiz von ihm, bis er sie kräftig schüttelte: »Hör auf, Mary! Miss Molly sieht dich doch. Du bringst sie ganz durcheinander. Denk daran, daß sie ein Kind kriegt.«

Mary hörte so plötzlich auf wie sie angefangen hatte und starrte Molly mit großen, runden braunen Augen wütend an.

Molly konnte ihren boshaften Gesichtsausdruck in der zunehmenden Dunkelheit der Küche kaum erkennen.

»Und was ist dabei, wenn ich sie durcheinanderbringe?« sagte Mary mit ihrer lauten, kräftigen Stimme. »Den Reichen ist doch wurscht, wie's unsereins geht. Die haben doch sowieso schon immer von allem das Beste. Die und ihre Schwester, das kleine Ding, das aussieht, als könnt es kein Wässerchen trüben, die phantasiert in ihren Anfällen den ganzen Tag von ihrem eigenen Schwager, und dann die da hier, sitzt auf ihrem Stuhl wie auf glühenden Kohlen und sagt, sie trinkt unsern Tee nicht, weil sie Angst hat, er wär vergiftet . . .«

»Halt den Mund!« Mike gab ihr eine kräftige Ohrfeige, so daß sie sich zusammenkrümmte und in ihre offenen Hände brüllte, während er verzweifelt zu Molly sagte: »Das arme Geschöpf ist halb wahnsinnig, wegen der Kinder. Sie müssen gar nicht auf sie achten. Sie ist wirklich nicht ganz bei Trost. Sie meint es eigentlich gar nicht so.«

Molly war aufgestanden, wie vor den Kopf geschlagen, und sah Mrs. Hernon entsetzt an. Dann fühlte sie, wie Mike sie sanft beim Arm nahm und zur Tür führte. Der Kessel sang jetzt laut, und bald würde das Wasser kochen. Es dunkelte stark, eine tote Welt, in der die Kerzen noch nicht angezündet waren und die Hütten und Mauern zu weichen Massen verschmolzen, furchterregend fremdartig und trostlos, unnatürlich still.

»Ich kann nicht mit Ihnen gehn«, sagte Mike an ihrer Schulter. »Ich hab Angst, sie allein zu lassen. Kommen Sie allein klar?«

»Ja, ja, ich komm schon klar.«

Immer noch sprach er nervös weiter:

»Und wir sind dankbar für den Brotkorb. Ich bring ihn morgen zurück. Gott segne Sie und die Ihren.«

»Ja, ja, lassen Sie sich nur Zeit, es eilt nicht.« Einem plötzlichen Impuls folgend, rang sie sich zu der Frage durch, deren Worte ihr wehtaten: »Was hat Ihre Frau gemeint, als sie sagte, meine Schwester phantasiert von ihrem Schwager?«

»Das müssen Sie nicht für ernst nehmen, sie phantasiert selber.«

»Nein, das tut sie nicht. Es war ihr ernst. Was hat sie gemeint?«

»Fragen Sie mich nicht, Miss Molly. Wie können Sie mich das fragen?«

»Ich muß wissen, was sie gemeint hat. Da sie's nun mal gesagt hat, muß ich's wissen.«

»Irgendwelches Geschwätz, das Winnie Frank mitgebracht hat«, sagte er ärgerlich. »Ich kam dazu, als sie gestern oder vorgestern miteinander tuschelten.«

»Wissen Sie, was dahinter steckt?«

»Sie sollten mich wirklich nicht fragen.«

»Ist mein Mann also tot? Wissen alle außer mir, daß er tot ist? Ist es das, was sie meint?«

»Oh, Gott! Nein, das ist es ganz und gar nicht.«

»Dann wissen Sie, was es ist.«

»Ich weiß, was sie gesagt haben, ja, aber ich würde mir den Mund verbrennen, wenn ich's Ihnen weitersagte. Es war übles Geschwätz. Es hat nichts zu bedeuten. Die Frau ist verstört.«

Daraufhin drehte er sich um und ließ sie stehen, so daß sie merkte, daß es keinen Sinn hatte, weiter in ihn zu dringen. Übles Geschwätz; über Catherine und Nicholas? Das sah Catherine ähnlich, wahrhaftig, Catherine, die vor langer Zeit versucht hatte, sie alle an Henry zu verraten, Catherine mit ihrer weichen, sanften Tour und ihrem heimlichen, habgierigen Wesen, Catherine mit ihren guten Taten, so daß man denkt, sie könne kein Wässerchen trüben. Wie untrüglich Mrs. Hernon und ihresgleichen sie durchschauten!

Sobald sie sich ein Stück von der Hütte entfernt hatte, begann Molly zu rennen, den Berg hinunter zur Landstraße, über diese hinweg und dann den Weg entlang, der zum Koppelgatter führte. Hier verlangsamte sie ihren Schritt. Das Herz schlug ihr im Halse, und das Baby hing ihr im Bauch wie ein totes Gewicht. Sie wußte, daß es töricht gewesen war zu rennen, aber etwas Tierisches in ihr wollte zurück zu seinem Bau, wo sie im Dunkeln liegen und über das nachdenken konnte, was sie gehört hatte. Nicholas und Catherine. Das war doch Wahnsinn. Es konnte nicht wahr sein. Gott würde so etwas nicht zulassen. Gott? Sie dachte schon jahrelang nicht mehr an Gott, etwa seit der Zeit, als sie sich geweigert hatte, weiterhin in die Sonntagsschule zu gehen, wo die raffzahnige May Burke über ihn geschwafelt hatte. Die kirchliche Trauung war halb wie im Traum über sie hinweggegangen, obwohl sie sich erinnerte, daß dabei von Gott die Rede gewesen war. Würde ihr denn immerzu alles weggeschnappt werden? Wenn Nicholas nicht weit weg in dem englischen Gefängnis stürbe, sollte er dann statt dessen von Catherine geschluckt werden, bloß um zu beweisen, daß Molly niemals etwas haben sollte, sich niemals einer Sache sicher sein durfte, niemals geliebt werden würde? Aber Nicholas liebte sie doch. Wenn er sie nur ansah, wußte sie es, und nie hatte er gespürt, daß sie ihn nicht liebte. Seine Unschuld und Einfalt machten es ihm unmöglich, an das Böse zu glauben.

Der Kopf schmerzte sie, so daß sie die Hände hochnahm, als wollte sie ihn festhalten. Trotz des Umhangs drang ihr die Kälte bis in die Knochen. Es würde Frost geben heute nacht; schon fühlte sie unter den Füßen das Gras hart werden. Das Koppelgatter ließ sich kaum öffnen, als wären die Grasbüschel, in denen es immer feststeckte, gewaltig gewuchert, seit sie vor einer Stunde hier durchgekommen war. Sie drückte dagegen und wuchtete es hoch und kriegte es schließlich auf. Dann begann sie die Koppel zu überqueren, die ihr plötzlich doppelt so groß vorkam wie sonst. Sie hatte die falschen Schuhe an. Noch immer hatte sie sich nicht daran gewöhnt, daß man zwischen leichtem oder schwerem Schuhwerk wählen muß, und Nicholas neckte sie stets, weil sie bei jedem Wetter in den Schuhen hinausging, die sie gerade anhatte. Der Boden war quatschnaß hier, wie Luke gesagt hatte. Sie wäre besser an der Mauer entlanggegangen. Jetzt war es zu spät dazu, also stapfte sie mühsam weiter, mühsam die Füße hebend, und jeder Schritt war eine gewaltige Extraaufgabe. Der Mauertritt, der zur Zufahrt führte, schien vor ihr zurückzuweichen. Hohe Wolken verdeckten den Mond, der jedoch immer noch Licht gab, ein milchiges, weiches Licht mit großen schwarzen Schatten darin, mehr wie im Sommer als im Winter.

Sie wußte, daß es dumm gewesen war, diesen Weg zu nehmen. Etwas Seltsames bewegte sich da drüben zwischen ihr und dem Mauertritt, eine dunkle, bedrohliche Gestalt an einem Ort, wo sie sich noch nie gefürchtet hatte. Es hieß, es gebe hier einen Geist, den Geist eines Mannes, dessen Frau und Familie zu Cromwells Zeit ermordet worden war. Es hieß, er komme nach ihnen suchen; so wie Nicholas nach ihr und seinem Kind suchen würde, sollte er im Gefängnis sterben. Er würde durchs Haus wandeln, in jedem Zimmer nachsehen, aber sie würde nicht da sein. Woher wußte sie das? Was machte sie so sicher? Der Mauertritt war allzu weit weg. Sie würde sich setzen, sich ins Gras legen, ganz kurz nur, und dann wieder Kraft haben, ein paar Schritte weiterzugehen. Aber wenn sie jetzt stehenbliebe, würde dieses Ding da am Mauertritt womöglich näherkommen. Es war die Gestalt eines Mannes, kein Zweifel, die da jetzt schnell auf sie zukam, massig, in dicke Kleidung vermummt, nicht wie jemand, den sie kannte, und wie Nicholas schon gar nicht. Es war nichts zu machen. Sie würde ruhig darauf warten. Es war schließlich wohltuend, still dazusitzen. Das Gras war jetzt wie Federn, weiche weiße Federn, die sich in kleinen Wellen unter ihren Füßen bewegten, die auf einmal eiskalt waren. Als die Schreckensgestalt mit einem Schrei auf sie zustürzte, sank sie in eine erlösende Bewußtlosigkeit.

Sie kam kurz wieder zu Bewußtsein und merkte, daß sie auf Arme gehoben und an eine übelriechende Brust gedrückt wurde, während eine Stimme immer wieder etwas auf irisch sagte, kurze Ausrufe, die sich anhörten wie Gebete oder Flüche. Stunden später erblickte sie durch einen Nebel von Schmerz Tante Jack und sah sie weinen – so hatte sie geweint, als Sam gestorben war. Molly war nicht im Bett, sondern lag im Wohnzimmer. Es war schrecklich heiß, ganz anders als das froststarre Gras. Sie wollte Tante Jack sagen, daß Sam nicht tot sei, daß er jetzt jeden Moment ins Zimmer treten werde, sie werde es mit eigenen Augen sehen. Sie bäumte sich auf gegen den Schmerz, der sie ablenkte und aufschreien ließ, als käme das Schreien von jemand anderem und gar nicht von ihr selber. Jedesmal, wenn das geschah, wurde sie ohnmächtig und wurde im nächsten Moment wieder von dem Schmerz geweckt. Sie hörte ihre Stimme, die immer wieder sagte: »Sam, Sam, Sam.« Auf häßliche Weise wurde es dunkel, und schwarze Wellen wogten durchs Zimmer. War dies das Sterben? Dann sollte es bald kommen, bevor man sie noch einmal anfaßte. Die Grausamkeit der Hände, die sie anfaßten, ließ sie aufschreien vor Selbstmitleid. Irgendwer sagte zu ihr, sie solle ruhig sein, aber die Stimme, die schrie und schrie, tat das unabhängig von ihr.

Plötzlich hörte alles auf, und sie wußte, daß sie ihr das Baby holten. Die Stille war schrecklich, aber sie konnte nichts mehr fragen oder denken. Sie wurde wieder ohnmächtig, und da kein Schmerz mehr kam, sie zu wecken, hatte sie in phantastischen Träumen das Gefühl unsicheren Fliegens, sie wurde gerüttelt und geschüttelt, und auf ihren Kopf schlugen die dunklen Wellen ein. Dann, als sie für vielleicht eine halbe Minute bei vollem Bewußtsein war, erkannte sie, daß sie im Bett war, in einem sauberen Nachthemd, allein, und daß das Fenster weiß war von Tageslicht. Dann schlief sie wieder.

Erst nach drei Wochen durfte sie ihre Tochter sehen.

»Es würde dir nicht guttun, sie zu sehen«, sagte Tante Jack hart. »Sie ist wie ein Kaninchen. Dr. Conroy sagt, sie wird durchkommen. Das hat er gleich gesagt, als er sah, daß es ein Mädchen war. Er meinte, die seien immer zäher. Ich hoffe, das gilt auch für dich, Fräuleinchen.«

»Weiß es Nicholas?«

»Daß du wenige Wochen vor deiner Niederkunft im Stockfinstern auf der Koppel verrückt spielst? Natürlich nicht. Ich hab ihm geschrieben, daß er eine Tochter hat und daß es dir den Umständen entsprechend geht.«

»Hat er geantwortet?«

»Noch nicht. Wir wissen nicht, wieviel Briefe ankommen oder ob er sie überhaupt alle kriegt. Und vielleicht darf er auch nicht schreiben.«

»Doch, sie dürfen schreiben.«

»Wenn du anfängst zu heulen, hör ich auf, mit dir zu reden.«

»Schon gut. Ich heul nicht.«

»Peter Morrow ist hiergewesen. Er sagt, ein paar von den Männern haben die Grippe und sind ins Krankenhaus geschickt worden. Er ist in Gloucester gewesen. Er möchte dich sprechen, sobald es dir wieder besser geht.«

Dann konnte sie nicht mehr aufhören zu weinen, hilflos, dumm, hoffnungslos, so daß sogar Tante Jack sie schließlich sich selbst überließ, damit sie sich alleine erhole.

Sechster Teil

1919

33

Peter wurde für den Kreis West Connemara zum Nachfolger Thomas Flahertys gewählt. Am sechsten Januar 1919 nahm er offen den Zug nach Dublin. Er war das Versteckspiel mit der Polizei leid. Die Wahlergebnisse waren drei Tage nach Weihnachten bekanntgegeben worden. In vierundzwanzig der zweiunddreißig Grafschaften hatten die Republikaner eine Mehrheit errungen. Dreiundsiebzig der gewählten Kandidaten waren Republikaner, sechsundzwanzig waren Unionisten, und die Irische Partei hatte bis auf sechs Sitze alles verloren. Selbst in Ulster hatten die Unionisten nur in vier Grafschaften die Mehrheit. Etwa eine turbulente Woche lang sah es für einige der Männer fast so aus, als wäre der Kampf vorbei und als müsse man vor der Weltöffentlichkeit zugeben, daß Irland sich für die Unabhängigkeit entschieden habe und daß die Grundsätze des letzten Krieges in die Praxis umzusetzen seien.

Als er durch Galway ging, hatte Peter nicht den Eindruck, daß die Spannung merklich nachgelassen habe. Waffenstarrende Wagen patrouillierten durch die Straßen, die Maschinengewehre bedrohlich auf die Bevölkerung gerichtet. Er erwischte den Zug im letzten Augenblick, und obwohl der Bahnhof von bis an die Zähne bewaffneten Soldaten überquoll, hielt niemand ihn an oder fragte ihn aus. Vielleicht machten sein ordentlicher Anzug und die Seidenkrawatte ihn unsichtbar.

Als er in Dublin aus dem Broadstone-Bahnhof kam, entdeckte er wenige Schritte vor sich Thomas Flaherty und lief, um ihn einzuholen. Thomas wandte sich ihm mit seinem üblichen Begrüßungslächeln zu und fragte:

»Wo hielten Sie sich denn im Zug versteckt? Ich hab Sie nicht gesehn.«

»Ich hab mich eigentlich gar nicht versteckt, aber man könnt es trotzdem so nennen.« Peter zögerte und sagte dann: »Es tut mir leid, daß Sie Ihren Sitz verloren haben. Sie wissen, daß wir Sie gern bei uns gehabt hätten. Meine Reden waren nicht gegen Sie persönlich gerichtet.«

»Ich hab mich gefreut, daß Sie es waren, der mich besiegt hat. Den Trubel werd ich nun freilich vermissen. Das Parlament war mal so was wie ein Lebenselixier für mich, doch es ist schon lange her, seit ich zum letztenmal auf einer Sitzung war. Aber zum Einmarsch der Sinn Féin Abgeordneten wär ich hingegangen – das wär sehenswert gewesen. Dreiundsiebzig von der Sorte! Parnell hätte diesen Augenblick genossen.«

»Wir gehn nicht nach Westminster.«

»Das hatt ich mir fast gedacht. Aber es wär eine Möglichkeit. Natürlich könnt ihr das nicht machen. Und was werdet ihr statt dessen tun?«

»Wir treffen uns morgen im Rathaus, um darüber zu entscheiden – das heißt, diejenigen von uns, die nicht im Gefängnis sind. Ich weiß, wie die Entscheidung ausfallen wird.«

»Nun?«

»Wir werden ein eigenes Parlament aufbauen müssen.«

»Im Rathaus?«

»Warum nicht? Besser als irgendwo im Gebirge. Es gibt jetzt kein Zurück mehr – das Volk wartet darauf. Wenn wir jetzt nicht weitermachen, ist das ebenso schlimm wie das Parnell-Fiasko; oder wie 1843, als Daniel O'Connell die Versammlung in Clontarf abgeblasen hat. Werden Sie zur Eröffnungssitzung unseres Parlaments kommen?«

»Wenn ich wiedergewählt worden wäre, hätt ich's nicht tun können, aber jetzt bin ich ein freier Mann. Ich komme dann.«

Thomas' Wagen wartete, und Peter fuhr mit bis St. Stephen's Green. Unterwegs sagte Thomas:

»Onkel Morgan ist in einem Zustand höchster Aufregung. Am liebsten wär er heute mit mir gekommen, aber Mutter wollte es nicht zulassen. In den letzten paar Monaten ist er nun doch ein bißchen klapperig geworden, aber er sagt, er wird erst sterben, wenn Irland frei ist. Was für ein typischer Ausdruck! Die Fenians hatten eine wunderbare Courage.«

»Er muß sich gefreut haben, daß Fergal gewählt worden ist.«

»Und wie! Aber er macht sich große Sorgen um ihn, auch wenn er sagt, die Nachrichten aus Irland würden den Männern neue Kraft geben. Er meint, man werde den Männern, die gewählt wurden, jetzt erlauben heimzukehren. Irgendwie scheint er sich um meine beiden Jungens, Denis und George, noch mehr Sorgen zu machen. Die sind alle zusammen in Gloucester, wußten Sie das? Da sieht's ziemlich übel aus. Eine Menge Gefangene haben die Grippe, und es ist keine anständige Krankenstation da.«

»Das hab ich gehört. Hat es Denis und George auch erwischt?«

»Meines Wissens nicht. Aber Nicholas de Lacy krankt daran und Fergal auch, obwohl ich das Onkel Morgan nicht erzählt habe. Ich fahre nächste Woche rüber und werd mal sehn, was ich da machen kann.«

»Meinen Sie, daß man Sie reinläßt?«

»Ich hab immer noch einigen Einfluß.«

»Und was gibt's Neues von Molly?«

»Das haben Sie noch nicht gehört? Ihr Kind war eine Frühgeburt – ein Mädchen. Sie war sehr krank, aber Miss Gould sagt, sie erholt sich jetzt. Ich glaube, sie ist hingefallen, als sie im Dunkeln über die Koppel ging. Der Hofknecht hat sie gefunden. Die Frauen machen bei all dem eine schlimme Zeit durch«, sagte Thomas. »Das ist immer so. Molly hat mehr Kraft, als man so denkt, vielleicht mehr, als sie selber weiß.«

Peter verließ Thomas bei St. Stephen's Green und war froh, wenigstens diese paar Minuten mit ihm verbracht zu haben.

Während der vergangenen Monate hatte er oft den Wunsch gehabt, dem Moycullen-Haus einen Besuch abzustatten, aber nie war die Zeit dafür abgefallen. Zuerst war es die Neuorganisation der Freiwilligen gewesen, dann mußte das Land unter den Männern in den inneren Kreisen der Bewegung aufgeteilt werden; jedes Bauernhaus und jede Hütte mußte mit dem Fahrrad, zu Pferd oder zu Fuß besucht werden, um die Leute zu ermahnen, ihre Stimmen für den Aufbau eines nationalistischen Parlaments abzugeben. Täglich in Gefahr, verhaftet zu werden, hatte Peter selbst an Straßenkreuzungen und Kirchentoren Reden gehalten, um danach schnell fortgeschafft und in irgendeiner einsamen Hütte versteckt zu werden, vor der nachts dann jemand Wache stand, um zu gewährleisten, daß er in Ruhe schlafen konnte. Jeden Abend kam er mit Freiwilligen im Hauptquartier ihrer Brigade zusammen – oft im Haus des Kommandanten – und hörte sie über ihre Übungen in Taktik und den Gebrauch ihrer kümmerlichen Waffen sprechen. Gewöhnlich endete der Abend mit Geschichtenerzählen und Musik auf einer Fidel oder einem Akkordeon.

Mehrmals war er auf seinem Weg zu Versammlungen an den Toren von Woodbrook vorbeigewirbelt worden. Sie war am Leben und erholte sich – das war schon etwas. In der Dunkelheit des Wagens hatte Thomas unmöglich sehen können, wie schwer es ihm fiel, von ihr zu sprechen. Nach dieser Versammlung würde er sie besuchen. Nach allem, was geschehen war, würde sie ihm bestimmt ein wenig Zeit schenken. Während er so an sie dachte, meinte er eine verrückte Sekunde lang, einen Hauch ihres Parfums zu gewahren, vermischt mit dem Connemara-Duft nach Torfrauch und Heide, und deutlich hörte er sie lachen. Es war ein weicher, dunkler Ton von seltener Süße, und er kam aus einem der schwarzen Hauseingänge in der York Street. Der Lichtbogen der Gaslaterne berührte die Kante der obersten Treppenstufe. Da standen zwei junge Mädchen, und die eine hatte den Rock hochgehoben und hielt ihm ein langes, schlankes weißes Bein hin. Sie war es gewesen, die so zauberhaft gelacht hatte, um ihn anzulocken, doch als die beiden sein entsetztes Gesicht sahen, brachen sie in schrilles Hühnergegacker aus. Von ihrem Gekicher verfolgt, rannte er bis zur nächsten Straßenecke, um von ihnen wegzukommen.

In der Aungier Street fand er die Bäckerei mit dem Namen Thomas Daly auf dem Schild über dem Ladenfenster. Ein paar Kunden waren drinnen, und er wartete, bis alle bedient waren. Mit gesenktem Kopf arbeitete der Bäcker flink und ohne viel Worte zu verlieren. Als der letzte Kunde gegangen war, sagte er leise:

»Sie sind zurück.«

»Sie haben ein gutes Gedächtnis.«

»Ja, das hab ich. Brauchen Sie irgendwas?«

»Ein Bett für ein paar Nächte. Das neue Parlament ist einberufen, und da muß ich hin.«

»Also das haben Sie vor.« Daly lachte kurz hoch und krähend auf. »Sie sind doch auf der Flucht. Wer sagt Ihnen denn, daß ich Sie nicht verpfeife?«

»Joe Keeffe.«

»Der Schneider?«

»Ja.«

»Na, dann kommen Sie rein.«

Er machte das Pförtchen am Ende des Ladentisches auf und führte Peter in die winzige, heiße Stube hinter dem Verkaufsraum. Vor eine Glasscheibe in der Holzwand zwischen den Räumen war eine gemusterte Netzgardine gespannt, durch die der Bäcker den Laden im Auge behielt. Dahinter war die Backstube, in der zwei Öfen eine Bruthitze ausstrahlten. Die kleine Kammer diente offensichtlich auch als Lager für Mehlsäcke, deren trockener, staubiger Geruch die Luft erfüllte. Eine einzige Öllampe brannte düster auf dem Tisch. An einer Ecke führte eine Leiter nach oben. Der Bäcker sagte:

»Kommen Sie lieber mit nach oben. Irgendwer könnte Sie durch die Gardine sehen – man ist nie sicher vor Denunzianten.«

Leichtfüßig wie eine Ratte kletterte er hinauf, aber unter Peters Gewicht wippte die Leiter, was ihn wieder einmal daran erinnerte, daß es nicht immer ein Segen war, groß zu sein. Oben angekommen, zündete der Bäcker eine Kerze an, in deren Schein eine nackte Bodenkammer sichtbar wurde. In einer Ecke standen eine eiserne Bettstatt und daneben ein Waschgestell aus Bandeisen mit einer rostigen Schüssel darin. Die Hitze war zum Ersticken. Sie schien in einem steten Strom durch den Fußboden zu dringen, so daß Peter sie durch die Schuhsohlen fühlte. Daly sagte:

»Dies ist mein Palast. Es gibt hier drüber noch ein paar andere Wohnungen, aber zu denen nehmen die Leute eine andere Tür. Hübsch, nicht? Keine Unordnung. Wenn ich eins hasse, dann ist es Porzellanhunde abstauben. Ich hab den Laden und die Bäckerei mit allem Drum und Dran von der Witwe eines Freundes gemietet, der vor ein paar Jahren gestorben ist. Mein Glück hab ich bis jetzt noch nicht gemacht. Mit Brot ist nicht viel zu holen, und die Backstube ist nicht gut genug ausgestattet, um irgendwelchen Schnörkelkram zu machen, selbst wenn ich die Zeit dafür hätte oder das Mehl kriegen könnte. Werden Sie klarkommen hier?«

»Der einzige Weg hier rein geht durch den Laden?«

»Richtig. Sie können hinter sich die Leiter hochziehn, die Bodenklappe runterlassen und dann die Welt vergessen.«

»Wissen die Kunden, daß Sie hier schlafen?«

»Ein paar, aber die sind in der Bewegung. Ich hab hier schon mehr Besucher gehabt.«

»Für mich ist das völlig ausreichend. Und was ist mit Ihnen?«

»Ich werd unten pennen, hinter dem Laden, solange Sie hier sind. Ich arbeite sowieso die halbe Nacht. Wie lange werden Sie bleiben?«

»Ich weiß nicht. Die Versammlung ist für morgen einberufen, aber der Termin für die Eröffnungssitzung steht noch nicht fest. Und danach wird es über eine Woche dauern, bis alles richtig läuft – sagen wir, ich bin mindestens zwei Wochen hier. Ich werde nicht die ganze Zeit bei Ihnen schlafen, aber vielleicht jemand andern schicken. Ist Ihnen das recht?«

»Eine Ehre, Hauptmann. Wie gesagt, es ist nicht das erste Mal.«

Es würde ungefähr so sicher und unappetitlich sein wie in einem Mausenest. Vorsichtig kletterten sie wieder hinunter. Der Bäcker versprach, ihm einen Schlüssel für den Laden zu geben, und ging wieder an seine Arbeit. Peter machte sich auf den Weg zu den anderen Abgeordneten, um mit ihnen die Versammlung zu planen.

Die beißende Abendluft tat ihm gut. Auf der einen Seite der Bodenkammer hatte er ein winziges Fenster bemerkt, und wenn er zurückkäme, würde er sich als erstes daranmachen, es irgendwie aufzukriegen. Was war Dublin doch für eine armselige Stadt mit solchen Slums mitten in seinem Herzen, einen Steinwurf weit entfernt von der eleganten Straße, wo Thomas wohnte. Peter fühlte sich hier nie ganz sicher, obwohl er wußte, daß das unsinnig war. Er konnte hier wochenlang anonym leben, und im Notfall konnte er über ein Dutzend Schlupflöcher verfügen, während im offenen Gelände von Connemara ein Fremder sofort ins Auge fiel und es purer Zufall war, wenn er nicht verraten wurde. Als er auf die Nordseite des Flusses hinüberwechselte und sich dem großen georgianischen Haus am Mountjoy Square näherte, wo er seine Kollegen treffen sollte, fühlte er dennoch bei jedem Schritt prickelnde Angst unter der Haut. Er sprach mit den anderen darüber. Einer sagte:

»Das liegt nur daran, daß Sie kein gebürtiger Dubliner sind. Wenn wir auf dem Land sind, haben wir Angst vor dem eigenen Schatten. Ich weiß noch gut, wie ich mich mal die ganze Zufahrt lang zu einem Bauernhaus an meinen eigenen Schatten herangepirscht habe. Erst an der Haustür hab ich gemerkt, was es war.«

Ein anderer sagte:

»Ich weiß, was mit Ihnen nicht stimmt, Peter. Sie sind noch nie verhaftet worden. Ist gar nicht so übel, wenn man das mal mitmacht.«

»Das wird Sie heilen«, sagten sie alle fröhlich. »Das erste Mal ist am schlimmsten.«

In der Hauptsache sprach Michael Collins, dem Peter schon des öfteren begegnet war. Hinterher sagte er:

»Schade, daß Sie gestern nicht hergekommen sind. Was hat

Sie abgehalten? Wir hatten eine gute Sitzung. Morgen kommen wir im Rathaus zusammen, wie Sie wissen, aber vorher möcht ich noch mit Ihnen sprechen. Wo sind Sie untergekommen?«

»Bei Daly, einem Bäcker in der Aungier Street.«

»Eine schöne Bleibe, wenn Sie die Hitze aushalten. Vielleicht finden wir bald was Besseres für Sie, falls Sie merken, daß Ihr Gehirnschmalz dünn wird. Warum sind Sie nicht zu Shanahan gegangen? Ich hab Sie da heute gesucht.«

»Das hat vorige Woche die Polizei auch schon getan.«

»Na, dann streichen wir das besser von der Liste. Haben Sie schon was gegessen?«

»Noch nicht.«

»Ich auch nicht. Kommen Sie. Wir gehn zu Mrs. O'Grady. Kennen Sie die?«

»Die Männer aus Tipperary haben mir von ihr erzählt.«

»Wenn sie ein Bett hat, sind Sie bei ihr besser untergebracht. Daly ist für ein, zwei Nächte ganz schön, aber danach würden Sie wahnsinnig werden. Jetzt müssen Sie aber erst mal ein paar Tage dableiben, sonst ist er gekränkt.«

Mrs. O'Grady war nicht zu Hause, aber Collins hatte einen Schlüssel. Er führte Peter in die Küche, wo sie sich über Speck, Eier, Brot und Butter hermachten. Als sie am Küchentisch aßen, sagte Collins:

»Wir brauchen Sie für einen Sonderauftrag, gleich nach Schluß der Versammlung. Die organisieren wir, und Sie können zur ersten Sitzung gehn und dann am selben Abend noch verschwinden. Sie kennen England?«

»Ja. Ich hab ein paar Jahre in Yorkshire gelebt und dann in London.«

»Man hat mir von Ihrer Zeit in Yorkshire erzählt. Ich kenne London gut, aber nicht den Norden. Sind Sie schon mal nach Lincoln gekommen?«

»Ja, um mir die Kathedrale anzusehn. Was ist das für ein Auftrag?«

»Wir müssen de Valéra rausholen. Wir haben ihn jetzt bitter nötig. Wir brauchen auch noch eine Menge andere Leute, aber er

346

ist momentan der Wichtigste. Er ist der letzte Kommandant aus der Osterwoche – das zählt eine ganze Menge. Und er spricht wie man Mist gabelt – langsam, ruhig, ernst. Jeder muß ihm zuhören. Und er kann Streit schlichten. Sie haben gesehn, was er letztes Jahr in Clare gemacht hat, als er MacNeill überallhin mitnahm und es nicht zuließ, ihm anzulasten, daß die Erhebung abgeblasen wurde. Die Männer, die in Dartmoor waren, werden Ihnen erzählen, wie er sie im Gefängnis strammstehn ließ, um MacNeill als General zu salutieren, als er dort auftauchte. De Valéra hat keinen einzigen selbstsüchtigen Knochen in seinem Leib. Macht interessiert ihn nicht, er will nur, daß wir's diesmal schaffen. Ich wünschte, ich hätte in allem auch so ein sicheres Urteil wie er – Mensch, Gott, Peter, er ist wie geschaffen zum Staatsmann. Er wird uns noch von großem Nutzen sein, wenn wir ihn nur lange genug am Leben erhalten können.«

»Ist er krank?«

»Ganz und gar nicht. Er hat eine Pferdenatur. Das ist ein sehr wichtiger Zug an ihm. Er wird nie müde, und sein Gehirn arbeitet ununterbrochen. Wie gerissen sie sich die besten Köpfe geschnappt haben! Weiß Gott, was auf der Versammlung passiert. Wir haben einen Namen dafür – denselben wie letztes Jahr: Dáil Éireann. Wie gefällt Ihnen das?«

»Das ist gutes Irisch. Ein bißchen altmodisch.«

»Um so besser. Die morgige Versammlung wird eine Menge klären. Ich wünschte, es wären nicht so viele von uns bloß Stellvertreter für irgendeinen, der in England im Gefängnis sitzt. Einige von den jüngeren Dublinern sind in Ordnung, und wir werden noch mehr davon kriegen. Aber wir wissen noch nicht, ob sie sich bewähren werden. O'Kelly scheint mir ganz gut, obwohl er so ein kleiner Bursche ist. Er kann lachen. Gavan Duffy ist ein ausgezeichneter Anwalt, und der Name ist gut. Vor der großen Versammlung in vierzehn Tagen müssen wir noch eine Verfassung schreiben.«

»Dann wird's rauchen.«

»Ja«, sagte Collins trocken. »Feuerwerk werden wir zu sehn kriegen. Aber was sollen wir sonst machen? Wenn wir dieses

Parlament nicht gründen oder diese Versammlung oder diesen Dáil oder wie man's sonst nennen mag, dann wird das seit Parnell der größte Verrat sein.«

»Dasselbe hab ich heute zu Thomas Flaherty gesagt. Ich traf ihn am Broadstone-Bahnhof, als ich aus Galway kam. Er hat versprochen, zu kommen. Ich hab's riskiert, ihn zu fragen.«

»Gut. Ich wünschte, wir könnten mehr von der Irischen Partei bei uns haben, aber ich fürchte, die meisten von ihnen werden nicht kommen.«

»In der Wehrpflichtsache haben sie zu uns gehalten.«

»Weil sie um ihre eigene Haut Angst hatten«, sagte Collins verächtlich. »Jetzt ist es wieder das gleiche. Die Macht des britischen Imperiums werden sie nicht herausfordern.«

»Vielleicht beurteilen Sie sie falsch.«

»Vielleicht – solche Leute wie Thomas Connolly, Laurence Ginell und andere –, aber die meisten haben sich so vom parlamentarischen Spiel einwickeln lassen, daß sie selber nicht mehr wissen, wie ihnen geschehen ist. Sie haben Rhetorik gelernt wie andere das Singen. Das ist alles falsch; es hat nicht das geringste mit der Realität des Lebens in Irland zu tun, ebensowenig mit der Wirklichkeit auf jedem andern Gebiet.«

»Nun sagen Sie mal weiter, wie wir de Valéra aus Lincoln rausholen sollen.«

»Zweimal ist es schon schiefgegangen, wenngleich niemand daran schuld war. Zwei Schlüssel wurden gemacht, aber keiner hat gepaßt. Diesmal schicken wir einen Rohguß rein, und der wird dann drinnen zurechtgefeilt. Außerdem werden wir selber einen haben. Harry Boland und ich fahren rüber und passen auf, daß keine Fehler passieren. Wir brauchen wen, der für Möglichkeiten sorgt, wo er hinterher untertauchen kann. Ein paar Mädchen besorgen uns Namen und Adressen, aber mit de Valéra an der Seite kann man nicht einfach so in der Gegend rumziehn. Der fällt auf wie'n Zirkuselefant.«

»Und wie habt ihr das Modell für den Schlüssel gekriegt?«

»Das ist vor ihrer Nase entstanden. Ein Brief mit einer komischen Zeichnung von einem riesigen Schlüssel – ›So was brauchen wir, um heimzukommen‹ – etwas in dieser Art. Dazu kamen dann noch lange Passagen in lateinisch und irisch. Es war einen Versuch wert, einen Schlüssel nach dieser Zeichnung anzufertigen, aber es wär ein Wunder gewesen, wenn der gepaßt hätte. Können Sie ein paar Orte ausfindig machen, wo er bleiben kann, bis wir ihn heimschaffen können?«

»In Liverpool? Manchester? Birmingham?«

»Egal. Erst mal wär vielleicht Sheffield gut. Später können wir ihn dann nach Liverpool bringen, so daß er gleich auf ein Schiff kann, wenn die Gelegenheit sich bietet. So lange werden Sie da ausharren müssen.«

»Und was passiert, wenn er nach Dublin kommt?«

»Weiß der Himmel. Mir ist ziemlich klar, daß es zu einem weiteren Kampf kommen wird.«

»Ja. Ich hab Angst um die arme Bevölkerung. Diesmal wird es ein Massaker geben. In England steht eine ganze Armee bereit, die für jede Kampfart ausgebildet ist.«

»Die Kampfart, die sie erleben werden, wenn sie hierherkommen, haben sie noch nicht gesehn. Es wird keine Frontlinien geben und keine Schützengräben. Das Volk ist verzweifelt. Es wird jetzt kämpfen wie noch nie.«

»Aber einer gut ausgebildeten Armee ist es doch nicht gewachsen.«

Collins sah ihn scharf an, mit zusammengekniffenen Augen.

»Das Volk kann lernen. Ich glaube, es ist zu allem bereit. Ich glaube, es ist entschlossen, sich nie wieder terrorisieren zu lassen. Die Abtrünnigen in den eigenen Reihen wird es ausrotten, bis jeder gezwungen ist mitzumachen.«

»Das ist genau das, was mir Angst macht«, sagte Peter langsam. »Während der Antiwehrpflicht-Kampagne hab ich etwas gelesen, was mich immer wieder verfolgt. Irgendwer, der für irgendeine Zeitung schreibt – das *Irish Bulletin* wahrscheinlich –, hat gesagt, jeder, der den Behörden irgendwie dabei helfe, die Wehrpflicht durchzusetzen – Ärzte, die Tauglichkeitsuntersuchungen vornähmen, Schreibkräfte, die Namenlisten anlegten, solche Leute eben, die ganz am Rande des Geschehens stehn –, jeder von denen solle erbarmungslos erschossen werden. Jemand, der so etwas schreiben kann, ist ein Verrückter, ein Geisteskranker, dem man nicht mal das Leben einer Katze anvertrauen kann. Ich wüßte gern, wer es ist.«

»Ich weiß es.«

»Ist er wahnsinnig? Ich finde, was der sagt, ist gefährlich. Werden Sie mir sagen, wer es ist, damit ich ein Auge auf ihn haben kann?«

»Nein, das würde nichts fruchten. Er ist nicht wahnsinnig, aber kalt, ein Fanatiker. Er kommt aus dem Norden. Mir ist es auch kalt über den Rücken gelaufen. Aber solche Leute brauchen wir jetzt. Was bleibt uns denn übrig? Sie sind im ganzen Land herumgekommen – Cork, Kerry, Tipperary, Wexford, sogar in Meath sind Sie gewesen. Hat es je zuvor solche einmütige Entschlossenheit gegeben, bis zum Ende zu kämpfen, wie jetzt? Ich bin nicht so töricht zu glauben, daß man ein ganzes Land über Nacht in Bewegung bringen kann, aber dies ist ja nun nicht über Nacht geschehn. Die Leute schaun sich das schon mehrere Jahre an; sie hatten Zeit, sich für oder gegen uns zu entscheiden, für oder gegen die Irische Partei. Auch ich verabscheue diesen Mann wegen seines Ansinnens, daß ein Ire den andern umbringen könne, aber ich verstehe ihn. Ich habe da keine Illusionen, wir werden fähig sein, alles Mögliche gegen die Macht des Imperiums zu unternehmen. Ich habe diese Macht gesehn, als ich in London Börsenmakler war. Und Sie waren bestimmt auch beeindruckt von dem ungebrochenen Wohlstand und der Energie und Vitalität und Stärke dieses Landes. Es konnte furchterregend sein.«

»Ja, es ist furchterregend. Aber wir sind gewählt worden und müssen bleiben, bis wir wieder abgewählt werden. So einfach ist das für mich.«

Collins gähnte und reckte sich, dann strich er sich das Haar zurück, das ihm immer wieder in die Stirn fiel, und sagte:

»Ich werde froh sein, Sie bei uns zu haben.«

»Wo werden Sie schlafen?«

»Hier, denk ich.« Er sah sich unbestimmt um, als hätte er vor, in der Küche zu übernachten, doch dann sagte er: »Oben gibt's ein paar Schlafzimmer, und eine Straße, wo die eine Häuserreihe höher liegt, ist immer gut – es ist ein gutes Haus.«

»Na, dann geh ich wohl mal zu meiner Bäckerei zurück.«

34

Die zwei Wochen nach der Versammlung im Rathaus waren so vollgestopft mit Arbeit, daß Peter nicht dazu kam, sich eine andere Unterkunft zu suchen. Die Kammer über der Bäckerei war heiß wie die Hölle, aber jedesmal, wenn er dorthin zurückkehren und alleine sein konnte, fand er himmlischen Frieden. Wenn er, meistens nach Mitternacht, durch die stillen Straßen ging, sehnte er sich nach dem quietschenden Bett auf dem glühenden Fußboden, und er fiel mehr als daß er sich zum Schlafen legte, erfüllt von Dankbarkeit, daß des Bäckers Morgengruß schon im nächsten Augenblick zu kommen schien.

Die Arbeit des ersten Tages war maßgebend für die folgenden. Sie begann kurz nach neun Uhr morgens in einem Haus in der Harcourt Street, gleich gegenüber von St. Stephen's Green. Jedes gewählte Mitglied im ganzen Land mußte für die erste Sitzung der Abgeordneten eingeladen werden. Diese Einladungen wurden aufgesetzt und unterschrieben vom Grafen Plunkett, den man zum Vorsitzenden der republikanischen Abgeordneten gewählt hatte. Soeben nach sieben Monaten Haft aus dem Gefängnis von Birmingham entlassen, sah er krank und abgekämpft und alt aus.

Die Einladungen wiederholten das Versprechen, das die republikanischen Kandidaten abgegeben hatten: Sollten sie gewählt werden, würden sie die irischen Abgeordneten aus Westminster abziehen und eine Versammlung gründen, die im Namen des irischen Volkes sprechen und handeln sollte. Obwohl diese Worte ihm durch die vielen Male, die er sie im Laufe seiner eigenen

Kampagne benutzt hatte, vertraut waren, beschlich Peter eine bleierne Verzweiflung, als er sie gedruckt auf den Einladungen sah. Bestimmt würde es dieser Zusammenkunft, dem Dáil Éireann, wie jetzt alle sagten, nie vergönnt sein, stattzufinden. Aus dem entmutigten Aussehen der anderen schloß er, daß sie ungefähr das gleiche dachten, doch Collins eilte so selbstsicher und unbekümmert herum, daß niemand es wagte, ihn mit Fragen aufzuhalten. Eine Unabhängigkeitserklärung wurde aufgesetzt, und ein demokratisches Programm wurde entworfen, letzteres von dem Labour-Führer Tom Johnson, den Peter noch nie vorher gesehen hatte. Den ganzen Tag arbeitete er an einem Schreibtisch in einem Zimmer des zweiten Stocks hinter einem Haufen von Büchern und zerfledderten Streitschriften, so daß er kaum noch zu sehen war. Selbst diejenigen, die ihn kannten, hielten respektvoll Abstand von ihm, und schweigend und grüblerisch verließ er zu den Mahlzeiten das Haus, so daß Peter keinen Versuch machte, ihn anzusprechen. Jeden Abend gab es Versammlungen, bei denen er Leute traf, deren Namen ihm seit langem vertraut waren – Cathal Brugha, der Vorsitzender der Versammlung sein sollte, Vater O'Flanagan, Vizepräsident von Sinn Féin und von seinem Bischof suspendiert, weil er vor einem Jahr bei der Wahl in Roscommon kandidiert hatte, und eine Vielzahl von Dubliner Freiwilligen, die in der parlamentarischen Routinearbeit bereits zu Hause zu sein schienen. Wie alte Hasen sprachen sie von rechtskräftigen Verordnungen und Gesetzen, und sie schienen genau zu wissen, was sie taten. Der einzige, der jedem über die Schulter guckte, war Collins, der mit jedem Tag offensichtlich nervöser wurde.

Peters Aufgabe war Öffentlichkeitsarbeit und daneben die Einrichtung des Versammlungsraumes, was insofern heikel war, als man damit rechnete, daß die Versammlung überhaupt verboten würde. Selbst das Wahlprogramm war vom Dubliner Castle zensiert worden, das jede Bezugnahme auf die lange Tradition nationaler Eigenständigkeit und auf Volksbräuche und Überlieferungen eliminiert hatte, obwohl das Versprechen der Kandidaten, im Namen Irlands an die Friedenskonferenz zu appellieren, sonderbarer- und unlogischerweise dringeblieben war. Eine Passage war ganz gestrichen worden, und die letzten Absätze, in denen die Namen Tone, Mitchel, Emmet, Pearse und Connolly aufgeführt waren, um die ununterbrochene Folge von Patrioten zu belegen, die für die Sache der Freiheit gelitten hatten, waren derartig verstümmelt worden, daß sie ihre Schärfe völlig verloren hatten. In den Reden tauchten die getilgten Abschnitte natürlich wieder auf, und einen davon hatte Peter so oft zitiert, daß er ihm am Ende völlig mühelos über die Lippen kam: »Der erzwungene Exodus von Millionen unserer Menschen, der Verfall unseres industriellen Lebens, die ständig zunehmende finanzielle Ausplünderung unseres Landes, das Zurechtstutzen der Forderung einer ›Aufhebung der Union‹ auf die Forderung einer gesetzlich verankerten Selbstverwaltung und schließlich die in Betracht gezogene Verstümmelung unseres Landes durch Teilung sind einige der gespenstischen Auswirkungen, die zum nationalen Ruin führen.«

Er war überrascht gewesen, welchen Zorn die Idee der Landesteilung hervorgerufen hatte, selbst in den entlegenen Teilen von Connemara. Er erinnerte sich an eine schlichte Parallele in einer auf irisch gehaltenen Rede, die er von einem ortsansässigen Lehrer in Carraroe gehört hatte und die bei der zerlumpten, hungrig aussehenden Menge, die gerade aus der Sonntagsmesse gekommen war, großen Beifall ausgelöst hatte:

»Wenn jemand in euer Haus einbricht und sich da mit Weib und Familie breitmacht und anfängt, euer Land zu bestellen, eure Kartoffeln zu essen und euern Torf zu stechen, dann geht ihr vor Gericht, um ihn wieder rauszukriegen. Aber er steht auf vor Gericht und erzählt dem Richter eine traurige Geschichte – er sei doch nun schon so lange da, daß es jetzt sein Haus sei, und er habe sonst nichts, wo er hinkönne, und es sei eine schreckliche Härte für ihn, nach all den Jahren auszuziehen –, und der Richter sagt dann: ›Na schön, Sie dürfen bleiben. Aber Sie müssen aufhören, ihm Beleidigungen an den Kopf zu schleudern und mit Steinen nach ihm zu werfen und ihn einen abergläubischen Schwachkopf zu nennen, wenn Sie sehen, daß er zur Messe geht.

Sie müssen ihn ab und zu seine Torfgrube benutzen lassen, damit er wenigstens so viel hat, daß er in dem bißchen Haus, das Sie ihm gelassen haben, im Winter sein Feuer unterhalten kann. Sie müssen höflich zu ihm sein und die Tatsache anerkennen, daß es ja ursprünglich sein Haus gewesen ist.‹«

Peter hätte es nie verstanden, so einfach zu sein. Seine einstige Fähigkeit, an schwere Probleme mit leichter Hand heranzugehen, hatte er verloren, und es war eine Erleichterung, unter den etwas komplizierteren Menschen zu sein, die er nun jeden Tag in der Harcourt Street sah. Unter diesen war der Mann, mit dem er nach Lincoln reisen sollte, ein großer, beweglicher junger Dubliner namens Desmond Mackey, dessen Vater Arzt war und früher die Irische Partei unterstützt hatte. Mackey war im November knapp einer Verhaftung entronnen und befand sich noch immer auf der Flucht. Am Montag, dem Tag vor der Versammlung, erfuhren sie, daß diese nun doch nicht verboten worden war. Peter fragte Mackey:

»Kommen Sie morgen ins Rathaus?«

»Was für eine Frage! Glauben Sie etwa, ich würde mir das entgehen lassen? Nicht, solange ich stehen kann.«

»Aber womöglich werden Sie verhaftet, selbst wenn kein Versammlungsverbot besteht. Man wird Ausschau halten nach Ihnen.«

»Stimmt. Und was ist mit Ihnen?«

»Ich muß hin. Bis jetzt bin ich anscheinend noch nicht entdeckt worden, jedenfalls in Dublin nicht.«

»Ich paß schon auf mich auf. Sehn Sie zu, daß Sie in Kingstown rechtzeitig am Schiff sind, ich steh dann da mit den Tikkets.«

Bis zum Beginn der Versammlung hatte Peter die Hoffnung gehabt, daß wenigstens zwei oder drei Mitglieder der Irischen Partei erscheinen würden, aber es ließ sich keiner von ihnen blicken. Auf die Einladungen hatten sie nicht geantwortet, vielleicht hielten sie bereits das für gefährlich. Es wäre zu viel von ihnen verlangt gewesen, an einem so eindeutigen Akt der Rebellion teilzunehmen.

Um zwei Uhr nachmittags ging Peter zum Rathaus und wurde durch den Vordereingang hereingelassen. Auf den Fliesen des Korridors herrschte bereits Gedränge. Er ging durch zum Empfangszimmer des Bürgermeisters und sah, daß am anderen Ende die großen Türflügel, die in den Eichensaal führten, schon offen waren. Der alte Graf saß auf einem Sofa im Empfangszimmer, in der Hand die Papiere mit seiner Rede. Ungewöhnlich lebhaft sagte er zu Peter:

»Dies ist ein großer Tag. Ich habe mein ganzes Leben darauf gewartet, aber daß es so kommen würde, hätt ich nie gedacht.«

Man hatte sich darauf geeinigt, die englische Sprache so wenig wie möglich zu benutzen, da jedoch Dutzende von Journalisten anwesend waren, die alle frisch von den Aufregungen des Krieges kamen und sich nun nicht langweilen wollten, sollten die Erklärungen in englisch, irisch und französisch abgegeben werden. Die Eröffnungsrede des Grafen sollte auf französisch gehalten werden. Zwischen dem Eichensaal und dem Korridor draußen war ein ständiges Hin und Her von Menschen, die mit den neuesten Nachrichten unterwegs waren. Auf der Dawson Street drängten sich die Leute, aber nur wer eine Einladung oder einen Passierschein hatte, wurde hereingelassen. Polizisten und Soldaten standen in Gruppen herum und begriffen nicht, wie es dazu gekommen war, daß man einen solchen Aufruhr hatte erlauben können. Die Polizei hatte Anweisung, sich nicht einzumischen, aber es schien wie Wahnsinn, sich die Gelegenheit entgehen zu lassen, ein paar Gesuchte festzunehmen. Als die Abgeordneten hereinkamen, erkundigte sich jeder besorgt nach seinen Kollegen. Keiner schien wirklich zu glauben, daß die Versammlung legal stattfinden könne.

Der Runde Saal füllte sich, und durch die offene Tür war das Gesumm der Stimmen zu hören. Peter ging hinein, um sich zu vergewissern, daß die Anordnung der Sitze stimmte. Sie hatten in der Mitte des Saales mit Hilfe einer runden Barriere einen Freiraum geschaffen, wo auf einem niedrigen Podium das Rednerpult stand, und zwar mit der Front zur Eingangstür. Der Bürgermeister hatte für den präsidierenden Funktionär einen schweren Eichenstuhl mit hoher Rückenlehne und geschnitzten Armstützten geschickt und dazu die passenden Bänke zu beiden Seiten. Vor dem Podium stand der Tisch für die vier Protokollanten, dann kam ein Halbkreis langer Bänke mit Tischen aus dem Ratszimmer für die Abgeordneten. Die Journalisten saßen bereits auf ihrer Bank direkt hinter der Barriere. Die Engländer unter ihnen sahen interessiert und eifrig aus, während die meisten Iren mit einem Ausdruck der Verachtung auf die Hereinkommenden blickten. Die Galerie war vollständig besetzt, und die Platzanweiser beeilten sich, die letzten Ankömmlinge unten im Saal unterzubringen.

Hinten im Eichensaal vergingen die letzten Minuten wie eine Ewigkeit. Anstatt den Beginn eines neuen Lebens heraufdämmern zu sehen, war den meisten Männern dort zumute, als würde gleich über ihr Leben verhandelt werden. Alle dachten sie an ihre vor kaum drei Jahren hingerichteten Führer. Erst gestern hatte Collins düster gesagt:

»Danach werden sie uns hängen, wenn sie uns kriegen.«

Punkt halb vier gingen sie einer hinter dem andern in den Runden Saal. Das Stimmengewirr verstummte, und alle standen auf, während die Abgeordneten ihre Plätze einnahmen. Es war ein Geniestreich gewesen, für alle dreiundsiebzig Gewählten einen Platz vorzusehen, so daß die nun leer bleibenden Stühle für sich sprachen.

Auf ein Zeichen der Platzanweiser setzte sich das Publikum wieder, und Graf Plunkett kam nach vorne an den Tisch, um die Sitzung für eröffnet zu erklären und Cathal Brugha als Präsidenten vorzuschlagen, da sowohl der Präsident von Sinn Féin, Éamon de Valéra, als auch dessen Vorgänger, Arthur Griffith, im Gefängnis waren. Als dies durchgegangen war, übernahm Brugha den Vorsitz. Von seinem Platz rechts vom Podium konnte Peter die besorgten, gespannten Gesichter seiner Gefährten beobachten. Es hatte alles viel einfacher ausgesehen, als sie vor genau zwei Wochen in diesem Saal zusammengekommen waren. Da hatten er und die anderen neuen Abgeordneten ein Treuegelöbnis auf die Republik unterzeichnet: »Hiermit gelobe ich, für den Aufbau einer unabhängigen Irischen Republik zu arbeiten, daß ich zur Erfüllung der Ansprüche Irlands nichts weniger akzeptieren werde als eine vollständige Loslösung von England und daß ich dem englischen Parlament fernbleiben werde.« Das war erst der Anfang gewesen. In den turbulenten, zuweilen alptraumhaften Tagen, die folgten, hatte es oft ausgesehen, daß für die Arbeit, die sie sich vorgenommen hatten, ein Jahr angemessener gewesen wäre als zwei Wochen. Aber irgendwie gewährleistete gerade das Tempo, in dem die Dinge erledigt werden mußten, daß Streitereien und persönlicher Zwist auf ein Minimum herabgeschraubt wurden. Tom Johnsons Sozialprogramm war das Dokument, das am meisten Schwierigkeiten machte, da so viele von den Abgeordneten es für hoffnungslos undurchführbar hielten. Fast alle waren sie der Meinung, daß es nichts mit ihren aktuellen Problemen zu tun habe.

»Erst einmal müssen wir die Engländer aus Irland rauskriegen«, sagte Collins, »alles andere regeln wir dann danach. Was glauben Sie denn, warum wir das alles hier machen? Für wen kämpfen wir denn, wenn nicht für die armen Schweine, die nie einen anständigen Bissen zwischen die Zähne kriegen? Unnötig zu sagen, daß jetzt – wir haben das bereits oft genug gesagt.«

»Die arbeitende Bevölkerung wird es nicht glauben, wenn ihr's nicht ausdrücklich auf dieser Sitzung sagt«, meinte Johnson. »Ich weiß, wovon ich rede. Wenn wir an ein sozialistisches Programm gebunden sind, müssen wir's auch sagen. Sind wir's nicht, wird Labour sich im Stich gelassen fühlen. Würde James Connolly noch leben, würde er es verlangen.«

Das war die Wahrheit, wie jeder wußte. Collins sagte:

»Also schön, stimmen wir ab.«

Die Abstimmung machte dem demokratischen Programm ein Ende, und Collins sagte zufrieden:

»Das wär das.«

Aber am nächsten Morgen ging wegen der Abgeordneten, die am Abend zuvor gefehlt hatten, alles noch einmal von vorne los. Die langen und erbitterten Auseinandersetzungen dauerten, wie anscheinend alle ihre Konferenzen, bis Mitternacht, und schließlich wurden die Unterlagen für das Programm an O'Kelly gegeben, der daraus eine Erklärung zusammenstellen sollte, die vor der Versammlung verlesen werden konnte – und bis dahin waren nur noch wenige Stunden Zeit. Der kleine O'Kelly sah sich in der Runde erhitzter Gesichter um und sagte:

»Jetzt soll ich also das Baby halten, ja? Und was ist, wenn euch mein Produkt nicht gefällt?«

»Wir werden schon hinter Ihnen stehn«, sagte Collins voller Überdruß. »Es spielt doch für die nächsten Jahre keine Rolle, wie dieses Programm aussieht. Wir haben so und so alle Hände voll zu tun.«

»Und ob es eine Rolle spielt«, sagte Peter. »Ich glaube, daß jede Kleinigkeit, die wir auf der morgigen Sitzung von uns geben, in Irland eine Rolle spielen wird, und zwar für immer.«

O'Kelly sah ihn anerkennend an und sagte:

»Ich könnte es nicht tun, wenn ich nicht auch so empfinden würde wie Sie.«

»Die Bischöfe werden an die Decke gehn«, sagte Vater O'Flanagan, »bei diesem ganzen Zeug von der Nation, die ein Recht darauf habe, sich Land und Besitz anzueignen, wenn der Besitzer keinen richtigen Gebrauch davon macht. Man wird das Kommunismus nennen. Werden Sie das den Herrschaften zuliebe ein bißchen milder fassen können?«

»Ich werd's versuchen.«

»Und was ist mit dem Teil, wo die Leute ermutigt werden, den Gewerkschaften beizutreten?«

»Wenn irgendwer von den hier Anwesenden diese Erklärung neu schreiben will, dann kann er das von mir aus gerne tun«, sagte O'Kelly.

Aber es kamen keine Angebote. Er nahm sie mit nach Hause und saß die ganze Nacht daran, ließ sie tippen und vervielfältigen, und außer ihm selber und seiner Frau wußte in diesem Moment niemand im Saal, was in der Erklärung stand. Inzwischen war Peter selber zu aufgeregt, um sich darum noch Sorgen zu machen. Er sah Harry Boland mit O'Kelly flüstern und sah, daß O'Kelly ihm eine Kopie des Dokuments überreichte. Die Platzanweiser machten dem Publikum ein Zeichen, wieder aufzustehen, und Vater O'Flanagan trat vor und sprach auf irisch ein Gebet:

»Komm zu uns, Heiliger Geist, und erfülle die Herzen deines ganzen Volkes und entzünde in ihm das Feuer deiner Liebe. Schicke deinen Geist, Herr, und ein neues Leben wird ihm geschenkt werden, und die ganze Welt wird ein neues Aussehen annehmen. Lasset uns beten: O Gott, du lehrest alle Dinge mit der Hilfe des Heiligen Geistes; lehre uns jetzt, alles zu lieben, was gut und richtig ist und alle Zeit Ihn uns nahe zu halten durch Christus unsern Herrn.«

Es ging nun alles sehr glatt, und fast schien es unmöglich, daß sie es nicht ein einziges Mal geübt hatten. Vier Schriftführer wurden ausgesucht, die dann an dem Tisch vor dem Podium Platz nahmen. Wegen seiner kräftigen, klaren Stimme war Farrell die Aufgabe zuteil geworden, die Namen der Abgeordneten zu verlesen, und er begann mit Éamon de Valéra. Sechsunddreißig von ihnen konnten auf ihre Namen antworten. Für die anderen siebenunddreißig antwortete einer der Schriftführer: »*Fé ghlas ag Gallaibh!*« – eine Aussage, die selbst diejenigen, die wenig oder kein Irisch verstanden, zu deuten wußten: Die Aufgerufenen saßen in englischen Gefängnissen. Die Litanei ging weiter und weiter, und das Publikum saß nun totenstill da. Als das Ende der Liste erreicht war, stand ein Dreier-Team auf, um die Unabhängigkeitserklärung zu verlesen, zuerst auf irisch, dann auf französisch und zuletzt auf englisch:

»›Da das irische Volk von Rechts wegen ein freies Volk ist; und da das irische Volk sich seit siebenhundert Jahren ununterbrochen gegen Fremdherrschaft aufgelehnt und wiederholt bewaffneten Widerstand gegen diese geleistet hat;

und da die Irische Republikanische Armee im Namen des irischen Volkes am Ostermontag 1916 die Irische Republik ausgerufen hat;

und da das irische Volk entschlossen ist, seine vollständige Unabhängigkeit zu sichern und aufrechtzuerhalten, um das allgemeine Wohl zu fördern, die Gerechtigkeit wiederherzustellen, für die künftige Verteidigung Sorge zu tragen, den Frieden zu Hause und ein gutes Einvernehmen mit allen Völkern zu gewährleisten und um eine nationale Politik aufzubauen, die auf dem Willen des Volkes beruht und jedem Bürger gleiche Rechte und Möglichkeiten zubilligt.

Aus diesen genannten Gründen ratifizieren wir, die gewählten Vertreter des uralten irischen Volkes, die wir hier im nationalen Parlament versammelt sind, im Namen der irischen Nation die Errichtung der Irischen Republik und verpflichten uns und unser Volk, diese Erklärung mit allen uns zu Gebote stehenden Mitteln wirksam werden zu lassen.

Wir verfügen, daß die gewählten Volksvertreter Irlands die Vollmacht haben, Gesetze zu schaffen, die für das irische Volk bindend sind und daß das irische Parlament das einzige Parlament ist, dem der irische Bürger verpflichtet ist.

Wir erklären feierlich, daß eine Fremdherrschaft in Irland ein Eingriff in unser nationales Recht ist, den wir niemals dulden werden, und wir verlangen, daß die englischen Truppen aus unserem Land abgezogen werden.

Wir fordern für unsere nationale Unabhängigkeit die Anerkennung und Unterstützung jeder freien Nation der Welt und erklären, daß Unabhängigkeit eine Vorbedingung für einen künftigen internationalen Frieden ist.

Im Namen des irischen Volkes befehlen wir unser Schicksal demütig dem allmächtigen Gott, der unseren Vätern den Mut und die Entschlossenheit gab, lange Jahrhunderte einer gnadenlosen Tyrannei zu überdauern, und überzeugt von der Gerechtigkeit der Sache, die sie uns weitergegeben haben, erbitten wir Seinen göttlichen Segen für die letzte Phase des Freiheitskampfes, dem wir uns verschrieben haben.‹«

Als die dritte Verlesung zu Ende war, sprach Brugha auf irisch zu der Kammer, und Peter war überrascht, daß sein Irisch recht gut war, obgleich sein Akzent sich niemals den irischen Feinheiten fügen würde. Er war dem Beispiel vieler Dubliner gefolgt, die Monate in den irisch sprechenden Teilen des Südens verbracht hatten, bis sie die uralte und schwierige Sprache beherrschten, die für sie alle zu einem Symbol geworden war. Er hatte eine warme, angenehme Stimme.

»Abgeordnete dieser Versammlung, aus den Worten dieser Erklärung geht hervor, daß wir vom heutigen Tage an fertig sind mit England. Möge die ganze Welt es vernehmen, und mögen wir, für die es am wichtigsten ist, es nie vergessen.«

Die Abgeordneten standen auf und wiederholten, was einer der Schriftführer ihnen vorsagte, auf irisch:

»Wir nehmen diese Unabhängigkeitserklärung an und verpflichten uns, sie mit allen uns zu Gebote stehenden Mitteln wirksam werden zu lassen.«

Dann machte Brugha den Vorschlag, drei Delegierte als Vertreter der neuen Republik zur Friedenskonferenz zu entsenden. Nur einer von ihnen, Graf Plunkett, war anwesend. Die anderen zwei waren de Valéra und Griffith.

Die Botschaft an die freien Nationen der Welt, die folgte, wurde auf irisch, französisch und englisch verlesen. In ihr wurde jede freie Nation dazu aufgerufen, die Irische Republik dadurch zu unterstützen, daß man ihr das Recht zuerkenne, auf der Friedenskonferenz gehört zu werden; sodann wurde in ihr betont, daß die irischen Bräuche und Traditionen sowie die irische Sprache eigenständig und von denen Englands unterschieden seien und daß siebenhundert Jahre nicht vermocht hätten, die zwei Rassen zu vermischen.

Zuletzt kam O'Kellys Fassung des demokratischen Programms, das ein phantastisches Utopia beschrieb, in dem der Staat sich der Wohlfahrt der Armen, Alten und Gebrechlichen annehmen würde, besonders der Kinder, die eine kostenlose Ausbildung und ärztliche Versorgung erhalten sollten. Es war sogar davon die Rede, die Armen umsonst wohnen zu lassen. Ein neues Projekt sollte das derzeitige »erniedrigende Armenrechtssystem der Fremdherrschaft« ersetzen. Industrien sollten neu aufgebaut und belebt werden, und vermittels konsularischer Vertretungen sollte ein breiter Außenhandel angekurbelt werden. Bergwerke, Torfmoore, Fischerei, Wasserwege und Häfen sollten zum Wohle der Nation entwickelt werden. Außerdem würde die Republik mit den Regierungen anderer Länder zusammenarbeiten, um eine Gesetzgebung zu erstellen, welche die Arbeits- und Lebensbedingungen der Arbeiterklasse allerorten verbessern würde. Es war glatter Aufruhr, und der sozialistische Ton genügte, um die Bischöfe in Ohnmacht sinken zu lassen, obwohl er sehr viel milder war als vorher in Johnsons Fassung.

Beim Zuhören wurde Peter aber klar, daß im Grunde dieselben Aussagen wiederholt wurden, die Pearse in seiner Unabhängigkeitserklärung gemacht und die vor kaum drei Jahren so vielen Menschen den Tod gebracht hatte. Damals wäre er gerne dabei gewesen und fühlte sich bitter enttäuscht, ausgeschlossen worden zu sein, und es hatte ihn geärgert, daß er trotz aller gegenlautenden Befehle nicht den Verstand gehabt hatte, nach Dublin zu fahren zu Pearse, um mitzuerleben, wie er in der Sackville Street für das irische Volk die Republik ausrief. Die Worte waren damals fast dieselben wie heute – »Wir erklären, daß das irische Volk ein Besitzrecht auf Irland hat« – »Die Republik garantiert allen ihren Bürgern die religiösen und bürgerlichen Freiheiten sowie gleiche Rechte und gleiche Möglichkeiten; und sie erklärt ihre Entschlossenheit, Glück und Wohlstand für die ganze Nation anzustreben.«

Pearse und seine Freunde waren alle tot, aber der nächste Schritt war gemacht, geradeso, als hätten sie ihren bewaffneten Streich erfolgreich zu einem militärischen Sieg geführt. Die heutige Zeremonie war einfach eine neue Art, eine unnachgiebige Wiederholung der alten Ansprüche vorzubringen. Und diesmal war er dabei; diesmal hatte er es gesehen. Hinsichtlich der Zukunft hatte er keine Illusionen; sobald die neue englische Regierung zum Luftholen käme, würde der Zweck dieser Versammlung natürlich erkannt werden als der alte Feind in neuer Verkleidung.

35

Es kann auf der Welt kaum einen trostloseren Ort geben als Lincoln im Februar. Als Peter und Desmond Mackey die Stadt in der Dämmerung erblickten, lag sie gänzlich in einem Kessel grauen Nebels versunken, aus dem dunkel die Türme der Kathedrale ragten. Sie hatten den ganzen Tag gebraucht, um über verschiedene Nebenlinien der Bahn vorwärts zu kommen, und je weiter die Reise sie ostwärts führte, um so flacher und feuchter wurde das Land. Sie waren der Anweisung Collins' gefolgt und hatten mehrere Tage damit verbracht, die Fluchtwege für die Gefangenen festzulegen, wobei sie sogar deren genaue Ankunftszeiten nannten, als wäre die ganze Sache bereits gelaufen. Drei Männer sollten den Versuch machen, de Valéra selber, Seán MacGarry und Seán Milroy, aber die beiden letzteren würden ab Manchester eine andere Route einschlagen.

Der dritte Februar war der Tag, an dem sie in Lincoln zusammenkommen sollten. Nach einer Reihe überfüllter Züge fanden sie schließlich einen Wagen für sich, und endlich erzählte Mackey Peter, wie die Flucht geplant worden war. Der einfachste Teil war der Wachsabdruck von dem Schlüssel zur Gefängniskapelle, den der Kaplan jeden Morgen benutzte, wenn er die Messe las. De Valéra machte das selber, denn er hatte entdeckt, daß der Kaplan seinen Schlüssel immer in der Sakristei ließ. Es war ein großer Schlüssel, etwa zehn Zentimeter lang, und er war ihm zu schwer, um ihn bequem in der Tasche mit sich herumzutragen. Während der Messen konnte de Valéra das herunterlaufende Wachs von den Kerzen sammeln. Dann wurde eine Zeichnung von dem Schlüssel gemacht und auf einer Weihnachtskarte nach draußen geschickt, wie Peter bereits gehört hatte, aber die Freunde, die sie erhielten, dachten zuerst, die Zeichnung sei lediglich ein Scherz.

Hinter den Gefängnismauern begannen die Gefangenen dann wie verrückt in ihren Briefen geheimnisvolle Botschaften nach draußen zu schicken, darunter eine auf lateinisch, in der sie darum baten, den Brief an eine Frau in Irland weiterzuleiten, die wisse, was damit zu tun sei: »Mit den Worten des alten Römers, *Hanc epistolam in toto ut per nuntiam fidelem statim mittas ad illam mulierem cujus domicilium notavi, rogat et orat dux noster Hibernicus.*« Dann kam ein bißchen Unsinn über ein berühmtes Weihnachten in der irischen Geschichte, als Schnee auf dem Boden lag, und eine Geschichte über das Dubliner Castle, was zusammengenommen nichts anderes bedeuten konnte, als daß die Gefangenen in Lincoln, besonders der *dux Hibernicus*, an einen Ausbruchsversuch dachten. Für jeden Iren konnten das Dubliner Castle und Weihnachten und Schnee nur die Flucht bedeuten, die Red Hugh O'Donnell und seinem Vetter Art 1591 aus dem Dubliner Castle gelungen war. Mackey zeigte ihm die Kopie eines anderen Abschnittes, in dem scheinbar das einsame Leben der Gefangenen beschrieben wurde, wobei der Schreiber aber auch klarmachte, daß sie an einem dunklen Abend kurz vor Mondaufgang von einem der oberen Fenster aus ein Signal geben könnten: »Ich rauche eine Zigarre, und de Valéra schaut zu, wie der Große Wagen sich um den Polarstern dreht. Er studiert die Sterne, ich betrachte die Lichter auf der Erde, die Autoscheinwerfer und Fahrradlampen, die sich von Osten oder vielleicht Nordosten auf der Straße der Stadt nähern und blinken, wenn irgendwelche Dinge zwischen sie und uns kommen – meine Zigarre muß aussehen wie ein abendlicher Stern, sofern man sie bis zur Straße sehen kann; ein Stern, der oben am Himmel steht wie wir hier an diesem Fenster.«

Mackey sagte:

»Osten oder Nordosten. Die andern sollten bereits da sein, aber falls sie verhaftet werden, sollen wir einspringen.«

»Die andern?«

»Collins und Boland.«

»Collins hat mir zwar gesagt, er habe vor zu kommen, aber er wird doch bestimmt nicht direkt bis ans Gefängnis gehn.«

»So ist Collins nun mal – wenn er irgendwie praktisch mitmischen kann, muß er dabei sein. Soweit wir gehört haben, ist de Valéra dagegen, daß sie kommen. Wahrscheinlich hätte er die ganze Sache auch nicht angefangen, wenn er gewußt hätte, daß sie auf diese Weise ablaufen soll. Unsere Aufgabe ist, sie nach Worksop und Sheffield wegzuschaffen, falls Collins und Boland geschnappt werden.«

»Collins hat selber gesagt, es sei genauso, wie einen Zirkuselefanten herumzuführen.«

»Und wir sollen das Feuer auf uns ziehen, falls es zu einer Schießerei kommt.«

»Na, das kann ja lustig werden.«

»Aber de Valéra meint, das sei ziemlich unwahrscheinlich, weil das Gefängnis keine Militärwache hat.«

Peter las den Kassiber über die Sterne und die blinkenden Lichter noch einmal durch. Dann gab er das Papier Mackey zurück und sagte:

»Das ist sehr sonderbares Englisch. Schon allein aus diesem Grund hätte so was auffallen müssen. Wie ist das überhaupt aus dem Gefängnis gekommen?«

»Der übliche freundliche Wärter, soweit ich weiß. Oder vielleicht hat die Zensur einfach gedacht, die Iren seien so sonderbare Leute, daß sie eben so sonderbar miteinander reden.«

Mackey zerriß das Papier in kleine Stücke und ließ sie aus dem Fenster flattern.

In einem kleinen Restaurant in der Nähe der Kathedrale aßen sie etwas Fettes und bewunderten dann eine Weile deren Fassade, auf die das trübe Licht von Gaslaternen fiel.

»Wenn das hier Irland wär, würde diese Kathedrale nur noch eine Ruine sein«, sagte Mackey. »Mir hat jemand erzählt, es sei unsere eigene Schuld, daß wir in Irland so viel Schwierigkeiten haben. Wir hätten kein Talent für Kompromisse. Wir wüßten nicht, wann das Spiel aus ist. Deswegen hätten unsere Klöster niedergebrannt werden müssen. Wenn die Mönche sich einfach ein bißchen angepaßt hätten, könnten sie heute noch am Leben sein. Das hat mir ein Oberst im Ruhestand in der Grafschaft Tipperary erzählt. Ich war damals fünfzehn Jahre und wohnte bei meiner Tante. Ich war frühmorgens draußen, um mir die Abtei anzusehn, und traf einen alten Mann, von dem es hieß, er sei nicht ganz richtig im Kopf. Er verbringt da seine ganze Zeit, geht in der Ruine herum und haut mit seinem Stock die Brennesseln um. Er sagte, der Tag werde noch kommen, wo die Abtei wieder ihr Dach kriegen würde, und für alle Menschen in der Umgebung würde wieder wie in alten Zeiten die Messe gelesen werden, wenn das Volk sich nur noch einmal erheben würde. Ich hatte bis dahin noch nie an so was wie Erhebung gedacht. Mein Vater sagte immer, das sei alles vorbei, altmodisch, überlebt. Am selben Tag traf ich den Oberst. Er hielt mich an und sagte, ich sei ein kräftiger, großer Junge und könne bald zur Armee gehn, und ich sagte, ›Gewiß, wenn es bis dahin eine irische Armee gibt.‹ Wir hatten eine hitzige Debatte. Er war wütend und kam vorbei, um sich bei meiner Tante zu beschweren, daß ich ein junger Rebell sei. Und das war ich auch, aber erst von diesem Augenblick an.« Plötzlich brach der kühle, intellektuelle Ton ab, und Mackey sagte: »Es ist gut möglich, daß ich nicht noch einmal Gelegenheit habe, mit Ihnen zu sprechen. Uns bleibt nicht viel Zeit. Sollten Sie je hören, daß ich getötet worden bin, würden Sie dann meinen Vater aufsuchen und ihm sagen – ihm erklären, was ich Ihnen gerade erzählt habe?«

»Ja, selbstverständlich, sofern ich selber noch am Leben bin.«

»Er wird es nie verstehn, aber meine Mutter bestimmt. Kürzlich hat er zu mir gesagt, wenn man älter wird, ist Geld das einzige, was wirklich Befriedigung verschafft. Was hat ihn nur dazu gebracht?«

»Es klingt, als sei er ein sehr enttäuschter Mensch.«

»Ob wir auch so werden, wenn wir älter sind?«

Peter lächelte in der Dunkelheit über die kindliche Frage und sagte dann ernst:

»Nein. Dazu wird es nie wieder kommen.«

Um sieben Uhr schlenderten sie aus der Stadt, schnupperten die naßkalte Luft des Marschbodens, die ein wenig salzig roch und ein bißchen nach Kompost. Peter erinnerte sich, daß hier vor allem Steckrüben angebaut wurden, und meinte auch diese zu riechen, besonders als sie an den Rand der Felder kamen. Sie konnten die Gefängnisgebäude sehen, zwei hohe Blocks im rechten Winkel zueinander und trübe angeleuchtet hinter ihrer gewaltigen Mauer. Nach dem Gefängnis führte die Straße in einer Kurve zu den Eisentoren des Militärkrankenhauses. Sie sagten jetzt kein Wort mehr, obgleich zwei Männer, die zum Militärkrankenhaus gingen, keine Aufmerksamkeit erregt hätten, selbst wenn sie irischen Akzent gesprochen hätten. Schließlich sagte Mackey leise:

»Ich wünschte, wir wären gestern oder vorgestern gekommen. Samstag oder Sonntag wär bestimmt besser gewesen. Ich wünschte, es wär ein bißchen belebter hier.«

Peter erwiderte nichts. Ein Hautkribbeln meldete ihm, daß Mackeys Nervosität sich auf ihn übertrug. Was für einen Unterschied machte schon ein Tag, in dieser Dunkelheit, die nur in langen Abständen durch trübe Gaslaternen unterbrochen wurde, und das mitten im Winter? Die Stärke ihres Planes lag allein im Unerwarteten. Die kalte Luft schien bis auf die Knochen durchzudringen, und er bedauerte Mackey in seinem leichten Regenmantel, der allenfalls für den Frühherbst ausgereicht hätte. Ihm sei nie kalt, sagte er, doch als Peter seinen Arm nahm, konnte er fühlen, wie er zitterte.

Rechts von ihnen stand üppig und hoch das Gras am Rande der Straße, die sich bald zu einem unebenen Acker hinabsenkte, der mit Stacheldraht eingezäunt war. Hinter dem Feld konnten sie die Lichter einer anderen Straße sehen, an der Bäume zu stehen schienen. Sie bildete die Spitze eines Dreiecks mit der Straße, die am Gefängnis vorbeiführte, wobei das Krankenhaus im Schnittpunkt lag. Ein oder zwei Pärchen schlenderten dort entlang, wahrscheinlich genesende Soldaten mit ihren Mädchen.

Zwei Männer kamen mit schnellem Schritt auf sie zu. Als sie bei ihnen waren, erkannten sie Collins, als er auf irisch sagte:

»Gottes Segen sei mit euch, Freunde. Ist alles klar?«

»Ja, alles klar.«

Boland stampfte mit den Füßen, die Nase im Kragen seines pelzgefütterten Mantels vergraben.

»Ein widerliches Wetter«, sagte er auf englisch. »Warum kann sich's nicht entschließen zu regnen? Wie seid ihr hergekommen?«

»Unsern letzten Zug haben wir von Birmingham aus genommen, aber der ist alle fünf Minuten stehngeblieben. Und ihr?«

»Auch mit dem Zug, aber wir sind gestern schon gekommen. Wir gehn ein bißchen spazieren, damit ihr sehen könnt, wo der Stacheldraht durchgeschnitten ist. Wir werden mit ihnen über diesen Acker da müssen. Es sind immer noch zehn Minuten Zeit. Wie ist es in Worksop gegangen?«

»Das Taxi wird bereitstehn. Es war gar nicht so einfach, eins zu finden, das sie von Sheffield nach Manchester bringen würde, aber auch das ist geregelt worden. Das Problem ist das Benzin. Aber Murphy hat uns schließlich einen Mann aufgetrieben.«

»Mackey, Sie können mit ihnen nach Worksop fahren«, sagte Collins. »Und dann möchte ich, daß Sie, Morrow, nach Gloucester fahren und erkunden, was da los ist. Die Hälfte der Gefangenen ist an Grippe erkrankt. Soweit wir gehört haben, sind sie auf Krankenhäuser und Pflegeheime der Stadt verteilt. Versuchen Sie, de Lacy rauszuholen, wenn's geht. Wir brauchen ihn für die Informationsarbeit. Im übrigen gab's heute schlechte Nachrichten – zwei Männer sind tot, aber wir konnten nicht rauskriegen, wer der zweite war. Wir können nur beten, daß es nicht Griffith ist. Vielleicht ist die ganze Geschichte aber auch gar nicht wahr.«

»Und was für einen Namen habt ihr gehört?«

»Fergal Connolly.«

Sie machten kehrt. Die Straße senkte sich jetzt sanft zu den Krankenhaustoren hin, so daß die Stadt erst wieder zu sehen war, als sie oben auf der Steigung waren. Boland sagte:

»Zwanzig vor acht. Es ist soweit.«

Er zog eine große Stablampe aus der Tasche, knipste sie an und richtete den Lichtstrahl auf das dunkle Gefängnis. Collins sagte aufgebracht:

»Genug, Mensch! Willst du das ganze Land aufwecken?«

»Ich krieg sie nicht aus – der verdammte Schalter ist verklemmt.«

»Dann steck sie in die Tasche.«

Wieder standen sie im Stockfinstern und starrten ins Nichts.

Dann flackerte hoch oben im Gefängnisbau ein Licht auf, brannte etwa dreißig Sekunden und ging aus. Collins sagte:

»Gott sei Dank. Also dann da runter.«

Zu zweit machten sie sich wieder auf den Weg zum Gefängnis. Dessen einzige Hintertür schien sich in dieser Mauer zu befinden, deren langgestreckte Leere anmutete wie eine Falle. Was tun, wenn Suchscheinwerfer auf diese ununterbrochene Steinfläche gerichtet wurden? Als sie auf die Tür zugingen, fühlte sich Peter wie ein Kaninchen, das bei abendlichem Sonnenschein ein Feld überquert – eine Zielscheibe für jede Flinte.

Die nächste Gaslaterne war einige Schritt entfernt, obwohl sie natürlich direkt bei der Tür hätte stehen sollen. Boland holte den Schlüssel aus der Tasche und steckte ihn behutsam ins Schlüsselloch. Instinktiv traten die anderen dicht an ihn heran, fast so, als müßten sie bereit sein, hineinzuhuschen. Peter hörte jetzt, daß sich da drinnen etwas bewegte, Metall traf auf Metall, dann ein Knirschen, das so laut war, daß es Tote hätte wecken können. Collins sagte leise:

»Großer Gott! Da ist doch was schiefgegangen. Wo ist dein Schlüssel, Harry? Mach schon, steck ihn rein.«

»Mach ich ja«, sagte Boland verzweifelt. »Paßt um Himmels willen auf die Straße auf. Kommt eins von diesen verdammten Liebespärchen hier runter?«

»Nein.«

Collins sagte:

»Versuch ihn umzudrehn.«

»Horch!«

Wieder war da das Geräusch knirschenden Metalls hinter der Mauer. Es klang, als würde vorsichtig eine Tür geöffnet, genau das Geräusch, nach dem sie sich sehnten, aber die Tür hatte sich nicht bewegt. Peter sagte:

»Da drin muß noch eine Tür sein. Die kriegen sie jetzt auf.«

Während er noch mit dem Schlüssel kämpfte, entfuhr Boland ein Ausruf:

»Scheiße! Ich hab ihn abgebrochen!«

»Komm, laß mich mal.«

Aber Boland zeigte seinen Handteller, und darauf lag der Schaft des Schlüssels ohne Bart. Collins legte den Mund an den Türritz und flüsterte:

»Bist du's, Dev?«

Eine leise Stimme antwortete:

»Ja, wir sind alle hier. Was ist los?«

»Wir haben den Schlüssel im Schloß abgebrochen.«

»Die Strickleiter – habt ihr die mit?«

»Ja. Bis wir die klar haben, sitzt uns die ganze Armee im Nakken. Was meinst du, werdet ihr schon vermißt?«

»O'Mahoney flößt dem Wärter Whisky ein.« Das war eine andere Stimme, mit einem kleinen Kichern. Dann kam wieder de Valéras Stimme:

»Wartet einen Moment. Ich versuch mal meinen Schlüssel.«

Peter stockte der Atem, er fühlte einen Tropfen Schweiß an seiner Schläfe herunterrinnen, seine Hände waren heiß und vor Angst geschwollen. Dies war der Augenblick vor der Hinrichtung, der Augenblick, bevor der Knüppel trifft, die Sekunde tierischen Schreckens, jenseits von der Vernunft und bar jeder Hoffnung. Die anderen waren vollkommen still. Alles dauerte kaum eine Minute, dann fiel ihnen mit einem winzigen »plop« das verdammte Stück Messing vor die Füße. Sie drängten sich näher und fühlten mehr als daß sie hörten, wie de Valéra seinen Schlüssel drehte. Dann, mit dem Quietschen und Knarren uralten, ungeölten Metalls, bewegte sich die Tür einen knappen Zentimeter weit. Von drinnen flüsterte heiser eine Stimme:

»Drückt von eurer Seite.«

Irgend etwas hielt die Tür unten fest, aber bald stellte sich heraus, daß es wohl nur ein lose angeschraubter Riegel war, den jemand hochgeschoben haben mußte, ohne ihn wieder gründlich zu sichern, als der Kaplan am Morgen gegangen war. Mit einem scharfen Ruck brachten sie ihn auf, dann drückten sie wieder gegen die Tür, bis sie etwa fußbreit offenstand und die Gefangenen ihre Körper hindurchzwängen konnten. De Valéra sagte:

»Können wir die wieder zukriegen? Dann fällt's nicht gleich so auf, wenn jemand vorbeikommt.«

»Keine Zeit. Und es macht einen Höllenlärm. Kommt jetzt, wir haun ab, immer ein paar Schritt auseinander. Ich geh zuerst mit Mackey, dann Dev und Harry, dann MacGarry und Milroy, dann Peter. Wir sind alle verletzte Soldaten aus dem Krankenhaus.« Collins lachte leise. »Ich hatte noch gar keine Zeit zu fragen, wie's euch allen geht.«

»Momentan prima. Los, geh voran.«

Mehr wurde nicht gesprochen. Die seltsame Prozession setzte sich in Bewegung, alle mit Collins' lässigem Schritt, obwohl es eine Erleichterung gewesen wäre, einfach davonzurennen. Alle wußten sie, daß de Valéra durch seine Größe auffiel, und im Licht der flackernden Gaslaternen konnte Peter sehen, daß er und die anderen Gefangenen totenblaß waren. Bis sie genügend Abstand vom Gefängnis gewinnen konnten, war der Schutz der Nacht wesentlich. Wie einfach Collins gesagt hatte: »Hol de Lacy da raus.« Hatte er vor, dieses Spiel in ganz England zu versuchen?

Peter hatte ein trockenes, wundes Gefühl im Hals. Der schlendernde Schritt war eine Qual. Er merkte, daß er sich überlegte, was er tun würde, wenn man die Gruppe entdeckte, wie er versuchen würde, in der Dunkelheit unterzutauchen, in die Stadt zurückzukommen und schnell eine Nachricht nach Irland zu schicken. Die Wut und Enttäuschung in Dublin würden maßlos sein. Das Herz hämmerte ihm in der Brust, als es soweit war, Collins durch den zerschnittenen Stacheldraht auf das dunkle Feld zu folgen. Das Gras war schwer von Nässe und durchweichte seine Stiefel vollständig. Es war so dunkel, daß er die anderen nur mit Mühe sehen konnte. Auf der anderen Seite standen sie dicht beieinander am Tor und warteten auf ihn.

»Soldaten«, sagte Collins grimmig. »Ganz schön heiß müssen die sein, und das bei dieser Nässe und Kälte. Guckt euch das an!«

In den dunklen Löchern zwischen den Laternenpfählen konnten sie mehrere Soldaten sehen, die ihre Mädchen umarmten. Offenbar hatten sie keine Lust, sie zu verlassen und in das kalte Krankenhaus zurückzukehren. Boland sagte:

»Hier, Dev – raus aus diesem Mantel. Zieh meinen an. Gib

mir deinen, so, und jetzt bin ich dein Schatz – komm, nimm mich in die Arme und drück mich. Steck deine lange Nase in den Kragen hier. Gott, dein Mantel ist ja wirklich ein Fähnchen in so 'ner kalten Nacht. Kriegst du in meinem noch Luft? So, und jetzt lehn ich mich an dich, und du faßt mich mal richtig um die Schultern. Gut so. Oh, Liebster! Und nun losgeschoben, schön sachte und gemütlich.«

Zusammen schlenderten die beiden weiter, von den anderen mit angehaltenem Atem beobachtet. Kurz darauf hörten sie, wie Boland einem Liebespaar, das innig verschlungen und weltvergessen an einem Baum lehnte, mit Fistelstimme zurief:

»Gutnacht, Jungs!«

Es kam keine Antwort. Collins sagte:

»Jetzt können wir hinterher. Das Taxi?«

»Es soll oben an der Ecke stehn.«

»Also dann – und Augen auf. Noch sind wir nicht aus dem Dicksten raus.«

Der alptraumhafte Weg ging weiter, langsam setzten die falschen Liebespaare Schritt vor Schritt. Nach den Krankenhaustoren wurden die Laternen weniger, und plötzlich schien die Luft reiner zu werden. Die hohe Mauer war ihnen jetzt willkommen, ihr dunkler Schatten verbarg sie vollständig, als sie in einer Reihe dicht an ihr vorbeistrichen. Am Ende der Mauer machten sie wieder halt, und Mackey und Boland gingen alleine weiter. Kurz darauf kamen sie im Eilschritt zurück.

»Das Taxi!« sagte Boland wütend. »Das verdammte Taxi ist weg. Er hat gesagt, er würde da warten. Einer von uns hätte bei ihm bleiben sollen.«

»Wir sind länger ausgeblieben als verabredet.« Peter hörte seine Stimme wie von einem Fremden. »Es besteht aber noch die Möglichkeit, daß er da oben in die Kneipe gegangen ist – ins Adam und Eva. Wir sind auf dem Weg hier runter daran vorbeigekommen.«

»Ich werd nachsehn.«

Mackey rannte davon in die Dunkelheit. Die übrigen blieben lautlos und ohne eine Bewegung stehen, nur daß Collins seine

Hand in die Manteltasche steckte. Ewigkeiten vergingen. Dann sagte de Valéra leise:

»Jetzt ist der Augenblick für ein Gebet gekommen.«

Darauf ein anderer:

»Ja.«

In der durchdringenden Kälte des Nebels klang alles sonderbar. Sie horchten und meinten laufende Füße zu hören, aber niemand kam. De Valéra sagte:

»Wann werd ich dich in Irland sehn, Mick?«

»Kann sein, daß wir uns schon treffen, bevor du dort bist. Brugha wollte rüberkommen. Gegen Mitternacht müßtet ihr heute in Manchester ankommen, aber weiß der Himmel, wie lange ihr da bleiben könnt. Es gibt andere Pläne – du wirst es unterwegs hören. Das beste wäre, ihr könntet in Manchester bleiben, bis das erste Zetergeschrei sich gelegt hat. Vater Charlie O'Malley hat ein Bett für dich – er ist der Kaplan des Armenhauses in Crumpsall. Das ist voll von kaputten Iren. Brugha müßte so Freitagabend da sein. Du kannst über alles sprechen. Schwierig ist es mit Pässen, sonst könntest du gleich nach Paris fahren.«

»Ich finde, ich sollte nach Amerika gehn.«

»Wir brauchen dich hier.«

»Irgendwer sollte den Iren in Amerika erzählen, was hier so alles passiert ist. Wir können auf Präsident Wilson bei der Friedenskonferenz Druck ausüben. Mit den Iren muß gerechnet werden in Amerika, und das Treffen ist zum Teil arrangiert.«

»Mir gefällt das nicht. Es geht zu schnell. Du solltest hier bei uns bleiben.«

»Überleg's dir nochmal. Gott segne dich, Mick, und danke euch allen. Ich hör ein Auto kommen.«

Es war das Taxi mit Mackey neben dem Fahrer, der sich vielmals entschuldigte. Es sei eine so kalte Nacht, daß er kurz mal eingekehrt sei, um aus der Zugluft zu kommen, aber er habe nichts getrunken, keinen Schluck, und es tue ihm leid, daß er die Herren habe warten lassen. Im Handumdrehn waren de Valéra, Milroy und MacGarry zu Mackey in den Wagen gestiegen, der sich nun klappernd auf der Straße entfernte. Mit einem Gefühl

373

plötzlicher Leere sahen die übrigen drei ihm nach. Dann sagte Collins:

»Ein flotter Marsch zurück in die Stadt wird uns allen gut tun. Morrow, ich möchte Ihnen ein paar Adressen in Gloucester geben. Wir fahren heute abend noch nach London, wenn wir einen Zug kriegen können. Sie brauchen erst morgen früh abzufahren. Schreiben Sie nichts Gefährliches in Briefen; am schlimmsten ist das Telefon. Wenn Sie direkt ins Krankenhaus hineinkommen, haben Sie die beste Chance. Da geht alles drunter und drüber. Tun Sie, was Sie können. Vielleicht kommen Sie ja wirklich zum Zug, wenn Sie die Augen aufhalten. Ich hoffe, gegen Ende der Woche wieder in Dublin zu sein, kann aber nichts versprechen.«

Wer ihn so reden hörte, konnte denken, daß er de Valéra und die anderen beiden Gefangenen und das ganze wilde Abenteuer, das sie nach Lincoln gebracht hatte, schon vollkommen vergessen hatte.

36

Mitte März 1919 wußte Henry, daß es für ihn Zeit wurde, und zwar schon lange, nach Amerika zu verschwinden. Er hatte es immer wieder hinausgeschoben, in der verzweifelten Hoffnung, daß die Dinge sich zum Besseren wenden würden, aber sein letzter Strohhalm hatte mit dem Polizisten Hogan aus dem Dorf Moycullen zu tun. Die Irisch-Republikanische Bruderschaft hatte gedroht, ihm das Haus anzuzünden, wenn er gegen Nicholas aussagen würde, wie Bartley Duffy gesagt hatte. Später, in einer Kneipe in Oughterard, hatte Luke gehört, wie er betrunken gesagt hatte, die großen Denunzianten würden jetzt so gut bezahlt, daß Leute wie er zurücktreten und ihnen das Feld überlassen müßten. Luke ließ das beiläufig fallen, als er einen Korb Torf ins Wohnzimmer brachte. Henry erstarrte fast zu Stein in seiner Ecke. Er konnte auf keine Weise in Erfahrung bringen, ob irgendwer eine so dunkle Rede mit ihm in Verbindung brachte, aber er merkte, daß jede Anspielung auf Denunziation ihn schrecklich nervös machte, besonders wenn gleichzeitig die Bewohner von Woodbrook erwähnt wurden. Nicholas war jedenfalls wieder verhaftet worden, und fast wäre er in Gloucester an derselben Grippe gestorben, die die halbe Bevölkerung von Connemara dahingerafft hatte, einschließlich Fergal, den einzigen Sohn und Erben des alten Morgan Connolly. Es war jederzeit möglich, daß Henry selber niedergeworfen wurde. Nach Catherines Aussehen zu urteilen, selbst nachdem sie es nun schon so lange hinter sich hatte, würde ein Anfall dieser Krankheit sein Ende bedeuten. Er war nicht so frisch wie sonst, das ließ sich nicht leugnen, auch wenn Nora sich über seine Manneskraft nicht beklagen konnte.

Nora war jetzt sein einziger Rettungsanker. Sie war auf ihre Weise ein treues Mädchen, und sie schien nicht nur wegen seines Alters zu ihm aufzublicken, sondern auch, weil er ein Gentleman war. Auch wenn er es sie nicht wissen lassen wollte, brauchte er sie jetzt mehr denn je. Die Anfälle von Nervosität, die ihn nun des öfteren heimsuchten, zehrten an ihm, und sie wußte genau, was da zu tun war – sie hielt seinen Kopf an ihrer weichen, warmen Brust, streichelte ihm übers Haar, kitzelte ihn im Nacken, bis er seine Ängste wieder in der Hand hatte und sich aufsetzen konnte, um Whisky mit heißem Wasser zu trinken, was der letzte Schritt ihrer Behandlung war. Am schlimmsten war es gewesen, als Bartley Duffy in Menloe verhaftet wurde und als am selben Tag das Haus von Hanley in Bushy Park durchsucht und Hanley zum Verhör nach Galway gebracht wurde. Henry hatte gegenüber Hauptmann Emory nur ganz zufällig erwähnt, daß Duffy in der Nacht, als ihm der üble Schrecken in die Knochen gefahren war, jener Nacht, in der Duffy das Pony auf dem Weg von Galway anhielt, in Hanleys Haus auf ihn gewartet habe. Die Polizei hatte Hanleys Mutter dann tatsächlich gesagt, ihr Sohn stehe in Verbindung mit Duffy, aber es war ihm kein Fitzelchen nachzuweisen, und sie mußten ihn laufenlassen. Zu Hause zerbrach er sich wahrscheinlich den Kopf, was für eine Verbindung da wohl vermutet wurde, und es war gut möglich, daß er darauf kam, daß Henry höchstwahrscheinlich derjenige war, welcher der Polizei den Namen Hanley genannt hatte, denn Henry war der Mann gewesen, auf den Duffy in jener kalten, lange vergangenen Nacht gewartet hatte.

Es war alles so kompliziert, und mit jedem Tag wurde es schlimmer, so daß es keinen Sinn hatte, darauf zu hoffen, daß er den verhängnisvollen Fehler schließlich nicht machen würde. Wer von ihnen würde ihn am Ende kriegen? Emorys Leuten traute er ebenfalls nicht über den Weg. Angenommen, sie fanden heraus, daß Nicholas ihn als Spitzel für die IRB gewonnen hatte – würden sie ihm je wieder glauben? Wenn nur sein Vater ein bißchen mehr Weitblick gehabt hätte, wäre all dies nicht nötig gewesen. Nach dem ganzen Pack hätte er mit den Fingern schnippen können.

Was hätte er Hauptmann Emory alles erzählen können, wenn er gewollt hätte! Was für Geld hätte er haben können! Aber dem Hauptmann beliebte es jetzt zu sagen, daß Informationen vom Hörensagen nichts taugten, er müsse schon aus erster Hand etwas über Leute und Vorkommnisse wissen, bevor er es einer Bezahlung für wert erachten könne. So etwa drückte er sich aus, seit Henrys Lohn gestiegen war. Keine fünfundzwanzig Goldstücke mehr für den Namen eines Verdächtigen; um jetzt überhaupt noch bezahlt zu werden, mußte es das Versteck eines der führenden Köpfe sein, nicht gerade das von Michael Collins, aber doch von jemandem dieser Preisklasse. Und jetzt hatte Henry zu große Angst, um daraus Nutzen zu ziehen.

Die Wege dieses Schurken de Valéra hatte er beispielsweise gekannt – Peter Morrow hatte Molly und Jack davon erzählt, als Henry auf sein Zimmer gegangen war. Das Horchloch funktionierte zwar noch, aber gerade als es sich am herrlichsten hätte auszahlen sollen, bekam er es mit der Angst. Warum hatte er zuerst keine Angst gehabt? Es war idiotisch, gerade jetzt die Nerven zu verlieren, wo die beste Zeit gekommen war. Peter Morrows Beschreibung von de Valéras Befreiung aus dem Gefängnis von Lincoln wäre bestimmt einiges wert gewesen, vor allem mit dem Namen von Dr. Farnan vom Merrion Square in Dublin als Beigabe, zu dessen Haus die Desperados ihn gebracht hatten, nachdem er wieder in Irland gelandet war. Jeder wußte, daß es ein elegantes georgianisches Haus war, denn er hatte einem amerikanischen Korrespondenten von der United Press ein Interview gegeben, aber niemand wußte, wo dieses Haus stand, noch wem es gehörte. Und niemand wußte, wohin er danach ging, aber Henry – wenn er den Mut gehabt hätte – hätte sagen können, sie sollten beim katholischen Erzbischof von Dublin im Pförtnerhäuschen nachsehen. Niemand wußte, daß die ganze Bande sich zu ruchlosen Zusammenkünften ihres sogenannten Parlaments mit dem albernen irischen Namen in der Destille dicht bei dem Haus des Erzbischofs traf, um dort Ränke und Pläne zu schmieden, wie die Sache Irlands vor die Pariser Friedenskonferenz zu bringen sei. Was Henry alles wußte!

Als Nicholas aber endlich im März nach Hause kam – er sah aus wie ein Gespenst –, stand es für Henry fest, daß mit seinem Horchloch für immer Schluß sei. Einmal machte er es dann doch noch auf, als Molly mit jenem verängstigten Gesicht, das bei ihr zu einem Dauerzustand geworden schien, allein mit ihrem neuen Baby und Nicholas im Wohnzimmer saß und zu erwarten war, daß sie einander sicherlich alle möglichen wertvollen Geheimnisse enthüllen würden; doch Henry brachte es einfach nicht fertig zu lauschen. Genausogut hätte er seine eigenen Exkremente essen können. Dieser eklige Vergleich kam ihm ohne Vorwarnung in den Sinn, so daß er sich mit einem mauseähnlichen Quietschton des Angewidertseins von seinem Horchloch abwandte.

Das war der Tag, an dem er sich mit seinem Einspänner auf den Weg nach Galway machte, um Nora seinen Plan mitzuteilen.

»Kannst du mit mir kommen? Du weißt doch noch, daß du gesagt hast, du könntest das Haus leicht verkaufen. Du würdest gern mitkommen nach Amerika, hast du gesagt.«

Sie runzelte die Stirn, so daß er schon dachte, sie habe irgend etwas einzuwenden, und er machte sich bereit, sie anzubrüllen, aber sanft sagte sie nur:

»Das muß ich erst noch überschlafen. Es ist passiert so viel, nachdem wir gesprochen haben darüber.«

»Du mußt diese scheußliche irische Angewohnheit ablegen, das Verb an den Anfang des Satzes zu stellen«, sagte Henry verdrießlich, und er malte sich aus, wie sie sich in Amerika an seiner Seite ausnehmen würde. »Und sag nicht ›nachdem wir gesprochen haben‹, sondern ›gesprochen hatten‹.«

»Bei allem, was recht ist«, zischte Nora ihn plötzlich an, »aber wenn du denkst, ich hör mir von deinesgleichen Lektionen in Grammatik und Benimm an, dann bist du aufm falschen Dampfer, mein Lieber. Ich müßte doch 'n Sprung inner Schüssel haben, wenn ich in meinem Alter noch versuchen würde, auf piekfein zu machen. Schreib dir das hinter die Ohren oder steck's dir von mir aus in deinen alten Backenzahn!«

»Schon gut, schon gut«, sagte Henry und wiederholte: »Schon gut, schon gut. Ich hab ja nur gedacht, du kommst in Amerika vielleicht besser zurecht, wenn wir mal vornehm zusammen ausgehn. Möchtest du das denn nicht?«

»Soweit ich gehört habe, ist in Amerika alles vornehm«, sagte sie, »und jeder kann hingehn, wo er will. Das ist doch gerade das Großartige an Amerika, oder etwa nicht? Aber wenn ich eins nicht ertragen kann, dann ist es, wie du an mir rummäkelst und mich kleinmachst. Lieber bleib ich hier und mach meine Arbeit weiter, als daß wir so miteinander reden. War ich die ganzen Jahre nicht gut genug für dich? Hm?«

»Doch, Nora, das warst du.«

»Na, und bin ich jetzt irgendwie anders? Sag mir das!«

»Schon gut, du bist nicht anders. Ich sag so was ja auch nicht mehr, wenn du's nicht hören willst«, sagte Henry, jetzt vom beleidigten, zornigen Ausdruck ihrer Augen ernstlich erschreckt. Früher hatte er sie manchmal korrigieren dürfen, aber jetzt hatte sie sich aus irgendeinem rätselhaften Grund verändert. Was sollte er anfangen ohne sie? Wenn er alleine ginge, stünde ihm eine gräßliche Zeit bevor, soviel war sicher. Er war es gewöhnt, daß man sich um ihn kümmerte. Frauen wissen genau, was ein Mann braucht. Man sah es einem Mann sofort an, ob er von einer Frau umsorgt wurde oder ob er versuchte, mit einem Diener oder allein zurechtzukommen. Und Nora wußte Bescheid mit dem Essen, wieviel er brauchte und wie gut es zu sein hatte. Er gab sich große Mühe, sie zu besänftigen. »Nun komm schon, ärger dich doch nicht, ich wollte ja gar nicht an dir herummäkeln, ich hab nur zu dir gesprochen, als wärst du meine eigene Tochter. Schau, du bist so viel jünger, und da kommt mir das ganz natürlich vor.«

»Also du kannst es vergessen«, sagte sie, »aber das mit der Tochter gefällt mir genausowenig wie das andere. Damit gibst du mir das Gefühl, daß ich was Schmutziges tue – mit einem Mann ins Bett zu gehn, der die ganze Zeit denkt, ich wär seine Tocher, statt mich für das zu nehmen, was ich bin, nämlich ich selber.«

Bis das beigelegt war, verging wieder eine Weile, aber schließlich waren sie im Bett, und bewundernd sagte sie:

»Henry, du bist ein richtiger Mann, und das ist die Wahrheit. Um die ganze Welt würd ich mit dir gehn, wirklich.«

Sie würde den Verkauf des Hauses in die Wege leiten, gleich heute abend noch, und er würde eine Schiffsverbindung nach den Staaten herausfinden. Sie würden von Liverpool aus fahren müssen, sagte er, sonst würde es zuviel Aufsehen erregen. Daran hatte sie nicht gedacht. Niemand würde sich groß um das kümmern, was sie täte, doch wenn Henry im Hafen von Galway an Bord ginge, würde es viel Gerede geben. Es mußte Liverpool sein, aber er durfte Nora nicht merken lassen, wie nervös es ihn machte, bei seiner Abreise womöglich gesehen zu werden. Es konnte leicht sein, daß sie deswegen beleidigt war, etwa weil er sie nicht gebührend anerkannte, obwohl er ihr zugute halten mußte, daß sie kein einziges Mal vom Heiraten gesprochen hatte. Wie kam das nun wieder? Hatte sie vor, ihn in Amerika zu verlassen? Diese ganze Seite ihrer Beziehung würde sorgsam bedacht werden müssen.

Die nächsten Wochen waren leichter zu ertragen, da er wußte, daß er bald frei sein würde. Viel zu tun gab es nicht für ihn, denn Nora regelte den Verkauf des Hauses selber, aber sie hatten verabredet, daß er die Schiffspassage buchen würde. Unter seiner Matratze hatte er einen kleinen Stapel von Reiseprospekten von dem Schiffsmakler in Galway, und in seinem Zimmer verbrachte er jetzt viele Stunden damit, sie immer wieder zu studieren, um herauszufinden, welche Möglichkeit die beste wäre. Der Agent war ein kleiner, dicker, weißgesichtiger Mann, der seinen großen Kopf wie ein Schaf hin und her schwenkte und mit seinen farblosen Augen so unangenehm glotzte, daß Henry spürte, wie die Vorfreude, die er beim Betreten des Büros empfunden hatte, dahinschmolz. Vielleicht war das aber ganz gut so, denn dadurch fiel es ihm leichter, in beiläufigem Ton zu sagen:

»Ich möchte für ein paar Leute, die bei uns wohnen, eine Passage nach Amerika heraussuchen. Selber sind die anscheinend zu nichts fähig.«

Der Mann lachte blökend auf und sagte:

»Och, manchmal wissen sich solche Leute ganz gut zu helfen. Als Sie hereinkamen, dachte ich schon, Sie kämen in eigener Sache. Das wäre ein tauriges Ende gewesen für einen Gentleman.«

Und damit setzte er ein falsches Grinsen auf, das Henry im Innersten traf. Es war nur ein schlechter Scherz. Der Agent kramte in einer Schublade voll ungeordneter Papiere herum und zog Prospekte hervor, immer nur einen, und alle waren sie zerknittert und verkrumpelt.

»Ich kriege nicht viel davon geschickt«, sagte er, als er die am übelsten zugerichteten glattstrich. »Im allgemeinen sag ich den Leuten, sie sollen Platz nehmen und sich abschreiben, was sie brauchen, und dann laß ich mir die Dinger zurückgeben, damit ich sie weiterverwenden kann, aber die hier überlaß ich Ihnen. Ich denke, es wird Ihnen nicht schwerfallen, massenhaft Interessenten dafür zu finden. Jetzt, wo der Krieg vorbei ist, sind sie alle wieder im Aufbruch, und keiner wird ihnen nachtrauern. All das junge Gemüse, das den ganzen Ärger angefangen hat, hätte schon vor Jahren nach Amerika verschwinden sollen, dann hätten wir hier wie immer ein ruhiges Leben gehabt. Soll ich Ihnen sagen, was sie mir jetzt erzählen? Sie wollen nicht weg; in Ordnung – das wollten sie noch nie. Aber jetzt sagen sie, es wär nicht gut, daß sie hätten weg müssen! Was halten Sie davon? Ist doch 'ne Frechheit, nicht? ›Und wer soll hier für euch aufkommen?‹

hab ich sie freiweg gefragt. ›Sagt mir das mal, wenn ihr könnt. War's nicht gut genug für euch alle wie ihr da seid, nach Amerika zu gehn? Was ist denn in euch gefahren, daß ihr meint, es sollte euch besser gehn?‹ Das hat ihnen das Maul gestopft, kann ich Ihnen sagen. Ein Haufen großer, kräftiger Kerle von hinter Spiddal, faul wie die Sünde, hervorragende Gleisarbeiter, wenn sie einen guten Vorarbeiter hätten. *Das* hab ich ihnen gesagt.«

»Unsere sind ganz wild darauf wegzukommen«, sagte Henry. »Sie reden von den Goldfeldern draußen im Westen.«

Der Mann lachte kurz und zeigte dabei große gelbe Zähne. »Na, dann lassen Sie sie mal in dem Glauben. Gold ist rar, selbst für Männer, die schwer arbeiten können, aber wenn man Kneipen und Eßlokale für die Goldgräber führt, ist da auch Geld zu holen. Das Gold liegt tief unterm Schnee, heißt es, und es wird Jahre und Jahre dauern, bis man da rankommt und es rausholen kann. Oh, wenn ich jung und kräftig wär, könnt ich mir vorstellen, daß ich da selber hinginge, aber ich vertrag die Kälte nicht. Ich konnte noch nie Kälte ertragen. Seit dem Tag meiner Geburt hat meine Mutter gesagt, ich hätte eine schwache Brust.«

Henry, drahtig wie er war, musterte ihn voller Verachtung. Es war wahr: Der Mann sah aus, als hätte er sein ganzes Leben damit verbracht, frische Luft zu vermeiden. Henry mit seiner robusten Gesundheit würde dem strengen Klima da draußen durchaus gewachsen sein. Auf dem Fluß spürte er die Kälte nie, selbst wenn seine Hände und Ohren blau anliefen. Und nie brauchte er ein Feuer, ob Winter oder Sommer, obwohl er natürlich sehr gerne eines hatte, und immer hatte er dafür zu sorgen gehabt, daß für das Weibervolk des Hauses eines brannte. Ein Feuer war gemütlich, das stand außer Frage, aber nie hatte Henry sich Weichlichkeiten gestattet. Wenn er den Mann doch mehr über diese Goldgeschichte hätte ausfragen können, aber er wollte keine Sekunde zuviel in dem schmierigen, kleinen Büro verbringen, und es gefiel ihm nicht, wie der Mann an die Tür kam und ihm nachsah. Er hatte zuviel Interesse gezeigt, oder war es nur, daß er gesagt hatte, Henry könne ihm vielleicht ein paar Kunden

aus Moycullen besorgen? Ja, das war es. Es war ein einschmei-
chelnder Ton in der Stimme des Mannes gewesen, als er das von
den Leuten gesagt hatte, die man möglicherweise interessieren
könne. Vielleicht sprang dabei etwas wie eine Provision für
Henry heraus oder eine Verbilligung seiner eigenen Überfahrtskosten, aber das würde er natürlich nicht verlangen können, da
er nicht vorhatte, dem Mann zu verraten, daß er selber nach
Amerika ging. Und er dachte nicht daran, für irgendwen aus
Moycullen ein väterliches Interesse aufzubringen.

Er ging mit den Prospekten zu Nora nach Hause, und zusammen schauten sie sie am Küchentisch an. Die Schiffe hatten wunderschöne Namen – die *Belgia*, die *Cretic*, die *Lapland*, die
Adriatic, alles Linienschiffe der White Star Reederei, die sowohl
Passagiere als auch Fracht beförderten und dienstags und sams-
tags ausliefen, und dann die *Coronia* und die *Saxonia*, die der
Cunard Reederei gehörten. Nora fand eines mit dem Namen
Princess Juliana, das nach Portland, Maine, fuhr, und aufgeregt
sagte sie:

»Das wär doch großartig für uns. Ich hab da vier Kusinen, die
als Dienstmädchen arbeiten, die Töchter von meiner Tante, das
ist die, die immer sagt, ich soll rausgehn und in den Häusern arbeiten, mit denen sie hier bekannt ist, und der Bruder von ihnen
macht eine Menge in der Fischerei, nur daß das nicht so Klein-
kram ist wie bei uns, sondern die fangen Wale und alle möglichen Seeungeheuer, die man in Amerika ißt.«

Henry wies sie darauf hin, daß bei der *Princess Juliana* ›Nur
Fracht‹, also nichts von Passagieren, stand. Der Gedanke, mit
Noras Kusinen oder anderen Verwandten in Amerika Kontakt
aufzunehmen, war sofort von der Hand zu weisen, obwohl es
natürlich nichts schaden konnte, dafür zu sorgen, daß sie für den
Notfall einen Zettel mit deren Anschriften bei sich hatte. Der Ort
zum Landen sei jedenfalls New York, sagte Henry, nicht Portland, das liege viel zu weit nördlich. Züge gingen durchs ganze
Land, direkt von New York zu den Goldfeldern.

»Die Goldfelder! Ist es das, wo wir hinfahren? Ich hab gehört,
es soll sehr kalt sein da draußen.«

»Ja, aber wir werden nicht frieren, oder wenigstens du nicht. Ich hab eine ganze Menge darüber gelesen, und ich bin sicher, das ist die richtige Gegend für uns. Jeder, der willens ist, hart zu arbeiten, kann da in drei Jahren genug verdienen, daß er nach Irland zurückkommen und für den Rest seines Lebens anständig leben kann. Ich hab mal einen Bericht über einen Mann gelesen, der mit Goldstaub im Wert von sechzehntausend Dollar zurückgekommen ist, und außerdem hatte er noch einen Goldklumpen von vier Pfund in seiner Reisetasche. Für so ein Vermögen würden wir schon ein bißchen Mühsal auf uns nehmen. Derweil ich mich um diesen Teil unserer Angelegenheiten kümmere, kannst du eine Kantine aufbauen – so was wie eine Kneipe, wo du deine Krapfen machen und den Goldgräbern was zu trinken verkaufen kannst. Mit diesen Sachen kennst du dich ja schon von deiner Arbeit hier aus.«

»Da magst du schon recht haben, aber wieviel verstehst du denn vom Goldgraben?«

»Davon versteht keiner was, solange er da nicht an Ort und Stelle ist. Ich sag dir doch, ich hab viel darüber gelesen, das ist weiter kein Problem. Man gräbt einen Tunnel, das dauert eine Weile, und wenn man da schließlich hineinkommt, stößt man auf Gold. Wenn wir's uns leisten könnten, könnten wir Leute anstellen, die für uns graben, oder auch eine Partnerschaft mit ihnen eingehn. Ich bin noch nicht zu alt für so eine Arbeit, falls es das ist, was du denkst.« Er sah ihr an, daß sie wohl tatsächlich so etwas dachte, aber sie hatte keine weiteren Einwände mehr. »Geht das mit dem Geld klar? Die Überfahrt wird teuer sein, aber darum kümmer ich mich gesondert. Den Rest werden wir zum Leben brauchen, wenn wir ankommen, und für die Bahnfahrt. Etwas brauchen wir auch für's Essen im Zug, denn es dauert gut eine Woche, um von New York nach San Francisco zu kommen.«

»Du weißt ja wirklich eine ganze Menge«, sagte Nora voller Achtung. »Nimm dir die Papiere hier mit nach Hause, da kannst du sie ja dann studieren, denn du bist es ja, der das ganze Buchwissen hat. Dein Geld ist alles auf der Bank, und bald zahl ich da auch den Preis für das Haus ein. Manchmal macht es mir Angst, wenn ich daran denke, das alles für die Reise auszugeben, aber dann denk ich wieder an die Leute, die nach Amerika gegangen sind und reich zurückkamen. Warum sollte es nicht auch bei uns so sein? Manche, die gingen, haben nur das gewußt, was sie auf der Grundschule lernten, ein bißchen Lesen, Schreiben und Rechnen und die Hauptstädte von England, und das war keinen Sechser wert, als sie in die Staaten kamen. Mit dir müßte das anders sein. Wo hast du das alles her übers Goldschürfen?«

»Aus Büchern, wo man eine ganze Menge herhaben kann.«

»Ich hab gar nicht gewußt, daß du so viel liest, Henry. Ich hab dich noch nie mit 'nem Buch in der Hand gesehn.«

»Das würdest du aber, Nora, wenn du zu mir nach Hause kommen könntest.«

Aber das war ein gefährliches Thema, da sie einmal viel Zeit darauf verwendet hatte, ihn zu überreden, daß er es irgendwie arrangierte, ihn einmal in Woodbrook besuchen zu können; daß er es irgendwie so einrichtete, daß alle an dem Tag außer Haus wären, damit sie in alle Zimmer gehen und sich selber einmal anschauen könnte, wie er lebte, und sie sich ein klareres Bild von den verschiedenen Hausbewohnern machen könnte, deren Namen sie von Henry kannte. Besonders interessierte sie sich für Tante Jack, obwohl Henry ihr wieder und wieder gesagt hatte, seine Schwester sei eine große Niete. Mehrmals hatte Nora gesagt:

»Ich glaube, das ist eine Frau, die ich gern kennenlernen würde.«

Aber sie wußte, daß er das nie erlauben würde. Er war zu ausgefuchst, um zu riskieren, *in flagranti* ertappt zu werden – nein, dazu war er zu klug, einem Mann der Public School konnte man nichts erzählen. Er sagte jedoch, sie könne, wann immer sie wolle, einen Spaziergang um die Mauern des Anwesens machen, das stehe jedem frei, und dabei würde sie ja vielleicht eines der Mädchen oder gar Tante Jack zu Gesicht bekommen, wenn sie hinein- oder hinausgingen. Nora sagte aufgebracht, von ferne wisse sie, wie sie aussehen, sie sehe sie ja in Galway, aber das sei noch lange nicht dasselbe wie in ihren Schlafzimmern zu stehen oder sich sogar auf ihre Betten zu legen, wenn auch nur für eine Sekunde. Henry war schockiert von dieser Vorstellung und stauchte sie derart zusammen, daß sie das Thema nicht noch einmal vorbrachte.

Er vermutete nun, daß dieser Traum eine Menge zu tun hatte mit ihrer Bereitschaft, mit ihm nach dem Gold des westlichen Amerika zu kommen, und das hieß, daß er sie richtig zu behandeln haben würde, sofern das überhaupt möglich war. Das Buch über das Goldschürfen hatte ihr Vertrauen in ihn bestärkt, obwohl es 1849 veröffentlicht worden war und sicher längst überholt sein mußte. Es war ein wunderbares Buch, das herrlich detailliert von einer Seereise von New York zum Chagres erzählte und wie es dann weiterging im Kanu nach Gorgona, wo die Reisenden auf Mustangs umstiegen und über den Isthmus nach Panama City ritten oder zu Fuß gingen. Henry wimmerte vor Entzücken und Entsagung, als er von der Kanufahrt las und von der Vegetation an beiden Ufern des Rio Chagres – »der Sapodillabaum mit einer Frucht von der Größe eines Menschenkopfes, gelbe, blut- und blaurote Blüten, Scharen von Sittichen, leuchtende Schmetterlinge, die durch die Luft taumeln wie vom Wind getragene Blütenblätter, ein Kolben scharlachroter Blumen, der aus dem Herzen seiner sich entfaltenden Blätter hervorstößt wie die Zunge einer Schlange, Kletterpflanzen, die von Zweigen, die halb über den Fluß gewuchert sind, duftende Girlanden hängen lassen.« Es war das Paradies, das reinste Paradies. Draußen auf dem Corrib hatte er im letzten Herbst an Dutzenden warmer Nachmittage sein Buch verschlungen, während er im Schilf auf dem Boden seines Bootes lag. Panama war nichts im Vergleich zu dem Bericht von Kalifornien, wo die Obstbäume so viel trugen, daß die Zweige unter dem Gewicht brachen und jeder pflücken und essen konnte soviel er wollte, und wo die Luft »flüssiger Balsam« war.

Am besten waren die unablässigen Mitteilungen über Gold – wie es buchstäblich von der Straße aufgelesen werden konnte, wie der Autor Leute gesehen hatte, die es vor dem Hotel in San

Francisco mit Messern aus dem Boden gruben. Das würde heute sicher nicht mehr erlaubt sein, war aber dennoch ein gutes Zeichen. Das Buch enthielt auch nützliche Warnungen: Henry würde seine Einkünfte nicht verspielen, wie es einige dieser törichten frühen Schürfer getan hatten; oder wenn es ihn wirklich packen sollte, würde er rechtzeitig mit seinen Gewinnen nach Hause gehen. Gauner schien es ebenso viele zu geben wie Schürfer, und die bauten mit Hilfe und in Zusammenarbeit mit den Hotels Spielhöllen auf, so daß man in wenigen Minuten sein gesamtes Geld los sein konnte, ohne daß ein Hahn danach krähte. Für den Bruchteil einer Sekunde war ihm damals der Gedanke gekommen, daß es vielleicht gar nicht so schlecht war, ein Gauner zu sein.

»Das Goldschürfen überlaß nur mir«, sagte Henry. »Da kümmer ich mich schon drum. Ich hab es so im Gefühl, daß wir in Amerika ein Vermögen machen werden, wenn wir einen kühlen Kopf bewahren und unsere Möglichkeiten vernünftig nutzen. Es ist das Land der unbegrenzten Möglichkeiten. Du freust dich doch darauf, Nora, nicht?«

»Ja, Henry, ich hab schon direkt Sehnsucht danach, obwohl es mal eine Zeit gab, wo's mir schnurzpiepe war, ob ich Amerika sehe oder nicht. Aber so wie du darüber sprichst, schlägt einem das Herz wirklich höher, und ich glaube, uns beiden stehn da noch tolle Zeiten bevor.«

Ihre Mundart und Sprechweise waren unmöglich, aber sie war ein gutherziges Mädchen, und er würde wirklich versuchen, sie gut zu behandeln, es sei denn, sie würde eine allzu große Belastung für ihn werden. Es konnte sehr wichtig für sie sein, diese Adressen in Portland zu haben. Sie freute sich, als er das zu ihr sagte, und sie bemerkte:

»Ich bin froh, daß du jetzt anders über sie denkst, Henry. Es würde mir leid tun, an ihrer Tür vorbeizugehn und nicht mal kurz reinzuschaun, um ihnen guten Tag zu sagen.«

Später, aber noch nicht gleich, würde er ihr eine Karte der Vereinigten Staaten zeigen. Wenn ihr Blick jetzt darauf fiele, würde sie sich womöglich weigern, überhaupt mit ihm zu kommen.

37

Bevor Henry wegging, bellten um Woodbrook herum die ganze Nacht Füchse. Steif lag er im Bett, horchte auf sie und fragte sich, was ihm da geschah. Er hatte nie den Wunsch gehabt, diese Füchse zu jagen, in einer rosafarbenen Jacke hinter ihnen herzuhetzen und sie in Gesellschaft von brüllenden Flegeln aus dem Club in irgendeinem scheußlichen Unterholz totzumachen. Er hätte es sich auch gar nicht leisten können, sich Jäger zu halten. Er wünschte jetzt, sie wären nicht gekommen, um ihm Lebewohl zu sagen. In Alaska würde es keine Füchse geben – oder wo immer das Gold heutzutage war. Eher schon Bären und Seehunde. Dieser schreckliche Schritt mußte sein. Er hatte Hauptmann Emory davon erzählt, natürlich nicht, in was für einer Klemme er steckte, sondern nur gefragt, was man wegen der Reisekosten für sich selbst und für die Dame, die ihn begleiten würde, machen könne. Informationen habe er in der letzten Zeit ja nicht so viele geliefert, sagte der Hauptmann, wobei er, nicht ganz so freundlich wie sonst, wegen der Dame die Augenbrauen hochzog, und Henry hatte spontan versprochen, er wolle vor seiner Abreise zusehen, ob er etwas Spektakuläres tun könne, was eine größere Belohnung rechtfertige. Daraufhin wurde Emorys Ausdruck respektvoll, und Henry schlich davon und verwünschte sich, den Mund so vollgenommen zu haben. Warum hatte er das sagen müssen? Der Mann hatte sich – lediglich zur Übung – nicht sehr entgegenkommend verhalten, und Henry hatte nichts Eiligeres zu tun gehabt, als ihm ein Versprechen zu geben, das alle seine Pläne zunichte machen konnte. Worte schienen ihm von den Lippen zu purzeln. Er hätte sich eine Scheibe von Tante Jack abschneiden können, die es notfalls fertigbrachte, einen halben Tag lang keinen Ton zu sagen.

Auf dem ganzen Heimweg peitschte er das Pony, so daß es auf der Straße herumsprang und fast den Wagen umwarf, als sie durch das Tor von Woodbrook schlingerten. Bei der ersten Steigung der Zufahrt beruhigte es sich glücklicherweise, aber es schwitzte und bebte immer noch, als Henry in den Hof einfuhr.

Das war eine Woche her, und da er nun auch noch unter dem schlechten Gewissen litt, das Pony mißhandelt zu haben, wurde der Gedanke, es verlassen zu müssen, nicht erträglicher. Er liebte es jetzt so sehr, wie er den Fluß immer geliebt hatte, doch der würde sich nie verändern. Flüsse tun das nie. Was, wenn das Pony vernachlässigt wurde, wenn er nicht mehr da war, um es zu versorgen? Was, wenn Luke ins Gefängnis käme, wie es anscheinend jedem Angehörigen dieses verrückten Haushalts passieren konnte, und dann – wenn auch Nicholas nicht da wäre –, würden die Mädchen und Jack fähig sein, es richtig zu pflegen? Sie würden nie grausam zu ihm sein – dazu kannte er sie gut genug –, aber Frauen können ein Pferd nun mal nicht so warten wie ein Mann. Wenn er nur mit Nicholas über seine Pläne sprechen, ihm sagen könnte, daß er einfach für ein paar Jahre fort müsse und hoffe, das Pony und die Boote bei seiner Rückkehr in gutem Zustand vorzufinden – aber da war Nora, durch die es kompliziert wurde. Er würde nie erklären können, was ihn mit ihr verband. Würde das nötig sein? Vielleicht nicht, aber seine Abreise – ob nun mit oder ohne Nora – mußte unbedingt geheim bleiben.

Es wäre ein Segen gewesen, sich jemandem anvertraut zu haben, aber bei dem bloßen Gedanken, Nicholas könnte herauskriegen, was er vorhatte, zitterte Henry. Das war es, was man Alleingang nannte. Nora war der einzige Lichtstrahl. Selbst wenn sie ungeduldig mit ihm war, wußte er, daß sie ihn nie im Stich lassen würde. Ein Jammer, daß er sie nicht heiraten konnte. Die Gewißheit, sie jederzeit zum Gespräch zur Verfügung zu haben, würde seiner Seele überaus wohltun. Wenn sie jetzt beispielsweise in Woodbrook wäre, würde sie einfach ein paar Worte sagen, und wie durch Zauber würden alle seine Ängste, wenn auch nicht gerade verschwinden, so doch nachlassen.

Von seiten der Kinderschwester Bridget wurde alles nur noch schlimmer gemacht, denn sie hatte sich plötzlich entschlossen, auch nach Amerika zu gehen. Es war ein richtiges Abschiedsfest für die Emigrantin, von Jack, unter Mitarbeit von Nicholas und den Mädchen, auf die Bühne gebracht. Es fand in der Küche von Woodbrook statt, und Jack sagte, es müsse in Woodbrook sein, denn das sei nun schon so lange das Zuhause des Mädchens gewesen.

»Die große Dame spielen«, fuhr Henry sie an, als er sie alleine erwischte. »Immer feiern sie diese Feste – so was können sie eben. Es wird aber niemand herkommen. Sie haben Scheu vor der Gentry. Kann das denn nicht bei irgendeinem Landarbeiter stattfinden?«

»Nein«, sagte Jack kategorisch. »Nicholas hat gesagt, es soll hier gefeiert werden. Und sie werden schon kommen. Vor Nicholas haben sie keine Scheu, obwohl sie ihn als Gentleman achten. Er möchte, daß wir alle dabei sind, damit die Leute das Gefühl haben, willkommen zu sein.«

In dieser kleinen Rede schwang so viel mit, daß Henry geschlagen war: Nicholas hatte das Sagen, weil er derjenige war, der alles bezahlte; Nicholas war ein Erfolg bei den Bauern, während Henry ein Versager war; Henry mußte sich auf dem Fest sehen lassen, weil Nicholas es so wollte. Und alle kamen sie, Dutzende von Männern, Frauen und sogar Kindern, die durch den Hof eintrudelten, in der Küche auf Bänken saßen, wagenradgroße Backpulverbrote mit Korinthen aßen, gallonenweise Porter und Whisky tranken, tanzten – in der Küche von Woodbrook *tanzten*, was seit Menschengedenken nicht vorgekommen war – und natürlich dann Emigrantenlieder sangen, womit sie das Messer kräftig in der Wunde herumdrehten, um auch den letzten Tropfen Galle aus der Situation herauszuholen. Der festlich gekleidete Henry mußte sich in den Küchenschaukelstuhl setzen, bevor das Singen begann, weit ab von der Tür, so daß er über zehn Körper hätte hinwegsteigen müssen, um zu entkommen, denn inzwischen hatte es sich der größte Teil der Gesellschaft auf dem Fußboden bequem gemacht. Gütige Gesichter lächelten ihn an, als wäre er ein erfolgreich zugerittenes Pferd oder ein zahmer Affe, der in Gesellschaft ungefährlich war. Vor dem Herd stand Martin Thornton, Sohn des Torwärters vom Moycullen Haus und frisch aus dem Gefängnis, und sang:
Ich geh hier auf dem Broadway an diesem schönen Tag
Und sehn mich nach dem Flecken, wo in der Wieg' ich lag!

Die Hände haben Blasen von Arbeit hart und schwer,
Ach, dürft' ich wieder mähen Irlands Weizenmeer!
Könnt' ich heimwärts ziehen oder König sein,
Wie bald würd' ich den Weißdorn sehn und meine Hütte
klein!

Henry mußte aufschluchzen und machte ein Husten daraus.
So wie sie aussahen, fingen sie jetzt erst damit an. Die älteren
Leute weinten alle, Männer wie Frauen, und als die Lieder auf
irisch gesungen wurden, was Henry glücklicherweise nicht verstand, rannen die Tränen nur noch schlimmer. Eines von diesen
Liedern schien davon zu handeln, wie es war, aus Mayo abzurei-
sen – er kriegte nur den Namen mit, der am Ende jeder Strophe
wiederholt wurde. Jack goß noch mehr Porter ein, und dann begannen sie mit Liebesliedern, die anfangs leichter zu ertragen
waren. Martin Thornton, der wirklich eine schöne Stimme hatte, sang das Lieblingslied von ihnen allen:

Es war zur Zeit der Martinsmette,
Als die grünen Blätter fielen,
Daß im Westland der junge Lord Graeme
Sich verliebte in Barbara Allen.

Henry vermutete, daß sie mit dem Westland Connemara
meinten, denn Barbara war dort ein verbreiteter Name. Thornton sang das Lied frisch und munter, ohne die Zeilen in die Länge
zu ziehen, aber mit starker dramatischer Wirkung:

Er schickte seinen Diener aus
Zu dem Haus, in dem sie wohnte:
›Komm mit zu meinem Herrn, du Schöne,
Wenn dein Nam' ist Barbara Allen‹.

An der Stelle, wo sie den sterbenden Mann zurückweist, gelang es Martin, mit seiner Stimme ihre Kälte zu vermitteln:

Langsam, langsam stand sie auf
Und machte sich langsam bereit,
Langsam an sein Bett sie trat:
›Junger Mann, ich glaub, Sie sterben‹.

Und am Ende, wo sie beide Seite an Seite begraben werden,
steigerte er das Pathos ins Unerträgliche:

Über ihm wuchs eine Rose
Und über ihr ein Dornenstrauch,
Und sie schlangen einen Knoten treuer Liebe,
Und der Knoten lieget dort für immer.

Zum erstenmal seit Jahren dachte Henry an Emily. Sie war seine große Chance gewesen, anzufangen zu leben, und er hatte sie nicht wahrgenommen. Er verdarb überhaupt alles, was er anfaßte; das jedenfalls sagte Vater immer wieder und gab ihm deutlich zu verstehen, was für eine Enttäuschung er war:

»Ich hatte mir einen Sohn erhofft, der diese Familie wieder auf die Füße stellen würde, aber du hast ein seltsames Talent, alles zu verderben, was du anfaßt. Du wirst im Leben nie etwas anderes sein als ein Versager, das kann ich deutlich sehen. Diese Familie wird untergehn, weil sie nicht aufsteigen kann.«

Das war, als die Schweine an Salz in ihrem Mengfutter gestorben waren, und es war überhaupt nicht Henrys Schuld gewesen, sondern die des Hofknechtes, den sein Vater eingestellt hatte, ohne vorher Erkundigungen einzuziehen, und von dem er behauptet hatte, er sei ein Fachmann für Schweine. Später kam dann heraus, daß er ein Betrüger war, den man wegen Unfähigkeit schon von mehreren Höfen gejagt hatte, aber was Vater einmal gesagt hatte, nahm er nie zurück. Und er kaufte auch nie wieder neue Schweine, so daß Henry, der mittlerweile ein Buch über Schweine studiert hatte und sehr gut mit ihnen hätte zurechtkommen können, nie eine Chance hatte zu beweisen, daß er doch kein Versager war. Bei Nora fühlte er sich sicher, aber das hatte er auch bei Emily getan. Jack war deswegen ekelhaft geworden und hatte ihm vorgehalten, er habe sie ertränken wollen. Na, das wollte er alles vergessen! Das Lied ging jetzt über den bösen Junker an den Ufern des lieblichen Dundee, diesmal gesungen von einem Mann aus Oughterard namens Cassidy:

Er nahm sie in die Arme und wollt' sie mit Gewalt;
Zwei Pistolen sah sie und einen Säbel an seiner Gestalt.
Sie nahm ihm fort die Waffen und führte den Säbel wie nie
Und schoß ihn tot, den bösen Junker, am Ufer des Dundee.

Während der ganzen Zeit bewegte sich Bridget von einem Teil

der Küche zum andern, sprach mit allen, sorgte dafür, daß jeder etwas im Glas hatte, schnitt Brotscheiben über Brotscheiben für sie ab, schwatzte mit den Alten über Boston, ihren künftigen Wohnort, schrieb die Namen ihrer Kinder und Enkelkinder in ein kleines Notizbuch und versprach, später mitzuteilen, wie es ihnen gesundheitlich gehe. Sie war ein gutaussehendes Mädchen, in Aufmachung und Auftreten eindeutig über dem Durchschnitt der Mädchen von Connemara. Statt des gerafften roten Flanellrocks, der die Mädchen von Connemara wie ihre Mütter erscheinen ließ, trug sie ein dunkelblaues Kleid mit hellen Tupfen am Hals und an den Handgelenken. Ihr weiches hellbraunes und hübsch gelocktes Haar war im Nacken zu einem Knoten gewunden, den zwei Schildpattnadeln hielten und nicht ein Kamm, wie es sonst in Connemara üblich war. Wirklich, man hätte sie für eine Dame halten können. Außerdem sprach sie gut, und ihr Lachen war gemäßigt und nicht zu laut. Warum war ihm nicht einiges davon schon früher aufgefallen? Sie war immer oben bei den Kindern, darum. Sie liebte diese Kinder, und mehrmals hörte er sie sagen, daß es ihr sehr schwerfallen würde, sie zurückzulassen. Wie es ihm selber mit dem Pony ging.

Es war Bridget, die mit den politischen Balladen begann. Wie die anderen stand sie vor dem Herd, sah die Gesellschaft aber direkt an, statt wie die anderen die Augen halb geschlossen zu halten. Sie wirkte größer als sonst, denn sie sang mit erhobenem Kinn, wobei sie sich ein wenig im Takt wiegte, um dem Rhythmus des Liedes Nachdruck zu verleihen, welches nach derselben Melodie ging wie das über Mayo. Es sei ein Lied aus ihrer eigenen Gegend, sagte sie, bevor sie begann, und da sie vor ihrer Abreise nach Amerika nicht noch einmal dorthin zurückkehren werde, wolle sie es zur Erinnerung an ihr Heimatdorf singen:

Billy Byrne aus Ballymanus war ein Mann von edlen Taten.
In Wicklow kam er an den Galgen, weil die Krone er
verraten;
In Dublin hat man ihn gefangen, in Wicklow fiel die Tür ins
Schloß,
Und zu unserm großen Unglück kam er gegen Geld nicht los.

Die Leute aus Moycullen hatten das Lied noch nie gehört, und es mußte ihnen erklärt werden, daß es von der Rebellion von 1798 handelte. Darüber palaverten sie ein paar Minuten und beruhigten sich dann, um sich den Rest anzuhören, der schließlich auf die übliche Weise endete:

Sei gesegnet, Billy Byrne, daß dein Name immer scheine
Über Holland, Frankreich, Flandern und entlang dem Rheine.
Der Herr sei deiner Seele gnädig und allen deinesgleichen,
Die für Irlands Freiheit kämpfen und nicht wanken oder weichen!

Nicholas, wie alle Flahertys, hatte eine gute Singstimme, und er sang mehrere Lieder von '98, darunter auch eines, das begann:

Im Frühjahr war es, als die Knospen sprangen
Und die Vöglein zwitscherten und sangen
In tausend Tönen hell und fein:
›Alt Irland muß befreiet sein‹.

Alle weinten sie bittere Tränen über das Schicksal des Jungen mit den kurzgeschorenen Haaren, der von Lord Cornwall gefangengenommen wurde. Wer zum Teufel war dieser Lord Cornwall nun wieder?

Dann sang Bridget weiter. Ihre Stimme war tief und kräftig, und es gelang ihr, die Männer so in Erregung zu versetzen, daß sie nicht aufhörten, die aufrührerischsten Lieder zu singen, die Henry je gehört hatte. Der größte Teil ging über die Erhebung von 1798, und jeder schien die Lieder zu kennen. Gegen Mitternacht trat mit einem großen Glas in der Hand ein Mann namens Kerrigan an Henry heran und sagte in vertraulichem Ton:

»Hätten Sie je gedacht, daß Sie den Tag noch erleben, wo wir so einen Abend wie heute miteinander in Woodbrook verbringen? Ihren Vater, Gott hab ihn selig, würde der Schlag treffen, wenn er das sähe. Gute Zeiten kehren ein in Irland, wenn die Gentry so ist wie wir. Es ist wie früher, als die Dichter von Haus zu Haus wandern konnten und überall gern gesehn waren und wo bis zum Morgengrauen Lieder von Irland gesungen wurden.«

In dem düsteren Licht konnte er den haßerfüllten Blick nicht sehen, den Henry auf ihn richtete, aber er mußte etwas gespürt haben, denn er ging gleich wieder weg. Kurz darauf kam jedoch ein anderer, der etwas in derselben Richtung sagte und als nachträgliche Überlegung hinzufügte:

»Das Beste ist diesmal, daß die Priester hinter uns stehn. Vor langer Zeit waren sie alle gegen die Leute, die sich für die Freiheit stark machten, aber jetzt sehen sie ein, daß sie kommen muß. Mein Vater war ein Fenian, und er hat gesagt, das Schlimmste von allem wär, von den Bischöfen und Priestern verdammt zu werden, weil man gegen Tyrannei und Ungerechtigkeit kämpft, und dabei haben sie die Worte Jesu Christi gepredigt, und der hat gesagt, der Mensch soll bereit sein, für diese Dinge zu sterben. Es gibt da einen großartigen Priester unten in der Sankt-Josephs-Kirche in Galway, einen hervorragenden jungen Mann, Vater Michael Griffin, und jeden Sonntag verkündet er, die Menschen hätten einen Anspruch auf Gerechtigkeit, und wenn sie eine nationalistische Regierung wählen, hätten diese Leute in England kein Recht, die Parlamentsabgeordneten zu verhaften. Das hat er wirklich gesagt. Ich hab ihn selber gehört. Er hat gesagt, wenn ein Mann zum Vertreter des Volkes gewählt wird, verlangt es die Gerechtigkeit, daß ihm erlaubt sein muß, frei seinem Geschäft nachzugehn und nicht wie ein Krimineller in England ins Gefängnis geworfen zu werden. Diese Tage wären vorbei, hat er gesagt, und es würde uns zustehn, für unsere Rechte zu kämpfen. Ein hervorragender junger Mann mit einem friedfertigen Gesicht, auch wenn er vom Kämpfen spricht. Ich frag mich nur, wie lange es dauern wird, bis sie uns den weggenommen haben. Im allgemeinen lassen sie die Priester ja in Ruhe, aber wie gesagt, es ist was ganz Neues, daß die Priester so reden.«

Obwohl er innerlich vor dem Mann zurückwich, versäumte Henry es nicht, sich den Namen des Priesters einzuprägen: Vater Michael Griffin. Vielleicht konnte er gerade mit dem Namen eines Priesters Emorys Aufmerksamkeit erregen, und es war unwahrscheinlich, daß die Behörden einen Priester anfassen würden, das hatte ja auch sein Nachbar gesagt. Henry war sich da sicher, obwohl das nächste Lied die Ballade von Boulavogue war. Das war lange her, ebenfalls 1798, und damals war alles anders. Kinsella aus Bushy Park sang sie:

Die Berittenen von Tullow ergriffen Vater Murphy
Und verbrannten ihn auf dem Gerüst.
Gott gewähre Ruhm dir, tapfrer Vater Murphy,
Und öffne den Himmel allen, die dir gleichen.
Die Sache, die dich rief, kann morgen wieder rufen,
Denn Irlands Knechtschaft, die muß weichen.

Es war nach Mitternacht, als Jack Henry ein Zeichen gab, daß er zu Bett gehen könne, wenn er wolle. Sonst ging niemand, denn es gehörte sich nicht, daß ein Fest dieser Art vor der Frühstückszeit zu Ende ging. Nicholas, Molly und sogar Catherine blieben noch, nachdem er gegangen war. Wie lange würden sie da mithalten können? Sie schienen sich recht wohl zu fühlen, und er mußte zugeben, daß sie nicht im mindesten deklassiert wirkten, wie er einige der Gentry hatte herunterkommen sehen – zerschlissene Röcke, ungepflegtes Haar, nicht allzu saubere Gesichter, zerrissene Schuhe, Esel statt Pferden in den Ställen. Sie waren eine Schande für ihresgleichen, aber Nicholas hatte diese Familie vor alldem bewahrt. Henry horchte auf die Geräusche von unten, während er alle wesentlichen Dinge wieder und wieder durchging. Die Fahrkarten hatte er besorgt, und sie waren nicht für dasselbe Schiff, das Bridget nahm. Was hätte das für eine Katastrophe gegeben! Seinen kleinen Geldvorrat würde Nora zusammen mit ihrem eigenen abheben. Morgen würde er Emory treffen und ihm seine neue Geschichte erzählen. Endlich schlief er ein, voller Unruhe, und alle seine scheußlichen Probleme gingen ihm weiter im Kopf herum, so daß er von Zeit zu Zeit stöhnte, einmal sich sogar danach sehnte, daß der Tod alles für ihn beende, wie er es für Emily getan hatte.

Das alles war vor zehn Tagen gewesen, und jetzt lag er nun wieder wach da, elend wie immer, obwohl er wußte, daß Emory gestern dreihundert Pfund für ihn eingezahlt hatte. Emory hatte sich für eine so große Summe eine Befugnis holen müssen, aber wie er gesagt hatte, war er rechtzeitig damit aufgetaucht. Ein sonderbarer Gedanke suchte Henry immer wieder heim, nämlich daß er diesen Vater Michael Griffin gerne einmal sehen würde, aber es gab absolut keine Möglichkeit, das einzurichten. Wäre er beim Gottesdienst in die Sankt-Josephs-Kirche in Galway gegangen, hätte das ebensoviel Aufsehen erregt, als wäre er ein Löwe oder Tiger gewesen. Er spitzte die Ohren, um irgend etwas über Vater Griffin aufzuschnappen, aber niemand verlor ein Wort über ihn. Warum auch? Es wäre ein reiner Glückstreffer gewesen, und der ereignete sich nie. Einmal fuhr Henry auf dem Heimweg um die Kirche, und er sah auch tatsächlich einen hochgewachsenen jungen Priester, der sich vor der Kirche angeregt mit einigen Jungen unterhielt, aber er wußte nicht, ob dies der Mann war. Es tat nichts weiter zur Sache. Die Bereitwilligkeit, mit welcher der Hauptmann sich den Namen notiert hatte, und der anerkennende Blick, der ihm zuteil geworden war, hatten ihm nicht gefallen, obwohl sich Henry gerade dies erhofft hatte, als er seine Geschichte erzählte.

Er sehnte sich mit aller Macht nach Liverpool und dem Schiff, das ihn fortbringen würde ins Eldorado, wo Früchte von der Größe menschlicher Köpfe gediehen, wo Kolibris so gewöhnlich waren wie Bienen und wo dunkelhäutige Eingeborene einem das Kanu sicher durch donnernde Stromschnellen zu kleinen Siedlungen an den Ufern gewaltiger Flüsse stakten. Dort schlief man tief und traumlos, während Papageien und Affen in den Zweigen großblättriger Bäume herumsprangen, Gold in Wasserlachen auf dem Boden lag und darauf wartete, aufgehoben zu werden. Wenn nur diese verdammten Füchse die Schnauze halten würden, dann könnte er sich seinen benommenen Phantasien hingeben, was ebenso gut war wie Schlaf, aber ihre spitzen, hellen, kleinen Stimmen machten weiter und weiter, jip-jip, jip-jip, ganz in der Nähe des Hauses, und verlachten, verhöhnten, bedrohten ihn sogar. Unter der Landbevölkerung gab es viele Geschichten über Füchse – wie sie nach Belieben menschliche Gestalt annehmen konnten und für eine Weile unter den Menschen lebten, Kummer und Unglück verbreiteten und dann verschwanden, um sich von ferne an dem Spektakel zu ergötzen. Zu einigen Familien kamen sie, wenn jemand im Sterben lag. Er setzte sich im Bett auf und wollte schon zum Fenster laufen und sie anbrüllen, sie sollten verschwinden und ihn in Ruhe lassen, aber dann sank er wieder zurück, da er sich sagte, daß dies Jack herbeiriefe, die sich erkundigen würde, was mit ihm sei. Er wollte nach Möglichkeit jedem Gespräch mit Jack aus dem Wege gehen. Gestern hatte sie ihn aus irgendeinem Grund den ganzen Tag in der Mache gehabt, fast so, als spürte sie, daß irgend etwas vorging. Sie hatte ihn gefragt, ob er etwas Neues zum Anziehen brauche, wie ihm der Gedanke gefalle, ein Motorboot für den Fluß zu kaufen, da der Krieg doch nun vorbei sei, man könne es für Familienpicknicks benutzen oder um hin und wieder damit nach Galway hinunterzufahren, statt mit dem Pony auf dem Landweg. Die Idee war von Nicholas gekommen, wie sie ihm kaum zu sagen brauchte, und er hatte ihr das Wort abgeschnitten, indem er brummte, daß er darüber ganz gerne erst einmal nachdenken würde. Sie war erstaunt, das konnte er sehen, aber sie zog ein Gespräch mit Henry nie in die Länge, und so war er ihr entkommen und ihr für den Rest des Tages aus dem Wege gegangen. Nicholas war einfach zu großzügig und hatte allzu viele gute Ideen. Der Weg des Gesetzesbrechers ist schwer – Vaters Lieblingswort. Warum hatte Nicholas gerade jetzt daran gedacht? Natürlich, um wieder mit dem Messer in der Wunde herumzurühren. Sie hatten einen Instinkt dafür. Bald würde er fort sein von dem ganzen Pack, fort von ihren einfachen Problemen und ihrer verdammten Unschuld. Sein ganzes Leben, seit er erwachsen war, hatte er sich ein Motorboot gewünscht, und ausgerechnet jetzt, wo er sich aus Angst um sein Leben davonmachte, konnte er es haben.

Nach einem einsamen Frühstück am nächsten Morgen ließ er Luke das Pony anspannen und fuhr nach Galway, nahm sogar im letzten Moment noch einen Einkaufszettel von Jack mit, als hätte er vor zurückzukommen. Auf der Zufahrt kam er an Molly vorbei, die mit ihren beiden Kindern spazierenging; der kleine Junge rannte vorneweg, und das Baby schob sie im Kinderwagen. Alle winkten sie ihm, so daß er vor Erschütterung fast erstickte. Dann ließ er sie hinter sich, vergaß sie, verbannte sie aus seinem Gedächtnis, schob sie ab ins Nichts, als hätten sie nie existiert, wieder und wieder, bis er sie überwunden hatte und er nach Galway hineintrabte, wo er das Pony wie immer im Club unterstellte. Nora wartete auf dem Bahnhof mit den zwei Koffern, die sie wochenlang gepackt hatte, einen für jeden, aber sie stiegen in verschiedene Wagen des Zuges, wie sie verabredet hatten. Bei ihrem Anblick besserte sich seine Stimmung. Sie war dezent in ihr neues graues Kostüm gekleidet und trug einen großen Hut mit einer Feder, aber durchaus nicht auffällig. Im Bahnhof drängten sich wie jetzt immer die Soldaten, aber keiner hielt einen von ihnen beiden an.

Dann, gerade als sie mit quälender Langsamkeit aus dem Bahnhof rollten – wer anderer sollte da in seinen Wagen äugen als Peter Morrow? Er stand ganz am Ende des Bahnsteigs, viele Schritte weit weg von allen anderen. Henry hatte sich gerade in seinem leeren Wagen entspannt und sich dann aufgesetzt, um einen letzten Blick auf Galway zu werfen, das in die Vergangenheit sank, als er Peters verdutztes Gesicht erblickte, das unwillkürlich einen Ruck vorwärts machte, als hätten sie miteinander sprechen können. Das war unmöglich. Der Zug ächzte weiter, schneller und schneller, auf das verrückte Brückchen, das über eine kleine Meeresbucht führte, und dann hinaus aufs flache Land. Henry lehnte sich in die staubigen Polster zurück, gelähmt vor Angst, die Hände krampfhaft um die Knie geschlossen. Von jemandem gesehen zu werden, der seiner Familie so nahestand, war schwärzestes Pech, aber es würde trotzdem alles nach Plan gehen, da diese Möglichkeit einkalkuliert worden war. Sie würden nicht einmal eine Nacht in Dublin verbringen – noch am Abend würden sie auf dem Schiff nach Liverpool sein, und danach gehörte ihnen die Freiheit der Welt.

38

Henry war nun seit sechs Monaten fort, und so faßte Tante Jack den Plan, ihre Tochter aus Dublin zu sich nach Woodbrook zu holen. In ihrem Herzen trug sie sich schon lange damit, fast seit der Hochzeit von Molly und Nicholas, aber solange Henry da war, ging das nicht, denn hätte sie versucht, sie in den Haushalt einzuführen, würde er sofort erraten haben, wer diese gottgesandte fremde Frau war.

Sie hatte eigentlich nie aufgehört, an sie zu denken. Der Name, den sie ihr gegeben hatte, war ihr ebenso nahe, wie es die Namen von Catherine und Molly waren, und jeden Tag, wenn sie alleine war, wiederholte sie ihn leise für sich. Die Tatsache, daß sie ihn nie laut aussprach, machte keinen Unterschied. Alle ihre mütterlichen Gefühle hatten brachgelegen, bis sie Molly mit ihren Kindern sah. Das war eine Qual. Wie sie auf sie zuliefen, wie sie sich hinkniete, um ihre Küsse zu empfangen, die Freude über ihre Fortschritte, wie klein sie auch sein mochten, all das schmerzte Tante Jack auf eine Weise, die sie nicht erwartet hatte. Solange Molly und Catherine selber noch Kinder waren, für die sie zu sorgen hatte, war das nicht so gewesen, vielleicht weil das Leben damals so schwer war. Sie hatte nicht viel Zeit zum Nachdenken gehabt. Und junge Menschen ließen das Leben vorbeigleiten, ohne daß man es recht gewahr wurde. Vielleicht ist das für sie auch die beste Art zu überleben. Wieviel ihr entgangen war, wurde ihr jetzt auf die schmerzlichste Weise vor Augen geführt, all die Erinnerungen, die sich ansammeln und ein Teil der Seele werden, ein Teil natürlicher Weisheit, der Weisheit von Großmüttern, die im Alter kaum wissen, wie sie dazu gekommen sind.

Henrys Verschwinden war für Tante Jack keine große Überraschung; ihr wurde klar, daß sie halbwegs damit gerechnet hatte. Eines späten Nachmittags kam Peter Morrow und erzählte, daß er Henry vormittags mit Sack und Pack im Zug nach Dublin gesehen habe, und er habe ausgesehen, als habe er vor irgend etwas Angst. Wo war er hingefahren?

»Weiß der Himmel«, sagte Tante Jack. »Mir hat er erzählt, er wolle nach Galway; sogar einen Einkaufszettel hat er mitgenommen. Das ist typisch für Henry. Wir sollten feststellen, ob er das Pony im Club gelassen hat. Er ist eine Ratte, die das sinkende Schiff verläßt.«

»Dieses Schiff sinkt doch gar nicht.«

»Das glaubt er eben nicht. Und manchmal hab sogar ich dieses Gefühl. Ich möchte wetten, daß er für immer fort ist. Er ist schon seit Monaten so komisch herumgeschlichen und hat über die Schulter geguckt, als rechnete er jeden Moment damit, eines über den Schädel zu bekommen. Ich konnte nicht rauskriegen, was er vorhatte. Ich trau ihm nicht über den Weg.«

Er sah sie so scharf an, daß sie sich fragte, ob sie zuviel gesagt habe. Sie wollte nicht, daß Henry verfolgt und als Spitzel erschossen wurde. Sie stellte Peter noch eine Frage:

»War er allein?«

»Ja. Ich konnte in den Wagen sehn.«

»Können Sie zum Essen bleiben? Die andern möchten diese Neuigkeit bestimmt gern von Ihnen selber hören.«

Er blieb, und lange sprachen sie über Henrys sonderbares Verhalten. Solange die beiden Männer da waren, hatten Molly und Catherine wenig zu sagen, aber sobald Nicholas ging, um Peter an die Tür zu bringen, begannen die beiden, Fragen zu zischeln:

»Was meinst du, wird er zurückkommen?«

»Glaubst du wirklich, daß er diesmal für immer fort ist?«

»Wo mag er wohl hin sein?«

»Je weiter weg, um so besser«, sagte Tante Jack kurz. »Genießen wir den Frieden, solange es geht. Ich glaube, er wird lange Zeit nicht zurückkommen.«

»Hattest du irgendeine Ahnung, daß er weggehn könnte?«

»Ja, aber fragt lieber nicht, wieso ich das wußte.«

»Was meinst du, wovor er davongelaufen ist?«

»Bei euerm Vater kommt immer eine ganze Menge in Frage – seine Verantwortlichkeiten, seine Schulden, seine Feinde . . .«

»Hat er Feinde gehabt?«

Das war Catherine, die immer noch aussah wie ein Gespenst,

im Haus herumschlich und sich bei jeder Gelegenheit hinsetzte, um sich auszuruhen, sogar auf der Treppe. Ihr kleines, spitzes Gesicht wirkte jetzt knochiger und verängstigter denn je, als dächte sie, Henrys Feinde könnten ihr Interesse auf sie verlagern. Unwirsch antwortete Tante Jack auf die Frage:

»Woher soll ich das wissen? Er hat sich jedenfalls so benommen, als hätte er welche. Mag sein, daß er einfach befürchtet hat, dieses Haus könne zu gefährlich werden, um sich darin noch wohl zu fühlen, und damit hat er recht gehabt. So, und jetzt wollen wir ihn vergessen und Nicholas keine Sorgen machen; der sieht so schon recht betroffen aus.«

Daraufhin gaben sie Ruhe. Sie wußten ebensogut wie sie, daß Nicholas unmöglich verstehen konnte, warum sie Henry so abgrundtief haßten. Allmählich wurde Henry fast vergessen, und er verschwand leicht aus ihrem Leben, weil er eigentlich nie zu ihnen gehört hatte, höchstens als Bedrohung, und als im November ein Brief aus San Francisco kam, fragte Jack sich ernsthaft, ob sie den andern überhaupt enthüllen sollte, daß sie von ihm gehört hatte. Es war kein sehr langer Brief. Schreiben war nie Henrys Stärke gewesen. In kargen Worten teilte er mit, daß er das Bedürfnis nach einer Veränderung gehabt habe und bei erster Gelegenheit abgefahren sei; kein Wort darüber, woher er das Geld dazu genommen hatte oder was das für eine Gelegenheit gewesen war; nur daß er jetzt in San Francisco lebe, das am Meer liege und deswegen ziemlich so sei wie Galway. Das Klima und seine Gesundheit seien gut, und er habe Arbeit, die zum Leben reiche. Arbeit! Henry bei der Arbeit! Doch das war es, was er schrieb, und später werde er vielleicht in den Norden hochgehen. Wenn seine Dividenden kämen, könne sie die an die angegebene Adresse schicken. Er bestellte Grüße an Nicholas und die Mädchen, aber keinen an sie. Er sagte nichts von der Frau, die mit ihm gefahren war, wie sie vermutete, wahrscheinlich war es diejenige, die er in Galway regelmäßig besucht hatte.

Sie holte den Atlas hervor und fand San Francisco zu ihrer Zufriedenheit eine halbe Welt weit fort; für sie genau die richtige Distanz zu Henry. Sie legte den Brief in das Geheimfach ihres

Schreibtisches und erwähnte ihn mit keinem Wort. Da nun niemand mehr von ihm sprach, war es weitaus besser, keine Erinnerungen an ihn wachzurufen. Eine arme Frau in einer Berghütte hatte ihr einmal erzählt, wie sie sich fühlte, nachdem ihr viehischer Mann bei einer Keilerei Betrunkener ums Leben gekommen war: »Jeden Morgen, wenn ich aufwache, danke ich dem Herrgott, daß ich alleine bin, und wenn die Sonne untergeht, danke ich ihm noch einmal für die Güte, die er mir erwiesen hat.« Jack empfand gegenüber Henry dasselbe. Was immer der Tag für Ärgernisse und Schwierigkeiten bringen mochte, für sie war er einfach durch die Abwesenheit Henrys eine helle Freude. So weit in der Ferne, konnte er unmöglich zurückkommen; wenn er selber eine solche Strecke zwischen sie gelegt hatte, würde er nicht den Wunsch haben zurückzukehren. Jetzt war die Zeit gekommen, jetzt war es möglich, über Margaret nachzudenken.

Der jährliche Brief von Mrs. Kelly gab kaum Auskunft darüber, wie Margaret sich entwickelte. Jack hatte bitterlich gelitten, als ihre Tochter mit vierzehn Jahren Hausangestellte wurde, obwohl sie immer gewußt hatte, daß dies ihre Zukunft sein würde. Mrs. Kelly bezeichnete sie als gutaussehend, nicht als hübsch, und sie sagte, sie habe Stil und Würde, was ihr in der Welt weiterhelfe. Diese Eigenschaften schreckten wahrscheinlich auch die Männer der niederen Klasse ab, zu der sie gehörte, denn sie scheine noch nie einen Heiratsantrag bekommen zu haben. Oder wenn sie doch einen bekommen habe, so wisse Mrs. Kelly nichts davon. Margaret war jetzt fünfunddreißig Jahre alt, genau in dem Alter, in dem eine Veränderung ihr willkommen sein mochte.

Im November sprach Jack mit Nicholas.

»Ich werde nicht jünger. Ich liebe ja all diese Dinge, die ich im Haus tue, das Buttermachen, die Gartenarbeit, das Einkaufen und Flicken, das Marmeladekochen und Obsteinwecken . . .«

Schockiert sagte Nicholas:

»Machst du das wirklich alles? Was ist mit Molly und Catherine? Helfen sie dir nicht?«

»Sie kümmern sich um die Kinder, seit Bridget fort ist, wie du weißt. Catherine ist jetzt sowieso nicht sehr kräftig. Als sie krank war, hab ich gedacht, wir sollten sie fortschicken, wenn's ihr besser geht, aber ich bin mir jetzt sicher, daß sie alleine nicht zurechtkommen würde. Ich dachte, wir könnten versuchen, eine Haushälterin zu finden, eine nette Frau, gar nicht aus dieser Gegend, sondern mehr so wie die Haushälterin deines Onkels in Kildare, vielleicht eine Frau aus Dublin, die sich um Catherine kümmern würde, falls ich aus irgendeinem Grund mal nicht mehr so kann.«

»Wir haben meinen Eltern versprochen, Weihnachten bei ihnen in Dublin zu verbringen, du könntest dich dann also nach jemandem umsehn.«

»Wir alle? Sollen wir alle nach Dublin fahren?«

»Ja, aber nur für eine Woche, weil die Wahlen dann vor der Tür stehn. Am zweiten Januar müssen wir wieder unterwegs sein, aber Weihnachten verbringen wir in aller Ruhe. Letty möchte Samuel sehn. Das vereinfacht die Dinge für dich. Heiligabend kommen alle Vettern und Basen zu meinen Eltern ins Haus.«

Tante Jack sagte in dem säuerlichen Ton, der, wie sie beide wußten, scherzhaft gemeint war:

»Das hättest du mir aber sagen können, bevor ich anfing, diese Truthähne zu mästen.«

»Die kannst du ja mitbringen. Ich werde meiner Mutter sagen, sie würden auch kommen.«

Dies war die beste Gelegenheit, eine, auf die sie nie hätte hoffen können. Bei dem jetzigen Zustand des Landes hätte es extravagant ausgesehen, einen Ausflug alleine nach Dublin zu planen. Sie würde vorher erst noch mit Margaret sprechen müssen, um sicherzugehen. Es blieb jetzt nur noch, einen Brief an Mrs. Kelly zu schreiben.

Von dem Augenblick an, als der Gedanke, Margaret zu sich zu holen, bei ihr Wurzeln schlug, befand sie sich in einem ungewohnten Zustand der Erregung. Sie erledigte ihr Tagewerk wie jemand, der liebt, hin und wieder innehaltend, um eine Kleinigkeit hinzuzufügen oder um sich Margaret in einem Teil des Hauses vorzustellen, wo sie sie geistig vorher noch nicht gesehen hatte. Als ihr langsam die Schwierigkeiten dämmerten, erschreckte sie manchmal so, daß sie sich nicht mehr rührte und in einen Traum voller Grauen und Entzücken verfiel. Tagelang verfolgte sie der Gedanke, daß unweigerlich entdeckt werden mußte, wer Margaret war. Dann kam ihr die Idee zu sagen, sie sei die Tochter einer Freundin aus ihrer Dubliner Zeit als Gouvernante. Das genügte vielleicht und hatte zudem den notwendigen Vorzug, sie in eine höhere gesellschaftliche Klasse einstufen zu können. Sie ließ das Problem auf sich beruhen, wie sie es jetzt öfter tat, denn sie hatte herausgefunden, daß dies das beste war. Die Lösung würde sich später von selber ergeben.

Weihnachten war eine traurige Angelegenheit, obwohl die Anwesenheit der Kinder bedeutete, daß es einen Weihnachtsbaum, Spielzeug und Plätzchen geben mußte. Am Vormittag kamen Thomas und Letty zu den de Lacys. Über die Köpfe der Kinder hinweg ging das Gespräch nur um Politik. Mehrere Abgeordnete des Dáil waren in der Woche zuvor bei einer Durchsuchung des Hauptquartiers von Sinn Féin verhaftet worden, und niemand wußte, wo sie sich befanden.

»Wir können lediglich sagen, daß wir meinen, sie sind am Leben«, sagte Thomas. »Sie wurden nach England geschafft. Für gewöhnlich sind sie dort sicherer als hier.«

Aber jeder dachte daran, daß dies für Sam und Fergal nicht zugetroffen war, und für kurze Zeit herrschte Totenstille. Dann sagte der alte Hugh de Lacy:

»Es kann nicht noch einmal so kommen. Es kann nie wieder so kommen. Die Amerikaner stehn uns jetzt bei, und die Welt weiß das. Wenn der Kongreß einen Minister für die Republik Irland ernennt, wird das ebensoviel wert sein wie fünf Bataillone im Krieg. Die ausländischen Journalisten erweisen uns die Ehre. Das englische Parlament wird eine Schreckensherrschaft jetzt nicht mehr billigen, und einen andern Kurs können sie nicht mehr einschlagen. Nein, im kommenden Jahr werden wir die Selbstbestimmung erleben.«

»Und wie nennst du das, was wir jetzt haben?« sagte Thomas. »Wenn das keine Schreckensherrschaft ist, dann weiß ich nicht. Polizei und Armee spielen verrückt. Ganze Städte und Dörfer schießen sie zusammen, Privathäuser ebenfalls, mitten in der Nacht werden die Leute aus dem Bett gerissen und wegen Aufwiegelung und Verhetzung verhaftet; oder weil sie vaterländische Lieder gesungen haben – jedenfalls werden die Leute wegen der blödsinnigsten Anklagen vor Gericht geschleppt. So was hat's doch noch nie gegeben. Neulich ist ein Mann zu zwei Jahren Gefängnis verurteilt worden, weil er ›Unsere Landesverräter‹ gesungen hat. Wenn das keine Schreckensherrschaft ist, wie willst du's dann nennen?«

»Schlimmer kann's kaum werden«, sagte Hugh. »Genau das mein ich ja.«

»Bis jetzt scheinen die Leute sich mit allem abzufinden, aber das kann nicht so weitergehn«, sagte Thomas unbefriedigt. »In Tipperary sind die Männer kaum noch zu halten. Peter Morrow fürchtet, daß die da bald irgendwas anfangen, ganz gleich, was irgendwer sagt. Er ist jetzt dort und bringt ihnen bei, wie das neue Wahlsystem funktioniert. Sie glauben aber nicht mehr an Wahlen, sie wollen einfach nur ihr Leben weiterführen. Alles ist verboten: Messen, Märkte, Wettspiele. Ihr alltägliches Leben ist zum Stillstand gekommen. Nicht mal ihr Rindvieh können sie verkaufen. Kannst du dir vorstellen, daß sich heutzutage, in unserm Zeitalter, die Bauern von Kent oder Sussex von irgendwem verbieten lassen, abends auf ein Bier in die Kneipe zu gehn oder ›Mademoiselle aus Armentières‹ zu singen? Das gab es mal, im vorigen Jahrhundert, aber das ist vorbei. Die Polizeikasernen auf dem Land niederzubrennen, scheint mir die Dinge verschlimmert zu haben. Jetzt ist die Polizei in den Städten konzentriert, und sie ziehn geschlossen los, mit der festen Absicht zu zerstören. Wo glauben die denn, daß das hinführen wird? Fast sieht es so aus, als versuchten sie, das Volk zum Wahnsinn zu treiben, so daß es zu einer weiteren Erhebung kommt, und dann können sie die Anführer einfach umlegen, genau wie '16, nur in größerer Anzahl. Damit anzufangen, war leicht; es zu stoppen, wird nicht so leicht sein. Was wir jetzt haben, ist ein rasender Mob, ob man's nun Armee oder Polizei nennt oder sonst einen höflichen Namen dafür findet. Und letzte Woche der Versuch, Lord French umzubringen, war auch nicht gerade hilfreich.«

»Ich wünschte, wir brauchten Heiligabend nicht über Politik zu sprechen«, sagte Julia plötzlich. »Selbst wenn die Kinder nichts davon verstehen, merken sie doch, daß etwas Häßliches in der Luft liegt.«

Thomas und Hugh entschuldigten sich sofort. Tante Jack war Julia dankbar, daß sie sich eingemischt hatte, denn sie hatte selber gespürt, was vorging, würde aber nicht versucht haben, ihnen Einhalt zu gebieten. In Gesellschaft dieser zwei Männer kam sie sich vor wie ein Kind, teils weil sie einer anderen Generation angehörten, teils aber auch, weil sie kaum von ihr Notiz nahmen. Hugh war der ältere, mindestens siebzig, mit weißem Kraushaar, hohlen Wangen und tiefen Falten, die von den Augenbrauen bis zum Kinn verliefen und fast ein Dreieck bildeten. Er machte sie immer nervös, obwohl er sie mit zurückhaltender Freundlichkeit ansah, aber Thomas stand sie eigentlich auch nicht näher, obwohl sie in Moycullen Nachbarn waren.

Alle wandten sich sofort den Kindern zu, die mit Catherine auf dem Fußboden mit ihren neuen Spielsachen spielten. Tante Jack sah, daß sie tatsächlich alle sehr still geworden waren. Die kleinen Jungen schoben apathisch ihre Karren hin und her, und die kleinen Mädchen drückten mit verlorenem Gesichtsausdruck ihre Puppen und Bären an sich. Nur die Babys spielten noch glücklich mit einem Sack blauer Mäuse, den jemand gebracht hatte. Alle waren Kinder von Kusinen der Familien Flaherty und de Lacy, aber bis auf eines oder zwei hatte Tante Jack sie nicht identifizieren können. Catherine kniete zwischen ihnen, den Kopf gebeugt, so daß ihr weiches Haar nach vorn fiel und ihr Gesicht verdeckte, und so verharrte sie auch dann noch, als sie alle zum Mittelpunkt der Aufmerksamkeit wurden.

Das Weihnachtsessen war früh, so daß die Kinder heimgebracht werden konnten, und danach, als die Erwachsenen in einem riesigen Halbkreis um das große Holzfeuer saßen, wandte das Gespräch sich wieder den Ängsten zu, von denen sie alle erfüllt waren. Thomas wiederholte seine Meinung, daß noch Schlimmeres kommen werde.

»Ich habe gehört, daß es eine Politik der Vergeltung geben wird – für jeden umgebrachten Polizisten oder Soldaten sollen zwei Mitglieder von Sinn Féin erschossen oder gehängt werden oder drei Sympathisanten aus der Zivilbevölkerung, wenn man die Parteimitglieder nicht finden kann. Dieser Gedanke ist so weit von den sogenannten Spielregeln des Krieges entfernt, daß sich vermuten läßt, wo er herstammt: aus dem Dubliner Castle. Aber ich hörte, das Kabinett werde ihm zustimmen. Lloyd George sagt ganz freundlich, daß Terrorismus der einzige Kurs sei, solange Sinn Féin auf einer Republik besteht.«

»Aber das einfache, anständige Volk von England wird dem nie zustimmen.«

»Darum wird man es nicht bitten. Man wird ihm erzählen, es sei Krieg, alle Mittel seien erlaubt, und das sei halt nie eine schöne Sache. Ich habe Angst um die Armen, die Landbevölkerung und die Arbeiter in den Städten. Die sind immer die Leidtragenden.«

»Und sie sprechen nie von einer friedlichen Lösung?«

»Nie. Lloyd George sieht vollkommen klar, daß der Hauptgrund für die Schwierigkeiten jetzt in dem Plan für die Teilung des Landes liegt – er hat das in so vielen Worten gesagt, daß man's nicht mehr zurückverfolgen kann –, und trotzdem treibt er ein neues Teilungsgesetz voran, das zwei Parlamente vorsieht, eins für die sechs nördlichen Grafschaften und eins für uns, und Mutter Westminster über allen beiden. Man hat ihm gesagt, und er ist derselben Meinung, daß dies für hundert Jahre blutigen Krieg verursachen wird, aber nichts wird ihn aufhalten, weder moralische noch praktische Überlegungen. Er hat ein sonderbares Gemüt, dieser Mann. Man spricht nicht mit einer wirklichen Person, mit einem vernünftigen Menschen mit den Maßstäben und Wertvorstellungen, die wir bei jemandem in seiner Stellung als selbstverständlich voraussetzen. Er macht sich seine moralischen Maßstäbe selber – sofern ihm die Bedeutung dieses Wortes überhaupt klar ist –, und dauernd ändert er die Gesetze, wie's ihm gerade paßt. Das neue Wahlsystem, das sie jetzt eingebracht haben, gerade noch rechtzeitig für die Wahlen, haben sie sich aus recht zynischen Gründen ausgedacht, in der Hoffnung nämlich, daß das Volk nicht versteht, wie es damit umgehen soll, und folglich viele ungültige Stimmen abgeben wird. Es fällt schwer, das zu glauben, aber es liegt zu offenkundig auf der Hand, um es abzutun. Letzte Woche hab ich das einem englischen Freund von mir in London erzählt, und der war schockiert und hat gesagt, das sei nicht möglich, aber als ich ihm erzählte, daß ein republikanischer Kandidat in dem Moment, wo er für die Wahl nominiert wird, verhaftet und bestraft wird, weil er aufrührerische Dokumente in der Tasche hat, seine eigene Literatur zur Wahl nämlich, da konnte mein Freund nichts mehr sagen.« Nach einer kleinen Pause fuhr Thomas fort:

»Noch eine kleine Neuigkeit hab ich gehört, und ich weiß nicht ganz, was ich davon halten soll. Seitdem so viele irische Polizisten den Dienst quittiert haben, soll in England eine neue Hilfstruppe der Polizei rekrutiert werden. Alle scheinen sie zu wissen, daß sehr dreckige Arbeit von ihnen verlangt wird. Ich habe von Armee-Offizieren gehört, die es als Beleidigung empfanden, bei einer solchen Gangsterbande mitmachen zu sollen. Was passiert, wenn die hier ankommen? Soweit ich sehe, kann England machen, was es will. Im Sommer haben wir gesehn, was los war, selbst als der Senat der Vereinigten Staaten den eigenen Präsidenten gebeten hat, die irische Delegation bei der Friedenskonferenz in Paris zu empfangen. England legt Einspruch ein, und sogar ein so mächtiger Mann wie Präsident Wilson muß zugeben, daß er machtlos ist. Wer wird Irland jetzt zu Hilfe kommen, wenn die Millionen von Iren in Amerika so leicht gehindert werden können? Morgan sagt, zur Zeit der Fenians hätten die Amerikaner eine Armee geschickt. Ich möchte mal wissen, ob sie das nochmal tun würden.«

»Wie geht es Morgan?« fragte Hugh eifrig. »Ich vermisse ihn, wo sie mich nun nicht mehr nach Galway fahren lassen wollen.«

»Er ist noch immer derselbe alte Kämpfer. Er ist einundneunzig, soweit das einer von uns berechnen kann, aber er will's uns nicht sagen und meine Mutter auch nicht, obwohl sie auf die Minute weiß, wie alt er ist. Sie sind zusammen auf die Schule gegangen. Ich sah ihn neulich über die Wiese sprinten, wie er einen Ochsen rausgejagt hat, der illegal hereingekommen war. Er weiß alles, was passiert – verfolgt alle Nachrichten. Eine große Sache in meinem Leben ist, daß er mir nun endlich beipflichtet. Wir hatten früher immer furchtbare Streitgespräche. Er beschuldigte mich, gar kein Nationalist zu sein, sondern so etwas wie ein verdorbener Kolonialist. Ich versuchte ihn davon zu überzeugen, daß meine Art von Nationalismus ebenso gut sei wie seine, aber es hatte keinen Zweck. Jetzt ist das alles anders. Alles ist klar. Er hat seinen Willen bekommen. Er hat mir immer gesagt, durch Reden würden wir nie etwas erreichen. Ich hätte nie gedacht, daß ich so weit komme, mit Morgan politisch einer Meinung zu sein, aber das ist nun passiert.«

In der Düsternis ganz hinten am Halbkreis stand Catherine leise auf und ging aus dem Zimmer. Tante Jack hatte näher am Feuer einen Ehrenplatz in einem Ohrensessel, wie es ihrem Alter zukam. Auf die Gefahr hin, unliebsame Aufmerksamkeit auf sie beide zu lenken, stand sie auf, so daß jeder ihr Platz machen mußte, und folgte Catherine nach draußen. Sie fand sie mitten in der Halle stehend, das Kinn erhoben, die Fäuste geballt, den ganzen Körper zurückgebogen, während Tränen sich durch ihre geschlossenen Augenlider zwängten und ihr über die verzerrten Backen und den zusammengepreßten, herabgezogenen Mund rannen. Tante Jack war mit einem Sprung bei ihr und faßte sie bei den Schultern, die sie unter ihren Händen beben fühlte.

»Catherine, Catherine! Was ist?«

»Weißt du das denn nicht?« Ihre Stimme schien die Worte mit übermenschlicher Anstrengung hervorzupressen. »Hörst du sie nicht? Kämpfen, kämpfen, kämpfen – von nichts anderm reden sie. Warum müssen wir uns das die ganze Zeit anhören? Warum sind wir hier? Diese Leute – ich hasse sie! Und Molly, so eingenommen von sich selber – hat uns mit denen zusammengebracht. Von uns aus hätten wir die nie besucht, nur wegen ihr.«

Tante Jack legte ihre Arme um sie und sagte leise:

»Sag so was nicht. Das ist doch nicht dein Ernst.«

»Doch, doch, es ist mein Ernst. Sie hat alles, was sie will, Nicholas und ihre Babys und eine Menge Geld, und wir müssen dafür büßen. Thomas sagt, es wird noch schlimmer kommen. Den ganzen Tag lang sagt er das. Warum sollten wir uns damit abfinden müssen? Warum dieses Risiko eingehen? Wir glauben doch kein Wort davon. Sie werden kommen, diese Teufel, von denen Thomas gesprochen hat. Ich habe Berichte von diesen Überfällen gehört. Sie werden in der Nacht kommen und plündern und brennen und foltern – Thomas weiß das. Er scheint nur darauf zu warten. Wo können wir hin, um denen zu entkommen? Was können wir tun? Warum sollen wir uns alle von deren furchtbarem Leben schlucken lassen?«

Sie weinte jetzt nicht, sondern starrte Tante Jack mit einer Bosheit an, wie sie noch nie auf ihrem Gesicht zu sehen war – mit seltsam funkelnden Augen, so daß Tante Jack an ihre Rasereien während des Höhepunktes ihrer Krankheit denken mußte.

»Nun komm. Wir gehn nach oben. Sie werden's dir nicht übelnehmen, wenn du nicht gute Nacht sagst. Ich geh nachher dann runter und sag ihnen, daß dir nicht gut ist.«

Sie führte das Mädchen schrittweise die Treppe hinauf, wobei sie sie sanft ermutigte, als wäre sie gelähmt, wie sie es teilweise tatsächlich durch ihre Wut zu sein schien. Die Lampen auf dem Treppenabsatz waren an, und niemand war zu sehen. Die Dienstmädchen feierten nach ihrem schweren Tagewerk das Fest für sich in der Küche. Sie brachte Catherine in das Zimmer, das sie miteinander teilten, und fand, daß das Feuer in Gang gebracht worden war und daß auf dem Dreifuß daneben ein kleiner bedeckter Topf Milch sowie zwei Gläser in silbernen Haltern bereitstanden. Sie hieß sie sich in den Sessel am Feuer setzen, wärmte ihr die Milch und wartete darauf, daß jeden Moment eine Entschuldigung und eine Zurücknahme der schrecklichen Dinge kommen würde, die sie gesagt hatte. Aber es kam nichts. Langsam trank Catherine die Milch und sagte dann mit ausdrucksloser Stimme:

»Du bist immer so lieb zu mir. Was meinst du also – ob sie uns in die Falle gelockt hat? Meinst du, es gibt kein Entkommen mehr?«

»Es kommt immer anders, als man denkt. Niemand weiß wirklich, was als nächstes geschehen wird. Kann gut sein, daß das Warten das Schlimmste dabei ist. Selbst Thomas hat gesagt, daß er nicht sicher ist, was geschehen wird.«

»Sollen wir also darauf warten? Sollen wir einfach dasitzen und nichts tun?«

»Es gibt nicht viel, was wir tun können – außer fortzugehn wie Papa. Möchstest du das?«

»Wo soll ich denn hin? Ich habe nichts, wo ich hin könnte.«

Tante Jack wandte eine Formel aus Catherines Kindheit an: »Nun geh mal zu Bett und schlaf dich aus. Morgen früh sieht die Welt schon wieder anders aus.«

»Bleibst du bei mir?«

»Ja. Ich brauch nicht runterzugehn und Bescheid zu sagen, daß wir schlafen gegangen sind. Das werden sie auch so verstehn. Für die andern ist ja auch bald Schlafenszeit.«

Catherine gab einen langen, langsamen Seufzer von sich und schien noch tiefer in dem Sessel zu versinken. Schließlich raffte sie sich dazu auf, sich auszuziehen und in das große Bett zu steigen, wo sie reglos lag und mit weit offenen Augen an die Decke starrte, wie sie es während ihrer Krankheit getan hatte. Mit wachsender Besorgnis beobachtete Tante Jack sie, während sie sich selber bettfertig machte und endlich neben sie legte, ohne ein einziges Anzeichen dafür entdeckt zu haben, daß ihre Worte Trost gebracht hatten.

39

Tante Jack machte kein Geheimnis daraus, wo sie am nächsten Tag hinging – sie wolle sich mit einer Frau treffen, die sich möglicherweise dazu überreden ließ, als Haushälterin mit ihnen nach Woodbrook zu kommen. In dem neuen, scharfen Ton, der ihr jetzt eigen war, fragte Molly:

»Haushälterin? Was wollen wir denn mit einer Haushälterin?«

»Jemand, der mir hilft, Fräulein«, sagte Tante Jack ebenso scharf. »Denkst du, ich kann ewig so weitermachen?«

»Ich finde, du siehst noch sehr rüstig aus.«

»Bist du gegen die Idee?«

»Wir können's uns nicht leisten, womöglich einen Spitzel ins Haus zu bringen. Woher wollen wir wissen, was für ein Mensch das ist? Sie könnte die Polizei auf uns aufmerksam machen, weil wir aufrührerische Reden führen oder etwas dergleichen.«

»Die Polizei braucht niemanden, um auf uns aufmerksam zu werden. Und solch einen Menschen würde ich sowieso nicht einstellen.«

»Ich werde mitkommen und sie mir anschaun. Vier Augen sehn mehr.«

»Nein!« Molly sah sie erstaunt an. »Ich habe mich mit einer Frau verabredet, die vielleicht überredet werden muß, mit aufs Land zu kommen, vielleicht aber auch nicht. Wir wollen sie jedenfalls nicht durch eine ganze Delegation verscheuchen. Ich bin durchaus in der Lage, das selber zu erledigen, danke dir.«

Molly machte ein wütendes Gesicht, als wollte sie sagen – wie sie es zuweilen tat –, Tante Jack solle daran denken, wer die Herrin des Hauses sei. Daß Molly etwas gegen Margaret haben und sie von oben herab behandeln könnte, war eine Komplikation, die Jack nicht vorausgesehen hatte. Etwas sanfter sagte sie:

»Diese Frau ist die Tochter einer sehr alten Freundin von mir. Sie ist kein Spitzel. Es besteht kein Grund für irgendwelchen Argwohn gegen sie. Hat Nicholas es dir denn nicht gesagt? Ich habe mit ihm darüber gesprochen.«

»Nein, aber wenn Nicholas meint, wird es wohl in Ordnung sein. Du hättest mich aber trotzdem fragen können.«

Molly wird die Sache vergessen oder das Interesse daran verlieren, wenn alles geregelt ist, sagte sich Tante Jack, als sie mit einer gemieteten Droschke losfuhr, nachdem sie Hughs Angebot, ihr ein Automobil mit Fahrer zu stellen, abgelehnt hatte. Molly sah sich gern als die Verantwortliche für Woodbrook, schien sich aber in Wirklichkeit nie um die Einzelheiten des täglichen Lebens dort zu kümmern. Sie würde es schon vergessen; aber der Vorfall hatte Tante Jacks Zuversicht und ihr sicheres Gefühl geschmälert, daß sich alles gut fügen würde.

Vielleicht schadet das nichts, dachte sie später, denn ohne irgendeinen Dämpfer wäre sie womöglich zu ausgelassen gewesen. Mrs. Kelly lebte zusammen mit einer ihrer verheirateten Töchter in einem Häuschen in der Beaver Row, das auf den Fluß Dodder bei Donnybrook blickte, wo sie mit ihrem Mann ihr gesamtes Leben verbracht hatte. Als die Droschke vor der Tür hielt, fühlte sich Tante Jack plötzlich verloren und ängstlich. Was würden sie nach so vielen Jahren zueinander sagen? Es war eine lächerliche Situation – Tante Jack jetzt so im Wohlstand, und ihre alte Wohltäterin noch immer in der niedrigen Stellung, von der aus sie mit der Geste einer Königin ihre Hände gereicht hatte, um einem Mädchen in verzweifelter Lage zu helfen.

Der Droschkenkutscher fuhr davon, und noch immer stand sie auf dem schmalen Gehweg, bis er um die Ecke gebogen war. Dann hob sie den kleinen Türklopfer aus Messing und klopfte an, einmal. Sachte ging die Tür auf, und die beiden Frauen blickten einander neugierig an. Dann sagte Mrs. Kelly:

»Miß Gould, herzlich willkommen. Bitte, nur herein.«

Es war schließlich doch nicht so schwierig. Zwanzig Jahre älter als Tante Jack, war Mrs. Kelly noch immer so dünn und aufrecht wie früher, ihr Haar war nun weiß, das Gesicht erschreckend runzlig und abgespannt. Die winzige Küche, in die sie sogleich gingen, wurde von demselben runden Tisch, an den Tante Jack sich noch erinnerte, fast ausgefüllt. Ein Wachstuch lag darauf mit einem Muster aus Äpfeln und Blättern. Zwei kretonnebezogene Stühle standen vor dem Herd, auf dessen einer Seite über einem munteren Feuer ein Kessel summte. Auf dem Fußboden, dicht davor, saß eine graugestreifte Katze. Es war fast dunkel, und die Petroleumlampe mit einem geblümten Glasschirm war an. Tante Jack sagte zerstreut:

413

»Sie haben ja immer gern eine Katze gehabt. Die ganzen Jahre habe ich Sie nicht einmal besucht.«

»Sie haben getan, was am besten war. Setzen Sie sich, Miß Gould, und machen Sie sich man keine Vorwürfe. Den Tee koch ich, wenn Margaret kommt.«

»Wo ist denn Ihre Tochter? Sie lebt doch bei Ihnen, nicht?«

»Sie bringt die Kinder zu ihrer Schwester, damit wir unter uns sein können.«

»Weiß sie – wissen sie?«

»Sie wissen es natürlich nicht, daß Sie ihre Mutter sind.« Keine Geheimnistuerei, kein Drumherumreden, einfach eine klare Aussage. Tante Jack fühlte, wie ihr das Blut in den Kopf schoß, eine kleine Explosion fast, als stünde sie kurz vor einem Wut- oder Freudenausbruch. »Sie sind mit Margaret aufgewachsen, aber sie wußten immer, daß sie nicht ihre Schwester ist, wie ich Ihnen in meinen Briefen mitteilte. Ich habe heute einfach gesagt, es würde jemand kommen, um mit ihr wegen einer Anstellung zu sprechen.« Ein anstößiges Wort, das stets nur für Dienstboten benutzt wurde. Ihre Beschäftigung als Gouvernante war eine Stellung gewesen, keine Anstellung, ein feiner Unterschied. »Sie kommt um vier Uhr, sie ist immer pünktlich. Ich dachte, wir beide sollten uns vorher ein bißchen unterhalten. Deswegen sagte ich, Sie sollten eine halbe Stunde früher kommen.«

»Natürlich.«

»Es wird jetzt so früh dunkel, aber kalt ist es noch nicht. Setzen Sie sich ans Feuer. Sie sehn gut aus. Sie sind ein bißchen fülliger geworden, das steht Ihnen gut. Ich hatte immer die Hoffnung, Sie würden heiraten.«

»Eine Zigeunerin hat mir gewahrsagt, ich würde nie heiraten, und sie hatte recht.«

»Das war böse. Sie hätte das nicht sagen sollen.«

»Ich hab sowieso nie jemanden getroffen, den ich mochte.«

»Ich auch nicht, nach Mikes Tod, aber da war ich sechzig und über das Alter hinweg, nehm ich an. Es ist schon eine verrückte Welt.«

»Ja.«

»Die alten Gilmores sind alle beide nicht mehr, und der Rest von ihnen ist nach England gegangen.«

»An die denk ich jetzt nie mehr.«

»Das ist das beste. Margaret weiß, daß Sie in Dublin mal Gouvernante waren. Ich sagte, daß Sie ihre Mutter gut kennen und daß die auch eine Gouvernante war.«

»So hatten wir's geplant. Aber wird sie mich nach ihr fragen?«

»Miß Gould, ist Ihnen wirklich gut? Möchten Sie Ihren Tee jetzt schon?«

»Nein, nein. Wir werden warten.«

»Sie spricht nicht viel. Es läßt sich schwer sagen, was ihr im Kopf herumgeht, aber ich bin sicher, daß sie auch nicht viel über die Vergangenheit nachdenkt. Sie hat immer Mutter zu mir gesagt, wie die andern Kinder, und ich hab sie gelassen.«

»Natürlich.«

»Ich wünschte, Sie könnten ihr die Wahrheit sagen.«

»Das geht nicht, nicht mal jetzt.«

»Ja, wahrscheinlich, nicht mal jetzt. Aber wie werden Sie das ertragen können, wenn sie bei Ihnen ist und es nicht weiß?«

»Nun, ich hab sie ja bei mir, vergessen Sie das nicht. Das heißt, wenn sie mitkommen will.«

»Doch, das will sie. Sie hat Dublin satt. Ich hab ihr gesagt, sie würde wie eine Dame behandelt werden. Das wird sie freuen, hat sie gesagt, obwohl sie immer gute Anstellungen hatte, besonders seit sie Haushälterin ist. Aber die Dinge ändern sich, Miß Gould. Es ist nicht mehr so wie früher, als die Haushälterin ihre eigene kleine Wohnung hatte. Der Krieg hat eine Menge Unheil angerichtet, sagt Margaret. Allzu viele Leute haben es gelernt, für sich selber zu sorgen; oder sie haben nicht mehr das Geld, eine Kraft zu bezahlen.«

»Was bezahlt man ihr denn für die Arbeit, die sie jetzt macht?«

»Fünf Pfund den Monat, ein hübscher Lohn, aber die Stelle ist ihr zuwider. Es ist ein Witwer mit zwei Kindern. An Geld fehlt es nicht, aber dauernd nimmt er sich für ein, zwei Wochen kleine

Mädchen aus Dublin mit nach Hause. Zuerst verwöhnt er sie, aber dann wird er sie leid und schickt sie weg, und Margaret ist diejenige, die sie an die Haustür bringen muß. Sie hätte nicht länger bleiben können bei so einem Mann.«

»Warum ist sie da erst hingegangen?«

»Sie hat nicht gewußt, wie er war. Er hat einen Charme, der Vögel aus den Bäumen lockt, sagt sie. Und eine Anstellung mußte sie haben.«

»Weiß sie, daß unsere Familie bis zum Hals in der Politik steckt? Daß der Mann meiner Nichte im Gefängnis gewesen ist?«

»Beweist das nicht, daß Sie zu uns gehören? Sie weiß alles darüber.«

Margaret kam herein, ohne anzuklopfen natürlich, denn dies war ja ihr Zuhause. Tante Jack hörte sie die Tür aufmachen und wurde so still wie eine Katze nachts auf einer Mauer. Sie starrte zu dem kleinen Flur hin und wußte nicht, was sie erwarten sollte. Margaret war ziemlich groß, sehr aufrecht und schlank, so daß sie, wäre nicht ihr schmales, spitzes Gesicht gewesen und die feinen Hände und Füße, sehr leicht als Tochter von Mrs. Kelly hätte durchgehen können. Ihr Gesicht hatte sie von Tante Jacks Mutter, aber es war freundlicher als das ihrer Mutter je gewesen war, ohne den Zug der Unzufriedenheit um den Mund und mit sanften Augen. Tante Jacks Herz klopfte unangenehm, und es fiel ihr schwer, aufzustehen und sich normal zu verhalten. Mrs. Kelly sagte:

»Miß Gould, das ist meine Tochter Margaret.«

»Guten Tag, Miß Gould.«

Ihre Stimme war gut, nicht laut und ohne den häßlichen Dubliner Akzent, den Tante Jack befürchtet hatte. Es mußte sie einige Anstrengung gekostet haben, ihn abzulegen, denn die Kelly-Kinder hatten ihn bestimmt gesprochen. Aber während diese Beobachtung auf der Oberfläche ihres Geistes trieb, gewahrte Tante Jack, daß Margarets Augen zu den ihren hingezogen wurden, und mit sonderbar klugem Verstehen drang aus haselnußbraunen Augen ein Blick in die ihren, der weit mehr zu sehen schien als Worte vermitteln konnten. Es war schwer, sich vorzustellen, daß eine solche Frau getäuscht werden konnte. Wie hatte sie sich das nur erhoffen können? Am liebsten wäre sie jetzt davongelaufen, um alles zu vergessen, fortzuwaschen, als hätte sie diesen dummen, unmöglichen Traum nie gehabt, aber sie wußte, daß es kein Entkommen gab. Oh, warum war sie eine so hoffnungslose Romantikerin? Inzwischen hätte sie wirklich etwas gelernt haben sollen, hätte zu der knappen, schroffen Sprechweise, die sie sich anerzogen hatte, wieder zurückkehren und ihr weiches Herz stählen sollen. Was hatte das alles für einen Sinn? Es war gegen einen ihrer am häufigsten wiederholten Grundsätze gegangen – daß man schlafende Hunde ja in Ruhe lassen soll; daß man nie versuchen soll, zweimal zu leben; verlorenen Boden aufgeben soll – sie hatte viele Worte dafür. Sie hatte es Molly gepredigt, den anderen Angehörigen ihrer verrückten Familie, die – zweifellos erblich belastet – der traditionellen Frauentorheit ebenfalls zum Opfer gefallen war. Und nachdem sie selber nun glücklich davongekommen war, war sie so dumm gewesen, sich das alles wieder aufzuhalsen – das war der endgültige Beweis ihrer Idiotie.

Doch während sie so mit sich ins Gericht ging, wurde ihr ganzes Sein von einer Wärme durchdrungen, die sie in ihrem ganzen Leben noch nicht gefühlt hatte, und in ihrem innersten Herzen sang sie es leise wieder und wieder: »Was ist schon dabei, wenn jeder es weiß? Was kümmert's mich, was jetzt über mich gesagt wird? So sehr hat es mich ohnehin nie gekümmert, auch wenn man mir sagte, das gehöre sich so. Kümmert es Nicholas, was die Leute sagen, oder Peter oder Thomas Flaherty oder sonst jemanden, den ich achte? Warum sollte ich etwas so Wunderbares, wie es sich hier anbahnt, abwürgen? Sie ist ein lieber Mensch, das Leben hat sie nicht beschädigt, sie möchte freundlich sein, vielleicht ahnt sie sogar etwas von unserer Verwandtschaft, aber selbst wenn – es wird auf Jahre hinaus nicht nötig sein, darüber zu sprechen.«

Mrs. Kelly machte Tee, und gesellig saßen sie im Schein der Lampe. Margaret sagte:

»Ich freue mich, aufs Land zu kommen, wie Mutter Ihnen gesagt hat. Eine so große Umstellung wird es gar nicht sein – draußen in Bray ist es jetzt auch fast wie auf dem Land –, ich habe kaum mal Gelegenheit, in die Stadt zu kommen. Und ich würde gerne für Sie arbeiten, Miß Gould. Mutter hat uns oft von Ihnen erzählt.«

Die Katze schnurrte, das Feuer im Herd sank leise in sich zusammen, der Tee war köstlich heiß, und Margaret und Mrs. Kelly sahen sie so zustimmend und vielleicht sogar liebevoll an, daß Tante Jack viel länger blieb, als sie vorgehabt hatte. Es war sechs Uhr, als sie sich auf den Weg machte. Während sie durch die beißend kalte Luft zur Brücke ging, um eine Droschke zu finden, hatte sie den seltsamen Gedanken, daß sie schon vor langer Zeit mit ihrer Tochter hätte nach Woodbrook zurückkommen können. Sie hätte sie schon alle dazu gebracht, die Augen niederzuschlagen. Sie war nie darauf gekommen, es zu tun. Vielleicht hatte sie damals nicht den nötigen Mut dazu. Selbst jetzt staunte sie über sich, daß sie so mutig gewesen war, die eine Sache im Leben zu tun, die sie wirklich hatte tun wollen. Sie hätte sterben können, ohne Margaret noch einmal wiederzusehen.

Siebenter Teil

1920

40

Molly mußte zugeben, daß in Woodbrook alles besser ging, seit Margaret gekommen war. Selbst Catherine schien sie zu mögen, wozu sie allerdings auch Grund hatte. Margaret sorgte hingebungsvoll für sie, hüllte sie in Decken und Morgenmäntel, brachte ihr heiße Getränke, Appetithäppchen und das Frühstück ans Bett, mixte ihr Sirup für ihren Husten, drängte sie zum Spazierengehen, wenn trockenes Wetter war, und behandelte sie ganz allgemein als die Invalidin, zu der sie geworden war. Molly machte sich Vorwürfe, nicht bemerkt zu haben, daß Catherine so viel Fürsorge brauchte. Seit jener Nacht, als sie ihr eigenes Leben und das ihres Kindes dadurch in Gefahr gebracht hatte, daß sie versuchte, bei Dunkelheit die winterliche Koppel zu überqueren, hatte sie nicht mehr an Catherine denken wollen. Manchmal meinte sie, der letzte Tropfen Zuneigung für ihre Schwester sei verdunstet, aber es war jetzt keine Zeit für komplizierte Analysen ihres Verhältnisses, da das tägliche Leben zu einem derart schwindelerregenden Geschäft geworden war.

Wenn Catherine nur nicht so elend und verängstigt aussehen würde. Das war jetzt nicht mehr nötig, denn Henry war fort. Sie war die einzige, die überhaupt noch von ihm sprach. Manchmal sagte sie:

»Wie wohl der arme Papa sich durchschlägt?«

Der *arme* Papa! Molly erwiderte nie etwas darauf. Es war, als versuchte Catherine, Henry zu rekonstruieren, einen neuen Henry, den man lieben, achten und bedauern konnte – ein die Realität weit verfehlender Schrei.

Nur Tante Jack sah zufrieden aus, fast glücklich, so wie noch nie. In ihrer Freude an Margarets Gesellschaft, die überall im Haus und im Garten mit anfaßte, schien sie die neuen Gefahren, von denen sie alle umgeben waren, vergessen zu können. Abends saßen sie zusammen im Wohnzimmer, und wie zwei Tanten statt einer nähten und flickten sie die Kleider der ganzen Familie.

Was für ein Glück, daß sie so zufrieden miteinander sind, dachte Molly verbissen, denn die gesamte Sorge für den Haushalt war ihnen zugefallen. Nicholas war selten zu Hause, und wenn er kam, dann überraschend und nur für ein oder zwei Stunden, so daß sie Angst hatte, aus dem Haus zu gehen, und wenn es auch nur zum Einkaufen war, denn sie wollte ihn nicht verpassen. Er sagte, es sei gefährlich für ihn, die Nacht über zu bleiben, seit im März die neue Hilfspolizei eingetroffen sei. Sie hatte sie gesehen, als sie ankamen, auffallend mit ihren sonderbar zusammengestellten Uniformen – dunkelgrüne Jacken und Khaki-Reithosen, schwarze Baretts, tief in die Stirn gerückt, was ihr Aussehen noch bedrohlicher machte. Die meisten von ihnen waren angeblich Engländer, obwohl auch ein paar Iren darunter waren, die in der Armee gedient hatten. Geschichten von ihrer Brutalität begannen zu kursieren, die zunächst niemand glauben konnte, doch mehr und mehr mußten sie als die volle Wahrheit akzeptiert werden. Aus diesem Grunde war ihr wohler, wenn Nicholas sich von zu Hause fernhielt, und sobald er angekommen war, brannte sie jedesmal darauf, ihn wieder fortzuschikken, obgleich sie sich verzweifelt nach ihm gesehnt hatte.

Noch immer vergingen die Monate ohne einen Überfall auf Woodbrook. Dann, eines Nachts Mitte Juli, kam Nicholas und brachte Peter mit. Peter hatte schließlich sein Haus verlassen müssen. Beide waren sie verdreckt und verschwitzt, denn sie hatten den ganzen Weg von Galway auf Nebenstraßen zu Fuß zurückgelegt. Schlaff hingen sie in zwei großen Sesseln und genossen die Behaglichkeit wie Katzen, die die ganze Nacht auf der Rolle gewesen sind. Peter sagte:

»Die Hipos haben O'Haras altes Haus bei mir gegenüber besetzt – Lenaboy Castle heißt es. Der Kutschenhof steht voll von ihren Autos und Lastwagen. Ich kann sie da in der Nacht rumgrölen hören. Die meiste Zeit scheinen sie betrunken zu sein. Es wäre Wahnsinn, noch weiter bei mir zu bleiben. Die kommen bestimmt in den nächsten Tagen und durchsuchen mein Haus. Hoffentlich fall ich euch nicht zur Last, Molly. Nicholas meinte, ich soll mitkommen.«

»Ist doch selbstverständlich. Ich werde Margaret bitten, dir ein Zimmer herzurichten.«

Als sie ins Wohnzimmer zurückkam, sagte Peter gerade:

»Ist eure neue Haushälterin verläßlich?«

»Absolut«, sagte Nicholas. »Sie ist wie jemand von der Familie. Sie paßt zu uns. Ich habe Erkundigungen über sie eingeholt, bevor wir sie baten zu kommen. Tante Jack hat ihre Mutter gekannt. Die Frau hat Herzensbildung. Die Kinder lieben sie.«

»Ja, wie geht's denn denen?«

Da mußte sie nun sitzen, während Nicholas darüber sprach, welche Fortschritte Samuel machte, wie gescheit er sei, daß er bereits anfange zu lesen und wie Nicholas ihn vermisse, wenn er von zu Hause fort sei.

»Ihr Junggesellen habt da einen Vorteil vor uns«, sagte er, und Peter nickte lächelnd.

Es wurde leichter, als sie von anderen Dingen zu sprechen begannen, so unschön diese auch waren. Peter hatte gesehen, daß an diesem Nachmittag die Hilfspolizei die Kaserne in der Eglinton Street verließ und sich auf den Weg machte, um das Städtchen Clifden anzuzünden, das fünfzig Meilen nordwestlich von Galway an der Küste lag. Er sagte:

»Ich hab gesehn, wie sie die Lastwagen mit Benzinfässern beluden und dabei einen Heidenspaß hatten. Soweit ich sehn konnte, waren sie alle sternhagelvoll. Und dann etwas Merkwürdiges – im letzten Moment kam ein Mann aus der Kaserne, dem sie einen Gummimantel übergeworfen hatten; er wurde von zwei

Männern geführt. Er muß jemand sein, den wir alle kennen, sonst wär er nicht so nervös gewesen. Dieser Junge, William Joyce, war auch dabei und hat die Hipos gebeten, ihn mitzunehmen. Er wollte auf einen Lastwagen klettern, aber die Männer haben gelacht und ihn hinuntergestoßen. Sie haben ihm nachgebrüllt, daß sie ihn morgen auf einen Überfall mitnehmen würden und daß es noch viel mehr davon geben werde.«

»Wer ist denn dieser Junge?« fragte Nicholas. »Warum kümmert sich keiner um ihn?«

»Ich hab gehört, sein Vater sei in Texas Henker gewesen. Jetzt ist er der Leiter der Bus-Gesellschaft in Galway, und das scheint ihm nicht sonderlich zu liegen. Sie sind vor ein paar Monaten aus Amerika gekommen. Es heißt, der Junge sei ein bißchen sonderbar, aber das wundert einen ja nicht bei so einer Vorgeschichte. Ein paar von den Schwestern und Kusinen treiben sich dauernd bei den Hipos herum, also liegt es vielleicht genauso an denen wie am Vater.«

»Warum Clifden?« fragte Molly.

»Da sind gestern zwei Polizisten erschossen worden. Die Brandstiftung ist ganz offensichtlich eine Vergeltungsmaßnahme. Sie müssen mit einem Gefecht rechnen, denn sie haben einen Arzt mitgenommen, damit ihre Verwundeten versorgt werden können.«

»Einen Arzt! Ist etwa einer von denen Arzt?«

»Nein. Sie haben sich einen von der Straße geholt, in Galway, einen jungen Arzt, er mußte einfach mit. Er ist sogar einer der unsern und hat in Clifden viele Verwandte, aber das wissen sie nicht.«

»Wir halten mal besser die Ohren auf, für den Fall, daß sie auf dem Rückweg hier vorbeikommen«, sagte Nicholas.

Sie schlossen die Fenster in der linden, lauen Nacht, denn sie wußten, daß man das Rumpeln der Lastwagen schon aus weiter Ferne hören konnte. Als sie endlich kamen, fuhren sie vorüber.

Am nächsten Morgen nahmen Peter und Nicholas Fahrräder und fuhren auf der Bergstraße nach Cappagh hinüber, um Nicholas' Vetter Morgan MacDonagh zu besuchen, der, falls Peter aus Galway verschwinden mußte, Peters Gebiet übernehmen sollte. Morgan hatte seine speziellen Probleme, berichteten sie, als sie abends zurückkamen. Irgendwer im Gebiet Barna hatte der Hilfspolizei Informationen geliefert. Da so viele der alten irischen Polizei den Dienst quittiert hatten, war die Hilfspolizei jetzt auf Denunzianten aus der Bevölkerung angewiesen, und die Verhaftung mehrerer wichtiger Männer der Irisch-Republikanischen Bruderschaft war zu glatt gegangen, um auf Zufall beruhen zu können. Man werde den Kerl aufspüren müssen, sagten sie.

Tante Jack war mit Molly aufgeblieben. Sie saßen im Wohnzimmer in der Dämmerung, um nicht durch das offene Fenster Motten hereinzulocken. Obwohl es fast elf Uhr war, war noch immer etwas Tageslicht, und das Abendrot hatte einen breiten, gleichmäßigen hellen Streifen am Himmel hinterlassen.

»Es sieht aus, als stünde Galway in Flammen«, sagte Molly, und ein Schaudern überlief sie. »Nach Clifden hab ich heute nacht nur noch Brände im Kopf. Margaret sagt, sie hätten eine Menge Häuser der Familie Lydon angezündet, auch Geschäfte, und sie hätten genau gewußt, wo sie hingingen. Irgendwer muß ihnen die Tips gegeben haben. Vielleicht war es der Mann mit dem Gummimantel über dem Kopf.«

»In Cappagh hat man uns gesagt, daß das Hauptkommissar Cruise ist. Seine Frau und Kinder sind in Galway, und er macht sich Sorgen um ihre Sicherheit.«

»Aber die wird doch bestimmt niemand anfassen!«

»Natürlich nicht.«

Als sie beim Abendbrot saßen, sagte Nicholas:

»Wie friedlich es hier ist. Wenn wir dir eine Nachricht schikken, daß du das Haus verlassen sollst, mußt du die Kinder nehmen und sofort gehen, auf der Stelle.«

Tante Jack sagte:

»Ich würde mich hier wesentlich sicherer fühlen als sonst irgendwo. Wenn es Ärger gibt, werden wir schon die richtigen Worte finden, um da rauszukommen.«

»Woher willst du das wissen? Diese Razzien sind furchtbar.

423

Die Kinder dürfen nicht gefährdet werden.«

»Aber wo sollen wir hin? Wenn wir hier fortgehn, wird nichts sie aufhalten, das Haus zu verwüsten oder anzuzünden. Sie scheinen eine ganze Menge niederzubrennen.«

Molly hörte den hysterischen Ton in ihrer Stimme und hielt inne. Nicholas sagte:

»Wir werden was für euch arrangieren. Es ist sinnlos, über das Haus nachzudenken. Wenn sie es leer finden, kann es sein, daß sie's einfach benutzen, aber ebensogut können sie's auch abbrennen. Als wir in Cappagh waren, kam ein Mann mit einer Geschichte aus Galway, und zwar, daß es bald zu einem Zwischenfall kommen wird, um einen Kampf zu provozieren. Erinnert ihr euch an den Polizisten, der uns gesagt hat, wir sollten darauf achten, wenn er versetzt wird – es würden dann schlimmere Zeiten kommen?«

»Ja, ja – Mr. Hildebrand. Er hat an dem Tag mit uns gesprochen, als die Rekrutierungsversammlung gesprengt wurde.«

»Den hab ich vor zwei Tagen getroffen. Er hat mir erzählt, daß er sich einem neuen Plan widersetzt habe, das Volk so aufzustacheln, daß es zum Kampf kommt. Daraufhin ist er in Galway suspendiert worden. Wo sie ihn nun hinschicken, weiß er noch nicht.«

»Was werden sie machen?«

»Wahrscheinlich blindlings in eine Menge schießen. Es wär nicht das erste Mal. In Balbriggan haben sie's auch so gemacht.«

»Und wo werdet ihr sein?«

»Irgendwo in Galway. Wir haben viele Verstecke. Wir werden immer wissen, wo ihr euch aufhaltet. Wir müssen jetzt gehn.«

»Jetzt sofort?« Sie sahen sie so besorgt an, daß sie gezwungen war, in vernünftigem Ton hinzuzufügen: »Ich dachte, ihr könntet wenigstens bis morgen bleiben.«

Dann ging sie aus dem Zimmer, um für Nicholas ein paar Sachen zusammenzusuchen, und sie stöhnte vor Angst und Schmerz bei jedem Schritt zu ihrem gemeinsamen Schlafzimmer, in dessen Mitte sie dann ein paar Minuten ganz still verharrte. Eine Welle rollte über sie hinweg wie über alle hilflosen Menschen in der Welt. Nichts tun wir von uns aus, die Dinge widerfahren uns, Seuchen und Erdbeben und Vulkanausbrüche, Liebe und Haß, Ehe und Kinder; es war alles ein entsetzliches Spiel des Zufalls, das ein fühlloser Gott zu seinem eigenen Vergnügen so eingerichtet hatte. Was für einen Sinn hatte es, gegen diesen Gott zu kämpfen? Was sie auch tat, wie sie auch versuchte, ihr Schicksal zu wenden, nichts würde ihr je zuteil werden als Schmerz und Tod und Verlust. Was würde geschehen, wenn sie jetzt hinunterginge und dies den beiden Männern sagte, die unten warteten? Sie würden sie bemitleiden; sie würden sagen, es tue ihnen leid, daß sie den Mut verloren habe, die Belastung sei allzu groß für sie gewesen. Sie hatte sie so über andere Frauen sprechen hören, und in ihren Worten hatte leise mitgeschwungen, daß sie es sich nicht leisten könnten, sich mit so schwachen Menschen zu verbinden. Ein solches Schicksal wäre von allen das Schlimmste. Aber sogar Morgan Connolly hatte gesagt, daß nicht ein jeder stark sein könne.

Als sie draußen auf dem Treppenabsatz einen Schritt hörte, stürzte sie zur Kommode und begann wahllos Kleidungsstücke herauszunehmen, die sie an ihre Brust drückte, so daß sie, als Nicholas hereinkam und sie in die Arme nahm, eine alberne Barriere zwischen ihnen waren. Sie hielt den Kopf gesenkt, und in dem schwachen Licht schien er ihre Not nicht zu bemerken.

41

Es war Ende Oktober, als die Nachricht kam, an einem sonnigen, goldenen Morgen, der die Wärme eines herrlichen Sommers in sich gespeichert zu haben schien. Die Luft war schwer von dem üppigen Duft der Strandastern, Alanten und Chrysanthemen auf den neuen Rabatten an der Haustür. Die Kletterrosen hatten Gefallen daran gefunden, noch einmal zu blühen, und gaben ihre schwere Süße dazu, die nicht weniger nach Verfall zu riechen schien. Das Gras blieb jeden Morgen etwas länger naß, so daß die Stiefel im Nu durchweicht waren, wenn Samuel von Molly zum Ponyreiten über die Koppel geführt wurde. Als sie in den Kutschenhof zurückkamen, erblickte sie eine ihr wohlbekannte, zerlumpte Gestalt, die gebeugt an der Hintertür stand, welche offen war, um die sonnige Luft hereinzulassen. Sofort rannte Samuel los und rief:

»Da ist ja Johnny Collins! Hallo Johnny!«

Samuel kannte einen jeden in dem regelrechten Strom der Armen, die um einen Imbiß anklopften, seit sich herumgesprochen hatte, daß man niemals abgewiesen wurde. Dieser Mann war des öfteren bei ihnen, aber Molly hatte bemerkt, daß er weniger als die anderen daran interessiert war, was ihm zu essen gegeben wurde. Schnell drehte er sich um und sagte:

»Gott segne dich, Junge. Gesund und munter siehst du aus.« Aber dann sagte er zu Molly: »Schicken Sie ihn rein, Ma'am. Ich habe eine Nachricht für Sie.«

Sie schob das Kind ins Haus, denn sie wußte, daß entweder Tante Jack oder Margaret sein Protestgeschrei hören würden und zu seiner Rettung herbeikämen. Dann ging sie langsam über den Hof und hörte Johnny zu. Er beugte sich nahe zu ihr, stark nach Fisch riechend, eine alte flachgedrückte Mütze auf dem hageren Kopf, die blaßblauen Augen funkelnd vor Erregung, und der ganze Körper schien in seiner Kleidung herumzurutschen und zu zucken, als wäre sie von Flöhen bevölkert. Sie hatte noch nie viel mit ihm geredet und staunte über seine flotte, lebhafte Ausdrucksweise, die so ganz anders war als der übliche müde und apathische Ton der Besucher an der Hintertür. Seine ersten Worte machten sie so betroffen, daß sie stehenblieb und ihn anstarrte.

»Mr. de Lacy sagt, Sie sollen noch heute nach Galway runterkommen. Es braut sich irgendeine böse Sache zusammen, und er möchte nicht, daß Sie noch länger hierbleiben.«

Obwohl sie damit gerechnet hatte, konnte sie es kaum verkraften. Endlich fragte sie:

»Hat er gesagt, wo wir in Galway hin sollen?«

»Erst mal runter in meine Hütte in John's Island, und dann

wird er einen besseren Platz finden, vielleicht ein Haus, hat er gesagt. Aber Sie müssen heute noch kommen.«

»Wird er dort sein?«

»Ich soll Ihnen ausrichten, er wird kommen, sobald er kann. Meine Schwester Kate wird da sein. Sie ist eine Fischfrau, die mit einem Korb auf dem Kopf herumgeht. Sie haben sie bestimmt schon oft gesehen.«

»Ich wußte nicht, daß eine davon Ihre Schwester ist.«

Johnny gab ein kurzes, keckerndes Lachen von sich und ahmte ihren seltsamen Ruf nach:

»›Fri-i-sche Fischkes, frische Fischkes, frische Fischkes! Fri-i-sche Mackelers, frische Mackelers, frische Mackelers!‹ Sie kommt überall rum, und sie hört alles. Ein Polizist in der Kaserne hat ihr heute morgen gesagt, es wär eine neue Liste gekommen. Mr. Morrows Name würde da drauf stehn und Mr. de Lacy und einer von den Connollys und Morgan MacDonagh aus Cappagh und Vater Griffin und Mr. Walsh, der Bürgermeister. Es hieß darauf, sie wären Richter bei den Gerichten von Sinn Féin und Offiziere der IRB und daß Vater Griffin vor Gericht schwören tät. Sie sagen, der Oberbürgermeister von Cork, der jetzt in Brixton im Hungerstreik ist, würde sie restlos zum Wahnsinn treiben, so daß sie jetzt keinen mehr verhaften, sondern sie gleich erschießen und so mit ihnen fertigwerden.«

»Sie haben meinen Mann also heute gesehn?«

»Ja. Ich bin mal zu Mr. Morrows Lagerhaus rübergegangen. Mr. de Lacy war auch da. Das erste, was Mr. Morrow gesagt hat, war, daß ich hier nach Woodbrook rauskommen soll. Er sagt, Sie sollen die Kinder und die ganze Familie heute noch nach Galway runterbringen und nicht noch eine Nacht in diesem Haus schlafen, denn sie werden bestimmt kommen und Razzia machen.«

»Mr. Morrow hat das gesagt?«

»Ja. Mr. de Lacy und er haben sich gedacht, daß Sie und Samuel und das kleine Mädchen – Gott segne sie – bei mir unterkommen können, und Miß Gould und Ihre Schwester und Margaret könnten in einem andern Haus unterschlüpfen. Bis wir nach Galway kommen, werden sie das alles geregelt haben. Mr. de Lacy war bemüht, Ihre Schwester in einem besseren Haus unterzubringen, wegen ihrer angegriffenen Gesundheit, aber Sie wären ganz gut bei uns aufgehoben, hat er gesagt. Viel Platz haben wir ja nicht, aber er meinte, die Braunen würden da nie nach ihm suchen, es ist ja mitten in der Stadt, und er wird kommen und nach Ihnen sehn.«

»Was ist mit den Connollys im Moycullen Haus? Haben sie gemeint, daß es da auch zur Durchsuchung kommen wird?«

»Das haben sie, natürlich, aber was kann man schon mit einem alten Mann anstellen, der über neunzig Jahre ist und außerdem noch eine Frau hat, die blind ist? Mr. Morrow sagte, daß sie es drauf ankommen lassen werden, aber das ganze junge Volk müßte da rausgeschafft werden. Die Braunen werden rasend, wenn sie junge Männer sehn.« Plötzlich sah er beunruhigt auf. »Gott steh uns bei, ich mach Ihnen hier Angst, und dabei müssen Sie an Ihre Kinder denken. Es tut mir wirklich leid, daß ich so schlimme Nachrichten für Sie habe.«

»Ist schon gut, Johnny. Ich hab gewußt, daß es so kommt. Haben Sie schon was zu essen gekriegt?«

»Nein. Ich war grade erst gekommen. Chrissie sagte, Sie wären spazieren gegangen. Ich geh jetzt in die Küche und luchs ihr was ab. Wiedersehn, ich muß nämlich noch weiter. Als nächstes geh ich zum Moycullen Haus. Die Dienstmädchen, sagt Mr. Morrow, können bei den Flanagans unterkommen, das ist Chrissies Tante, dann weiß er, wo er sie finden kann. Ich sag ihr das selber. Er hat mir gesagt, auf dem Weg hierher soll ich bei der Kaserne vorbeigehn, damit ich sehe, was da vorgeht, und das hab ich gemacht. Weiß der Himmel, was die heute vorhaben. Sie haben einen ganz fiesen Kerl dabei, der eine Menge in der Gegend rumballert, Feldwebel Fox, noch dazu rothaarig wie ein Fuchs. Es ist zum Lachen, wenn einem die Lust zum Lachen nicht vergangen wär. Und Crumm ist noch so einer und Kommissar Cruise, und dann gibt's da einen neuen Burschen, Hauptmann Harrison, der ist erst ein paar Tage da. Sie hätten geplant, in Richtung Barna loszuziehn, hat der Polizist Kate erzählt. Und

Mr. Morrow hat gesagt, Ma'am, Sie sollen genug zum Anziehn für sich selber und die Kinder mitnehmen, weil Sie vielleicht lange von zu Hause weg sein werden.«

»Hat er gesagt, wie wir nach Galway kommen sollen?«

»Er sagte, Luke soll Sie fahren, aber danach soll er sich mit dem Wagen schnell aus dem Staub machen. Sie werden hoffentlich keine Angst haben, Ma'am. Es gibt Leute, die jeden Tag ihren Geschäften nachgehn müssen, und es wär schon großes Pech, wenn Sie angehalten werden – vier Frauen mit zwei kleinen Kindern am hellichten Tage.«

Aber sie hatte Angst. Es war fünf Uhr, bis sie abfahrbereit waren. Samuel, der ihre Angst spürte, umklammerte ihre Hand und wurde weiß vor Aufregung, als sie die Zufahrt hinunterfuhren, und Luke sagte:

»Die Zeit ist jetzt günstig zum Fahren. Eine Menge Leute sind unterwegs nach Hause, und jeden können sie ja nicht schikanieren. Die einzige Sache ist, daß wir keine Genehmigung für den Wagen haben, aber Gott wird bestimmt gütig sein, und man wird uns nicht anhalten.«

Tante Jack und Margaret saßen zusammengequetscht vorne neben Luke, das Baby in den Armen, das sich drehte und wand, um einen Blick auf die hinten Mitfahrenden werfen zu können, als genösse es den Ausflug. Endlich brachte Margaret es zur Ruhe. Molly dachte zerstreut, daß dieses Kind bei so vielen Frauen aufwachse, daß es am Ende nicht mehr wissen werde, welche von ihnen seine Mutter war. Sie wollte sich schon darüber auslassen, beherrschte sich aber rechtzeitig, als sie sich vorstellte, was für Augen die anderen bei solch einer Nichtigkeit machen würden. Catherine hatte sich ganz nach hinten in eine Ecke gedrückt, wo neben Taschen und allem möglichen anderen Gepäck noch ein bißchen Platz geblieben war. Der Kofferraum enthielt noch einige Gepäckstücke mehr. Bei der Ankunft in Galway würde ein großes Auseinandersortieren unvermeidlich sein. Molly blickte Catherine während der Fahrt mehrmals an und sah, wie ihr bei vorgebeugtem Kopf die Lippen zuckten, als versuchte sie verzweifelt, sich zu beherrschen. Margaret und

Tante Jack würden sich um sie kümmern müssen. Molly hielt es für sinnlos, ihre Hand zu nehmen, um etwas Trost zu ihr hinüberfließen zu lassen. Sie wußte, sie würde zurückgewiesen werden. Es würde eine Erleichterung sein, von ihnen allen wegzukommen, wenn es auch nur in das Haus der Fischfrau in John's Island war. Der Gedanke, wie Nicholas aussehen würde, machte ihr Angst. Ein Segen, daß das Baby ein so gesundes, fröhliches kleines Wesen geworden war.

Sie fuhren durch das Dorf Newcastle und dann vorbei an den dunkelgrauen Mauern der Universität, vorbei an deren Toren und weiter in Richtung Stadt. Dort waren die Bäume schwer von Kastanien, und die Kletterpflanzen an den Gebäuden waren leuchtend rot. Sie fuhren auf der kleinen Holzbrücke über den Kanal und kamen zu den hohen Mauern des Gefängnisses. Plötzlich hörten sie zwei Pistolenschüsse, kurz hintereinander. Luke sagte:

»Sie sind vor uns. Ich kann die Lastwagen hören. Wir werden weiterfahren müssen. Wenn wir angehalten werden, so wenig sagen wie möglich.«

Als sie dem Gefängnistor genau gegenüber waren, sahen sie, daß die Lastwagen bereits auf der langen Brücke waren, die an dieser Stelle die beiden Teile der Stadt verband. Fünf Minuten früher, und sie hätten einfach vor dem Gefängnis vorbeifahren können und wären, ohne ihnen in die Quere zu kommen, sauber nach Nun's Island durchgekommen. Luke verlangsamte das Tempo, denn jede Andeutung von Flucht hätte womöglich den tödlichen Jagdinstinkt der Männer auf den Lastwagen erregt. Einige von ihnen lehnten sich jetzt über die Seiten hinaus, spähten nach dem Wagen, schwenkten Pistolen, brüllten Unverständliches. An der Kreuzung fuhr Luke verhalten weiter. Die Lastwagen waren ebenfalls mit dem Tempo heruntergegangen, und Molly sah, daß am Schwanz mehrere von den Männern standen und über die Pritschenklappe gebeugt etwas in den Händen hielten. Es war ein Strick, und ihr wurde übel, als sie gewahrte, daß daran mit den Fußgelenken ein Mann hing, blutverschmiert und zerschunden, dessen Kopf auf der Straße nachgeschleift war. Neben ihm, zerfetzt, blutverschmiert und staubig, schleifte die grün-weiß-goldene Fahne der Republik. Sie packte Samuel und drückte seinen Kopf nieder, so daß er nichts sehen konnte, und sie hörte sich stöhnen. Sonst gab niemand einen Ton von sich. Noch immer rollte der Wagen weiter und bog dann um die Ecke der Gefängnismauer, so daß sie von den Männern auf den Lastwagen nicht mehr gesehen werden konnten.

»Zur Hölle solln sie fahren, mitsamt ihrer ganzen Brut«, sagte Luke mit gebleckten Zähnen. »Er ist jetzt tot, Ma'am. Diese Schüsse haben ihm wahrscheinlich den Rest gegeben. Sie waren zu beschäftigt, um uns zu folgen.«

Keiner sagte etwas darauf. Tante Jack und Margaret saßen wie zwei Statuen. Catherine hatte die Augen geschlossen und war in das Polster zurückgesunken, als sei sie ohnmächtig geworden, doch ihre Hände bewegten sich krampfartig, wie bei einem Menschen, der einen Anfall hat. Sie fuhren durch Straßen mit winzigen, zweigeschossigen Häuschen, an mehreren verlassenen Mühlen vorbei, vorbei am Nonnenkloster, dann durch die kleine Straße, in der Henry Nora so oft besucht hatte, bis sie auf eine breitere Straße herauskamen, die über eine andere Brücke in die Stadt zurückführte. Luke blickte nervös über sie hinweg, bog dann rechts ab und überquerte einen alten Mühlgraben auf einer kleinen Brücke, bis er endlich am Ende eines Fußweges stehenblieb, der zu ein paar Hütten führte.

»Hier soll ich Sie absetzen, Ma'am«, sagte er. »Ich kann nicht bis vor die Tür fahren, aber ich werde das Gepäck herausholen und hinbringen. Die andern können hierbleiben.«

Tante Jack sagte:

»Ist das wirklich das beste, Luke? Sollten wir nicht alle hier aussteigen, damit Sie wegkommen; sie sind doch überhaupt nicht sicher in Galway.«

»Nein. Wir machen's so, wie ich sage. Ich habe meine Befehle.«

Als sie den Fußweg entlanggingen, Luke mit dem Gepäck und Molly mit den beiden Kindern an der Hand, sagte er:

»Ich werd schon irgendwie zurückkommen heute abend; oder

431

ich schick dem Chef eine Nachricht. Und wie gesagt, er wird selber kommen, wenn er kann. Was Sie auch machen, gehn Sie nicht raus. Das war eine schlimme Sache, die wir da gesehn haben. Die toben sich wirklich aus. Wir haben gehört, daß so was kommen würde, aber daß es so schlimm ist, hätt ich nie gedacht. Der Chef hat gesagt, lange wird er Sie hier nicht lassen.«

»Ist schon in Ordnung, Luke. Es ist mir egal, wo ich bin, solange nur die Kinder in Sicherheit sind.«

»Bleiben Sie im Haus, und alle werden Sie in Sicherheit sein.«

Die dicke Fischfrau erkannte sie sofort wieder, als sie sie sah – den schweren, maskulinen Körper, den roten Flanellrock mit blaukarierter Schürze und das kleine Kopftuch mit Schottenmuster, unterm Kinn gebunden, so daß ihr Gesicht wie ein Vollmond wirkte. Sie hatte helle, freundliche Augen, die sich in einem so starken, wettergegerbten Gesicht sehr sonderbar ausnahmen. Sie ging voran in die Küche. Sie stießen auf den Fischgestank wie auf eine Wand, und Molly wich instinktiv davor zurück. Kate sagte:

»Können Sie das verkraften, Ma'am? Das ist ein Geruch, den man nie mehr aus dem Haus und aus den Kleidern kriegt.« Sie wurde rot vor Verlegenheit und wandte sich ab, um die Stühle gerade an den Tisch zu rücken und Luke das Gepäck aus den Händen zu nehmen – alles mit niedergeschlagenen Augen. Molly sagte:

»Gott sei Dank können Sie uns aufnehmen. Natürlich macht uns der Fischgeruch nichts aus – wir sind einfach noch nicht daran gewöhnt. Samuel, gib Johnnys Schwester die Hand.«

»Es riecht aber trotzdem komisch«, sagte Samuel.

»Ich fahr mit der übrigen Gesellschaft weiter«, sagte Luke. »Ich soll mir in Mr. Morrows Büro sagen lassen, wo ich sie hinbringen soll. Kate, egal was Sie tun, aber passen Sie auf, daß diese Leutchen hier keinen Fuß vor die Tür setzen. Heute nacht wird's üble Schweinereien geben. Haben Sie das Zimmer bereit?«

»Alles bereit. Nun fahrn Sie mal los, und Gott mit Ihnen.«

Das Schlafzimmer war direkt über der Küche, und das kleine Fenster war offen, so daß frische Luft hereinwehte. Von dem

Fenster aus konnte man den Weg überblicken, den sie gekommen waren. Fünf Häuschen waren es, in der Mitte das der Collins. Überall standen die Türen offen, aber obwohl die Dämmerung hereingebrochen war, hatte man noch keine Lichter angemacht. Vor dem Haus verlief der Kanal, fünfzehn bis zwanzig Fuß breit, mit einer breiten Grasböschung am anderen Ufer.

Das Zimmer war erbärmlich karg eingerichtet – ein Eisenbett, eine umgestülpte, mit Tapetenresten gedeckte Butterkiste, in der Ecke ein Strohsack für Samuel.

»Sie und das Baby können das Bett haben, Ma'am«, sagte Kate mit mehr Selbstvertrauen jetzt. »Ich freue mich, daß ich was für Sie tun kann – Sie waren immer so gut zu dem armen Johnny. Seit er in die Mühle gefallen ist, kann er keinen Handschlag mehr tun, aber er ist bescheiden, doch, das ist er.«

»Ohne ihn wären wir immer noch draußen in Woodbrook«, sagte Molly, und ein Schauder überlief sie. Da sie sah, daß Samuel mühsam die steile, schmale Treppe hinunterkletterte, fuhr sie mit leiser Stimme fort: »Kate, auf dem Weg hierher, in der Nähe vom Gefängnis, haben wir gesehn, wie ein Mann – die Leiche eines Mannes – hinter einem Lastwagen hergeschleift wurde. Luke sagte, er sei tot. Wir haben die Schüsse gehört. Und mit ihm wurde eine Fahne, die Fahne Irlands, hinterhergeschleift. Oh, Gott! Ich wünschte, ich würde wissen, wer dieser Mann war.«

Kate sah sie lange an und sagte dann:

»Ich werd versuchen, das rauszukriegen. Ich kann ein bißchen rumgehn, und niemand nimmt irgendwelche Notiz von mir.«

»Ich dachte, ich geh selber.«

»Heilige Mutter Gottes, Ma'am! Nichts dergleichen werden Sie tun. Haben Sie Lukes Befehle nicht gehört? Sie sollen das Haus nicht verlassen. Ihr Mann wird doch kommen. Wenn ich Sie rauslasse, komm ich vors Kriegsgericht, wahrhaftig. Sie bleiben mit den Kindern hier und geben ihnen eine Tasse Tee und einen Happen zu essen, und ich mach meine Runden und finde raus, was los ist. Heute mittag habe ich gehört, daß sie in der Früh mit ein paar Gefangenen aus Spiddal zurückgekommen sind. Waren's Braune oder Hipos?«

»Ich weiß nicht. Schwarze Baretts hatten sie auf, das hab ich gesehn.«

»Na, egal. Ich werd in der Stadt fragen und bestimmt was hören.«

Im Haus allein gelassen, zündete Molly eine Kerze an, die auf dem Kaminsims in einem blauen Emaillehalter bereitstand, und stellte sie auf den Tisch. Dann machte sie, wie ihr gesagt worden war, Tee, bückte sich, um den Kessel tief über das Torffeuer im Kamin zu hängen, wie sie es oft bei den Leuten um Moycullen gesehen hatte. Samuel verlangte Milch und ein Ei. Es war nur sehr wenig Brot im Küchenschrank, doch als sie die Kartons auspackte, die Tante Jack ihr mitgegeben hatte, fand sie mehrere hausgebackene Brote und ein Heunest mit Eiern. Sie legte sie zu Kates Vorräten und fragte sich, ob sie je auch nur ein Zehntel von Tante Jacks Weisheit erwerben würde. Während sie so an sie dachte, erschien es ihr auf einmal wichtig, mit den Kindern gemeinsam am Tisch zu essen, und sie bemerkte, daß Samuel, derweil er sein Abendbrot aß, ihr immer wieder Blicke zuwarf und langsam wohl zu dem Schluß kam, daß das Leben sich wieder normalisierte. Sie war das Symbol dafür und würde es für den Rest ihres Lebens bleiben, egal wie wankend, verängstigt oder verzweifelt sie auch sein mochte. Sie würde groß und stark sein müssen wie eine Löwenmutter. Sie würde ihn gegen jedes Übel verteidigen müssen, auch wenn sie nur ihren Sonnenhut hatte, um diese betrunkenen Teufel in die Flucht zu schlagen.

Sie brachte die Kinder ins Bett. Sie waren bereits schläfrig, und sobald sie zu entschlummern begannen, ging sie leise nach unten und machte die Haustür auf, wobei sie die Kerze ausblies. Die Abendluft war kühl. Aus den Türen der anderen Hütten konnte sie leise Stimmen hören, tröstliche, freundliche Laute. Sie ging zurück, um aus der Küche einen Stuhl zu holen, den sie genau über die Türschwelle stellte, so daß sie den Fußweg bis zur Straße überblicken konnte. Dann ließ sie sich nieder, um zu warten.

42

Es war elf Uhr durch, als sie die ersten Schüsse hörte. Es waren mehrere in rascher Folge, dann eine Pause, dann kamen noch drei. In der ruhigen, trockenen Luft waren sie deutlich zu hören. Sofort wurden aus den Türen der anderen Hütten Rufe laut:

»Heilige Mutter Gottes, hast du das gehört?«

»Es kommt von irgendwo oben hinter dem Platz.«

»Vielleicht kommt es von der Kaserne.«

»Für die Renmore-Kaserne klang es zu nah.«

»Dann von der Eglinton Street.«

»Ich glaube, es war aus Richtung Bahnhof.«

»Könnte sein. Ich hab den Zug vor ein paar Minuten ankommen hören.«

»Die Schweinehunde veranstalten eine Schießerei im Bahnhof.«

»Sie bringen einen Mann um.«

»Vielleicht mehr als einen.«

Sie ging unten an die Treppe und horchte, aber die erschöpften Kinder waren durch die Schüsse nicht aufgeweckt worden. Als sie wieder an die Tür kam, sah sie, daß mehrere Leute auf den Weg hinausgetreten waren und nun in einer Gruppe zusammenstanden. Sie ging zu ihnen, und ohne eine Frage zu stellen, machten sie ihr Platz. Ein alter Mann sagte zu ihr:

»Was meinen Sie, wo diese Schüsse abgegeben wurden? Ich glaube, es war am Bahnhof.«

»Wir haben gehört, sie würden da bald wieder Stunk machen.«

»Ja, das säh ihnen ähnlich. Vielleicht haben sie jemand geschnappt, der aus dem Zug stieg.«

»Still jetzt, seid alle mal still, und wir werden hören, was ist.«

Eine Minute lang sagte niemand ein Wort. Das Kanalwasser gurgelte. Ein Brachvogel gab einen langen, melancholischen Ruf von sich. Sonst war alles absolut still, so als würde jeder in der Stadt gerade horchen. Molly versuchte sich die Entfernung zwischen sich und dem Bahnhof vorzustellen, nicht den Straßen nach, sondern über die Flußmündung hinweg und dann die Docks entlang – nicht viel mehr als eine Meile. Hinter dem Bahnhof lag die Militärkaserne, die jetzt übervoll war von regulären Soldaten und von Schwarzen und Braunen.

Eine Frau sagte aufgeregt:

»Die Lastwagen sind draußen. Ich kann sie hören.«

»Maggie hat Ohren wie ein Fuchs. Hört!«

Anfangs war es kaum ein Geräusch, eher eine Empfindung, die im Leib begann, statt im Kopf, als würde die Erde beben; dann entwickelte es sich zu einem langen Rumpeln, weit weg, wie fernes Donnern, das allmählich lauter wurde, bis man den Eindruck hatte, daß die ganze Stadt voll war von vibrierenden Motoren, die allesamt dröhnten und zitterten. In diesem gleichmäßigen Dröhnen klang ein seltsames, metallisches Rattern auf. Der Mann neben Molly sagte:

»Ein Maschinengewehr!«

»In welcher Richtung fahren sie?«

Eine Sekunde lang konnte sie erleichtert aufatmen. Hatte es nicht geheißen, sie würden heute nacht aufs Land fahren, vielleicht um Woodbrook zu durchsuchen? Sie würden es leer finden. Ihre Angst um das Haus schien jetzt idiotisch. Was interessierte schon ein Haus, wenn die Leute fort waren? Fast amüsiert dachte sie an Henry. Was hätte er wohl getan, wenn er da wäre? Würde er mit ihnen nach Galway gefahren sein? Und in welcher Ecke der Welt mochte er stecken? Tante Jack vermutete ihn in Amerika. Und wo war Tante Jack? Bis jetzt hatte sie noch nicht daran gedacht, sich diese Frage zu stellen. Tante Jack war immer fähig, auf sich selber aufzupassen. Ihr konnte nichts zustoßen, darüber war sie hinaus. Es würde nie vorkommen, daß sie einmal die Kontrolle verlor. Auch auf Catherine würde sie aufpassen. Es war nutzlos, über sie nachzudenken. Maggie, die Fuchsohren hatte, sagte:

»Ich glaube, sie kommen hierher.«

Wieder waren sie mucksmäuschenstill. Dann sagte der Mann neben Molly:

»Ja, aber sie sind stehengeblieben. Sie sind jetzt in der Stadt.«

»Vielleicht wollen sie die Stadt anzünden.«

»Da haben sie zu viele Freunde drin.«

»Das hindert sie nicht.«

»Wir können nur abwarten und sehn.«

»Da kommt wer. 's ist Kate. Kate, wo warst du? Was geht vor da oben? Wie bist du durchgekommen? Sind sie in der Stadt oder fahren sie nach Westen raus?«

Kate keuchte und fragte laut:

»Habt ihr Johnny gesehn?«

»Keine Spur von ihm. Ist er auch in der Stadt unterwegs?«

»Gott steh jedem bei, der heute nacht draußen ist. Sie sind völlig verrückt geworden. Ich bin hoch zum Eyre Square, mal nachsehn, was es Neues gibt, schön ruhig und friedlich. Am Bahnhof war eine Menschenmenge, und jemand hat mir erzählt, ein Offizier wär reingegangen und hätte Schüsse auf die Leute abgegeben, die auf den Zug nach Dublin gewartet haben.«

»Hinter wem war der her?«

»War es ein Hipo?«

»Ich weiß nicht, und dieser Mann hat es auch nicht gewußt, nur daß ihm, als er die Schüsse abgegeben hat, einer von unsern Jungs auf den Rücken gesprungen ist und ihn niedergeworfen hat und ihm die Pistole abgenommen hat, und die ist dabei losgegangen und hat den Hipo getötet, wenn's einer gewesen ist, und der letzte Schuß hat einen von den unsern getötet, jedenfalls glauben sie, daß er hin ist. Mulvey heißt er, aus der Middle Street, glaub ich, aber da bin ich nicht sicher. Es war, als ob diese Schüsse ein Signal gewesen wären, hat er gesagt, denn nur zwei Minuten danach haben wir gehört, wie die Lastwagen und Panzerspähwagen von Renmore runtergekommen sind.«

»Die haben wir auch gehört, ja, die haben wir auch gehört, nach den Schüssen.«

»Und jetzt sind sie in der William Street, und sie haben ein paar Gefangene und wissen nicht, wen sie eigentlich suchen, aber das sind harmlose Leute. Das wird sie jedoch nicht davon abhalten, sie zu erschießen. Zwei haben sie draußen vorm Bahnhof erschossen. Haben sie an die Wand gestellt und eine Menge

Schüsse auf sie abgegeben, aber sie sollen nicht tot sein, der eine nur schwer verwundet, und der andere ließ sich zu Boden fallen und tat so, als wär er verwundet, aber er hat keinen Kratzer abgekriegt.«

»Wer sind diese beiden?«

»Johnny Broderick und Commins. Irgendwer hat Commins in ein Haus geschleppt, und da flicken sie ihn zusammen. Er konnte kaum sprechen, sagten sie. Die Polypen wußten genau, wer die beiden sind, und waren sehr zufrieden mit sich, daß sie sie geschnappt hatten. Einer von den Braunen ging hoch zu Johnnys Haus auf dem Prospect Hill und hat seiner Mutter gesagt, was sie vorhätten. Weiß der Himmel, was für Teufeleien die da oben noch anstellen werden. Zusammen mit den Hipos filzen die Landser eine Menge Häuser. Sie sind wie die Rasenden.«

Molly schob sich so nahe wie möglich an Kate heran. Sie wollte deren Redefluß nicht unterbrechen, bevor ihre Nachbarn mit ihr fertig waren. Endlich stieß Kate einen langen, langsamen Seufzer aus und sagte ruhig:

»Ich bin an Mr. Morrows Haus vorbeigekommen, Ma'am, alles war dichtgemacht und dunkel. Ich hab ein paar Leute gefragt, ob sie wüßten, wer das war, den Sie hinten an dem Lastwagen gesehen haben, und alle sagten, es wär ein armer Junge aus Cappagh gewesen, einer von den MacDonaghs. Auf ihrem Rückweg von Barna waren diese Teufel auf der Suche nach seinem Bruder. Sie haben ihm die Sachen ausgezogen und ihn mit einer Art langer Peitsche ausgepeitscht, die einer von ihnen hatte, und dann haben sie ihn durch die Stadt geschleift, zusammen mit der Fahne von Irland, möchte wissen, wo sie die her hatten – oh, Gott vergebe ihnen! Solche Menschen dürfte es nicht geben auf dem Angesicht der Erde. Mit ein paar Schüssen haben sie ihn dann erledigt, und das vor der Franziskanerkirche. Vielleicht hätt ich das nicht erzählen sollen, aber sind wir nicht alle davon umgeben? Keiner kann dem entgehen. Nach dem, was ich heute nacht gesehn und gehört habe, bin ich bereit fürs Grab.«

»Ach, nu aber, Kate, laß den Mut nicht sinken. Kommt jetzt, wir bringen sie rein. Kate, wein doch nicht.«

Einige von den Nachbarn brachten sie heim in die Küche, und Maggie fachte das Feuer an und setzte den Kessel auf. Molly blieb nahe bei ihr, und nach einer Weile konnte sie fragen:

»Haben Sie gehört, wen sie in der William Street gefaßt haben?«

»Der eine war ein Professor von der Universität, hat man mir gesagt, aber vielleicht ist das nicht wahr. Keiner wußte, wer der andere war. Inzwischen haben sie wahrscheinlich noch viel mehr verhaftet. Feldwebel Fox ist mit ihnen unterwegs, und sie ballern wild in der Gegend rum. Vielleicht weiß Johnny Näheres, wenn er kommt. Er hat gesagt, er würde zurückkommen. Wenn er's gesagt hat, dann macht er das auch. Wir werden die Tür auflassen, damit wir besser hören.«

Sie gaben Kate etwas Tee zu trinken, und kaum war sie damit fertig, hörten sie rennende Füße, und Johnny hüpfte ins Zimmer, ungeduldig seinen lahmen Fuß nachziehend. Heiser sagte er:

»Geht alle nach Hause, schnell, und macht die Türen zu. Sie kommen hier lang. Tut so, als wärt ihr im Bett. Wo sind die Kinder?«

»Im Bett, sie schlafen.«

Als die Nachbarn sich eilig entfernt hatten, sagte er:

»Kate, hast du nicht irgend 'ne alte Schürze für Mrs. de Lacy? Hier, Ma'am, wickeln Sie sich die um. Allzu sauber ist sie nicht, aber das ist nur um so besser. Wenn Sie sie eng wickeln, geht sie zweimal rum. So, das verdeckt das Kleid. Wenn sie ins Haus kommen, versuchen Sie, den Mund nicht aufzumachen. Sie können Kates Nichte sein, eine Witwe, die uns für ein paar Tage besucht, aber es ist besser, Sie sagen gar nichts. Sonst merken sie noch an der Art, wie Sie reden, daß Sie eine Dame sind, aber ich hab gehört, sie können eine irische Dame nicht von uns andern unterscheiden.«

»Was geht denn vor? Meinen Sie wirklich, daß sie hier reinkommen werden?«

»Sie durchsuchen jedes Haus. Mit Gottes Hilfe gehn sie vielleicht an uns vorbei, aber es ist besser, wir sind auf sie vorbereitet. Und Ihren Mann hab ich gesehn, Ma'am. Ich soll Ihnen sagen, daß er heute nacht fliehen muß, ganz aus der Grafschaft raus. Sie sind hinter ihm her wie eine Meute Hunde, hat er gesagt, und er kann nicht mehr in Galway bleiben. Aber auf seinem Weg kommt er hier vorbei. Wo hast du gesteckt, Kate? Ich hab überall in der Stadt nach dir gesucht.«

»Hier und da. Wo sonst hätt ich sein können? Hast du denn mal was zu essen gekriegt?«

»Ich bin den ganzen Tag am Essen. Bei den Blakes hab ich Fleisch und Klöße gekriegt. Ihre Tante und Miss Margaret und Ihre Schwester sind alle bei den Blakes untergekommen«, sagte Johnny zu Molly. »Das wollt ich Ihnen eigentlich als erstes gesagt haben. Bei mir tickt's auch nicht mehr so richtig. Das war die Nachricht, die wir bekommen haben, daß wir sie zu den Blakes bringen sollen.«

»Aber werden die da nicht auch durchsucht? Mrs. Blake ist Mrs. Thomas Connollys Mutter. Werden sie's nicht auf die abgesehn haben, weil sie mit den Connollys verwandt sind?«

»Ach was, überhaupt nicht, Ma'am. Es weiß doch jeder, daß die Blakes für König und Vaterland nicht viel Ehre eingelegt haben.«

Der verächtliche Ton kam automatisch. So sprachen die Leute wahrscheinlich auch über die eigene Familie. Johnny sagte gerade:

»Vielleicht wären Sie und die Kinder da besser aufgehoben gewesen, aber da draußen in Salthill hätte Mr. de Lacy nicht zu Ihnen kommen können. Er nimmt die andere Richtung, hat er gesagt, nach Longford hoch, wo er dringend gebraucht wird. Er hat mir gesagt, er möchte Sie hier haben, in seiner Nähe. Aber in dem großen Haus wären Sie besser aufgehoben gewesen, mit ein bißchen Komfort . . .«

»Oh, Johnny, es ist so nett von Ihnen, daß Sie uns aufgenommen haben. Was will ich mit großen Häusern, wo es doch überall Ärger gibt. Ich fürchte nur, daß ich Ihnen noch mehr Ärger verursache.«

»Wir sind stolz, Sie bei uns zu haben, Ma'am«, sagte Johnny. »Jetzt gehn Sie mal nach oben und legen Sie sich hin, vielleicht schlafen Sie ja ein. Ich schick ihn dann zu Ihnen hoch, wenn er kommt.«

»Wie könnt ich einschlafen!«

»Vielleicht dauert's bis zum Morgen, ehe er kommt.«

»Und was werden Sie machen?«

»Ich werd am Feuer sitzen wie 'ne Katze. Ich bin das gewohnt. Ich werde horchen, ob die Braunen kommen. Vielleicht fahren sie ja vorbei.«

»Werden Sie sich einsam fühlen?« fragte Kate besorgt. »Soll ich mit Ihnen hochkommen?«

»Nein, danke. Ich komm schon klar.«

»Nehmen Sie die Kerze, Ma'am. Wir brauchen sie nicht.«

Das Baby schlief bequem in der Mitte des Bettes, und Samuel lag zusammengerollt auf seinem Strohsack. Die Kerze, die sie ihr mitgegeben hatten, schien die einzige im Hause zu sein. Eine Erinnerung schoß ihr plötzlich in den Sinn, aus der Zeit – tausend Jahre schien es her zu sein –, als sie das Linoleum in Woodbrook so wütend gehaßt hatte, daß es ihr lebenswichtig erschienen war, es loszuwerden. Sie fand eine Schachtel Streichhölzer in ihrer Handtasche und brachte es fertig, die Kerze auszublasen, die sie am Fenster auf den Fußboden stellte. Die Streichhölzer noch immer in der Hand, kniete sie sich neben die Kerze, die Arme auf dem niedrigen Fensterbrett. So hatte sie in beiden Richtungen eine gute Sicht auf den Weg. Die Glocke von Sankt Nicholas schlug zwölf, mit kräftigem, unnatürlich laut klingendem Ton. Sie konnte Rufe von dorther hören, und es schien dort zu brennen. Das Brummen der Motoren bildete den fortwährenden Hintergrund zu einer Reihe unbestimmter Schläge, die sie nicht deuten konnte. Hin und wieder hörte sie Schüsse, dann einen wilden Schrei, der plötzlich abbrach. Die Motoren klangen lauter, als würden sie sich wieder in Bewegung setzen. Dann sah sie Nicholas.

Schnellen Schritts kam er von der Straße her den Weg entlang, geradewegs zur Tür der Hütte, und er war so dicht unter ihr, daß sie ihn fast mit der Hand hätte berühren können. Die Tür war nicht verschlossen, und rasch trat er ein. In diesem Augenblick wurde ihr endlich und ohne jeden weiteren Zweifel klar, daß dies der Mann war, den sie liebte. Diese Offenbarung traf sie so, daß ihr der Atem stockte und sie hilflos auf die Fersen zurücksank. Was für eine Törin war sie gewesen, das nicht schon früher gewußt zu haben. Die letzte, wichtigste Lektion, die Sam sie hatte lehren wollen, hatte sie absolut nicht begriffen. Statt dessen war sie bewußt zu dem verdrehten, unwirklichen Leben zurückgekehrt, aus dem er sie hatte herausholen wollen. Jetzt war keine Zeit mehr; sie waren hinter Nicholas her wie eine Meute Hunde, hatte Johnny gesagt.

Sie hörte ihn auf der Treppe, und vorsichtig stand sie auf, um die Kinder nicht zu wecken. Er war an der Tür und sagte leise:
»Molly?«

Sie öffnete die Tür, zog ihn herein und flüsterte:
»Sei ganz still. Bis jetzt sind sie durch nichts wach geworden.«

Seine Arme umfingen sie, und sie fühlte, wie seine Wärme ihren Körper mit pulsierendem Leben erfüllte, und sie legte den Kopf an seine Brust, als wollte sie seinem Herzschlag lauschen. Er streichelte ihr das Haar.

»Molly, ich muß sofort weg. Sie wissen, daß ich in der Stadt bin. Irgendwer muß mich heute abend gesehn und es ihnen gesagt haben. Sie haben verschiedene Leute nach mir gefragt. Diesmal ist es vielleicht für lange Zeit. Weit fort werde ich nicht sein, und ich werde versuchen, dir oft Nachrichten zukommen zu lassen. Peter wird eine Weile bei mir sein und dann nach Cork gehn.«

»Könntest du nicht hierbleiben? Könnten wir dich nicht verstecken?«

»Nein. Das geht jetzt nicht mehr. Die Polizei ist wahnsinnig. Man scheint ihnen gesagt zu haben, daß sie sich wie Irre benehmen sollen. Sie sind unterwegs, um die Leute zu terrorisieren. Heute abend haben sie Dinge getan . . .«

»Kate hat uns erzählt. Nicholas, war das Morgan MacDonaghs Bruder?«

»Ja. Es war der junge Thomas. Ich wünschte, du hättest nichts davon gehört.«

442

»Wir haben sie mit ihm gesehn, als wir am Gefängnis vorbeikamen.«

»Molly, du wirst stark sein müssen. Erinnerst du dich noch an
das Lied, das ich dir vorgesungen habe, als ich aus Gloucester
aus dem Gefängnis heimkam?« Während er sie eng an sich hielt
und mit den Fingern seiner Rechten zart ihr Haar streichelte,
sang er mit einer Stimme, die kaum mehr war als ein Flüstern:
»Ich trete den Boden mit Diebespack,
Ich schlafe mit Mördern im selben Haus,
Hoch ist mein Fenster, hart der Strohsack,
Doch wer dich liebt, der hält das aus.
So ist das bei uns. Versuch daran zu denken, wenn ich fort bin.«

»Nicholas, ich weiß jetzt, daß ich dich liebe. Ich habe Sam geliebt, aber jetzt liebe ich dich.«

»Ich weiß das seit einiger Zeit.«

»Warum hast du's mir nicht gesagt?«

»Ich wußte, daß du das selber herausfinden würdest.«

»Jetzt ist es vielleicht zu spät. Wenn ich dich nicht mehr wie-
dersehe . . .«

»Mach mich nicht schwach, Molly. Paß auf die Kinder auf.
Sag Samuel, daß ich da war, aber er hätte geschlafen.«

»Ja.«

»Wir werden jetzt zurückschlagen. Bete für mich.«

»Ja.«

»Ich muß jetzt gehn. Der Lärm kommt näher. Molly! Vielleicht hätt ich nicht kommen sollen.«

»Doch, natürlich. Ich bin jetzt stärker. Bitte, geh jetzt, sofort.
Ich hab dich viel zu lange aufgehalten.«

Noch einmal umarmten sie einander, dann hielt er ihre Hand,
während sie die Tür aufmachte. Vom Küchenfeuer kam Licht die
Treppe herauf. Da stand Johnny, blickte nach oben und rief leise:

»Kommandant! Nun kommen Sie schon, auf geht's. Nach
hinten raus.«

Sie folgte ihm bis unten an die Treppe und sah im trüben Licht,
wie er sich an der Hintertür noch einmal nach ihr umdrehte und

dann mit Johnny hinausging. Kate kam aus dem Zimmer gegenüber der Küche und sagte:

»Sie werden sicher wegkommen. Johnny zeigt ihm den Weg zur Straße. Ist ganz gut, wenn er heute nacht auch verschwindet. Hören Sie sich das an!«

Die Stimmen, die sie hörten, waren wie die Geräusche von Tieren auf der Jagd. Dann erhob sich eine über die anderen, wohl um Befehle zu erteilen. Sie drängten sich an dem winzigen Fenster zusammen, und Kate sagte:

»Johnny hat mir erzählt, sie suchen hier nach einem Jungen, von dem sie gehört haben, aber der ist seit letzter Woche mit der fliegenden Kolonne weg.«

»Und was ist mit dem Mann, mit dem ich gesprochen habe, als wir vorhin alle draußen waren?«

»Der ist alt. Dem dürfte eigentlich nichts passieren. Guter Gott! Nun hören Sie sich das an! Sie sind auf dieser Seite der Brücke.«

»Sollten wir nicht rausgehn und uns alle wegmachen?«

»Am schlimmsten sind sie, wenn sie wen rennen sehn. Wir bleiben hier. Selbst wenn wir's versuchen sollten, wüßten wir ja nicht, wohin. Johnny sagt, sie sind stockbetrunken.«

Suchscheinwerfer kamen langsam näher. Das Donnern der Motoren ließ die Nerven erbeben. Die Scheinwerfer machten halt und wurden dann voll auf die Reihe der Hütten mit dem ruhig fließenden Kanal davor geschwenkt. Die Stimmen brüllten dämonisch. Männer sprangen von den Lastwagen, geladen mit schrecklicher Energie, rannten hierhin und dorthin, hinein und heraus, aktiv wie Fliegen im Sommer. Sie schleppten jemanden mit sich, einen Körper, lebendig oder tot. Einer von den Schwarzen und Brauen war abnorm groß; er überragte die andern bei weitem. Fasziniert, schweigend, einander umklammernd sahen Kate und Molly zu, wie dieser Mann dem Opfer einen Strick um den Hals knüpfte und den Strampelnden ins Wasser warf, während seine Gesellen unter grausigem Freudengeschrei auf der Stelle hüpften. Zwei-, dreimal zogen sie ihn halb aus dem Wasser heraus und ließen ihn wieder zurückgleiten, bis sie den schlaffen

444

Körper schließlich herauszerrten und ihn hilflos auf dem Weg liegenließen.

Der große Mann drehte sich um und rief zu den stillen Hütten:

»So ergeht's euch allen noch, ihr Brüder! Damit ihr mal 'ne kleine Abkühlung habt!«

Andere schrien:

»Sind noch mehr so Scheißer da drin? Kommt raus, oder wir holen euch! Aufmachen!«

Sie begannen an die Türen der Hütten zu schlagen und brachen sie dann auf, ohne abzuwarten, ob ihnen geöffnet werden würde. Rufe ertönten aus der ersten Hütte am Weg. Ein junger Mann wurde herausgeschleppt. Ein rothaariger Mann in Polizeiuniform zielte mit seinem Revolver auf ihn und drückte sechsmal ab, zielte niedrig, dann nahm er einem seiner Gesellen den Revolver ab und ließ fünf weitere Schüsse folgen. Der junge Mann stürzte hin, erbärmlich schreiend und mit beiden Händen sich den Unterleib haltend. Die übrige Gesellschaft erreichte Kates Hütte. Sie schlugen gegen die Tür. Hinter sich fühlte Molly Samuels Hände an ihrem Rock ziehen, und sie hörte ihn wimmern:

»Mama, Mama! Was machen die denn?«

Sie umfing ihn mit den Armen, drückte ihn an sich und barg seinen Kopf an ihrer Brust, wie sie es selber kurz zuvor bei Nicholas getan hatte. Durch sanftes Schaukeln brachte sie ihn zur Ruhe und sagte:

»Das sind die Soldaten. Versuch, ein lieber Junge zu sein. Sag nichts. Sie werden bald wieder weggehn.«

Die Schreie des Verwundeten waren wie Nägel, die ihr in den Kopf gehämmert wurden. Plötzlich war die Küche voll von Geschrei, drohender Polizei, geschwenkten Revolvern, und Kate wurde von Schultern beiseite gestoßen, obwohl sie keine Anstalten gemacht hatte, sie aufzuhalten. Der Rothaarige sagte:

»Irgendwelche Männer im Haus? Na, los schon, wo sind sie?«

»Nur Frauen und Kinder«, sagte Kate mürrisch.

Einer der Männer rannte nach oben, wobei er auf der schmalen Treppe stolperte. Molly ließ Samuel fahren, stürzte vor und

wurde von einer gigantischen Hand gepackt, während ein ver-
schwitztes rotes Gesicht nahe gegen sie vorstieß und eine Stimme
sie ankreischte:

»Jemand da oben, an dem du interessiert bist?«

Von oben hörte sie die angstvollen Schreie, die fürchterlichen,
atemlosen Schreie des völlig Hilflosen. Der Mann, der hinaufge-
gangen war, kam vorsichtiger wieder herunter und sagte:

»Nur ein Zimmer da oben, ein Kind im Bett.«

»Was haben Sie mit ihr gemacht?« fragte Molly streng, wobei
sie merkte, daß Kate ihr den Arm drückte, um sie am Sprechen zu
hindern. »Was haben Sie gemacht?«

»Nicht viel – hab sie auf den Fußboden gerollt, um zu sehn, ob
irgendwelche Waffen im Bett versteckt sind.«

Kurz darauf gingen sie fort, vielleicht ein bißchen geknickt, als
sei ihnen eingeschärft worden, Frauen und Kinder nicht zu belästigen. Kate und Molly standen mitten in der Küche, die nun erfüllt schien von den Schreien des Verwundeten. Warum verlor er
nicht das Bewußtsein? Molly schob Samuel Kate in die Arme
und rannte nach draußen. Sie kniete sich neben ihm auf die Erde,
hob seinen Kopf in ihren Schoß, nahm seine krampfhaft arbeitenden Hände in die ihren, brachte ihren Kopf dicht zu ihm herunter und wiederholte dabei immer wieder die dummen, beruhi-
genden Dinge, die man zu einem Kind sagt, das sich gestoßen
hat:

»Sch-sch, ist ja schon gut. Da, da, da.«

Noch immer schrie er, hilflos, abgehackt, wie jemand, der nie
zuvor Schmerz erlitten hat und bei dem bloßen Gedanken daran
zusammenzuckt. Sie hielt ihn noch immer, als die Schwarzen
und Braunen und die Polizei auf dem schmalen Weg an ihr vor-
beigingen, den Körper ihres anderen Opfers beiseite stießen, auf
ihre Lastwagen kletterten und abfuhren. Nach hundert Metern
hielten sie wieder an und begannen die nächste Durchsuchung,
offenbar mit unverminderter Schlagkraft.

Sie fühlte eine Hand auf ihrer Schulter, und als sie sich umdrehte, blickte sie in das sanfte Gesicht eines jungen Priesters, der
zu ihr gekommen war, ohne daß sie es gemerkt hatte. Er sagte:

»Ich kenne Sie nicht. Sind Sie eine der meinen?«

»Mein Mann, ja. Ich bin Protestantin.«

»Dann sind Sie Mrs. de Lacy. Mein Name ist Griffin, Michael Griffin.« Er kniete sich hin, legte den Mund nahe an das Ohr des jungen Mannes und sagte: »Kannst du mich hören, Joe? Ich halte deine Hand; drück sie, wenn du mich hören kannst. Guter Mann. Ich möchte dir die Absolution erteilen. Du kommst in den Himmel, Joe. Du stirbst für dein Land. Gott liebt alle Menschen, die ihr Land lieben. Vergibst du deinen Feinden? Wenn du ja sagen willst, drück meine Hand. Guter Mann. Wir müssen unsern Feinden vergeben, wenn wir wollen, daß Gott uns vergibt. Ich erteile dir jetzt die Absolution.« Er holte ein langes Seidenband aus seiner Tasche, führte es rasch um seinen Hals und sprach die lateinischen Worte der Absolution, während die Schreie des Mannes wie durch ein Wunder aufhörten. Der Priester stand auf und sagte zu Molly:

»Gott segne Sie. Er wird bald sterben. Dank sei Gott für Frauen wie Sie.«

Dann war er fort. Joe stöhnte und versuchte sich hierhin und dorthin zu wenden, aber so wahllos, daß sie ihn für bewußtlos hielt. Sie sah ihm angestrengt ins Gesicht, konnte aber beim trüben Licht der Gaslaterne am Ende der Straße kaum etwas sehen. Irgend jemand kam aus einer der Hütten und legte ihr eine Decke um die Schultern. Erst bei Anbruch der Dämmerung hörte das Stöhnen auf, und da fühlte sie den Körper ruhig werden und wußte, daß er tot war. Sie hielt ihn noch immer, bis Kate sagte:

»Wir können ihn jetzt zu seiner Mutter bringen. Ma'am. Er ist in den Himmel gegangen.«

»Zu seiner Mutter!«

»Sie ist ans Bett gefesselt, das arme Geschöpf, das ganze letzte Jahr schon und noch länger. Deswegen war er zu Hause, um sie noch mal zu sehn, bevor es mit den Jungens losgehen sollte.«

Es hätte Nicholas sein können, den sie da seit Stunden in ihrem Schoß gehalten hatte. Sachte legte sie Joes Kopf hin und ließ sich von Kate auf die Beine helfen, überrascht, daß sie steif war vor Kälte.

»Sie sind weg«, sagte Kate. »Ich hab den kleinen Jungen in mein Bett schlafen gelegt, und das Baby haben wir zu ihm runtergebracht. Er hat gesagt, er will sie bei sich haben, wo er sie sehen kann. Kommen Sie jetzt mit rein, den Rest überlassen wir den andern.«

»Und dieser Priester, der hier war?«

»Der ist sicher nach Hause gekommen. Er war die ganze Nacht in der Stadt unterwegs, aber er ist sicher nach Hause gekommen.«

»Woher wissen Sie das?«

»Maggie ist vor 'ner Weile losgegangen, um sich zu erkundigen. Es ist wahr – die Haushälterin hat's ihr gesagt.«

43

Unter äußerster Nervenanspannung folgte Nicholas Johnny durch den schmalen Hinterhof, über eine dicke Steinmauer, in ein Stück Brachgelände, dann an den Kanal ein Stück stromabwärts. Er wußte, daß er den Weg alleine nicht gefunden hätte. Vor ihnen schien das Mondlicht im dunklen Wasser, das tief und unheimlich wirkte mit seiner schimmernden Oberfläche. Sie blickten zurück zu den Hütten, sahen die Scheinwerfer und hörten die Schüsse, dann begann das lange Schreien. Beide sagten sie nichts. Johnny ging vor, überquerte den Kanal wie eine Katze auf einem schmalen Brettersteg, drehte sich auf der anderen Seite um und sah schweigend zu, wie Nicholas ihm folgte. Es blieb keine andere Wahl. Die Angst verlieh Nicholas aufs neue den gedankenlosen Mut, den er als Junge gehabt hatte, und während er fast rannte, fühlte er unter den Füßen, wie die Planken sich durchbogen und federten. Sie waren in einer schmalen Gasse zwischen den Hinterhöfen, vielleicht auf der Rückseite der Dominick Street, aber er hatte den Orientierungssinn verloren. Sie folgten der Gasse und kamen an einem anderen Arm des Kanals heraus, diesmal mit einem schmalen Treidelweg daneben. Von einer

Staustufe in der Nähe kam das brüllende Geräusch herabstürzenden Wassers. Nach etwa hundert Schritten auf dem Treidelweg gelangten sie an eine Holzbrücke. Johnny zog ihn in einen Hauseingang unmittelbar am Weg und flüsterte:

»Bleiben Sie hier drin. Ich geh mal nachsehn, ob sie auf der Straße sind.«

Im Nu war er wieder da. Sie standen dicht beieinander und horchten auf das Schreien. Nicholas sagte hoffnungslos:

»Ich werde wohl zurück müssen. Meine Frau ist da.«

»Es ist eine Männerstimme.«

»Da bin ich nicht so sicher.«

»Mr. Morrow wartet auf Sie. Es ist eine Männerstimme.«

»Also gut, gehn wir weiter. Sie werden später zurück können und für mich herausfinden, was da los ist? Können Sie mir eine Nachricht nach Longford zukommen lassen?«

»Werd ich machen, Kommandant. Da oben auf der Straße ist ein Soldat. Machen wir lieber schnell.«

Sie überquerten die Dominick Street an ihrem unteren Ende und folgten einem weiteren Abschnitt des Treidelweges, der diesmal bei einem vornehmen Haus mit einem Garten am Rand des Wassers aufhörte. Zwischen Apfelbäumen hindurch und an Blumenrabatten entlang kamen sie durch den Garten, kletterten über dessen rückwärtige Mauer und befanden sich wiederum in Gassen und Durchgängen, einem ganzen Netz davon, das sie an Lagerschuppen vorbei zu Morrows Hof brachte. Dort stand ein Junge in einer Einfahrt, der ihnen sagte, daß Peter mit zwei Fahrrädern in Mr. Duffys Haus in Bohermore warte.

»Da werden wir über den Platz müssen«, sagte Johnny. »Habt ihr hier eine Razzia gehabt?«

»Bis jetzt nicht, aber's ist noch früh. Man hat mir gesagt, ich kann nach Hause gehn, wenn mein Auftrag erledigt ist. Kann ich jetzt gehn?«

»Wo wohnst du denn?«

»In der Buttermilk Lane.«

»Also dann ab mit dir. Und versteck dich, wenn du sie siehst.«

Sie blieben in Nebenstraßen, bis der Platz sich nicht länger umgehen ließ, dann gingen sie offen an dessen unterer Seite, unweit vom Bahnhof, entlang. Als sie wieder in den Gassen waren, sagte Johnny:

»Dieser Platz ist fünf Meilen breit. Ich dachte schon, ich würde nie mehr Luft holen. Unter welchem Namen laufen Sie jetzt, Kommandant?«

»Momentan unter meinem eigenen.«

»Ich werde die Nachricht irgendwie an den diensthabenden Offizier der fliegenden Kolonne von Longford durchkriegen. Eine schlechte Nachricht reist schnell, denken Sie daran. Wenn Sie also nichts hören, ist gut möglich, daß alles in Ordnung ist.«

»Gott segne dich, Johnny. In ein bis zwei Tagen, wenn die Dinge sich beruhigt haben, kann sie zu den Blakes gehen. Aber lassen Sie sie nicht mehr nach Woodbrook zurück.«

»Nein, Sir.«

»Wir haben gehört, daß sie Woodbrook und das Moycullen Haus niederbrennen wollen. Waren Sie bei den Connollys?«

»Ja. Der alte Herr mit seiner Frau ist noch da, aber kein junges Volk mehr. Ich hab gehört, die sind nach Sligo zu Kommandant Pilkington. Martin Thornton kam gerade, als ich da war.«

»Thornton! Der soll doch auf der Flucht sein.«

»Er hat gesagt, er kann die alten Leutchen nicht sitzenlassen. Er wird sich schon außer Sicht halten, meint er. Was soll er sonst machen? Sarah wird rüberkommen und dortbleiben, und in ein paar Tagen wird seine Tante aus Cong eintreffen. Eine feine Frau – ich kenn sie gut. Wenn die beiden da sind, müßte alles klargehn.«

»Und was werden Sie heute nacht machen?«

»Ich werde irgendwann nach Hause gehn.«

Oben in Bohermore machte er bei einer Hütte mit niedrigem Strohdach direkt am Straßenrand halt. Licht war keines zu sehen, aber die Tür ging sofort auf, als Johnny nicht lauter als eine Katze daran kratzte. Als er drinnen war, sah Nicholas, daß das Fenster mit einem dicken schwarzen Schal verhängt worden war, den man mit Heftzwecken befestigt hatte. Peter war da, die Tür in der Hand und bereit, sie notfalls zuzuschlagen.

»Ich hau am besten ab«, sagte Johnny. »Viel Glück und Gott sei mit euch.«

Sie hörten, wie er sich in die Dunkelheit entfernte. Peter führte Nicholas hinein und sagte:

»Wir können sofort aufbrechen.«

»Du hast die Fahrräder?«

»Draußen im Hof.«

Eine alte Frau saß nahe am Feuer und rauchte eine Tonpfeife. Plötzlich rief sie laut:

»Michael! Kannst rauskommen. Es ist Mr. de Lacy.«

Ein Mann in mittleren Jahren kam schnell aus dem Zimmer neben dem Kamin und machte behutsam die Tür hinter sich zu.

»Drei von den Jungens schlafen da drin. Wir müssen schon großes Pech haben, wenn die Braunen diesen Weg zurückkommen. Mit Gottes Hilfe werden wir sie morgen früh sicher auf den Weg schicken. Die Fahrräder sind nicht allzu gut, Sir, aber es waren die besten, die ich auftreiben konnte. Wenn Sie jetzt mal mit rauskommen, zeig ich sie Ihnen.«

»Können wir über den Weg nach hinten hinaus wegkommen?«

»Na klar können Sie das. Ich hab das vor 'ner Weile Petereen gezeigt.«

Die Fahrräder klapperten wie ein Sack Steine, aber die Reifen schienen in gutem Zustand zu sein. Sie schoben sie hinaus auf den Weg hinter der Hütte. Bevor sie aufsteigen konnten, kam die alte Frau mit einem kleinen Paket heraus, das in Zeitungspapier gewickelt war.

»Ein paar Scheiben Brot auf den Weg. Gott mit euch. Ihr könnt jederzeit wiederkommen.«

Draußen auf der Hauptstraße sagte Peter leise:

»Wir fahren über Tuam. Den Weg haben sie heute schon einmal gemacht, also werden sie kaum noch mal kommen.«

Hintereinander fuhren sie über die weiche, staubige Straße, Peter vorneweg, und die Landschaft war erhellt vom schwachen Mondlicht, das durch leichte Wölkchen kam und ging. Es war Schafsland, sanfte, runde Hügel von Weidegras bedeckt, dunkle

Flecken, wo die Schafe in Gruppen ruhten, gewöhnlich in wind-geschützten Senken. Hier und da bildete eine Hütte eine schwere schwarze Masse, manchmal umgeben von Bäumen, hinter denen beliebig viele Soldaten oder Polizisten ihnen auflauern konnten. Mit einem klagenden Laut, den Nicholas in seiner Kindheit ein-mal geliebt hatte, schwankten die Bäume im Wind. Nirgends war ein Licht zu sehen. Die weißen Steinmauern leuchteten auf, wenn der Mond heller schien, und gelegentlich wurden sie von einem Dornbusch oder einer Brombeerhecke gestreift.

Fünf oder sechs Meilen nach Galway wurde die Straße breiter. Nicht mehr so nervös, fuhren sie jetzt nebeneinander und unter-hielten sich gelegentlich. Die körperliche Bewegung war bele-bend, und die Untergangsstimmung war für den Augenblick von ihnen gewichen, so daß Nicholas merkte, daß sein Atem wieder regelmäßig und sogar leicht ging. Das Fahrrad forderte ständige Aufmerksamkeit, da es dazu neigte, ohne Vorwarnung nach ei-ner Seite auszubrechen. Es war zwei Uhr durch, als Peter sagte:

»Wir werden ein paar Minuten Rast machen und dieses Brot essen.«

Bei einem der Dornbüsche stiegen sie ab, froh über den Schutz, den er bot. Peter wickelte das Paket aus. Das Brot war köstlich, weich, gut mit Butter bestrichen und gelegentlich sogar mit einer Rosine. Sie aßen schweigend. Als er die Zeitung zusammenroll-te, sagte Peter:

»Sie hatte die Schürze der Fischfrau um. Also ist sie unter den andern Frauen nicht aufgefallen.«

»Ihr Haar war unordentlich. Es war dunkel. Ich konnte sie kaum sehen, aber sie unterschied sich nicht von den andern Frauen in der Gasse.«

»Du bist nur ein paar Minuten geblieben.«

»Zehn Minuten höchstens, wahrscheinlich weniger. Ich hab ihr ein Lied gesungen – ›Ich trete den Boden mit Diebespack‹. Sie schien mich nicht für verrückt zu halten.«

»Du hörtest die Schüsse und Schreie, als du mit Johnny gegan-gen warst.«

»Johnny sagte, es sei keine Frauenstimme.«

452

»Johnnys Schwester ist eine feine Frau. Sie ist in guten Händen. Wo wir heute nacht auch haltmachen, wir werden versuchen, jemanden zu finden, der hinfährt und herausfindet, was da geschehen ist und wer erschossen wurde.«

»Johnny hat gesagt, er wird eine Nachricht nach Longford schicken. Ich glaube, die werden wir abwarten müssen. Wo werden wir haltmachen?«

»Bei den Burkes oder Donnellys, je nachdem, wie weit wir kommen, bevor's hell wird. Die Burkes kommen vor Tuam, und die Donnellys wohnen etwa sieben Meilen weiter an der Straße nach Roscommon.«

»Ich wünschte, wir könnten's bis Longford schaffen.«

»Das ist unmöglich. Es ist sowieso besser, wir halten gehörigen Abstand von Longford. Die Achtzehnten Lanciers sind in der oberen Militärkaserne und die East Yorks in der andern, und in der Polizeikaserne sind mindestens fünfzig Polypen und dazu noch Schwarze und Braune. Außer in der Nacht haben wir keine Chance, da ranzukommen.«

»Und was ist mit Tuam?«

»Wir werden die Stadt umgehen müssen. Dadurch wird unsere Strecke ungefähr fünf Meilen länger.«

Sie machten einen großen Bogen um Tuam und sahen das Städtchen kaum, das um seine Kathedrale gekuschelt im Mondlicht lag. Nicholas erinnerte sich, daß eine Gesellschaft von betrunkenen Polizisten und Schwarzen und Braunen es im Juli durchsucht hatte. Sie hatten Häuser angesteckt und geplündert, als sie abgefahren waren. Wenige Meilen nach der Stadt sagte Peter:

»Bald wird's hell sein. Wir sind schließlich doch ganz gut vorangekommen. Es ist nichts dabei, bei so einem Wetter nachts draußen zu sein. Aber was wird sein, wenn der Winter kommt?«

Donnellys Bauernhaus lag oben an einem langen Weg, der auf beiden Seiten von Dornbüschen gesäumt war. Das Zwitschern eines Vogels zerrte an ihren Nerven, aber noch schlimmer wäre es gewesen, einem Weg über freies Feld zu folgen, denn diese Art Zugang zu einem einsamen Bauernhaus war nicht selten.

Als sie sich dem Haus näherten, sahen sie die Tür aufgehen und einen Mann mit einer Laterne in der Hand herauskommen. Er hörte ihre Schritte auf dem dunklen Zufahrtsweg und wartete auf sie, um sie eingehend zu beäugen. Dann sagte er:

»Sie persönlich, Kommandant Morrow. Seien Sie willkommen. Ich bin unterwegs zu den Kühen, aber die können sich noch ein Weilchen gedulden. Kommen Sie rein, da werden Sie erst mal einen Bissen zu essen kriegen. Sind Sie bereit für ein Schläfchen?«

»Und ob wir das sind!«

In der großen, komfortablen Küche war das Feuer noch bedeckt von brauner Asche. Donnelly stocherte die glühenden Kohlestücke aus dessen Mitte hervor und baute ein neues Torffeuer darum herum, wobei er über die Schulter mit ihnen sprach.

»Die Missis wird gleich runterkommen. Oben wartet ein gutes Bett auf euch.«

»Sie haben uns kommen hören?«

»Nein, das gerade nicht – nur, es hätt ja sein können. Wohin wollt ihr dann weiter?«

»Nach Longford. Ein Haufen von Soldaten und Braunen ist dorthin unterwegs. Wir haben Befehl für jeden, daß die Städte und Dörfer von jetzt an zu verteidigen sind.«

Der Mann gab ein kurzes, krähendes Lachen von sich.

»Eine schöne Verteidigung wird das sein! Sie sind bewaffnet bis an die Zähne, aber bei Gott, Sir, wenn wir auch nichts weiter hätten als ein einziges Messer oder eine Sense, wir würden jetzt zurückschlagen müssen, oder es geht so bergab mit uns wie in dem Jahr des großen Hungers von '47, wo wir nur noch sagen konnten, der Wille Gottes möge geschehen. Jetzt haben sie uns die Molkerei angezündet, und wie wir hörten, sagen sie, wir hätten das selber gemacht, aus Propagandagründen, und es wär sowieso besser für uns, wir würden die Milch trinken, statt sie an die Molkerei zu verkaufen. Ohne Märkte und jetzt ohne Molkerei sieht kein Haus in der ganzen Gegend hier mehr einen Penny. Da sitzt ein großer Mann oben in Longford, Seán MacKeon. Wollt ihr etwa zu dem?«

»Zu wem sonst?«

»Meine beiden Jungens sind letzten Monat zur fliegenden Kolonne gegangen. Die Braunen waren hier, stockbesoffen, und die Polizei fast genauso schlimm, und sie waren hinter allen jungen Männern her, daß man dachte, sie wollten sie zum Wahnsinn treiben. Wir haben vorher gehört, wie es in andern Dörfern zugegangen ist, und meine Jungens haben gesagt, darauf würden sie nicht warten. Die Braunen haben drei Jungens aus Dunmore hierhergebracht, in Fogartys Scheune da draußen an der Kreuzung. Sir, sie haben ihnen die Zunge rausgeschnitten, sie nakkend ausgepeitscht, und dann haben sie sie erschossen. Das ist dasselbe, was sie vor langer Zeit mit Jesus Christus gemacht haben, und genau das hat der Priester gleich am nächsten Sonntag gesagt. Und er hat gesagt, ein Fluch würde über diese katholischen Polizisten kommen, die ihr Land verkaufen und dem Fremden helfen, es zu zerstören, und er hat sie vom Altar aus aufgerufen, den Dienst zu quittieren. Aber natürlich, am nächsten Tag haben sie das Bauernhaus seiner Mutter niedergebrannt, und seitdem ist er selber auf der Flucht. Das ist jetzt tatsächlich wie in den Zeiten Cromwells.«

Nicholas hörte dem wortlos zu und wurde dann Donnelly vorgestellt, der ihn scharf ansah, aber weiter zu Peter sprach. Mrs. Donnelly kam die Treppe herunter, und ihr Mann ging hinaus zu seinen Kühen, derweil sie ihnen das Frühstück machte, hin und wieder innehaltend, um sie zu bewundern, als sie am Tisch saßen. Sie machte keinen Hehl daraus und sagte von Zeit zu Zeit:

»Schön anzuschaun seid ihr, doch, zwei schöne, kräftige Männer. Paßt nur auf, daß euch nichts zustößt.«

»Wir führen kein gesundes Leben, Ma'am«, sagte Peter mit einem Grinsen.

»Ja, da haben Sie wohl recht, Sir. Ihr kommt aus Galway. Da sollen ja furchtbare Dinge passiert sein, haben wir gehört.«

»Ist das schon bis hierher gedrungen?«

»Ein Mann ist letzte Nacht vom Güterzug gekommen. Er hat gesagt, die Braunen wären außer sich und hätten einige umgebracht und wollten noch mehr umbringen. Stimmt das?«

»O ja. Sie waren noch dabei, als wir wegfuhren.«

»Na, nun eßt erst mal und vergeßt für 'ne Weile.«

Nachdem sie gegessen hatten, führte sie sie nach oben in ein großes, getäfeltes Schlafzimmer mit einem breiten Messingbett. Der Tag war angebrochen, und durch das kleine Fenster konnten sie hinuntersehen auf abfallende Felder, über denen ein feiner Nebel lag, der langsam den Blick auf die Bäume in der Ferne freigab. Die Blätter verfärbten sich, die Kastanien waren bereits orangerot, die ersten, die kamen, und die ersten, die gingen. Nicholas sagte:

»Es macht mir immer Sorgen, wenn ich sehe, daß alle soviel wissen.«

»Ja, aber der Grund dafür ist, daß das ganze Land jetzt hinter uns steht. Oder wenn nicht das ganze Land, dann doch viel mehr als früher. Ich kenne diese Donnellys, solange ich lebe. Der Großvater war ein Fenian, der Urgroßvater war '48 dabei. Wir können wirklich ruhig schlafen.«

»Wenn du meinst.«

Als sie die Stiefel auszogen, sagte Peter voller Überdruß:

»Wir werden was gegen diesen neuen Denunzianten unternehmen müssen.«

»Einen Prozeß?«

»Darauf wird's wohl hinauslaufen. Diese Namen – die Liste war zu gut. Jeder, der flüchten kann, hat's getan. Vater O'Meehan ist übrigens letzte Woche abgehauen, aber er war nicht genannt, nur Vater Griffin.«

»Du hast also eine Ahnung, wer es ist?«

»Paddy Willis ist spät gekommen, du warst schon unterwegs zu Molly. Er und noch ein paar andere sind der Meinung, es ist wieder ein Lehrer.«

»Aber warum?«

»Weiß der Himmel. Vielleicht wegen dem Geld. Und man hat ihnen beigebracht, das Volk zu hassen, sogar den Kindern in ihren eigenen Schulen. Bei vielen hat das nicht funktioniert, aber bei einer ganzen Menge eben doch. Ich hab unter ihnen gelitten und weiß Bescheid.«

»Armer Teufel«, sagte Nicholas und dachte an den Spitzel. »Das ist wirklich das Schlimmste.«

»So viele von den Lehrern sind bei uns – wahrscheinlich hat man ihm deswegen vertraut. Wir sind zu zimperlich. Na, vergessen wir das jetzt lieber mal. Man wird der Sache auf den Grund gehen.«

Da sie wußten, daß die Donnellys die Augen aufhielten, schliefen sie wie die Toten bis zum Abend und wachten auf, als in der Dämmerung nach Sonnenuntergang unter dem Fenster Hufe zu hören waren. Peter sprang auf und spähte seitwärts aus dem Fenster, um nachzusehen, wer an der Tür stand. Er drehte sich um und sagte:

»Es ist Hogan, die Zentrale der Grafschaft. Sie werden natürlich gehört haben, daß wir hier sind. Vielleicht können wir noch eine Nacht bleiben.«

Hogan arbeitete als Streckenwärter bei der Eisenbahn und lebte bei seinem Vater auf einem Bauernhof unweit von Tuam. Er ließ sich am Küchentisch mit einer Karte nieder, auf der er jeden Punkt markiert hatte, der sich im Umkreis von Meilen für einen Hinterhalt eignete.

»Kein gutes Land für Hinterhalte«, sagte er bedauernd. »Oben in Leitrim gibt es großartige Stellen dafür, Straßen, die durch Gebirgstäler gehen, wo man den Feind von oben sehen und von allen Seiten an ihn ran kann. Aber wir machen das Beste aus dem, was wir haben.«

Sie erinnerten ihn, daß weder Männer noch Munition zu verschwenden seien, und er gelobte, daß man sie zügeln werde. Er sagte, der ganze Bezirk sei überglücklich über die Nachricht, daß der echte Kampf nun endlich langsam losginge.

»Kasernen zu überfallen, war ja ganz schön, aber es wird jetzt Zeit, die Waffen auch mal zu benutzen. Das jedenfalls sagen die Jungens alle.«

Tagsüber schliefen sie, und gegen Abend trafen sie sich mit den Einheimischen, und so verging fast eine Woche, ehe sie nach Longford weiterfuhren. Während dieser Zeit wurden sie von den beiden Donnelly-Söhnen zum Hauptquartier des Betaillons gebracht, wo sie sahen, daß die fliegende Kolonne von dreißig Mann fast vollständig war. Wie die Donnellys waren die meisten von den Männern auf der Flucht. Sie hatten mehrere Wochen Training hinter sich und sahen verwegen und abgehärtet aus. Ihr Offizier war ein großer, drahtiger Mann, der in der englischen Armee Erfahrungen gesammelt hatte. Er sagte:

»Natürlich wollen sie jetzt ein bißchen Aktion. Das ist bei allen Soldaten so. Das Abwarten wird ihnen langweilig. Wir haben vier Lewis-Kanonen, und jeder Mann hat ein Gewehr und irgendeinen Revolver. Unser Problem ist die Munition. Unnötig, uns zu sagen, wir sollen sie nicht verschwenden. Wenn wir Glück haben, werden wir noch mehr erbeuten.«

Voller Stolz zeigten sie ihnen zwei siebensitzige Ansaldo-Tourenwagen, die in einer Scheune hinter einem Stapel Heu versteckt waren. Staunend fragte Peter:

»Wo, in Gottes Namen, habt ihr die denn her?«

»Die standen in Mr. Porters Hof und fielen langsam auseinander. Er ist der alte Gutsherr hier, wenn er auch jetzt nicht mehr viel Land hat. Wir haben einen Überfall gemacht, um Waffen zu erbeuten, und er war selber da, ein netter, feiner alter Bursche, der keiner Fliege was zuleide tun würde. ›Tut mir leid, Jungs‹, sagt er, ›ich hab mal ein oder zwei Pistolen gehabt, aber das ist lange her. Ich hab sie meinem Sohn geschenkt, das letztemal, als er vorbeigeschaut hat. Der schießt ein bißchen, in Schottland – aber nicht so wie ihr; auf die andere Art.‹ Wir gucken uns trotzdem den Safe an, und da sind wirklich keine Waffen drin, nur Bündel über Bündel von Pfundnoten. Ich war verantwortlich für die Gesellschaft, und er war ganz schön nervös, als er sah, wie ich das Geld auf die Seite schob, und als er dann sah, daß ich es nicht nahm, sagt er: ›Ich hab hier was, vielleicht könnt ihr das brauchen.‹ Ein Bolzenschußapparat war's. Könnt ihr euch vorstellen, wie ich zu einem Schwarzbraunen gehe und sage: ›Entschuldigung, Sir‹, und ihm dann einen Bolzen in den Kopf jage, als wär er ein Ochse? Dann sagt er: ›Und die Wagen, die da draußen im Hof stehn, die könnt ihr auch mitnehmen. Wenn ihr sie nicht kriegt, werden sie mir wahrscheinlich doch nur von diesen

Schurken geklaut, die sich Polizisten nennen.‹ Wir haben ihn natürlich beim Wort genommen. Einer von den Jungens versteht was davon, so daß für die Reparatur immer gesorgt ist. Mit diesen Dingern sind wir genauso beweglich wie der Feind.«

Derselbe Mechaniker reparierte Nicholas' Fahrrad und bot ihnen an, sie auf Nebenstraßen über den ersten Teil des Weges zu führen, denn er kannte jeden Zoll des Bezirks. Er arbeitete auf einem Hof und kannte sich mit Maschinen aus, weil er sich um die Dreschmaschine kümmerte.

Kurz nach Einbruch der Dunkelheit brachen sie auf, und bis um neun Uhr hatten sie schon ein gutes Stück Wegs zurückgelegt. Um vier am nächsten Morgen überquerten sie den Fluß Suck unweit von Athleague und schliefen ein paar Meilen weiter in einer Hütte an einer Kreuzung. Der Besitzer war ein Mann namens Clancy, der Adjutant des dortigen Betaillons, der am nächsten Tag mit ihnen kam, um sie am oberen Teil des Lough Ree über den Shannon zu bringen. Es sei riskant, sagte er, aber das Wetter werde sich verschlechtern, und nach Einbruch der Dunkelheit könnte es auf dem See gefährlich sein. Er hatte Angst, sie jemand anderem anzuvertrauen.

Das Boot war groß genug, um auch die Fahrräder aufzunehmen. Der Wind hatte aufgefrischt, so daß das Wasser zu einem undurchsichtigen Grau aufgewühlt wurde und das Schilf sich pfeifend bog. Clancys Ruderarbeit sah leicht aus, und anscheinend war es ihm gar nicht bewußt, daß der Wind jedem Schlag die Hälfte der Kraft nahm. Nicht ein Vogel war zu sehen. Der Himmel hatte sich zu einem häßlichen Weiß verfärbt, mit Grautönen, wo die Regenwolken waren. Clancy sagte:

»Ich glaube, ihr werdet heute nacht nicht weiterkommen. Am besten, ihr verbringt die Nacht bei den Meaneys, gleich hier am Wasser. Zwei von den Jungens sind in der Bewegung.«

»Wir können keine Zeit mehr verlieren. Und was ist mit Ihnen?«

»Ich kehr gleich wieder um, wenn ich euch an Land gesetzt habe. Ich muß heute abend zu einem Treffen.«

Die Dunkelheit brach herein, als sie das andere Seeufer erreichten. Clancy ließ den Bug auf den weichen Kies gleiten, dann sprang er ans Ufer und zog das Brot aus dem Wasser. Er reichte ihnen noch die zwei Fahrräder hinaus, stand dann einen kurzen Moment mit ihnen an Land, um ihnen beiden die Hände zu schütteln, bevor er wieder in sein Boot kletterte und davonruderte.

Die Nacht kam ihnen dunkler vor, als er fort war. Ein paar Brachvögel pfiffen mit einem sehr menschlichen Ton, der sie innehalten und lauschen ließ. Das Land war hier anders, kleinere Weiden mit viel Buschwerk, nicht sehr hohe Baumgruppen, wuchernde Hecken nach dem langen, warmen Sommer. Sie fühlten sich irgendwie unsicher, als würden sie dauernd beschattet, doch wenn sie von den Rädern stiegen und stillstanden und lauschten, gab es nichts als die normalen ländlichen Geräusche. Lichter zeigten sich hier und da in den Hütten, doch niemand kam heraus, um sie vorbeifahren zu sehen.

Nach Mitternacht setzte ein kalter Nieselregen ein, der die sandige Straße bald in eine matschige, mit Kieseln vermischte Masse verwandelte, in der die Reifen der Fahrräder haltlos herumrutschten. Peter fuhr voran. Nicholas, den Kopf gegen den herantreibenden Regen gesenkt, nahm die dunkle Gestalt vor sich immer nur für kurze Augenblicke wahr. Von all seinen Gefährten war er derjenige, dem er stets ohne Frage folgen würde, der beste, der verläßlichste, der ihm liebste und brüderlichste, selbst wenn sie wieder in die Erde gestampft werden würden, wie es in Irland jeder einzelnen Bewegung in Richtung Freiheit seit Hunderten von Jahren ergangen war.

Um fünf Uhr morgens, durchnäßt bis auf die Haut, klopften sie an ein Bauernhaus unweit Edgeworthstown und wurden von zwei alten Brüdern aufgenommen, die ihr Land gemeinsam bestellten und ohne Frau auskamen. Sie waren nicht willkommen, denn die alten Männer waren ängstlich, und als sie ihre Sachen getrocknet und abwechselnd am Feuer geschlafen hatten, machten sie sich wieder auf den Weg nach Granard. Zwei Meilen vor dem Dorf trennten sie sich, Peter fuhr auf komplizierten Wegen mit Güter- und Personenzügen nach Cork, während Nicholas

460

seinen Weg zu Seán Murphy fand, den Befehlshaber der dortigen Gruppe. Und dort erfuhr er, daß Molly und die Kinder in Sicherheit waren und zusammen mit der übrigen Familie bei Miß Blake Asyl gefunden hatten.

44

Anfang November begann die erwartete Aktion. Inzwischen hatte Nicholas viel Zeit, um in der Gegend herumzufahren und den neuen Brigadekommandeur MacKeon kennenzulernen. Er war ein hünenhafter junger Mann, Hufschmied von Beruf, der, wie er betonte, dadurch Probleme verursachte, daß er seine Arbeit im Gegensatz zu den Bauern nicht an die Frauen und Kinder der Familie delegieren konnte. Er beschäftigte einen Mann, um die Schmiede weiter in Gang zu halten, und widmete seine meiste Zeit seiner neuen Arbeit.

»Collins hat mich dazu gebracht«, sagte er, »obwohl ich weiß Gott nicht vorhatte, mich zu drücken. Haben Sie ihn in letzter Zeit mal gesehn?«

»Schon eine ganze Weile nicht. Wir sind von Galway gekommen. Ich werde in ein paar Wochen nach Dublin fahren müssen, um zu berichten, wie es hier aussieht. Ich möchte hierbleiben, bis ich genau weiß, wie die Dinge liegen.«

»Mit Gottes Hilfe haben wir vielleicht eine gute Geschichte für Sie. Ich hab Collins gesagt, ich kann keine Berichte schreiben, und er meinte, das kann jeder Dummkopf, wenn er sein bißchen Grips darauf verwendet, ich müßte jedenfalls Berichte liefern. ›Wenn's das ist, was Sie von mir wollen, dann hätten Sie mich nicht aussuchen sollen‹, hab ich zu ihm gesagt. ›Ich bin ein Kämpfer, kein Schriftsteller.‹ Und da hat er mich runter zu Mr. Childers geschickt, einem sehr netten, feinen Herrn mit einem schönen Akzent – vielleicht kennen Sie ihn.«

»Ja, den kenn ich.«

»Der sollte also die Berichte für mich verfassen. Gott steh uns

461

bei, er hat einen Blick in mein Hauptquartier hier geworfen, ein Küchentisch und zwei Stühle, kein Aktenordner, kein Blatt Papier zu sehen, nicht mal ein altes Schulheft, das er sich hätte angucken können. ›Wo sind Ihre Unterlagen? Wo die Namen und Dienstränge Ihrer Männer?‹ So Fragen fing er an mir zu stellen. ›Lieber Gott‹, hab ich zu ihm gesagt, ›wenn wir solche Unterlagen hätten, würden wir keine Woche überdauern.‹ Er war sehr beleidigt, der arme Mann, und ist wieder abgezogen, um sich bei Collins zu beschweren, nehm ich an, und natürlich hatte er recht. Aber es ist bei Gott wahr. Wir führen kein Büro. Ich schreibe ja jetzt Berichte, so auf meine Weise. In diesem Teil des Landes hört die Polizei das Gras wachsen. Dauernd sind sie in ihren Wagen und Lastern auf der Straße zwischen Granard und Longford und Ballinalee unterwegs. Wir haben eine Telephonverbindung nach Longford, aber mit Granard können wir nur durch Meldefahrer Kontakt aufnehmen. Dabei gewinnt jeder, aber auch jeder sein Spiel. Ob Sie's glauben oder nicht, wir hatten einen Bezirksinspektor der Polizei auf unserer Seite, einen anständigen Mann, Dan O'Keeffe aus Dungarvan. Er hat ein paar von unsern Jungens Sondergenehmigungen für Automobile erteilt, und solange wir die hatten, konnten wir rumfahren. Wenn er konnte, hat er uns auch auf dem laufenden gehalten über das, was bei denen so vorging. Aber das haben sie natürlich rausgekriegt oder ihn jedenfalls verdächtigt, und vor ein paar Tagen haben sie ihn gefeuert. Jetzt ist für ihn ein wandelnder Teufel nach Longford gekommen, ein ehemaliger Armee-Offizier, ein Hipo. In ein oder zwei Tagen kommt Murphy aus Granard, um uns Näheres von ihm zu erzählen. Ich fürchte, wir werden ihn uns vom Hals schaffen müssen.«

»Möchten Sie mich bei der Versammlung dabeihaben?«

»Ganz gern, wenn's Ihnen nichts ausmacht. Dann werden Sie General Collins erzählen können, was hier Kopfschmerzen macht.«

»Er vertraut Ihnen vollkommen.«

»Ich weiß, aber Mr. Childers hat mich mit seinem Gerede über Akten unsicher gemacht.«

Die Versammlung fand in der Rosenhütte statt, so der unwahrscheinliche Name von MacKeons Hauptquartier. Die Besitzerin war ein Mitglied der Cumann na mBan, der Frauenorganisation, und sie hatte sie MacKeon überlassen und war zu ihrer Schwester ans andere Dorfende gezogen. Es gab mehrere Betten, und Nicholas bekam eines in einem Zimmer für sich allein, was ein großes Vorrecht war. MacKeon hatte die Hütte wegen ihrer strategischen Lage an der Kreuzung in Ballinalee ausgesucht. Sein eigenes Haus, mit der Schmiede daneben, lag etwa eine Meile außerhalb des Dorfes an der Straße nach Granard. An drei Seiten der kleinen Gruppe seiner Gebäude führten tatsächlich Straßen vorbei, so daß es, wie er sagte, ein leichtes sei, sie zu umzingeln und jederzeit, wenn es dem Feind paßte, im Handumdrehn niederzubrennen. Seine alte Mutter und seine Frau und die Kinder lebten dort noch.

»Es bleibt ihnen nichts anderes übrig«, sagte er. »Ich weiß nicht, wo ich sie sonst unterbringen soll.«

Mehrere Männer kamen zu der Versammlung, Seán Murphy aus Granard, Frank Davis, Hugh Hourican und Seán Connolly, alle Offiziere und alle bereits mit Nicholas bekannt. Sie hatten aufgehört, ihn allzu ehrerbietig zu behandeln, und hatten angefangen, in seiner Gegenwart frei und ungezwungen zu sprechen. MacKeon sagte:

»Wir wissen, daß der neue Bezirksinspektor Anweisung hat, die ganze Gegend hier zu säubern, und wir wissen, was das bedeutet. Namen werden sie von der Polizei kriegen. Jedes Haus, das einem Mann mit irischem Namen gehört, ist in Gefahr, angezündet zu werden, und viele andere genauso. Schießen werden sie auf Verdacht. Ich sage, die beste Form der Verteidigung ist der Angriff. Je eher er verschwindet, um so besser. Es wird Zeit, daß wir was unternehmen. Mein Geheimagent Nummer eins sagt, daß sie sich erst Granard vornehmen, dann Longford, dann Strokestown, dann Roscommon. Wir können Gott danken, daß wir den haben – er ist ein protestantischer Geschäftsmann und zudem ein Freimaurer«, erklärte MacKeon Nicholas. »Er verabscheut die Braunen und deren Umtriebe so sehr, daß er voll auf unserer Seite steht. Er hat uns sehr nützliche Informationen geliefert. Der arme Mann ist mit seinem Gewissen durch die Hölle gegangen. Ich hab ihm gesagt, das ginge uns allen genauso, und das schien ihm ein Trost zu sein. Er sagt, Verstärkungen seien unterwegs nach Granard und Longford, Schwarzbraune und Polizeieinheiten.«

»Sie trinken jeden Abend in Greville Arms«, sagte Murphy. »Auf den Straßen fährt der Bezirksinspektor immer mit Geleitschutz. Es wird nicht einfach sein.« Er zögerte. »Ich hab mir gedacht, einen Freiwilligen zu bitten, in die Hotelbar zu gehn und ihn zu erledigen, und wir können auf der Straße Position beziehen und unserm Mann den Rückzug decken, falls es dann noch einen Rückzug zu decken gibt.«

»Wann?«

»Dann seid ihr einverstanden?«

»Ich sehe sonst keine Möglichkeit.«

»Ich werd euch Bescheid sagen. Ihr könnt damit rechnen, daß gleich danach was passiert.«

Zwei Tage später, am letzten Oktobertag, kam die Nachricht, daß der Bezirksinspektor am selben Abend erschossen werden sollte. Plötzlich hatte Frost eingesetzt, dazu ein schneidender Wind, wie es im Landesinneren oft vorkommt. Frank Davis war mit dem Fahrrad nach Longford hinübergefahren, und nach acht kam er zurück, durchgefroren bis ins Mark, denn er hatte den ruhigen, aber viel längeren Weg über Soran Hill genommen. Er saß am Torffeuer, rieb sich dicht an den Flammen die Hände und sagte:

»Es ist auf neun Uhr festgesetzt. Die Stadt wimmelt von Braunen und Hipos und Polizei. Sie stolzieren auf den Straßen herum, drängen die Leute aus dem Weg und trinken in jeder Kneipe, der sie vorbeikommen, soweit ich sehen kann. Die Gastwirte Irlands würden reich sein, bis dies alles vorbei ist, wenn die Schweinehunde die Hälfte von dem bezahlen würden, was sie trinken.«

»Sie haben Connolly gesehn?«

»Ja. Er wird Ihnen später per Telephon Bericht erstatten.«

Bald darauf fuhr Davis durchs Dorf, um der Postmeisterin zu sagen, daß sie einen Anruf erwarten solle. Er kam zurück und meldete, daß ihre Kollegin in Longford bereits in der Leitung gewesen war und ihr gesagt hatte, daß bald eine Nachricht durchkäme.

Das Warten schien endlos. MacKeon verbrachte es damit, sein Arsenal zu inspizieren, ein Gewehr und einen Revolver und sechzig Schuß Munition für jeden seiner zwanzig Mann, dazu ein Dutzend Mills-Bomben sowie eine Vielfalt selbstgebastelter Bomben von zweifelhaftem Wert. Das genüge, um ein echtes Gefecht in Gang zu bringen, sagte er, und jeder Offizier habe darauf zu dringen, daß seine Männer nicht einen einzigen Schuß verschwenden. Er hatte seine Pläne bereits ausgearbeitet und zweifelte nicht im geringsten daran, daß er sie brauchen würde. Er zeigte seine Zeichnung Nicholas:

»Sie sehn, ich habe meine Streitmacht in fünf Teile geteilt. Wir befinden uns hier, an der Kreuzung genau in der Mitte des Dorfes. Das ist in vieler Hinsicht eine schlechte Lage, aber mein Hauptquartier kann ich besser hier halten, falls wir's überhaupt halten können. Mein Plan ist nun der, dafür zu sorgen, daß der Gegner voll ins Dorf reinkommt, und ihn dann dadurch einzukesseln, daß ihm alle Fluchtwege abgeschnitten werden. Vier Mann werde ich bei Doherty an der Kreuzung aufstellen, nach Westen hin, vier weitere nach Osten, an die Schule, wo sie die Straße nach Granard überblicken können. Hier, nach Süden hin, haben wir vier Mann auf dem Gelände der protestantischen Kirche stehen. Die können auch die France Road im Auge behalten. Vier Mann stehn an der katholischen Kirche, hier nach Norden, und die haben die Brücke und die Straße nach Soran Hill hoch im Schußfeld. Wenn der Feind sich nach Norden und Süden hin teilt, werden wir von jedem Ende des Dorfes das Feuer eröffnen, und unsere Streitmacht rückt von Osten und Westen her auf. Vizekommandant Murphy kann aus Granard Verstärkung bringen, wenn er Meldung bekommt, daß wir seine Hilfe brauchen.«

»Was ist mit der Zivilbevölkerung?«

»Die muß in ihren Häusern bleiben. Es dreht sich ja gerade

darum, sie und jedes andere irische Dorf vor Überfall, Plünderung und Brandschatzung zu schützen. Wenn sie sich im hinteren Teil ihrer Häuser aufhalten, dürfte ihnen nichts passieren. Ich möchte ihnen zeigen, daß wir es jetzt langsam in die Hand nehmen, den Feind aus unseren Dörfern zu halten.«

»Können andere Kolonnen kommen, wenn sie gebraucht werden?«

»Connolly könnte aus Roscommon kommen, aber der hat dann vielleicht selber zuviel auf dem Hals.«

Es war fast Mitternacht, als einer von den Freiwilligen namens Séamus Conway, der im Postamt gewartet hatte, mit der Meldung kam, daß der Bezirksinspektor tot sei. Es entstand ein kurzes Schweigen, dann sagte MacKeon:

»Gott schenke ihm Frieden. Es ist ein Soldatentod. Fahren Sie fort.«

»Kommandant Murphy hat mit zehn von seinen Männern Positionen auf der Hauptstraße bezogen, während einer von ihnen in das Hotel ging. Er bleibt ungenannt. Sie hörten drinnen die Schüsse, und der Freiwillige kam herausgerannt, und eine Minute später war eine Meute von Braunen hinter ihm her. Sie feuerten auf der Straße herum, waren aber zu betrunken, um zu wissen, was sie tun, und Kommandant Murphy hielt seine Männer in Schach, so daß sie nur schossen, wenn sie hundertprozentig treffen konnten. Mehrere Braune blieben verwundet auf der Straße liegen. Das Hotel hat einen Hinterausgang, aber sie scheinen nicht versucht zu haben, da hinauszukommen, und außerdem waren sie hinter dem Freiwilligen her, der den Bezirksinspektor erschoß. Soweit ich's verstanden habe, ist es so abgelaufen, aber es ist schwer, das alles zusammenzusetzen. Der Meldung zufolge haben die Braunen und die Polizei am Ende ihre Kameraden zusammengesucht und sich in die Kaserne zurückgezogen.«

»Und der Bezirksinspektor?«

»Vielleicht haben sie den mitgenommen. Um Ihnen die reine Wahrheit zu sagen, ich weiß nicht, was sie mit dem gemacht haben.«

466

»Dafür wird Granard schwer was abkriegen, würd ich sagen«, sagte MacKeon. »Höchstwahrscheinlich hat irgendwer aus Longford Murphy erkannt, und diese Nachricht wird mit der Morgenmilch in der Kaserne sein.«

Bis zum Mittag des folgenden Tages war keine neue Meldung gekommen. MacKeon wurde unruhig und sagte:

»Longford muß mittlerweile brummen. Es ist unnatürlich, weder aus Granard noch aus Longford ein Wort zu hören.« Zornig vor Ungeduld schloß und öffnete er seine gewaltigen Fäuste. »Ich kann dich weiß Gott nicht entbehren, Frank«, sagte er zu Davis, »aber es bleibt nichts übrig, als daß du nach Granard rüberfährst und erkundest, was da los ist. Mir will scheinen, daß sie genau in diesem Moment die Stadt niederbrennen.«

Als David sich seinen dicken Trenchcoat überzog und sich gegen die beißende Kälte einen langen Wollschal um den Hals wikkelte und dann die Tür aufmachte, um loszufahren, kam von der Straße eine junge Frau herein, die unter ihrem Wolltuch einen Korb mit Eiern an ihrem Ellbogen hängen hatte. Als sie den Korb auf den Tisch stellte, sagte MacKeon in scharfem Ton: »Nun, Nellie?«

»Wachtmeister Cooney war aus Granard hier.«

»Wann?«

»Er kam früh, so gegen sieben, als es noch dunkel war. Deswegen hat ihn niemand gesehn.«

»Er wohnt doch gleich neben dir.«

»Ja.«

»Wann hast du ihn gesehn?«

»Vor ein paar Minuten, als ich rausging zum Hühnerhaus. Er kam gerade aus seinem Haus. Er war nicht in Uniform.«

»Woher weißt du, daß er um sieben kam?«

»Michael, Vater Montfords Junge, war früh auf, und als er aus dem Fenster guckte, hat er ihn auf dem Fahrrad aus Richtung Granard kommen sehn. Zuerst ging Cooney für ungefähr eine Stunde zu sich nach Hause. Michael hat ihn wieder rauskommen sehn, und da ist er dann zu Delaney rein, zu seinem Vetter Tom Delaney, nicht ins Geschäft.«

»Schon gut, ich weiß, welcher Delaney.«

»Michael kennt wohl den Gang von ihm, aber er war sich nicht sicher bei der Dunkelheit, und da ist er ihm ein Stückchen nachgelaufen. Dann mußte er kehrtmachen, weil er Angst hatte, gesehen zu werden. Eben auf dem Weg hierher hat er mich angehalten und mir das alles erzählt. Wahrscheinlich hat er gewußt, daß ich zu Ihnen gehe, um Ihnen zu sagen, ich hätte Cooney gesehn, der stand nämlich eben, als ich vorbeikam, am Tor und hielt Ausschau.«

»Michael hätte mir das selber erzählen sollen, und zwar sofort.«

Davis sagte:

»Michael ist immer zu langsam. Wie lange ist es her, seit Cooney wegfuhr?«

»Keine zehn Minuten. Ich sah ihn aus seinem Haus kommen, das Fahrrad hat er geschoben, und da hab ich den Eierkorb genommen und alles und bin gleich vorbeigekommen, um's Ihnen zu erzählen.«

»Gutes Mädchen. Frank.«

»Ja, Kommandant.«

»So schnell du kannst. Vielleicht bist du schon zu spät.«

»Wenn er bei irgendeinem Haus haltgemacht hat, erwisch ich ihn noch.«

Davis ging nach draußen, und kurz darauf sahen sie ihn sein Rad auf die Straße schieben und lossausen. Nellie biß sich die Fingerknöchel, versuchte ihre Tränen zurückzuhalten und sagte:

»Oh, Gott, diese arme Frau und ihre Kinder. Warum hat er nicht stillhalten können? Gott steh ihr bei, Gott steh ihr bei.«

»Er war gewarnt, Nellie«, sagte MacKeon mit sanfter Stimme. »Die Jungens haben vor ein paar Monaten mit ihm gesprochen, und er wollte nicht hören. Er hat weiterhin davon geredet, was für ein Vorrecht es ist, zu einem großen Imperium zu gehören, und dieser ganze Quatsch, den sie einem auftischen, wenn sie ihn zur Truppe kriegen. Er konnte nicht begreifen, was wir machen. Nun komm, Mädchen. Bring deine Eier nach Hause und vergiß es. Du hast recht getan.«

»Das weiß ich, Seán, das weiß ich gut. Aber die arme Frau! Hier, ich wollte sowieso, daß Sie die Eier behalten. Sie werden sie brauchen. Es sind nur elf. Die Kälte hat den Hühnern die Laune verdorben, doch, wirklich.«

Als sie fort war, sagte MacKeon:

»Und nun warten wir. Anscheinend muß man in Kriegen immer eine Menge warten.« Er ballte die Fäuste mit einer Gebärde, die Nicholas langsam vertraut wurde. »Cooney ist ein Trottel. Er wird eine Liste mit Namen und näheren Beschreibungen bei sich haben, alles säuberlich aufgeschrieben. Dieser Vetter von ihm, Delaney, der war mal bei der Polizei. Er ist gut über sechzig. Den wollen wir nicht anfassen. Cooney ist eine andere Geschichte.«

Sie gingen noch einmal die Stellungen inspizieren und warnten die Männer, daß die Aktion jederzeit beginnen könne. Der für jede Stellung verantwortliche Offizier wiederholte seine Anweisungen genau. Wieder zurück in seinem Hauptquartier, war MacKeon etwas zufriedener.

»Kein einziger nervöser Mann ist darunter, Nicholas. Es ist ein großartiger Haufen, wirklich prächtig.«

Davis war nun über zwei Stunden fort, als ein Mann namens Tom Early hereingelaufen kam, der an der Straße nach Granard Dienst gehabt hatte.

»Ein Wagen kommt – Vater Markeys, glaub ich. Und Frank ist zurück.«

Sie kamen fast gleichzeitig an, Davis schweigend und mitgenommen, stellte sein Fahrrad an die Hauswand; der Priester erregt, vor Kälte mit den Füßen stampfend, sah sich nervös im Zimmer um und ließ den Blick dann argwöhnisch auf Nicholas ruhen. Prüfend fragte er:

»Wer ist das? Den kenn ich nicht.«

»Nicholas de Lacy, Vater, aus Galway. Er ist seit zwei Wochen hier.«

»Ich möchte mal wissen, was ich jetzt tun soll, MacKeon«, sagte Vater Markey laut. »Dieser Frank Davis hier hat soeben Wachtmeister Cooney erschossen, genau vor meiner Haustür.«

Davis sah MacKeon stumpf an und nickte. »Ich habe die Schüsse gehört. Ich wußte, was es war. Ich bin sofort hingegangen, und da lag er, auf der Straße. Ich brachte ihm die Sterbesakramente. Nach ein oder zwei Minuten war er gestorben. Er war vier- oder fünfmal ins Herz getroffen worden.«

»Wir stehn mitten in einem Krieg, Vater.«

»Ja, ja, das weiß ich. Davis hat seine Taschen nach Papieren durchsucht. Darum ist es wahrscheinlich gegangen. Ich will das auf sich beruhen lassen.«

»Frank?«

»Ja, Kommandant. Hier ist sein Notizbuch und noch ein paar andere Sachen. Da ist alles drin.«

Davis legte das Notizbuch und mehrere andere gefaltete Blatt Papier auf den Tisch. Markey sah unduldsam darauf nieder und kehrte dann zu seinem eigenen Problem zurück:

»Was mach ich jetzt? Sagen Sie mir das, wenn Sie können. Da liegt ein Toter, eines von meinen Gemeindekindern, vor meinem Haus auf der Straße. Ich weiß, daß seine Seele in den Himmel gefahren ist, deswegen liegt sein Leichnam aber trotzdem noch da.«

»Es tut mir leid, daß es so gekommen ist«, sagte MacKeon, »dabei hat Cooney aber immer noch Glück gehabt, daß er vor der Tür des Priesters erschossen wurde.« Davis wandte sich ab. MacKeon beobachtete ihn einen Moment und wandte sich dann wieder dem Priester zu. »Vater Markey, das beste, was Sie machen können, ist, wieder nach Hause zu gehn und Ihren Diener mit der Nachricht nach Granard zu schicken, daß Cooney tot auf der Straße liegt. Sie werden ihn mit einem Wagen holen kommen. Nehmen Sie sich ein paar von Ihren Nachbarn und bringen Sie derweil die Leiche in ein Haus.«

»Nichts dergleichen werde ich tun! Das ist Ihre Sache! Sie können besser jemanden schicken, der ihn da wegholt, als ich.«

»Ich kann ihn nicht hierherbringen.«

»Ich sehe nicht ein, warum das nicht gehn soll. Es ist sein Dorf. Seine Frau lebt hier und seine Familie.«

»Ich hab Ihnen gesagt, wir haben Krieg«, sagte MacKeon.

»Wir haben keine Zeit dafür. Meine Aufgabe ist die Verteidigung von Ballinalee.«

»Sie werden mich und alle andern auch in Schwierigkeiten bringen. Der Bischof wird mich wegen dieser Sache rankriegen – ein Katholik, der tot auf der Straße liegt. So was gehört sich nicht.«

»Gehn Sie nach Hause, Vater«, sagte MacKeon. »Ich werde eine Nachricht nach Granard schicken, wenn Sie Angst davor haben.«

Der Priester sah ihn zornig an und wußte nicht, wie er das aufnehmen sollte, dann stampfte er aus dem Haus. Kurz darauf hörten sie seinen Wagen abfahren. MacKeon sagte:

»Der hatte schon immer Angst vor seinem eigenen Schatten, der arme Kerl. Wo ist Early hin? Er muß jetzt nach Granard und jemanden zur Kaserne schicken, der Bescheid sagt, daß sie besser mal herkommen und den armen Cooney abholen.«

Aber als Early abends zurückkam, sagte er, die Polizei in Granard weigere sich zu kommen. Das sei offensichtlich ein Trick, hätten sie gesagt, ein Hinterhalt. Das war ihm von einem Mann gesagt worden, der in der Schreibstube der Polizeikaserne arbeitete und von dem er dort immer seine Informationen bekam. Ärgerlich sagte MacKeon:

»Für wie dumm halten die uns eigentlich, daß wir auf so einen kindischen Trick verfallen würden? Wenn wir uns einen Trick einfallen lassen, dann einen guten. Early, geh rüber zu John Mullan und bitte ihn in Gottes Namen, er soll Pferd und Wagen rausholen, die Leiche dieses armen Mannes von der Straße nehmen und sie nach Longford bringen.«

»Nicht hierher, nach Hause zu seiner Frau?«

»Nach Longford, hab ich gesagt, und da kann er sie bei der Gemeindekirche abliefern. Cooney hat uns immer Ärger gemacht, er ruhe in Frieden.«

»Wann wollen Sie, daß Mullan fährt, Kommandant?«

»Das kann er nicht vor Tagesanbruch machen. Wie könnten wir denn von einem Mann verlangen, daß er neun Meilen auf der Straße bei Dunkelheit fährt, und dann noch mit einer Leiche auf seinem Wagen? Sagen Sie John, ich komme später noch bei ihm vorbei. Er ist kein Kämpfer, aber das wird er schon machen. Vater Markey – Gott steh uns bei!«

Trotz seines ganzen Zornes über die Situation widerstrebte es ihm sichtlich, auszusprechen, was er von dem Priester hielt.

»Der läßt sich wenigstens nicht mehr blicken«, war alles, wozu er sich hinreißen ließ.

Doch es kam anders. Gegen Mittag des nächsten Tages war MacKeon zu dem Schluß gelangt, daß es klug wäre, sich für sein Hauptquartier eine Ausweichmöglichkeit in der France Road einzurichten, die Hauptstraße weiter hoch in der Nähe der protestantischen Kirche. Der Nachteil dort war zwar der, abgeschnitten werden zu können, falls der Angriff vom anderen Ende des Dorfes käme, aber er würde diesen Alternativstandort solange wie möglich nicht beziehen. Jetzt saß er dort am Küchentisch und arbeitete mit einem seiner Offiziere an seinen Planskizzen, als die Tür aufflog, und da stand der alte Priester noch einmal, und Davis hinter ihm, der ihm über die Schulter grinste. MacKeon stand auf und sagte geduldig:

»Was jetzt, Vater?«

»Was jetzt, was jetzt! Ist das alles, was Sie sagen können? Mann, um Haaresbreite hätten sie mich erschossen. *Das* ist jetzt. Heute nachmittag sind sie gekommen, zwei Lastwagen voll von ihnen und der Bezirksinspektor aus Kildare – oder was weiß ich, woher – Schwarzbraune und die Polizei. Sie haben bei mir angeklopft, und ich bin selber rausgegangen, weil ich sie kommen gehört habe. Gibt's in dem Haus irgendwelchen Whisky?«

«Ja, ja. Gebt ihm einen Schluck, irgendwer. Hier, setzen Sie sich, Vater, hier ans Feuer. Es kann Ihnen nichts mehr passieren. Was war denn?«

»Sie haben mich verhaftet – sie wollten alles über Wachtmeister Cooney wissen – ich wollte ihnen nichts sagen.«

»Warum haben Sie nicht gesagt, Sie wüßten nichts?«

»Ich werde doch nicht lügen, weder für Sie noch für sonstwen. Ich habe gesagt, ich sei Vater Markey, der Gemeindepriester von Ballinalee, und das war alles. Dann haben sie gesagt, sie würden mich erschießen. Einer von diesen Schurken schlug mich nieder, und ein anderer hat mich in die Rippen getreten, als ich dalag, aber ein Polizist ist dazwischengegangen und hat mir geholfen aufzustehn. Ich hab gesagt, ich wollte nicht sterben ohne meinen Rosenkranz in den Händen, und der Bezirksinspektor hat gesagt, ich könne ins Haus gehn und ihn mir holen. Oh, Gott, da standen sie, luden ihre Gewehre, bezeichneten die Stelle, wo ich stehen sollte, wenn sie auf mich anlegten. Ich ging ins Haus und rannte dann zur Hintertür hinaus und nahm meinen Diener mit, dem ich sagte, er solle nach Haus gehn und sagen, er hätte noch nie was von mir gehört. Gott vergebe mir, daß ich ihn zu dieser Lüge verleitete. Ich bin über die Mauer auf die kleine Gasse geklettert, die hinter meinem Haus vorbeigeht, und seitdem bin ich dauernd am Rennen.«

»Es ist 'ne ganze Strecke bis hierher.«

»Ja, kleine vier Meilen.« Während er seinen Whisky schlürfte, hellte Vater Markeys Gesicht sich etwas auf, aber seine Kleidung war erdbeschmutzt, das weiße Haar wüst durcheinander, und hin und wieder überlief ihn ein Schauder. »Was soll ich jetzt machen. Sie knallen mich ab, sowie sie mich sehen. Ich konnte sie noch brüllen hören wie wilde Tiere, als ich schon eine ganze Ecke weit weg war. Ich werde nie mehr derselbe sein, und das ist die Wahrheit. Was kann ich jetzt machen? Wer wird mich schützen?«

»Das einzige, was ich für Sie tun kann, ist, daß ich Sie bei uns bleiben lasse, aber wenn Sie das machen, werden Sie wie jeder andere Mann in der Kolonne unter Befehl stehen.«

»Das gefällt mir nicht.«

»Mehr kann ich nicht bieten.«

»Na gut. Soll ich hier wohnen?«

»Gott bewahre! Das ist die Kampflinie hier. Ich gebe Ihnen zwei von meinen Leuten mit, die bringen Sie ein paar Meilen von hier weg in ein Haus, zu den Hargadons. Die werden sich um Sie kümmern. Es ist ein gutes Haus. Tut mir leid, diese Sache, Vater.«

»Es ist nicht Ihre Schuld.«

»Haben sie irgendwas über Cooney gesagt?«

»Nur, was sie mit demjenigen vorhaben, der ihn erschossen hat.«

»Ich fürchte, Sie werden jetzt gehen müssen. Möglich, daß sie jeden Augenblick kommen. Ich bleibe in Verbindung mit Ihnen.«

»Ja. Das ist mein Sprengel hier. Ich bin verantwortlich für meine Gemeindekinder. Wie soll ich mich fortbewegen?«

»Können Sie radfahren?«

»Ich hab schon Jahre auf keinem mehr gesessen. Und Schnee wird kommen.«

»Ich werde versuchen, Ihnen ein Pony mit Wagen zu besorgen. Automobile haben wir jetzt nicht.«

Vater Markey ließ ein unerwartetes Lachen ertönen, trank seinen Whisky aus und sagte:

»Vor hundert Jahren mußte der Papst aus Rom fliehen. Es ist nichts Neues, nichts Neues.«

Der Gedanke schien ihn zu trösten, und schweigend saß er am Feuer, bis zwei von MacKeons Leuten mit Pony und Wagen kamen, um ihn fortzubringen.

45

Der Nachmittag verdüsterte sich zu dem unnatürlichen Dunkel eines Abends, an dem es schneit. MacKeon besuchte seine fünf Stellungen, kehrte zur Rosenhütte zurück und fand dort den Hilfsgeistlichen vor, Vater Montford, der vorm Küchenfeuer nervös von einem Fuß auf den andern trat.

»Ich bin vorbeigekommen, um Ihnen zu sagen, daß sie heute nacht Granard niederbrennen werden«, sagte er, als MacKeon und Nicholas ins Zimmer kamen. »Ich hab's vom Pferdemaul.«

»Dem üblichen?«

»Ja, Denis Kerrigan. Er ist sich da ziemlich sicher. Was könnt ihr machen?«

»Wir können da jetzt rüberfahren. Es wird spät werden damit, nehm ich an?«

»Wie üblich. Sie warten erst, bis die Leute im Bett sind.«

»Ich laß die Hälfte von meinen Männern hier, Vater. Haben Sie ein Auge auf sie.«

»Wird gemacht!«

»Wir brauchen einen Geistlichen. Jede Armee muß einen Geistlichen haben.«

»Ich renne nicht weg.«

Als der Priester hinausgegangen war, sagte MacKeon zu Nicholas:

»Ein Jammer, daß er so nervös ist. Sein ganzer Mut sitzt im Kopf. Je eher wir aufbrechen, um so besser. Sie können hierbleiben, da Sie meine Pläne in- und auswendig kennen. Ich werde Davis und Hourican und noch sechs Mann mehr mitnehmen. Dann haben Sie noch genug, um Ballinalee verteidigen zu können, wenn sie heute nacht kommen oder falls ich nicht zurückkehre. Sie sollten sich schlafen legen. Am besten in der Rosenhütte, in der Mitte von allem. Falls nötig, wird man Sie wecken.«

Nicholas sah der kleinen Kolonne nach, wie sie sich auf ihren Fahrrädern auf der Straße entlangzog und schnell in der Dunkelheit verschwand. Er kehrte zurück ins Haus. Für ein paar Momente fühlte er sich verloren, doch dann wurde ihm mit aufwallender Bewunderung bewußt, wie sehr MacKeons Stärke in den letzten Wochen auf ihn übergegangen war. In ihm sammelte sich des ganzen Landes Entschlossenheit, diesen Krieg auf sich zu nehmen. Und Krieg nannte er es, ohne Zweifel und ohne Einschränkung. Für ihn waren die Schwarzbraunen, die Polizei und die Britische Armee der Feind. Wenn er ihnen das kundtat, er und seine Armee, die Meuchler, Mörder, Verbrecher, Rebellen, Verräter waren, so achtete er dessen nicht. Soweit es ihn betraf, war dieser Punkt seit langem geklärt. Jetzt war die Zeit reif für Befehle, Organisation, Gefecht und Hinterhalt. Was zu sagen war, war gesagt worden. Obwohl Nicholas theoretisch MacKeons vorgesetzter Offizier war, hielt er sich an dessen Befehl, ging zu Bett und schlief die ganze Nacht tief.

Er erwachte bei hellichtem Tag von dem gewaltigen Lachen von MacKeons, der gerade ins Haus kam. Sofort war er aus dem Bett, um zu hören, was sich ereignet hatte. Davis und Hourican waren ebenfalls da. MacKeon sagte:

»Jetzt haben wir sie uns auf den Hals gezogen, sofern wir das nicht schon früher gemacht haben. Von neun Uhr an haben wir mit Murphys Leuten an verschiedenen Stellen der Hauptstraße auf sie gewartet. Man hätte meinen können, nichts würde passieren. Hätte Kerrigan uns nicht informiert, wir hätten sie unmöglich aufhalten können. Bis elf war alles ruhig, dann sind sie rausgekommen. Zu solchem Unternehmen kommen sie immer zur vollen Stunde. Wir konnten sehen, daß sie ein Faß Petroleum mit hatten. Sie sind sofort zu Markey's, dem großen Geschäft an der Ecke der Straße nach Edgeworthstown, das Vater Markeys Bruder James gehört, und da haben sie an die Tür gehämmert. Wir wußten, daß da keiner drin war, und haben abgewartet, was sie tun würden.«

»Wohnt da die Familie?«

»Sonst ja, aber nach dem, was gestern dem Priester passiert ist, wollten sie nichts riskieren. Als wir ankamen, waren sie schon weg, absolut verschwunden. Ich habe jedenfalls niemand von ihnen gesehn. Soweit ich weiß, haben sie von den Fenstern der Häuser aus zugeguckt, in denen sie gerade mal Aufnahme gefunden hatten. Nach ein bis zwei Sekunden haben die Braunen die Tür aufgebrochen, wie sie's immer machen, dann haben sie auf der Straße das Faß aufgemacht und sind damit ins Haus gerannt. Wir mußten warten, bis sie das Petroleum angesteckt hatten, um sicherzugehn, daß die Männer geteilt waren, ein paar im Haus und ein paar draußen auf der Straße. Dann gab ich Feuerbefehl, und alle fünfunddreißig Gewehre gingen auf einmal los. Es sind gute Schützen, diese Jungens, aber man kann in der Dunkelheit einer Winternacht schlecht zielen, weil man zu wenig sieht. Einige von den Braunen wurden verwundet, und den Rest hat die Angst gepackt. Wahrscheinlich hatten sie nicht mit Widerstand gerechnet. Jedenfalls sind sie wie die Hasen zur Kaserne gerannt, und ihre Verwundeten haben sie mitgeschleppt. Wir wissen nicht, wieviel, aber wir haben auch nicht versucht, sie zu zählen, Hauptsache, sie waren in die Flucht geschlagen. Dann sind wir ins Haus gerannt und haben das Feuer gelöscht. Wir dachten, die Schweinehunde würden gleich mit Feuer und Schwert zurückkommen, aber sie haben sich nicht mehr gerührt. Wir warteten bis kurz vor Tagesanbruch, dann hielten wir es für das beste, uns wieder auf den Heimweg zu machen. Es ist Sache der Jungens von Granard, auf sich selber aufzupassen. Ich werd mich jetzt aufs Ohr legen, denn ich hab so das Gefühl, daß es nicht lange dauern wird, bis wir sie hier auf dem Hals haben.«

»Was wird in Granard jetzt los sein?«

»Na, die werden natürlich zurückkommen, aber bevor ich abfuhr, hab ich ein langes Gespräch mit Murphy gehabt, und wir haben Pläne zur Verteidigung der Stadt entwickelt. Er weiß, was er zu tun hat.«

Um sechs Uhr abends kam Davis herein, weckte MacKeon und meldete ihm, daß die Postmeisterin einen Anruf aus Longford bekommen hatte. Die Polizei und die Schwarzbraunen hatten den Nachmittag in der Stadt verbracht, sehr betrunken, und hatten einen Geschäftsmann namens MacGuinness verhaftet, ihn in den Union Jack gewickelt und durch die Straßen geführt. Was sie danach mit ihm gemacht hatten, war nicht bekannt. Später war aus Richtung Mullingar ein Konvoi von elf Lastwagen gekommen, die mit Freudenrufen von ihren Kollegen in Longford begrüßt wurden, und gemeinsam haben sie dann das Gemeindehaus gestürmt.

»Haben sie's niedergebrannt?«

»Nein. Sie haben Scheiben eingeschlagen und die Tür aufgebrochen und in der Küche die Druckmaschinen demoliert, aber dann sind sie abgezogen. Sie haben gesagt, heute nacht würden sie nach Ballinalee kommen.«

»Sie haben's gesagt?«

»Ja. Die Verwüstung des Gemeindehauses sei eine Probefahrt für Ballinalee gewesen, haben sie gesagt.«

Kurz darauf kam Vater Montford herein, eskortiert von Conway, dem Wachtposten. Er sagte sofort:

»Kerrigan hat mir gerade erzählt, heute nacht würden sie nach Ballinalee kommen. Ich muß den Leuten sagen, sie sollen das Dorf verlassen. Ich geh jetzt die Novene leiten, und dann werd ich's ihnen sagen.«

»Nein!« MacKeon sprang auf. »Sie müssen in ihren Häusern bleiben. Dafür kämpfen wir doch gerade, daß sie friedlich zu Hause leben können. Sie wissen doch, was vorgeht im ganzen Land. Keiner weiß, in welchem Augenblick, ob bei Tag oder bei Nacht, in sein Haus eingebrochen wird und wann er samt seiner Familie angegriffen und vielleicht erschossen oder auf die Straße geworfen wird, damit er zusehn kann, wie ihm das Haus vor den eigenen Augen niedergebrannt wird. Das nennen sie Rebellen terrorisieren. Wir lassen uns das nicht mehr gefallen. In Frieden leben und sterben, dafür kämpfen wir.«

»Gott steh uns bei, Seán. Ich muß mich setzen.«

»Tut mir leid, daß ich so gebrüllt habe, Vater.« Mühsam mäßigte MacKeon seine Lautstärke. »Den Leuten wird nichts gesagt. Wenn sie hören, die Braunen kommen, werden sie gehn. Wenn sie bleiben und sehen, wie wir sie verteidigen können, werden sie wieder Mut fassen. Und morgen sind sie dann mehr gerüstet, in ihrem eigenen Land zu leben, als sie's heute sind. Verstehn Sie nicht?«

»Doch, Seán, ich verstehe. Aber einigen hab ich's bereits gesagt.«

»Sie waren noch nicht in der Kirche.«

»Das ist richtig, aber auf dem Weg hierher hab ich Michael Long und Paddy Stokes getroffen, und denen hab ich's erzählt und gesagt, ich würde bei der Novene in der Kirche etwas bekanntgeben, und wenn möglich sollen sie die Leute dazu bringen, früh zu kommen. Inzwischen ist das in ganz Ballinalee rum.«

»Ich geh jetzt mit Ihnen und werd ihnen sagen, sie sollen bleiben. Wir brauchen sie.«

»Aber sie können doch nicht kämpfen. Warum sollen sie ihre Frauen und Kinder riskieren?«

»Ich geh mit Ihnen.«

»Das soll mich freuen. Ich werde nicht gegen Sie sein. Ich weiß, als Soldat haben Sie recht, aber ich bin Priester und habe andere Pflichten.«

Nicholas und Davis begleiteten MacKeon, und voran ging sehr schnellen Schritts der Priester. Als sie sich der Kirche näherten, konnten sie sehen, daß von allen Seiten die Menschen zu Haufen herbeiströmten, Flecken schwarzer Schatten auf dem Weiß des Schnees. Aus dem offenen Portal ergoß sich Licht in einem langen gelben Dreieck, und die Menschen schienen herumzuhuschen wie Insekten, als suchten sie in der Kirche Sicherheit.

MacKeon bedeutete den beiden anderen, hinten in der Kirche zu bleiben. Vater Montford ging ein gutes Stück den Mittelgang hoch und drehte sich dann zu den Leuten um, die bereits saßen und auf ihn warteten.

»Ihr habt die Nachricht gehört«, sagte er mit bebender Stimme und aschfahlem Gesicht. »Kommandant MacKeon ist hier. Er sagt, niemand sollte Ballinalee verlassen. Ihr habt von mir den Rat bekommen zu gehen, jeder, der bei einer anderen Familie draußen im Land Unterschlupf finden kann. Aber inzwischen habe ich mit dem Kommandanten gesprochen, und er glaubt, daß dies einen schlechten Eindruck machen wird. Er sagt, die Schwarzbraunen werden denken, ihr seid so verängstigt, daß ihr eurer eigenen Armee nicht traut, und danach werden sie schlimmer sein, sofern man von ihnen sagen kann, sie könnten noch schlimmer werden.«

Er brach ab, und MacKeon ergriff die Gelegenheit der plötzlichen Stille, um ruhig zu sagen:

»Ich bitte euch, verlaßt um Himmels willen nicht eure Häuser. Wir werden euch schützen. Ihr kennt uns. Ihr habt gesehn, mit welchem Drill wir uns hierfür vorbereitet haben. Bleibt in euern Häusern und haltet euch in den hinteren Zimmern auf, dann seid ihr ziemlich sicher.«

Einige Leute murmelten etwas, aber in der Kirche hätten sie die Stimme nicht erhoben. Da Vater Montford dies wußte, beugte er sich zur Seite, um zu hören, was sie ihm im Flüsterton ins Ohr sagten. Dann richtete er sich auf und sagte zu MacKeon:

»Sie sagen, sie wollen weg. Sie glauben, die Schwarzbraunen sind zu stark für euch. Sie haben Angst zu bleiben. Sie haben gehört, was in andern Dörfern passiert ist. Sie haben Angst.«

MacKeon sagte:

»Um der Liebe Gottes und der Ehre Irlands willen, ich bitte euch, Ballinalee heute nacht nicht zu verlassen.«

Aber alle Köpfe senkten sich, und niemand sagte ein Wort. Endlich sagte Vater Montford überdrüssig:

»Dann werden wir also wenigstens mit der Novene fortfahren. Der sechste November ist das Fest aller irischen Heiligen. Mit Gottes Gande mögen sie sich für dieses niedergetretene Land einsetzen und uns unsere Freiheit geben.«

Die Andacht dauerte nur zwanzig Minuten. Als sie zu Ende war, leerte sich die Kirche so schnell, daß man hätte denken können, sie stehe in Flammen, sagte MacKeon mürrisch. Nur drei Familien näherten sich ihm und sagten, sie würden bleiben, die Heratys, die Murtaghs und die Postmeisterin, die schlicht sagte:

»Sie werden wen brauchen, der am Telegraphen Meldungen abliest.«

Als sie zusahen, wie die Gemeinde davonströmte, erschien Vater Montford an MacKeons Ellbogen und sagte:

»Ich habe getan für Sie, was ich konnte, aber sie haben gemerkt, daß mein Herz nicht dabei war. Ich wußte, sie würden gehen, und jetzt werd ich besser mit ihnen gehn.«

»Sie können nicht gehn. Wir brauchen Sie hier.«

»Ich kann nicht kämpfen.«

»Wer hat denn was von kämpfen gesagt? Ich hab Ihnen gesagt, wir ziehn in die Schlacht. Wir sind keine Heiligen. Wir werden Sie brauchen, damit Sie uns die letzten Sakramente geben, wenn wir verwundet fallen und am Sterben sind.«

Vater Montford sagte leise:

»Lassen Sie die Männer antreten, alle, hier im Kirchhof. Wenn sie bereit sind, werd ich herauskommen.«

Zehn Minuten später waren die Männer in Zweierreihe angetreten, jeder mit seinem Gewehr und in voller Marschausrüstung. Die seltsame Szene war nur vom Mondlicht und den Lichtern aus der Kirche erhellt, so daß alles, was man sah, ein weißes Aufblitzen auf Zähnen und Augen war und hin und wieder das Glanzlicht auf einem Gewehrlauf. Als er den letzten Befehl hörte, kam Vater Montford aus der Kirche, während er sich noch seine Stola um den Hals legte. Die Männer sahen begierig zu ihm hin, als erwarteten sie von ihm irgendeine überaus wichtige Nachricht. Mit überraschend kräftiger Stimme sprach er sie an:

»Bald werdet ihr Männer alle in Aktion treten. Ihr wißt, daß ihr verzweifelt kämpfen werdet, und mancher von euch wird vielleicht schwer verwundet werden. Wir wissen nicht, ob es für einen jeden von euch jetzt an der Zeit ist, eine individuelle Beichte abzulegen oder nicht, und deshalb muß ich euch fragen, ob es eure volle Absicht ist, in diesem Augenblick zu beichten.«

Alle die Stimmen antworteten leise:

»Ja, Vater.«

»Dann sprecht alle die Generalbeichte: ›Ich bekenne dem allmächtigen Gott, der seligen Jungfrau Maria, dem seligen Erzengel Michael, dem seligen Täufer Johannes, den heiligen Aposteln Peter und Paul und all den Heiligen . . .‹ «

Sie beteten so ruhig und ernst, als wären sie in der Kirche, wobei MacKeon immer ein wenig mehr zu hören war als die übrigen. Als sie geendet hatten, sagte Montford:

»Nun sprecht die Worte der aufrichtigen Bußfertigkeit für all die Sünden eures Lebens: ›O mein Gott, es tut mir von Herzen leid, dich beleidigt zu haben, und ich verabscheue meine Sünden mehr als alle anderen Übel, weil sie dir mißfallen, mein Gott, der du für deine unendliche Güte so sehr all meine Liebe verdienst, und bei deiner heiligen Gnade bin ich fest entschlossen, dich nie mehr zu beleidigen, sondern mein Leben zu bessern, Amen.‹ «

Seine Stimme senkte sich zu einem Murmeln, als er die Worte der Absolution auf lateinisch sprach. MacKeon trat vor und befahl den Männern wegzutreten und ihre Stellungen wieder einzunehmen. Sie liefen davon wie Schuljungen oder wie Fohlen ohne Gurtzeug und verschwanden stampfend in der Dunkelheit. Vater Montford sagte:

»Jetzt kann ich gehn.«

Ein Ton der Verzweiflung lag in seiner Stimme, der Stimme eines Mannes, der entgegen all seinen Erwartungen seine Pflicht erfüllt hat und nun an den Punkt des Zusammenbruchs kommt. MacKeon sagte:

»Wohin können Sie gehn?«

»Überall hin, überall hin.« Jetzt hörten sie nackte Angst. Der Priester schluchzte, ein furchtbares, langgezogenes Geräusch, schmerzhaft für das Ohr. »Ich habe meine Pflicht getan, mehr kann ich nicht tun. Was wollen Sie *noch* von mir?« Plötzlich hielt er inne, als fände er seine eigenen Worte unziemlich und hätte beschlossen, jedem Gespräch zu entsagen. MacKeon sagte:

»Sie können nicht auf dem Land herumwandern. Die Leute sind alle weg. Ich werde Sie von einem meiner Männer zu dem Haus bringen lassen, wo Vater Markey ist.«

»Nein!«

»Warum nicht? Er ist Ihr Gemeindepriester.«

»Ich kann nicht zu ihm gehn. Sie wissen nicht – Sie könnten's nicht verstehn . . .«

»Dann können Sie bei sich zu Hause bleiben.«

»Um Gottes willen, Seán, lassen Sie mich aus dem Dorf. Ich wünschte, ich wäre wie Sie, aber das bin ich nicht. Können Sie das nicht verstehn?«

»Ich werd einen von den Männern mit Ihnen zu James Hoseys Haus schicken. Das ist eine gute Meile vom Dorf entfernt. Da müßten Sie einigermaßen sicher sein. Wird das genügen? Ich möchte nichts gegen Ihren Willen tun, Vater, aber das Leben meiner Männer steht auf dem Spiel und die Verteidigung von Ballinalee. Werden Sie zu Hosey gehn?«

»Jawohl.«

Als der Priester mit Davis weggegangen war, sagte MacKeon:

»Gott steh ihm bei, er tut, was er kann. So, an die Arbeit.«

Sie gingen zurück zu dem leeren Dorf, das gespenstisch still war – alle Türen geschlossen, nirgendwo Licht außer in den Fenstern der drei Familien, die zurückgeblieben waren. MacKeon schickte einen Freiwilligen los, um ihnen sagen zu lassen, sie sollten ihre Lichter löschen, sobald sie die Lastwagen hören würden. Im Postamt sprach er telephonisch mit der Postmeisterin in Longford und hörte, daß dort alles ruhig sei. Aus Granard war keine Meldung gekommen. Es war noch immer nicht später als acht Uhr. Er sagte:

»Zeit für eine Ruhepause und was zu essen. Später werden wir froh darüber sein.«

»Sie sind sicher, daß sie kommen?«

»Kerrigan irrt sich nie.«

»Kerrigan?«

»Der Hilfs-Sheriff von Longford. Sie werden ihn nicht kennenlernen. Er darf keinen vom Führungsstab kennen.«

46

In der Rosenhütte machten sie sich ein karges Mahl aus kaltem Speck mit Brot. Kaum hatten sie das gegessen, als ein Bote meldete, daß von der östlichsten Stellung aus, die hinter der katholischen Kirche war, ein roter Schein zu sehen sei. MacKeon und Nicholas und Conway eilten nach draußen, gingen ein kurzes Stück auf der Straße in Richtung Granard, um sich das anzusehen. Ja, da war es, deutlich sich abhebend von dem dunklen Himmel wie Morgenrot.

»Granard steht in Flammen, soviel ist sicher«, sagte MacKeon leise. »Das bedeutet nicht, daß sie später nicht noch zu uns kommen werden. Möchte wissen, wie Murphy mit ihnen zurechtgekommen ist.«

Um neun Uhr wurde eine Nachricht von einem Melder namens Johnny Collum überbracht, der auf dem Fahrrad ins Dorf gekeucht kam, an dem östlichen Vorposten haltmachte, um sich auszuweisen, und dann zur Rosenhütte weitereilte.

»Halb Granard ist abgebrannt«, sagte er. »Beide Seiten der Hauptstraße stehn in Flammen, und die fressen sich die Nebenstraßen runter. Und in alle Häuser sind sie gegangen und haben den Leuten die Taschenuhren und Ringe und die Uhren von den Wänden genommen, und in die Geschäfte sind sie eingedrungen und haben kartonweise Waren gestohlen ...«

»Nun mal langsam, langsam, Junge. Hol erst mal Luft. Also, wieviel Lastwagen?«

»Elf.«

»Wo war Vize-Kommandant Murphy?«

»Als er die Stärke der gegnerischen Streitmacht sah, Seán, entschied er, daß er die Stadt nicht würde verteidigen können, zog sich ein paar Meilen zurück und hat mich dann hergeschickt, damit ich Meldung mache, was los ist.«

»Er hat sich zurückgezogen! Er hatte doch seine Instruktionen. Warum hat er sich zurückgezogen?«

»Zwanzig Mann können nicht gegen elf Lastwagenfuhren mit je zwanzig Mann und einem Offizier kämpfen. Das ist eine gewaltige Streitmacht, Kommandant.«

»Gehn Sie rein und essen Sie was. Sie können bei mir bleiben. Ich werde einen Meldereiter brauchen.«

Collum schien sich zu freuen, daß er entkommen war. MacKeon brütete zornig in sich hinein, wollte einen Offizier nicht in Gegenwart seiner Männer kritisieren, von denen einige ruhig auf dem Fußboden an der rückwärtigen Wand der Küche saßen. Noch zweimal machte er die Runde zu seinen Stellungen, und als er das zweitemal zurückkam, wartete Hourican auf ihn. Ein Wagen war am Dorfrand festgehalten worden und wurde gerade zur Rosenhütte eskortiert. Als der Fahrer und seine Eskorte in die Küche kamen, schlüpfte Conway zur Hintertür hinaus. MacKeon sagte:

»Das ist doch Vater Clancy, nicht?«

»Was geht hier vor?« Vater Clancy war ganz anders als seine zwei Amtskollegen. Munter sah er sich im Zimmer um, nickte Nicholas zu, wandte sich dann wieder an MacKeon und sagte:

»Schlachtaufstellung, ich sehe.«

»Ja. Wo wollten Sie hin?«

»Nach Hause, wenn Sie nichts dagegen haben. Was gibt Ihnen das Recht, mich anzuhalten und zu verhören?«

»Wir rechnen damit, daß heute nacht eine gegnerische Streitmacht angreift und versuchen wird, das Dorf anzuzünden.«

»Unsinn, junger Mann. ›Gegnerische Streitmacht!‹ Wo haben Sie denn den Quatsch her?«

»Granard brennt in diesem Augenblick bis auf die Grundmauern nieder. Wir werden nicht zulassen, daß das hier auch passiert. Die Dinge, die in den letzten Tagen begangen wurden, zielten darauf ab, uns zum Wahnsinn zu treiben, und man hat damit Erfolg gehabt. Wir kuschen jetzt nicht mehr. Ich kenne Sie, Vater, auch wenn Sie mich nicht kennen. Wie ich hörte, dienten Sie während des Krieges in der britischen Armee.«

»Als Feldkaplan, wenn Sie's genau wissen wollen.«

»Danke, das weiß ich bereits. Und wie ich hörte, wurden Sie für Tapferkeit vor dem Feind ausgezeichnet.«

»Lieber Himmel! Ich bin bei meinen Männern geblieben, wenn sie verwundet waren und starben, das ist alles. Die waren weitaus tapferer als ich, wenn wir hier von Tapferkeit reden wollen. Hören Sie zu, ich kenne diese Männer, die Sie feindliche Streitmacht nennen. Sie werden nicht kommen und das Dorf niederbrennen. Warum sollten sie? Zum größten Teil sind es Polizisten.«

MacKeon beugte den Oberkörper in einer Weise vor, die fast drohend wirkte, die schwarzen Augenbrauen zusammengezogen, die dunklen Augen zornerfüllt.

»Wissen Sie wirklich nicht, was um uns herum vorgeht? Wissen Sie, daß Kevin Barry vor zwei Tagen aufgehängt wurde, ein siebzehnjähriger Junge, und um Informationen aus ihm herauszukriegen, ist er vorher gefoltert worden, und zwar von diesen Polizisten – wissen Sie das?«

»Ich glaube es nicht. Es klingt nach Propaganda.«

»Ich wünschte, es wär Propaganda. Ein Journalist aus Dublin hat mir das erst gestern erzählt. Es besteht überhaupt kein Zweifel. Die Männer der regulären Armee versuchen einige der schlimmsten Dinge zu unterbinden, aber oft machen sie dabei auch mit. Wissen Sie, daß der Oberbürgermeister von Cork vorige Woche im Gefängnis von Brixton gestorben ist? Er befand sich im Hungerstreik, weil in Irland noch jeder Oberbürgermeister ermordet wurde.«

»Es ist unmoralisch, in Hungerstreik zu treten.«

»In diesem Stadium sagen die meisten Bischöfe und Priester Irlands: ›Eine größere Liebe, als sein Leben für seine Freunde hinzugeben, hat kein Mensch‹«, sagte MacKeon. »Zum Reden hab ich jetzt keine Zeit. Ich fürchte, ich kann Sie nicht gehen lassen. Wir können niemanden durchlassen, der gesehen hat, daß wir das Dorf verteidigen. Das müssen Sie doch noch aus Ihrem Krieg wissen.«

»Das war nicht mein Krieg!« sagte Vater Clancy zornig. »Glauben Sie, ich würde Sie denunzieren?«

»Wenn Sie es täten, wären Sie nicht der erste Priester, der von seinem Gewissen in die falsche Richtung geschickt wurde.«

Schweigend funkelten sie einander an. Dann lachte Clancy kurz auf.

»Sie haben natürlich recht. Wir sind wirklich nicht besonders gut angeschrieben. Was wollen Sie, daß ich tue?«

»In das Haus, in dem der Kurat sich aufhält, kann ich Sie nicht schicken. Es ist zu weit, und ich habe keinen Mann übrig, der Sie hinbringen könnte. Sie könnten im Postamt unterkommen.«

»Das klingt mir nicht wie eine gute Idee. Was ist, wenn ich von der Feindmacht, die Sie erwarten, gefunden werde? Ich habe einen Freund hier, Denis Kerrigan. Der würde mich aufnehmen. Würden Sie dem trauen? Er ist Hilfs-Sheriff; Sie könnten ihn für unzuverlässig halten.«

MacKeons Gesichtsaudruck änderte sich nicht, als er sagte:

»Ein guter Vorschlag. Einer von unsern Männern wird Sie hinbringen. Wo ist Séamus?«

»Der wartet draußen«, sagte Hourican. »Er war nicht dabei, als wir alle oben an der Kirche waren und die Absolution bekommen haben. Er möchte wissen, ob der Priester sich jetzt seine Beichte anhören will.«

MacKeon fragte Vater Clancy:

»Haben Sie die Befugnis, Beichten abzunehmen?«

»Ja, ja, natürlich.« Er hielt inne und sah sich dann mit einem neuen und weicheren Gesichtsausdruck im Zimmer um, wobei seine Augen auf den Revolvern, Gewehren und Tornistern verweilten, die die Männer trugen. »Vielleicht habe ich mich geirrt. Bringen Sie Ihren Mann Séamus zu meinem Wagen hinaus, da kann ich ihm die Beichte abnehmen. Dann werde ich bereit sein, zu Kerrigans Haus zu fahren. Sie können mich von dort abrufen, falls Sie mich brauchen.«

Als er hinausgegangen war, sagte MacKeon kichernd:

»Wartet, bis er erst mal rauskriegt, daß Séamus sein Neffe ist. Er hätte genausogut auf unserer Seite stehn können. Weiß der Himmel, warum der eine diesen Weg geht und der andere den. Ausschlaggebend ist die Kinderstube. Wißt ihr, wie meine Mutter mir das Alphabet beigebracht hat? Sie hatte das von ihrem Vater, zur Zeit der Fenians:

A für Armee, die das Land besetzt,
B für das Blei, das uns trifft zuletzt,
C für Cromwell, den blutbefleckten,
D für Davitt, nach dem wir uns reckten.

Den Rest davon sag ich euch, wenn das alles hier vorbei ist. Na, Paddy?«

Ein kleiner rothaariger junger Mann war an der Tür erschienen, seine Augen glitzerten vor Aufregung, und die Worte sprudelten ihm so schnell über die Lippen, daß die anderen zuerst nicht mitkriegten, was er sagte.

»Sie sind auf dem Weg – gleich sind sie hier – elf Lastwagen – auf der Straße von Granard – sie haben die Scheinwerfer an ...«

»Moment mal, Paddy. Woher weißt du, daß es elf Lastwagen sind?«

»Herrgott noch mal, bin ich nicht lange genug stehn geblieben, um sie zu zählen? Daher weiß ich's. Sie sind von Granard über den Berg gekommen, und unten an der Schmiede beim Kreuz haben sie haltgemacht.«

»An meiner Schmiede?«

»Ja. Sie haben die Tür eingebrochen, aber als sie sahen, daß keiner zu Hause war, sind sie wieder rausgekommen und auf die Lastwagen geklettert, und dann sind sie aus irgendeinem Grund mit den Scheinwerfern an noch stehngeblieben, vielleicht, um sich einen Plan zurechtzulegen, und ich bin so schnell ich konnte hier runtergekommen.«

»Geh zurück zur Straße nach Granard. Halt dich gut versteckt. Wenn sie ins Dorf einfahren, kannst du irgendwie wieder zu mir herkommen.« MacKeon löschte die Lampe, dann trat er vor die Tür und sah links und rechts die Straße hinunter. Eine Katze, vielleicht vergrault, weil sie von zu Hause ausgeschlossen worden war, kam dahergestrichen und verschwand in irgendeinem versteckten eigenen Schlupfloch. MacKeon kam wieder herein und sagte:

»So, nun gebe Gott, daß sie alle an einer Stelle absteigen. Wenn einer von ihnen ein bißchen Grips hat, dann machen sie das natürlich nicht, aber wir können trotzdem hoffen und beten. Elf Laster – die gesamte Truppe, die nach Granard fuhr.«

Während er noch sprach, kam Conway herein. Seine Füße schienen kaum den Boden zu berühren, als ob er tanzte. Mac-Keon sagte:

»Es wird Zeit, Séamus. Hat dein Onkel dich erkannt?«

»Erst als ich sagte: ›gute Nacht, Onkel.‹ Er hat ganz schön verdutzt geguckt.«

»Hast du die Granaten bereit?«

»Ja.«

»Du hältst dich dicht bei mir. Sollte ich fallen, übernimmt Kommandant de Lacy den Befehl. Andernfalls ist es seine Aufgabe, die Verwundeten hier zu verarzten. Mach die Tür zu.«

Sie standen in der schwarzen Dunkelheit der Hüttenküche, während das Brummen der Lastwagen näherkam. Dann erhellten die Frontscheinwerfer den Raum, gefiltert von dem Staub auf den Fensterscheiben. Keiner bewegte sich. Sie zählten zehn Lastwagen, die bei der Hütte um die Ecke bogen und dann auf der Dorfstraße weiterfuhren. Der letzte Lastwagen hielt genau vor der Hütte, auf der anderen Straßenseite. Nicholas meinte, das ganze Blut würde ihm aus dem Kopf weichen, als er da so stand und auf die ungeheure, so nahe Masse des Lastwagens blickte – wie ein Fuchs vielleicht aus seinem Bau auf die Hunde blickt, ohne Hoffnung oder Verzweiflung abwartend, fast ohne Interesse für das, was als nächstes geschehen würde. Sie hörten einen einzigen Ton von einer Trillerpfeife, dann folgte der Lastwagen, dessen Motor nicht abgestellt worden war, den übrigen um die Ecke.

»Mein Gott, ich dachte schon, dieser Witzbold würde die ganze Nacht hier stehnbleiben«, flüsterte MacKeon. »Raus, alle Mann.«

Sie verließen die Hütte durch die Hintertür, öffneten ein Tor, das in eine Gasse führte, folgten dieser ein kurzes Stück und kamen auf der Hauptstraße heraus. Dort, wenige Meter von ihnen entfernt, begann die Reihe der elf Lastwagen, die sich bis zur Flußbrücke erstreckte. Die Hütten, die sich in der Nähe aneinanderreihten, hatten winzige Vorgärten, die ersten mit jeweils einer niedrigen Steinmauer, die anderen mit einer Hecke. Sie schlichen in den zweiten und dritten der Vorgärten und legten sich in die Deckung hinter den Mauern, die Gewehre schußbereit. MacKeon sagte:

»Jetzt, Séamus.«

Conway legte sein Gewehr neben Nicholas und sagte:

»Passen Sie darauf auf, bis ich zurück bin.«

Dann machte er flink seinen Brotbeutel auf und nahm zwei Mills-Granaten heraus, die er so behutsam wie Eier in der Hand hielt. Inzwischen sprangen die Männer von den Lastwagen, während ihre Offiziere Befehle brüllten. Conway glitt wie ein Schatten aus dem Garten, rannte schnell die Straße hinauf zu den Lastwagen und ging hinter ihnen in Deckung. Der Offizier rief: »Vorwärts, marsch!«, und eine Abteilung von Schwarzbraunen begann sich in Richtung Kreuzung in Bewegung zu setzen. Als sie sich bis auf fünfzig Meter genähert hatte, trat MacKeon in die Mitte der Straße hinaus und rief ihnen mit starker Stimme zu:

»Bleibt stehn und ergebt euch!«

Dann stieß er dreimal in seine Trillerpfeife, und die schrillen Töne schnitten durch die frostkalte Luft wie ein Messer. Unmittelbar danach warf Conway seine zwei Granaten nacheinander in die Reihe der Lastwagen. Krachend explodierten sie, und Metallstücke flogen durch die Luft. Im selben Augenblick eröffneten MacKeons Männer das Feuer auf die heranrückende Abteilung.

Alle Lichter der Lastwagen gingen aus. Rund um sie herum war plötzlich das Geknatter und Geratter eines Maxim-MGs, dem schnell der Lärm eines Lewis-Gewehrs folgte, dessen Schütze entweder schlecht ausgebildet war oder durch die Dunkelheit genarrt wurde, jedenfalls erreichte kein Schuß den Garten. Der Offizier drehte sich zu den Lastwagen um und schrie:

»Feuer einstellen! Ihr schießt auf meine Männer!«

Wieder zurück im Garten, sagte MacKeon eindringlich:

»Denkt daran, jede Kugel zählt. Wir haben längst das, was wir hierfür brauchen. Early, hau ab und hol Hauptmann Hourican mit seinen Leuten. Sag ihm, wir brauchen ihn sofort.«

Early glitt über die Mauer in den nächsten Garten und huschte dann um die Ecke in die Richtung der Straße nach Granard. MacKeons Männer zielten sorgfältig, pausierten zwischen den Schüssen und drückten, wie ihnen gesagt worden war, jedesmal mit Präzision ab. Wie MacKeon nur mit einem Revolver bewaffnet, empfand Nicholas die frustrierende Spannung seiner Untätigkeit fast als körperlichen Schmerz. Conways Gewehr neben ihm war eine Versuchung. Er hatte es kaum in die Hände genommen, als Conway selber es ihm abnahm und sagte:

»Danke, Kommandant. Ich wußte, daß Sie meine Patronen nicht aufbrauchen, wenn ich mal den Rücken kehre.«

Er legte sich an die Wand, zielte bei dem schwachen Licht der Sterne, nach dem allein sie sich richten konnten, und in der nächsten Sekunde hatte er getroffen. MacKeon erschien neben Nicholas und sagte:

»Es ist besser, Sie gehn zurück zur Rosenhütte. Zwei von den Jungens sind verwundet. Ich hab jetzt keinen übrig, der runter könnte zur protestantischen Kirche, um Mick Finneran zu sagen, er soll mir Verstärkung hochschicken. Wir stehn das nicht durch, wenn's hier so weitergeht. Möchte wissen, was die da unten machen. Wo zum Teufel ist Paddy?«

»Ich geh erst mal zu Finneran und danach zur Hütte zurück.«

490

»Machen Sie das. Halten Sie sich dicht an der Mauer.«

Die Dunkelheit täuschte und ließ die Dinge größer erscheinen, als sie waren. An der Ecke sah Nicholas, daß er durch die Feuerlinie der Maschinengewehre mußte, wenn er zur protestantischen Kirche gelangen wollte. Der rothaarige Paddy tauchte aus dem Nichts an seiner Seite auf und sagte:

»Zurück, Sir, um Gottes willen. Sie können da nicht runter. Die MGs beharken den Boden. Zurück.«

»Was war denn mit dir? Seán hat dich gesucht.«

»Warum?«

»Du solltest zur protestantischen Kirche, Verstärkung holen. Er braucht hier jeden Mann. Ich wollte gerade selber runter.«

»Das werd ich machen. Ich kenne hier die Schliche durch Gassen und über Mauern. Es ist mein Dorf.«

Schon war er verschwunden, und Nicholas ging zurück, um MacKeon Meldung zu machen, der sagte:

»Ich hoffe zu Gott, daß sie bald da sind.«

Er trat einen Schritt hinaus und blies die Trillerpfeife. Sofort wurde das Feuer eingestellt. Eine antwortende Pfeife ertönte von der Feindseite. MacKeon rief:

»Feuer einstellen!«

Der englische Offizier rief zurück:

»Feuer einstellen! Was sind Ihre Bedingungen?«

»Bedingungslose Kapitulation!«

Es entstand eine kurze Pause, in der mehrere von ihnen sich miteinander berieten. Dann rief der Offizier:

»Das ist unmöglich. Was also?«

»Dann wird gekämpft bis zum Ende!«

Wieder blies MacKeon auf seiner Trillerpfeife, und sofort setzte das Feuer wieder ein – wild spuckten die Maschinengewehre, begleitet jetzt von Gewehrfeuer.

»Herrgott«, sagte Séamus Conway in Nicholas' Ohr, »wenn ich eins von diesen MGs hätte, würde kein Brauner mehr übrig bleiben im Land.«

Nicholas fragte:

»Wer ist verwundet? Ich werd jetzt die Leute verbinden.«

»Ich zum Beispiel«, sagte Conway. »Ich komm dann gleich runter, wenn ich die paar Kugeln hier verschossen habe.«

Es war unnatürlich still in der Rosenhütte, wo Nicholas schnell ein sauberes Laken über den Tisch breitete und seine Verbandstasche öffnete. Wenige Minuten später war Conway da und schrie wie ein Baby, als Nicholas ihm eine Kugel aus dem Unterarm schnitt. Dann, während Nicholas mit der letzten Wicklung des Verbandes fertig wurde, sagte er munter:

»Ich hab noch nie Zahnweh oder sonst einen Schmerz aushalten können. Danke, Kommandant. Ich komm wieder, wenn ich noch mehr verpaßt kriege.«

Zwei weitere Männer kamen, beide nicht schlimm verletzt, wahrscheinlich wegen der schützenden Mauer. Nicholas wartete eine Weile und ging dann zu MacKeon zurück, der sagte:

»Irgendwas Komisches geht da unten vor. Wie spät ist es?«

»Zwanzig nach zwei.«

Die MGs feuerten noch immer weiter, aber mit längeren Pausen zwischen den Feuerstößen. Während dieser Pausen gaben MacKeons Männer ebenfalls keine Schüsse ab, sondern warteten, bis sie einen bestimmten Zielpunkt hatten. Die Kälte schien zugenommen zu haben, obgleich kein Wind ging. Nicholas wußte, daß Regen schlimmer gewesen wäre, und freute sich fast über den unangenehmen Frost.

Die Männer von den Posten an der protestantischen Kirche waren heraufgekommen und hatten die anderen Vorgärten besetzt, aber MacKeon hatte Angst, die Vorposten hereinzuziehen, denn irgendwie hätte es dem Gegner gelungen sein können, durch einen Melder Verstärkung anzufordern, die dann womöglich unversehens ins Dorf eindringen würde. In der Dunkelheit war es unmöglich auszumachen, was in der Nähe der Lastwagen vorging – einige krachende Geräusche und eine Menge Hin- und Hergerenne –, aber das Gewehr- und MG-Feuer setzte immer wieder genau in dem Augenblick ein, wenn sie dachten, es hätte endgültig aufgehört.

Es war kurz vor fünf, als sie den Motor eines Lastwagens anspringen hörten. Fast unmittelbar danach sprang der nächste an, und dann fuhren die Lastwagen einer nach dem andern langsam davon.

»Ich glaube, sie nehmen den Weg über die Brücke und über Soran Hill hoch«, sagte MacKeon. »Wenn sie die Scheinwerfer an hätten, würden wir sehn, was sie vorhaben. Das kann eine Falle sein. Jeder bleibt auf seinem Posten.«

»Das macht den Kohl auch nicht fett«, sagte Conway. »Ich hab nur noch fünf Schuß übrig.«

»Na, dann sei man schön sparsam damit«, sagte MacKeon.

In beißender Kälte warteten sie bis zum ersten Morgengrauen. Es kam plötzlich, eben noch schwarze Dunkelheit, im nächsten Augenblick ein graues Dämmerlicht, in dem sie die kleine Straße überblicken konnten. Bis auf sie selber war sie völlig verlassen. Trotzdem warteten sie, bis das graue Licht weiß wurde und der Rücken des Soran Hill sich deutlich vor dem weißen Himmel abhob. Dann ging MacKeon auf die Straße hinaus, langsam, wachsam, Schritt für Schritt in Richtung Brücke, den Revolver in der Hand. Nichts geschah. Es war niemand da. Er drehte sich um und rief:

»Heiliger Strohsack, guckt euch das an, kommt her!«

Die Männer kamen aus ihren Stellungen und gingen zu ihm. Ein außerordentlicher Anblick bot sich ihnen. Überall, wo die Schwarzbraunen hinter ihren Lastwagen Deckung gesucht hatten, waren Blutlachen, und über die ganze Straße war eine derartige Mannigfaltigkeit von Dingen verstreut, daß sie nur schweigend staunen und starren konnten. Da lagen Revolver, Tornister, Kisten über Kisten mit 303er Munition, Kartons voller Schokolade, Schuhcreme, Marmelade, ballenweise bedrucktes Leinentuch, verschiedenes Sattelzeug, Speckseiten, Seilrollen – alles offensichtlich die Beute aus den Geschäften in Granard. Darunter verteilt lagen Draht- und Metallstücke, zweifellos Teile der Lastwagen, die von Conways Bomben beschädigt worden waren. Schließlich sagte MacKeon:

»Gott sei gedankt. Das sind für jeden von diesem Haufen mindestens fünfhundert Schuß. Conway, Sie übernehmen die Verantwortung dafür, die Munition wird ins Hauptquartier geschafft. Finneran, Sie kümmern sich darum, daß das ganze andere Zeug sicher und trocken verstaut wird, damit wir versuchen können, es später irgendwie nach Granard zurückzubringen. Teilt euch auf und schlaft abwechselnd. Seht eure Waffen gründlich nach. Jeder, der verwundet wurde, kommt jetzt hoch ins Hauptquartier, und Kommandant de Lacy wird sich das ansehn. Später wird Conway die Munition gerecht verteilen. Eßt, wann immer ihr Gelegenheit dazu habt. Ich mache später am Tag eine Runde zu allen Posten. Es war ein großartiger Kampf, Jungens, ein großartiger Kampf. Sie werden wiederkommen, das steht fest.«

»Wann?«

»Ich würde sagen, heute nicht mehr, aber man weiß nie. Wann sie auch kommen, wir werden bereit sein für sie.«

47

Nicholas blieb nur noch einen Tag länger in Ballinalee. Schon am Tag nach dem Gefecht brachte ein Reporter vom *Irish Independent* ihm die Nachricht, daß er sofort nach Dublin zu fahren habe. Gleichzeitig traf von Longford die Meldung ein, daß die Schwarzbraunen bereits sagten, sie würden wiederkommen und die Stadt diesmal bis auf die Grundmauern niederbrennen. Derselbe Zeitungsmann, der Nicholas abrief, sagte, das Generalhauptquartier in Dublin habe MacKeon autorisiert, für jede von der Polizei abgebrannte Hütte ein großes Haus des Bezirks anzuzünden.

»Aber das mach ich nur, wenn ich dazu genötigt bin«, sagte MacKeon. »Lieber versuch ich, handelseinig zu werden. Hier in der Gegend haben wir sowieso nicht mehr als ungefähr fünfzehn große Häuser, und auf der andern Seite Hunderte von Hütten. Wußten Sie, daß der Bruder von Sir Henry Wilson nur wenige Meilen außerhalb von Ballinalee seinen Wohnsitz hat?«

»Nein!«

»Doch, wirklich, das Currygranne Haus. Lieber Gott, Nicholas, mir ist das Brandschatzen und Zerstören zuwider. Das ist die schlimmste Seite dieses Krieges – mit ansehn zu müssen, wie all die kleinen Dinge, die die Leute im Laufe von ein oder zwei Generationen zusammengetragen und aufgebaut haben, in ein bis zwei Stunden futsch und hin sind. Es ist haargenau so schlimm wie vor langer Zeit die Zwangsräumungen. Wilson muß Irland kennen, wo sein Bruder hier lebt. Hätte er nie einen Fuß aufs Land gesetzt, könnte man die Art, wie er verfährt, vielleicht entschuldigen. Momentan muß er der am meisten gehaßte Mann in Irland sein. Manchmal denke ich, daß er und seinesgleichen bloß altmodisch sind. Sie haben nichts dazugelernt. Die Zeiten, wo man eine Rebellion mit starker Hand erstickte, sind endgültig vorbei. Haben Sie gesehn, daß meine Jungens nach dem Kampf selbstsicherer waren als je? Diesmal wird gekämpft bis zum Ende, jawohl.«

»Was also werden Sie tun?«

»Wenn die Braunen uns die Häuser abbrennen, werde ich Mr. Wilson sagen, er soll seinem Bruder Sir Henry schreiben, das Currygranne Haus werde mitsamt seinen Bewohnern in Flammen aufgehen, wenn dem nicht Einhalt geboten wird.«

»Das wäre einen Versuch wert.«

Am selben Tag kam die Postmeisterin selber zur Rosenhütte, um auszurichten, daß eine kleine militärische Einheit von Longford hergeschickt sei, die die Witwe und Familie von Wachtmeister Cooney abholen solle, das sei ihr einziger Zweck. MacKeon gab Anweisung, daß niemand sie zu belästigen habe, und am Spätnachmittag kamen zwei Lastwagen. Die Fahrer blieben am Steuer sitzen, ein paar Soldaten stiegen schnell ab, gingen in das Cooney-Haus, trugen die Möbel heraus und luden sie auf den einen Lastwagen. Dann halfen sie der Witwe und ihren Kindern auf den anderen und brachten sie anständig auf Bänken in Fahrtrichtung unter. Die Witwe saß mit gesenktem Kopf da, die Arme um die Schultern der zwei jüngsten Kinder gelegt.

Die Lastwagen fuhren weiter und hielten am Haus von Vater Montford. Schweigend, reglos sahen die versteckten Männer des

Postens an der Kirche zu, wie der Offizier und vier Soldaten von dem ersten Lastwagen abstiegen und ohne anzuklopfen die Tür aufmachten und ins Haus gingen. Nach wenigen Minuten kamen sie wieder heraus, kletterten auf den Lastwagen, und der Offizier gab dem Fahrer ein Zeichen weiterzufahren.

Als sie schon eine ganze Weile weg waren, kamen MacKeon und Nicholas vom Hauptquartier, um nachzusehen, was geschehen war.

»Vielleicht hatte Vater Montford die richtige Idee, als er aus dem Dorf verschwand«, sagte MacKeon. »Ich bin froh, daß er nicht hier war, als sie ihn holen wollten.«

»Sie meinen, sie hätten ihn mitgenommen?«

»Es wäre ein hübscher Vergeltungsschlag gewesen. Wir werden ihn und Vater Markey ebenso gut im Auge behalten müssen. Vater Markey ist eine komische Mischung, in vieler Hinsicht sehr couragiert, und auf der andern Seite rennt er vor seinem eigenen Schatten davon. Vor seinem Bischof hat er eine Heidenangst. Aber ich kenne diesen Bischof. Er wird auf unserer Seite sein, wenn ich ihm erkläre, wo wir stehen. Wir können's uns nicht leisten, daß er die Erschießung Cooneys verurteilt.«

»Sie werden zu ihm gehn?«

»Sowie ich Gelegenheit bekomme, nach Longford zu fahren. Ich werde ihm sagen, daß wir ordentlich ernannte Offiziere sind, die unter dem Verteidigungsminister und seinem Stab einer rechtmäßigen Regierung dienen, und daß diese Regierung durch das gewählte Parlament des irischen Volkes ins Amt berufen wurde. Das wird er bestimmt verstehen. Er ist ein guter Ire, doch, das ist er, dieser Dr. Hoare.«

»Weiß er das nicht bereits alles?«

»Hier unten auf dem Land wissen sie nichts. Sie haben zu viel zu tun, um mit der Politik mitzukommen, sagen sie, aber wenn es was zu verurteilen gibt, sind sie trotzdem schnell bei der Hand. Es wird Zeit, daß sie genau sehen, was unter ihrer Nase vorgeht.« Sie hatten die Tür von Vater Montfords Haus erreicht, und MacKeon drückte sie auf. »Na, wen seh ich denn da!« Im Flur stand ein zerzauster Freiwilliger, der sich mit der Hand durch die Haare fuhr. »Barney Kilbride, wo bist du denn entsprungen?«

»Es schläft sich schrecklich kalt da draußen an der Mauer der protestantischen Kirche, Kommandant«, sagte Kilbride einfältig. »Ich dachte, wo doch der Priester sein Bett nicht benutzt, könnt ich mal drin schlafen.«

»Das ist eine Form von Plünderung. Du könntest deswegen vors Kriegsgericht kommen.«

»Sie haben recht, Seán, aber da hab ich in dem Augenblick nicht dran gedacht. Und dann lieg ich da und schlafe, und ein britischer Offizier kommt ins Zimmer marschiert und weckt mich auf und fragt, ob ich der Priester bin. Wie kommt der bloß auf so 'ne Frage? Seh ich aus wie ein Priester? Aber es war ja auch nicht viel zu sehn von mir. Ich lag unter der Decke, eingekuschelt wie'n Baby, aber mit allen Sachen an. Wenn er gesagt hätte, ich soll aufstehn, wär ich ruiniert gewesen. Ich hatte da meinen Revolver mit drin. Ich hab gesagt, ich wär der Diener vom Priester, und er soll machen, daß er aus dem Haus kommt, und er hat gesagt: ›Oh, Entschuldigung‹ und ist rausgegangen. Ich hab seitdem Backsteine geschwitzt, und das ist die Wahrheit.«

»Geschieht dir recht. Hast Glück gehabt, daß es nicht die Braunen waren.«

»Ja, das war mein Glück. Es ist furchtbar, keine Hintertür zu haben.«

»Das hört sich tatsächlich so an, als wären sie nach Vater Montford auf der Suche«, sagte MacKeon, als Kilbride ihm aus den Augen geflohen war. »Ich glaube, ich werde Ehrwürden Mr. Johnston auch einen Besuch abstatten. Meine Freunde in seiner Kirche sagen mir, er sei ein anständiger Mann, obwohl er Ehren-Oberst der Freiwilligen von Ulster ist und obendrein noch Oranier. Ich werde ihm zu verstehen geben, daß er, sollte die britische Armee versuchen, ihre Todesstrafe an Vater Markey zu vollstrecken, kurz darauf denselben Weg gehn wird. Ich werde das nicht in meinen Bericht aufnehmen, aber Sie können's dem Großen Mann in Dublin ja erzählen, wenn Sie ihn sehn. Wie werden Sie da hinkommen?«

»Mit dem Zug, falls ich von hier einen kriege.«

»Darüber reden wir noch. Ich habe meinen Bericht fertig. Sie können ihm dann noch erzählen, was Sie gesehn haben.«

»Ich werd ihm erzählen, daß Sie ein wackerer Kämpfer sind. Was gibt's als nächstes?«

»Wir werden einen neuen Verteidigungsplan für Ballinalee ausarbeiten. Seán Connolly kommt aus Roscommon, und Bill O'Doherty aus Strokestown, und die werden ein paar Scharfschützen mitbringen, die sie uns dalassen können.«

In jener Nacht wurde Nicholas auf einen Güterzug gesetzt, der durch Granard fuhr. Er trank auf der Lokomotive mit dem Lokführer und dem Heizer Tee und gab ihnen Einzelheiten von der Schlacht von Ballinalee, wie sie es nannten, und an jedem Haltepunkt ihrer Strecke nahmen sie es auf sich, die Geschichte zu erzählen, bis sie überall bekannt war. Schon hatte der Militärkommandant in Longford einen Bericht zusammengebastelt, in dem es hieß, daß er am Tage der Schlacht vom Divisionskommissar der Polizei von Kildare um eine Militär-Eskorte gebeten worden sei und einen Lastwagen mit einem Offizier und zwanzig Mann zur Verfügung gestellt habe. Er sagte, der für diese Einheit verantwortliche Offizier sei mit der Meldung zurückgekommen, daß dem Lastwagen in Ballinalee von Hunderten von Männern aufgelauert worden sei, von denen einige getötet und der Rest nach stundenlangem Kampf in die Flucht geschlagen worden sei. Bei seinen eigenen Männern habe er einen Toten und mehrere Verwundete zu verzeichnen. Der Schreiber, der diesen Bericht in der Kaserne in Longford ins Reine schrieb, schickte eine Zusammenfassung davon sofort an MacKeon, und diese Version dessen, was geschehen war, kam den Bewohnern von Longford zu Ohren. Niemand glaubte, daß wirklich mehrere hundert Freiwillige an einem Ort zusammengezogen werden konnten, aber dennoch mußte die wahre Geschichte erzählt werden.

»Mit so welchen konntet ihr keinen fairen Kampf haben«, sagte der Heizer voller Abscheu und machte nur große Augen, als Nicholas ihn darauf hinwies, daß es, wären sie Gentlemen, gar nicht nötig sein würde, gegen sie zu kämpfen.

Er kam in den frühen Morgenstunden in Dublin an. Bis Tagesanbruch hatte er in einem Güterwaggon geschlafen und war steif und durchgefroren aufgewacht, um mit einem Schaffner zu frühstücken, dessen Obhut er offenbar von dem Lokführer übergeben worden war. Der Schaffner war ein Mann aus Galway namens John Fahy, ein schwer einzuordnender ängstlicher Mann von mittlerer Größe, dessen sanfte, farblose Augen zu Recht den Gedanken nahelegten, daß alles, was er wollte, ein ruhiges Leben war. Da er wußte, daß er nie fähig sein würde zu kämpfen, verlangte man niemals mehr von ihm, als darauf zu achten, wer mit den Zügen kam und ging, und da er mit jedem Hintergrund verschmolz, war er ein unschätzbarer Agent geworden.

»Jedesmal wenn ein Zug fällig ist, drücken sich auf dem Bahnhof hier zwei pensionierte Polypen rum«, erzählte er Nicholas. »Ich fürchte, die werden beseitigt werden müssen. Sie kennen jeden Mann, jede Frau und jedes Kind in Galway aus ihrer Zeit dort, und sie stehn da und schwatzen mit Zivilfahndern vom Castle und picken die Gesuchten heraus. So ist es Bartley Mulhern ergangen, wie ich mit eigenen Augen gesehn habe. Einer von diesen Schweinehunden ist zu ihm hingegangen und hat ihm die Hand geschüttelt wie vor langer Zeit Judas, und hat gesagt: ›Hallo, Bartley. Wie geht's denn allen so zu Hause?‹ Und davon sind keine drei oder vier Schüsse losgegangen, und unser Bartley lag tot auf der Straße. Oh, der liebe Mann war sehr erschüttert und half den Leuten, ihn aufzuheben und ins Mater-Krankenhaus rüberzutragen. Ich werde Ihnen jetzt seinen Namen nennen, den können Sie dann ja weitergeben.«

Nicholas baute sich schnell eine Eselsbrücke, mit deren Hilfe er sich mit Sicherheit an den Namen erinnern würde, und sagte dann:

»Liegt er jetzt zufällig da draußen auf der Lauer?«

»Ich lasse Sie erst raus, wenn ich sicher bin, daß er das nicht tut. Für was halten Sie mich denn?«

Zu einer Zeit, als gerade kein Zug fällig war, zeigte Fahy Nicholas einen Seitenweg aus dem Bahnhof, und Nicholas ging

499

dann weiter zum Rutland Square. In Vaughans Hotel begrüßte ihn Christy Harte, der Portier, und brachte ihn zu einem Schlafzimmer, in dem er wieder mehrere Stunden schlief. Als er am Spätnachmittag erwachte, hatte er sich von dem Schlafverlust der letzten paar Nächte in Ballinalee langsam erholt. Er stand auf und wusch sich, dann ging er hinunter in den Rauch-Salon im ersten Stock, der sich bald mit seinen Kollegen von der Dubliner Brigade zu füllen begann. Die Nachricht von der Schlacht war zu ihnen gedrungen, und ganz genau mußte er ihnen beschreiben, was er gesehen hatte, MacKeons Strategie erklären und die erstaunliche Weise, in der er sein eigenes unbekümmertes Selbstvertrauen auf seine Männer übertrug. Alle Gesichter hellten sich auf, als er sprach, denn es war das erstemal im ganzen Land, daß ein zum Niederbrennen bestimmtes Dorf erfolgreich verteidigt worden war. Bald jedoch verdüsterten ihre Minen sich wieder zu dem sorgenvollen Brüten, das er beim Eintreten auf all ihren Gesichtern gesehen hatte.

Als letzter traf Collins ein. Er kam mit einem Tempo in den Raum geschossen, das bei jedem anderen ausgesehen hätte, als würde er verfolgt. Er sagte zu Nicholas:

»Wir regeln erst mal unsere Sachen hier, damit die andern dann weg können, und danach können Sie mir über die Lage in Longford und Galway berichten. Haben Sie Morrow gesehn?«

»Wir sind vor über einer Woche zusammen aus Galway weggefahren. Er ist später weiter nach Süden oder wollte es wenigstens versuchen. Seitdem hab ich nichts mehr von ihm gehört.«

»Ich auch nicht. Er muß diese Woche kommen. Er muß bei uns sein in dieser Sache.«

Die allgemeine Nervosität zeigte sich daran, wie die Männer an ihren Zigaretten zogen, angespannt in ihren Sesseln saßen und einander kaum mehr ansahen, seit Collins gekommen war. Collins selber sah übernächtigt aus, wie immer tadellos gekleidet, aber sein Gesicht zeigte deutlich das Quälende seiner Gedanken. Er warf sich in einen Sessel und begann sofort:

»Ich skizziere die Lage noch einmal für Nicholas de Lacy und die anderen, die nicht bei jeder unserer Zusammenkünfte hier waren. Terence McSwiney ist tot. Er und jeder andere wie er war unentbehrlich. Als Protest gegen die Verhaftung von Vertretern der Öffentlichkeit trat er in Hungerstreik. Ich hasse Hungerstreik, aber ich respektierte seine Gründe. Als er nach Brixton ins Gefängnis geschickt wurde, gab es siebenundvierzig gewählte Parlamentsabgeordnete in englischen Gefängnissen. MacSwiney hat nichts erreicht. Das müssen wir ganz klar sehen. Der Beweis ist, daß wir jetzt sicher sind, daß das Castle weiterhin den Plan verfolgt, eine bestimmte Anzahl von uns zu verhaften oder zu ermorden, wo immer wir nur gefaßt werden können. In einer Hinsicht jedoch hat MacSwiney etwas erreicht. Sein Tod hat das englische Volk erschüttert. Es hat den Leichenzug durch London gesehen. Es hat gesehen, was für Menschen seinem Sarg folgten. Es hat die Proteste der irischen Menschen in der ganzen Welt gehört. Bald werden sie ihre Gedanken spürbar machen – wir wissen das, aber es könnte zu spät sein für uns. Ein neuer Haufen von Geheimdienstlern ist in Dublin eingetroffen. Die Lage verschärft sich. Wir wissen das durch die Überfälle und Morde in der ganzen Stadt. Da so viele Polizisten letztes Jahr den Dienst quittierten, kein junger Nachwuchs dazukommt, mußten sie diese Außenstehenden hereinholen. Und daß wir uns da nicht täuschen – das sind erstklassige Agenten, Profis. In unserer gesamten Geschichte hatten wir noch nie so wenig Denunzianten bei einer irischen Erhebung wie jetzt, und die Iren darunter sind uns bekannt, und mit denen können wir umgehen, wenn sie ans Licht kommen. Diese anderen Leute . . .« Er hielt inne und rieb sich mit beiden Händen das Gesicht, als hätte er Kopfschmerzen. »Kevin Barry – wir konnten ihn nicht rausholen. Er wußte, daß wir's versuchten. Das ist der einzige Trost, den wir haben. Die Fenians wurden von ihrem eigenen Volk im Stich gelassen. Das wird diesmal nicht passieren. Er wurde gefoltert, Nicholas, ein siebzehnjähriger Junge.«

»Ich habe das von MacKeon gehört«, sagte Nicholas.

Beasley sagte ruhig:

»Fang an mit den Plänen, Mick.«

»Dafür bin ich verantwortlich«, sagte Collins fester.

»Wir sind die Liste wieder und wieder durchgegangen. Fünf-unddreißig Namen stehn darauf. Bei zwanzig davon sind wir uns ziemlich sicher. Irgendwen zu erschießen, an dessen Schuld auch nur der leiseste Zweifel besteht, kommt nicht in Frage. Es sind reguläre Geheimagenten, Soldaten, keine Hobby-Spitzel. Ihr Hauptziel ist natürlich unser Geheimdienst. Ihr gründliches Training macht es ziemlich sicher, daß sie Erfolg haben werden. Das heißt, wenn wir sie nicht vorher erledigen, sind wir alle mit-einander in ein bis zwei Wochen tot. Wir haben Spitzel unter uns, nicht in diesem Raum, aber nicht allzu weit entfernt. Sie müssen uns kriegen, es sei denn, wir handeln sofort. Wir haben eine Reihe von Zusammenkünften gehabt, um Pläne zu bespre-chen. Das Unternehmen wird geführt von Brigadier MacKee und Vize-Brigadier Clancy. Das Datum ist Sonntag, der Einund-zwanzigste dieses Monats. Empfangt eure Befehle von diesen zweien. Sechs Mann und ein Offizier werden zu jedem der Häu-ser gehen. Außer dem namentlich auf der Liste Genannten darf niemand verletzt werden. Es wird Vergeltungsschläge geben. Das ist unvermeidlich. Aber wenn wir jetzt aus Zimperlichkeit oder irgendeinem andern Grund zurückstecken, ist unsere ge-samte Arbeit der letzten vier Jahre umsonst gewesen. Ihr erinnert euch noch, wie es in der Richmond-Kaserne war, nach der Erhe-bung, als die Polizisten vom Castle hereinkamen und genau die richtigen Männer zur Hinrichtung herauspickten. Seán Mac-Dermott war einer von ihnen. Das würden sie jetzt nicht noch mal wagen. Deswegen ist dieses neue Blut importiert worden. Diesmal sind es alle Engländer, aber einige davon können not-falls irischen Akzent sprechen. Wir haben unsere Beweise. Wir wissen, daß die neue Verschwörung zur Ermordung irischer Bürger vom Generalstab der englischen Armee in Irland sank-tioniert wird.« Als wäre ihm bewußt, daß seine Erklärung zu lang war und sich wiederholte, sah er sich mit einer Mischung aus Appell und Drohung in der Runde all der angespannten Ge-sichter um. »Wir können nur Männer gebrauchen, die Dublin gut kennen. Das ist der Grund, warum ihr es sein müßt, in die-sem Raum.«

Den ganzen übrigen Abend hindurch, während er von Mak-Keons Heldentaten und Strategie Bericht erstattete und die Schreckensnacht in Galway und seine Flucht beschrieb, war Nicholas sich bewußt, daß ihm befohlen worden war, etwas völlig Neues zu tun, etwas, das so weit außerhalb seiner natürlichen Mittel lag, daß er zum erstenmal im Leben das Gefühl hatte, körperlich überfordert zu sein. Das war eine ganz andere Erfahrung als die, die er in Ballinalee gemacht hatte, als er auf das Losschlagen des Feindes wartete; als er den stehengebliebenen Lastwagen durch das Fenster beobachtete; oder als er hinter der niedrigen Gartenmauer lag, während ziellose Geschosse ihn umsangen. Was für ein leichtes das alles gewesen war für MacKeon – die Schlacht mit seiner Trillerpfeife anzupfeifen wie ein Schiedsrichter bei einem Fußballspiel; einen Entscheidungskampf zu fordern wie ein mittelalterlicher Ritter; seine Truppen zum Tanz zu führen – *après vous, messieurs les Anglais* – leicht und einfach, seine Geheimagenten waren lediglich damit beschäftigt, ihn ein paar Stunden im voraus davon in Kenntnis zu setzen, wann der Gegner zum Angriff übergehen würde. Noch während diese Gedanken ihn quälten, wußte Nicholas, daß dies MacKeon gegenüber nicht fair war. Ehrlich war er, aber nicht in einfältiger Weise. So verschieden war das gar nicht von der Ehrlichkeit der Männer in diesem Raum. Nicholas würde sich nicht weigern können, sich ihnen anzuschließen. Das stand außer Frage. Wie könnte er das Schlimmste diesen anderen überlassen? Rory O'Connor sah hohläugiger aus denn je. MacKee und Beasley versuchten mit durchsichtiger Forschheit ihre Besorgnis zu verdecken. Clancy war der einzige, der gelassen zu sein schien, obwohl er MacKee, seinen vorgesetzten Offizier, immer wieder anblickte. Als Nicholas schließlich das Hotel verließ, um zu dem Haus zu gehen, wo er schlafen sollte, hatte er seine letzten Instruktionen bereits bekommen, und außerdem waren für verschiedene Tage mehrere Verabredungen getroffen worden, zu denen sie alle wieder zusammenkommen sollten, um ihre Pläne zu koordinieren.

Früh am Sonntagmorgen, dem einundzwanzigsten November, führte er seine Sechsergruppe zu einem Haus in der Fitzwilliam Street, in dem einer der Agenten wohnte. Er stellte seine Männer dem Plan entsprechend vor und hinter dem Haus auf und klopfte dann an die Haustür. Ein Dienstmädchen öffnete, das schnell beiseite trat, als er, seinen Männern voran, die Treppe hinaufstürmte. Er hörte die Schüsse und blickte auf den geschockten, blutenden Körper des Agenten, als sähe er zu, wie irgend jemand anderer diese schrecklichen Handlungen verrichtete. Dann drehte er sich um und führte seine Männer aus dem Haus und in Sicherheit.

Während des ganzen Tages und Abends wanderte er in Dublin herum, anscheinend unsichtbar wie ein Geist. Niemand erkannte ihn, nicht einmal argwöhnisch angeblickt wurde er. Vage hörte er, wie die Leute von der Schießerei in der Parliament Street sprachen und daß bei einem Fußballspiel im Croke Park mit einem Maschinengewehr in die Menge geschossen worden war. Er sah die Lastwagen mit Geiseln durch die Straßen kreuzen, aber nie auf der Straße, auf der er zu der Zeit gerade ging. Spät am Abend wurde er in der Capel Street in einen Hauseingang gezogen, von einem seiner Männer, der sagte:

»Um Himmels willen, Kommandant, was machen Sie denn hier? Ich hab Sie die Straße runterkommen sehn. Sie sollten überhaupt nicht draußen sein. Sie spielen verrückt in der Stadt. Kommen Sie hoch mit mir. Nun kommen Sie schon.«

»Hoch?«

»Ja, ja. Ich wohne hier oben. Der Mann hat ein Geschäft, und über dem lebt er so lange. Kommen Sie. Gottlob hab ich Sie gesehn. Gestern abend haben sie Clancy und MacKee gefaßt, wußten Sie das?«

»Nein. Wo sind sie?«

»Es ist nicht rauszukriegen. Wir haben überall gesucht. Es wird wohl ein Denunziant gewesen sein. Wo sind Sie gewesen?«

»Überall in der Stadt. Zu Fuß. Ich bin jetzt wieder klar.«

Er war tatsächlich aufgewacht, wie von einer Betäubung oder Narkose, war bei vollem Bewußtsein, körperlich geschwächt zwar, aber klar im Kopf, und deutlich sah er jetzt, wie klug

MacKeon war. Diesmal mußte es das letztemal sein – nie wieder sollten in Irland Menschen dazu gezwungen sein, das zu tun, was er heute getan hatte. Diesmal mußten sie bis ans äußerste Ende gehen, bis jedes einzelne der alten Probleme gelöst war und bis dieser ungeheuerliche neue Vorschlag zu einem dauernd geteilten Land für immer aufgegeben war. Bis er diese Dinge gesichert sähe, würde nichts ihn je von seiner Zielsetzung abbringen. Erst dann würde all dieses Leid gerechtfertigt sein.

Ins Leben zurückgekehrt und beruhigt, ließ er sich in das Wohnzimmer hinaufführen, wo er etwas zu essen bekam, und später in ein Schlafzimmer, in dem er diese Nacht und noch mehrere Nächte danach schlief, bis er Dublin verließ, weil er nach Kildare geschickt wurde.

Achter Teil

1920–1924

48

Am frühen Morgen nach der Razzia war Johnny wieder da. Wie eine gejagte Ratte in ihr Loch schlüpfte er ins Haus. Weder Kate noch Molly waren bis jetzt draußen gewesen. Johnny sagte: »Ich hab gehört, was hier los war. Das war nur ein Haufen. Noch mehr von der Sorte sind in Richtung Moycullen losgefahren, vielleicht sogar bis Oughterard. Ma'am, Mr. de Lacy und Peter Morrow sind von Ballybane aus mit Fahrrädern weggekommen. Als sie weg waren, hab ich mich ein bißchen in dem Stadtteil da umgetan, und ich bin sicher, daß die ganze Nacht über kein Lastwagen in diese Richtung fuhr.«

»Dankeschön, Johnny. Oh, Gott sei bedankt dafür.«

»Und ich hab gesagt, daß ich Nachricht nach Longford schikke, wenn Sie bei Mrs. Blake untergekommen sind. Aber da können Sie heute nicht hin. Es wäre besser, Sie warten damit noch ein bis zwei Tage, für den Fall, daß irgendwer sich daran erinnert, Sie hier gesehn zu haben. Sie waren zwar alle betrunken, aber sie könnten sich trotzdem an Sie erinnern.«

Sie wollte nicht fort. Dies war der Ort, an dem sie Nicholas zuletzt gesehen hatte, und gern wäre sie für immer geblieben. Sie sagte das zu Johnny, aber er und Kate waren schockiert von dem Gedanken, sie in so einem armen Haus zu behalten. Dennoch, es vergingen zwei weitere Tage, bis sie meinten, es sei jetzt so sicher, daß sie gehen könne. Johnny sagte:

»Wir warten damit bis zum Nachmittag, da sind eine Menge Leute unterwegs. Mrs. Blakes Mann Kevin kann mit dem Wagen kommen.«

»Wo ist Luke?«

»Er ist ebenfalls auf der Flucht, irgendwo in der Gegend von Moycullen hält er sich auf. Er kann für eine Weile nicht nach Galway kommen. Sie wissen, daß er in Woodbrook gearbeitet hat und könnten dort nach ihm suchen.«

»Was gibt es Neues von Woodbrook? Sind sie dagewesen?«

»Es scheint, daß davon geredet wurde, aber irgendwer hat sie davon abgebracht.«

»Dann können wir vielleicht dorthin zurück.«

»Es wär bedeutend besser, wenn Sie da eine Weile rausbleiben könnten. Wenn sie erst mal den Namen eines Hauses haben, bleiben sie dran. Und sie sind einigen Namen nachgegangen, die sie von einem Denunzianten gekriegt haben. Bleiben Sie denen so lange Sie können aus den Augen. Sie haben rausgekriegt, daß es ein Mann aus Moycullen war, der den Beiwagen gefahren hat, mit dem Joyce, der Spitzel aus Barna, in der Nacht weggebracht wurde, in der man ihn erschoß. Sie werden Moycullen für die nächste Zukunft jedenfalls im Auge behalten.«

Das Wetter war plötzlich kalt geworden, und von Westen her schien ein Sturm heraufzuziehen. Schwarze Wolkenfetzen füllten den Himmel, und die Luft war erfüllt von den Schreien der Seemöven, die zur Sicherheit landeinwärts gekommen waren. Molly machte die Kinder fertig, saß dann wartend in der Küche am Feuer und versuchte sie bei guter Laune zu halten, bis es Zeit sein würde zu gehen, als Kate von ihrer Runde zurückkam. Plötzlich war der Raum voll von Fischgestank. Kate stellte ihren flachen Korb ab und nahm das Polster aus Zeitungspapier herunter – wie einen Hut –, auf dem sie ihn immer mit dem Kopf balancierte. Sie sagte langsam:

»Gott steh uns bei, Ma'am, ich hätte nie gedacht, daß ich so einen Tag erleben würde, und das ist die Wahrheit.« Erschöpft setzte sie sich hin, legte den Kopf in die Hände, verbarg das Gesicht. Samuel fing an, ihr die Hände wegzuziehen, todunglücklich über solch ein seltsames Verhalten, und sie ließ sie in ihren Schoß fallen, während Tränen ihr über die dicken Backen liefen und in dem eingefressenen Schmutz Spuren hinterließen. Voller Angst fragte Molly:

»Was ist? Was ist passiert? Wo sind Sie gewesen? Ist es Johnny? Wo ist er?«

»Ich weiß nicht. Es war nicht Johnny. Es war der Bürgermeister, Michael Walsh. Ich wollte in dem Geschäft gerade meinen Korb nehmen, da kamen drei Männer mit vermummten Gesichtern rein und fragten Mrs. Walsh, wo ihr Mann wär. Gott steh ihr bei, sie fing an, hin und her zu laufen wie ein Huhn. Was sollte sie machen? Sie ist nicht stark, sie ist nicht mächtig. Sie hätte sagen können, er wär gerade mal weggegangen, oder sonstwas, um sie aufzuhalten, aber an der Art, wie sie sich bewegte, sahen sie, daß er irgendwo im Haus sein mußte, und da sind sie reingegangen und haben ihn rausgeholt. Ma'am, sie haben ihn in die Mitte genommen und sind mit ihm runter zum Fischmarkt, am Fluß da unten, Sie kennen den ja gut. Ich bin hinterher, und überall sind die Leute aus den Häusern gekommen und haben zugeguckt, wie sie vorbeikamen und Mr. Walsh zwischen sich gehalten haben, und dann haben sie sich angeschlossen und sind ihnen auch nachgegangen, den ganzen Weg zum Kai runter, wie eine Prozession. Auf der Kaimauer sind sie stehngeblieben und haben ihn totgeschossen, und dann haben sie seine Leiche in den Fluß geworfen und sind weggegangen. Nicht einer hat versucht, einzuschreiten. Nicht einer hat auf sie geschossen, obwohl Männer in der Menge waren, die Pistolen in der Tasche hatten. Es war hellichter Tag, und trotzdem haben sie nichts gemacht. Eine ewige Schande ist das für Galway. Wenn Peter Morrow dagewesen wäre oder Mr. de Lacy oder sonst einer, der wenigstens den Mumm einer Qualle gehabt hätte, der hätte dem ein Ende gemacht.« Einen Augenblick lang dachte Molly, Kate würde in ein Klagegeschrei ausbrechen, wie es die Menschen auf dem Lande tun, aber statt dessen hob sie wild ihren Kopf und sagte: »Als die Braunen weg waren, haben die Leute ihn aus dem Fluß geholt, aber er war tot. Sie brachten ihn nach Hause zu seiner Frau, und der Domherr kam sich das angucken, und wenn er's vorher noch nicht gewußt hat, dann weiß er's jetzt, daß nicht wir es sind, die den Stunk machen. Michael Walsh hat nie in seinem Leben das Gesetz gebrochen, ein guter, anständiger Mann, der immer was verschenkt hat, immer den Armen was zu essen gegeben hat, immer zu jedem hilfsbereit war, Geld geliehen hat, für Begräbnisse und Krankheiten bezahlt hat, und trotzdem ist ihm nicht einer von seinen Nachbarn zu Hilfe gekommen. Die Beerdigung ist morgen, und ich werde dabei sein, o ja, obwohl ich sage, daß es da Ärger geben wird.«

»Ich geh heute abend mit Ihnen zu dem Haus, Kate.«

»Gott segne Sie, Ma'am, ich hätte nicht an Ihnen gezweifelt.«

Als Johnny zurückkam, hatte er die Neuigkeit bereits gehört. Die Stadt sei am Gären, sagte er, Schwarzbraune und Hipos würden auf den Straßen herumstolzieren, ihre Revolver schwingen, die Leute festhalten und sie mit den Händen nach oben an die Wand stellen, um sie besser durchsuchen zu können, und dabei drohten sie, jeden zu erschießen, der am nächsten Tag zur Beerdigung des Bürgermeisters ginge.

»Sie können heute nicht zu Mrs. Blake«, sagte er zu Molly. »Es wär Wahnsinn. Ich habe Kevin benachrichtigt, er soll nicht kommen. Das tut mir leid, aber es wäre nicht sicher, überhaupt auf die Straße rauszugehn.«

»Ich bin froh, bleiben zu können. Ich hab Ihnen ja gesagt, daß ich lieber hierbliebe, wenn ich könnte.«

Während des Abends horchten sie auf Razzia-Geräusche in der Stadt, und sie hörten das Brummen der Lastwagen, aber es kam keiner nach John's Island. Das Geschäft des Bürgermeisters war nur wenige Straßen entfernt in einer schmalen Straße, die zu den Docks führte, und um acht Uhr verkündete Kate, daß sie hingehen würde, um der Totenwache beizuwohnen. Molly sagte sofort:

»Ich geh mit Ihnen, wie ich gesagt habe.«

Johnny starrte sie an, als hätte sie den Verstand verloren, und sagte dann:

»Es ist Ausgehsperre. Niemand darf raus.«

»Wieso kann Kate dann gehen?«

»Na, einfach weil es niemanden kümmert, was Kate macht.«

»Ich geh morgen auch auf die Beerdigung.«

»Was soll ich da sagen? Wenn Mr. de Lacy da wäre ...«

»Würden wir zusammen gehn.«

Sie machten keinen weiteren Versuch, sie zu stoppen. Johnny würde bei den Kindern bleiben, sagte Kate. Er hatte genug getan für den einen Tag und hatte draußen nichts mehr zu erledigen. Molly hatte einen schwarzen Mantel, den sie angehabt hatte, als sie aus Woodbrook kam. Kate gefiel er, selber hatte sie nichts dergleichen, aber sie band eine frische gewürfelte Schürze um, die sie gewöhnlich sonntags trug, und wusch sich das Gesicht und kämmte sich die Haare glatt.

Es war sehr still auf dem Weg. Die anderen Türen waren geschlossen, und das Licht hinter den Blenden war schwach, als würden die Bewohner ihre Kerzen weit hinten in den Küchen brennen haben. Kate pochte an die erste Tür. Nach kurzem Warten öffnete ihre Nachbarin, und Kate sagte:

»Wir gehn zur Totenwache des Bürgermeisters. Kommt wer von euch mit?«

»Wie können wir gehn, wenn die Braunen in der ganzen Stadt rumknallen und ballern?«

»Na, dann wißt ihr jedenfalls, wo wir hin sind.«

»Ja, wir wissen Bescheid.«

Ruhig ging die Tür wieder zu, und durch das Holz hörten sie als nächträgliche Überlegung:

»Gott sei mit euch. Gott behüte euch.«

»Nach der letzten Nacht ist diesen Geschöpfen das Herz ins Knie gerutscht«, sagte Kate. »Haben Sie Angst, Ma'am?«

»Ich glaube nicht, daß ich für den Rest meines Lebens noch mal vor irgendwas Angst haben werde.«

»Bei dem einen hat es die eine Wirkung, bei dem andern die andere.«

Die Bürgermeisterswitwe saß auf einem abgenutzten Sofa im Wohnzimmer hinter dem Geschäft. Ihr ganzer Körper war zusammengesunken, der Nacken gebeugt, als wäre ihr der Kopf zu schwer. Sie erwiderte nichts auf ihre Worte des Mitgefühls, bebte nur und sah weg, aber sie hielt Kates und Mollys Hand so lange, wie Anstand und Sitte es verlangten. Mehrere von ihren Kindern waren da, und eines davon, ein etwa zehnjähriger Junge, kümmerte sich um die Besucher, führte sie zu den Stühlen, auf denen sie rituelle fünf Minuten sitzen konnten, und brachte sie dann nach oben in das Zimmer, wo der Leichnam auf einem Doppelbett aufgebahrt lag. Während sie noch die Treppe hinaufstiegen, kam eine Frau hinter ihnen hergehetzt, die sich die Hände an ihrer Schürze abwischte und entschuldigend sagte:

»Ich hab euch nicht reinkommen gehört – ich war unten in der Küche. Die arme Mrs. Walsh ist selber halbtot von dem Schock. Ihre Schwestern oder sonstwer wollen später kommen, und die werden sich um sie kümmern. Ich bin nur eine Nachbarin. Ich hab einen Schinken unten und hab gerade ein bißchen Kuchen gebacken. Geht jetzt erst mal da rein und sprecht ein paar Gebete, und wenn ihr wieder runterkommt, hab ich den Tee fertig.«

Mehrere Leute saßen im Schlafzimmer, als sie hineingingen, nebeneinander auf Stühlen an den Wänden entlang, denn der Leichnam darf nie allein gelassen werden. Der Bürgermeister war in eine dunkelbraune Kutte gekleidet, mit einem weißen Franziskanerstrick um die Taille. Die Hände waren aneinandergelegt, und durch die steifen Finger war ein brauner Rosenkranz geschlungen. Zwei Kerzen auf kleinen Tischen zu beiden Seiten des Bettes erhellten den oberen Teil des Körpers und schienen auf das graue Gesicht, dessen Mund hart und fest geschlossen war, so daß die Lippen fast grausam wirkten. Der Kopf lag leicht nach hinten gekippt, was den geschlossenen Augen und dem erhobenen Kinn einen entschlossenen Ausdruck verlieh, der im Leben vielleicht gar nicht dagewesen war. Kates Beispiel folgend, kniete Molly sich neben das Bett und neigte den Kopf. Kate betete mit heiserem Flüstern und rief alle irischen Heiligen an, die den Bürgermeister sicher in den Himmel geleiten sollten:

»Sankt Patrick, bete für ihn. Sankt Brigid, bete für ihn. Sankt Colm, Sankt Macdara, sankt Fursa, Sankt Ciarán, Sankt Kevin, Sankt Enda, betet für ihn. Geheiligtes Herz Jesu, sei ihm gnädig.

Heilige Maria, Mutter Gottes, bete für ihn. Heiliger Sankt Joseph, bete für ihn.«

Still hörte Molly zu, mit aneinandergelegten Händen wie Kate und schmerzenden Knien auf dem mit Linoleum belegten Fußboden, und sie dachte, daß dies auch Nicholas hätte sein können. Genauso hätten sie für ihn die Totenwache gehalten und für ihn gebetet, ganz sicher, daß dies das letzte und beste war, was sie für ihn tun konnten. Alle Katholiken waren so. Sie waren ganz sicher, daß der Bürgermeister noch immer zu ihnen gehörte. In der Umgebung von Woodbrook hätte niemand von ihr erwartet, daß sie neben einer Leiche kniete und betete – eine Protestantin, eine Häretikerin, eine verlorene Seele, für die manche sie hielten –, aber hier, wo sie in der Gefahr nun eine der ihren war, schien es fast, als würde sie zu einer Ehren-Katholikin gemacht.

Sie mußten etwa eine Viertelstunde in dem Schlafzimmer sitzen. Dann ging Kate voran nach unten, und dort sahen sie, daß ein paar andere Frauen gekommen waren, die in der Küche mithalfen. Viele Male wurde Tee gemacht an dem Abend, und Schinkenbrote wurden herumgereicht. Vater Griffin, derselbe junge Priester, der zu dem Tod des Jungen in John's Island gekommen war, traf um neun Uhr ein und blieb eine Stunde, die er im Gespräch mit der Witwe verbrachte. Molly, die in einer dunklen Ecke saß, dachte, er würde sich nicht an sie erinnern, doch bevor er ging, setzte er sich zu ihr und fragte:

»Wie geht's Ihnen heute? Haben Sie was von Ihrem Mann gehört? Es heißt, er mußte fliehen.«

»Sie sind sicher weggekommen. Ich weiß nicht, wo sie jetzt sind, aber Johnny sagt, sie seien unterwegs nach Longford.«

»Sie?«

»Peter Morrow ist bei ihm.«

»Wenn sie erst mal aus Galway raus sind, sind sie sicherer. Diese Stadt ist momentan voll von Wahnsinnigen. Heute die Sache war eine Schande.«

»Meinen Sie, die Leute hätten einschreiten sollen? Meinen Sie, jemand hätte versuchen sollen, den Mord zu verhindern?«

»Was konnten sie schon tun? Wie kann man ihnen einen

Vorwurf machen? So was hat noch keiner von ihnen gesehn. Der Schock hat sie gelähmt. Immer ist ihnen gesagt worden, daß das Gesetz einen schützt, wenn man's nicht bricht. Jetzt sehen sie, daß das alles Unsinn ist. Das war schon immer so in Irland. Diejenigen, die das zuerst begriffen haben, sind in den Kampf gezogen. Die andern sind einfach wie vor den Kopf geschlagen. Oben in Loughrea, wo ich herkomme, haben die Schwarzbraunen vor ein, zwei Tagen einen ehemaligen Soldaten erschossen und in den See geworfen – einen Mann, der während des ganzen Krieges in Frankreich gekämpft hat. Er war friedlich auf dem Weg nach Hause. Solche Sachen werden das Volk schließlich wachrütteln.« Sein freundliches, jungenhaftes Gesicht war angespannt vor Besorgnis. »Ich hoffe nur, daß ich lange genug hier bin, um ein Auge auf sie zu haben. Ich bin hier nur leihweise von Loughrea. Der Priester, der hier war, mußte auf die Flucht gehn. Er hat gehört, daß sie hinter ihm her sind, und da blieb nichts anderes übrig.«

»Hinter ihm her? Aber die werden doch wohl keinen Priester umbringen.«

»Sie würden ihn genauso umbringen wie den armen Michael Walsh. Sie haben ein gutes Werk getan neulich Nacht.

»Mehr konnt ich nicht tun.«

»Ich weiß von Ihnen – Sie sind Sam Flahertys Witwe. Sie kennen sich aus in diesen Dingen.«

Einem plötzlichen Impuls folgend, sagte sie:

»Sam und ich sind nie verheiratet gewesen. Die Leute denken, wir waren's, und ich hab nie was dagegen gesagt. Finden Sie, ich hätte das tun sollen?«

»Nein.« Er wandte den Kopf und sah ihr gerade in die Augen, und sie meinte, noch nie in ihrem Leben ein so freundliches, feines Gesicht gesehen zu haben. »Zweifeln Sie nie an der Liebe Gottes. Es gibt Regeln und Grundsätze, und die müssen wir beachten, aber in der Mitte von allem ist die Liebe. Liebe Gott und liebe deinen Nächsten – das ist der Kern aller Gebote und Propheten. Das waren die Worte Christi. Neulich Nacht haben Sie gezeigt, daß Sie sie begriffen haben. Ihnen wird die Kraft zu-

wachsen, um alles, was auch kommen mag, bestehen zu können
– und mir auch, ich weiß es. Wie alt sind Sie?«

»Sechsundzwanzig.«

»Ich bin siebenundzwanzig. Wenn wir alt sind, werden wir
immer noch Freunde sein. Mir gefällt dieser Gedanke.«

Nach Mitternacht ging sie mit Kate nach Hause. In John's Island schliefen die Kinder. Johnny ließ sie herein und sagte sofort:

»Sind die Braunen gekommen? Hat's 'ne Razzia gegeben?«

»Nein«, sagte Kate, »aber morgen können wir damit rechnen,
auf der Beerdigung.«

49

Die Bevölkerung Galways fand rechtzeitig zu ihrem Mut zurück, um auf die Beerdigung des Bürgermeisters gehen zu können. Nur der Familie, der Witwe und den Kindern und ein oder
zwei weiblichen Verwandten, war es erlaubt, zur Messe in die
Kirche zu gehen. Schnell war eine Bekanntmachung gedruckt
worden, die über die ganze Stadt verteilt an Wänden und Mauern klebte und die es untersagte, dem Leichenzug zu folgen oder
irgendeine andere Art Prozession zu bilden. Kate und Molly ließen die Kinder bei den Nachbarn und gingen früh zum Haus des
Bürgermeisters, so daß sie gerade noch sahen, wie der Sarg her-
ausgetragen wurde, um in die Kirche gebracht zu werden. Dann
gingen sie durch Seitenstraßen zu einer Freundin von Kate in der
Buttermilk Lane, wo sie Tee bekamen. Während sie ihn tranken,
flitzte ein Junge von zwölf oder dreizehn Jahren dauernd hinein
oder hinaus und brachte das Neueste von dem, was auf der
Hauptstraße vorging. Jedesmal, wenn er wieder da war, setzte er
sich hin, die Hände auf den Knien, den ganzen Körper vorgebeugt wie ein Sprinter im Startloch. Seine Augen leuchteten vor
Aufregung, und seine Stimme kam in kleinen, keuchenden
Schreien. Seine Mutter, Kates Freundin, versuchte ihn zu beruhigen, aber er beachtete sie nicht.

»Sie sind jetzt in der ganzen Stadt. Sie fahren in den Lastwagen rum. Die Lanciers sind auf ihren Pferden unterwegs. Schöne Pferde.«

Er rannte wieder hinaus, kam nach wenigen Minuten zurück und rief:

»Ich lauf jetzt runter zur Sankt Josephs Kirche und seh mal nach, ob sie den Sarg schon rausbringen.«

Bevor jemand ihn aufhalten konnte, war er wieder weg. Kate sagte:

»Laß man, Ann. Einen Jungen in dem Alter sehn die gar nicht. Der schwirrt hin und her wie ein Vögelchen.«

Und wirklich, nach einer Viertelstunde war er wieder da. Der große Platz vor der Kirche sei voller Polizisten, sagte er, größtenteils Hipos und Braune, aber auch ein paar von der alten Polizei. Als der Sarg herauskam, hätten sie sich ihm angeschlossen, und vier Soldaten auf Pferden seien dabei, zwei auf jeder Seite des Leichenwagens.

»Sie sind jetzt auf dem Weg. Sie müssen fast über die Brücke sein. Wenn ihr jetzt rausgeht, könnt ihr sie die Straße hochkommen sehn. Die Priester gehn alle mit ihnen.«

»Welche Priester?«

»Ich hab Kanonikus Davis gesehn und Vater Griffin und noch ein paar, ebenfalls Fremde.«

»Es könnten Verwandte sein, obwohl ich noch nie gehört habe, daß er Verwandte hatte, die Priester sind.«

»Und nur ein Wagen ist dabei, da sitzen die Frauen drin. Die Jungens laufen.«

»Und sonst war niemand da, der zugucken wollte?«

»Doch, viele, und alle haben sie so getan, als würden sie einkaufen gehn, dabei sind da unten überhaupt keine Geschäfte. Die Hipos drängeln und schieben und sagen ihnen, sie sollen von der Straße verschwinden. Kommt jetzt, los, sonst verpaßt ihr noch alles.«

Die Buttermilk Lane führte auf die Hauptstraße, durch einen Bogengang, aus dessen Schutz sie fast bis zur Brücke sehen konnten. Als sie dort ankamen, war der Anfang des Leichenzuges gerade zu sehen, der Leichenwagen, gezogen von zwei schwarzen Pferden, die Eskorte von den Siebzehnten Lanciers auf Rotbraunen an jeder Seite und vorneweg ein Offizier. Trotz des Verbots schien eine große Menschenmenge dem Leichenwagen zu folgen, doch als er näherkam, konnten sie sehen, daß das alles Schwarzbraune und Hilfspolizisten waren, sowohl in Uniform als auch in Zivil. Sie waren mit Pistolen bewaffnet, die die meisten von ihnen mit der Mündung nach unten in der Hand hielten, als erwarteten sie, von den friedlichen, scheu blickenden Bürgern auf den Gehsteigen angegriffen zu werden. Der Offizier, der an der Spitze ritt, schoß immer wieder argwöhnische Blicke nach links und rechts, ruckartig den Kopf wendend, als hoffte er, einen Überraschungsangriff verhüten zu können.

Nachdem sie die Brücke überquert hatten, mußten sie in die alte, enge Straße der Stadt hinein, die sich zwischen Geschäften hindurch leicht bergan wand und auf die hier und da noch engere Straßen mündeten. Etwa hundert Schritt weiter war der Eingang zur Buttermilk Lane. Ruhig gingen Kate und Molly und Ann auf die Hauptstraße hinaus und begannen bergan zu schlendern. Die Gehsteige auf beiden Seiten waren von Menschen bevölkert, die dasselbe taten, gemächlichen Schritts, trotz der Kälte und des leichten Regens, der eingesetzt hatte. Die zurückgesetzten Türeingänge der Geschäfte waren voll von Verkäufern in Schürzen, die hinter ihren Ladentischen hervorgekommen waren, um zuzuschauen. Darüber, in jedem Fenster, hingen noch mehr Zuschauer. Die Hufe der Pferde klapperten laut – bei den Berittenen war es ein nervöses Tänzeln, während die Zugpferde gemessen und wuchtig stampften, als könnte nichts sie aus der Ruhe bringen. Dennoch hielten der Kutscher und sein Beifahrer die Köpfe unter ihren Seidenzylindern gesenkt, um die Gäule keine Sekunde aus den Augen zu lassen.

Gleich hinter dem Leichenwagen kam der Wagen mit der Witwe und deren Schwestern und kleineren Kindern, von denen einige aus den Fenstern hingen, die Ellbogen auf den Rahmen und gähnend vor Langeweile und Unbehagen. Danach kamen sechs oder sieben Priester in weißen Chorhemden, dann eine

Gruppe von Knaben und alten Männern, in der Molly den kleinen Sohn des Bürgermeisters sah, der sie am Abend vorher in seinem Haus begrüßt hatte. Molly sah, daß Vater Griffin sich aus der Gruppe der Priester löste, die Hand des Jungen nahm und lächelnd zu ihm hinabblickte, so daß der altkluge Ausdruck auf dem Gesicht des Kindes einem verschüchterten Grinsen wich.

Als sie an Lynch's Castle vorbeikamen, sagte Kate im Flüsterton:

»So wie die sich haben, könnte man meinen, es wär ein lebendiger Mensch, den sie da bewachen. Genauso sieht's aus, wenn einer ins Gefängnis gebracht wird. Dabei ist der arme Mann tot und hin, und keiner kann ihm jetzt mehr was antun.«

Als hätte er sie gehört, riß der Offizier plötzlich am Zügel seines Pferdes, so daß das Tier sich erschreckt aufbäumte. Dann schwenkte er die Pistole in der Luft herum, so daß die Fenster über den Geschäften ins Schußfeld kamen, und brüllte so laut er konnte:

»Runter von der Straße! Alle! Ein bißchen plötzlich!«

Die Pferde der Lanciers drängten vor und zurück, die Vorderhufe kaum ein paar Zoll vom Boden hebend, aber offensichtlich erschreckt durch das Verhalten des Offiziers. Der galoppierte vor, wendete dann, so daß er dem heranrückenden Zug gegenüberstand, und rief seinen Männern einen Befehl zu. Sofort folgten sie ihm, während der Kutscher des Leichenwagens seine Pferde anhielt. Ein Schreckensschrei löste sich aus der Menge, als die vier Armeepferde auf den Gehsteig zupreschten und unmittelbar davor mit allen Hufen zugleich stoppten, offenbar überhaupt nicht dazu abgerichtet, in eine Menschenmenge hineinzureiten. Die Menschen begannen zu rennen, andere mit den Schultern beiseite stoßend. Molly fiel gegen eine Hauswand, hielt sich dort fest, sah, daß neben ihr eine Tür aufging, die Tür eines kleinen Geschäftes, dessen Auslage voll war von Dosen mit Dörrobst. Eine Hand auf ihrer Schulter zog sie ins Innere, und die Tür wurde wieder zugemacht. Durch das Glas der Tür und des Schaufensters konnte sie die Menge vorbeihasten sehen. Mit ihr in dem Geschäft war eine alte Frau in einem dunkelblauen Rock mit karierter Schürze, und um den Kopf hatte sie fest ein kleines Schottentuch gebunden. Dann erblickte sie einen mittelgroßen Mann mit sandfarbenem Haar, dessen kantige, knappe Bewegungen und trockene, präzise Sprechweise vermuten ließen, daß er ein Soldat war, obwohl er einen Anzug aus feinem Tweed trug. Besorgt sah er ihr ins Gesicht. Sie sagte:

»Danke schön. Das wurde langsam unangenehm.«

»Sie werden mir doch nicht ohnmächtig? Sie sollten überhaupt nicht hier sein.«

»Ich weiß.«

»Sie wußten, daß es gefährlich sein würde.«

»Heutzutage ist es gefährlich, am Leben zu sein.«

Er lachte.

»Das klingt ja nicht so, als brauchten Sie meinen Schutz.«

»Doch, ich bin sehr froh darüber. Ich hab die Frau verloren, mit der ich zusammen war.«

Sie spähte hinaus auf die Straße, konnte aber weder Kate noch deren Freundin Ann sehen. Der berittene Offizier fuchtelte immer noch brüllend mit seiner Pistole herum, das Gesicht blaurot vor Wut, der offene Mund lächerlich. Angewidert sagte der Mann:

»Was für ein Theater! Man schämt sich, Soldat zu sein. Dieser Herrenreiter da draußen ist nun wie ich ein Offizier.«

Der Kutscher des Leichenwagens beschloß offenbar, daß er weiterfahren sollte. Sie sahen, wie er seinen Beifahrer leicht mit dem Ellbogen anstieß und dann ein wenig mit den Zügeln schlug. Gewichtig setzten die Pferde sich in Bewegung, die Vorhänge des Leichenwagens schwangen, es folgte wieder die kleine Gruppe der Priester und Jungen, dann der einzige Wagen, dessen Fenster jetzt dichtgemacht waren. Aus der Sicherheit des Geschäftes heraus sahen sie schweigend zu, bis er vorbei war. Dann sagte der Mann:

»Ich sollte mich vorstellen. Hauptmann Emory, zu Ihren Diensten. Ich kenne Ihren Vater gut.«

»Dann sind Sie – also deswegen . . .«

»Ja. Ich hätte die Tür sonst für niemanden und keinen von diesem Volk aufgemacht. Ich sah Sie, als dieser schwachsinnige Harrison Staub aufzuwirbeln begann, und ich dachte, das könnte brenzlig werden. Ich habe Ihren Vater lange nicht gesehn.«

»Er ist nach Amerika gegangen.«

»Ja. Wir vermissen ihn im Club. Läßt er denn mal von sich hören?«

»Meine Tante sagt, ja. Er ist nicht gerade einer mit viel Familiensinn.«

»Er hat Galway geliebt, besonders den Fluß. Immer hat er vom Fluß gesprochen, von den Vögeln, vom Angeln und von der Ruhe. Er hat den Wunsch in mir geweckt, mal mit ihm da hochzufahren, aber ich bin nie dazu gekommen.«

Molly hätte diesem angenehmen Mann gern gesagt, daß ihr Vater ab und zu von ihm gesprochen habe, aber das hatte er nie getan. Es war ihr kaum je in den Sinn gekommen, daß er richtige Freunde in diesem Club haben würde. Hauptmann Emory sagte gerade:

»Ich erinnere mich, daß Sie ein- oder zweimal mit Ihrem Mann in den Club kamen, um Ihren Vater zu treffen. Geht es ihm gut?«

»Meinem Mann? Ich denke schon. Er ist eine Zeitlang weggewesen.«

War dies eine Falle? Sie sah sich gehetzt um und merkte, daß die alte Frau in die winzige, von einem Vorhang abgeteilte Küche hinter dem Laden gegangen war und mit zusammengelegten Händen in einem Schaukelstuhl saß und sich sachte auf und ab schaukelte. Hauptmann Emory folgte ihrem Blick und sagte:

»Haben Sie keine Angst. Ich weiß alles über Ihren Mann. Schließlich ist er im Gefängnis gewesen. Es gehört zu meinem Geschäft, über ihn Bescheid zu wissen. Ich möchte Ihnen nicht unrecht tun, im Gegenteil, wirklich. Abgesehen davon, daß ich Sie aus dieser Szene da draußen herausholen wollte, hatte ich noch einen zweiten Grund, Sie hier hereinzuholen.« Wieder war da dieser Ton des Abscheus in seiner Stimme. »Ich bin gerade dabei zu begreifen, was vorgeht. Sie haben in Woodbrook gewohnt. Gehn Sie nicht dorthin zurück.«

519

»Nie mehr?« Er machte eine ungeduldige Gebärde, und sie merkte, daß sie etwas Dummes gesagt hatte. »Verstehe. Danke schön.«

»Finden Sie wen andern, der Sie aufnimmt. Haben Sie Kinder?«

»Zwei.«

»Ja, finden Sie irgendwas anderes.« Er ging drei Schritt in der Längsrichtung des Geschäftes, dann drei Schritt zurück. Ängstlich sah sie ihm zu. Vielleicht wußte er etwas über Nicholas, daß er verhaftet worden war. Aber er hatte nach ihm gefragt, als wisse er nichts. Draußen auf der Straße hatte sich die Menge fast aufgelöst, nur noch wenige Menschen brachten sich eilends in Sicherheit, dicht sich an die Wände haltend. Ein alter Mann aus Connemara in einer Arbeitsjacke aus ungefärbter Wolle und mit hausgeschneiderter Hose hatte Schutz in einem Hauseingang gegenüber gesucht. Zwei Hilfspolizisten zerrten ihn heraus und schlugen ihn zu Boden, wo er sich mit den Händen vor dem Gesicht zusammenkrümmte, während sie ihm mehrmals in die Seiten traten.

Emory sagte:

»Des Menschen Unmenschlichkeit gegenüber dem Menschen. Ich schäme mich meines Landes. Ich bin Sohn eines großen Landes, Mrs. de Lacy, des Landes von Shakespeare und Chaucer und Pepys und Pope. Wir brachten der Welt Zivilisation und Christentum und ein gesittetes, anständiges Leben, hat man uns immer gesagt. Bis jetzt habe ich es immer als ein Vorrecht empfunden, diesem Empire zu dienen. Jetzt sehe ich meine Landsleute an und kann verstehen, warum die Iren uns hassen. So haben wir das nicht gewollt. Kein anständiger einfacher Engländer würde die heutigen und gestrigen Vorgänge billigen. Das hier sind harmlose, brave Bürger, Christenmenschen, die ihrem Toten die letzte Ehre erweisen. Nach dem, was ich heute gesehen habe, nach dem Benehmen von Hauptmann Harrison trete ich von meinem Amt zurück, sobald ich kann. Hauptmann Harrison ist der Verbindungsoffizier zwischen der Armee und diesen Schurken in der gemischten Uniform. Gott allein weiß, wer ihn hergeschickt hat, aber er war der Mann, der die Maßstäbe der Armee in die neue Truppe hineintragen sollte. Vielleicht könnte das niemand. Sie wissen nicht, was Disziplin ist. Dutzende von ihnen sind bereits zurückgeschickt worden nach England, als Kriminelle, und der größte Teil des Restes von ihnen scheint ein Haufen von betrunkenen Rüpeln zu sein.

So kann man die Dinge nicht anfassen in einem Land, wo Wahlen stattfinden und wo die Menschen in Frieden leben wollen. Ich weiß das, denn ich bin schon eine ganze Weile hier, vier Jahre. Diese Menschen sind aufrichtig und ehrlich. Mein Land bildet sich viel ein auf seine Ehrlichkeit, aber der Staatssekretär für Irland hat in den letzten paar Monaten so viel Lügen von sich gegeben – unverhohlene, glatte Lügen –, daß er Schande über uns alle gebracht hat. Sir Henry Wilson hat die Folter für Gefangene empfohlen und listenweise die Erschießung von Zivilisten als Vergeltung für Ausschreitungen. Wer will diese Dinge denn für ihn ausführen? Nicht die Armee. Dazu hat man uns diese Killer geschickt. Als wir gegen die Deutschen kämpften, haben wir unsere Kriegsgefangenen nicht erschossen und erst recht nicht gehängt. Warum sollten wir bei den Iren zu diesen Dingen herabsteigen? Deren Armee ist diszipliniert und ordentlich, auch wenn sie keine Uniformen trägt oder großartig Waffen hat. Ich muß protestieren gegen das, was ich sehe. Ich habe immer Menschen verachtet, die ihre Aufgabe nicht bis zu Ende durchführen, aber dieser Grundsatz wird für mich nicht mehr länger Gültigkeit haben. Ich freue mich, Sie kennengelernt zu haben, bevor ich gehe. Falls Ihr Vater nach Hause zurückkehrt, richten Sie ihm meine Grüße aus und daß ich unsere Zusammenkünfte immer sehr genossen habe.«

Trotz ihres Staunens über diesen Ausbruch fragte Molly:

»Was meinen Sie, was jetzt geschehen wird?«

»Weiter dasselbe. Ich sehe kein Anzeichen für ein Ende. Wo sind Sie diese letzten Tage gewesen? Schon gut, Sie brauchen's mir nicht zu sagen, wenn Sie nicht wollen.«

»Ich war bei ein paar armen Leuten in John's Island. Sie haben mich aufgenommen, als es losging mit den Razzien.«

»Und Ihre Tante?«

»Die ist mit meiner Schwester und der Haushälterin bei der alten Mrs. Blake in Salthill.«

»Da müßten sie sicher genug sein.« Er trat dicht an die Glastür und spähte die Straße entlang. Die Schwarzbraunen waren weitergezogen, und der Mann aus Connemara lag stöhnend auf der Seite. Hinter ihm öffnete eine Frau eine Tür, kam herausgehuscht und versuchte, ihn bei den Schultern ins Haus zu schleppen, aber er war zu schwer für sie. Eine andere Frau erschien, und zusammen schafften sie ihn hinein. »Bleiben Sie lieber noch eine Weile hier, falls die Polizei denselben Weg zurückkommt. Warten Sie, bis Sie sehn, daß die Straße wieder einigermaßen voll ist mit Stadtvolk. Dann können Sie rausgehn und sich daruntermischen.«

Steif verbeugte er sich vor ihr, schob den Türriegel zurück und ging hinaus. Molly blickte in die Küche und sah, daß die alte Frau sich noch immer nicht von der Stelle rührte. Es war fast, als hätte sie nicht bemerkt, was direkt neben ihr vorging, doch dann, wie ein erschreckter Käfer, wenn die Gefahr vorbei ist, hob sie langsam den Kopf. Sie starrten einander an. Dann sagte die alte Frau:

»Er ist weg.«

»Ja.«

»Gott sei Dank. Na, der hat den Mund vielleicht voll genommen. Unter Shakespeare ging's nicht.« Steif erhob sie sich, band den Knoten ihres Kopftuchs fester, kam dann heraus ins Geschäft und trat ans Fenster, um auf die Straße zu sehen. »Wir werden die Tür noch eine Weile nicht aufmachen. Gehn Sie da mal rein und ruhn Sie sich in dem Stuhl ein bißchen aus am Feuer da drin.«

Der Schaukelstuhl war bequem, mit einem roten Leinenkissen. All die Jahre, die sie nun schon nach Galway kam, hatte sie die Existenz dieses Lädchens kaum wahrgenommen. Wo würde sie jetzt hingehen? Natürlich zuerst mal zurück zu Kates Hütte, aber danach? Die alte Mrs. Blake würde sie wohl kaum alle endlos willkommen heißen, schon gar nicht, wenn sie herausfände, daß die ganze Familie auf der Flucht war. Hauptmann Emorys Rat hinsichtlich Woodbrook war zu ernst gewesen, um ihn ignorieren zu können. Es kam einfach nicht in Frage, dorthin zurückzukehren. Wenn sie von Catherine weg könnte – der Gedanke fuhr ihr ohne Vorwarnung durch den Sinn und riß sie aus dem unbestimmten Unbehagen, das sie in letzter Zeit ihr gegenüber empfunden hatte, in die ungetrübte Erkenntnis, daß sie von ihrer Schwester tief gehaßt wurde. Es hatte sich deutlich im Wagen unterwegs nach Galway gezeigt, aber Molly wußte, daß es schon Jahre dauerte. Das war es und nichts anderes: blinder, wütender Haß. Wie hatte sie ihn erregt? Durch Fehler, durch Dummheit, durch alle möglichen Versagen, aber niemals absichtlich. Obwohl sie sich dessen sicher war, war sie erfüllt von einem Gefühl der Schuld, des Verlustes, der Trauer. Wenn sie nur mit diesem jungen Priester darüber sprechen könnte, der würde die Art Einsicht haben, die es ihr verständlich machen könnte. Er würde ihr auch raten, wo sie mit den Kindern hingehen könnte. Halb erhob sie sich aus dem Stuhl, als wollte sie ihn jetzt suchen gehen; dann kam ihr die Lösung. Sie würde zum Moycullen Haus gehen. Sie würde nützlich sein dort, wo das ganze junge Volk weg war, die Dienerschaft auch, alle auf der Flucht. Bei Morgan und Alice würde sie ebenso willkommen sein wie bei ihrer eigenen Mutter, wenn die noch lebte. Sie hatte schon lange nicht mehr an ihre Mutter gedacht. Vielleicht erinnerte sie sich deswegen, weil Hauptmann Emory von Henry gesprochen hatte.

Eine Stunde später war sie wieder zurück in John's Island, wo Kate bereits zweimal besorgt nach ihr gesucht hatte, aber es vergingen noch zwei Tage, bis sie ihr erlauben wollten, zum Moycullen Haus aufzubrechen. An einem der dazwischen liegenden Tage sah sie Vater Griffin zum letztenmal lebendig. Er stand auf dem Gehsteig in der Dominick Street, den Kopf in herzhaftem Lachen zurückgeworfen, während drei kleine Jungen ihn umtanzten und riefen:

»Vater, Vater, seht! Ich hab ein sauberes Gesicht! Ich hab ein sauberes Gesicht!«

»Aber meine Taschen sind leer«, sagte er. »Ich weiß, es gibt einen Penny für jeden Jungen mit sauberem Gesicht, aber ich hab keine Pennies. Seht!«

Und um ihnen zu zeigen, daß er nichts in ihnen hatte, kehrte er die Hosentaschen um. Als er sah, daß Molly ihn beobachtete, winkte er ihr einen Gruß des Wiedererkennens und eilte dann davon zu seiner Kirche, gefolgt von den drei kleinen Jungen.

Vier Tage später war er tot, hereingefallen auf einen falschen Lockruf, von den Schwarzbraunen durch den Kopf geschossen, verscharrt in einem flachen Grab in einem Torfmoor außerhalb von dem Dorf Barna. Die Leute von Barna hörten die Lastwagen und gingen hinaus und fanden ihn und brachten die Leiche in ein Laken gewickelt auf einem Eselskarren nach Galway, den sie in ihrer Aufregung vergaßen und den ganzen Tag in der Dominick Street stehenließen, bis der Esel vor Hunger und Erschöpfung umfiel. Kate ging den ganzen Weg zum Moycullen Haus zu Fuß, um Molly die Geschichte zu erzählen. Sie saßen in der verwaisten Küche. Kate sagte:

»Sie haben ihn rausgebracht in den Garten von Lenaboy Castle und ihn erschossen. Sie haben ihn nicht gefoltert. Wir haben das rausgekriegt und wissen es mit Sicherheit. Drei Mann sind extra aus Cork gekommen, um das zu machen, und Johnny hat gehört wie sie sagten, daß es keine schöne Sache wär, den Priester umzubringen.«

»Er hat sie gehört!«

»Ja. Zuerst sah er sie in der Bahnstation. Er war da oben, um zu sehen, wer aus dem Zug steigen würde. Er wurde dazu immer abgeordnet. Er dachte, irgendwas wär komisch an diesen dreien, und er ist ihnen zum Hotel runter gefolgt, wo sie ihr Abendbrot aßen, aber es war so eine scheußliche Nacht, daß er dachte, sie würden nicht noch mal rausgehn, und er wußte ja auch nicht, was sie vorhatten oder wer mit dem Priester gemeint war. Er ist eine Weile in der Hotelküche geblieben und dann nach Hause gekommen. Und Quirke, der den Beiwagen gefahren hat, den sie nach dem Priester schickten, hat sich ins Bett gelegt, und er sagt, er will nie mehr aufstehn. Was Wunder! So einen wie Vater Griffin gibt's auf der ganzen weiten Welt bestimmt nicht noch mal.«

50

Peter lag auf dem Fußboden neben Nicholas in einem großen
Raum im Erdgeschoß des Dubliner Castle. Seine Kleidung war
schmutzig von anderen Kasernenfußböden in anderen Orten
und vom Keller des großen Hauses in Tipperary, in das sie ihn
nach seiner Verhaftung zum Verhör gebracht hatten. Das war
der schlimmste Teil gewesen, besonders das Alleinsein. Bei all ihren Gesprächen von Verhaftung und Gefängnis sprach außer
Collins niemand von dem Gefühl der Hilflosigkeit und Verlas-
senheit. Vielleicht hatten die anderen es nicht erfahren. Die meisten von den Männern, die er kannte, waren gruppen- oder
paarweise verhaftet worden. Peter hatte im Haus des örtlichen
Kommandanten in einem Dorf nahe Cashel gesessen, als eine
Lastwagenfuhre von Hilfspolizisten mit einer Razzia auf ein
Nachbarhaus angefangen hatte. Es gab kein Entweichen. Sein
Bluff, sich als Versicherungsreisender auszugeben, funktionierte
gewöhnlich, doch diesmal hatten sie Zweifel und fragten ihn
immer wieder nach seinem Namen. Peter sagte:
»Martin Stevens.«
»Wo sind Sie her?«
»Cashel.«
»Ihre Adresse?«
»Hauptstraße. Nr. 4.«
»Und Ihr Name?«
»Ich sagte doch, Martin Stevens.«
Sie wandten sich ab von ihm, um sich miteinander zu beraten,
vier große, scharfäugige Männer, die aussahen wie intelligente
Hunde. Der eine, der das Wort führte, fragte weiter:
»Und was haben Sie hier zu tun?«
»Ich ziehe eine Prämie für eine Versicherungspolice ein. Der
Besitzer des Hauses ist gerade nicht da. Man bat mich zu warten.
Ich habe Zeit, also hab ich gewartet.«
»Der Name des Hausbesitzers?«
»Ryan.«
»Wo ist die Versicherungspolice?«

»Ich nehme an, er hat sie irgendwo im Haus. Woher soll ich das wissen?«

»Ihr Name?«

Das war ein anderer, der hoffte, ihn durch irgendein Zögern zu überführen, aber Peter war so oft Stevens gewesen, daß der Name ihm automatisch kam. Wieder berieten sie sich, studierten eine Photographie, und einer sagte:

»Er hat die Größe und das Kinn.«

Plötzlich, ohne jede Warnung, warfen sich alle vier auf ihn. Vielleicht hatten sie bemerkt, daß er zur Tür äugte, und vielleicht hatte er eine unendlich kleine Bewegung dorthin gemacht. Und natürlich hatte er daran gedacht, durch sie zu türmen. Er war festgenagelt, und im Nu sah er seine Selbstladepistole in ihren Händen, und dann fanden sie seine zweite Waffe in der Tasche seines Mantels. Sie legten beide auf den Tisch.

»Wozu braucht ein Versicherungsvertreter eine Pistole?«

»Zum Selbstschutz.«

»Zwei Kanonen? Das nimmt Ihnen keiner ab. Sie sind Partisan.«

»Ich bin Angehöriger der Irischen Freiwilligen.«

»Ihr Name?«

»Martin Stevens.«

Gereizt gingen sie erneut miteinander zu Rate, und der eine, der der Offizier zu sein schien, sagte:

»Er ist älter als der Durchschnitt. Den kriegen wir zum Reden. Bringt ihn zu dem Haus.«

Etwa eine Meile entfernt, wie Peter gut wußte, hatten die Hilfspolizisten ein riesiges palladianisches Herrenhaus besetzt, das einst von der lokalen hochherrschaftlichen Familie Daly bewohnt worden war, die nun schon seit langem in England lebte. In ihrer Blütezeit hatten sie an jeder Seite einen halbrund geschwungenen Flügel angebaut, und Jonah Barrington, der im ausgehenden achtzehnten Jahrhundert darüber schrieb, hatte angemerkt, daß es das eleganteste Haus in der ganzen Grafschaft Tipperary sei. Die örtlichen Freiwilligen hatten es Peter vor drei Jahren gezeigt, als er davon abgeraten hatte, die leeren Nebengebäude als Bombenfabrik zu benutzen. Traurig sagten sie, daß es ein Jammer sei, so ein schönes Haus verkommen zu lassen. Einer von ihnen meinte immer wieder:

»Himmel, Kommandant, das ist doch eine phantastische Hütte, ein herrliches Haus.«

Das Innere sah Peter zum erstenmal, als sie ihm in der großen, leeren Halle die Augenbinde abnahmen. Er blinzelte in den Lichtstrahl der späten Nachmittagssonne, der durch ein hohes Buntglasfenster fiel, das der Architekt wahrscheinlich genau für diese Jahreszeit dort hingesetzt hatte. Den Tag über hatte es stark gefroren, und über dem ganzen Land lag ein Glitzern. Hier gab es noch viel mehr Hilfspolizisten, sie kamen aus angrenzenden Räumen, verschwanden wieder darin, traten zu ihm, um ihn anzustarren, ihm mit seltsamen Drohungen zuzusetzen − man werde ihn erschießen, verprügeln, foltern −, ganz anders als das geschäftsmäßige Gebaren des Offiziers, der ihn verhaftet hatte. Ein neuer kam aus einem der inneren Räume und sagte:

»Ihr Name?«

»Martin Stevens.«

»Ihr Beruf?«

»Versicherungsvertreter.«

»Er ist wesentlich älter als der Durchschnitt, Sir«, wiederholte einer derjenigen, die ihn gefangen hatten. »Er spricht auch besser. Manche von denen kann ich fast gar nicht verstehn.«

»Bringt ihn in den Keller zum Abkühlen.«

»Na los, Sie.«

Vier Hilfspolizisten bugsierten ihn durch eine Seitentür zu einer Hintertreppe, an deren unterem Ende sich eine schmutzigbraune Tür befand. Hier hießen sie ihn die Schuhe ausziehen, dann durchsuchten sie seine Taschen, nahmen ihm die Taschenuhr und den Siegelring ab, seine Brieftasche und Kleingeld und sogar seinen Füllfederhalter, und alles ließen sie beiläufig in ihre Taschen gleiten. Dann machten sie sich daran, ihm Hände und Füße zu binden, so daß er kaum stehen konnte, und legten ihm die Augenbinde wieder um. Endlich, kurz bevor sie ihn allein ließen, gab einer von ihnen ihm einen kräftigen Stoß, der ihn zu

Boden schickte wie einen Stein. Sein Kopf schlug auf die Platten, und das letzte, was er hörte, war:

»Wir kommen wieder. Überleg's dir.«

Was sollte er sich überlegen? Was würden sie mit ihm machen? Sein Kopf schmerzte. Das Rascheln in der Nähe konnte von Ratten sein. Er hätte gern ein bißchen mehr Bewegungsfreiheit gehabt, um sie verscheuchen zu können. Leise flüsternd sagte er:

»Ist sonst noch wer hier?«

Es kam keine Antwort. Sein Gefühl hatte ihm schon gesagt, daß er alleine war. Er wälzte sich von einer Seite auf die andere, um die Ratten zu entmutigen, obgleich er ihre Gesellschaft vermißte, wenn sie ruhig wurden. Irgendwo hatte er gelesen, daß Ratten singen, einen zarten, klagenden Ton, der einem mit der Zeit lieb werden konnte, aber das war, wenn sie zutraulich wurden, wenn man lange Zeit mit ihnen alleingelassen wurde. Es war ärgerlich, geschnappt worden zu sein, aber eigentlich war das schon längst fällig gewesen, er zeigte sich allzu offen. Er sah so adrett und wohlhabend aus, daß er damit immer durchgekommen war. Es war sowieso nie viel Zeit, um sich zu verkleiden oder um seine Spuren zu verwischen. Bis jetzt hatte er eben Glück gehabt, das war alles. Diesmal sah es aus, als ob er dran wäre. Die Männer da oben hatten schon so viele umgebracht, es würde sie nicht viel Nachdenkens kosten, ihn zu erschießen, selbst wenn sie nie herausfinden würden, wer er war und was für einen Rang er hatte. Einer von den Hipos hatte ihn das im letzten Augenblick gefragt, aber er hatte keine Antwort gegeben.

Vielleicht hatte er noch eine Chance, wenn ein paar Armee-Offiziere auftauchten, aber bis jetzt hatte er noch keinen gesehen. Die Armee wahrte wenigstens teilweise immer einen Sinn für Soldatenehre, obwohl sie ständig darüber klagten, gegen eine Armee ohne Uniform kämpfen zu müssen. Fast konnte man lächeln über ihren Kummer, daß die Iren hinter Hecken hervorschossen, als ob das unehrenhaft wäre; als ob sie erst herauskommen und sich ankündigen sollten. Und die Iren lernten Dinge, die sie vorher nie gekannt hatten. Durch unablässiges Quälen und Brennen und Plündern zur Wut getrieben, schlugen jetzt ruhige Menschen, die in ihrem ganzen Leben nichts Gewalttätiges gedacht hatten, gräßliche Aktionen vor. Innerhalb der Freiwilligen schlug sich das nieder in einem neuen Versuch, Herzlosigkeit an den Tag zu legen, was den Mitgliedern schlecht zu Gesichte stand. Einige Entscheidungen waren logisch, etwa die Geheimagenten der Armee zu erschießen. Sie hatten weder den Platz noch die Mittel, sie gefangenzuhalten. Der Feind hatte seine Kriegsgefangenen gleich von Anfang an erschossen oder erhängt und sich geweigert, sie als Soldaten anzuerkennen. Aber den Kurs, den Cathal Brugha nach wie vor empfahl, konnte Peter unmöglich schlucken. Bei jeder Zusammenkunft in der letzten Zeit hatte er dasselbe gesagt – daß er glaube, die Zeit sei gekommen, die Minister des englischen Kabinetts einen nach dem andern zu erschießen, in London, um so gleichzuziehen mit der englischen Politik, prominente irische Bürger in Irland umzubringen. Die älteren Offiziere wiesen den Gedanken natürlich von sich und betonten, daß das ja unschuldige Menschen seien und daß man ein Übel nicht durch ein zweites Übel behebe. Dennoch beharrte er darauf und zeigte neuerdings eine Entschlossenheit, als hätte er ein paar Befürworter seines Gedankens gefunden. Peter biß frustriert die Zähne zusammen, als er daran dachte, mit welcher Sicherheit Brugha immer wieder behauptete, daß seine Meinung die richtige sei und sich sein störrisches Gesicht vorstellte. Bewußt entspannte er sich und öffnete und schloß langsam die Hände, um die Durchblutung in der durchdringenden Kälte in Gang zu halten.

Bald würde Weihnachten sein. Er erinnerte sich an Weihnachten in seiner Kindheit, an den Weg im Stockfinstern zur Frühmesse, wie die Kälte ihn in die Ohren gezwickt hatte, die eine Hand warm unter dem großen Umhängetuch seiner Mutter, und wie sie beide schneller gingen vor Aufregung, je näher sie der Kirche kamen, wo die Lampen ein ruhiges Licht von sich gaben, das erfüllt zu sein schien von Musik und Freude. Es gab immer einen Chor zu Weihnachten, sogar bei der Frühmesse, und nach dem Abendmahl brachen sie plötzlich aus in die Weihnachtshymne: »*Adeste, fideles, laeti triumphantes, venite, venite in Bethlehem!*« Dann war ihm, als bräche sein Herz in reinem Glück. Die alten Frauen begannen zu weinen und zu klagen und dem neugeborenen Jesus leise Babyworte zu sagen. Draußen vor der Kirche verweilten sie nach der Messe nur kurz, dann eilten sie nach Hause, um seinen Vater gehen zu lassen, mit seinem Bruder, während seine Mutter ein Huhn oder eine Ente briet, die für diese Gelegenheit aufgehoben worden war. Und immer hatte es für jeden von ihnen ein Spielzeug gegeben, das manchmal immerhin zwei Shilling gekostet hatte, obwohl er sich nie erklären konnte, wie sie das geschafft hatte.

Es war ein schlechtes Zeichen, daß er an seine Kindheit zurückdachte. Es heißt, daß alte und sehr kranke Menschen das tun. Ihm wurde heiß und schwitzig vor Angst. Was, wenn sie nie zurückkämen? Soweit man wußte, hatten sie so etwas noch nicht gemacht, aber sie waren zu allem fähig. Die Männer vom Geheimdienst in Galway sagten, da der Leichnam von Vater Griffin so leicht gefunden worden sei, planten die Hilfspolizisten jetzt, den Bischof von Killaloe in einen Sack zu stecken und in den Fluß Shannon zu werfen. Das werde gewährleisten, daß man seine Leiche nie mehr entdecken würde, sagten sie, aber in der Nacht, als sie ihn dann holen wollten, war er nach Dublin gefahren. Einen langen, schrecklichen Augenblick lang hing Peter in den Klauen wilder Panik, und er zerrte an seinen Fesseln, obwohl er wußte, daß er sie keinen Millimeter bewegen konnte. Nie würde er den Ausgang dieses Krieges erblicken. Nie würde er herausfinden, ob es das alles wert war, ob die Millionen Ungeborener, von denen Pearse geschrieben hatte, je in dem Haus wohnen würden, das er in seinem Herzen entworfen hatte. Ein seltsames Gedicht, dies: *Da die Weisen nicht gesprochen haben, spreche ich, daß ich nur ein Narr bin, ein Narr, der seine Narrheit geliebt hat.* Er versuchte, sich an noch mehr Zeilen davon zu erinnern: *Herr, ich habe meine Seele, ich habe das Leben meiner Verwandten auf die Wahrheit deines schrecklichen Wortes gesetzt*, und an anderer Stelle, *Du sollst nach einem Wunder rufen und Christus beim Wort nehmen*. Bewußt beruhigte er sich, bewußt sammelte

530

er wieder Mut. Wenn sie vorhatten, ihn zu erschießen, würde es besser sein, keine Angst zu zeigen. Sie reagierten wie wilde Tiere darauf.

Natürlich, sie kamen zurück, wie sie gesagt hatten. Sie trampelten ihm auf den nackten Zehen herum, bis sie gebrochen waren. Sie schlugen ihm die Kolben ihrer Pistolen und ihre Fäuste ins Gesicht. Sie stachen ihm mit Bajonetten in die Rippen. Sie nahmen ihm die Augenbinde ab und verbrannten seine Wimpern mit Streichhölzern. Sie traten ihn, bis sein Körper ein Brei von Wunden war, und jedesmal, wenn er fiel, befahlen sie ihm aufzustehen, um noch mehr zu empfangen. Er merkte, daß sie ihn für Michael Collins hielten, doch als er sie überzeugt hatte, daß er es nicht war, meinten sie noch immer, jemand Wichtigen geschnappt zu haben. Sie sprachen oft vom Tod der vierzehn Geheimagenten, um ihn dazu zu verleiten, sich als Mitwisser dieses Unternehmens preiszugeben, aber von einem bestimmten Punkt an gab er nur noch sehr wenige Antworten. Schließlich brachten sie ihn nach draußen und stellten ihn an die Hauswand, legten ihm wieder die Augenbinde um und sagten, daß sie ihn jetzt erschießen würden. Peter sagte:

»Ich kann nur einmal sterben.«

Dann schloß er fest den Mund und wartete. Nach einer Ewigkeit sagte eine neue Stimme:

»Das wird reichen. Bringt ihn rein.«

Er taumelte zurück ins Haus, an jedem Arm gehalten, die Augenbinde war ab, aber die Augen waren so wund, daß er kaum sehen konnte. Seine schlimmsten Folterer waren noch da, aber mehrere neue Leute waren angekommen, darunter ein großer, freundlich blickender Mann, der immer wieder sagte:

»Das ist zuviel. Das sollte nicht vorkommen. Das ist keine Arbeit für einen Soldaten.«

Danach kamen so viele Transporte zu anderen beschlagnahmten Häusern und verschiedenen Kasernen, daß er den Zeitsinn verlor. Es waren in Wirklichkeit nur sechs Tage, und nach jeder Verlegung sah er, daß die Zahl der Gefangenen zugenommen hatte. Schließlich, irgendwo in der Grafschaft Meath, wurden sie alle aus dem großen Haus gebracht, in dem sie gefangengehalten worden waren, und auf einen Lastwagen verladen, auf dem sich bereits einige Gefangene befanden und der nach Dublin fuhr.

Er sah Nicholas sofort, in charakteristischer Haltung – den Rücken gerade, fest an die Seitenwand des Lastwagens gedrückt, das Kinn erhoben, dünner und seinem Vetter Sam Flaherty ähnlicher denn je. Mit seinen Wunden und seinem wüsten, schmutzigen Haar, erkannte Nicholas ihn zuerst nicht. Dann sah Peter, wie Staunen sich auf seinem Gesicht breitmachte, dann schloß sich sein Mund, und er sagte nichts, bis er nahe genug an ihn heranrücken konnte, um zu fragen:

»Wie heißen Sie?«

»Martin Stevens. Und Sie?«

»James Mitchel.«

»Wir haben an die Fenians gedacht.«

»Ja. Wo bist du gewesen?«

»Drogheda.«

»Wann wurdest du verhaftet?«

»Vor zwei Tagen.« Nicholas hob mühsam die Hände. »Sie haben mich an den Daumen aufgehängt.« Da er Peters Entsetzen sah, fuhr er behutsam fort: »Ich werde nicht eher ruhen, als bis der letzte von ihnen aus Irland raus ist. Wenn ich je Gedanken an Kompromiß gehabt habe, dann sind mir die jetzt vergangen. Wir können uns diese Leute nicht leisten.«

»Hast du irgendwelche Nachrichten gehört?«

»Das Teilungsgesetz geht durch. Wenn wir ihnen einen Entwurf ausgearbeitet hätten, auf genau welche Weise man in Irland Ärger erzeugen kann, so hätte niemand ihn besser ausführen können als sie. Jetzt wollen sie's so drehen, daß es aussieht wie ein Religionskrieg im Norden, zwischen Katholiken und Protestanten. Lloyd George hat eine Botschaft wegen eines Waffenstillstands rübergeschickt. Als wir nach den Bedingungen fragten, wurde uns gesagt, daß wir die Waffen niederzulegen haben würden. Collins sagte, das sei kein Waffenstillstand, das sei Kapitulation. Jetzt also das Teilungsgesetz.«

»Aber es war die Rede von Waffenstillstand?«

»Ja. Die Agenten zu töten, war ein Erfolg. Das Castle ist gelähmt ohne sie. Und außerdem wissen sie jetzt, daß, wenn sie neue reinbringen, es denen genauso ergeht. Wo hast du seitdem gesteckt? Ich hab nach dir gefragt, aber niemand schien es zu wissen.«

»Ich bin fast sofort nach Tipperary gefahren.«

»Collins ist ein Rowdy. Als ich am nächsten Tag bei ihm war, um Bericht zu erstatten, und er sah, wie es mir ging – wie es uns allen ging –, hat er gesagt, wir sollten uns einen Tag kräftig besaufen und es vergessen.«

»Dieser Krieg braucht Rowdys. Er empfindet es ebenso wie wir.«

»Ich weiß nicht. Irgendwas muß mit ihm passiert sein in der letzten Zeit.«

»Irgendwas ist mit uns allen passiert. Was Neues von zu Hause? Hast du von Molly was gehört?«

»Sie ist zum Moycullen Haus gegangen, um sich um die alten Leutchen dort zu kümmern. Tante Jack und die Kinder sind immer noch bei der alten Mrs. Blake in Galway. Morgan hat einen Schlaganfall gehabt.«

»Es ist erstaunlich, wie lange er lebt. Er wollte immer noch sehn, wie dieser Krieg zu Ende geht. Jetzt wird er's wohl kaum noch erleben.«

Es war fast dunkel, als sie durch die Straßen von Dublin gefahren wurden, rings von ihren Wächtern umgeben, die ihre Gewehre und MGs nach außen gerichtet hielten. Beim Trinity College schwenkten sie hinunter auf die Dame Street, dann in den Hof des Dubliner Castle, wo sie heruntersteigen mußten und in die Wache geschleust wurden, einem Raum, der unten an den Hof grenzte. Zehn bis zwölf Gefangene lagen dort auf Decken auf dem Fußboden. Sie sahen interessiert auf, wer da wohl käme, aber keiner zeigte ein Zeichen des Wiedererkennens. Vier Hilfspolizisten mit Pistolen in Halftern knapp über Kniehöhe standen da und paßten auf.

»Wer versucht abzuhauen, ist ein toter Mann. Bei der Kompanie F wird nicht abgehauen.«

Es gelang Peter, sich in der Nähe von Nicholas zu halten, obgleich die Wache sich so sehr anfüllte, daß nachts der Fußboden von schlafenden Männern völlig bedeckt war. Tagsüber standen oder saßen sie in kleinen Gruppen herum. Einige der Männer vom Lande hatten große Angst und keinen anderen Gedanken als wie sie da heraus- und nach Hause kommen könnten.

Hin und wieder kamen ein oder zwei Hilfspolizisten herein und verhörten sie, führten sie dann ab ins Nachrichtenbüro und brachten sie später mit Platzwunden und blutig zurück. Alle hielten sie dicht, und ein Spitzel schien nicht eingeschleust worden zu sein.

Es war klar, daß das Problem ihrer Häscher darin bestand, ihre wahren Namen herauszukriegen, und daß sie argwöhnten, daß richtige Namen nie angegeben wurden. Das traf durchaus nicht zu, aber selbst diejenigen, die ihre Identität von Anfang an zu erkennen gegeben hatten, wurden geprügelt, um einen anderen Namen aus ihnen herauszuholen.

Die Hilfspolizisten zogen zu Razzien los, gewöhnlich abends nach der Sperrstunde und offenbar mit kaum einer oder keiner Vorstellung davon, wo sie hinwollten. Zehn bis zwölf von ihnen machten sich fertig und waren innerhalb weniger Minuten verschwunden. Jedesmal kamen sie mit ein paar Gefangenen zurück, die je nach dem Widerstand, den sie geleistet hatten, in verschiedenen Zuständen der Aufgelöstheit waren. Die neuen Gefangenen konnten erzählen, was draußen vorging – daß Bomben in die Lastwagen geworfen wurden, wenn sie durch die Straßen fuhren, und daß die neue Praxis der Hipos darin bestand, zum Selbstschutz eine Geisel mit sich zu führen. Aus diesem Grund hatte man, wie die Gefangenen bereits wußten, der Aungier Street den Namen Dardanellen gegeben. Am vierten Abend sagte Peter leise zu Nicholas:

»Guck dir diese Hipos an, die da am Feuer sitzen, besonders den großen. Manchmal sehn sie fast menschlich aus, wenn sie müde sind, so wie jetzt. Ich frage mich, ob wir eines Tages nicht Freunde und Kollegen sein werden – die anständigen, die richtigen Soldaten.«

»Freunde!«

»Nach dem Friedensvertrag, mein ich. Sofern wir einen haben werden, wie es ja schließlich nicht anders geht.«

»Du siehst aber weit in die Zukunft.«

»Warum nicht? Es könnte eines Tages kommen. Angenommen, wir haben denselben König, der wird in Irland gekrönt, kommt jedes Jahr für ein paar Monate oder auch nur Wochen, eröffnet das Unterhaus – ja, das ist ein Traum, stimmt.«

»Ein übler Alptraum ist das«, sagte Nicholas. »Wie kannst du so was nur denken? Du meinst den König von England?«

»Ja, den König, die Lords und Commons von Irland.«

Nicholas' Gesicht war leichenblaß geworden, der Mund hatte sich zu einer bitteren Linie verhärtet, die Augen waren schmal geworden vor Haß, der sich direkt gegen Peter richtete, so daß dieser zurückwich. Zwischen den Zähnen brachte Nicholas hervor:

»Das ist ein verräterischer Gedanke, das ist infam, das ist der Gedanke eines Schurken, eines Denunzianten . . .«

»Leise, bitte«, sagte Peter kalt. »Willst du, daß sie über uns herfallen?«

»Du hast also Angst, ja? Das hätt ich mir denken können. Ein Hirn, das sich mit so einem Gedanken trägt, ist zu allem fähig.«

»Sei leise, sei ruhig, red vernünftig. Der Gedanke stammt von Griffith. Es ist ganz und gar nicht mein eigener. Du wirst sehn, daß eine ganze Menge von den Männern durchaus zufrieden damit sein würden.«

»Nicht ein einziger, den ich noch respektiere, hat diesen idiotischen Gedanken. Zu Anfang gab es ein paar engstirnige, dumme Leute, die so wenig von Geschichte und Weltpolitik wußten, daß sie dachten, ohne König könne man nicht leben. Niemand mit irgendeiner Vision hat in diesem Stadium auch nur noch eine Spur dieses Gedankens in seinem Kopf.« Wieder starrte er verachtungsvoll in Peters Augen. »Meinst du, Collins hegt diesen Gedanken von dir?«

»Möglicherweise hält er ihn für einen guten Ausgangspunkt. Früher hat er jedenfalls bestimmt so gedacht.«

»Und de Valéra? Was ist mit dem? Würde er vor dem König von England den Kotau machen? Das gehört nämlich mit zum Spiel, weißt du.«

»Niemand weiß, was de Valéra denkt.«

»Ich weiß es. Er will ein freies Irland, eine Republik, unabhängig von Königen aller Nationalitäten. Das wollte er, bevor er nach Amerika fuhr, und er wird seine Meinung dort nicht geändert haben.«

»Sein Kopf schwebt in den Wolken.«

»Und deiner ebenfalls, wenn du denkst, das irische Volk würde jetzt noch irgendwas akzeptieren, was weniger ist als völlige Freiheit. Ich bin in Cork und Kerry gewesen und habe die Freiwilligen im Nachrichtenwesen ausgebildet, und ich bin bei MacKeon in Ballinalee gewesen. Ich habe gehört, wie die Gemeinen sprechen. Ich kann dir sagen, daß sie nie wieder vor irgendwem ein Knie krumm machen, der weiter weg ist als Dublin. Manchmal denke ich, sie werden sich auch Dublin nicht unterwerfen, es sei denn, sie billigen, was wir machen. Laß uns nach so langer Zeit um Gottes willen nicht streiten, Peter. Das hätten sie wahrscheinlich gern – zu sehen, wie wir jetzt miteinander zerfallen. Wenn der Kampf noch sehr lange dauert, könnte das geschehen. Ich habe erlebt, wie Männer sich darüber in die Wolle geraten sind, was wir tun werden, wenn das alles vorbei ist, und ich schwöre dir, da mach ich erst mit, wenn es soweit ist. Aber gerade eben bin ich darauf reingefallen. Alles, was ich weiß, ist, daß wir so zäh und ausdauernd kämpfen müssen, wie es nötig ist. Das hat mir zu genügen. Und daß wir nicht von unserer ursprünglichen Idee abweichen oder schwach und kompromißbereit werden dürfen. Es tut mir leid, daß ich gesagt habe, du seist feige. Ich weiß, daß das nicht wahr ist. Aber mir ist der Kamm geschwollen bei dem, was du gesagt hast. Laß uns nicht streiten.«

»Natürlich nicht. Wie könnten wir beide streiten?«

Die Lichter brannten Tag und Nacht in der Wache, aber die Männer schliefen endlich doch ein. Peter lag noch lange Zeit wach. Er konnte verstehen, warum Lloyd George es für lohnend

536

hielt, die Übergabe der Waffen als Teil eines Waffenstillstands zu fordern. Das Jammern einiger erschreckter Leute war gehört worden, und das waren durchaus nicht die Stimmen von Leuten, die bis jetzt gelitten hatten, sondern von solchen, die Angst hatten, daß sie es bald würden. Der Ruf der Bischöfe nach einem »Gottesfrieden« und die Exkommunikation eines jeden, der den Schwarzbraunen einen Hinterhalt legte, durch den Bischof von Cork waren als Zeichen der Schwäche aufgenommen worden, nicht als tätiges Christentum. Die Männer, die im Kampf standen, hatten nicht auf sie geachtet, aber auf Außenstehende hatten sie eine schlechte Wirkung gehabt. Nicholas war naiv, wenn er sich einbildete, sie könnten bis zu einem unausbleiblichen Ende weiterkämpfen und erst dann anfangen, in Begriffen von Frieden zu denken. Auf diese Weise würde es niemals Frieden geben. Nicholas würde mit dieser Haltung nie einen Politiker abgeben, trotz seines ganzen Geredes von Weltpolitik. Er war durch vieles entschuldigt, vor allem und an erster Stelle dadurch, daß er an den Schießereien am Blutigen Sonntag teilgenommen hatte. Peter konnte jetzt sehen, daß Nicholas ganz ungeeignet und untauglich dafür gewesen war. Und er selber? War seine Geeignetheit etwas, worauf er stolz sein konnte? Hatte dieser furchtbare Morgen ihn weniger aufgerührt als Nicholas? War er schlimmer als jener andere Morgen, die Woche vor seiner Verhaftung, als er die Hinrichtung von zwei britischen Nachrichten-Offizieren durch ein Erschießungskommando befohlen hatte, nicht ohne ihnen vorher die Hand zu drücken und sie danach militärisch zu grüßen, bevor er sie den örtlichen Freiwilligen überließ, damit diese die Leichen begrüben?

Als er den schlafenden Nicholas betrachtete, hatte er Mitleid mit ihm, aber der haßlodernde Blick, der ihn aus Nicholas' Augen getroffen hatte, gab ihm immer wieder einen Stich, jedesmal mit demselben häßlichen Stoß. Er war derjenige, der hassen sollte, wenn überhaupt jemand. Nicholas hatte sein Mädchen bekommen und seinen Sohn, die einzigen Menschen in der Welt, die ihm wirklich am Herzen lagen, und nie durfte er es wagen, sie als die Seinen zu betrachten. Nun, das spielte jetzt keine Rolle mehr. Er war überzeugt, daß weder er noch Nicholas jemals lebendig aus den Händen des Feindes kommen würden. Molly würde allein gelassen werden wie sie vorher allein gelassen worden war, und sie würde seinen Sohn großziehen. Wie seltsam es doch war, daß niemand dies wußte außer ihnen beiden. Nicht mal Tante Jack hatte da einen Verdacht. Hätte sie einen, so würde sie es gesagt haben. Die Erinnerung an sie beruhigte ihn und sammelte seine schweifenden Gedanken. Sie würde traurig sein, wenn er tot wäre. Sie war der einzige Mensch, der ihn wirklich liebte, außer vielleicht der Frau seines Bruders, aber die hatte zu viel Ehrfurcht vor ihm, um eine Freundin sein zu können. Tante Jack hatte ihn immer gemocht. Es wäre schön gewesen, sie zu besuchen und wieder mit ihr zu sprechen.

Zwei Tage nach Weihnachten, spät an einem dunklen Nachmittag, wurden sie in ein anderes Gefängnis überführt.

51

Als sie über den gepflasterten Hof gingen und die schweren Eisentore scheppernd hinter sich zuschlagen hörten, bemerkte Peter, wie Nicholas' Auftreten von der müden Apathie der letzten Tage umschlug zu nackter Angst. Er rückte dicht an ihn heran und sagte:

»Was ist los? Bist du in Ordnung?«

Ohne die Lippen zu bewegen, antwortete Nicholas:

»Dies ist Kilmainham. Glückliche Erinnerungen, das ist alles.«

Er war von ihnen allen der eine, der es sich nicht leisten konnte zu zeigen, daß er das Gefängnis wiedererkannte, denn dies hätte einen Hinweis auf seine Identität gegeben. Einen Moment später rief er den Wächtern zu:

»Wo sind wir? Welches Loch ist das hier?«

Ein Soldat, den sie alle Bongo nannten und der immer freundlich war, sagte:

»Kilmainham.«

»Kilmainham!«

Mehrere Stimmen wiederholten ehrfürchtig dasselbe. Peter fühlte, daß alle von demselben Gedanken durchdrungen wurden, als könnte er ihn sehen: Dies war der Ort, wo ihre Führer hingerichtet worden waren, ein heiliger Ort, ein Ort des Schreckens und der Verzweiflung und der Trauer, dessen Name die Bedeutung erlangt hatte, daß man sehr nahe davor war, aufgefordert zu werden, dem Tod gegenüberzutreten. Einigen Männern schienen die Tränen aufzusteigen, vielleicht aus Angst, vielleicht aus einer Untergangsstimmung heraus oder weil sie sich ihren toten Kameraden verbunden fühlten. Viel Zeit zum Nachdenken wurde ihnen nicht gelassen. Ein dünner, ungesund aussehender Offizier schritt die Reihe mit einem der Wächter ab, der die Namen der Gefangenen von einer Liste verlas. Sie hatten sich jetzt gefaßt und witzelten und lachten, als hätten sie nicht einen Moment zuvor ihre wahren Gefühle gezeigt. Ein kleiner, stämmiger Mann aus Kilkenny namens Rattigan sagte mit einer Stimme, die einen Schuljungen nachahmte:

»Sir, Sir, kann ich bitte die Zelle von Parnell haben?«

Andere spielten sofort mit:

»Kann ich die von O'Donovan Rossa haben?«

»Kann ich die von Thomas Luby haben?«

»Kann ich die von Morgan Connolly haben?«

Der Wächter brüllte sie an:

»Schnauze! Stillgestanden vor dem Offizier!«

Sofort sprangen sie alle in Hab-Acht-Stellung, und der Mann aus Kilkenny sang leise:

Soldaten sind wir, dem Irenland geweiht . . .

»Schaffen Sie die um Gottes willen hier weg«, sagte der Offizier und wandte sich ab.

Sie wurden durch einen hallenden steinernen Gang geführt, begleitet von ihrem Wächter und sechs Soldaten mit Webleys in den Händen, die im Gefängnis offenbar Wächterdienste verrichteten. Die Gefangenen waren alle noch am Kichern, so daß Peter fürchtete, die Wächter würden sie schlagen. Die wirkten sehr nervös, drehten sich immer wieder rasch um, fuchtelten mit ihren Waffen oder richteten sie plötzlich auf die Gefangenen. Er konnte sehen, daß sie vor diesem Haufen als einem besonders gefährlichen gewarnt worden waren. Stimmen und Befehle hallten unnatürlich, die Kälte war feucht und durchdringend, zunehmend mit jedem Schritt, so daß sie sich schwer zusammennehmen mußten, um das Spiel durchzuhalten, bis sie die Zellen erreicht hatten. Als seine Eisentür geschlossen wurde, überkam Peter ein Gefühl der Endgültigkeit und Niederlage.

Er war allein in einer kleinen kalten Zelle, wie in einer Gruft, ohne Möbel, nur einen stinkenden Eimer gab es. Ein Stapel Decken in einer Ecke schien sein Bett zu sein. Eine nackte Gasflamme flackerte. Ein Schlitz hoch in der Wand, oben schmaler als unten, war das Fenster. Das Lied fiel ihm ein, das Nicholas, wie er erzählt hatte, für Molly gesungen hatte:

Hoch ist mein Fenster, hart der Strohsack,
Doch wer dich liebt, der hält das aus.

Wo war sie jetzt? Wegen der falschen Namen war es ihnen unmöglich gewesen, nach ihrer Verhaftung noch eine Nachricht loszuschicken. Inzwischen würde sie halb wahnsinnig sein vor Angst. Sie wußte, daß sie nicht kommen durfte, um nach ihnen zu suchen. Dieser sanftäugige Soldat, der auf Fragen antwortete, wäre vielleicht bereit, eine Nachricht mit hinauszunehmen. Sie hatte soviel gelitten; es war jetzt lebenswichtig, ihr mitzuteilen, daß Nicholas lebte und unversehrt war.

Aber wie lange würden sie noch leben? Die bei seinen Verhören im Castle verfolgte Linie machte deutlich, daß die Polizei sicher war, mehrere der Männer gefaßt zu haben, die für die Erschießung der Nachrichten-Offiziere im November verantwortlich waren. Das würde ihre Nervosität erklären.

Eine Stunde später brachte ein Soldat ein Stück Brot und eine Schale gräulichen Tee. Ein anderer Soldat begleitete ihn, stand mit dem Gewehr im Anschlag dabei, dann schlug scheppernd die Tür wieder zu, und um ihn herum senkte die Stille sich herab wie Staub. Endlich schlief er, eingerollt in die Decken und viele Male geweckt von der beißenden Kälte und von Läusen.

Der Morgen brachte so etwas wie einen schwachen Hoffnungsschimmer, wenn auch ohne jeden einsichtigen Grund. Bei Stockfinsternis wurden sie herausgeholt, damit sie den Gang vor ihren Zellen aufwischten. Sie benutzten dazu eiskaltes Wasser und uralte Schüsseln, von denen fast alle Emaille abgesprungen war. Der Fußboden war dreckig, und der Gestank vom Abtritt am Ende des Ganges war ekelerregend, doch das alles kümmerte sie nicht. Sie konnten sprechen, obgleich der wachhabende Soldat am Ende des Ganges sie anbrüllte, still zu sein. Peter kam dicht an Nicholas heran, der sagte:

»Unsere Zellen liegen nebeneinander. Das wußte ich nicht.«

»Hast du geschlafen?«

»Einigermaßen. Und du?«

»Die Kälte ...«

Der Soldat brüllte:

»Schluß da mit dem Gerede! Keinen Scheißton will ich mehr hören, klar?«

Sie wischten schweigend eine Minute lang, dann sagte Nicholas:

»Sieht ziemlich schlecht aus, Peter. Wenn wir die Türen aufkriegen könnten, wär's besser.«

»Oder die Klappen von den Gucklöchern.«

»Das wird Zeit brauchen. Sind wir alle in dieser Abteilung?«

»Ich hab keine Ahnung. Ein paar von uns sind oben, glaub ich. Frank Teeling ist hier, auf diesem Gang, er soll bald gehängt werden.«

»Woher weißt du?«

»Ein Soldat hat's mir gesagt.«

»Welcher?«

»Bongo, der kleine dünne Engländer. Er haßt es, Wächter zu sein.«

»Halt ihn am Reden. Er wußte Teelings Namen?«

»Ja.«

»Der Grund?«

»Blutsonntag. Er wurde in der Mount Street verwundet und sofort gefaßt.«

Sie waren am Ende des Ganges angekommen und mußten zurück in ihre Zellen. Eine Stunde später wurde ihnen eine Schale Haferbrei und etwas Brot hineingereicht, und Peter merkte, daß er wütenden Hunger hatte und jede Krume aufspüren und verschlingen wollte, verärgert darüber, daß ihm in dem trüben Licht womöglich eine entging. Dann wurde er müde und schlief eine Weile, bis er zum Rundgang geweckt wurde. Der Hof war schmal und von hohen Mauern umgeben. Es wurde ihnen befohlen, im Gänsemarsch im Kreis herumzugehen, aber fast sofort bildeten sich kleine Gruppen, die von den Wächtern mit Gebrüll wieder aufgelöst wurden. Erneut kam Peter in unmittelbare Nähe von Nicholas, der über das Gefängnis mehr herausgefunden zu haben schien als jeder andere. Ein Mann namens Paddy Moran, den er Peter zeigte, wartete auf sein Verfahren wegen Erschießung der Nachrichten-Offiziere, und Teeling, der bereits zum Strang verurteilt war, ging neben ihm. Peter war Moran nur einmal in seinem heimatlichen Mayo begegnet. Die meisten Gefangenen waren sehr fröhlich, einige mit aufgesetzter Lautstärke, die denen Mut machen sollte, die Angst hatten. Peter sah, wie die Wächter sich an jenen ersten Tagen unsicher ansahen, als fragten sie sich – was sie wohl auch wirklich taten –, was dies für Desperados wären, die im Angesicht des Todes sangen und lachten und scherzten. Sogar Teeling, dessen Schicksal bereits besiegelt war, war auf stille Weise guter Dinge, und wenn die anderen Furcht empfanden, so ließen sie es sich in Gesellschaft nicht anmerken.

Als sie mehrere hungrige Tage dagewesen waren, wurde Peter eines Nachmittags aus seiner Zelle beordert und durch hallende, schmutzige Gänge in einen entfernten Hof geführt. Nur mühsam mit seinem Wächter Schritt haltend, merkte er, wie seine Haut von Schweiß zu prickeln begann und der Mund ihm trocken wurde. Was würden sie diesmal mit ihm anstellen? Er hatte doch bestimmt bewiesen, daß es keinen Zweck hatte, ihn zu schlagen, obwohl sie einen weiteren Versuch noch immer für lohnend halten konnten. Vielleicht hatten sie ihn wegen seines Alters immer als jemanden von Wichtigkeit behandelt. Fast konnte er seinen

Körper wimmern hören bei dem Gedanken an mehr Leiden, aber sein Kopf war durchaus klar. Der Tod würde leichter sein, wenn es das war, was sie im Sinn hatten. Oder würde er beides erleiden müssen? Innerhalb eines Gefängnisses, früh am Tag, bevor sie Zeit hatten, betrunken zu werden, würden sie sich bestimmt nicht getrieben fühlen, ihn zuerst zu foltern, aber sie könnten es tun, wenn sie meinten, andere dadurch einschüchtern zu können oder ihn zur Preisgabe einiger Namen zu bringen.

Er entspannte sich ein wenig, als er in dem Hof bereits eine Gruppe von Gefangenen mit schwerbewaffneten Wächtern vorfand. Zehn bis zwölf Hilfspolizisten standen herum, aber ziemlich ruhig, und sie schienen nüchtern zu sein. Am anderen Ende des Hofes standen sechs seltsam aussehende Blechkästen, sechs Fuß hoch, direkt an der Wand, jeder mit einem schmalen Schlitz ziemlich weit oben. Dauernd kamen mehr und mehr Gefangene, in Gruppen zu siebt oder acht jetzt, bis es so viele wurden, daß es unmöglich war, sie daran zu hindern, miteinander zu sprechen. Peter erkannte einen sanftgesichtigen jungen Mann aus Galway namens Whelan, ging in dessen Nähe und sagte, bevor der andere sprechen konnte:

»Mein Name ist Stevens. Ich glaube, wir haben uns schon mal gesehn.«

»Ja. Ich bin Whelan. Wo sind Sie aufgegriffen worden?«

»Tipperary. Und Sie?«

»Ich wurde in Dublin verhaftet. Sie sagen, ich hätte was mit den Erschießungen im November zu tun, aber zu der Zeit war ich nun mal in Galway, und ich kann Zeugen anbringen, die das beweisen.«

»Haben Sie vor Gericht gestanden?«

»Noch nicht. Nächste Woche, glaub ich. Aber ich war nicht da – ich war in Galway.«

»Was soll das da alles?« Whelan zeigte auf die Metallkästen.

»Für mich sieht das nach Identifizierung aus«, sagte Peter.

»Da müssen Türen sein in dieser Wand hinter den Kästen. Hoffen wir, daß kein Spitzel von Galway hochgekommen ist.«

Bald darauf wurden sie in kleine Gruppen eingeteilt, und Karten mit Zahlen wurden ihnen um den Hals gehängt. Peter blieb dicht bei Whelan, beunruhigt durch dessen ängstliches Gesicht, aber nach einer Weile sah er, daß seine Miene sich aufhellte und er Mut gefaßt zu haben schien. Die Identifizierungsparade dauerte lange, mit Pausen dazwischen, in denen nichts geschah, wahrscheinlich, weil die Leute in den Kästen gegen andere ausgetauscht wurden. Wieder und wieder mußte Peter mit einigen anderen, darunter auch Nicholas, vor die Kästen treten. Einige von den Gefangenen wurden ziemlich bald wieder weggebracht, aber Whelan wurde ebenfalls bis zum Schluß dabehalten. Es war fast dunkel, als sie in ihre Zellen zurückgeführt wurden. In der Stille dort merkte Peter, daß die Gewißheit des Todes sich wieder auf ihm niedergelassen hatte und nicht entfernt werden konnte.

Während der folgenden Tage fingen die jüngeren Gefangenen an, möglichst viel Lärm zu machen, ihre Wächter bewußt zu necken und aufzuziehen, um sie dann gutmütig auszulachen. Lieder hallten wie Echos von Zelle zu Zelle, aus jeder kam im Wechsel eine Strophe mit dazwischengesprenkelten wilden Schreien. Wenn die Wächter zu einer Zelle stürzten, hörte der Lärm auf, und eine Stimme aus einer anderen Zelle rief:

»Drehn Sie sich um, Mister, er steht genau hinter Ihnen!«

Andere sangen:

Schupo, Schupo, fang mich nicht,
Da drüben ist der Bösewicht!

Nachdem sie dieses Theater eine Woche mitgemacht hatten, gaben es die Wächter bis auf eine oder zwei Ausnahmen auf, die Gefangenen zur Einhaltung der Regeln bewegen zu wollen. Nur wenn der Offizier mit dem mißmutigen Gesicht auf seiner Runde erwartet wurde, gaben sie sich den Anschein des Diensteifers. Wenn sie das Essen brachten, ließen sie die Zellentüren offen, so daß die Männer herauskommen und in geselliger Gemeinsamkeit essen konnten. Am ersten Tag, als dies geschah, ging Nicholas mit dem Teller in der Hand in Peters Zelle und hockte sich dort auf den Boden, indem er sagte:

»Das ist das wahre Leben. Ein paar von den Jungens haben

544

Freßpakete von ihren Mammis gekriegt. Joe Mulligan, am Ende des Ganges, hat Kuchen. Er bringt uns nachher ein Stück, weil er weiß, daß wir nichts kriegen.«

Schweigend kauten sie das Fett ihrer Mahlzeit, dann sagte Peter:

»Ich hätte das nicht für möglich gehalten. Wie geht's deinem Freund?«

»Ist immer noch mein Freund.«

»Was hält der denn hiervon?«

»Er sagt, die Wächter fühlen sich zum Narren gehalten. Er sagt, er habe in Ägypten und in der Türkei gegen alle möglichen Drückeberger gekämpft, und zwar an der Seite genau solcher Burschen wie wir, und jetzt würden sie ihm erzählen, wir seien Kriminelle. Er sagt, draußen seien sie verrückt geworden, sie würden die Leute ein oder zwei Tage nach ihrer Festnahme wegen Besitzes eines Revolvers hinrichten. Gerichtsverhandlungen gehörten der Vergangenheit an. Heute ist er in Stewarts Zelle gegangen und hat ihm gesagt, er würde uns helfen, Teeling rauszukriegen. Er sagt, er könne den Gedanken nicht ertragen, daß ein guter Soldat gehängt werden soll.«

»Ist das denn durchführbar?«

»Sehr viel Zeit ist nicht. Wir haben einen Hof gefunden, ganz in der Nähe von dem, wo sie die Identifizierungskästen hatten, mit einem Tor auf die Straße hinaus. Es hat eine Eisenstange davor, mit einem großen Vorhängeschloß. Drei von uns sind zusammen hingegangen. Wir meinen alle, daß wir das Vorhängeschloß abschneiden könnten, wenn wir die richtige Metallschere hätten.«

Ein dünner, blondhaariger junger Mann, den sie alle Stewart nannten, kam in die Zelle und sagte:

»Na, wieder beim Bötchenfahren, Mitchel? Ich war derjenige, der diesen Hof gefunden hat und ihn mitnahm. Es ist ein Geschenk, eine echte Möglichkeit, sofern wir wen auftreiben können, der uns einen Bolzenschneider in einen Kuchen backt.«

»Bongo?«

»Ich denke schon. Aber's wär 'ne tolle Sache.«

»Würde er einen Brief an den Stabschef mit rausnehmen?«

»Es ist ein verdammtes Risiko«, sagte Nicholas, aber Stewart sagte:

»Ich werde wieder mit ihm reden. Ich kann nicht glauben, daß er mich an der Nase rumführen würde. Das kann er nicht. Ihm fehlt die Ausbildung, um so zu schauspielern.«

Zwei Tage später, wieder als sie beim Essen saßen, sagte er:

»Ich habe Bongo einen Brief gegeben und ihm gesagt, er soll ihn in Twomeys Laden bringen. Den kennt er gut. Soweit ich sehn kann, ist das ebensogut wie die Pennypost.«

»Solange ihn keiner dabei ertappt.«

Zwei weitere Tage vergingen, und so unglaublich es war, sie hatten die Antwort in den Händen:

»Nur zu. Bringt so viele raus wie möglich, aber sorgt dafür, daß Teeling und O'Malley dabei sind. Wenn's geht, auch Moran, de Lacy und Morrow.«

Stewart war O'Malley. Teeling war bereits verurteilt, aber wenn O'Malleys Identität entdeckt würde, wäre er sicher auch erledigt. Peter sagte:

»Es sieht so aus, als wäre der S.C. der Meinung, wir seien weniger gefährdet als du. Haben sie irgendeinen Verdacht, wer du bist?«

»Wenn sie den hätten, wär ich nicht hier. Aber vor ein paar Tagen haben sie ein paar von meinen Notizen in einem Zimmer gefunden, das ich früher mal benutzt habe, und möglicherweise können sie die Handschrift identifizieren.«

»Woher weißt du das?«

»Jemand hat eine Zeitung reingeschickt mit einem Bericht darüber. Ich fand sie in meiner Zelle. Vielleicht ist es Bongo gewesen. Er hat mir den ›Wochenspiegel‹ der Polizei gezeigt. So was macht nur ein Irrer.«

»Hast du den da?«

»Hab ich ihm zurückgegeben. Ich wollte nicht, daß die Männer das zu Gesicht kriegen. Sie sind wie verrückt hinter de Valéra her, und es ist erlaubt, auf ihn zu schießen, sowie er sich zeigt. Ihr müßtet die Sachen mal sehn – daß er von einer Rasse verräteri-

scher Mörder abstammt, den Spaniern, wenn's recht ist, daß er
ein Mann mit einer Vorliebe für Meuchelmord ist, daß selbst
wenn er tausend Leben hätte, sie weniger wert wären als Dung.
Weiß der Himmel, wer dieses Zeug schreibt. Bongo hat mir erzählt, die Braunen hätten die Leute gezwungen, auf Devs Bild zu
spucken und zu rufen ›Gott schütze den König!‹ Dieser König
kann einem wirklich leid tun. Die Armee ist wütend, aber unser
armer Bongo. In der Grafschaft Cork haben neulich fünfzehn
Freiwillige aus dem Innern eines Hauses zwei Stunden lang gekämpft und sich ergeben, als das Strohdach Feuer fing. Der Armee-Offizier versprach ihnen korrekte Behandlung, aber sowie
sie aus dem Haus kamen, fielen die Braunen über sie her wie
wilde Tiere und haben neun von ihnen getötet. Sie haben ihnen
die Zunge rausgeschnitten; einem haben sie das Herz rausgeschnitten . . .«

»Um Gottes willen!«

Nicholas schlug sich mit den Fäusten gegen die Schläfen. Stewart beobachtete ihn einen Moment nachdenklich und fuhr
dann fort:

»General Crozier kann nichts machen. Die Braunen und die
Hipos sind angeblich seinem Befehl unterstellt, aber Sir Hamar
Greenwood und seine Jungens geben ihnen Rückendeckung und
unterstützen sie gegen ihren eigenen befehlshabenden Offizier.
Die Hipos drohen, die ganze Sache mit den Iren in England zu
verpfeifen, sollten sie in irgendeiner Weise diszipliniert werden.
Lloyd George brüstet sich im Unterhaus damit, daß Sinn Féin er-
ledigt sei, aber seine eigene Politik führt Sinn Féin täglich neues
Leben zu, erst recht mit so einer Sache. Die Freiwilligen bekommen haufenweise Zulauf.«

»Solange das Volk den Mut nicht verliert«, sagte Peter.

»Man hat großen Mut, wenn man mit dem Rücken zur Wand
steht«, sagte Nicholas. »Das war der Lieblingsspruch Morgan
Connollys. Wir können daran denken, wenn wir unsern kleinen
Ausflug planen. Werden wir geschnappt, ist es für uns todsicher
das Ende.«

52

Der nächste Tag war ein Sonntag, und Peter beobachtete, wie die Männer bei der Messe mit unschuldiger Konzentration beteten. Zu keiner Zeit sahen sie so verwundbar aus wie jetzt. Die Dinge, die O'Malley ihm von den neuesten Brutalitäten der Schwarzbraunen erzählt hatte, ließen ihn alptraumhaft erbeben, aber mehr vor Zorn als aus Angst. Die Vorfälle waren so unerhört, daß sie Rationalität und Urteilsvermögen überstiegen: Man verurteilt keinen Wahnsinnigen, wenngleich man sicherlich seinen Wärter verurteilen muß, weil er ihn freigelassen hat. Peter fand, daß die schwerste Prüfung des Gefängnisses die war, daß er nichts für seine Männer tun konnte. Der Gedanke, daß er sie durch Flucht verlassen könnte, bedrückte ihn, denn die Männer aus Galway, eigentlich alle Männer aus dem Westen, sahen in ihm einen Führer, an dem sie ihre Haltung orientierten, selbst unter ihren gegenwärtigen Bedingungen.

Am Dienstag wurde ihm gesagt, daß seine Verhandlung in zwei Wochen anstehe. Er vernahm die Mitteilung fast apathisch, als ginge ihn das nicht an. Diese Verhandlungen waren ein schlechter Witz geworden, obwohl es möglich war, daß jemand in einem der Blechkästen ihn identifiziert hatte. Wie sonst konnten sie über einen Mann mit einem falschen Namen verhandeln? Und er wußte, daß er eigentlich schon seit drei Wochen tot zu sein hatte. Daß er noch lebte, verdankte er nur dem zufälligen Einschreiten eines Armee-Offiziers in Tipperary. Über den Ausgang des Verfahrens hatte er nie einen Zweifel.

Weit interessanter im Moment waren die Geschichten, die dauernd von den Geschehnissen draußen hereinkamen: Der Erzbischof von Canterbury hatte die britische Regierung wegen des Verhaltens ihrer Agenten in Irland verurteilt, General Crozier hatte das Verhalten seiner eigenen Männer angeprangert und mit Rücktritt gedroht, die Überreste der Irischen Partei verlangten eine Untersuchung, aber es gab keinerlei Anzeichen für eine Verminderung der Übelstände, und Lloyd George sagte überall auf öffentlichen Versammlungen, was die Iren wollten, sei eine Republik, aber die würden sie nie kriegen. In Dublin und im ganzen Land wütete der Krieg, und die sinnlosen Morde an friedlichen Menschen gingen weiter, wobei eine neue Dimension der Methode augenfälliger wurde. Sie hörten von Leichen mit Eimern auf den Köpfen, und diese Eimer wiesen Narben von Geschossen auf. Krankenhäuser wurden überfallen und Verwundete davongetragen, selbst diejenigen, die von fliegenden Granatensplittern verwundet worden waren, und die alte Politik, prominente Bürger zu ermorden, wurde fortgesetzt. Bongo brachte manchmal englische Zeitungen herein, wenn er die Briefe vom Stabschef brachte, die zeigten, daß Amerika Irland in der einzigen Weise zu Hilfe kam, die ihm zu Gebote stand, da es ihm an einer Armee mangelte, die die Engländer auf irischem Boden hätte bekämpfen können. Ein amerikanischer Hilfsfonds war eingerichtet worden, bei dem jedem Staat der Union ein verwüstetes Gebiet Irlands zugeordnet war, und Schiffsladungen mit Lebensmitteln und Kleidung wurden geschickt für die Familien der Gefangenen und für diejenigen, denen man das Haus niedergebrannt hatte und die im ganzen Land in Scheunen und Schuppen lebten. Dann hörte Peter von einem Mann, der neu aus Galway angekommen war, daß sein Bruder James tot war, verhaftet nach einem Hinterhaltsgefecht auf der Straße hinter Spiddal und am nächsten Tag ohne Gerichtsverfahren in der Kaserne von Galway erschossen. Das war das erstemal, daß er zusammenbrach und weinte, aber niemand sah ihn.

Nicholas und Teeling steckten nun tief in der Verschwörung mit O'Malley, um die Flucht zu organisieren. Eines Tages kamen sie mit vor Aufregung tanzenden Augen während des Mittagessens zu Peter in die Zelle. O'Malley sagte:

»Fühl mal meinen Rücken.«

Peter strich mit der Hand von seinen Schultern an abwärts über den Rücken, und unter der schlecht sitzenden Jacke fühlte er das harte Metall wie ungeheure Knochen. O'Malley sagte:

»Sauber gemacht, was?«

»Wann habt ihr das gekriegt?«

»Bongo hat ihn gestern abend mitgebracht. Er hatte ihn unter seinem Waffenrock, ganz zugeknöpft. Hat mir auch eine Smith and Wesson gegeben, sechs Kammern.«

»Geladen?«

»Ja.« Er zog sie halb aus der Hosentasche. Ich muß das ganze Zeug dauernd mit mir rumschleppen. Ich hab versucht, in der Zelle ein Versteck zu finden, aber sie könnten da suchen, wenn ich draußen beim Rundgang bin. Es wiegt eine Tonne, aber ich will nicht klagen.«

»Hast du schon mal 'ne Smith and Wesson benutzt?«

»Nein, aber da hab ich mich schnell dran gewöhnt.«

»Wird dieser Bolzenschneider nicht klappern?«

»Der ist in Lappen eingewickelt. Ich hab 'ne Weste zerrissen.«

Moran, der Mann aus Mayo, kam mit ein paar Stücken Kuchen in die Zelle.«

»Ich hab mir den Bolzenschneider angeguckt«, sagte er. »Der ist genau das, was wir brauchen. Ich hab so einen schon mal zu Hause benutzt.«

»Fünf von uns sind dabei«, sagte Peter. »Ist einem von euch an dem kleinen blassen Mann, der gestern reingebracht wurde, irgendwas komisch vorgekommen? Keiner scheint ihn zu kennen.«

»Mir kam vor, er wär fast gestorben vor Angst«, sagte O'Malley.

»Nicholas meint, er ist ein Gimpel; ich übrigens auch«, sagte Peter. »Vielleicht tun wir ihm da unrecht. Aber laßt um Gottes willen keinen sonst wissen, was wir vorhaben. Vielleicht hat das Kerlchen wirklich Angst gehabt vor uns. Wir werden das bald rausfinden. Solche Leute kriegen immer eine andere Behandlung, und nie werden sie lange festgehalten. Aber auch abgesehn von ihm bin ich unbedingt der Meinung, daß sonst niemand eingeweiht werden sollte. Fünf sind schon mehr als genug.«

»Selbstverständlich.«

Bongo oblag es, abends die Zellen abzuschließen. An dem Abend schloß er, bevor er Feierabend machte, das Vorhängeschloß von O'Malleys Zelle auf und ließ es lose zusammengedrückt von seinem Bügel hängen, so daß es aussah wie gesichert.

Am Morgen übte O'Malley lange Zeit, die Tür von innen leise zu öffnen und zu schließen, derweil Moran wegen der anderen Wächter auf Posten war. Da O'Malley sehr leicht gebaut war, konnte er die Hand durch die Gitterstäbe des Gucklochs stecken und an den Riegel herankommen. Das offene Vorhängeschloß zu entfernen und den Riegel zurückzuschieben, war kein Problem. Als die anderen es versuchten, sahen sie, daß selbst Nicholas' Hände nicht schmal genug waren. Teelings Zelle hatte kein Vorhängeschloß, aber die uralte Tür war dermaßen aus den Fugen, daß man mit einem Löffelstiel und dem richtigen Hebeldruck am Türrahmen die Tür sofort aufbrachte. Während Bongo an der Tür mit ihnen plauderte, zeigte er ihnen den Trick, und als er weg war, übten sie ihn noch ein paarmal. In diesem alten Teil des Gefängnisses war seit Jahren nichts repariert worden, so daß es, wie O'Malley sagte, eine Schande gewesen wäre, keinen Fluchtversuch zu unternehmen.

Bongo brachte regelmäßig wie ein Postbote Briefe herein und hinaus. Männer vom Vierten Bataillon würden außerhalb des Gefängnisses warten, wenn das Tor aufginge, um ihnen beim Entkommen zu helfen. Die Zeit verrann; sie begannen zu fürchten, daß Teelings Erhängung vorverlegt werden würde, wenn in Dublin oder selbst irgendwo im Landesinneren ein Hinterhalt besonderen Erfolg haben würde. Eines Abends sagte O'Malley:

»Diese Nacht ist so gut wie jede andere. Wir sind alle bereit. Bongo läßt alle Vorhängeschlösser offen. Ich werde rauskommen und sie abnehmen. Zum Reden werd ich keine Zeit haben.«

»Ist auch nicht nötig.«

In dieser Nacht kam es Peter so vor, als wäre das ganze Gefängnis ein einziges, riesiges lauschendes Ohr. Er dachte an Lincoln, und seine Haut zog sich zusammen in primitiver Angst, nicht allein um sich selbst, sondern um alle gejagten Tiere. Er drückte sein Ohr an das Guckloch, konnte aber keinen Laut hören. Dann setzte er sich auf den Fußboden, da er wußte, daß es dumm war, Kraft zu verschwenden, die er später noch brauchen würde. Zum erstenmal in seinem Leben war er müde, knochenmüde, sowohl durch schlechte Ernährung als auch durch körperlichen Verschleiß. Vielleicht war es ihre Jugend, die die andern in Gang hielt. Er hatte das Gefühl, mindestens zehn Jahre zu alt zu sein für so ein Soldatenleben. Eine Stunde verging, und er legte sich auf seine Decken, hellwach, stand dann wieder auf und versuchte, durch seine Gitter einen Blick auf den Gang zu werfen. Er konnte vielleicht einen Schritt weit sehen, nicht mehr, und das Licht von der Gasflamme war so schwach, daß selbst eine sich bewegende Gestalt schwer zu entdecken gewesen wäre. Es war keine da.

Gegen Morgen schlief er, und ehe er herausfand, was geschehen war, war es Zeit für den Rundgang. O'Malley hatte Teelings Zelle überhaupt nie erreicht. Um dort hinzukommen, mußte er an der Wachstube vorbei, zwei Zellentüren von seiner eigenen entfernt, und um eine Ecke in einen anderen Gang einbiegen. Er lugte in die Wachstube und sah die Soldaten vor sich hinschlummern, auf dem Fußboden liegend, und ihre Gewehre lehnten an der Wand. Wie alle anderen, ging auch diese Zellentür nach außen auf. Er drückte langsam dagegen, um sie mehr zu schließen. Sie quietschte leise, aber niemand rührte sich. Er drückte wieder und hörte dann das Geräusch von Stiefeln aus dem Gang, in dem Teelings Zelle war. Er flitzte zurück zu seiner eigenen Zelle, huschte hinein, steckte die Hand durch das Guckloch, schob den Riegel wieder vor, hängte das Schloß ein, sprang in seine Decken und rollte sich eng zusammen. In der nächsten Sekunde hörte er die Stiefel an seiner Tür vorbeigehen. Schwitzend wartete er eine halbe Stunde, stand auf und begann alles noch einmal von vorne. Als er diesmal an die Wachstube kam, hatte einer von den Soldaten sich aufgesetzt, den Rücken an der Wand, und rauchte eine Zigarette.

»Arme Teufel«, sagte er. »Manchmal frage ich mich, ob die im Gefängnis sitzen oder wir. Aber wir können unser Ding nur nachts drehn. Diese Burschen haben nur Gewehre, und die lassen sie in der Wachstube, wenn hinter uns dichtgemacht ist. Die Jungens von der Tagschicht sind bis an die Zähne bewaffnet, und sie schleppen ihre Waffen überall mit rum. Sollten wir übrigens das Tor nach unserm jetzigen Plan nicht aufkriegen, hab ich noch eine andere Idee – wir könnten unsere Soldaten leise entwaffnen und dann alle zusammen das Tor stürmen.«

»Das Kennwort des Unternehmens ist ›leise‹«, sagte Peter. »Wenn alle Stricke reißen, können wir's probieren.«

»Ich weiß jetzt, wie schnell ich sein kann«, sagte O'Malley. »Letzte Nacht hab ich mich bewegt wie ein Geist. Ich werd's heute nacht noch mal versuchen.«

Er versuchte es noch fünf weitere Nächte. In der ersten waren die Wächter auf und spielten Karten. In der zweiten waren sie wieder am Schlummern, und er kam bis zu Teelings Zelle, hatte die Tür fast auf und hörte dann zwei Soldaten kommen. Er floh, hörte wie sie stehenblieben und Teelings Guckloch aufmachten, um hineinzusehn. Versteckt in einem Winkel des Ganges, hörte er den einen zu dem andern sagen:

»Möcht nicht in dem seiner Haut stecken. Erhängt werden, muß furchtbar sein.«

»Mir wird schlecht, wenn ich dran denke«, sagte der andere.

»Dieser Mönch da unten«, sagte der erste Mann. »Ist'n verdammt komischer Krieg, wenn sie schon die Betbrüder in'n Knast stecken.«

»Ich hab mich gefragt, ob wir noch zwei Bongos haben«, sagte O'Malley. »Sie sind jetzt fast alle auf unserer Seite. Ich hab noch ein paar andere über Pater Dominic sprechen hören. Ich glaube, die haben noch nie in ihrem Leben einen Kapuzinerpriester gesehn. Aber sie würden nicht so weit gehn, sich uns anzuschließen, nicht mal Bongo.«

»Oh, doch, der würde das machen«, sagte Nicholas. »Heute hat er zu mir gesagt, falls es zum Kampf kommt, will er bei uns mitmachen.«

»Guter Gott!«

»Wenn wir's mit dem Schießeisen entscheiden müssen, wenn wir das Tor stürmen müssen, hat er gesagt, wird er zur Stelle sein. Ich hab das nicht gleich akzeptiert, und das hat ihn ziemlich aus der Fassung gebracht. Er meinte, er könne seine Freunde niemals im Stich lassen, jetzt nicht und sonst auch nicht. Wir seien alle miteinander dieselben Getretenen, hat er gesagt.«

In der dritten Nacht kam wieder jemand genau in dem Augenblick die Treppe herauf, als O'Malley vor Teelings Zelle ankam, so daß er zurückflitzen mußte in seine eigene. Es fing an, ihm die Nerven zu zerreißen. Sein Mund zuckte, als er sprach, und immer wieder schoß er Blicke zu den Seiten ab, als wäre er unablässig am Beobachten und Horchen. Am Samstag, in der vierten Nacht, wurde er, da er wußte, daß die Männer vom Vierten Bataillon draußen vor den Gefängnismauern warteten, fast tollkühn und ging ohne Vorsichtsmaßnahmen an der Wachstube vorbei, aber einer von den Soldaten kam heraus und stand fünf Minuten an der Tür, so daß er reglos in einer Ecke festgenagelt war. Endlich ging der Soldat wieder hinein, um sich seine Zigarette anzuzünden. Am nächsten Morgen, in der Messe, kniete O'Malley hinter Rory O'Connor, der in einer anderen Abteilung des Gefängnisses war, und flüsterte:

»Unsere Flucht soll heute abend sein. Wir sind zwar schon genug, aber du bist zu wertvoll, um dich zurückzulassen. Das Tor wird auf sein. Komm runter und spazier hinaus.«

»Ich glaube, ich laß das lieber«, sagte O'Connor. »Seit sie zu dem Schluß gelangt sind, daß ich nicht Collins bin, haben sie das Interesse an mir verloren. Ich werd abhaun, wenn sie uns in ein Lager überführen.«

»Steht das fest?«

»Sieht so aus.«

Als sie sich später in Morans Zelle trafen, erzählte O'Malley ihnen dies und sagte:

»Dann ist es also heute nacht, auf Biegen oder Brechen. Wenn wir verlegt werden, ist es aus mit Teeling.«

»Welche Zeit?«

»Vor der Sperrstunde. Ich hab ein paar Zeilen rausgeschickt und gesagt, daß wir vielleicht eine Strickleiter brauchen. Gegen sechs wird's dunkel sein.«

Sonntags waren die Wächter nie vollzählig. Das Gefängnis schien unnatürlich still, was Peter beunruhigte, obgleich er wußte, daß niemand außer O'Connor in das Geheimnis eingeweiht worden war. Vielleicht hatten die andern gespürt, daß etwas

Seltsames vorging. Er hatte einen Mann aus Cork, Murphy mit Namen, von Zelle zu Zelle gehen sehen, um die Männer zu einem Konzert zu bewegen. Zu jedem widerwilligen Insassen hatte er gesagt:

»Komm schon, du fauler Hund, du! Es ist Sonntagabend, da müssen wir doch irgendwas machen. Jesses, was seid ihr alle bloß für Leute? Wie könnten wir an einem Sonntagabend denn nichts machen? Bei mir zu Hause gibt's Tee, und Muttern backt Krapfen, ein paar Melodien auf der Mundharmonika, ein kleiner Liederkranz, der das Herz erhebt.«

»Ja schön, ja schön«, sagten sie, um ihn loszuwerden, aber es klang nicht sehr überzeugend.

Ein Konzert wäre gut, da die Wächter gewöhnlich hingingen und zuhörten und manchmal mit ihren eigenen Regimentsliedern einen Beitrag lieferten. Als Moran zu ihm in die Zelle kam, sagte Peter:

»Wenn sie mit dem Konzert gleich nach dem Tee anfangen, wird das eine Ablenkung bedeuten, die uns sehr zustatten käme. Wir können sie freilich nicht darum bitten. Sie würden gleich wissen wollen, warum. Wo ist Stewart?«

Selbst unter sich benutzten sie noch ihre falschen Namen. Moran sagte:

»In seiner Zelle. Der kommt schon auf die Beine. Ich hab versucht, ihn dazu zu bringen, daß er was ißt, aber er konnte einfach nicht. Mit jedem Tag scheint er kleiner zu werden.«

Wenige Minuten später kam O'Malley in die Zelle, ging nervös auf und ab, drei Schritt hin, drei Schritt her, bis Nicholas sagte:

»Setz dich, Ernie. Entspann deinen Körper, fang an mit den Händen. Lehn dich an die Wand.«

Er tat wie ihm geheißen, und bald begann er gleichmäßiger zu atmen, dann sagte er:

»Das kommt von dem dauernden Rumrennen nachts. Komisch, ich dachte, draußen auf dem Land bei Dunkelheit wär ich nervös, aber wenn man drin ist, ist es ja noch zehnmal schlimmer. Kein Wunder. Man weiß nicht, wo man hinrennen soll.«

Nach einer Weile sagte Peter:

»Warum wird's denn nicht dunkel?«

»Jeder Tag ein Hahnenschritt länger nach dem ersten Januar«, sagte O'Malley, und nach einer langen Pause fügte er hinzu: »Simon Donnelly wird mit uns kommen. Insofern ist es ganz gut, daß es gestern nicht geklappt hat, sonst hätte er uns verpaßt. Komisch, wenn er nicht mal eine Nacht im Gefängnis verbringt.«

Niemand sagte etwas dazu. Sie zogen die Schuhe aus und banden die Schnürsenkel zusammen, so daß sie um den Hals gehängt werden konnten. Sie hörten die Tageswache davongehen, müde mit den Stiefeln über den Steinfußboden schlurfend. Es wurde dunkler in der Zelle, der Fensterschlitz war nicht mehr zu sehen. Wie eine Feder schnellte O'Malley plötzlich hoch, hielt eine Sekunde inne und ging zur Tür, wo er spähte und horchte. Dann drehte er sich zu den anderen um und sagte:

»Jetzt.«

Sie folgten ihm in den verlassenen Gang, in dem schwach die Gasflammen flackerten und in kurzen Abständen riesige Schatten warfen. O'Malley war am schnellsten und als erster an der Tür von Teelings Zelle. Er setzte den Löffel an, den er immer in der Tasche hatte, drückte, und die Tür ging auf. Teeling trat heraus. Jetzt wurde Schnelligkeit wesentlich. Schweigend eilten sie hinter O'Malley her, drei Treppen hinab, durch den Hof ihrer Rundgänge, durch einen anderen, und schließlich gelangten sie in den kleinen Hof, in dem das Tor war. Trübes Licht sickerte draußen von der Straße über die hohe Mauer. O'Malley schlüpfte aus seiner Jacke, wickelte den Bolzenschneider aus und reichte ihn Moran. Dann ging er an das Tor und klopfte. Alle hörten sie ein antwortendes Klopfen von draußen. O'Malley flüsterte:

»Viertes Bataillon?«

Inzwischen hatten die anderen alle ein Ohr an das Tor gelegt, und sie hörten eine Stimme zurückflüstern:

»Ja.«

O'Malley ging Wachestehn, an der Tür, die in den Hof führte, seine Kanone in der Hand, obgleich ein Schuß in diesen engen Räumen einen Lärm machen würde wie Donner und ihnen das ganze Gefängnis auf den Hals gezogen hätte. Moran versuchte sich an dem Bolzenschneider, ächzend und knurrend vor Ungeduld und Anstrengung, und sagte dann:

»Der ist anders als meiner zu Hause. Wenn ich nur was sehn könnte.«

Das Konzert hatte begonnen. Von hoch über ihnen kamen die Worte eines Liedes:

Wir mögen tapf're Männer haben, doch bess're find't man nicht,

Und Ruhm und Ehr' sei ihm allein, dem kühnen Fenier-Heer!

Sie schwiegen, als das Lied zu Ende war, dann gab O'Malley einen warnenden Ton von sich, und reglos lauschten sie den Schritten, die näher und näher kamen und sich dann wieder entfernten. Peter merkte, daß seine Hände naß waren. Moran sagte:

»Ich versteh das nicht. Hier, mach du mal, Stevens.«

Peter versuchte es; geübt im Umgang mit jeglichem Werkzeug, nahm er seine gewaltige Kraft zusammen, aber es nützte nichts. Dann versuchte es Teeling, aber inzwischen war allen klargeworden, daß nicht fehlende Kraft das Problem war. Moran flüsterte:

»Ich muß mir das bei Tageslicht mal genau ansehn. Ich glaube, wir haben das Ding falsch zusammengesetzt. Sonst würde es wie Butter durch den Bügel gehn.«

»Was nun?«

O'Malley pochte an das Tor und flüsterte:

»Der Bolzenschneider geht nicht. Werft die Leiter rüber.«

Während sie darauf warteten, merkte Peter, daß seine Phantasie bereits weit vorausgeeilt war. Was wartete auf der anderen Seite des Tores auf sie? Seltsame Geräusche kamen von da draußen, dann ein schwaches Krachen, dann eine lange Stille. Es war unmöglich zu erraten, was vorging. Als sie fast schon meinten, die Männer draußen seien weggegangen, fiel etwas mit hartem Schlag auf ein Wetterdach an der anderen Seite der Mauer des Hofes hinter ihnen und rollte zu Boden. O'Malley tastete und fand ein Ende Seil mit einem kleinen Gewicht daran. Er zog, aber obwohl er dem Seil mit den Fingern aufwärts folgte, konnte er es keinen Zoll einholen. Er ließ es hochschnellen wie Pferdezügel, ruckte wie wild daran und versuchte mit allen Mitteln, es oben von der Mauer freizukriegen, wo es sich offenbar an irgendeinem scharfen Stein verhakt hatte, und dann hörten sie ihn einen kleinen Wutschrei ausstoßen. Das Seil war gerissen.

Fast gleichzeitig sagten Moran und Peter:

»Zurück in die Zellen.«

»Ja.«

O'Malley ging den Männern draußen noch etwas zuflüstern, dann rannten sie durch die Höfe zurück, die Kälte jetzt spürend und die Angst, die nahezu Panik war. Sie erreichten ihr Stockwerk, ohne jemandem zu begegnen, und gingen in Peters Zelle, wo sie sich schweigend die Schuhe wieder anzogen. Endlich sagte O'Malley:

»Also dann morgen nacht. Wir überrumpeln die Wächter. Warum hab ich bloß nicht gesehen, was mit der Leiter passieren würde?«

»Oder warum haben die's nicht gesehn. Die hatten mehr Zeit.«

»Wie kriegt man Erfahrung in so Sachen?«

»Bei den Boy Scouts«, sagte Nicholas, aber alle waren sie zu niedergeschlagen, um das lustig zu finden.

Ihre Mutlosigkeit wurde noch größer, als sie sahen, wie unverhohlen enttäuscht Bongo war, als er sie am nächsten Morgen noch immer in ihren Zellen fand.

»Und ich hatte gehofft, Michael Collins sagen zu können, ihr Jungens wärt wieder frei«, sagte er traurig. »Mir wurde versprochen, daß ich ihn heute abend noch mal sehe.«

»Bis dahin sind wir weg. Um sechs Uhr kannst du runtergehn und die Wächter zählen«, sagte O'Malley. »Dann sind wir bereit, das Haupttor zu stürmen. Diesmal wird's ein Kampf, und Teeling hat als erster draußen zu sein.«

»Und ich bin der letzte«, sagte Peter.

Die anderen starrten ihn an. O'Malley sagte:

»Das ist mein Vorrecht. Ich hab damit angefangen.«

»Aber ich bin dein vorgesetzter Offizier.«

»Unsinn. Das zählt nicht beim Nachrichtendienst. Nicholas und ich sind Freiberufler.«

»Was du nicht alles weißt. Wer hat dir denn das erzählt?«

»Wir haben immer so operiert.«

»Na, du kannst es vergessen. Vielleicht kommt's am Ende doch anders.«

O'Malley ging ungeduldig davon, an den Feinheiten der Situation offensichtlich nicht interessiert. Als sie alleine waren, sagte Nicholas:

»Du meinst also, es wird einen letzten Mann geben, der nicht rauskommt?«

»Ich sehe nicht, warum das so sein sollte. Es ist alles so seltsam, daß ich mir meinen Weg durch das Ganze nicht vorstellen kann. Nicholas, was auch geschieht, du mußt zurück zu Molly.« Endlich hatte er ihren Namen gesagt, der seit ihrem ersten Tag zusammen im Castle zwischen ihnen unausgesprochen geblieben war. Nicholas sah weg, und Peter fuhr fort: »Es kann dir nicht entgangen sein, daß ich sie schon seit Jahren liebe. Mein Leben ist entzweigerissen worden. Nun, das trifft für uns alle zu. Ich beklage mich nicht. Was ich weiß, ist, daß sie dich liebt und dich braucht. Gestern ist mir mitgeteilt worden, daß Catherine tot ist.«

»Oh, Peter!«

»Joe Kenny aus Galway, der mit Simon Donnelly und den andern reingekommen ist, hat's mir gesagt. Sie haben bei Mrs. Blake Razzia gemacht und das Haus niedergebrannt. Sie wurden alle rausgeschmissen. Sie hatte gerade Fieber. Es war am Schneien. Das hat sie nicht ausgehalten. Sie wurde in eine Hütte in Cappagh gebracht, aber es war zu spät. Sie starb am nächsten Tag. Die Nachbarn von Mrs. Blake hätten sie alle aufgenommen, aber die Hipos wollten das nicht.«

»Molly war nicht dabei?«

»Nein. Joe weiß nicht, wo sie ist, sonst hätt er's mir gesagt.«

»Wann ist das passiert?«

»Anfang letzter Woche. Als Tante Jack die Lastwagen vorfahren hörte, hat sie die Kinder durch den Hinterausgang rausgebracht und fortgeschafft. Die alte Mrs. Blake hat versucht, ihnen auszureden, das Haus abzubrennen, aber es hat alles nichts genützt. Sie waren entschlossen, es auszuplündern und niederzubrennen, und das haben sie getan.«

»Und Woodbrook?«

»Das scheint es noch zu geben, leer. Du kannst selber mit Joe sprechen. Er bat mich, dir das erst mal von Catherine zu sagen.«

»Ich geh gleich mal zu ihm.«

Der Tag schleppte sich dahin. Kalt sahen sie dem entgegen, was ihnen bevorstand. Unheil schien unvermeidlich. Ein Gewirr von Worten kam Peter immer wieder in den Sinn, Zeilen aus Gedichten, die er als kleiner Junge in der Schule gelernt hatte. Wie sonderbar, daß man irischen Kindern überhaupt erlaubt hatte, mit Horaz in Berührung zu kommen:

Wie kann besser sterben der Mensch
Als gradzustehn bei schwerem Wetter
Für die Asche seiner Väter
Und die Tempel seiner Götter?

Als das für das Lesebuch der fünften Klasse zugelassen wurde, hatte der Löwe ein Schläfchen gehalten, auch wenn es neben Wordsworths »Auf der Westminster Brücke« erschienen war:

Nichts Schön'res kann die Erde weisen:
Stumpf die Seel', die ungerührt
Vom Anblick solcher Majestät –

Dann dachte er an Edith, die seinetwegen in Yorkshire gestorben war, und wieder an Molly. Hatte nur das Pech es so gewollt, daß er keine von beiden die seine nennen konnte? Doch dies waren die Gedanken eines Sterbenden, nicht die eines Mannes, der im Begriffe war, einen Kampf um sein Leben anzutreten.

Peter und Nicholas verbrachten die letzte Nacht zusammen in O'Malleys Zelle. Die Dunkelheit war hereingebrochen, und alle hatten sie zehn Minuten oder länger geschwiegen, als sie jemanden schnell den Gang entlanglaufen hörten. Im nächsten Augenblick war Teeling in der Zelle.

»Bongo und ich haben gerade den Bügel vom Schloß aufge-
schnitten. Kommt!«

»Wie? Wann?«

»Gerade eben. Es war ganz einfach. Bongo wußte, wie man
damit umgeht. Schnell. Macht zu!«

O'Malley sagte:

»Ich geh zu Moran. Hol einer Donnelly.«

Peter und Teeling gingen mit O'Malley. Sie fanden Moran,
wie er einen Brief schrieb. Sie sagten ihm, das Tor sei auf.

»Schnell, Paddy«, sagte O'Malley. »Wir sind gleich weg.«

Moran sagte:

»Ich komm nicht mit.«

»Was ist denn in dich gefahren?« sagte Teeling. »Du hast doch
von Anfang an hier mitgemacht. Komm schon, es ist nicht viel
Zeit.«

»Ich muß mich vor meinen Richtern verantworten. Meine
Zeugen kommen nach Dublin, um für mich auszusagen. Ich
kann sie nicht im Stich lassen.«

»Wie können sie denn dadurch im Stich gelassen werden?«

»Die kommen von Mayo hoch und sagen, daß ich nicht lüge,
daß ich wirklich bei ihnen war. Wenn ich fliehe, wie wird das
aussehn für sie? Nach dem, was ich weiß, würden sie alle sofort
verhaftet werden. So weit darf ich's einfach nicht kommen lassen, das sind anständige Nachbarn von mir. Den ganzen Abend
vor dem Blutsonntag bin ich bei ihnen gewesen.«

»Aber du kriegst kein faires Verfahren. Keiner kriegt das
jetzt.«

»Ich muß es riskieren. An dem Tag haben mich so viele Leute
woanders gesehn, daß sie mich freilassen müssen.«

»Peter, sag ihm, er soll um Himmels willen kommen. Du bist
sein vorgesetzter Offizier.«

Aber Moran sagte:

»Ich habe mich entschlossen. Ich könnte es nicht. Ich werde
gleich ein Konzert in Gang bringen und den Wächtern was zu
tun geben. Die Jungens vom Ersten Bataillon sind in den Strafzel-
len, seit Mittag. Sie haben sich mit dem Offizier angelegt.«

»Oh, Gott! Ausgerechnet heute. Hätten sie nicht Ruhe halten können?«

»Die Zeit! Die Zeit! Teeling muß weg.«

O'Malley trieb sie alle hinaus und die Treppen hinunter. Sie rannten durch den dunklen Hof ihrer Rundgänge, durch den zweiten Hof und in den kleinen Hof, wo das Tor war. Sie öffneten das Tor, hatten Mühe, es anzuheben und zu bewegen, ohne daß es Lärm machte. O'Malley war als erster draußen. Im nächsten Augenblick kam er wieder hereingehuscht und sagte in gepreßtem Flüsterton:

»Soldaten! Irgendeine Patrouille. Wenn ich schießen muß, dann nehmt die Beine in die Hand.«

»Laß mich mal sehn.« Peter trat vor das Tor und sah, genau wie in Lincoln, Soldaten eingehenkelt mit ihren Mädchen nach einem Abend Ausgang. »Das ist in Ordnung. Die haben dienstfrei.«

O'Malley sagte:

»Das Tor, was ist mit dem Tor?«

Als sie anfingen, es wieder an seine Stelle zu hieven, befand Peter sich der kleinen Tür gegenüber, die in den nächsten Hof führte. Mit blitzartiger Intuition erkannte er, daß dort jemand war. Er hechtete los über den Hof und wußte, daß O'Malley, Teeling und die andern zwei nach draußen gegangen waren. Wie ein Donnerkeil fiel er auf die fliehende Gestalt im nächsten Hof, hielt sie nieder, die Finger auf der Kehle, die Schultern zu Boden gedrückt, sein Unterarm so über dem Mund des Mannes, daß der keinen Ton von sich geben konnte. In der Dunkelheit wußte er nur, daß es ein kleiner Mann war. Den Griff ein wenig lockernd, hatte er eine Sekunde lang Angst, es könnte Bongo sein. Dann fühlte er eine Tweedjacke und hörte röchelndes, verzweifeltes Atmen. Er zog seinen Gefangenen auf die Füße und schüttelte ihn, und als er so auf ihn hinabsah, erblickte er im trüben Licht des Mondes endlich das blasse Gesicht des Gefangenen, der ihnen allen verdächtig vorgekommen war. Mit dem Gesicht dicht an dem des kleinen Mannes zischte er:

»Was hattest du vor? Was hattest du hier zu suchen?«

Der kleine Mann hatte solches Zähneklappern, daß er nicht sprechen konnte. Mit einer Drehbewegung warf Peter ihn zu Boden, wo er liegenblieb, unverletzt wahrscheinlich, aber zu entmutigt, um wieder aufzustehn. Peter wirbelte zu dem Tor herum, dann sah er weitere Gestalten aus dem nächsten Hof hereingeschossen kommen und merkte, daß er in das mißmutige Gesicht des Offiziers blickte, der verantwortlich war für seinen Block.

53

Molly kam am dreizehnten März in Dublin an, einen Tag vor den Erhängungen. Sie hatte zwei Briefe von Nicholas bekommen, in denen er mitteilte, daß er unversehrt sei, aber aus keinem ging hervor, wo sie ihn finden würde. Dann kam eine Nachricht mit einer Adresse in Rathgar, und am nächsten Tag stieg sie in Galway in einen Zug nach Dublin.

Sie fand ihn in einem kleinen Haus in einer Straße, deren eine Seite höher lag als die andere, und sein Gastgeber, ein Lehrer namens Séamus Burns, sah so unauffällig und harmlos aus, daß bei ihm kaum die Gefahr bestand, verdächtigt zu werden, Rebellen zu beherbergen. Nicholas war blaß wie eine Leiche, dünner als sie ihn je gesehen hatte, und in seinen Zügen lag ein Ausdruck des Schmerzes und Verlustes, der sie erschreckte. Peters Prozeß sei vorverlegt worden, erzählte er ihr sogleich, damit man ihn zusammen mit den anderen erhängen könne. Nicholas hatte die ersten zwei Wochen nach seiner Flucht bei einem Bäcker in der Aungier Street gewohnt, einem Mann namens Daly, der Peter während der ersten Sitzungen des Dáil Unterschlupf gewährt hatte.

»Mehrere Tage hab ich mich nicht getraut rauszugehn, nicht mal, um kurz Luft zu schnappen«, sagte er, noch immer ihre Hand haltend und den Blick nicht von ihr wendend. »Es war so heiß über der Backstube, ich hab eine Menge geschlafen. Ich hatte Angst, sie würden O'Malley kriegen, aber später fand ich dann heraus, daß er sofort wieder an die Arbeit gegangen ist, als wäre nichts geschehn. Vor allem wollte ich Collins treffen, um eine Vorstellung von dem zu bekommen, was ich als nächstes tun sollte. Endlich hat dann er mich besucht und mich bei dem Bäcker da rausgeholt. Er sieht krank aus. Er hat furchtbare Verdauungsbeschwerden, sagt er, und keine Zeit, etwas dagegen zu unternehmen. Hier mußte ich mich erst daran gewöhnen, daß ich herumgehn kann. Anfangs ging ich nur abends in den Garten hinaus. Jetzt geh ich überall hin. Wo sind die Kinder?«

»Bei Tante Jack.«

»Catherine – du mußtest das alles alleine tragen.«

»Ich war bei der Razzia nicht da. Wenn ich dagewesen wär, hätt ich mit ihr nach Cappagh fahren können. Sie hat diesen Krieg nie verstanden. Nach der Grippe ist sie nie wieder ganz gesund geworden. Sie ist unter Fremden gestorben. Sie haben katholische Gebete für sie gesprochen, haben sie mir erzählt, sie wüßten, Gott würde daraus schon rechtzeitig protestantische machen. Oh, Nicholas, wie furchtbar ist das alles!«

»Verlieren die Leute im Westen den Mut?«

»Ganz und gar nicht. Das Rathaus war voll von Gefangenen, als ich wegfuhr, und sämtliche Verkäufer der Stadt spendeten jeder sechs Pence die Woche, damit denen was zu essen reingeschickt werden kann. Die kriegen kaum was zu beißen. Die Armee versucht sie vor den Schwarzbraunen zu schützen. Sie hat sie neulich daran gehindert, den Professor für Französisch umzubringen, indem sie sich selber um ihn gekümmert hat.«

»Wer sind die Gefangenen?«

»Alle, die wir kennen, alle.«

Am nächsten Morgen um vier Uhr gingen sie zusammen zum Mountjoy, mehrere Meilen zu Fuß durch die kalten, dunklen Straßen, und wenn sie das Geräusch von Motorfahrzeugen hörten, versteckten sie sich in Hauseingängen und Passagen. In den Straßen vor dem Gefängnis hatte sich bereits eine riesige Menschenmenge angesammelt, die den ganzen Berg bis zur Stadt hinunterreichte. Einige trugen brennende Kerzen mit windgepeinigten Flammen, andere hatten kleine Reliquienschreine mit Bildern oder Statuen aufgebaut, vor denen die Menschen in Gruppen beteten. Bald nachdem sie bis in die Nähe des Gefängnisses vorgedrungen waren, begann ein bärtiger Franziskanerpriester auf irisch den Rosenkranz zu beten, und überall um ihn herum wurde sowohl auf englisch als auch auf irisch geantwortet. Als er geendet hatte, sangen sie eine Hymne auf die Heilige Jungfrau mit einem Refrain, in dem die ganze Traurigkeit der Welt lag:

Mutter Christi, Stern auf See,
Bete im Sturm für mich in der Höh'.

Molly sah, wie Nicholas versuchte, in die Hymne einzustimmen, aber aufhören mußte, weil er zu aufgewühlt war. Die hohe, breitschultrige Gestalt von Collins bahnte sich einen Weg zu ihnen. Collins sagte zu Nicholas, als er nahe genug war:

»Sie sollten nicht hier sein. Das ist gefährlich.«

»Und was ist mit Ihnen?«

Collins zuckte ungeduldig die Achseln, blickte dann zum Gefängnis und sagte:

»Meinen Sie, daß sie hören können? Daß sie das Singen hören können?«

»Vielleicht. Der Wind steht richtig.«

»Sie dürfen nicht verlassen sterben.«

Nicholas legte Collins die Hand auf den Arm:

»Bitte, gehn Sie weg. Es sind bestimmt Spitzel hier.«

»Später, später.«

Er ging in die Richtung der Gefängnistore, und sie sahen ihn mit dem Priester sprechen. Danach kam er zu ihnen zurück, nahm Mollys Hand und sagte:

»Das mit Ihrer Schwester hat mir leid getan, Mrs. de Lacy. Ich wollte Ihnen einen Brief schreiben, aber ich wußte nicht, wo ich ihn hinschicken sollte.«

»Ich war in Moycullen, bei den Connollys.«

»Wie geht's denen?«

»Morgan ist sehr schwach. Sie werden wohl alle beide nicht mehr lange leben. Die Razzia war zuviel für sie.«

565

»Sind Sie dabei gewesen?«

»Gott sei Dank, ja. Und eine Frau von dort war da, die früher mal für uns gearbeitet hat. Alle sind auf der Flucht oder im Gefängnis. Endlich ist dann meine Tante mit ihrer Tochter gekommen, damit ich wegkonnte.«

»Ich möchte Ihnen heute abend Pat Sheehan vorbeischicken. Wo sind Sie jetzt untergekommen?«

»Bei Séamus Burns in Rathgar.«

»Ja, ich erinnere mich. Ein gutes Haus. Ich kenn es. Er wird ziemlich spät kommen«, sagte Collins.

Die Menge sang noch mehr Hymnen und betete noch einmal den Rosenkranz, bis wenige Minuten vor sechs, als es vollkommen still wurde. Beim ersten Schlag der Glocke knieten alle nieder, und der Franziskaner begann mit den Gebeten für die Sterbenden:

Aus der Tiefe habe ich gerufen zu dir, o Herr;
Herr, erhöre mich.
Neige dein Ohr meinem Flehen.
Wenn du, o Gott, Freveltaten aufrechnest, Herr, wer soll da bestehen?

Überall um sie herum weinten die Menschen. Die Straßen in jeder Richtung waren jetzt gedrängt voll, zu Tausenden knieten sie im schwachen Licht der Straßenlaternen, der schwarze winterliche Himmel ließ den Morgen noch nicht ahnen. Um sieben schlug die Glocke wieder, und wieder las der Priester die Gebete. Irgend jemand stimmte ein weiteres Kirchenlied an, verstummte aber sofort wieder. Der Priester, der jetzt aussah, als würde er gleich vor Erschöpfung umfallen, begann erneut den Rosenkranz zu beten, und es schien Molly, daß sie in ihrem ganzen Leben noch nicht so viel Leid und Schmerz in menschlichen Stimmen gehört hatte. Jetzt begann die Morgendämmerung sich grünlich-weiß auf all den angespannten Gesichtern zu zeigen. Nicholas hielt ihre Hand fest in der seinen, einmal flüsterte er unglücklich:

»Der arme Paddy Moran – ich weiß nicht mal, wann er dran ist – und Tom Whelan – und Peter. Oh, Peter!«

Um acht schlug die Glocke zum letztenmal. Mehrere Minuten lang bewegte sich niemand, dann stieg ein Geräusch wie Wind seltsam aus der Menge auf, da alle nach dem langen, qualvollen Warten gemeinsam Luft zu schöpfen schienen. Niedergedrückt begannen sie fortzugehen, alle mit gesenkten Köpfen, alle mit zornigen Gesichtern, niemand sprach, doch jedes Paar hielt einander bei der Hand, alt und jung, als fühlten sie sich bei jedem Schritt bedroht. Langsam und müde, beieinander untergehakt, gingen Molly und Nicholas bergab in Richtung Sackville Street, während die Menge um sie herum sich langsam lichtete und zerstreute. Schmutziges Tageslicht kam jetzt von dem weißen Himmel. Ohne sich stärker an ihn zu hängen, begann sie bewußt zu spüren, wie er sich anfühlte, lebendig, vorerst noch immer der ihre. In der Ferne sah sie zwei Panzerspähwagen die Straße kreuzen, denen noch mehrere folgten. Vor dem Gefängnis hatte die Polizei die Menge in Ruhe gelassen, aber langsam wurde sie wieder aktiv.

Sie überquerten den Fluß bei der Capel Street, gelangten über Nebenstraßen zum Harold's Cross und kamen kurz vor neun erschöpft zu Hause an. Die Frau des Lehreres war kurz vor ihnen heimgekommen. Sie war eine freundliche Landfrau aus Tipperary. Sie mußten bei ihr bleiben und ihr erzählen, während sie ihnen das Frühstück machte. Immer wieder sagte sie kopfschüttelnd:

»Das wird Irland nie vergessen.«

Endlich konnten sie nach oben gehen und sich auf das große Messingbett in ihrem kleinen Zimmer auf der Rückseite des Hauses legen. Es war ein kalter Frühlingstag, und die Vögel zwitscherten beim Nestbau im Fliederstrauch vor dem Fenster. Es gab Worte, die sie an eine Ballade erinnerten, die sie vor einer Ewigkeit Nicholas hatte singen hören: *Die Vögel zwitscherten und sangen* . . . Endlich schliefen sie eine Weile, einer in des andern Armen, und wachten auf, als Mrs. Burns an die Tür klopfte und ihnen auf einem Tablett Tee brachte. Nicholas fuhr hoch.

»Wie spät ist es? Erst drei – ich hab vom Gefängnis geträumt.«

Molly fragte:

»Weißt du, was Mr. Collins will, daß du tust?«

»Ich kann's mir denken.«

»Du magst ihn nicht.«

»Wie hast du das gemerkt? Doch, ich mag ihn, aber ich sehe schon, daß er schwach werden wird.«

»Mr. Collins und schwach werden!«

»Man streckt wieder die Fühler nach einem Waffenstillstand aus. Ich habe ein paar Leute sagen gehört, daß der Krieg so schnell wie möglich eingestellt werden muß. Ich fürchte, Collins wird zu schnell nachgeben.«

Sie sah seinen verächtlichen Gesichtsausdruck und fragte vorsichtig:

»Und was denkst du?«

»Ich denke, wir haben so viel gelitten, daß es jetzt unsere Pflicht ist, den Kampf rigoros zu Ende zu führen, bis wir alles, aber auch alles erreicht haben, was wir wollen, jede Kleinigkeit, um die Irland seit Hunderten von Jahren kämpft. Noch nie ist so ein Krieg geführt worden wie dieser. Noch nie haben wir was anderes erlebt, als daß jeder Versuch innerhalb weniger Wochen mit Gewalt zunichte gemacht wurde. Diesmal müssen wir's vollenden. Wollen wir, daß der kleine Samuel das alles noch mal durchmacht, wenn er groß wird? Verlaß dich drauf, es wird ihm nichts anderes übrig bleiben, wenn wir die Sache diesmal nicht zu Ende führen.«

»Und was würdest du eine zu Ende geführte Sache nennen?«

»Ein freies Land von Küste zu Küste, kein König, keine Teilung, unser eigenes Parlament, unsere eigene Armee, unsere eigene Kriegsmarine, unsere eigene Verfassung. Hör auf de Valéra. Hör auf die Weltpresse. Sie waren alle da heute morgen. Ich weiß, daß es viele gibt wie mich, die es einfach nicht schlucken können, einem fremden König in unserm eigenen Parlament den Treueid schwören zu sollen. Mit alldem muß jetzt Schluß gemacht werden.«

»Was ist mit den Protestanten im Norden? Sie sagen, die Protestanten im Süden seien schwach. Ich kann nicht sehen, daß sie so leicht nachgeben.«

»Wer sagt denn, daß es leicht sein wird? Natürlich wird es Leute geben, die sich nicht einordnen wollen, aber sie werden's trotzdem tun müssen. Es geht einfach nicht, daß wir ein paar wenigen in einem Teil des Landes erlauben, für die übrigen von uns zu entscheiden. Das ist eines von den Dingen, die die Männer jetzt zum Weiterkämpfen treiben, nämlich daß weniger als ein Viertel der Bevölkerung des Landes die Zukunft des ganzen Landes bestimmen will. Die Tatsache, daß sie alle im selben Teil des Landes konzentriert sind, besagt gar nichts. Es ist, als wollte die Bevölkerung von Kent oder Sussex sich von England trennen und sich Deutschland anschließen. Für was halten diese Protestanten im Norden sich eigentlich, daß sie so einen Standpunkt vertreten? Jedes Land kennt aufeinanderfolgende Wellen von Einwanderern, und jede Welle muß sich fügen und so viel Manieren haben, die Lebensweise und die Regierung des Landes zu akzeptieren, das sie sich ausgesucht hat. Glaubst du, die Iren in Amerika würden damit durchkommen, wenn sie überall, wo sie stark vertreten sind, also sagen wir in Illinois oder Maine oder Massachusetts, eine unabhängige Republik gründen wollen? Das ist doch Unsinn, glatter Unsinn.«

»Du meinst also, Mr. Collins wird die Teilung des Landes akzeptieren?«

»Er haßt sie ebenso wie wir alle, ich frage mich nur, ob er fähig sein wird, sich dagegen zu behaupten. Gegen die andern Dinge wird er sich tapfer schlagen; er weiß, daß wir's uns nicht leisten können, einem Land angeschlossen zu sein, das fähig ist, eine solche Teufelsbrut auf die Bevölkerung loszulassen. Drüben in Westminster spielen sie immer noch den Politiker, aber hier bringen sie nach wie vor unsere Oberbürgermeister um. Hast du gehört, was neulich in Limerick passiert ist? Der Bürgermeister vom letzten Jahr, Michael O'Callaghan, wurde erschossen, und ein Jahr darauf, in derselben Nacht, der jetzige ebenfalls. Ich kannte diese beiden Männer, anständige, ordentliche Bürger. Es waren die Hipos, die's getan haben, mit einem Spezialagenten aus Dublin. Die Armee-Streifen wurden in der Nacht beurlaubt, damit sie freie Hand hatten. Wir haben keine andere Wahl. Es ist ein Kampf bis zum Tode in seinem vollen Ernst und nicht unsere Entscheidung. Deswegen hab ich dich gefragt, ob sie in Galway noch ihren alten Mut haben. Derjenige mit dem unerschütterlichen Herzen ist de Valéra. Was immer er tut, soll gut genug sein für mich.«

»Kurz bevor ich nach Dublin abfuhr, hab ich jemanden ein Lied singen hören, in dem es hieß: ›Zum König Irlands werden wir de Valéra krönen‹.«

»Ihren Sinn für Humor haben sie Gott sei Dank nicht verloren. Heute morgen hast du etwas zu Collins gesagt, was mich sehr erstaunt hat, und ich hatte seitdem noch keine Zeit, dich danach zu fragen. Tante Jack und ihre Tochter? Wie im Himmel soll ich das verstehn?«

»Es ist Margaret. Sie hat mir davon erzählt. Oh, Nicholas, ich wünschte, wir hätten das schon immer gewußt. Vor langer Zeit, als sie noch in Dublin lebte, gab es einen jungen Mann in dem Haus, in dem sie als Gouvernante arbeitete. Er lebt noch, meint sie, aber sie hat ihn nun schon Jahre nicht gesehn. Papa hat das benutzt, um ihr damit bange zu machen, aber dann hat sie auch ihn in den Griff gekriegt. Wie sie das geschafft hat, wollte sie mir nicht sagen. Deswegen hat sie gewartet, bis Papa weg war, ehe sie Margaret zu uns geholt hat. Ist das nicht wunderbar? Das hat sie mir am letzten Abend erzählt, als sie zum Moycullen Haus kam, damit ich zu dir nach Dublin fahren konnte. Wir sind fast die ganze Nacht aufgeblieben und haben geredet. Du weißt, sie ist mit den Kindern nach Woodbrook zurück, obwohl mir ernsthaft geraten wurde, wir sollten da alle raus. Aber Tante Jack scheint durchaus fähig zu sein, es zu verteidigen. Sie sieht zehn Jahre jünger aus. Sie sagt, dies sei ein Zeitalter der Ehrlichkeit, und Dinge wie etwa, daß Margaret ihre Tochter ist, werde man nicht mehr nötig haben zu verbergen.«

»Hat sie es Margaret gesagt?«

»Ja. Sie sagte, das habe ihr viel Sorgen gemacht, aber dann habe sie gemerkt, daß Margaret den Verdacht hegte, irgendwie mit uns verwandt zu sein, und das habe es leichter gemacht.«

»Ich weiß noch, wie aufgeregt sie bei dem Gedanken war, eine

Haushälterin aus Dublin zu holen. Das war ihr so gar nicht ähnlich, daß ich nicht schlau daraus wurde. Wird sie das nun jedem erzählen?«

»Die Mühe wird sie sich wohl nicht machen, aber es ist ihr jetzt egal, was die Leute von ihr denken. Die meisten von unserer eigenen Klasse schneiden uns neuerdings. Viel haben sie sowieso noch nie von uns gehalten, also hat sich nicht groß was verändert.«

»Hoffentlich hat sie recht mit dem Zeitalter der Ehrlichkeit. Ich habe Falschheit und Lügen satt.«

»Die Welt wär ein Tollhaus, wenn jeder die Wahrheit sagte. Die Wahrheit sieht für jeden anders aus.«

Aber all ihr Reden schien trivial, da der Verlust Peters zwischen ihnen hing. Jedesmal, wenn sie Nicholas anblickte, sah sie dasselbe Grauen und denselben Schmerz, der auch ihre Seele peinigte. Wieder und wieder, wie Wogen wütender See, schlagend ohne abzulassen, fortwährend wiederkehrend, traten ihr die Geschehnisse vor Augen, als wäre sie dabeigewesen, Peter und der Henker, Peter und seine Kameraden, Peter endlich tot, so erbärmlich, so unerträglich, und sie konnte diese sich endlos wiederholende Folge nicht anhalten, bis sie meinte wahnsinnig zu werden. Sie sprachen, sie saßen im Wohnzimmer und warteten, sie aßen sogar etwas, aber mehrmals fanden sich ihre Hände, und sie hielten einander fest wie Ertrinkende, nicht ein einziges Mal fähig, von dem zu sprechen, was ihre Herzen erfüllte. Einmal sagte Nicholas nur:

»Ich glaube, er muß das Singen gehört haben.«

Darin lag ein kleiner Trost. Wie töricht ihr Leben gewesen war, ein Fehler nach dem andern, eine verpaßte Gelegenheit nach der andern, immer die kleinen sinnlosen Selbstsüchteleien, die sie davon abhielten, die wirklich wichtigen Dinge zu erkennen. Jetzt klammerte sie sich an einen fast zufälligen Erfolg – daß sie mit Peter Frieden gemacht hatte an dem Tag, an dem er mit ihr im Zug nach Sligo gefahren war; und daß er danach als Freund des Hauses oft nach Woodbrook gekommen war. Ohne diese Erinnerung wäre sie völlig trostlos gewesen. Peter hatte nie etwas gehabt; sie hatte alles gehabt. Er hatte Edith verloren und sie selber und seinen Sohn und jetzt sogar sein Leben, und immer hatte er sich seine einzigartige Großzügigkeit bewahrt. Sie fing erst an, ihn zu verstehen, zu begreifen, daß sie mit der Zeit mehr und mehr erkennen würde, welch ein Vorrecht es war, von ihm geliebt worden zu sein.

Sie blickte zu Nicholas hinüber und sah ihn wie aus der Ferne, sein hageres Gesicht grau vor Ermüdung. Vielleicht würde er ihr ebenfalls genommen werden. Als hätte sie es immer gewußt, verstand sie jetzt, warum die Armen soviel beten. Sie würde zurückgehen zu ihnen und von ihnen in Erfahrung bringen, wie man zu dieser Weisheit gelangte. Einst hätten sie nicht mit ihr gesprochen, aber sie wußte, daß sie es jetzt tun würden.

Als es dämmerte, zog sie die dünnen Vorhänge vor das Wohnzimmerfenster und drehte das Licht an, aber als Pat Sheehan kam, war es fast schon zehn. Er war von Haus zu Haus gegangen, um den Streifen nicht in die Hände zu fallen, die die Ausgangssperre kontrollierten. Sie hörten ihn raschen Schritts über den kleinen Plattenweg an die Tür kommen, und Burns ging hinaus in den Flur, um ihn hereinzulassen. Sofort sagte er:

»Wir setzen uns besser ins Hinterzimmer. Dies ist eine böse Nacht.«

Das einzige Hinterzimmer war die Küche. Mrs. Burns bot ihm eine Mahlzeit an, aber er bat nur um Tee für sie alle. Er sagte kaum ein Wort, bis sie nach oben gegangen war. Er war ein Dubliner, ein alter Freund von Nicholas offenbar, aber Molly sah ihn zum erstenmal. Er schien sie sofort als Freundin zu akzeptieren und sah immer wieder erst sie und dann Nicholas an, während er über seine Tasse geduckt am Küchentisch saß und sagte:

»Dieser Tag war der schlimmste von allen. Ein Wächter, der heute abend nach Dienstschluß aus dem 'Joy kam, hat mir erzählt, der Henker habe sich umgebracht.«

»Gott steh ihm bei!«

»Sie machen weiter damit. Sie hoffen noch immer, uns niederzuschlagen. Wie können sie das jetzt noch glauben? Wissen sie nicht, daß dies wie früher schon Tausende in die Bewegung

bringt? Die Braunen kreuzen in der Stadt herum wie Dschungel-
katzen auf Beutesuche. Warum sind wir übrig? Warum ist Collins noch frei? Weil seine Arbeit noch nicht beendet ist. Es gibt
noch mehr für ihn zu tun, mehr für uns alle. Wir dürfen nicht
verrückt werden. Wir müssen weitermachen, als hätte nichts
sich verändert. Collins hat gestern abend mit mir gesprochen. Er
sagt, MacKeon muß aus dem Gefängnis geholt werden, bevor er
denselben Weg geht wie die Jungens heute. Er ist schwer verwundet, wie du weißt. Er hätte nie nach Dublin kommen sollen,
bloß weil Brugha ihn losschicken wollte, damit er die englischen
Kabinett-Minister abknallt. Damit ist jetzt Schluß, das steht fest.
Er liegt im Krankenhaus im 'Joy. Es wird ein ziemliches Ding
sein, ihn rauszuholen, aber es gibt einen guten Plan. Wir brauchen zwei Mann mit englischem Akzent, um in einem Panzerspähwagen ins Gefängnis zu kommen – ich erklär das alles noch
später. Wir werden das ganz genau durchspielen müssen, oder es
geht fürchterlich daneben. Die zweite Sache ist eine Zusammenkunft morgen, um mit dem Plan weiterzukommen, wie das Zoll-
haus abgebrannt werden soll. Das wird ein schwieriges Unternehmen sein, aber wir werden's tun müssen, sagt er, weil das
momentan das Zentrum der hiesigen britischen Verwaltung ist.«

»Das mit der Zusammenkunft hätt er mir heute morgen sagen
können«, sagte Nicholas aufgebracht. »Es wär nicht nötig gewesen, daß du durch die Stadt gehst und deinen Hals riskierst, um
mir so eine Botschaft zu bringen.«

»Er wollte nicht davon sprechen, weil ich dabei war«, sagte
Molly. »Warum erzählen jetzt Sie diese Dinge in meiner Gegenwart?«

»Nein, nein.« Sheehan machte eine seltsam ausdrucksstarke
Gebärde des Verärgertseins, indem er beide Hände, klauen-
krumm, vor seinem Gesicht schüttelte. Dann sprach er Molly direkt an: »Er sagte, ich soll von beiden Dingen vor Ihnen reden.
Sonst hätte ich das doch nie getan. Er wollte, daß ich komme. Er
wollte selber kommen, aber er hat diese Tage überhaupt keine
Zeit. Er sagte, wenn ich bei Ihnen gewesen bin, wenn ich mit Ihnen gesprochen habe, werde ich wissen, ob Sie noch was verkraf-

ten können. Er sagt, Sie hätten zuviel zu tragen gehabt. Er sagt, wenn Sie nicht wollen, daß Nicholas bei diesen Dingen mitmacht, wird Ihnen nie jemand einen Vorwurf daraus machen, euch beiden nicht. Was sagen Sie?«

Es entstand eine kurze Pause, während der sie wußte, daß die beiden Männer sie ansahen. In ungewöhnlich scharfem Ton sagte sie:

»Warum fragen Sie mich? Was wollen Sie? Was soll ich sagen? Bin ich je gefragt worden? Niemandem stellt man so eine Frage. Ihr fragt euch selber nicht. Ihr macht die Dinge, die gemacht werden müssen. Glaubt ihr, ich würde sagen, ihr sollt aufhören? Nicholas kennt die Antwort.«

Benommen sah sie, wie die beiden Männer sie anblickten, staunend, dann mit vorsichtiger Zustimmung, als wären sie von ihr völlig überrumpelt worden. Sie staunte selber. Diese Antworten und Fragen waren aus ihr herausgepurzelt, ohne von ihr gebilligt worden zu sein, und dennoch kamen sie ihr aus tiefstem Herzen. Sie wußte nur noch, daß sie rings von Tod umgeben war, der an jeder Tür rüttelte, mehr und mehr Menschen forderte, durch Überredung nicht abzuspeisen war, unersättlich. Alles, was sie oder jeder andere von ihnen jetzt tun konnte, war, abzuwarten, bis er genug gekriegt hatte. Dann würden sie in Frieden leben können.

54

Drei Jahre nach dem furchtbaren Tag von Peters Tod, im Frühling 1924, lebten Molly und Nicholas noch immer in Woodbrook. Der Bürgerkrieg war vorbei, und das Land hatte zu einem unsicheren Frieden gefunden. Michael Collins war tot, in seinem heimatlichen Cork aus dem Hinterhalt umgebracht von Iren, über die er noch vor einem Jahr im Kampf gegen den allgemeinen Feind das Kommando gehabt hatte.

Von dem Tag an, seit Collins tot war, wurde Nicholas, der wie ein Tiger auf seiner Gegenseite gekämpft hatte, schweigsam und bitter, so daß Molly, jedesmal wenn sie ihn ansah, fühlte, wie ihr Herz sich zusammenzog. Wenn er sprach, fürchtete sie den Ton wilden Hasses, der jetzt in seine Stimme gekommen war. Der neue Freistaat war in der Wurzel faul, verkauft, die Menschen waren Sklaven wie eh und je, Protestanten ermordeten Katholiken in Belfast, wie sie es immer getan hatten, so daß allein im vergangenen Jahr viertausend Flüchtlinge in Dublin Aufnahme finden mußten. England hatte schließlich doch gesiegt. Cosgrave, der neue irische Premierminister, war ein Verräter, die Teilung des Landes und der Treueid gegenüber England bewiesen es, all die Toten, die umsonst gestorben waren. In fünfzig Jahren würde alles von vorn beginnen.

Wenn nur Peter noch gelebt hätte. Nicholas hatte Peter geliebt und würde auf ihn gehört haben. Peter hätte gesagt, der Freistaat sei wenigstens ein Ausgangspunkt. Er hatte nie geglaubt, daß die Freiheit auf einen Schlag kommen würde, nicht einmal nach einem so entschlossenen Kampf. Aber sie konnte es sich nicht leisten, von Peter zu sprechen. Sie wußte, daß Nicholas und Tante Jack jeden Tag an ihn dachten, genauso wie sie selber. Einmal sagte Nicholas:

»Wenn er nicht gerade damals verhaftet worden wäre, wenn er zur Zeit des Waffenstillstands noch am Leben gewesen wäre, würde Collins seine Begnadigung verlangt haben, genauso wie er es bei MacKeon getan hat.« Doch als er Collins' Namen aussprach, wurde sein Mund eine harte, bittere Linie, und er fügte hinzu: »Zu viele Menschen sind tot. Der Mann, der gestern kam, zeigte mir eine neue Ausrufung der Republik, in Tipperary gedruckt. Alles dreht sich da um Ausverkauf für einen falschen Frieden und einen schändlichen Wohlstand. Ich hab gesagt, ein bißchen von diesem schändlichen Wohlstand würde dem Land jetzt verdammt guttun, und ich dachte, er würde mich schlagen. Ich weiß, daß wir verkauft sind, aber solchen Leuten könnte ich mich nie anschließen. Er hat gesagt, ich hätte 'ne weiche Birne gekriegt. Wütend ist er abmarschiert, um es jedem zu erzählen.«

»Wer war das denn?«

»Sein Name war Ryan. Er ist den ganzen Weg von Tipperary mit einem Sonderauftrag hergekommen, um mich zu sprechen.«

»Laß ihn laufen«, sagte Tante Jack. »Du hast dein Teil getan. Jetzt ist Zeit für ein bißchen Frieden.«

Nicholas wiederholte:

»Zu viele Menschen sind tot. Vor ein paar Jahren hat die Landbevölkerung in Dublin nach Führern gesucht. Jetzt hoffen sie, selber welche stellen zu können.«

»Du hast also nicht überlegt, ob du dich ihnen anschließen sollst?« sagte Molly, und Nicholas sagte verächtlich:

»Mit denen würde ich nicht mal Äpfel klauen gehn.«

Aber sie konnte sehen, daß er trotz seines sicheren Auftretens unsäglich litt, und es schien keine Linderung für ihn zu geben. Er hatte sein Medizinstudium aufgegeben und verbrachte seine Tage bei der Arbeit mit den Männern auf dem Feld. Er sagte:

»Draußen auf den Feldern vergeß ich alles.« Ein andermal: »Wir sollten Kühe und etwas Land dazukaufen. Das wird hier nie ein richtiger Bauernhof werden – es ist nur ein Herrenhaus. Das hat Andy gestern zu mir gesagt. Da ist das Land vom Moycullen Haus, das verkommt . . .«

Dann hielt er inne, und sie sah, daß sein Gesicht wieder den düsteren, verschlossenen Ausdruck annahm, den sie fürchtete. Sie wußte, daß sie das alles verdiente, was zwischen ihnen vorging. Vor langer Zeit, als er sie geliebt hatte, hatte sie nur Gedanken für Sam gehabt, der tot war und sie überhaupt nicht brauchte. Dann, gerade als sie herausfand, daß sie Nicholas wirklich liebte, wurde er ihr genommen, und statt seiner hatte sie nun diesen grimmigen Mann, dessen Gesicht sie manchmal kaum wiedererkannte. Wenn er nur sagen würde, was er dachte, und mochte es noch so bitter sein, aber es wäre immer noch besser als dieses verschlossene Schweigen. Sie hatte das einst Tante Jack angetan, der lieben Tante Jack, die sie nun oft beobachtete und wie immer klar sah, daß die Dinge nicht gut standen zwischen ihnen. Es war gut, ihn bei einer Arbeit zu wissen, die er liebte, aber die Abende wurden ein Alptraum langen, tödlichen

Schweigens, das er hin und wieder mit einer Frage oder Bemerkung zu unterbrechen pflegte, die so höflich war, daß man meinen konnte, sie sei eine total Fremde für ihn.

Tante Jack blieb jetzt kaum noch mit ihnen auf, sondern ging früh in ihr Zimmer. Sie hatte ihre Schmetterlinge dort hinaufgebracht, ein Zeichen, daß sie gedachte, bei dieser Veränderung zu bleiben, und für Margaret hatte sie einen Sessel hereingestellt, so daß sie ihre Abende gemeinsam verbringen konnten. Mit den Kindern im Bett und keinem Geräusch außer dem gelegentlichen Fallen eines Torfklumpens im Feuer, hätte es ein Himmel des Friedens sein können, zu zweit am Kamin zu sitzen, Molly mit einem Buch oder irgendeiner Näharbeit, Nicholas mit seinen landwirtschaftlichen Fachzeitschriften, aber es lag kein Frieden darin. Nach einer Weile stand er auf und begann ruhelos auf und ab zu gehen, schweigend ein Buch aus den Regalen zu nehmen, es wieder zurückzustellen, ohne es angesehen zu haben, sich manchmal an Henrys alten Schreibtisch zu setzen, als schickte er sich an, etwas zu schreiben, um dann doch nur wieder aufzustehen und wegzugehen. Oft ließ er sie für eine halbe Stunde allein, in der er bei Mondlicht ums Haus strich, wenn es zu dunkel war, mit einer Taschenlampe. Dann saß sie steif da und lauschte auf jedes Knarren des alten Hauses, bis er zurückkam und sich ihr gegenüber wieder hinsetzte, wortlos, das Gesicht eine kalte Maske, aus der seine Augen blickten wie die eines Geistes.

Als ein Telegramm kam, das den Tod seines Großonkels anzeigte, sah sie sofort, daß eine Lanze die Rüstung durchbohrt hatte, in der er sich einzuschließen suchte. Er ging sie suchen und fand sie im Milchkeller, wo sie mit Margaret beim Buttermachen war. Unvermittelt sagte er:

»Komm mit. Laß das hier alles liegen.«

Margaret sagte:

»Ich mach den Rest. Sie ist gleich gut.«

Zerstreut folgte Molly ihm durch die Halle und hinaus auf die Haustürstufen, wo er ihren Arm nahm und sie den kleinen Weg, der zum Fluß führte, fast hinunterschleppte. Am Ufer des Flusses blieb er stehen und sagte:

»Mein Onkel ist endlich gestorben, in Rathangan. Moloney fand ihn oben an der ›Torheit‹. Er saß einfach da, mit dem Rükken an der Wand, und sah hinunter zum Haus. Er hat mir erzählt, daß es so plötzlich kommen würde, aber dann hat er noch so lange gelebt, daß ich kaum glaubte, er würde überhaupt sterben. Er war gut zu uns – weißt du noch?«

»Natürlich. Wir haben's ihm nie mit irgendwas vergolten. Wir waren beide zu beschäftigt mit uns selbst; wir hatten keine Zeit für jemand andern.«

»Er hat nichts erwartet. Er gab mir immer das Gefühl, willkommen zu sein, ließ mich einfach in sein Haus spazieren, und da konnte ich mich niederlassen und bleiben, solange ich wollte. Nur um eines bat er. Molly, er sagte mir, er wünsche sich, daß ich eines Tages dort leben und mich um Haus und Hof und um das Land kümmern würde. Molly, könnte dir das gefallen?«

In Rathangan leben! Im nächsten Augenblick wurde sie überflutet von der Erinnerung an die Monate, die sie dort vor Samuels Geburt verbracht hatte, an die Angst und Qual und das Gefühl der Verzweiflung, das sie fast dazu getrieben hatte, sich das Leben zu nehmen. Sie hatte geglaubt, das sei ihrem Gedächtnis entschlüpft und würde sie nie wieder kümmern, aber jetzt, bei dem Namen des Hauses, wurde sie trotz der furchtbaren Dinge, die inzwischen rings um sie geschehen waren, auf der Stelle in ein Häuflein hilfloser Angst verwandelt. Nicholas faßte sie bei den Armen und sagte staunend:

»Was ist? Was schaust du so? Ist es, daß du nicht ertragen kannst, Woodbrook zu verlassen?«

Sie lachte bitterlich, häßlich anzuhören, und sagte:

»Ob ich das ertragen kann? Ich würde die ganze Zufahrt hinuntertanzen. Ich hasse Woodbrook, habe es immer gehaßt. Alles daran ist faul. Wenn ich katholisch wär, würd ich eine Messe darin lesen lassen. Es liegt ein Fluch auf dem Haus.«

Verwirrt, ängstlich besorgt hielt er sie noch immer fest.

»Du meinst diese alte Geistergeschichte?«

»Vielleicht hat das was damit zu tun. Alles verdorrt und stirbt hier.«

578

»Nicht alles. Wir nicht.«

»Nein? Wirklich nicht? Geschieht jetzt nicht gerade etwas mit uns, etwas Böses, das uns zerstören wird?«

»Was soll denn geschehen? Was sagst du da für Sachen?«

»Laß mich los. Wenn ich's dir sage, wirst du mich nie mehr berühren wollen. Nichts konnte je bei mir gutgehn. Ich bin eine Närrin, zu glauben, daß ich je Frieden haben kann oder je werde vergessen können . . .«

»Du meinst Sam?«

Er ließ die Hände zu seinen Seiten herunterfallen, und sie sah, daß der kalte, verschlossene Blick wieder über sein Gesicht gekommen war. Sie hatte ihn dort hingebracht. Es war ihr eigenes Werk. Er sagte:

»Ist es das, was du diese langen Abende gedacht hast, wenn du nichts sagst, nur dasitzt und mich ansiehst, als wär ich ein Geist? Hast du dann an Sam gedacht?«

»Du verhältst dich wie ein Geist, du bist ein Schatten dessen, was du warst, bevor all diese Dinge uns und all unsern Freunden widerfahren sind. Wir werden aufgefressen von diesen Dingen. Werden wir sie nie vergessen? Wenn wir alt sind – ich nehme an, daß wir eines Tages alt sein werden –, werden wir dann immer noch daran denken und wie jetzt schlottern vor Grauen?«

»Du hast gesagt ›Wenn ich's dir sage‹. Was hast du mir zu sagen?«

»Jetzt siehst du mich böse an. Doch, natürlich tust du das. Jetzt kannst du wirklich hassen. Ich habe gesehen, daß du fähig bist zu hassen. Ich denke nicht an Sam. Sam war unschuldig. Sam hat auch nie etwas gewußt.«

»Was nie gewußt?«

»Das mit Peter Morrow.«

»Aber das mit Peter hast du mir doch erzählt!«

Wütend, pervers war sie von dem Wunsch besessen, diesen Blick der Erleichterung, des Verstehens zu zerstören.

»Ich habe dir etwas von Peter erzählt, nicht alles.« Noch immer war Zeit aufzuhören, aber sie stürmte weiter: »Ich habe dir nicht erzählt, daß ich mit Peter geschlafen habe, in der Osterwo-

che, als Sam mit den andern Führern kapituliert hatte und wir
nicht wußten, was mit ihm geschehen würde – wer überhaupt
noch lebte. Ich fuhr zu Peter. Sam hatte gesagt, er sei gut zu jedem, würde jedem weiterhelfen. Ich bin wegen Nachrichten hingefahren. Ich blieb die ganze Nacht bei ihm. Mit Sam habe ich
nie geschlafen, kein einziges Mal. Samuel ist Peters Sohn.«

Jetzt sah sie den Blick, den sie so lange gefürchtet hatte, den
Blick der Erschütterung und dann des Abscheus. Seine Augen
waren hart geworden, aber erst hatte er ein kleines Winseln des
Schmerzes von sich gegeben. Er wandte sich halb ab und fuhr
dann wieder herum zu ihr, um ihr zu sagen:

»Du hast mir das verheimlicht, all diese Jahre. Wie konntest
du das tun?«

»Wie hätt ich's sagen können? Jetzt ist es anders. Wir leben
wie Fremde. Es ist nichts zu verlieren. Niemand ist mehr ein
Held. Peter wußte das. Peter war wirklich ein großer Mann. Ich
habe ihn nie geliebt. Niemand hat ihn je genug geliebt, außer einer Engländerin, und die ist seinetwegen gestorben. Er hat mir
einmal von ihr erzählt – nicht, um mich umzustimmen; es war
lange, nachdem wir beide geheiratet hatten.«

»Warum hast du nicht Peter geheiratet«

»Das weißt du. Du warst doch da. Ich habe ihn nicht geliebt.«

»Das war kein ausreichender Grund. Du hattest sein Kind.«

Der Blick, mit dem er sie ansah, war kalt und anklagend. Sie
merkte, daß sie anfing zu zittern und hysterish zu klingen.

»Ich dachte, es würde falsch sein, ohne Liebe zu heiraten. Ich
hatte Angst.«

»Ja, du hattest Angst. Es gibt Schlimmeres, als ohne Liebe zu
heiraten.«

So muß es sein, wenn man verblutet, dachte sie, als sie ihn von
ihr weggehen sah, am Flußufer entlang, die Schultern nach vorn
gezogen, mit schleifenden Füßen im kurzen Gras. Von plötzlicher Schwäche erfaßt, kniete sie sich hin, um nicht zu fallen,
drückte die Fäuste ins Gras, fühlte dessen kühle Frische und beobachtete verrückterweise ein Insekt, das auf irgendeiner vergeblichen Expedition dahinkrabbelte, hinauf und hinüber, hin-

auf und hinüber. Nach Peters Tod hatte sie geschworen, daß sie nie wieder schwach sein würde, doch hier war sie es, aufs neue niedergeworfen, so schlimm wie immer, genau wie als Kind, wenn sie von Henry attackiert worden war. Wenn sie Peter geheiratet hätte, wäre es nicht nötig gewesen stark zu sein – dieser Gedanke zuckte ihr ohne Vorwarnung in den Sinn. Das war Wahnsinn; wie konnte sie sagen, sie hätte Peter doch heiraten sollen? Jetzt war alles aus, zerstört. Alles mußte zerstört werden. Das war ein Gesetz. Da gab es kein Entrinnen. Wenn sie sich hier hinlegen könnte, nie wieder eine Bewegung zu machen brauchte – aber dieser Gedanke setzte etwas anderes in Bewegung. Schwäche war kalkuliert bei ihr, eine Verteidigung: Sieh, wie schwach ich bereits bin, es lohnt sich nicht, mich zu schlagen. Ich kann stilliegen, und alles wird vorbeigehn. Ich kann mich hinter Angst und Schwäche verschanzen, wie in Italien die Malariasümpfe für eine Stadt eine ebenso gute Verteidigung waren wie ein Festungswall.

Sie rappelte sich auf, dahockend wie ein Hund, sprang dann auf die Füße und stand zögernd da. Er ging noch immer fort, mit hängendem Kopf jetzt, schlurfenden Füßen, kaum schien er zu wissen, wohin er ging. Sie begann zu laufen, stolpernd, beinahe stürzend, und sie hatte Angst zu rufen, weil er dann schneller gehen könnte. Sie hatte solche Alpträume gehabt. Bald würde er anfangen, durch die Luft davonzuschweben, die Kluft zwischen ihnen würde größer werden, ganz gleich, wie schnell sie rannte, Schlamm würde an ihren Füßen kleben und sie festhalten, Schlaf würde sie überwältigen, sie würde stürzen und mit einem Ruck aus dem Schlaf fahren und ihn neben sich finden, wie er immer da war nach ihren Alpträumen und sie tröstete mit leisen, liebevollen Worten. Keuchend sagte sie:

»Nicholas! Nicholas!«

Er blieb stehen. Er hatte sie gehört, ging aber gleich wieder weiter. Sie sagte:

»Nicholas, wart auf mich. Ich komm mit dir.«

»Wohin?«

»Wohin du willst. Was sonst können wir tun? Es ist alles zu

spät. Bitte nimm mich mit.« Er hörte ihr zu, aber als sie nahe bei ihm war, sah sie, daß er noch immer die toten Augen hatte. Sie war dicht an seiner Schulter und flüsterte: »Selbst wenn du mich jetzt hassest, kann ich bei dir bleiben. Es wird mir nichts anhaben. Es gibt so viele Dinge, die ich für dich tun kann und die niemand sonst kann.«

Aber während sie dies sagte, stellte sie sich als wahnsinnig vor, eingesperrt in irgendeine Anstalt mit freundlichen Menschen, die ihr weiche Speise und milde Worte schenkten und ihr sagten, sie brauche sich keine Sorgen zu machen, man werde alles für sie erledigen. Ohne Nicholas natürlich, denn jetzt würde er sie nie mehr begehren, aber immer freundlich würde er zu ihr sein. Er wandte sich ihr zu, langsam, hob den Kopf und sah ihr sorgsam in die Augen, tief, neugierig, als würde er Schachteln öffnen, um zu sehen, was darin sei. Und jetzt mußte er sie sehen, ihre ganze Leerheit. Langsam kamen seine Hände hoch, langsam nahm er sie bei den Schultern und hielt sie, genau wie er es vorhin getan hatte, als sie zu ihm gesagt hatte, daß er nie wieder den Wunsch haben würde, sie zu berühren, und langsam beugte er sich über sie, um sie zu küssen, wie er es immer tat, und sie empfand es, als wäre es doch kein Traum, und hörte ihn sagen, als er sich wieder aufrichtete:

»Dich hassen? Wie könnte ich? Ich hätte nicht weggehn sollen. Wir brauchen einen neuen Anfang, alle beide. Nichts kann uns jetzt mehr zerstören. Samuel gehört uns, dir und mir, weil er Peter gehörte. Wir sollten nach Rathangan gehn. Und Woodbrook sollten wir auch behalten. Wenn wir's aufgeben, werden die Kinder niemals Galway kennenlernen.«

»Sie könnten zu irgendeiner Hütte kommen. Große Häuser sind eine Falle.«

»Nicht immer. Kommst du mit mir nach Rathangan?«

»Ja.«

Sie würde leben, wo immer er zu leben wünschte, sogar Woodbrook behalten, wenn er das wollte. Er streichelte ihr das Haar und drückte sie an seine Schulter, und das war das einzige, was zählte.

Epilog

1924

55

Zur Sommersmitte war der gesamte Haushalt nach Rathangan umgezogen und Woodbrook dichtgemacht. Auch für Tante Jack war es der Beginn eines neuen Lebens, oder vielmehr der Beginn des ersten Lebens, an dem sie je Freude gehabt hatte. Jahrelang hatte sie an das Haus als ein Muster für Ordnung und Schicklichkeit zurückgedacht, etwas, was Woodbrook nie sein konnte, soviel sie auch daran herumbosselten. Wie Molly hatte sie das Gefühl, daß in Woodbrook ein böser Geist steckte, der nicht auszutreiben war, und wie Molly willigte sie widerstrebend ein, daß man es behalten solle für den Fall, daß Henry es sich in den Kopf setzte zurückzukehren. Eines Abends, als sie zusammen im Wohnzimmer saßen, sagte Nicholas:

»Ich begreife nicht, warum ihr beide mit so viel Abscheu an ihn denkt. Bei mir hat er durchaus Sympathie erweckt.«

»Wahrscheinlich kommt alles in dem zusammen, was er Catherine angetan hat«, sagte Tante Jack nach einer Pause. »Bei ihr hat er erreicht, was er bei uns versucht hat. Wir waren zäher, Molly und ich. Catherine brauchte jemanden, den sie lieben konnte, egal wen, und er sah das und nutzte es aus. Seit ihrer Geburt arbeitete er daran. Vielleicht wußte er selber nicht, was er tat. Sie hat es bestimmt nie begriffen. Sie versuchte, ein Idealbild von ihm zu lieben, bis zuletzt, bis zu dem Tag an dem sie starb, obwohl sie wußte, daß das nichts half. In gewisser Weise, glaub ich, starb sie aus Kummer, wie die Menschen das in früheren Zeiten taten. Am Ende schien sie fast gegen das Leben zu kämpfen, weil sie sah, daß alles darin gegen sie war.«

»Aber kann man das wirklich Henry zum Vorwurf machen? Vielleicht liebte er sie.«

Tante Jack hielt es für klüger, darauf nicht zu antworten. Statt dessen sagte sie:

»Ich bin neugierig, was Henry jetzt macht. Ich möchte nicht sterben, ohne herausgefunden zu haben, was aus ihm geworden ist, was er jetzt so treibt. Nicht, daß mir nach Sterben zumute wäre – ich hab mich noch niemals wohler gefühlt. Ich hab gestern einen Brief von ihm bekommen.«

»Einen Brief!«

»Ja. Er war ein paar Monate unterwegs. Er ist von Woodbrook aus weitergeschickt worden. Ich hab ihn nach oben geschmuggelt, als keiner geguckt hat. Als ich ihn aufmachte, kriegte ich ein Prickeln auf die Stirn, wie ich das immer hatte, wenn ich wußte, daß er gleich ins Zimmer kommt. Ich hab das jahrelang nicht mehr gefühlt. Es war wie ein Tiergeruch, den man wiedererkennt und sagt, ›hier ist eine Katze gewesen oder ein Pferd oder eine Kuh‹.« Da sie sah, daß Nicholas schockiert war, fuhr sie schnell fort: »Er sagt, er ist jetzt reich und braucht seine Dividenden nicht mehr, und dann hat er geschrieben, es soll alles geregelt werden, daß der rechtmäßige Besitzanspruch auf seine Anteile und Woodbrook ganz mir überschrieben werden kann. Er hat wieder geheiratet. Das Stückchen werd ich euch vorlesen.« Sie kramte in ihrem schwarzen Samttäschchen und holte den Brief hervor, der vom vielen Lesen verkrumpelt war. »Hier ist es: ›Ihr werdet froh sein zu hören, daß ich eine neue Gefährtin gefunden habe, meine Frau Nora. Obwohl sie Irin ist, hat sie keines von den dummen Vorurteilen ihrer Rasse.‹ Was, in des Himmels Namen, ist Henrys Rasse? ›Wir sind seit zwei Jahren verheiratet, und es ist mir eine ständige Freude, mit einer Frau zusammenzusein, die mich nimmt, wie ich bin, ohne dauerndes Kritisieren. Wir sind glücklich miteinander.‹«

»Sagt er etwas darüber, wovon sie leben?«

»Kein Wort. Und auch kein Wort über Catherine, obwohl ich schrieb, als sie starb und als das Moycullen Haus niedergebrannt war. Ich teilte ihm mit, daß wir dächten, Woodbrook werde auch bald an der Reihe sein und daß wir alle reisefertig seien, aber die Lastwagen würden an uns vorbeifahren. Er hat nie auf diesen Brief geantwortet und kommt auch jetzt nicht darauf zu sprechen, obwohl er sagt, er hoffe, es ginge den Ponys gut. Ich frage mich, wie wir etwas über ihn rauskriegen könnten.«

Nicholas sagte:

»Warum nicht ihm einen Besuch abstatten?«

»Meinst du, ich könnte?«

»Warum nicht? Wir wollen alle was über ihn erfahren, und du bist als einzige abkömmlich. Würdest du das gern tun?«

»Ja. Aber ich müßte zurück sein, bevor das Baby geboren wird.«

»Bis dahin ist noch viel Zeit. Das ist nicht vor Weihnachten. Molly, was meinst du?«

Molly blickte von einem zum andern, fast als verstünde sie nicht, wovon sie redeten; dann sagte sie:

»Doch, fahr nur. Ein Urlaub wird dir guttun.«

So war es also ausgemacht, und im September legte ihr Schiff nach New York im Hafen von Cork ab. Dann durchquerte sie mit dem Zug den Kontinent. Sie genoß jeden Moment der Reise nach San Francisco, obwohl sie nicht erwartet hatte, jeden Abend so viele Betrunkene zu sehen, wo doch die Prohibition das Gesetz des Landes war. Hungrig auf alles Fremdartige und Neue, denn dies war ihre erste Reise außerhalb Irlands, stellte sie jedem Fragen und fand die Menschen freundlich und aufgeschlossen. Am besten von allem war die Tatsache, daß eine Dame so einfach alleine reisen konnte. Niemand schien im mindesten überrascht, daß sie eine so weite Reise ganz auf eigene Faust unternommen haben konnte. Boston würde sie auf der Heimfahrt besuchen; Bridget hatte geschrieben, daß sie in einem Haus in der Nähe des Hafens wohne und daß Tante Jack dort willkommen sein würde. Sie würde das brauchen können, sagte sie sich mit einem leisen Anflug von Angst, wenn es soweit wäre, wenn sie Henry wiedergesehen haben würde.

Die Tage und Tage auf der Eisenbahn schienen endlos. Manchmal, wenn sie am heißen Nachmittag schlummerte, schien die Landschaft draußen vor den Fenstern sich während stundenlangen Reisens nicht verändert zu haben, genauso wie der Anblick des Meeres sich vom Schiffsdeck aus nicht verändert hatte. Wogendes Grasland mit nie einem Zaun, wogende Wälder mit nie einer Lichtung, hochragende Berge mit nie einer Kluft, dann spurenlose Wüste, wo es keine Menschen zu geben schien, keine Tiere, kein Wasser, nur den Zug, der jetzt auf Spielzeuggröße geschrumpft schien, stur dahinstampfend, und in einer Kurve konnte man manchmal seinen Kopf oder Schwanz sehen. Wie brachte Henry es fertig, mit dieser ganzen ungeheuerlichen Weite zurechtzukommen? Was war mit seinem Pony, seinem Fluß und seinen Booten? Von Chikago an schien alles bewußt so entworfen, daß es das Gegenteil der Dinge zu sein schien, mit denen er aufgewachsen war.

Bis sie ihn sah, glaubte sie fast, daß auch er der Gegensatz zu dem geworden wäre, was er zu Hause gewesen war. Dem Äußeren nach hatte er sich vielleicht verändert. Seine Kleidung und sein Haar waren gepflegter, und er war ein bißchen fülliger geworden, aber nicht viel. Henry würde immer hager bleiben. Gegen Mittag kam sie im Bahnhof an, und ausgehend von seiner alten Adresse spürte sie ihm dann nach bis zu einem großen zweistöckigen Haus, das nur aus Holz zu bestehen schien und auf einem Berg stand mit Blick auf die San Francisco Bay. Der Vorgarten hatte erstaunlich gefiederte Bäume mit leuchtend roten Blüten in der Farbe einer irischen Kletterrose. Dicht am Haus prangten Büsche mit orangefarbenen und gelben Blüten, über denen die größten und buntesten Schmetterlinge schwebten, die sie je gesehen hatte. Sie wußte, daß es sündhaft wäre, solche himmlischen Geschöpfe für ihre Sammlung auch nur zu wünschen. Unter dem von Pfeilern getragenen Dach der Veranda blieb sie einen Augenblick benommen stehen, dann preßte sie die Lippen zusammen und zog fest an der Glocke.

Ein Dienstmädchen brachte sie in ein großes, elegantes Zimmer, das eigentlich ein Teil der Halle war, und ging Henry holen. Es gab Orientteppiche auf dem gebohnerten Fußboden, chinesische Schalen und Vasen auf den Tischen, mit Blumen und Rankengewächsen. Der Kamin hatte einen polierten Messingschirm. Ein schönes Solitaire-Brett aus Mahagoni auf einem Beistelltisch hatte polierte Kugeln aus Onyx. Durch die hohen Fenstertüren am Ende des Zimmers konnte sie weitere Gärten mit einer Wiese und ein paar schattenspendenden Bäumen sehen. Überwältigt von alldem drehte sie sich um, als sie ihn kommen hörte, und ging mit ausgestreckten Händen auf ihn zu. Sie ließ sie sofort sinken, als sie sein Gesicht sah. So etwas hatte sie zuletzt im Dubliner Zoo gesehen, als sie mit dem kleinen Samuel im Schlangenhaus gewesen war, wo der Wärter ihn eine Schlange anfassen lassen wollte. Da waren dieselben wachsamen, ausdruckslosen, unangenehmen Augen, derselbe harte, schmale Mund mit der flink leckenden Zunge. Er hatte sich nicht verändert. Er zischte sie an, wie er es immer getan hatte, wenn er es nötig fand, allein für ihr privates Ohr besonders grob zu sein:

»Wie kommst du denn hierher? Was führt dich zu mir? Warum hast du mir nicht gesagt, daß du kommen würdest?«

Oh, ja, er hatte einen Schock bekommen, sonst wäre seine Fassade nicht so plötzlich zerbrochen, erschüttert wie von einem Erdbeben. Sie sagte:

»Ich hab Urlaub genommen. Ich wollte Amerika schon immer mal sehn. Ich fand, es gehöre sich so, dich zu besuchen, da wir nun schon mal auf demselben Kontinent sind.«

Schweigend betrachtete er sie einen Moment und sagte dann:

»Es hat dich also niemand geschickt? Man hat dir nicht gesagt, du solltest kommen?«

»Gesagt? Wer? Das brauchte mir doch keiner zu sagen. Und außerdem, wie gesagt, mach ich bloß Urlaub.«

»Du machst doch nie Urlaub.«

»Hätt ich aber machen können, vor langer Zeit, wenn ich die Möglichkeit gehabt hätte.« Da sah sie, daß diese Bemerkung den uralten Groll wieder in ihm aufsteigen ließ, als hätte er Woodbrook nie verlassen, und rasch fuhr sie fort: »Jeder macht heute Urlaub. Das ist eins von den guten Dingen, die der Krieg gebracht hat. Die Menschen sind reiselustiger geworden.«

»Setz dich mal lieber erst. Hast du Gepäck mit?«

»Das hab ich im Bahnhof gelassen. Von da bin ich direkt hergekommen. Ich hab noch kein Hotel gefunden.«

»Wir haben viel Platz. Du kannst auch hier bei uns bleiben.«

Eine gefällige Einladung war das nicht, aber sie nahm sie an. Wenn sie im Haus wohnte, würde sie am besten Gelegenheit haben herauszufinden, was mit ihm geschehen war, und es würde nicht für lange sein. Sie fragte sich, ob er es bereits bedauerte, sie zum Bleiben bewegt zu haben, aber obwohl die Schlangenaugen zuckten, blieb er bei seinem Angebot. Dann kam gleich seine Frau herunter, und es gab keinen Zweifel mehr, daß sie willkommen war.

Tante Jack war bezaubert von Nora. Sie war groß, ein bißchen mollig, was schlecht zusammenging mit den derzeitigen häßlichen Modeerscheinungen, die für Frauen ohne Brüste gemacht schienen, aber sie hatte die Mode so gewendet, daß sie mit ihr zusammenging, und trug den Rock länger als üblich, der aber immer noch ihre eleganten, schlanken Beine sehen ließ. Mit offensichtlichem Vergnügen trug sie mehrere Ringe und Halsketten, die sie, während sie sprach, befaßte und befühlte. Am eindrucksvollsten waren der schlanke Hals und wie sie den großen, gutgeformten Kopf trug, das glänzende rötliche Haar und die herrlich dunkelblauen Augen. Wie hatte Henry die gekriegt? Es war das achte Weltwunder. Indem er sich Nora zuwandte, sagte Henry in einem Ton, der gelungen ausdruckslos war:

»Das ist meine Schwester Jack, ein höchst unerwarteter Besuch. Meine Frau Nora.«

Ein entzücktes Lächeln und offene Arme, mit denen Nora den Gast lange und geschwisterlich an sich drückte, erwärmten Tante Jack sofort für Henrys Frau. Sie mußte sich hinsetzen, Tee wurde ihr gereicht, dann zeigte man ihr ein großes, luftiges Schlafzimmer, während ein Taxi ihr Gepäck holte. Als sie wieder hinunterkamen, war Henry weg. Nora sagte:

»Ab in sein Büro, nehm ich an. Schad auch nix. Ich kann nie richtig reden, wenn ein Mann in der Nähe ist. So, nu erzähl mal alles aus Irland.«

»Es beruhigt sich langsam. Der Krieg ist vorbei.«

»Gott sei Dank. Wir kriegen hier nicht viel mit. Die Leute sind so mit ihrem eigenen Kram zugange, daß sie nicht daran denken, rauszufinden, was in der übrigen Welt passiert. Wo bist du angekommen?«

»In New York.«

»Das is das beste. So sind wir auch gekommen. Und das ganze Land hast du gesehn und bist durchgefahrn. Is das nicht 'ne schöne Gegend?«

»Ja, doch, viel schöner als ich dachte. Hat dich das auch überrascht?«

»Ja, könnt man sagen. Henry hält nicht viel davon, der redet nur immer von Irland, aber er will trotzdem nicht mehr dahin zurück, selbst jetzt, wo wir reich sind. Vielleicht kannst du ihn überreden.«

»Sein Leben war traurig genug in Irland. Ich kann schon verstehn, daß er nicht mehr zurück will.«

»Nicht mal auf Besuch? Vielleicht würd er mich ja allein fahren lassen, aber ich möcht den armen Kerl nicht so ganz ohne wen lassen, der sich um ihn kümmert.«

Ihr Kichern über diese Bemerkung unterdrückend, sagte Tante Jack ernsthaft:

»Du meinst also, er ist bei schlechter Gesundheit? Ich finde, er sieht sehr gut aus, besser als ich ihn seit Jahren gesehn habe, wirklich.«

»Doch, ihm geht's ganz gut. Aber alten Leuten ist nicht zu trauen. Das Klima bekommt ihm, und auf diesen alten Booten, die er da hat, kriegt er 'ne Menge Sonne ab.«

»Booten? Das freut mich aber, daß er Boote hat. Den Fluß hat er immer geliebt.«

Nora lachte aus vollem Herzen.

»Nee, das hier sind schon andere Kähne, obgleich, wohlgemerkt, es war schon gut für ihn, daß er ein bißchen was davon verstand, und er ist ein ganz großer Segler. Ich bin selber nicht schlecht, aber Frauen nehmen die ja nie mit auf solche Ausflüge, aus Angst, die Bullen würden auf einmal kommen.«

»Dann ist er also im Reederei-Geschäft?« fragte Tante Jack behutsam, da sie nicht wußte, wie sie Näheres von dieser faszinierenden Information in Erfahrung bringen könnte, ohne sie zu verscheuchen.

»Er hat 'ne Menge Partner, mit denen er Whisky von Kanada rüberschifft«, sagte Nora munter. »Ich soll das ja keinem erzählen, würd ich auch nicht tun, wenn du nicht von der Familie wärst. Das ist jetzt hier 'n großes Geschäft, viel besser als nach Gold zu graben. Gott steh uns bei, das haben wir tatsächlich vorgehabt, als wir hier ankamen. Und es ist wie mit dem Gold, es kann jederzeit ausgehn. Sie wissen nur, daß das Gesetz wieder rückgängig gemacht werden soll, und dann können alle kaufen, soviel sie wollen, aber bis dahin werden wir unser Geld Gott sei Dank gemacht haben, längst gemacht haben. Wir haben grade gestern darüber gesprochen. Henry sagt, das beste Schnippchen würden wir ihnen schlagen, wenn wir jetzt aussteigen, solange der Laden noch gut läuft. Er sagt, er weiß aus Erfahrung, daß man nie bis zum Ende einer Sache warten soll, um auch das letzte noch rauszuholen, also werden wir mit Gottes Hilfe in ein paar Monaten ins Hotelgeschäft gehn, das heißt, wir beide und einer von den Partnern. Der ist Amerikaner, der hat sein ganzes Leben hier verbracht und kennt sich wirklich aus in der Welt. Er sagt, Geld wird bald nix mehr taugen, und die Leute werden große, billige Hotels wollen und nicht diese hochgestochenen, die sie jetzt meistens haben, wo man bezahlen muß, um Luft zu holen, und er sagt, der Mann, der zuerst damit anfängt, kann Millionär werden. Er sagt, wir werden auch mit billiger Kleidung anfangen, weil das ebenso gefragt sein wird, und zwar von Leuten, die bis jetzt nur das beste hatten.«

»Was macht Henry denn mit den Booten?«

»Er hat zwei herrliche große Jachten, solche, wie man sie eigentlich nur zum Vergnügen hat, um in der Bucht rumzusegeln, und mit einem davon fährt er raus und trifft sich mit den Booten, die von Kanada runterkommen, und von denen übernimmt er eine Ladung Kisten und bringt sie an ein paar bestimmten Stellen, die sie an der Küste haben, an Land. Von den Bullen stecken ein paar in dieser Gaunerei mit drin, genau wie bei uns zu Hause mit dem schwarz gebrannten Whisky, und deswegen kommt das nicht raus. Ich bin aber trotzdem froh, daß wir da bald aussteigen. Genug ist besser als sich überfressen.«

»Findest du nicht, daß das unrecht ist?«

Das war eine gefährliche Frage, denn es lag Kritik darin, aber Nora schnippte sie beiseite:

»Unrecht? Ach, was soll dabei unrecht sein? Man kann doch die Leute nicht ohne einen guten Tropfen lassen.«

Als Henry später zurückkam, ließ Tante Jack es sich nicht anmerken, daß sie herausgefunden hatte, was die Quelle seines Wohlstands war, und er machte keinen Versuch, sie darüber aufzuklären. Und es war offensichtlich, daß auch Nora nicht daran dachte, ihm von ihrem Gespräch zu erzählen. Das Essen war köstlich, Bratente in Orangensauce, französischer Wein, und später saßen sie bei gedämpftem Licht im Wohnzimmer. Tante Jack sagte:

»Es ist fast so still wie in Woodbrook hier oben. Man würde nie auf den Gedanken kommen, daß so ganz in der Nähe eine riesige Stadt ist.«

Danach hielt sie den Atem an, und nach einer langen Pause konnte es nicht ausbleiben, daß er fragte:

»Wie stehn die Dinge in Woodbrook?«

»Wir haben Glück gehabt«, sagte sie entgegenkommend wie eine Katze. »Die Schwarzbraunen haben das Haus verschont, obwohl sie gewußt haben mußten, daß Nicholas' Familie dort lebte. Molly hat in Galway einen Hauptmann Emory kennengelernt, an dem Tag, als der Bürgermeister beerdigt wurde, und der hat ihr dringend geraten, dem Haus fernzubleiben, so daß wir schon sicher waren, es würde angezündet werden, aber es ist nie dazu gekommen. Er hat sich nach dir erkundigt, sagte Molly.«

»Ah, ja. Den kenn ich aus dem Club. Netter Kerl, sandfarbenes Haar.«

»In Galway haben sie schlimm gehaust. Jetzt muß die britische Regierung Entschädigung zahlen für all das Brandschatzen. Die alte Mrs. Blake kriegt einen bedeutenden englischen Architekten, der ihr ein neues Haus entwerfen muß. Bei der haben wir gewohnt, nachdem wir Woodbrook verlassen hatten, aber mitten in der Nacht mußten wir dann raus, mit Catherine, und die starb dann am nächsten Tag in einer Hütte oben in Cappagh.«

Reglos wie eine Schlange auf einem heißen Felsen sagte er: »Ah, ja. Arme Catherine.«

»Molly war zu der Zeit draußen im Moycullen Haus. Für die Galwayer ist sie eine Heldin geworden seit der Nacht der schlimmsten Razzien in der Stadt, kurz bevor Vater Griffin ermordet wurde.«

»Vater Griffin?«

Irgendwie wußte sie, daß sie einen Nerv getroffen hatte. Nicht umsonst hatte sie den größten Teil ihres Lebens mit Henry unter einem Dach gelebt. Er hatte sich nicht bewegt, aber die feinste Regung seines Inneren war an seiner Stimme zu hören, nicht die Regung aufwallender Wut, sondern diejenige, die mit Täuschung und Selbstbeherrschung einherging. Es war kaum ein Millimeter Unterschied zwischen diesen zwei Tonlagen, aber sie hörte ihn sehr genau. Nora saß ganz still in einem Sessel mit hoher Rückenlehne, das Gesicht im Schatten. Sie hörte aufmerksam zu, nahm aber mit keinem Wort an dem Gespräch teil.

»Er war Hilfsgeistlicher in der Gemeinde von Sankt Joseph. Er hat alle Häuser besucht, besonders die nach Barna und Furbo hinaus, und er hat bei Familienstreitigkeiten geholfen, und die kranken und wunderlichen Leute hat er besucht und alte Junggesellen, um die sich vorher niemand hatte kümmern können. Er war immer fröhlich, heißt es, und obwohl er anfangs kein Irisch konnte, hat er's doch so weit gelernt, daß er mit denen sprechen konnte, die kein Englisch verstanden. Er hat dann sogar auf irisch gepredigt. Er wußte, daß die Schwarzbraunen hinter ihm her waren, aber nie hat er mit seiner Arbeit aufgehört oder wegzulaufen versucht. Als dann am Ende der Tag für ihn kam, sagten sie, einer von ihren Männern sei angeschossen worden, und er sei katholisch und verlange nach einem Priester. Vater Griffins Haushälterin hat gehört, wie er sagte: ›Ich würde mehr tun für euch als das.‹ Das war das letzte, was irgendwer lebendig von ihm gesehn hat.«

Im trockensten Ton, den sie je von ihm gehört hatte, sagte Henry:

»Warum waren sie hinter einem so guten Mann her? Was hatte er getan?«

»Joyce, der Lehrer in Barna, hat ihn denunziert. Er wohnte im Dorf und wußte, daß Vater Griffin die Leute ermutigte zurückzuschlagen, indem er ihnen sagte, sie sollten nicht dabeistehn und sich ihre Hütten abbrennen lassen. Und dann hat Joyce ihnen noch erzählt, er würde immer zu den Sinn Féin Gerichten gehn und den Eid abnehmen. Anscheinend mußte das von einem Priester gemacht werden, um sicherzugehn, daß die Leute die Wahrheit sagten. Die Freiwilligen haben das über Joyce rausgekriegt und ihn erschossen, nicht lange nachdem du weggegangen warst. Sie haben in Dublin erst zu Gericht gesessen, um sicherzugehn, daß sie den richtigen Mann hatten.«

Während des letzten Teiles dieser Geschichte schien Henry sich ganz langsam auszudehnen, als bliese ihn jemand behutsam auf. Als sie geendet hatte, war sein Rücken gestrafft, die Schultern waren zurückgenommen, und ein Ausdruck leisen Überraschtseins hatte seinem Gesicht fast etwas Freundliches gegeben. Noch immer mit dieser zurückgenommenen Stimme fragte er:

»Und sie waren sicher, daß sie den richtigen Mann hatten?«

»Ja. Sie haben das immer sehr gewissenhaft gemacht, sagt Nicholas. Wenn es auch nur den leisesten Zweifel gegeben hätte, würden sie ihn laufen gelassen haben.«

»Ist das wirklich wahr?«

Jetzt war der Ton leicht verächtlich. Er erholte sich schnell.

»Absolut wahr. Peter Morrow hat mir viel in dieser Richtung erzählt, wenn er auf Besuch da war. Wußtest du, daß Peter im März ’21 gehängt wurde?«

»Das haben wir gehört.«

Das hatte ihm auch wehgetan. Unruhig bewegte er sich in seinem Sessel und fragte dann:

»Was für ein Land wird das wohl sein, mit einem Haufen von Ignoranten an der Spitze?«

»Das wissen wir noch nicht. Nenn sie nicht Ignoranten. Vielleicht wird ihr Problem darin liegen, daß sie nicht genug Ignoranz besitzen. Während des Waffenstillstands hat Nicholas uns alle nach Dublin gebracht, und wir sind ins Rathaus gegangen, wo Lesungen von Dante stattgefunden haben, um seinen sechshundertsten Todestag zu feiern. So was würde es in einem Land von Ignoranten nicht geben. Riesige Menschenmengen haben da zugehört.«

Zum erstenmal sagte Nora etwas:

»Wer war Dante?«

»Ein italienischer Dichter.«

»Über so was würd ich gern mehr erfahren. Henry, wenn alles so schön ruhig ist in Irland, vielleicht könnten wir dann zu Besuch mal wieder hinfahren. Vielleicht nicht dieses Jahr, aber in zwei Jahren.«

»Ich werd's mir überlegen.«

Tante Jack konnte sich nicht enthalten, warmherzig zu sagen:

»Oh, Henry, wenn du nur wolltest! Wir leben jetzt alle in Rathangan. Nicholas' Onkel ist gestorben, vergaß ich dir zu erzählen, und es ist ein schönes altes Haus, und Woodbrook halten wir uns für den Urlaub. Da könntest du hinkommen, und du würdest alles noch genauso finden, wie du's verlassen hast, das Pony und den Wagen, und das alte Pony lebt auch noch, und die Boote auf dem Fluß, und Nora könnte alle ihre Verwandten und Freunde in Galway besuchen.«

Es hatte ausgesehen, als würde er weich werden, aber nun, da sie zu Ende gesprochen hatte, straffte er sich wieder und sagte nur:

»Es ist zu weit.«

Sie hatte ihm schon von den Kindern erzählen wollen, von Samuel und Julia und dem neuen Baby, das vor Weihnachten auf die Welt kommen würde, aber auf einmal war sie Henry so satt,

594

daß sie nicht mehr den Wunsch verspürte, ihm von diesen Menschen, die sie liebte, etwas mitzuteilen. Auch von Margaret würde sie ihm nie etwas erzählen oder von Sarah und Martin und deren Kindern. Er hatte sich nicht verändert. Vielleicht tun das die Menschen nie. Später, als sie nach oben ging, kam Nora mit ihr ins Zimmer. Sie setzte sich aufs Bett, und auf einen Arm gestützt, sah sie sie offen an und sagte ganz ruhig:

»Ich bin richtig froh, daß du gekommen bist. Es wär schön, wenn du noch ein Weilchen bei uns bleiben könntest. Geht das?«

»Ja, natürlich, wenn du meinst, daß es Henry nichts ausmacht.«

»Der freut sich sehr, dich zu sehn, aber er will's nicht zeigen. Ich weiß, wann er an Irland denkt, aber es kann zwei oder drei Tage dauern, bis er dann was sagt. Er hat mir oft von Vater Griffin erzählt, aber eben wollte er dir vormachen, er hätte noch nie was von ihm gehört. Er hat geweint, als er von einem Mann aus Galway hörte, daß Peter tot ist. Es hat mir das Herz gebrochen, Henry weinen zu sehn. Er ist ein Mann, der nicht gern schwach ist.«

»Du kennst ihn sehr gut.«

»Wie soll ich nicht, wo ich doch mit ihm verheiratet bin? Mein Vater war genauso, innen wie ein Kind, aber nach außen hat er so getan, als wär er'n alter Knochen. Daher weiß ich Bescheid über alte Männer, von meinem Vater. Er ging auf fünfundsechzig zu, als ich geboren wurde. Ich sag Henry immer wieder, daß ich's gewöhnt war, meine Mutter mit einem älteren Mann zu sehn, und daß es mir kein bißchen was ausmacht, daß er viel älter ist als ich, aber trotzdem macht es ihn immer wahnsinnig, wenn die Männer hier hinter mir her sind, weil sie denken, ich würde mit einem davon mitgehn.«

»Ja, du hast bestimmt viele Anträge bekommen.«

»Ja, natürlich, aber das wär gewiß eine furchtbare Sünde. Ich würde nie mehr Glück haben, wenn ich so was machen tät. Da ist noch was, was ich dich fragen wollte.« Ihre großen blauen Augen blickten sie todunglücklich an, und Tante Jack wußte, daß für das, was kommen würde, Behutsamkeit geboten war.

»Es gibt nur eins, was mich dazu bringen könnte, von Henry wegzugehn. Gott verzeih mir, aber vor langer Zeit, als er mir das Geld für unsere Überfahrt anvertraute, hab ich oft gedacht, er würde für die Engländer spionieren. Wenn ich denken müßte, daß er so was gemacht hat, hätt ich nicht mal mehr einen Fluch für ihn übrig.«

»Nein, nein. So was würde er nie getan haben. Henry hatte seine Fehler, aber über etwas dergleichen war er immer erhaben.«

»Gott sei Dank. Da fällt mir ein Stein vom Herzen.« Sie gab einen langen, geräuschvollen Seufzer von sich und sagte nach kurzem Schweigen: »Es gibt hier eine Frau bei uns in der Nähe, und die meint, sie kann mir in Nullkommanix beibringen, daß ich mich besser ausdrücke, aber ich wollte das nicht von ihr lernen, weil ich Angst habe, ich muß vielleicht mal allein nach Galway heimfahren, und da lachen die mich dann alle aus. Was meinst du dazu?«

»Sie würden nicht lachen. Du kannst das leicht lernen, wenn du willst.«

»Ich will und will nicht. Ich weiß nicht. Henry hätt es gern. Na, ich glaube, jetzt werd ich's doch tun. Er hat mich schon immer gebeten, ich soll richtig sprechen. Diese Frau sagt, sie könnte mir so'n bißchen amerikanischen Akzent geben, das würde alles überdecken.«

Als sie gegangen war, saß Tante Jack lange Zeit in einem Sessel am Fenster und blickte auf die dunkel gewordene Bucht hinunter. Sie hatte heute abend ihre Chance gehabt, sich für immer an Henry zu rächen, nicht allein wegen der Kränkungen, die er ihr persönlich zugefügt hatte, sondern wegen seines allgemeinen Verrats, und sie hatte die Chance nicht genutzt. Viele Male hatte sie sich vorgestellt, daß sie eine solche Gelegenheit, wenn sie käme, sofort ergreifen würde, wie sie es vor langer Zeit getan hatte, nach Emilys Tod, als sie zurückkehrte, um in Woodbrook zu leben. Was also war diesmal geschehen? Sie war über den Atlantischen Ozean gekommen und hatte den ganzen amerikanischen Kontinent durchquert, um diesen Zweck zu erreichen, aber sie konnte sich nicht dazu bringen, gegen Noras Liebe zu Henry vorzugehen. Das war es, was sie gehindert hatte, und am Ende konnte das nur bedeuten, daß Blut dicker ist als Wasser.

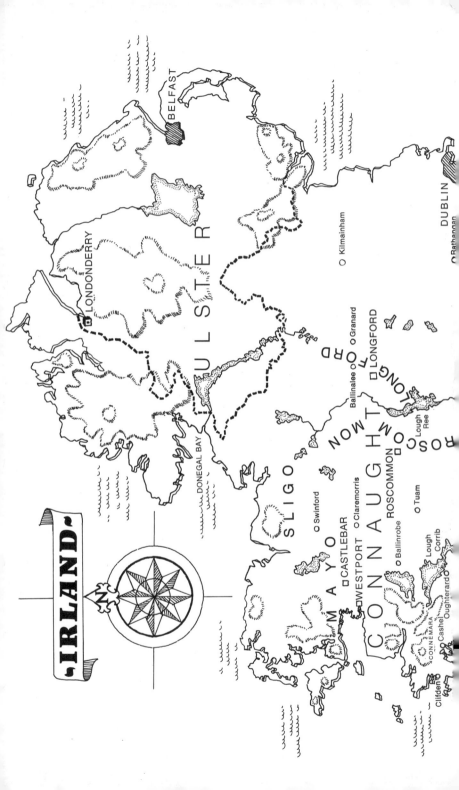